Rizzoli | ARGENTOVIVO

ALESSIA SECCIA

SOLO UN BACIO

Rizzoli

Pubblicato per

Rizzoli

da Mondadori Libri S.p.A.

ISBN 978-88-17-18040-5

Prima edizione **ARGENTOVIVO**: maggio 2023

Realizzazione editoriale: Librofficina

PROLOGO

Sono Cloe. Senza H. Sbagliano sempre tutti.

Non lasciatevi ingannare dal nome particolare. Colpa di mia madre. Ha sempre pensato che un nome originale avrebbe reso sua figlia speciale.

Ma si sbagliava.

Io non sono affatto speciale e forse non voglio neppure esserlo.

Sono assolutamente e tristemente banale.

Magari vi aspettavate la storia di una ragazza superintrigante, bellissima e circondata di amici o forse quella di una bruttina e sfigatella che poi diventa una figa da paura e incontra l'amore della sua vita.

Be', mi dispiace deludervi ma, se è così, potete anche smettere di leggere questa storia.

Purtroppo, o per fortuna, sono una ragazza assolutamente comune e la mia vita lo è altrettanto.

Abito a Milano, anzi nella periferia di Milano, e ciò aggiunge ulteriore banalità alla mia esistenza.

Ah, vi avviso: sono esageratamente melodrammatica. Lo so e non posso farci niente.

Mia madre, oltre ad aver scovato il mio nome in qualche libro di greco che conservava dai tempi del liceo, è una donna particolarmente irritante. È una di quelle che la mattina, prima ancora della colazione, ti chiede se hai messo a lavare i calzini del giorno prima, se hai rifatto il letto e quali sono i tuoi programmi della giornata. Il tutto mentre tu cerchi ancora disperatamente di collegare il cervello al resto del corpo. In una parola, appunto, irritante.

Ho una sorella più piccola, si chiama Vera.

Ma non lasciatevi ingannare: per un bizzarro scherzo del destino credo che mia sorella sia una delle bugiarde più esperte che io abbia mai conosciuto.

È un vero impiastro, un piccolo tsunami che si è abbattuto sulla nostra famiglia sette anni fa, riportando quella gioia che forse mancava da tanto, troppo tempo...

Ma ciò non toglie che Vera abbia decisamente sconvolto la vita di tutti!

Quella di mia madre in particolare. Adesso, per esempio, è seduta al tavolo della cucina e sta contrattando con mia sorella i compiti delle vacanze in cambio di un gelato prima di pranzo: follia!

E poi c'è mio padre, impiegato all'ATM. Suona molto pomposo, vero? Come fosse un reparto speciale della NASA. E invece ATM sta per Azienda Trasporti Milanesi. Ovvero, millecinquecento euro al mese e il panettone di auguri a Natale.

Non voglio certo lamentarmi: la mia famiglia vive dignitosamente e quello stipendio permette sia a me sia a mia sorella di studiare.

Ho finito il liceo da due settimane e sono già iscritta a una delle "università più prestigiose di Milano", come ripete sempre mia madre per vantarsi con quelle bisbetiche delle sue amiche. In realtà sa benissimo che noi pagheremo solo un quarto della retta annuale grazie alle varie borse di studio e agevolazioni fiscali. Però in fondo la capisco: sono delle vere pettegole e fa bene a tappare loro la bocca ogni tanto.

Per fortuna, l'università è ancora piuttosto lontana, per la precisione due mesi e quattordici giorni di cazzeggio totale. Niente male, eh?

Soprattutto visto che trascorrerò queste meravigliose e lunghissime vacanze nel posto più figo di tutta l'America: California sto arrivando!

Seeeh, magari!

Ed ecco che vi presento la mia indisponente, arrogante e strafottente coscienza, l'unica che riesce a essere più irritante di mia madre. Il che, vi assicuro, è molto grave.

Cloe, tesoro, non pensi che sia ora di smetterla di raccontare minchiate ai lettori?

Okay, ho mentito. Lo ammetto.

Non trascorrerò le vacanze in un fantastico resort californiano, ma in uno splendido bilocale in Liguria.

Fantastico, no?

Mia madre ha prenotato sin dal luglio dell'anno scorso il nostro solito appartamentino in un minuscolo borgo ligure. Talmente minuscolo che non lo conosce nessuno. Tranne noi, ovviamente.

Il paesino in sé sarebbe anche carino se vi piace andare a dormire alle otto di sera e socializzare solo con ultrasettantenni. Eppure mia madre, puntualmente, ogni singolo anno lo prenota, eccitata come se fosse la prima volta.

A me, invece, viene un po' da piangere. Insomma, ho appena finito il liceo, ho diciannove anni e la prospettiva di vacanza più triste che si possa immaginare.

Ecco qui la mia incredibile vita riassunta in 666 parole! Ho il sospetto che anche Word si diverta a prendermi per il culo...

Sono praticamente certa di non avervi tanto entusiasmato con il racconto della mia vita, ma in fondo pensate che sono io quella che ha delle lunghissime vacanze degne di un film horror che l'aspettano!

Qualcuno per caso vuole ospitarmi a casa sua? Non sporco, non consumo molto e occupo poco spazio.

Ah, cucino torte da urlo.

CAPITOLO 1

«Hai preso i jeans lunghi? E gli stivaletti? No? E se piove come fai? Non si sa mai, io direi di portare anche gli stivaletti. Poi la giacca a vento mettila nella cerniera di sopra, così non occupa spazio, ma devi assolutamente portarla, sai il vento lì è molto forte e poi rischi un gran mal di gola...»

«Mamma, smettila! Non sto andando sull'Everest! La giacca a vento in Emilia-Romagna? Scherzi, vero?»

«Ma tesoro, la zia ha detto...»

«Mamma, ti prego, starò via due mesi, se mi serve qualcosa me lo comprerò, te lo assicuro. Ma non posso portarmi tutta la casa. Sono a trecento chilometri da qui, non dall'altra parte del mondo, capisci?»

«D'accordo, tesoro. È solo che mi preoccupo per te perché...»

«Lo so, lo so: è la prima volta che vado in vacanza da sola.»

«Vorrei solo assicurarmi che...»

«Mamma, starò bene, stai tranquilla, okay?»

Il suo sguardo non promette niente di buono, non credo molli la presa tanto facilmente, ma sembra almeno più calma di prima.

Ma facciamo un passo indietro.

Pochi giorni fa, quella santa donna di zia Anna ha chiamato mia madre in preda all'euforia, pronunciando quella che alle mie orecchie era suonata come la liberazione da una prigione a cui ero, fino a quel momento, inevitabilmente destinata: «Perché non fai venire la piccola Cleo da noi quest'anno per le vacanze?».

A parte il fatto che è da quando sono nata che sbaglia il mio nome, in quel momento ho sentito di amarla tantissimo!

Mia madre all'inizio era stata irremovibile: «Assolutamente no! Cloe passerà le vacanze con la sua famiglia».

Ci erano volute circa due ore per farla cedere e convincerla a mandarmi da loro per un mese intero. Dopo un'altra mezz'ora, probabilmente sfinita dalla parlantina di zia Anna, mia madre aveva capitolato su tutta la linea: avrei passato in Emilia-Romagna tutta l'estate!

La sua decisione mi aveva letteralmente lasciata a bocca aperta. Dire che mia madre è una persona apprensiva, credetemi, è usare un eufemismo. Pensate che l'ultima volta che ho partecipato a una gita scolastica è stata a un passo dal comprarmi un giubbotto antiproiettile.

Prima non era così tanto protettiva ma, negli ultimi anni le sue manie di controllo hanno raggiunto decisamente un livello pro. Lo so io, e lo sa anche lei: questa vacanza concessami è il chiaro indizio che si sta sforzando di lasciarmi andare, di farmi uscire dalla campana di vetro sotto la quale ho vissuto per tanto tempo. Non sarà affatto facile ma vi assicuro che apprezzo che ci stia provando!

Chiaramente zia Anna ha dovuto discutere con lei di ogni più piccolo dettaglio riguardo alla mia permanenza da loro e mio padre era stato convocato ufficialmente in una di quelle che io e mia sorella chiamiamo "riunioni di ufficio": in realtà si tratta di un dialogo a senso unico, in cui mia madre parla e mio padre annuisce. Credo che ormai abbia sviluppato una specie di superpotere: sa esattamente quando muovere il capo su e giù per assecondare i discorsi infiniti di mia madre.

Avevo origliato quasi tutta la conversazione: mamma aveva esposto minuziosamente a mio padre i motivi per cui avrebbe dovuto concedermi di andare in vacanza da zia Anna e zio Tom. Aveva detto qualcosa del tipo: «In fondo, tesoro, credo che se lo meriti di andare in vacanza con sua cugina, è uscita con ottimi voti e dovrà pure svagarsi un po'». Chiaramente stava cercando di convincere se stessa piuttosto che mio padre, che, a dirla tutta, mi sembrava piuttosto indifferente alla cosa.

«Cazzo, lo avevo detto io che c'era troppa roba» dico sedendomi letteralmente sopra la valigia per chiuderla.

Tutta colpa dei quindici maglioni di lana che mia madre mi ha costretta a portare. A cosa diavolo serviranno mai i maglioni in pieno luglio al mare? Roba da matti.

«Cloe, ti ho messo un panino con prosciutto e mozzarella...»

mi dice mia madre, investendomi letteralmente con un fiume di parole, «una vaschetta di pasta fredda e la torta di mele di nonna Lisa, però se avrai fame puoi sempre chiedere alla zia di prepararti qualcosa non appena arrivi» continua lei, seguendomi in soggiorno dopo che sono riuscita a chiudere quel maledetto trolley.

«Cercherò di non morire di fame, mamma, ma non so se ce la farò.» Mi giro spazientita.

Lei mi guarda offesa e io le sorrido, forse ho esagerato con le parole.

Sei un'ingrata!

Ma dai, Lucy (è così che chiamo la mia coscienza e, se ve lo state chiedendo, Lucy non è il femminile di Lucifero), non sto mica andando in un posto dimenticato da Dio e dagli uomini! A che mi serve tutto quel cibo?!

Sì, forse ha esagerato un po', lo ammetto…

Un po'? Ho un intero frigorifero in borsa!

«Su, Cloe, muoviti, altrimenti perderai il treno.»

«Mamma, ma mancano quattro ore alla partenza!»

«Meglio essere in anticipo che in ritardo, tesoro.»

È una guerra persa, tanto che non ho nemmeno la forza di ribattere.

Mi limito ad annuire, forse contagiata dall'abitudine di papà, e la assecondo dirigendomi alla porta.

Usciamo tutti insieme, perché ovviamente l'intera famiglia deve darmi il triste addio in stazione. Anzi è già tanto che non siano stati invitati i prozii e i cugini di secondo grado.

Che cosa ridicola.

Il sole è già accecante e il rumore del pietrisco che scricchiola sotto le ruote del mio trolley è l'unico suono che spezza il silenzio tombale con cui ci avviamo alla macchina.

Oh, ma andiamo, non sto mica partendo per il fronte! Ammetto che il viaggio è stato organizzato in modo un po' repentino, a dire la verità da un giorno all'altro, ma credo che sia esagerata questa specie di marcia funebre.

Il silenzio assordante continua per tutto il viaggio. Vera gioca con il cellulare, mio padre è concentrato sulla guida e mia madre… Be', lei è semplicemente pietrificata sul sedile.

Schiaccio il naso contro il finestrino, perdendomi nell'osservare Milano la domenica mattina.

Ci sono poche macchine, anzi pochissime, probabilmente sono ancora tutti a dormire, dato che, per fortuna loro, non hanno una madre che li fa alzare alle cinque del mattino per non perdere il treno delle due del pomeriggio.

Non riesco ancora a credere che trascorrerò le vacanze in un posto diverso dal solito paesino in Liguria.

Intendiamoci, la Liguria è fantastica, il mare, gli scorci, il cibo: è tutto fantastico. Ma voi capite che, dopo diciannove anni nello stesso posto, anche il più recidivo tra gli abitudinari sentirebbe il bisogno di cambiare! Per una volta, quella cosa chiamata fortuna, che sembrava essersi completamente scordata di me da qualche tempo a questa parte, ha deciso di strizzarmi l'occhio.

Da quello che ho capito io, zio Tom verrà a prendermi in stazione a Bologna con mia cugina Lara.

Già, ho una cugina e non è nemmeno troppo male, diciamo che la sopporto. Non ricordo mai quanti anni abbia esattamente, credo un paio più di me.

Non siamo amiche, ma non ci detestiamo nemmeno; siamo semplicemente... cugine. Ci vediamo una o due volte all'anno, a Pasqua o a qualche festa di compleanno, scambiamo quattro chiacchiere come se ci vedessimo ogni giorno e la cosa finisce lì.

Non ci sentiamo mai per telefono, non ci confidiamo pettegolezzi, non parliamo di ragazzi o dell'ultimo episodio di *The Vampire Diaries*, siamo legate unicamente dal fatto che le nostre madri sono sorelle.

E tutto sarebbe sicuramente continuato così per sempre, se in questo momento non stessi andando nella sua casa al mare per le vacanze.

Avremmo cominciato a parlare di team Damon e team Stefan come due BFF? Alla sola idea mi scappa una risatina isterica.

Dopo circa venti minuti di viaggio e aver vinto tutti il gioco del silenzio, eccoci avanzare solennemente nella Stazione Centrale di Milano.

La scena vista da fuori è abbastanza ridicola: una ragazza con uno stupido trolley a fiori, seguita da sua madre che continua a blaterare di tutte le precauzioni necessarie, che in teoria sua figlia dovrebbe ascoltare. Chiudono la fila, piuttosto indifferenti a tutto ciò che li circonda, il padre e la sorella minore.

Sarebbe anche divertente, se non fossi io la ragazza col trolley da dodicenne.

Pranziamo in stazione, dato che siamo arrivati con tre ore d'anticipo e in qualche modo bisogna pur ingannare il tempo. Ingoio un triangolo ripieno di ricotta e spinaci che ho il sospetto mi si ripresenterà prepotente per tutta la durata del viaggio e nel frattempo cerco di non sbadigliare in faccia a mia madre: in fondo sono una personcina educata!

«Allora, ricordati di chiamare ogni sera intorno alle 19.30, che siamo tutti a casa» ricomincia mia madre ripetendo la stessa raccomandazione esattamente per la cinquantaquattresima volta.

«Mmh, mmh» annuisco.

«E sii gentile con gli zii, sono stati molto carini a ospitarti per le vacanze. Mi raccomando, Cloe, tieni a freno la lingua e conta fino a mille prima di parlare. Promettimelo!»

«Okay» le dico unicamente per farla contenta.

Guardo l'orologio, manca ancora un'ora. Maledetto treno.

«Se hai bisogno di qualsiasi cosa, chiedi a zia Anna, sai che ha sempre una soluzione per tutto!»

Muovo il capo su e giù, annuendo di nuovo.

«D'accordo, credo sia tutto» dice infine in un sospiro.

Che strano, a me sembrava che il discorso potesse considerarsi chiuso almeno un'ora fa.

Questa focaccina è davvero tremenda, mi resterà sullo stomaco a tempo indeterminato. Primo proposito per la vacanza: da domani devo assolutamente ricominciare a correre. Magari se riesco a svegliarmi presto vado in spiaggia.

«Hai chiamato Riccardo?» tuona mia madre all'improvviso, distogliendomi dall'immagine idilliaca di me che corro in riva al mare.

La guardo con sguardo bovino, non particolarmente sveglio. «Riccardo?»

«Riccardo. Il tuo fidanzato!»

Oh, cazzo.

Mi alzo di scatto e mi precipito fuori dal bar con già il telefono incollato all'orecchio.

Ho un ragazzo. Si chiama Riccardo.

Okay, questo lo avete già capito.
Niente altro da aggiungere.

Be', certo, una spiegazione molto chiara ed esaustiva.
Dai, Lucy, zitta.

Cos'altro dovrei dire? Insomma, non c'è nulla da raccontare: stiamo insieme da due anni e non ci vediamo da circa cinque mesi perché lui abita a Torino e io a Milano.

Si è trasferito un anno fa, studia Economia delle scienze di qualcosa all'Università di Torino. Classico ragazzo perfetto, carino, educato, secchione e...

«Pronto? Pronto, Cloe?»

La sua voce mi distrae.

«Ehi... come stai?» gli chiedo mordendomi intanto ansiosamente le labbra.

Mi sono totalmente dimenticata di avvisarlo di questo improvviso cambio di programma delle mie vacanze. Il che non sarebbe grave se non avessimo già concordato che lui sarebbe venuto da me in Liguria non appena avesse finito la sessione estiva degli esami.

Sono un disastro.

«Tutto benone, ho dato un esame questa mattina.»

«Ah, sì? Com'è andato?» gli chiedo per sembrare interessata.

Non pensate male, non sono una persona così orribile come sembra. È solo che sono concentrata a trovare il momento giusto per dirgli che sto partendo per l'Emilia-Romagna. Okay, il momento giusto sarebbe stato ieri, ma tant'è...

«Credo bene, ho studiato diritto bancario dall'inizio del semestre e se non valesse così tanti crediti avrei studiato sicuramente di meno, senza contare che il test scritto...» Lui parla a ruota libera ma io non riesco proprio ad ascoltarlo in questo momento.

Mi perdo a osservare gli stivali verde fluo di una tizia al bar di fronte. Ma come le è venuto in mente di comprarli verdi? E poi, gli stivali, con 35 gradi, saranno legali?

«Cloe? Pronto?»

«Sì, sì, ci sono... Senti, devo dirti una cosa» dico, afferrando il toro per le corna.

Non sono una campionessa di tempismo, lo confesso.

«Ti ascolto...» mi risponde lui piano. Dal tono sconsolato che ha, sembra quasi che si stia aspettando una delle mie trovate... e non ha tutti i torti!

Tiro un profondo sospiro.

«Ecco, ti ricordi quando avevamo deciso che saresti venuto da me in Liguria quest'estate? Dunque...»

«Cloe, ti prego non dirmi che è saltato tutto.»

«Be', non proprio. Cioè sì, ma non esattamente...»

Sarebbe stato tutto più semplice se fossi capace di mentire: potevo inventarmi che mia zia si era rotta la gamba, mia cugina era emigrata improvvisamente in Australia e quindi dovevo andare io a darle una mano. E invece no, ero lì con la lingua che si attorcigliava cercando di dare una spiegazione plausibile a una situazione che di plausibile non aveva proprio nulla. La verità era che mi ero completamente scordata di Riccardo. Ma potevo forse dirgli una cosa simile? Ovviamente no!

«Cloe!!! Lo sai quanto ci ho messo a organizzarmi con gli esami e con i miei per venire da te?! Perché diamine hai cambiato idea?»

«Ma non ho cambiato idea. Cioè, non è colpa mia!»

«E allora? Cosa diavolo è successo?» dice, alzando decisamente il tono.

Okay, va bene: ha ragione a incazzarsi. Perfettamente ragione. Ma se c'è una cosa che proprio non sopporto è la gente che urla: mi innervosisco subito!

«Senti, innanzitutto non gridare perché io sto cercando di spiegarti con calma le cose come stanno.»

«Be', al momento io non ho ancora ricevuto alcuna spiegazione.»

«Se mi lasciassi parlare forse sarei in grado di dartela.»

Ma perché diavolo mi sono fidanzata? I single hanno una vita molto più semplice.

«Allora, per farla breve, è andata così: ieri sera mia zia, quella di Bologna, mi ha invitato a passare le vacanze nella loro casa al mare e io ho accettato. Mi dispiace immensamente ma mi sono completamente dimenticata di ciò che avevamo organizzato. Ora però non posso proprio tirarmi indietro, ho già preso i biglietti del treno e i miei zii mi aspettano da loro oggi stesso» dico tutto d'un fiato, togliendomi finalmente questo peso dallo stomaco.

Seguono attimi di silenzio assoluto e io allontano il telefono per vedere se è ancora in linea.

In quel momento vedo mia madre sbracciarsi, guardo l'orologio e mancano venti minuti all'arrivo del treno.

Le faccio cenno di aspettare un secondo e ritorno al telefono.

«Riccardo, ci sei? Dimmi qualcosa.»

«Cosa dovrei dirti, Cloe, fai quello che vuoi. Non ti interessa di ciò che pensano gli altri, ti importa solo di te stessa e di quello che devi fare tu. Il mondo gira sempre tutto intorno a te!»

«Non è assolutamente così! Ho preso una decisione un po' affrettata, lo ammetto, ma dopotutto avrò anche io il diritto di scegliere o no? O sei solo tu quello che può andarsene a Torino e lasciarmi qui da sola come una scema per un anno intero? Scusami tanto se ho avuto un'opportunità di fare qualcosa di diverso e l'ho presa al volo.»

«Quanto starai via?»

L'unica cosa che ha da dirmi è quanto starò via? Non ho voglia di discutere. Sono stufa.

«Due mesi» rispondo secca.

Non dice nulla.

Vedo mia madre ormai furiosa attraversare il corridoio a grandi falcate nella mia direzione.

«Senti, Riccardo, ora devo proprio attaccare, devo prendere il treno. Ci sentiamo dopo» dico di fretta, chiudendo la chiamata.

Razionalmente so che lui ha ragione da vendere, dovevo avvisarlo, discuterne insieme e prendere una decisione di comune accordo. Le persone mature fanno così.

Ma io, per una volta, non voglio essere matura. Voglio essere una diciannovenne spensierata come tutte le altre, che non deve rendere conto a nessuno. Forse dentro di me sento che voglio riprendermi la mia libertà, anche da Riccardo.

Prendo il mio trolley e vado verso mia madre.

CAPITOLO 2

Non ho mai preso un treno.

Lo so che può sembrare ridicolo, ma credetemi, questa è la prima volta che vedo un Frecciarossa.

Quando mia madre mi aveva annunciato che sarei andata a Bologna in treno, nella mia mente si era materializzata l'immagine della stazione di King's Cross con tanto di espresso per Hogwarts incorporato.

Anzi, a dire la verità mi immaginavo anche una folla di persone che salutava i familiari con abbracci calorosi e baci passionali, come se non dovessero rivedersi mai più.

Qui però non ci sono né baci né tristi addii, c'è solo una massa informe di gente che sale sul treno freneticamente, nell'indifferenza più totale.

L'unica a ricevere una buona dose di commossi sbaciucchiamenti sono io.

Mia madre mi ha ripetuto un'ultima volta l'elenco delle raccomandazioni tutto d'un fiato e con un ultimo saluto a tutti sono balzata su quel treno più in fretta che potevo, prima che ricominciasse di nuovo la tiritera.

C'è davvero tanta gente.

Troppa.

Una vecchietta guida la fila dei passeggeri nel corridoio principale e siamo tutti schiacciati come sardine in una lunga processione, alla ricerca del posto assegnato.

Leggo il numero del mio sul biglietto ormai spiegazzato e cerco di sorpassare, chiedendo permesso qua e là.

Finalmente lo trovo e per fortuna non è vicino al finestrino:

odio i posti vicini al finestrino, ci sono insetti e schifezze varie spiaccicate sopra, per lo meno sugli autobus è sempre così.

Sollevo la valigia e la incastro negli appositi spazi sopra i sedili.

Nei posti intorno a me non c'è nessuno e spero che la situazione resti così per tutto il viaggio.

Non ho minimamente intenzione di parlare con qualcuno, né tantomeno di fare nuove conoscenze.

Voglio solo godermi la solitudine.

Mi piace stare da sola. Le persone cercano sempre la presenza di qualcuno, per poter dire di non essere "soli" agli altri, ma soprattutto a se stessi. Io invece no. Io mi cullo nella mia solitudine: stare al cospetto dei miei pensieri, per quanto incasinati possano essere, mi dà pace.

Attacco le cuffiette all'iPhone e scorro le canzoni che ho scaricato in fretta stamattina.

Improvvisamente arriva un messaggio, è Riccardo: *Mi chiamerai almeno ogni sera?*

Sorrido involontariamente.

Dopotutto è un bravo ragazzo e mi dispiace di non passare l'estate con lui, so quanto ci tenesse.

Gli rispondo e poi chiudo finalmente gli occhi, facendomi trasportare dalla musica.

«Scusami! Ehi, scusa, mi fai passare?»

Mi sveglio di soprassalto, stordita. Devo essermi addormentata per qualche minuto, il treno non è nemmeno ancora partito.

La musica dell'iPhone mi risuona nelle orecchie e nella testa.

Stacco le cuffiette e alzo lo sguardo verso la voce che mi ha svegliato.

È una ragazza sui vent'anni con dei grossi occhiali da sole e un top color albicocca.

«Ho il posto vicino al tuo. Ti puoi spostare e farmi passare? In fretta, grazie!»

Stiracchio le braccia in avanti lentamente: devo svegliarmi per bene prima di iniziare a litigare.

«Mi hai sentito, ragazzina? Devo passare!»

Respiro. Okay. Respiro. Posso restare calma. Posso farlo, non è così difficile in fondo. Autocontrollo.

Sono tranquillissima.

Decisamente tranquilla rispetto alla situazione.

Sto migliorando.

«Scusami, ci conosciamo?» chiedo abbozzando un sorriso di circostanza.

L'atteggiamento di quell'oca spelacchiata cambia di colpo. Si abbassa gli occhiali da sole e mi guarda di sottecchi.

«Decisamente no» mi risponde infine volgendo gli occhi al cielo.

Si crede tanto furba: povera illusa.

«Che fortuna...» le sorrido di nuovo alzandomi per lasciarla passare.

Lei si fa avanti soddisfatta, ma io le blocco prontamente il passaggio.

«Non così in fretta, cara. Voglio darti un piccolo consiglio, rivolgiti ancora a me in quel modo, e potrai pure dire addio alla tua valigia arcobaleno e a quei quattro peli di gatto che ti trovi sulla testa. Spero di essere stata chiara, Miss Barbie dei miei stivali.»

Meno male che dovevi restare calma.

Alcune volte, mia cara Lucy, è un dovere morale fare certe cose.

La mia nuova "amica" si siede indispettita sul sedile accanto a me, e immediatamente si attacca al telefono strillando come una gallina strozzata.

Ho un tremendo bisogno che questo treno arrivi a destinazione il prima possibile per porre fine a questo strazio.

Estraggo dallo zaino uno dei centomila libri che mi sono portata.

Meglio prevenire, no? Nel caso questa vacanza si riveli uno schifo, almeno posso rifugiarmi nei miei adorati romanzi tormentati.

Scelgo Jane Austen e spero mi distragga dal profumo nauseante e dolciastro della mia vicina.

Pagina 76, ore 14.20: mancano quarantanove minuti. La mia amica sta masticando il quinto chewing gum da quando siamo partite: avrà sicuramente problemi di alitosi.

Pagina 109, ore 14.43: mancano ventisei minuti e la lima che si sta passando da dodici fottuti minuti su quelle unghie orrende mi sta provocando un esaurimento nervoso.

Pagina 132, ore 15.00: mancano precisamente nove minuti all'arrivo e il mio livello di sopportazione e contenimento vomito ha oltrepassato il limite consentito per qualunque essere umano.

Scatto in piedi, esausta, e rimetto alla svelta il libro nello zaino, tiro giù la valigia e scappo da quello strazio.

Ma solo a me capitano queste cose? È mai possibile?

Mi fermo davanti alla porta scorrevole d'uscita e, mentre aspetto, mando un messaggio a mia cugina per dirle che sono quasi arrivata.

Picchietto le dita sullo schermo del telefono.

Ho bisogno di respirare, ho ancora il naso sopraffatto da quel profumo di infima categoria dell'oca da competizione.

Non appena il treno si ferma e le porte si aprono, sono la prima in assoluto a scendere sulla banchina.

Percorro tutto il corridoio, trascinandomi dietro il mio splendido trolley e mi avvio verso l'atrio seguendo le indicazioni.

Dopo aver girato tutta la stazione almeno tre volte, finalmente riesco a trovare la maledetta erboristeria che mi aveva indicato mia cugina come punto di ritrovo.

Lei e mio zio stanno davanti al negozio.

Lui con «La Gazzetta dello Sport» appiccicata al viso e Lara con il telefono in mano.

Mio zio Tom, diminutivo di Tommasino, nome decisamente orrendo e quindi comprensibilmente abbreviato, è un uomo grassottello, piuttosto basso con degli occhiali incredibilmente spessi.

Non l'ho mai visto senza occhiali. Ora che ci penso... se li potrà togliere?

Comunque dicevo, è abbastanza paffutello, assomiglia un po' a Pisco, il tizio dei Magotti.

Chi ha capito la citazione entra ufficialmente nel club "gli sfigati che guardavano i Magotti", altrimenti andate su Internet e cercate "Pisco Magotti".

A dire il vero, mio zio Tom non è affatto male.

Mia cugina Lara è una ragazza minuta, con la propensione a cambiare colore di capelli almeno una volta al mese. Ha un piercing al naso. Alcuni lo trovano carino, per me invece è terribile, odio i piercing alla narice: mi immagino sempre il muco che si incrosta intorno alla barretta di metallo.

Disgustoso.

Lara è figlia unica, simpatica nonostante la passione per le borse Chanel e i vestiti firmati.

Mi avvicino trascinandomi dietro i bagagli e cerco di attirare l'attenzione, buttando lì un flebile «Ciao».

Mia cugina alza gli occhi dal telefono e mio zio tira giù «La Gazzetta», appiccicandosi ancora di più gli occhiali alla fronte con l'indice.

«Cloee» grida mia cugina, buttandomisi addosso in un caloroso abbraccio di benvenuto.

Cavolo, decisamente sopra le aspettative.

Resto impalata tenendo il trolley con una mano e lo zainetto con l'altra mentre Lara mi stritola, letteralmente.

Mi assicuro che si tratti della stessa cugina che vedevo ogni anno al compleanno della nonna e che mi degnava giusto di qualche parola. Dev'essere parecchio cambiata nell'ultimo anno, a quanto pare.

Ricambio l'abbraccio abbozzando un sorriso.

«Allora, sei a mille per questa vacanza? Ci sballeremo da matte, vedrai!»

Nonostante mi stia sentendo decisamente fuori posto e stia ricambiando il suo abbraccio con lo stesso calore di un cubetto di ghiaccio, il suo frizzante entusiasmo mi contagia e nella mente scorrono immagini confuse di possibili modi per "sballarsi" in quell'estate che mi stava aspettando.

Mi riscuoto non appena mia cugina molla la presa.

Mio zio non ha smesso un attimo di sorridere da quando mi ha vista: sembra quasi che stia girando la pubblicità di un collutorio.

«Ciao, zio Tom» gli dico con tutta la cortesia del caso.

Non abbiamo tanta confidenza da abbracciarci e non inizierò di certo ora con le smancerie solo perché mi ospiteranno.

Mi limito ad alzare la mano in segno di saluto e a rivolgergli il sorriso più sincero del mio repertorio.

«La piccola Cloe! Sei cresciuta parecchio a quanto vedo» esclama soddisfatto della sua trovata.

Tipica frase della gente che non sa cosa dirti.

«Be', zio, non penso di essere cresciuta tanto da quando ci siamo visti l'ultima volta. È passato solo qualche mese...»

Gli sorrido ancora, sperando che non prenda la decisione di continuare questo discorso privo di senso.

«Non mi sbaglio mai in queste cose, sei davvero una signorina ora.»

Che imbarazzo.

Che gli dico?

«Allora, Cloe, com'è andato il viaggio? Su racconta!» Per fortuna Lara deve aver capito la situazione e io la ringrazio mentalmente di avermi tirato fuori da quell'imbarazzante discorso.

«Bene, Lara... Anzi no, bene un tubo! Avevo una compagna di viaggio insopportabile.»

«Ma davvero?? Che è successo? Racconta!»

La sua euforia è contagiosa, lo ammetto.

Decido di abbassare un po' la guardia e lasciarmi andare.

Dopotutto devo "sballarmi" in questa vacanza, giusto?

«Conosci il vero significato della parola "detestabile"? Ecco, quella ragazza era assolutamente detestabile.»

Lei scoppia in una risata e io la seguo a ruota. Forse, dopotutto, questa vacanza non sarà così orrenda.

«Bene, ragazze, è arrivato il momento di metterci in viaggio. Anna sta già preparando la cena per stasera e avremo due ore buone di macchina da fare, considerando il traffico» ci interrompe zio Tom, togliendomi il trolley e lo zainetto dalle mani.

Ancora due ore? No, non ce la posso fare. Sento distintamente le proteste del mio stomaco. Lo so che sono solo le 15.30 ma una misera focaccina e saltare la merenda mi rendono particolarmente affamata.

«Lascia stare i bagagli, zio. Posso portarli io, non c'è problema.»

«Cloe, non preoccuparti. Ora sei nostra ospite, giusto?» ribatte lui con un sorriso e un occhiolino, avviandosi verso il parcheggio della stazione.

Ricambio il sorriso e, seguendolo, io e Lara ricominciamo a chiacchierare sulle disavventure di quella mattina.

Eppure c'è un pensiero che non riesco assolutamente a scacciare dalla mia mente: manca decisamente troppo alla cena!

CAPITOLO 3

Siamo in macchina da quasi due ore e mio zio, che ha già cantato tutto il repertorio di Gigi D'Alessio, ha appena attaccato con il Best of di Nino D'Angelo.

Ma è normale che un bolognese sia un fanatico di canzoni napoletane?

Il mio stomaco sta proiettando miraggi su quella cena che millantava prima zio Tom.

Chissà, ci sarà la maionese a tavola?

Amo la maionese, anche la mattina con i biscotti.

È disgustoso, lo so.

«Allora, Cloe, cosa hai scelto di fare l'anno prossimo all'università?»

È tutto il viaggio che Lara se ne esce con domande a caso sulla mia vita. Forse lo sta facendo per mettermi a mio agio, ma in realtà sta ottenendo esattamente l'effetto opposto.

Sono intollerante alle domande, detesto sia farle sia rispondere a chi me le fa.

La tecnica di rispondere seccamente pare non sia servita a far capire a mia cugina che dovrebbe smetterla di chiedere. Sembra mia madre.

«No, Lara, ancora non ho deciso. Ho passato un po' di test, sceglierò a settembre.»

«Che test hai passato?»

Non molla proprio, maledizione.

«Beni culturali, Design...»

«Davvero? Non pensavo fossi un'appassionata d'arte.»

Già, neanche io.

«Tu invece cosa stai studiando?» cambio argomento, per evitare altre domande.

«Economia e marketing, all'Università di Bologna.»

Resto in silenzio annuendo, come ho detto non mi piace fare domande e impicciarmi nella vita degli altri, ma sembra che Lara non abbia alcun problema a raccontarmi per filo e per segno i dettagli della sua. È un libro aperto e ha una parlantina impressionante.

Ricomincia infatti subito a parlare, spiegandomi i vari pro e contro della facoltà di Economia e di come si stia preparando a un esame di sbarramento.

A essere sincera, la ascolto con un orecchio solo prestandole l'attenzione minima richiesta dal caso.

Mi perdo a guardare dal finestrino le piccole case immerse in un campo di girasoli che sembra infinito.

Lo faccio sempre. Adoro vedere la vita che scorre al di là del finestrino di una macchina: la si coglie solo per un momento ma si può fantasticare su chi abita in quelle case e ogni mattina va a lavorare, magari proprio in quei campi. Quelle persone non sanno che mi sto immaginando le loro vite e questa cosa, seppur banale, mi affascina.

«Cloe? Cloe, ci sei?»

La voce di mia cugina mi strappa di nuovo dai miei pensieri, un po' troppo bruscamente per i miei gusti. Si gira verso di me, facendo spuntare la testa da sopra il sedile.

«Siamo arrivati» annuncia con un sorriso compiaciuto.

Mio zio parcheggia dentro un cortiletto. Ero così immersa nel mio mondo da non accorgermi che eravamo usciti dall'autostrada da un pezzo, ma secondo mia cugina non mi sono persa poi granché. Da quello che mi ha detto, questo posto è un lido molto piccolo a nord di Rimini e la loro casa è subito all'ingresso del paese.

Domani penso che andrò a correre: se questo paese è così piccolo come dice Lara, voglio girarlo da cima a fondo.

Scendo dall'auto, con la gonna tutta spiegazzata e incollata alle gambe per il caldo. Ecco perché odio le gonne, per fortuna non sarò obbligata da mia madre a metterle anche quest'estate, anzi credo proprio che le brucerò tutte. Il falò è una tradizione da spiaggia estiva, giusto?

Mi guardo intorno ed è molto più bello di quanto mi aspettassi: una casetta con le finestre in legno sbuca in fondo al piccolo cortile, circondata dal verde mentre dall'altro lato c'è la strada dalla quale siamo arrivati, costeggiata da piccole palme sul marciapiede di destra.

Non è Los Angeles, ma è carino. Molto carino.

Zio Tom non mi ha permesso in alcun modo di aiutarlo con i bagagli, non ha voluto nemmeno che portassi lo zainetto. Questa cosa mi riempie di imbarazzo, ma ho già capito che è una battaglia persa: sono loro ospite e hanno deciso che dovrò essere servita e riverita!

Gli scalini in pietra portano a una veranda in legno, tutta bianca e con dei piccoli vasi di primule sul davanzale.

Lara entra in casa attraverso la porta-finestra e mi fa segno di seguirla.

Un profumo di sugo al ragù mi invade all'istante e diventa sempre più intenso a mano a mano che ci avviciniamo alla cucina, solleticando le pareti del mio stomaco oltre che del mio naso.

«Mamma, siamo arrivati!» urla Lara.

«Arrivo!» grida zia Anna di rimando.

Come non riconoscere il suo classico accento bolognese? Da quando si è sposata con zio Tom ed è andata a vivere a Bologna ha completamente perso l'inflessione milanese.

Zia Anna fa il suo ingresso in salotto, tutta indaffarata, con una ciotola in mano e un mestolo nell'altra. Indossa un grembiule a fiori che si intona perfettamente al mio trolley.

«Cleo!» urla di nuovo venendomi incontro.

1. Perché urlano tutti qui? È un'usanza tipica?
2. Mi chiamo Cloe, cazzo.

Dai, rilassati. Sei troppo suscettibile.

Va bene, Lucy, allora d'ora in poi ti chiamo Antonella. Sei contenta?

E dai su. Non è colpa sua se hai un nome complicato.

«Come stai, tesoro?» continua lei allargando le braccia, facendomi notare di avere le mani occupate e non potermi abbracciare.

Per fortuna, aggiungerei.

«Bene, zia Anna. È molto bello qui.»

«Oh, sì, cara, è davvero un posticino delizioso. Vedrai che te ne innamorerai subito.»

«Non ne dubito, mi piace già.»

Non sono estremamente gentile? Sto diventando proprio una brava ragazza.

«Aspetta di vedere tutto il resto, tesoro mio, e non te ne vorrai più andare, credi alla zia» mi confida sottovoce, come fosse un segreto.

Tutto il resto cosa, esattamente?

Non faccio neppure in tempo ad aprir bocca che Lara mi prende per un braccio, trascinandomi su per le scale di legno.

«Vieni, Cloe, ti faccio vedere la tua stanza» annuncia trionfante.

Zia Anna sorride, facendomi segno di andar pure.

Riconosco quello sguardo, è uguale a quello di mia madre. Vuol dire: "Vai pure, tanto ho due mesi interi per tempestarti di domande!". Buon sangue non mente.

«Allora, Cloe, questa è la mia camera e quella laggiù in fondo è la tua. Vai pure a dare un'occhiata, io metto un secondo in carica il telefono, ti raggiungo subito» dice tutto d'un fiato Lara, facendomi l'occhiolino e aprendo la porta della sua stanza.

«Okay» le sorrido.

Percorro il corridoio. Ci sono dei quadri appesi alle pareti bianche e sono quasi tutti paesaggi. Mi mancano i suoi quadri.

Apro la porta della mia stanza e vengo accecata dalla luce riflessa su un grande specchio dell'armadio a parete.

Mi soffermo sui dettagli: il letto è alto e le lenzuola sono lilla come le pareti. Mi piacciono le primule sul davanzale della finestra. L'armadio, di fronte al letto, è gigantesco. Per fortuna, visto che i maglioni che mia madre mi ha costretta a portare occupano un sacco di spazio.

Mi butto sul letto; sono troppo stanca, questo viaggio mi ha letteralmente distrutta.

Sento bussare alla porta, peccato, avrei proprio voluto chiudere un po' gli occhi! «Cloe, posso entrare?»

Mi metto a sedere.

«Certo, entra pure, non c'è bisogno di chiedere. Insomma, questa è casa tua.»

«Che c'entra? Ora questa è la tua camera a tutti gli effetti!

Non devi sentirti a disagio qui, fai come se fossi a casa tua. Dico davvero.»

«Be', se la metti così... Ti ringrazio tanto, Lara.»

Ora sono davvero in imbarazzo; smettiamola, cara cuginetta, ti prego.

«Sistemati pure come meglio credi. Tra poco papà porterà su i tuoi bagagli.»

«Okay, grazie mille.»

«Perfetto allora se non c'è altro, io vado in camera mia. Se hai bisogno di qualcosa, chiamami o vieni da me, non farti alcun problema.»

«Va bene, Lara, grazie.»

Grazie, grazie, grazie. Non so dire altro. Esiste un sinonimo di "grazie"? Mi sento stupida.

Lara mi sorride e si avvia verso la porta.

«Ah, Cloe, di solito noi mangiamo intorno alle 20.30 quindi manca ancora un po' alla cena. Però se hai fame, mamma ieri ha preparato degli ottimi pancake, se vuoi scendiamo a fare merenda! Cioè forse è un po' tardi però...»

Lara, penso di amarti.

«Non vedo come potrei rifiutare!» la interrompo in un lampo, sfoggiando il mio migliore sorriso da Stregatto.

Lei si mette a ridere di gusto e io scatto in piedi in un attimo, seguendola giù in salotto.

Adoro il cibo, è per me una vera fonte di gioia, si era capito?

Questa vacanza sta iniziando alla grande.

CAPITOLO 4

Dopo essermi rimpinzata di pancake, sono tornata nella mia camera.

Zia Anna ha insistito che mi portassi su un altro di quei dolcetti deliziosi, nel caso avessi avuto voglia di mangiarne ancora, cosa del tutto improbabile dato che ne ho mangiati una quantità assurda.

Ma ricordate: non si rifiuta mai del cibo, in nessuna circostanza. È un altro dei doveri dell'ospite perfetto.

Dove vada a finire tutto quello che mangio, francamente resta ancora un mistero, sta di fatto che, da quando sono piccola, ho un rapporto di profondo amore con il cibo. Assaggio tutto, senza problemi, sono curiosa e sempre alla ricerca di gusti nuovi e particolari. Eppure, nonostante questo, c'è sempre qualche scemo di turno che se ne esce con la domanda: «Sei troppo magra, ma mangi?». Ma perché la gente non impara a farsi i fatti suoi?

Mi chiudo in camera e poso il dolce sul tavolino e apro tutte le ante dell'armadio: come mi aspettavo è tutto perfettamente pulito, completamente vuoto e molto grande.

«Cloe, posso entrare? Ti ho portato i bagagli» bussa mio zio alla porta.

Richiudo alla svelta tutte le ante, sarei sembrata pazza con tutto l'armadio aperto senza ancora alcun vestito da infilarci dentro.

«Sì, certo, Pis… ehm, zio Tom» urlo non appena ho richiuso tutto.

Tanto qui è normale urlare per qualsiasi cosa, no? Tanto vale che lo faccia anche io. A casa mia c'è sempre tanto silenzio.

«Entra pure, zio» gli dico con più gentilezza.

Dopotutto è così dolce con me…

«Ti ho portato tutte le tue cose, cara, e zia Anna mi ha detto di dirti che i tuoi asciugamani sono tutti ben sistemati in bagno.»

«D'accordo, zio, grazie mille.»

«Grandioso, allora io scendo di sotto. Se hai bisogno di qualcosa, non farti alcun problema a chiedere, siamo intesi?»

Rido. "Grandioso" non lo sentivo più dai tempi della maestra Giovanna all'asilo.

«Certo, zio, non preoccuparti.»

«A dopo allora!»

«A dopo.»

Zio Tom esce dalla mia camera con passo felpato.

È così strano che siano tutti così silenziosi a camminare o a bussare, ma urlino come scimmie quando parlano.

Sarà una tradizione bolognese, ne sono sempre più sicura.

Apro il trolley e lo svuoto letteralmente a terra.

Se solo mi vedesse mia mamma…

Rido alla sola idea della sua faccia raccapricciata.

Sistemo ogni cosa nei cassetti vari, anche se so che tra qualche giorno sarà tutto sparso in disordine per la camera, ma mi sembra doveroso iniziare con le migliori intenzioni.

Metto i maglioni sul ripiano più alto dell'armadio, tanto non mi serviranno a nulla, tutta colpa di quella testa dura di mia madre…

Caspita, mia madre!!!

Mi rendo conto solo in questo momento di non averla neppure avvisata di essere arrivata.

Frugo nello zainetto per cercare il telefono e come sospettavo ci sono una decina di chiamate e una cinquantina di messaggi di mamma che minaccia di denunciare la mia scomparsa alla polizia.

E adesso, che le dico?

Mi servirebbe mia sorella Vera, è lei quella esperta in bugie.

Se le dico semplicemente di essermi dimenticata, posso salire immediatamente sul primo treno e tornare a Milano.

Be', dopotutto dovevo chiamare ogni giorno alle 19.30, o mi sbaglio? Le posso dire di aver appositamente aspettato che arrivasse l'ora che avevamo stabilito per chiamarla.

Eh, certo, secondo te ci crede.

Ti prego. Se non hai intenzione di aiutarmi almeno non rendermi la vita più complicata.

Metto a tacere la mia coscienza ribelle e chiamo mia mamma.

Il telefono non fa in tempo a fare il secondo squillo che la sua voce mi rimbomba nelle orecchie.

«Cloe, dove diavolo ti eri cacciata!! Si può sapere perché non mi hai chiamato?! Eravamo tutti preoccupatissimi.»

Che esagerazione.

Già vedo mio padre seduto tranquillamente sul divano ad annuire alle preoccupazioni inutili di sua moglie.

«Mamma, aspetta, ascoltami un sec...»

«Cloe, non ci siamo!! Non mi interessa sentire che scusa ti sei inventata stavolta! L'unica condizione di questa vacanza era di farti sentire e ti sei completamente dimenticata di chiamare a casa. Per lo meno, avvisa che sei arrivata. No?»

«Lo so, mamma, ma...»

«Nessun "ma", signorina! La prossima volta torni dritta a Milano, siamo intesi?»

Ho qualche possibilità di ribattere? Assolutamente nessuna.

Be', per lo meno non devo sforzarmi di inventare una bugia da dirle.

«Intesi, signor capit... ehm, mamma.»

«Vedi di fare poco la spiritosa, Cloe Monteri, che non ci metto niente a venirti a prendere.»

«D'accordo...»

Sono sfinita, non ho le forze per litigare.

«Comunque ho chiamato la zia due ore fa e mi ha assicurato che eri arrivata...»

Ma allora?! Se ha chiamato zia Anna per quale assurdo motivo se la prende tanto con me!!

Metto il vivavoce e mi sdraio sul letto esausta. Sarà per il viaggio, sarà per questa vacanza improvvisa o sarà per mia madre che non la smette un secondo di parlare delle possibili condanne che mi infliggerebbe qualora adottassi nuovamente un comportamento simile in futuro.

«Cloeee, è pronta la cena!!!» urla mia cugina Lara dal corridoio.

«Arrivo!» le grido di rimando.

«Mamma, ora devo proprio andare, è pronta la cena. Ti chiamo domani alle 19.30, come concordato.»

«Ah, quindi mi ascolti quando ti parlo!»

«Certo, mamma, come potrei non farlo?» le dico con fare teatrale e lei ride.

«Anche se mi fai arrabbiare come una matta, mi manchi, piccola.»

Ecco, ci risiamo con le smancerie.

Un attimo prima mi vuole giustiziare, quello dopo mi tratta come un peluche rosa batuffoloso.

«Anche tu.» Solo il cielo sa quanto mi costi pronunciare quelle parole, ma sento che oggi devo proprio farmi perdonare.

Mia madre non risponde subito, sicuramente sorpresa dalla mia risposta: una delle poche certezze che ho nella vita è che mia madre mi conosce come nessun altro e sa benissimo quanto sia difficile per me parlare di sentimenti. Sono molto fredda quando si tratta di dimostrazioni d'affetto, lo sono sempre stata.

Sento, infatti, che sono già ben oltre i miei standard per cui saluto mia madre e corro di sotto.

Il tavolo in salotto è magnificamente allestito, come se fosse la cena di un giorno di festa, con la tovaglia intonata ai tovaglioli e ai piatti.

Zio Tom e Lara sono già seduti ai loro posti, mentre zia Anna fa avanti e indietro dalla cucina per portare in tavola tutto ciò che ha accuratamente preparato.

«Scusate il ritardo, ero al telefono con mia mamma e sapete come è fatta...»

«Ah, Cloe, a proposito, mi sono dimentica di dirti che Luisa ha chiamato qualche ora fa, era preoccupata che non l'avessi ancora avvertita e l'ho rassicurata al meglio che potevo.»

Caspita, pensa se non l'avesse rassicurata. Mi avrebbe sbranata viva.

«Ti ringrazio, zia Anna, è tutto a posto.»

Sposto la sedia, mi piazzo accanto a mia cugina e zia Anna mi riempie il piatto con una squisita lasagna al ragù.

Devo ammettere che inizia a piacermi questo ambiente e sono visibilmente meno a disagio di prima e la cucina di mia zia è eccezionale, quasi quanto quella di mia madre.

Divoro letteralmente la lasagna e, quando finisco, gli altri sono ancora a metà.

Arrossisco per l'imbarazzo.

«Era buonissima» annuncio, quasi scusandomi.

«Sono contenta che ti piaccia, tesoro» risponde tranquillamente mia zia. «Se vuoi puoi prenderne ancora» aggiunge lei sorridendo al mio piatto vuoto.

Non me lo faccio ripetere due volte, annuisco e mi riempio il piatto con un altro pezzo di lasagna.

«Allora, Cloe, com'è andata la maturità? Luisa ha detto che sei stata molto impegnata con lo studio nell'ultimo periodo» inizia zio Tom.

«Sì, abbastanza, ho passato gli ultimi mesi solo a studiare, praticamente... Però me la sono cavata abbastanza bene.»

«Non fare la modesta, sappiamo che hai avuto voti eccellenti. Ce lo ha detto Luisa» interviene zia Anna.

E allora cosa me lo chiedete a fare?

Non fare la maleducata come al solito.

Okay. Okay.

«Non mi posso lamentare, ecco...» rispondo vaga.

«Quindi te la meritavi proprio questa vacanza!» mi dice Lara facendomi l'occhiolino.

Le rispondo con un sorriso sincero: mia cugina è bravissima a cambiare discorso al momento giusto.

«Ti divertirai sicuramente! Poi domattina conoscerai gli altri ragazzi...» annuncia euforica zia Anna.

La lasagna mi va di traverso e inizio a tossire convulsamente. Bevo un po' d'acqua per tornare a respirare.

«Altri ragazzi? Ma in che senso?» chiedo sconcertata.

Ma io pensavo di passare l'estate andando in spiaggia a correre da sola, farmi qualche bagno al giorno, stordirmi di cruciverba e pisolini.

Non mi piace conoscere gente nuova, in più senza alcun preavviso: non so mai come comportarmi e che cosa dire.

«Il resto della compagnia, tesoro... Lara non te ne ha parlato?»

Perfetto, c'è addirittura una compagnia di ragazzi!

Già mi vedo in mezzo a un gruppo di buzzurri sotto una pineta ad ascoltare musica assordante, con in sottofondo una nauseante puzza di fumo.

Non essere tanto tragica!
Sarà sicuramente così.

«Non penso che mi aggiungerò al gruppo» intervengo cortese.
Tutti si voltano di scatto nella mia direzione.
«E perché mai?» commenta zia Anna.
«Perché sarei di disturbo... Non vorrei mai intromettermi nella cerchia di amici di Lara.»
Non ci crederanno mai. Sono pessima a mentire.
«Ma per me non c'è nessun problema» dice mia cugina.
Io non ci credo che lei voglia davvero condividere i suoi amici con me, sono convinta che lo stia dicendo semplicemente per cortesia, obbligata dalla presenza dei suoi genitori.
Insomma, Lara è pur sempre una ragazza e, come quasi tutte le ragazze della nostra età, ama stare al centro dell'attenzione.
In più, per quanto mi riguarda, non ha proprio nulla di cui preoccuparsi: non ci tengo proprio a conoscere i suoi amici.
«Ti ringrazio, Lara, ma...»
«Nessun "ma", tesoro, Lara ha detto che non c'è problema, quindi starai con loro. Ti divertirai, vedrai!» mi interrompe mia zia.
Accidenti se è testarda!
In tutto questo Pisco se ne sta comodamente seduto a mangiarsi la sua terza porzione di lasagna, assistendo divertito alla nostra conversazione. Quanto lo invidio.
Vorrei essere Pisco, in questo momento.
Chissà se ha capito che non ho proprio la minima voglia di entrare a far parte della compagnia di Lara.
Dopo aver fatto il bis di lasagne e mangiato come secondo una fetta di colomba (lo so che non è Pasqua, ma è troppo buona!) posso dire di essere ufficialmente sul punto di esplodere.
Ci alziamo tutti da tavola e io, con la scusa di aver un sonno tremendo (che un po' è anche vero) salgo in camera mia.
Sistemo il trolley sotto il letto gigante su cui mi butto letteralmente a peso morto: sono così stanca che non penso riuscirò ad alzarmi per lavarmi i denti.

Ma che schifo!

Me ne frego.

Lucy, sei troppo precisa e educata per essere la mia coscienza: volevo dirtelo da tanto.

Io ho una certa reputazione al contrario tuo, che fai tutto a caso.

Se dovessi seguire i tuoi consigli, a quest'ora sarei una povera sfigata coi baffi.

Mi ritiro.

Ecco, brava. Adios.

Gli occhi si fanno improvvisamente pesanti, il cuscino è morbido e il profumo di lavanda di quelle lenzuola mi avvolge totalmente.

Le palpebre non riescono più a rimanere aperte.

Sono sfinita, ma stranamente contenta.

Non mi aspettavo tutto questo.

Mi piace questo posto.

Mi piace questa vacanza.

Domattina vado a correre.

Sì, penso proprio che andrò a correre.

Buonanotte.

CAPITOLO 5

Il sole filtra dalle tende lilla della grande finestra. Ieri sera mi sono completamente dimenticata di chiudere le persiane, ero davvero stanchissima.

Stiracchio le gambe e mi sollevo sui gomiti ancora un po' assonnata.

È una condanna avere lo specchio gigante davanti al letto: non potrò mai in alcun modo evitare ogni mattina di constatare il mio aspetto orrendo e far scappare di conseguenza la mia autostima a gambe levate.

Ma per il resto, la camera è davvero carina: le travi in legno del soffitto, la finestra ampia, il lilla sparso un po' ovunque.

Mi stropiccio gli occhi e controllo l'ora sul telefono: sono quasi le sei. Perfetto!

Dovete sapere che io odio svegliarmi tardi. Non lo sopporto proprio.

Quando mi sveglio tardi, solitamente, mi viene un gran mal di testa.

E poi mi piace fare le cose con calma.

Te la prendi proprio comoda. Il che è diverso!

Vabbè, okay, spesso con decisamente troppa calma, dato che riesco a essere comunque sempre in ritardo.

Ma sono fatta così: sono una sorta di mattiniera ritardataria.

Mi alzo in fretta, raggomitolando le lenzuola in una pallottola informe (giuro che dopo colazione rifaccio il letto) e mi piazzo davanti allo specchio sistemandomi i capelli disordinati.

Ho i capelli mori, mi arrivano al seno, leggermente mossi: non ho mai trovato un sistema efficace per farli lisci senza che assomiglino paurosamente allo scopettino del bagno e se li arricciassi sembrerei un barboncino, quindi non mi resta che lasciarli così, nella loro assoluta indecisione e banalità. Se non altro, mi rispecchiano.

Mi faccio una coda alta e prendo dall'armadio un top nero e dei pantaloncini dello stesso colore. Lo ammetto, non ho molta fantasia quando si tratta di vestiti.

Vado a farmi una doccia veloce nel bagno di fronte, quello che in teoria dovrebbe essere mio e di Lara, dato che ci sono i suoi trucchi sparsi un po' ovunque.

Ecco un'altra cosa che dovete sapere di me: non mi piace truccarmi. Per due semplici motivi essenziali:

1. Non ho pazienza;
2. Non devo nascondermi da nessuno.

Lo so, lo so: ho delle teorie tutte mie un po' strane. Ma, in fondo, chi non le ha?

Scendo di sotto, cercando di non far rumore e mi dirigo dritta verso la porta d'ingresso, sperando che stiano ancora dormendo tutti.

Sono una persona poco comunicativa di natura, figuriamoci di prima mattina.

«Cleo!!»

Sobbalzo spaventata dall'urlo di mia zia, paralizzandomi sul posto.

E comunque mi chiamo sempre Cloe...

Che poi... perché diavolo urla alle sei del mattino?!

«Ciao, zia Anna.» Mi giro imbarazzata, alzando una mano in segno di saluto.

«Dove stai andando a quest'ora?» chiede mia zia sconcertata, con un vassoio di tazze in mano e ancora la camicia da notte tutta stropicciata.

«Pensavo di sgranchirmi un po' le gambe e così ne approfittavo per vedere il paese» rispondo titubante, cercando di decifrare l'espressione corrucciata di mia zia.

«Oh...» esclama sorpresa.

«Sì, ecco, be', d'estate corro sempre alla mattina, mi piace...»

«Oh...» ripete lei imbambolata.

Mi dondolo sui talloni, un po' incerta se uscire di fretta e interrompere quella conversazione o andare avanti a "Oh..." senza fine.

Per fortuna, prima che io decida di andarmene a gambe levate, mia zia si sblocca.

«Sei davvero una ragazza particolare!» ribatte divertita.

Fa così ridere andare a correre? Non l'avevo mai trovato tanto divertente...

«Ah, grazie, zia.»

Okay, quindi ora posso andare?

«Stavo preparando la colazione, non vuoi proprio fermarti un attimo a prendere un caffè, un cappuccino, dei biscotti? Ci sono anche i cereali di Lara se vuoi oppure...»

«No, zia, davvero non preoccuparti, credo berrò un succo al bar. Non riuscirei proprio a correre, altrimenti.»

«Oh, d'accordo, tesoro, come preferisci tu allora» mi sorride.

Le faccio un cenno di saluto ed esco in fretta di casa, prima che possa bloccarmi di nuovo.

Rabbrividisco per un secondo nell'arietta mattutina che mi accoglie: anche se è estate, sono pur sempre le sei del mattino.

Forse dovevo prendere una felpa.

Mi rigiro incerta verso la porta d'ingresso: meglio di no!

Stiracchio le braccia in avanti e porto poi tutto il busto sulle gambe tese per riscaldarmi.

Inizio poi a correre piano, è da tanto che non lo faccio per cui non voglio esagerare.

Esco dal cortiletto di ghiaia e mi avvio verso destra, dalla parte opposta rispetto a dove siamo arrivati ieri: Lara mi ha detto che siamo all'inizio del paese, quindi se vado dritta arriverò in centro.

Non appena giro l'angolo, un profumo di mare mi avvolge completamente e mi guida verso la spiaggia tra le varie stradine caratteristiche del paese.

Il vento smette di soffiare e scompigliarmi i capelli e il sole sta cominciando a scaldare le strade.

Arrivo dopo poco a un grande viale, probabilmente quello che costeggia la spiaggia. Sul cartello lì in alto sono presentati in fila i vari stabilimenti balneari.

Chissà quale sarà il bagno di Lara e della sua compagnia...

Continuo a correre lungo il marciapiede, mantenendo un ritmo abbastanza lento, voglio osservare ogni particolare di questo paese.

Raggiungo una grande piazza, con al centro un palco e una giostra per bambini, supero l'incrocio e continuo sul viale.

Aveva ragione Lara, il paese non è poi così grande però ha un non so che di particolare: mi piacciono le piccole palme sparse qua e là, i baracchini verdi delle piadine e le villette colorate. Anche il negozio cinese che vende costumi fluorescenti lì all'angolo mi sembra quasi caratteristico.

Arrivo fino alla fine della strada e giro a sinistra per tornare indietro su una via parallela, ripercorro quindi tutto il paese, ma dall'interno e, più o meno a metà strada, decido di smettere di correre e mantenere una camminata sostenuta.

Il caldo comincia a essere più intenso e le persone iniziano a riempire le strade.

Raggiungo una rotonda piena di fiori e mi fermo di fronte a una gelateria che ha una vivace insegna gialla. Me lo merito un succo di frutta, no?

Sei sempre la solita.

Ma dai su, solo un succo. È salutare. E poi ho corso tanto.

Dilettante... Un novantenne avrebbe fatto meglio!

Entro e ordino un succo e un cornetto alla crema.

Non era solo un succo?!

Mamma mia, quanto sei petulante, Lucy!

Aspetto ansiosa la mia colazione al bancone, ignorando quasi del tutto la mia coscienza assennata e mi distraggo a osservare quattro ochette da strapazzo incremate e infilate in costumi da bagno microscopici che ci provano apertamente con il barista.

Pover'uomo, chissà cosa avrà fatto di male per meritarsi questo.

Prendo al volo il mio succo e avvolgo il mio cornetto in una ventina di tovagliolini: non capisco perché i bar si ostinino a propinare ai clienti questi inutili tovagliolini fatti di plastica!

Appena metto piede fuori dal locale, un'ondata di caldo mi

soffoca. Infilo il cornetto in bocca e cerco di sistemarmi i capelli ormai praticamente sciolti e appiccicati alla schiena.

Dio, che schifo, ho bisogno di una doccia. Ora.

Vado svelta verso un tavolino per appoggiare la colazione, ma mi cade una maledetta forcina a terra. Sapevo che non dovevo metterle.

Mi abbasso per raccoglierla, con ancora tutte le cose in mano e non faccio in tempo ad alzarmi che sbatto contro qualcosa.

O meglio, contro qualcuno.

Alzo lo sguardo con ancora il cornetto in bocca e il bicchiere del succo in mano, ormai vuoto.

Di fronte a me, un ragazzo mi guarda allibito, con la maglietta completamente ricoperta dal mio succo alla pesca.

Occhi neri. Nerissimi. Che mi fissano duramente.

La sua maglietta è fradicia e gli aderisce perfettamente al torace, lasciando intravedere pettorali e addominali di tutto rispetto.

Porca miseria, che fisicaccio.

Ma ti stai ascoltando? La vuoi smettere? Ti concentri per una buona volta?

Cosa dovrei fare?

Scusarti, forse?

Sì sì, giusto. Devo scusarmi.

E in teoria lo farei anche, se non avessi ancora quel maledetto cornetto tra i denti.

Che figura di…

«Merda!! Ci mancava solo questa oggi» sbraita il ragazzo.

Mi tolgo il cornetto di bocca, strappando via un morso. Insomma… mi è venuta una certa fame.

Cloeee!

Appena finisco il boccone mi scuso, giuro.

«No, fammi capire, ragazzina. Mi hai appena sporcato con questo schifo alla pesca e mi fissi mangiando tranquillamente la tua brioche?» urla il tipo, esasperato.

Punto uno: ma qui urlano tutti?

Punto due: ma chi si crede di essere questo? Ragazzina? A me?

Finisco lentamente il boccone del mio croissant. La crema è decisamente sopra la media, forse ne prenderò un altro.

«Ehi, calma. Innanzitutto, non sono una ragazzina! In secondo luogo, quello che hai sulla maglietta è un gustosissimo succo alla pesca, che in questo momento avrebbe dovuto essere già nel mio stomaco. Infine, se vuoi la dividiamo» rispondo con un sorrisetto, mostrandogli la brioche e prendendone un altro morso.

Il tizio mi guarda ancora più sbigottito di prima e i suoi occhi scuri sembrano volermi dare fuoco.

Insomma, io mi sarei anche scusata se solo non mi avesse urlato addosso. Non avrò un buon carattere, lo ammetto, ma non sono una selvaggia e odio le persone che strillano. Questo tizio sembra il classico belloccio di turno, che si crede chissà chi solo per due bicipiti e una faccia da schiaffi.

«Se vuoi la dividiamo?!» ripete sconcertato.

È pure sordo?

«Tu sei tutta matta, guarda come mi hai conciato» conclude infine innervosito, togliendosi la maglietta con un solo gesto.

Ops. Mi sento avvampare. Ah, ma se pensa di mettermi in difficoltà, si sbaglia di grosso!

Sei solo più rossa di un'aragosta, ma per il resto tutto a posto!

Mi porto le mani al volto, premendomi le guance infuocate e obbligo me stessa a sollevare lo sguardo.

Lui mi sorride malizioso.

Di certo si è accorto che sono un peperone vivente. Vorrei scavarmi una fossa e riemergere in Cina.

«Vorresti… Ecco, io… io ho questi tovagliolini se ti servono.»

Ma che cazzo sto dicendo!

Il suo sorriso si allarga sempre di più e alla fine scoppia in una gran risata.

Ah, lo trova divertente?

«E cosa dovrei farmene di quei francobolli di plastica?» mi chiede continuando a ridere come un cretino.

Pure strafottente. Belloccio e strafottente: il mio tipo ideale, insomma!

«Perfetto! Allora se non hai bisogno di altro, io ho di meglio da fare che offrire una mano a uno stoccafisso sporco di succo alla pesca» sbotto, prendendo un altro morso della mia brioche.

La sto mangiando solo per dargli fastidio. E sta funzionando.

Sbaglio o mi sta guardando le labbra?

«Sei una ragazzina parecchio impertinente, lo sai?»

«Può darsi» rispondo subito, continuando a masticare.

Lui non mi scolla gli occhi da dosso.

Finisco il mio cornetto alla svelta e gli lancio sul petto i venti tovagliolini che avevo preso poco prima al bancone.

«Ci si vede, Mister Succo di pesca» gli dico facendogli l'occhiolino e incamminandomi verso il viale.

Non so cosa darei per vedere la sua espressione, ma il mio orgoglio mi impedisce di voltarmi.

Sento i suoi occhi fissi sulla mia schiena.

«Dovresti essere più gentile, ragazzina» lo sento urlare, quando ormai ho raggiunto il cancelletto giallo del bar. Sapevo che mi stava guardando.

Non posso resistere: devo girarmi e rispondere.

Mi giro di scatto. Non riesco a decifrare la sua espressione, sembra... divertito? I suoi occhi nerissimi mi confondono.

«Dovresti proprio darti una ripulita» ribatto ironica.

Lo vedo sorridere leggermente. O almeno credo. Forse me lo sono solo immaginato.

Mi rigiro velocemente ed esco decisa.

CAPITOLO 6

Torno a casa esausta. Fa decisamente troppo caldo.

Salgo in fretta gli scalini della veranda e mi blocco di fronte alla porta: dovrei bussare o semplicemente entrare?

In teoria sono un'ospite, quindi bussare sarebbe la cosa più opportuna, però in tal caso mi ritroverei quasi certamente ad affrontare le ramanzine di zia Anna riguardo al "fare come se fossi a casa mia".

Poi, proprio nel bel mezzo della mia conversazione interiore, la porta si spalanca.

È Pisco.

Sta cominciando a piacermi: è sempre nel posto giusto al momento giusto.

«Ciao, zio Tom» lo saluto entrando in casa.

«Oh, ciao, Cloe» risponde sorpreso probabilmente per avermi trovata a riflettere dietro la porta.

L'orologio nel salone segna le 11.20.

Caspita se è tardi, non pensavo di averci messo tanto.

Mi dirigo in cucina, seguendo il gustosissimo profumo che aleggia nell'aria.

«Zia Anna?»

«Tesoro, sono qui.»

Attraverso la cucina, sbirciando cosa c'è nelle pentole sul fuoco.

La cucina è pulita e ordinata.

È proprio sorella di mia madre: ha anche il set di barattoli dei condimenti tutti rigorosamente uguali e dello stesso colore.

Zia Anna appare all'improvviso, salendo delle scalette di pietra.

Da dove è sbucata?
«Eccomi, tesoro, ero in cantina a prendere dell'olio. Hai fatto un bel giro in paese?» mi chiede, aprendo delle ante dei pensili della cucina.
«Sì, zia, l'ho quasi girato tutto e mi sono presa anche un suc... ehm, un cornetto alla gelateria dell'angolo... Sai, quella tutta gialla.»
«Oh, quella gelateria, ci portavo sempre Lara da piccola, adorava prendere il gelato dopo le giostre.»
«Sì, è molto carina.»
Non è vero, ma fa niente.
«Allora ti piace questo lido? È un paesino abbastanza piccolo, ma in estate si riempie di gente...»
«Sì, infatti, c'erano un sacco di persone che andavano verso la spiaggia.»
«Con questo caldo...»
«Già!»
«Vedrai, qui la gente è molto affabile e gentile. Secondo me ti troverai davvero bene e non vorrai più andar via, ascolta la zia.»
«Be', insomma... Affabile...» borbotto ripensando al tipo del succo alla pesca.
«Cosa, cara?»
«Nulla, zia. Dicevo appunto che la gente qui sembra molto affabile e soprattutto gentile.»
«Oh, sì, puoi dirlo forte! Noi romagnoli abbiamo come primo principio assoluto l'ospitalità.»
«Eh, sì, zia, è risaputo questo! Ora però ho proprio bisogno di farmi una doccia» dico avviandomi verso le scale.
«Ah, Cleo, Lara mi ha detto di dirti che è andata in spiaggia e che torna per ora di pranzo, ma che nel pomeriggio se ti va potete andare insieme al mare...»
«Perfetto, grazie» sorrido a mia zia, anche se mi chiama sempre Cleo. Ma temo non lo imparerà mai...
«Tra un'oretta è pronto il pranzo!» ribatte ancora zia Anna, quando ormai ho raggiunto il salotto.
«Non mancherò» le grido di rimando iniziando a salire le scale verso la mia stanza.
Mi faccio una doccia bollente.
Sì, lo so che si muore di caldo, ma la doccia la faccio sempre rigorosamente bollente.

Odio l'acqua fredda, anche se ci sono 62 gradi all'ombra.

Mi avvolgo nell'asciugamano a fiori rosa che mi ha dato zia Anna.

Sono giunta alla conclusione che tutta la mia famiglia sia fissata con le cose a fiori. Dev'esserci per forza un gene comune a tutti: predisposizione per oggettistica a stampo floreale.

Secondo me zia Anna avrà anche comprato le mutande di zio Tom a fiorellini. Magari rossi. Gli donerebbero.

Ma la vera domanda è: per quale strano motivo stai pensando alle mutande di tuo zio?!

Si chiama Pisco. E poi non sto pensando alle sue mutande. Ma ai fiorellini rossi sulle sue mutande.

Ah, okay, ora è tutto più normale, allora!

Mi asciugo i capelli senza neppure pettinarli e scelgo un costume per oggi pomeriggio: ne prendo uno rosso, intero.

Non giudicatemi subito come la bacchettona di turno: è il costume più carino che ho.

Schiena scoperta, spalline strette, color rosso fuoco.

Non sono una bigotta, giuro. Anzi, a volte mi piace esagerare anche un po'.

Indosso una tutina come copricostume e rispondo un po' ai messaggi di mia madre e Riccardo.

Sto decisamente migliorando.

Scendo di sotto poco dopo mezzogiorno e noto che sono già tutti a tavola.

«Cloe, dove sei finita stamattina?» mi accoglie Lara non appena entro in sala.

«Ero a correre, volevo avvisarti, ma dormivi ancora.»

Sono una tremenda bugiarda, stamattina non ricordavo neppure di avere una cugina.

«Ah, be', tranquilla, non amo particolarmente la corsa» scherza lei.

Che strano…

«Però se qualche volta ti va andiamo insieme» aggiunge mia cugina euforica.

Dai, in fondo è anche gentile.

Iniziamo a pranzare e, a un certo punto, si mettono tutti a parlare di una certa notte rosa o viola e zio Tom è così entusiasta dell'organizzazione di questa festa che per poco non si strozza con l'acqua.

«Potremmo organizzare una grigliata qui tutti insieme.»

Ma tutti chi, esattamente?

«Non lo so, Tom, ci sarebbe da comprare parecchia carne e mettere fuori i tavoli» ribatte zia Anna.

«Oppure possiamo andare da Luciano, lui sicuramente ha più spazio in giardino.»

«Ma papà, nessuno verrà mai a casa di quello!»

«Eh, sì, forse hai ragione, tesoro.»

Perché? Cos'ha questo Luciano che non va? Non ci capisco niente, per fortuna l'ottimo pranzetto preparato da zia Anna mi distrae a sufficienza.

«Tu, Cloe, ci saresti?» si gira Lara, accorgendosi probabilmente del mio mutismo.

«A questa festa intendi?»

«Sì, ci saranno tutti.»

Ci risiamo.

«Ho una domanda: questi "tutti" chi sarebbero di preciso?»

«Tutto il vicinato, tesoro. E voi ragazzi ovviamente!» si intromette zia Anna parlando come se fosse una cosa scontatissima.

Ah, be', abbiamo risolto il "tutti", ma con "noi ragazzi" siamo al punto di partenza dato che come ragazzi, escludendo me stessa, conosco solo Lara.

«Il paese è molto piccolo e in particolare in questa via ci conosciamo tutti. Ogni estate c'è la notte rosa e si organizza sempre qualcosa. Io e gli altri mangiamo qui con tutti i genitori e poi andiamo a sballarcela da qualche parte» mi spiega Lara, vedendo la mia faccia perplessa.

«Oh...» mi limito a dire.

Questa poi... Pensavo fosse una bizzarra iniziativa di zio Tom, invece è una cosa seria.

Il che è anche peggio.

Festa organizzata significa solo due cose: vestirsi da bomboniera e sorridere a ogni cavolata che dice qualcuno.

Tutti felici e contenti: cioè noia mortale.

Dai, sforzati almeno un po' però...

Ci provo, Lucy, ci provo!

«Certo che ci sarò, sarà una cosa divertente» annuncio fingendo un sorriso.

Ecco, questo è il mio massimo.

Finisco il mio piatto in silenzio, mentre gli altri continuano a parlare di costine e Sangiovese.

Mi perdo a pensare se proporre di usare i maglioni che mamma mi ha costretto a portare per accendere la brace ma credo che rifiuterebbero categoricamente.

Appena finiamo di pranzare, zio Tom accende la TV per guardare le partite delle squadre più sconosciute della storia, mentre zia Anna sparecchia alla svelta e mette sul tavolo delle crostatine e del succo alla pesca per me e Lara da portare in spiaggia.

Non credo avremo fame dopo tutto quello che abbiamo mangiato, ma rifiutare non sarebbe educato... Soprattutto se c'è il succo alla pesca.

Chissà chi era il ragazzo di questa mattina. Un tipo antipatico, di sicuro.

I suoi occhi erano così neri.

«Cloe, io mi vado a cambiare e scendo subito. Se andiamo presto in spiaggia ci abbronzeremo meglio le chiappe» mi interrompe Lara, dandomi una pacca sul sedere.

«Okay» le rispondo ancora un po' persa nei miei pensieri.

«Ehi, su, cos'è quella faccia? Tra poco conoscerai i ragazzi più fighi di tutta la riviera» esulta lei salendo le scale.

È ironica? Lo spero tanto. Anzi spero siano sfigati e nerd, almeno avremo qualcosa di cui parlare.

Il tragitto fino alla spiaggia è abbastanza lungo. Per fortuna abbiamo le bici, anche se sembrano uscite direttamente dal Medioevo. Pisco mi ha assicurato che erano sicure, ma credo che si sia decisamente sbagliato dato il rumore assordante della catena.

Seguo Lara a fatica con il mio rottame, tra le viuzze strette di questo paesino, nel caldo soffocante di luglio.

La borsa frigo sulle spalle decisamente non aiuta, ma zia Anna mi ha costretto a portarla nel caso ci venisse fame e ovviamente la mia bici, oltre a essere un ferrovecchio, non ha neanche il cestino.

Ma è possibile che ti lamenti in continuazione?

Lucy, in questo momento credo che potrei ucciderti.

La strada sembra non finire mai. Quando Lara aveva detto abbastanza lontano, non credevo dovessimo percorrere tutta la riviera.

Entriamo in un cortiletto di villette trascurate e superiamo un residence verde acqua attraversando un piccolo passaggio pedonale.

Finalmente arriviamo davanti a una specie di stabilimento balneare: Bagno Long Beach.

L'insegna è un po' scolorita e i cespugli all'entrata sono malmessi.

Sistemiamo le bici nelle rastrelliere arrugginite e saliamo verso l'entrata del bagno.

«Non è un granché, ma ti piacerà, vedrai» mi rassicura Lara ridendo.

Le faccio un cenno di assenso, guardandomi attorno: i fiori ai fianchi della passerella sono appassiti, i giochi dei bimbi mezzi rotti e il canestro del campo da basket manca da chissà quanto tempo.

Per il resto è carino. E in fondo le cose troppo raffinate non sono per me.

«Sì, mi piacerà» dico soprappensiero, quasi sottovoce.

«Cosa?»

«Nulla, dicevo che non è così male...» rispondo a Lara, ricomponendomi.

«Oh, be', ora è un po' trascurato, anzi un po' tanto... Ma qualche anno fa era davvero carino, quasi lussuoso, credimi.»

Cerco di immaginarmi un bagno sciccoso al posto di questa catapecchia, ma non ci riesco proprio.

Seguo mia cugina sulla passerella in pietra, aggirando un piccolo bar da spiaggia.

«Dove stiamo andando di preciso?» incalzo Lara.

«Al campo» dice disinvolta come se fosse la cosa più naturale del mondo.

Campo? Quale campo? E pensare che io volevo solo prendere il sole e farmi un bel bagno...

Superiamo una lunga serie di campi da pallavolo e da tennis, la spiaggia è affollatissima e ovviamente noi dobbiamo attraversarla tutta.

Quando finalmente arriviamo, il primo pensiero che mi assale è: ecco, il classico campo da spacciatori.

Ci avviciniamo lungo la recinzione e io cerco di mettere a fuoco i ragazzi che stanno giocando.

Sono in cinque, no, anzi, sei: quattro ragazzi stanno giocando contro altri due.

No, sono sette. Ce n'è uno che se ne sta per i fatti suoi a fondo campo.

Mi blocco all'istante.

«Oh, no! No, no, no!»

«Che c'è, Cloe?» si gira di scatto mia cugina.

«No, no. Assolutamente no!» dico facendo retromarcia.

«Cloe, si può sapere che ti prende?» mi rincorre Lara.

Continuo decisa lungo la passerella senza fermarmi. Non tornerò in quel campo per alcun motivo al mondo.

«Ehi, vuoi fermarti un secondo?» grida mia cugina raggiungendomi e afferrandomi per un braccio.

«Lara, non posso venire al campo, mi dispiace» le dico, quasi spazientita.

«E perché?!» mi chiede sconcertata.

Perché?

Già, perché?

Be', perché lì appoggiato al palo della rete di quel maledetto campo da pallavolo c'è lui.

Il ragazzo del succo alla pesca.

«Be', Lara, perché... Ecco... Perché mi scappa la pipì.»

CAPITOLO 7

«Ma stai scherzando?! Dai su, avanti, Cloe, ci vai dopo in bagno» mi dice Lara afferrandomi e provando a trascinarmi lungo la passerella.

«No dai, davvero, è che… È davvero urgente!»

«Va bene, allora ti accompagno.»

Io e le mie bugie di merda. Non potevo inventarmi qualcosa di meglio?

Non mi resta che rassegnarmi e seguirla senza fiatare, sperando in un qualche aiuto divino.

«Non serve, grazie. Mi è passata.»

«Visto?» dice lei spingendomi con entusiasmo verso quel girone infernale.

Entriamo in quel campo, la sabbia scotta e il caldo sembra ancora più insopportabile.

Tutti smettono improvvisamente di giocare non appena si accorgono di noi.

Credo che la parola che descriva meglio questa situazione sia "imbarazzante".

Per non parlare del fatto che Mister Succo non si è ancora accorto della mia presenza, occupato com'è ad arrotolare una cartina.

Mi sudano le mani. E non per il caldo.

Resto fissa come un palo della luce, inchiodata alla sabbia un passo dietro Lara, sperando di diventare improvvisamente invisibile.

«Raga, vi presento mia cugina Cloe» strilla euforica.

Le vorrei tappare la bocca, ma ormai è troppo tardi: gli occhi di tutti si spostano come dei fari su di me e io vorrei sotterrarmi.

Ma perché diavolo sono qui?! Me lo sto ancora chiedendo.

Dovresti salutare al posto di autocommiserarti.

Ma scherzi?! Non ci penso proprio.

Ti prenderanno per una ragazzina maleducata.

Detesto ammettere che Lucy ha ragione.

Alzo a fatica il braccio in segno di saluto, che la smettano magicamente di fissarmi.

«Cloe, loro sono Lollo e Marco, cugini di primo grado, e quello con la palla in mano è Paolo che è un parente di entrambi, ma nessuno ha mai capito bene come.» Tutti ridono come se Lara avesse fatto la battuta del secolo. Io rimango impassibile come una statua.

Come sempre aggiungerei…

Non me ne frega nulla di loro, figurati delle loro inutili parentele!

«Quelli che vedi laggiù in fondo, invece, sono Tommi e Fra. Sono fratelli.»

Chissà perché c'è questa cosa ridicola di sciorinare l'albero genealogico di tutti…

«Mentre quello arenato lì sulla sabbia è il vecchio Elvis» continua Lara con la sua stupida presentazione generale.

Fantastico, un Elvis che non ha niente a che vedere con il re del rock: capelli orrendi, una catena d'oro al collo e un costume da far invidia a Shrek.

Voglio andarmene via di qui.

«Ah, mi stavo quasi dimenticando del boss: lui è Gio» aggiunge mia cugina ridendo, indicando Mister Succo accanto al palo della rete.

Dio mio, che imbarazzo. Per un attimo accarezzo l'ipotesi che non mi riconosca. O, per lo meno, che tenga la bocca chiusa sul nostro "scontro".

Stringo i pugni, infilzandomi le unghie nei palmi per l'ansia e assottiglio gli occhi contando i secondi che mi separano dall'incrociare il suo sguardo.

Lui invece sembra del tutto impassibile.

Finisce di arrotolare la cartina del tabacco, lecca l'estremità superiore e chiude la sigaretta alla perfezione con tutta calma.

Alza poi gli occhi verso di noi e li riabbassa un secondo dopo, con fare indifferente.

Come è possibile?

Deve avermi riconosciuto per forza.

E perché non dice niente?

Sono spiazzata.

Lara mi lancia uno sguardo e fa spallucce come per dire "È fatto così" e io vorrei dirle che sinceramente non me ne frega niente del suo amico maleducato!

Sempre grazie alla mia assennata coscienza, mi limito a sollevare gli occhi al cielo.

A dire il vero, credo che se non fosse per Lucy sarei incarcerata per qualche crimine in una delle isole Edamame.

Andamane!

Ecco, vedete, è troppo perfetta per essere la mia coscienza.

In tutto questo non mi sono mossa di un millimetro.

Gli altri non fanno che alternare lo sguardo da me a Lara come se stessero seguendo una partita di ping-pong, mentre io continuo a fissare l'unico ragazzo che non mi degna di uno sguardo.

Non può non avermi riconosciuto. Diamine, sono passate solo tre ore!

Be', almeno adesso so come ti chiami e posso smetterla di affibbiarti soprannomi tipo: tizio straultramegaantipatico, disturbatore di colazioni, ladro di succhi alla pesca.

Avete presente quelle persone che trovate insopportabili a pelle? Ecco, questo Gio è esattamente così per me. E sospetto che la cosa sia reciproca.

Medito sulle possibili torture da infliggere a quel maleducato, incurante del fatto che nessuno ha ancora proferito parola da quando siamo arrivate.

Sapete quando si creano quelle situazioni palesemente imbarazzanti in cui nessuno sa bene cosa dire per rompere il ghiaccio?

Ecco, questa è una di quelle.

Ma per fortuna c'è Lara!

«Cloe, perché non ti unisci a noi per una partita?» propone mia cugina entusiasta, spezzando quel silenzio da cartolina che si era creato.

Ma come diavolo le vengono in mente queste cose?

Dico, ma siamo impazziti?

«Non credo sia una buona idea, faccio schifo a pallavolo» dico a denti stretti cercando di farle capire di non insistere per alcuna ragione al mondo.

«Stai tranquilla, tanto qui nessuno sa giocare sul serio» interviene uno di quelli che Lara mi ha presentato un secondo fa.

Ora gli stacco la testa di netto.

«Scusa, qual è il tuo nome?» gli chiedo incrociando le braccia davanti al petto.

«Paolo» risponde lui un po' spaesato dal mio tono non proprio amichevole.

«Be', caro il mio Paolo, già hai dei pantaloncini orrendi, sui quali educatamente ho sorvolato, non credi di dover ricambiare il favore e farti i caz...»

«Mia cugina sta ovviamente scherzando, Paolino. Ha un grande senso dell'umorismo, sai?» mi interrompe Lara esasperata trascinandomi verso il centro del campo e facendomi cenno di stare zitta.

Mi sento addosso degli sguardi parecchio confusi: cosa si aspettavano? Una gentile ragazzina incipriata?

Dovresti darti una regolata.

E tu dovresti lasciarmi in pace, Lucy!

L'unico che non sfoggia una faccia da pesce lesso è Gio. Finalmente si è degnato di guardarmi e, cosa piuttosto strana, sta... ridendo?

E tu, invece che scusarti con il povero Paolo che hai trattato a pesci in faccia senza motivo, stai continuando a fissare quel tipo, di cui stranamente ti ricordi il nome!

Oh, ma sta' un po' zitta, Lucy. Mi ricordo il suo nome perché... Be', perché mi sta antipatico. Ovvio.

Lara mi guarda minacciosa, sperando probabilmente che non me ne esca con un'altra delle mie.

«Sì, ovvio che stavo scherzando...» dico sbuffando.

«Grandioso, quindi si gioca!» conclude alla svelta Lara.

Maledizione: credo di aver appena accettato di partecipare a quella stupida partita!

Decido di mettermi in fondo al campo nell'angolino a sinistra, sperando che la palla non arrivi mai nella mia direzione.

Come ho detto, non so giocare a pallavolo.

Anzi, per essere precisi, la detesto.

Inizia la partita e io resto in disparte, immobile come uno stoccafisso a vedere gli altri dimenarsi e gettarsi nella sabbia per prendere quella dannata palla.

Che gioco idiota.

«Raga, ruotiamo» urla Paolo dall'altra parte del campo.

Ruotiamo? Quindi devo muovermi anche io? Oh, no, è escluso! Io dal mio bel posticino non mi sposto proprio!

Quel Paolo mi sta decisamente dando sui nervi.

Lara mi spinge letteralmente sotto rete, ignorando le mie proteste e alla prima battuta, ovviamente, la palla casca esattamente davanti al mio naso!

Avrei potuto allungare le braccia e prenderla?

Sì, certo, se non fossi tanto impedita.

Invece faccio un elegante passo indietro, lasciando cadere la palla rovinosamente a terra, facendo fare punto all'altra squadra.

Grandioso, ora dovrò sorbirmi anche gli insulti di questi bamboccі.

Sento quel Gio ridacchiare alla mia sinistra.

Quel mentecatto non si è mosso di un millimetro, è ancora appoggiato al palo della rete a osservare questo schifo di partita.

E poi perché lui non sta giocando? Cos'ha l'immunità speciale per essere il re degli antipatici?

«Cos'hai da ridere?» mi giro spazientita.

«Mi rivolgi la parola? Che onore!» dice ghignando.

«A me sembra che quello che non si è nemmeno presentato sia tu!» sussurro arrabbiata girandomi per continuare quella stupida partita.

«A me sembra che quella che mi ha completamente infradiciato con il suo stupido succo alla pesca sia tu!» continua lui senza levarsi quell'odioso sorriso dalla faccia.

Non lo sopporto. Giuro.
«Hai rovinato la mia colazione!»
«Be', e io che dovrei dire? Hai rovinato la mia maglietta!»
«Sei ridicolo.»
«Sei viziata.»
«Idiota.»
«Insopportabile.»
«Dovresti stare zitto.»
«Dovresti giocare.»
Mmh, che rabbia!!! Lo prenderei a pugni.

Solo perché è il primo che ti tiene testa!

Ma per favore, Lucy, non ti ci mettere pure tu! È solo un montato: non vale più del chewing gum che sto masticando.

Intanto questo "montato" ti ha fatto incazzare...

Ma tu da che parte stai? Spiegami un attimo!

«Cloe, puoi impegnarti almeno un po', per piacere?» mi urla Lara dall'altra parte del campo.

In effetti, ha ragione, sto praticamente facendo di tutto tranne giocare.

Eppure io l'avevo detto che non ero capace!

Strozzerei tutti, oggi: Lara, la mia coscienza e quel cretino di Gio.

Volevo dire il tizio del succo.

Il tizio del succo e basta.

CAPITOLO 8

Ma guardate se devo tornare a casa conciata in questo modo!

Esco infuriata da quella specie di stabilimento balneare, dopo aver accettato (o per meglio dire, essere stata costretta) a fare un'altra stupida partita a quello stupido gioco.

Sono completamente ricoperta di sudore misto a sabbia e ho i capelli così arruffati che i cespugli di ingresso di questo bagno in confronto sono eleganti.

Necessito di una doccia. Subito.

Prendo le chiavi del lucchetto della bici dalla borsa frigo che ci ha dato inutilmente zia Anna... Ecco, potevamo mangiare anziché sudare come cammelli a rincorrere quella dannata palla! Ma ovviamente queste idee non vengono mai in mente a nessuno.

Slego la bici e mi dirigo in fretta verso casa. Spero solo di ricordarmi la strada dato che il mio senso dell'orientamento è pari a quello di un criceto ubriaco.

Vi starete chiedendo dov'è finita Lara, immagino.

Be', se proprio volete saperlo, quella stronza di mia cugina dopo avermi praticamente obbligata a giocare, è rimasta con gli altri a fare "aperitivo alle Vele".

Non chiedetemi cosa significhi perché non ne ho la più pallida idea. Ma appena ho sentito "aperitivo" e "tutti insieme", mi sono letteralmente volatilizzata.

Ci mancava solo che restassi lì con loro a mangiare salatini davanti a uno Spritz e a ridacchiare amichevolmente alle loro battute indecenti.

Per non parlare di quel Gio: mi sale la rabbia solo a pensarlo.

Lascio in fretta la bici sul retro della veranda e salgo gli scalini, entrando in casa.
«Sono tornata» dico sfinita chiudendomi la porta alle spalle.
Intendiamoci: ho avvisato di essere tornata solo per cortesia, dato che non so ancora se suonare o meno il campanello. Spero vivamente che nessuno abbia sentito.
E invece ecco zia Anna tutta garrula venirmi incontro in salotto.
Evviva...
«Cleo, come mai sei tornata a casa così presto? E Lara dov'è? Avete mangiato?»
Troppe domande per il mio alterato stato nevrotico.
«Ciao anche a te, zia Anna» dico posando lo zainetto a terra esausta, «e mi chiamo Cloe per l'appunto» aggiungo rassegnata.
«Hai ragione, piccola Cloe, sbaglio sempre. Ma è successo qualcosa?»
«No, zia, nulla» dico cercando il mio ultimo sorriso finto della giornata.
L'espressione di mia zia dimostra palesemente che non si accontenterà mai di questa misera risposta.
«Sono tornata prima solo perché sono molto stanca... Sai, abbiamo giocato a pallavolo tutto il pomeriggio e ci siamo divertiti davvero tanto.»
Certo, come no, ho ancora la pelle d'oca per il divertimento...
«Lara è rimasta a fare aperitivo con gli altri, credo tornerà tra poco. Mentre per quanto riguarda la merenda non abbiamo mangiato nulla perché non abbiamo avuto neanche un secondo libero, sai eravamo troppo presi dalla... pallavolo.»
«Oh... Be', capisco, tesoro, allora tranquilla, vai pure di sopra a darti una sistemata.»
È così evidente che sono un lerciume?
Comunque ho capito la tecnica: la prossima volta le farò subito il resoconto della giornata, così verrò rilasciata in men che non si dica.
Salgo in fretta le scale.
Prendo alla rinfusa un cambio dal mio armadio e mi lancio sotto l'acqua bollente della doccia.
Ho bisogno di rimanere qui sotto per tre giorni.
Prendo lo shampoo e mi insapono i capelli.

Mi ha dato della viziata, quel cretino.
È proprio un cretino.

Gio: un pensiero fisso e costante!
Lo stavo semplicemente insultando per ciò che aveva detto. Tutto qui.
Non ti preoccupare, ci crediamo tutti.

Esco dalla doccia, spazientita da Lucy. Mi asciugo in fretta e mi metto la mia bellissima tuta. Finalmente comoda.
Non capisco perché le ragazze si ostinino sempre a mettere vestitini succinti quanto asciugamani da bidè, quando esistono queste tute fantastiche.
Torno in camera e rispondo ai duecento messaggi di mamma.
Possibile che non si stanchi mai? Mi ha scritto per tutto il giorno con una frequenza media di circa due minuti.
Non ci posso credere. Di solito sono i ragazzi che fanno queste cose.

Se lo facesse Riccardo, sarebbe già morto.
Probabile.

A proposito, dovrei chiamarlo…
Guardo l'ora dal display del telefono. Sono le sette e mezza, se lo chiamo ora mi terrà al telefono almeno tre ore per parlare dei suoi pallosissimi esami. Ma se non lo chiamo aumenteranno drasticamente le probabilità che venga qui a prendermi insieme a mia madre.
Mi lancio sul letto distrutta. Forse non ho neppure fame.

Sicura di star bene?

«Cloee, scendi? È pronto!» mi grida zia Anna dal piano di sotto.
Be', almeno ho una scusa per non chiamare Riccardo.
L'unica cosa che può risollevarmi il morale è una bella cotoletta con patatine e maionese.

Meno male che non avevi fame.
Infatti, non ce l'ho. È sopravvivenza.

Scendo di sotto, Lara non è ancora tornata e Pisco è già seduto a tavola impaziente.

«Eccomi.»

«Cloe, sai per caso dov'è finita Lara?!»

Lo so, Pisco, che hai fame, lo so.

«No, zio, l'ho lasciata al campo con gli altri.»

«Quella ragazza deve sempre far di testa sua!»

«Ma su, Tom, vedrai che tra un po' sarà di ritorno» si intromette zia Anna facendo avanti e indietro dal salotto alla cucina.

Io intanto mi siedo al mio posto, godendomi il battibeccare di quei due: in fondo sono proprio divertenti, sembrano due cartoni animati.

«Dai su, iniziamo a mangiare, sennò si fa tardi. Anche tu, cara, serviti pure» mi incita zia Anna sedendosi di fronte a me.

Non me lo faccio ripetere due volte e mi prendo una generosa porzione di pasta fredda. Certo, non è la cotoletta che mi aspettavo, ma posso comunque affogarla nella maionese.

Pisco invece si fionda letteralmente sulle bruschette appena sfornate.

«Sono a casa!!» urla Lara divertita sbattendo la porta ed entrando in salotto.

«Ti sembra l'ora di tornare?» tuona zia Anna bloccandola sulla porta.

«Ma mamma, ho solo tardato dieci minuti.»

«Insomma, signorina, non sono proprio dieci minuti.»

«Che noia...»

«Tom, non dici niente tu?»

Pisco fa scorrere lentamente lo sguardo da sua moglie a sua figlia, senza smettere di mangiare.

Credo non gliene freghi proprio nulla dell'orario di rientro di Lara, ora che sta mangiando la sua favolosa bruschetta.

Fa spallucce come a dire "Ah, io non ci posso far niente" e si leva da ogni impiccio continuando a gustarsi la sua cena.

Lo avevo sottovalutato: Pisco ha del potenziale.

Zia Anna fa roteare gli occhi e rinuncia definitivamente a sciorinare l'ennesima ramanzina.

«Dai su, siediti, abbiamo già iniziato...» dice infine rassegnata.

«Poso la borsa e arrivo» risponde Lara tutta allegra, salendo le scale a due a due.

Chissà come mai è tanto contenta…

Finisco il mio piatto e non appena Lara si siede a tavola, rubo due bruschette davanti al naso di Pisco.

«Allora dove sei stata?» Inizia ufficialmente l'interrogatorio di mia zia.

Che bello non essere la vittima per una volta.

«Ero andata alle Vele con gli altri, abbiamo fatto un aperitivo.»

«Be', è un po' tardino per fare aperitivo, non credi?»

«Ma no, mamma, è perché ci siamo fermati a parlare…»

Adesso si dice "parlare". La può dare a bere a zia Anna, ma non a me: chissà con chi si è sbaciucchiata.

«Ah, mamma, stasera esco.»

«Dove vai?»

«Stiamo nel cortile.»

Cortile?

Ma perché qui parlano tutti in codice?

«Ah, d'accordo, tesoro, ma non fare tardi per piacere. Altrimenti tuo padre si sveglia e non riesce più a prendere sonno.»

Cosa mi tocca sentire… Secondo me Pisco ronfa tranquillamente anche con un concerto rock sotto la finestra.

«Sì, sì, mamma, non faccio tardi. Tranquilla.»

Lara è proprio una lecchina.

«Tu, Cloe? Vai con lei?» vengo improvvisamente chiamata in causa da zia Anna.

«Oh, no! Certo che no! Sono molto stanca, credo andrò a dormire presto, stasera.»

Prego solo non insistano; non ho voglia di simulare un mal di pancia.

«Va bene, tesoro, come preferisci» conclude zia Anna, iniziando a sparecchiare.

Lara alza le spalle e continua a mangiare la sua bruschetta.

Pericolo scampato!

Aiuto zia Anna a sparecchiare completamente la tavola e a pulire tutta la cucina.

Sono contenta che non mi abbia forzato a uscire e questo è il mio modo per sdebitarmi.

Chissà dove va stasera quella pazza di mia cugina. Ha nominato un certo cortile, ma non credo che con il vestitino che si è messa vada proprio a giocare a bocce. Mi viene il sospetto che il cortile sia un ritrovo per limonare e fumare canne e in tal caso credo che il suo abbigliamento sia perfetto.

Mia cugina esce di fretta da casa, strillando di essere in ritardo… Ritardo per cosa esattamente?

Deve andare in uno stupido cortile, non a un evento imperdibile.

In tutto questo, Pisco ronfa tranquillamente sul divano.

«Zia, se non hai bisogno di me, io vado di sopra. Devo ancora chiamare mamma e sono in ritardo di un'ora e diciassette minuti. Come mi ha appena fatto notare» dico, rigirandomi il telefono tra le mani.

«Lo so, Cloe, Luisa è un po' severa su queste cose, ma sai perché lo fa…»

«Sì, sì, zia, lo capisco» la interrompo subito per evitare il discorso.

«D'accordo, tesoro, vai pure di sopra e fai come se fossi a casa tua, lo sai.»

«Grazie, zia, lo terrò a mente» le dico facendole l'occhiolino e uscendo dalla cucina.

Mi dirigo verso le scale. Non vedo l'ora di cambiarmi e buttarmi sul letto per dormire per ore, ore e ore…

«Cloee!!» urla zia Anna bloccandomi a metà scale.

E ora che succede?

Pisco si sveglia rintronato di soprassalto, guardando me e zia Anna confuso.

«Lara ha lasciato le chiavi a casa! Le ho trovate sul mobile in cucina.»

E io che c'entro?

«Ah, mi dispiace…» improvviso.

«Non è che potresti portargliele, per favore?»

Mi giro a guardare Pisco, convinta lo stia chiedendo a lui.

È così, vero? Non può averlo chiesto a me.

«Cloe, mi faresti questo favore, tesoro? Lara mi ha vietato categoricamente di presentarmi al cortile dove ci sono tutti i suoi amici, quindi l'unica che può andarci sei tu!»

Ma in che senso? E poi… andare dove?

Ah, no, non ci penso proprio.

«Mi spiace, zia, ma io non credo di poter andare…»

«E perché mai?»

Già, perché mai? Lucy, suggeriscimi! Quando ho bisogno di te non ci sei mai!

«Dai, tesoro, fai questo piacere alla zia.»

«Ma zia, non so nemmeno dove devo andare e probabilmente Lara non mi vorrà tra i piedi.»

«Cloe, ti ringrazio tanto! Lara torna molto tardi e se non ha le chiavi ci sveglierà tutti!»

Fatemi capire: in quale momento esatto avrei accettato? E per quale motivo non me ne sono neanche resa conto?

«D'accordo» dico senza forze.

È incredibile come le situazioni scomode mi perseguitino…

E ora, qualcuno può dirmi dove diavolo si trova questo maledetto cortile?

CAPITOLO 9

Esco di casa senza neppure cambiarmi: sono impresentabile con questa tuta sformata, ma francamente non me ne importa nulla. L'unica cosa che desidero al momento è consegnare queste maledette chiavi a quel disastro di mia cugina e tornare dritta a casa a dormire.

Esco dal cortiletto e raggiungo la via principale.

È stato Pisco a spiegarmi la strada quindi, in pratica, mi sto muovendo alla cieca.

Cammino veloce con quelle stupide chiavi in mano, che tintinnano a ogni passo, attirando i cani di ogni villetta che sorpasso.

Stupidi cani.

Stupida Lara.

Stupido tutto.

All'improvviso una goccia mi bagna il naso. Ci mancava solo questa. Non faccio in tempo nemmeno a contare fino a tre che inizia a piovere come se non ci fosse un domani.

«Merda!»

Inizio a correre per quella strada, sotto lo scrosciare violento della pioggia e giro sulla sinistra al primo incrocio imboccando una via qualunque, sperando di trovare un bar, o almeno una schifosissima tettoia, per ripararmi.

Non ci posso credere: sto correndo in una via sconosciuta di un paese deserto, senza ombrello e per di più con le infradito!

Mi fermo sotto una specie di palma a bordo di un viale gigantesco per riprendere fiato.

Sono completamente fradicia. Mi strizzo i capelli e le maniche della tuta.

Cosa può succedere di peggio?

«Ti ostini a seguirmi, vedo. Ora ti trovo anche sotto casa mia.»

Mi giro di scatto verso quella voce, anche se so perfettamente a chi appartenga.

Ecco cosa può succedere di peggio!

Gio sta ritto davanti a un cancelletto, fumandosi una sigaretta, riparato dal portico di... casa sua, a quanto pare.

«Che ci fai qui?» chiedo senza un vero perché.

«Io che ci faccio qui? Sono nel cortile di casa mia, ragazzina. Tu piuttosto che ci fai in infradito sotto una palma, mentre diluvia?»

L'ho già detto che non lo sopporto?

Alzo gli occhi al cielo, sbuffando.

«Non sono affari tuoi!» rispondo secca.

«Come vuoi! Ci si vede, ragazzina so-tutto-io.»

Gli leverei quel sorriso dalla faccia a forza di pugni.

Butta il mozzicone di sigaretta a terra, mi guarda come se volesse compatirmi un'ultima volta e si gira verso la porta-finestra della veranda.

Fermi tutti. Non se ne sta veramente andando, vero?

E cosa dovrebbe fare? Stare qui a essere insultato da te?

«Aspetta...»

Non avete idea di quanto mi costi pronunciare quella semplice parola... Ma del resto, sono io quella inzuppata d'acqua dalla testa ai piedi e per di più non saprei minimamente come tornarmene a casa.

Gio si ferma, ma non si volta.

Riesco a percepire il suo sorrisetto compiaciuto, anche se è di spalle.

Lui gode per il fatto che l'abbia fermato.

Io mi sento schiumare dalla rabbia.

«Lara è qui?»

«Sì» dice secco senza girarsi.

Be', e quindi? Ora cosa devo dirgli?

Chiedigli di entrare, scema!

Ma che siamo pazzi? Non ci penso proprio. Non gli chiederò mai di entrare.

Cosa vuoi fare? Usare il teletrasporto?

Oh, ma andiamo, non posso chiedergli di entrare!

«Entra» dice d'improvviso lui, afferrando la maniglia della portafinestra.

Mi tappo la bocca con le mani. Ho per caso parlato ad alta voce senza accorgermene?

Mi ha davvero chiesto di entrare?

«Quindi? Hai deciso di rimanere lì impalata a prenderti una bronchite?» dice spazientito, voltandosi finalmente verso di me.

Non mi muovo di un millimetro e incrocio le braccia sul petto.

«Cos'è, ti preoccupi per me?»

«Muoviti, prima che cambi idea» risponde afferrando di nuovo la maniglia.

Mi guardo attorno, il diluvio non accenna a diminuire, la mia tuta è da strizzare e ho un freddo pazzesco.

Direi che non ho scelta.

Apro il cancelletto di ferro e seguo Gio dentro casa.

È tutto in penombra, non riesco a distinguere nulla, ma si sentono degli schiamazzi e della musica da un punto indefinito.

Sicuramente Lara è qui.

«Togliti la felpa» dice d'un tratto Gio, fermandosi di botto al centro della stanza.

«Eh?!» Avvampo improvvisamente.

Ma è forse impazzito?

«Ho detto: togliti la felpa» ripete deciso.

Che sfacciato! Se forse crede che…

«Ti ammalerai così» spiega lui interrompendo i miei pensieri, come se avesse intuito all'istante a cosa stessi pensando.

I suoi occhi neri sono fissi su di me. Riesco perfettamente a distinguerli, sembrano quasi brillare nella penombra della casa.

«Non c'è bisogno, grazie» rispondo secca.

Non mi spoglierò mai qui davanti a lui. Può scordarselo.

«Smettila di provare a sembrare più acida di uno yogurt, per favore, sei noiosa» mi incalza, buttandomi addosso una felpa asciutta.

«Prova questa, dovrebbe andarti bene.»

Mi porto involontariamente la felpa al viso, studiandola da vicino dato che non si vede un tubo, e un profumo pungente da uomo mi riempie le narici.

«Hai intenzione di guardarla ancora per molto o ti decidi a cambiarti?»

«Ti ho già detto che non mi cambio.»

Probabilmente è anche abituato a veder donne mezze nude cambiarsi davanti a lui come niente fosse. Che squallore.

Ma ti stai sentendo? Sembra che tu abbia appena ingoiato tua nonna da come parli!

Simpatica, Lucy, davvero molto simpatica.

«Avanti, ora puoi cambiarti» dice lui improvvisamente, voltandosi per darmi le spalle.

Rimango interdetta.

È assurdo come riesca ogni volta ad anticiparmi: è come se mi leggesse nel pensiero.

Abbasso lo sguardo guardandomi per un secondo: sono fradicia e sto gocciolando dappertutto.

Tiro un sospiro e faccio scorrere la lampo della felpa verso il basso.

Che vergogna: posso ufficialmente annotare questo episodio nella lista delle scene più imbarazzanti della mia vita.

Lancio a terra la felpa e mi levo la maglietta, rimanendo in reggiseno.

Se prova a girarsi giuro che lo uccido.

Ma sta' zitta, che non aspetti altro.

Lucy, quante volte ti ho detto che devi smettere di bere?

Mi tolgo i pantaloni della tuta e infilo velocemente la felpa di Gio.

Mi arriva al ginocchio, ma mi sento comunque troppo nuda per i miei gusti.

E poi mi domando perché questo tizio si preoccupi tanto per me, dato che fino a poco fa mi stava praticamente insultando.

Deve aver bevuto troppo anche lui.

«Grazie» dico debolmente, tirandomi l'orlo della tuta verso il basso per coprirmi il più possibile.

Gio non si gira e mi fa cenno di seguirlo salendo le scale.

E ora dove caspita sta andando?

Do uno sguardo alla mia roba a terra: ha già fatto una bella pozza d'acqua sul pavimento.

Dovrei dirglielo?

Lo seguo in silenzio nel buio, su quelle scale a chiocciola che scricchiolano a ogni passo.

«Non è che per caso hai deciso di uccidermi?»

Sento una sua risata leggera, ma sincera, questa volta.

«Sei proprio matta...»

Ma perché me ne esco con queste stupidate? Credo che il mio cervello sia completamente scollegato dalla mia bocca, anzi credo che si sia messo in sciopero a causa di tutte le cazzate che dico ogni giorno.

Questa mi sembra un'ottima autoanalisi.

«Be', quindi?»

«Sì, penso proprio che ti ucciderò, se continui a blaterare in questo modo.»

Ehi, io non blatero!

Raggiungiamo un pianerottolo e proseguiamo lungo un corridoio sulla destra.

Cavolo, non immaginavo potesse essere tanto grande la casa, da fuori sembrava molto più piccola.

Gio apre una porta sulla destra ed entra in una specie di saletta con un tavolo da biliardo al centro.

Odio il biliardo, è proprio un gioco da vecchi.

Ma in questo momento probabilmente è l'ultima cosa a cui dovrei pensare, dato che gli occhi di tutti sono puntati su di noi.

Gli stessi ragazzi della partita di oggi sono stravaccati su un divano ad angolo sul fondo della stanza, intenti a bersi birre e arrotolare cartine di fronte a un misero tavolino tutto sporco di... sporcizia.

Lara è seduta in braccio a uno di questi soggetti, con fare a dir poco civettuolo. Non appena mi vede si ricompone sistemandosi la gonna e mettendosi i capelli dietro le orecchie, quasi imbarazzata.

«Cloe, che ci fai qui?!» interrompe il silenzio mia cugina, piuttosto agitata.

Cosa crede? Che andrò a fare la spia a zia Anna, forse? Che ridere.

«Sono venuta a portarti le chiavi che TU hai dimenticato!»

Lara cerca freneticamente nella sua borsetta, per discolparsi o magari semplicemente per distrarre la mia attenzione da ciò che stava facendo con quel tizio barbuto.

Faccio tintinnare il suo stupido mazzo su un dito, per evitare che continui la farsa della "ricerca della chiavi perdute".

Non appena Lara se ne rende conto, infatti, alza lo sguardo e io le lancio il mazzo.

Lei lo prende sbigottita, senza smettere di guardarmi come fossi un'aliena.

A dire la verità tutti mi stanno guardando piuttosto perplessi. O meglio, stanno fissando me e Gio, anche se a lui sembra non importare affatto.

«Ma quella non è la felpa di Gio?» sussurra uno tra quelli, attirando l'attenzione di tutti.

Cazzo, la felpa!

Ora si spiega perché mi stanno guardando tutti con quelle espressioni da pesci lessi.

Oddio, non staranno mica pensando che…

Mi sfugge una piccola risata, ora voglio proprio vedere come Mister Simpatia risolve questa situazione.

Incrocio le braccia sul petto e mi giro verso Gio.

«Già, è vero… Come mai ho la tua felpa, Gio?» gli chiedo ironica.

CAPITOLO 10

Mi sembra di vedere quello stronzetto di Gio in difficoltà e, francamente, un po' ci godo. Credo che se potesse mi farebbe sparire dalla sua vista e io me ne andrei anche molto volentieri da questo covo di sfaccendati.

Ora però voglio proprio vedere come se la cava: altra regola fondamentale, mai sfidare Cloe Monteri.

Dirai la verità, dimostrando che, in fondo, sei gentile oppure ti inventerai una storia da supermacho per non scalfire l'idea del ragazzo duro e senza sentimenti?

Sono proprio curiosa!

Lui mi guarda male per qualche istante, poi cambia improvvisamente espressione e sfodera il suo solito sorrisetto insulso.

Che cosa avrà mai da ridere?

Ho già detto che non lo sopporto?

Almeno un centinaio di volte.

Con tutta calma afferra una birra da una delle cassette a terra, la apre con il fondo di un accendino che trova in tasca, buttando per aria il tappo, e ne prende un lungo sorso.

Che buffonata, ma chi si crede di essere facendo tutta questa scena...

«L'ho trovata sul marciapiede davanti a casa, tutta fradicia e infreddolita, così le ho dato una felpa» dice di punto in bianco, prendendo poi un altro sorso di birra.

Che cosa? "L'ho trovata"? Ma cosa sono, un randagio da soccorrere?

Sto per sputare una delle mie risposte superacide quando Lara mi interrompe.

«Be', Cloe, ora che sei qui e ti sei già presa la pioggia, resta con noi! No?»

Muovo gli occhi nevroticamente da Gio a mia cugina e poi da mia cugina a Gio. Non so sinceramente chi strozzare prima.

«Non c'è bisogno, posso tranquillamente tornarmene a casa. È davvero vicina e ci metto un attimo!»

La verità è che non ho la più pallida idea di dove io sia.

Ed è tutta colpa di Pisco.

«Lara ha ragione. Perché non resti?» si intromette Gio sempre con quel sorrisetto stupido stampato in faccia.

Per caso questi due si sono alleati per farmi diventare pazza?

«Dai, ci fa piacere se ti fai una birra con noi! Vero, raga?» strilla un altro tizio svuotando un fondo di bottiglia.

Bleahh!! Chissà che schifo era quella roba. Mi viene da vomitare.

«Dai, cuginetta, resta!» mi implora Lara, incrociando le dita.

«D'accordo, però non voglio far tardi.»

Ho accettato solo perché sono mezza nuda, sta ancora diluviando e non so minimamente come tornarmene a casa. Che sia chiaro a tutti.

Ma certo, ovvio…

Tu, Lucy, entra pure in letargo che non mi servi a un bel niente.

«Grandioso!!!» strilla mia cugina facendomi spazio sul divano.

Non ci penso nemmeno a sedermi vicino a quel barbuto del suo tipo!

«No, tranquilla, mi metto qui» dico afferrando decisa una sedia e mettendola davanti a quel tavolo sghembo.

Gio invece va a sedersi dall'altro lato del tavolo su una poltrona.

«Be', quindi è questo il famoso cortile?» chiedo ironica a Lara.

Tutti scoppiano a ridere.

Devo ricordarmi di smettere di parlare quando c'è silenzio assoluto.

«No, il cortile è di sotto» dice ridendo uno seduto accanto a Gio. Credo si chiami Francesco, o almeno mi pare.

«Il cortile della gang» aggiunge un altro biascicando. Tutti ridono.

Ma perché questi tizi ridono sempre? Saranno le birre perché io non ci trovo niente di esilarante in questa conversazione.

Forse dovrei farmi ogni tanto qualche bicchierino anche io, almeno rallegrerei la mia piatta esistenza.

Ma se sei già mezza fulminata così.

«Il cortile è una specie di ritrovo per tutti, di solito stiamo nel cortile di Gio, ma stasera dato che pioveva...» mi spiega gentilmente Lara.

È carina quando mi fa da foglietto illustrativo.

«Shot di vodka per tutti?» se ne esce di punto in bianco il mitico Paolo.

Non potete capire quanto questo tizio mi stia sul culo!

Scusate le parolacce, ma a volte sono necessarie, un po' come l'Imodium per la diarrea.

Tutti accettano esultando, felici di poter diventare ancora più scemi di quanto non lo siano già.

Gio si limita a fare un accenno d'assenso.

Lara riempie con zelo i bicchierini di plastica, quindi presumo che anche lei si sia inserita nel giro di shot.

«Tu, Cloe, bevi?» mi dice lei continuando a versare.

«No, grazie, non mi va.»

«Dai su, è solo uno shot!!» sbraita quello che prima aveva fatto notare a tutti la mia felpa.

«Non dirmi che sei astemia, principessina» aggiunge un altro ridacchiando.

«Ehi, ragazzi, lasciatela stare. Ha già detto di no, basta così» mi difende Lara.

Perfetto: possono insultarmi all'infinito, ma nessuno deve farmi da avvocato, so benissimo difendermi da sola.

«Fanne un altro, Lara» dico, convinta dal mio carattere di merda.

Dilettanti. Davvero questi credono che io non sappia bermi un bicchierino.

La vedo male.

Anche io per te se non ti levi, Lucy!

«Ma Cloe...»

«Fanne un altro, ho detto.»

Lara riempie di vodka un altro bicchierino mentre Gio osserva la scena attentamente, senza lasciar trasparire alcuna espressione.

È strano quel ragazzo, non si capisce mai cosa gli passa per la testa.

«Devi battere sul tavolo» mi sussurra lei non appena tutti hanno ricevuto il loro bicchierino.

«Che devo fare?» Non faccio in tempo a finire la domanda che tutti alzano e abbassano il bicchiere sul tavolo in modo meccanico, per poi finirlo in un solo sorso.

Mi tappo istintivamente il naso e butto giù anche io quella robaccia.

Sento il liquido scorrermi lungo il petto e bruciarmi fino allo stomaco.

Dov'è il bagno?

Tiro un lungo sospiro per evitare di vomitare in faccia a tutti.

Se ci fosse mia madre, credo che mi porterebbe dritta a disintossicarmi in ospedale: lavanda gastrica per un bicchierino di vodka. Ne sarebbe capacissima!

Prendo istintivamente in mano il telefono. È strano il fatto che, non appena mi venga in mente mia madre, in automatico io guardi il telefono... Credo sia come uno di quei collegamenti necessari da fare, una specie di riflesso pavloviano.

Sono già le 23.30. Per mezzanotte conto di essere sotto le coperte.

«Altro giro?» dice l'amichetto di Lara.

Come non detto.

Sai, credo che il loro intento non sia proprio quello di andare a dormire come Cenerentola.

Per una volta mi sa che hai ragione, Lucy.

«Facciamoci una pinta però a 'sto giro» dice il tizio che forse si chiama Francesco.

No, che schifo! La birra mi fa davvero schifo. Sembra vomito.

«Si va di birra, raga!!!» esulta Elvis alla mia sinistra.
E figurati, questo si berrebbe anche l'acqua delle piante...
Ma poi non ho capito, qui non si fa altro che bere? Ma dove sono capitata?
Voglio sempre più intensamente il mio letto.
«La ragazzina deve bere però» aggiunge un tizio di cui non ricordo il nome ma che mi sembra venire diretto dalle scuole medie. Probabilmente questo non ha ancora il patentino e sta dando della ragazzina a me. Sono senza parole.
«Lollo, smettila. Cloe non vuole bere, lasciala stare» mi difende ancora Lara.
«Lollo... Bene, caro Lollo, sono contenta ora di sapere il tuo nome» mi intrometto io sorridendo.
«E perché, sentiamo?»
«Perché così potrò prenderti ufficialmente per il culo» dico con calma, riempiendomi un bicchiere di plastica fino all'orlo di quello schifo di birra.

Guarda cosa ti tocca fare per la tua testardaggine. Tutto questo finirà male! Ne sono sicura.
Ma dai, Lucy, quando ci vuole ci vuole.
E poi che male c'è a sballarsela un po'? Non era l'obiettivo di questa estate?

Scoppiano tutti a ridere, di nuovo.
«Sei simpatica» mi urla Francesco dal fondo del tavolo.

Vedo che ti ricordi anche il suo di nome.
Visto che brava?

«Ti ringrazio, Fra» rispondo sbattendo teatralmente le palpebre.
«Quanti anni hai, Cloe?» mi chiede il ragazzo seduto accanto a Lara.
«Diciannove. Scusa mi ricorderesti il tuo nome?»
«Marco» risponde cortese.
Lui mi piace, sembra gentile. Non so cosa ci faccia in mezzo a questi imbecilli.
«Ah, quindi hai finito la matura?» continua Francesco.
«Sì, ho finito questo mese.»

«Hai già deciso cosa fare?»
«Credo l'Accademia di Belle Arti.»
«Strana come scelta. Come mai?»
Perché tutte queste domande?
Vorrei quasi quasi rispondergli proprio così, ma in fondo non se lo merita: ha la faccia da bravo ragazzo, anche se forse è un po' impiccione...
«Mi è sempre piaciuta l'arte» rispondo semplicemente.
Gio continua a guardare altrove, ma lo vedo che non si perde nemmeno una parola.
Sembra stranamente interessato, mi tiene fissi gli occhi addosso o almeno questa è la mia impressione dato che ammetto di non aver il coraggio di voltarmi a guardarlo. Un po' sono in soggezione e un po' non voglio dargli la soddisfazione di cercarlo con lo sguardo.
«Sei fidanzata?» chiede ancora Francesco, riscuotendomi dai miei pensieri.
Ma sta ancora parlando con me?
A quanto pare sì, dato che tutti si sono girati automaticamente verso di me, aspettandosi una risposta.
Ma cosa importa a loro se sono fidanzata o meno, mi domando.

Io mi chiedo invece perché ti stai facendo tanti problemi nel rispondere!
Forse perché sono fatti miei...
Sì, certo. Oppure perché non vuoi che Gio lo venga a sapere.
Ma sta' zitta...

«Sì» rispondo noncurante, nascondendomi dietro il bicchiere di birra.
In questo momento mi serve alcol. Tanto alcol.

CAPITOLO 11

Cala un silenzio generale.

Be'? Perché si sono ammutoliti tutti? È così strano che io abbia un fidanzato?

Lara mi fissa addirittura sconvolta. Okay, non ho un buon carattere e non sono Gigi Hadid ma, santo cielo, non sono nemmeno la strega di Biancaneve!

Nel frattempo mia cugina sta assumendo un colorito sempre più rosso, non so se per l'alcol che ha ingerito o come reazione alla notizia del mio impegno sentimentale.

Non ho idea del perché si stia agitando tanto, non mi pare di aver detto nulla di male, in fondo.

Lara mi mima stizzita un "dopo parliamo" e si schiarisce la voce per attirare l'attenzione di tutti.

«Allora queste pinte?» esordisce allegra spezzando il silenzio.

«Vai, Lara, riempi per tutti» risponde il tizio alla mia sinistra.

Ma questo ancora beve? Secondo me, a fine serata, finirà steso a terra, diventando parte della moquette.

In ogni caso, per me un altro giro di quella roba è decisamente troppo, finirei per vomitare.

Ma ora come me la svio?

Lara ricomincia di nuovo a riempire i bicchieri come prima.

Gli altri invece continuano a parlare di cose a me incomprensibili, colpa anche della terribile musica trap che quel microbo di Lollo ha messo come sottofondo.

Quando Elvis inizia ad alitarmi addosso tutto lo schifo che si è tracannato stasera, capisco che non posso sopportare oltre.

«Ragazzi, dov'è il bagno?» chiedo sperando che qualche buona anima mi dia ascolto.

Apparentemente nessuno mi ha sentita, dato che la mia richiesta viene bellamente ignorata.

«Appena fuori dalla stanza, te lo trovi sulla destra» risponde Marco gentilmente, quando stavo già pensando di andare a cercarmelo da sola.

«Grazie» gli rispondo accennando un sorriso.

È davvero un ragazzo perbene. Confermo.

Esco nel corridoio verdastro di prima. Ha detto sulla destra, giusto?

Cerco a tastoni l'interruttore della luce sulla parete.

Non si vede niente, c'è solo una finestra in fondo al corridoio, probabilmente di una stanza, da cui arriva una debole luce prodotta dai lampi, ma non si vede comunque nulla.

All'improvviso si accende la luce.

«Cercavi questo?» dice una voce alle mie spalle.

Mi giro di scatto con il cuore in gola.

«Cazzo, Gio, mi hai spaventata» dico portandomi una mano al petto e tirando un sospiro.

«Che ci fai qui?» ribatte lui.

«Sto cercando il bagno» rispondo secca, incrociando le braccia sul petto.

È assurdo come riesca sempre a farmi incazzare.

«Avresti potuto chiedere a me dove fosse il bagno dato che sono io il padrone di casa, invece di girovagare a caso.»

Sono sconcertata.

«Scusami tanto, "padrone di casa", per non averti chiesto dove fosse il bagno, sono mortificata!» dico sarcastica.

Mi aspetto che ribatta continuando la sua stupida e inutile lamentela, invece l'unica cosa che fa è fissarmi.

Mi guarda negli occhi e per un attimo mi confonde.

È strano, nei suoi occhi non leggo irritazione o disappunto anzi sembrano quasi dolci. I suoi occhi nerissimi sembra che mi stiano guardando con… dolcezza?

Distolgo immediatamente lo sguardo imbarazzata e inizio a fissarmi le infradito: lo faccio sempre quando sono in imbarazzo, punto lo sguardo sui miei piedi e faccio finta di contemplarli come se fossero la cosa più affascinante del mondo.

«Seguimi» dice d'un tratto lui con un tono di voce decisamente perentorio.

Io resto zitta, un po' per evitare di fare altre figuracce e un po' perché mi sento stranamente confusa.

Di solito non mi capita. Anzi, non mi capita mai.

Lo seguo in silenzio lungo quel corridoio per qualche metro, fino a che Gio non apre una porta sulla destra, piazzandosi di fronte.

Accenno un passo verso di lui, pensando che si sposti, ma non sembra invece volersi muovere di un millimetro, anzi si appoggia allo stipite, bloccandomi il passaggio con l'altro braccio.

«Perché non mi hai detto che eri fidanzata?» se ne esce lui di punto in bianco.

E questo adesso cosa c'entra? Forse dovrei presentarmi dicendo: "Ciao, mi chiamo Cloe, ho diciannove anni e sono fidanzata"? La prossima volta andrò in giro con un cartello appiccicato dietro la schiena, così saranno tutti più contenti. Roba da matti.

«Perché avrei dovuto farlo?»

«Lara aveva detto che non lo eri, dunque...»

«Lara non sa molte cose di me» lo interrompo subito.

Quella pettegola mi sentirà...

«E poi, tu perché sei così interessato alla questione?» continuo io, sfidandolo con lo sguardo.

Assaporo già il dolce gusto della vendetta.

«Cos... Interessato? Io?»

«Sì. Interessato» rispondo decisa.

«Non sono affatto interessato, non me ne importa nulla» dice di fretta.

Guarda un po' come si mette sulla difensiva!

Cerco di rimanere seria, ma giuro che vorrei scoppiare a ridergli in faccia.

«Ah, non te ne frega nulla... chiaro, certo!»

«Era solo curiosità...» si giustifica lui.

Sta sfiorando il ridicolo.

«Be', ora che ti sei tolto la curiosità, mi lasceresti passare? Sai com'è, mi scappa una pipì allucinante e non vorrei mai...» rispondo guardando melodrammaticamente il pavimento.

Gio scoppia a ridere.

«Ma tu dici sempre tutto quello che ti passa per la testa?» mi chiede.

«Be', se proprio dovessi dirla tutta in questo momento mi sto immaginando te che pulisci la moquette del pavimento e ti assicuro che non è proprio una bella scena e...»

«D'accordo, d'accordo! Basta così» mi interrompe ridendo, alzando le braccia in segno di resa e spostandosi dalla porta.

Questa volta rido anche io.

Mi avvicino al bagno per entrare. Sto per chiudere la porta quando sento: «Cloe...».

«Sì?» Mi giro di nuovo verso di lui.

«Ti sta bene la mia felpa» dice facendomi l'occhiolino prima di andarsene.

Sorrido involontariamente.

Chiudo la porta del bagno e rimango interdetta per qualche secondo, appoggiata alla porta.

Mi sento le guance pulsare come fossero calamari nell'olio bollente.

Ma che similitudine è?

La prima che mi è venuta in mente. Lucy, non ti ci mettere anche tu, che già non ci sto capendo niente.

Ah, siamo già alla fase in cui non ci capisci niente?

Davvero molto divertente...

Ma mi scoccia ammettere che la mia coscienza ha ragione.

Cazzo, Cloe, datti una svegliata, non ti puoi far imbambolare dal primo che passa.

Questo tizio non lo conosco nemmeno. E poi sono fidanzata.

E poi è decisamente antipatico.

È bellissimo. Ammettilo.

È solo un presuntuoso.

Decisamente affascinante.

Egocentrico.

Irresistibile.

Basta!!!

Mi schiaffeggio le guance bollenti, stropicciandomi il volto.

Non me ne frega proprio nulla di lui, anzi.
Assolutamente zero.
In ogni caso i suoi occhi stasera erano nerissimi, come la pece. E dolci. Estremamente dolci.

CAPITOLO 12

«Mi spieghi perché hai detto che sei fidanzata?!»

«Mi spieghi perché hai detto a tutti che non lo sono?» ribatto esausta.

Io e Lara stiamo tornando a casa e non facciamo altro che battibeccare da quando siamo uscite da casa di Gio.

La strada è bagnata e si sente ancora il classico odore della pioggia.

Cerco di coprirmi più che posso con la felpa di Gio, infreddolita per l'aria che tira.

«Io non ho detto niente!» si difende per la milionesima volta Lara, mettendo il broncio.

Non sa proprio mentire, è negata.

Be', almeno in una cosa siamo simili.

«Sì, certo, Lara… E come spieghi che tutti erano convinti che non fossi fidanzata?»

«Ma poi mi dici da quando sei fidanzata?»

«Da… be', da… Ma cosa importa! Lo sono da parecchio tempo e non ci credo che zia Anna non te lo abbia mai detto, di sicuro lei lo sapeva… Considerando poi quanto è pettegola mia madre, non può non averglielo spifferato.»

«Okay, okay, lo ammetto, lo sapevo… Ma non ho detto a nessuno che eri single!»

«Lara?»

«Be'… forse l'ho detto a Tommi… ma solo a lui, giuro!»

Ecco come si chiama il suo barbuto: Tommi!

«E sentiamo… Perché gli hai detto che NON ero fidanzata, quando sapevi benissimo il contrario?»

«Be', non è che è proprio andata così...»

È estremamente insopportabile quando le persone non ti rispondono subito e tu devi tirare fuori le parole con le pinze.

Per ora siamo passate dal "Io non so nulla e non ho detto nulla" al "Sì, lo sapevo, ma l'ho detto solo a Tommi".

La guardo male e lei continua.

«Be', Cloe, in pratica mi hanno chiesto se tu stessi con qualcuno, tramite Tommi... e io ho fatto la vaga, semplicemente perché non mi andava di dire i fatti tuoi. Ma credo che lui abbia frainteso...»

«E poi immagino che Tommi abbia fatto un comunicato ufficiale al resto del mondo» sbuffo sonoramente.

Odio i pettegolezzi. Forse perché mia madre ne è la regina indiscussa: credo che riceverebbe il primo premio se ci fosse il concorso "Spettegola & Vinci".

«Credo di sì» risponde lei in un sospiro.

«Lara, che disastro che hai combinato» dico stropicciandomi il viso.

«Perché? Non credo sia così grave come cosa... A meno che... Cloe, mi sono persa qualcosa?»

«Ma va', no...»

«Tu non mi convinci. Perché te la sei presa tanto per una cosa così stupida? Mi devi dire qualcosa, per caso?»

Cavolo e ora come ne esco? Se anche solo nominassi Gio, sarebbe la fine.

«No, Lara, sei completamente fuori strada. Semplicemente non volevo che si diffondessero cose false sul mio conto...»

«Sicura sia solo per questo?»

«Ma certo, Lara. Cosa dovrebbe essere?»

«Mmh, okay!»

«Bene. Ora però tocca a te spiegarmi cosa c'è con Tommi.»

La sua espressione cambia di colpo e se non fosse tanto buio giurerei che la sua faccia sia appena diventata un color pomodoro acceso.

«Chi? Cosa? Ma che dici...» dice visibilmente nervosa.

«Lara, smettila, si vede lontano un miglio che ti piace.»

«Ma va', non mi piace, mi sto solo...»

«Solo?»

«Divertendo... ecco.»

«Per favore, non ci credi nemmeno tu. Dai su, sputa il rospo: qual è il problema?»

«Ma non c'è nessun problema, solo che...»

«Allora c'è solo l'inciucio!!!» dico saltellando e sbattendo le mani.

«Shhh! Non urlare! Che se si sveglia mio padre, sentiremo mamma lamentarsi per almeno dieci giorni!»

Siamo sotto casa di Lara da almeno mezz'ora, perché lei non trova le chiavi.

Queste chiavi devono essere maledette.

«E comunque, Lara, secondo me Pisco non si sveglia neppure con le cannonate.»

«Pisco chi?»

«Oh, lascia perdere. Hai trovato quelle fottutissime chiavi?»

«Cloeee! Che cazzo urli!!»

«Ho urlato sottovoce...» mi giustifico facendo una smorfia.

Finalmente riusciamo a entrare in casa.

«Cloe, chiudi la porta per piacere» mi dice Lara passandomi le chiavi, mentre si toglie le scarpe.

Io faccio lo stesso con le mie infradito fradice, ci manca solo la ramanzina di zia Anna per averle allagato casa.

Saliamo sulle scricchiolanti scale a chiocciola e nel buio inciampo su un gradino facendo un casino clamoroso.

«Cloee» urla piano Lara, ridendo.

Trattengo a stento una risata ed entrambe ce la filiamo lungo il corridoio verso la mia stanza, dato che quella di Lara è attaccata a quella dei suoi genitori.

E ci manca solo che Pisco si svegli: che nessuno osi provarci.

Entriamo in camera mia e chiudo alla svelta la porta, liberando la risata che avevo a stento trattenuto. Lara fa lo stesso.

«Bene, cugina, ora non hai scuse, raccontami» le dico, incrociando le braccia sul petto.

«Solo se mi fai stare qui stanotte» dice lei buttandosi a peso morto sul mio letto e abbracciando i miei cuscini.

«Oh, no, non se ne parla proprio...»

«Bene, allora vorrà dire...» ribatte lei, facendo segno di chiudersi la bocca.

Che palle. Non mi piace avere gente nel letto. Mi sento scomoda.

«Okay, d'accordo. Però non devi entrare nel mio spazio vitale, intesi?»

«Chiarissimo, cuginetta» dice sfoggiando un sorriso a trentadue denti.

«Dai su, poche ciance, ora non hai più scuse!»

Lara si mette a gambe incrociate sul letto e io inizio a togliermi la felpa di Gio per mettermi il pigiama.

«D'accordo, allora tutto è iniziato circa due anni fa...»

«Che cosa?! Tu sei persa per quel tizio barbuto da due anni e io non ne sapevo niente?»

«Cloe, vuoi sapere come stanno le cose o no?» mi chiede assottigliando gli occhi.

«Okay, va avanti!» sbuffo.

«Allora, dicevo, è iniziato tutto due anni fa... Io non conoscevo tutti loro, conoscevo solo Lollo e Gio abbastanza bene, perché avevamo gli ombrelloni vicini in spiaggia.»

«Ah... Ero convinta che vi conosceste tutti da anni...»

«No, assolutamente, questo gruppo, per come lo vedi ora, si è formato da poco. Prima ci si conosceva solo di vista diciamo...»

Annuisco, infilandomi il mio vecchissimo ma amatissimo pigiama.

Quelli più carini, rigidi e con il colletto che mi ha dato mia madre li ho appallottolati e nascosti in un angolo remoto dell'armadio.

«Poi l'anno scorso ci siamo trovati per caso tutti a giocare al campo e si è formata la compagnia: Lollo e Gio, come ti ho detto, li conoscevo già. Lollo a sua volta ci ha poi presentato i suoi cugini Marco e Paolo. Invece Gio conosceva Tommi e Fra» continua Lara.

«Che sono fratelli, giusto?»

Spero di averci azzeccato, altrimenti non ho ufficialmente capito un tubo.

«Sì, sì, giusto... Quindi ci siamo trovati tutti quanti a giocare a pallavolo e la sera stessa siamo usciti e da allora passiamo sempre l'estate tutti insieme.»

«E fin qui tutto normale» aggiungo io.

«Tra me e Tommi quell'estate c'era già stato qualcosina, sai i soliti sguardi, le frecciatine... Ma poi ognuno è tornato alla sua vita e non siamo riusciti a mantenere i contatti. Ci sentivamo ogni tanto, ma nulla di che...»

«E poi?»

Mi siedo anche io a gambe incrociate sul letto, abbracciando un cuscino.

«Poi l'estate dopo, ovvero l'anno scorso, ci siamo ritrovati e c'è stato il primo bacio...»

«E brava Laretta!»

«Il punto è che dopo quel bacio tutto è andato storto.»

«No, ma perché?»

Non è da me fare tutte queste domande, ma questa storia sta iniziando a intrigarmi.

«Per colpa di Gue.»

«Per colpa di chi?!»

«Guendalina.»

«E chi sarebbe?»

«L'anno scorso Manu e Gio l'hanno conosciuta per caso al Touchè, una discoteca qui vicino, e alla fine è venuto fuori che anche lei era qui a Lido per l'estate con una amica e perciò...»

«Si è aggiunta al gruppo...»

«Esattamente. Tu non conosci Gue, Cloe, ma fidati quando ti dico che è una...»

«Stronza?»

«Decisamente...» risponde lei.

«E ci ha provato con Tommi, scommetto» continuo io.

«In realtà ci ha provato un po' con tutti, ma principalmente con Tommi. E secondo te il signorino si è tirato indietro?»

«Brutto cazzone avariato! C'è stato?» dico incredula, spalancando gli occhi.

Citazioni speciali di *Notting Hill* riaffiorano alla mente.

Lara scoppia a ridere.

«Cloe, mi farai soffocare.» Lara ride e tossisce insieme.

Poi si ricompone, come se in realtà quel pettegolezzo lo stesse raccontando anche a se stessa. «Sì, ahimè, c'è stato. E lei era pure fidanzata, pensa un po'!»

«Non faccio fatica a crederlo!»

«Quanto vorrei che tu usassi la tua lingua tagliente con lei! Sarebbe epico!»

«Credimi, se mai conoscerò questa Gue, si pentirà amaramente di aver sedotto il tuo barbuto.»

«Cloe!» urla Lara, diventando tutta rossa e nascondendo la faccia in un cuscino.

Rido a crepapelle.

«Be', ma fammi capire, ora con Tommi qual è la situazione?» continuo io, sempre più interessata.

«E tu lo sai? È tutto un grande boh! Questo pomeriggio quando te ne sei andata ci siamo baciati di nuovo e stasera siamo stati benissimo...»

«Lo sapevo che c'era stato qualcosa. Te lo si leggeva in faccia.»

«Era così evidente??» diventa nuovamente rossa.

«Giusto un pochino» le rispondo ridendo.

«Solo che...»

«Che...»

«Sabato arriva Gue.»

«Sabato? Questo sabato?»

«Già... E il peggio è che va a stare da Gio.»

«Che cosa?!?!»

No, fermi tutti. In che senso questa va a stare da Gio?

«Sì, hai capito bene. E il problema è che, stando da Gio, sta automaticamente sempre anche con Tommi» piagnucola Lara.

Ma cosa me ne frega di quel barbuto! Il punto è che va a stare da Gio!

E quale sarebbe il problema, sentiamo!

Senti, Lucy, non ti ci mettere anche tu.

Ti dà enormemente fastidio che vada a stare da Gio o sbaglio?

Ma no, non mi dà fastidio, solo che secondo me questa è una che se ne approfitta...

Come può stare a casa di Gio? E poi per quanto tempo?

«E quanto resterebbe qui?»

«Non ne ho idea. Ma Cloe, devi aiutarmi.»

«Io? E cosa dovrei fare?»

«Devi aiutarmi a mettere Gue al suo posto!» dice Lara risoluta.

Come se fosse una cosa semplice mettere al suo posto quella stronzetta.

«Ti prego! Dai, ti prego ti prego ti prego, mi aiuterai?» mi supplica Lara, buttandomisi letteralmente addosso.

«Smettila! Così mi schiacci!!! Okay, vedremo cosa fare» dico tossendo e alzando le mani in segno di resa.

«Grazie, cuginetta, sei fantastica!»

Mia cugina è una lecchina fatta e finita, ma per lo meno sa "gossippare"!

Io e Lara chiacchieriamo fino a tarda notte, macchinando vari metodi per mettere fuori gioco quell'odiosa di Gue.

È possibile che mi stia così antipatica ancora prima di conoscerla?

«Lara, sono le tre, forse è il caso di dormire almeno qualche ora, che dici?»

Mi si stanno chiudendo gli occhi e alla fine convinco la mia iperattiva cugina ad andare a dormire, promettendole almeno un centinaio di volte che domani andrò con lei in spiaggia.

Peccato che la sola idea di rivedere Gio mi innervosisca oltre ogni limite.

Non saprei bene dire il perché, forse è così odioso che il mio stato psico-fisiologico lo rifiuta.

Stato psico-che? Te lo dico io perché sei così nervosa: Gio ti piace! Lo ami! Hai bisogno di lui e di baciarlo immensamenteeee!!!

Basta!!! Senti, Lucy, Gio mi piace quanto le mutande a fiori di Pisco, ovvero zero! Chiaro?

Metto a tacere la mia coscienza, prima di farmi scoppiare una crisi di nervi.

Finalmente Lara esce dal bagno così posso concedermi una bella doccia. Lo so che sono le tre del mattino, ma ho i nervi a fior di pelle e, per giunta, mi sento tutta appiccicaticcia per la pioggia che ho preso. Inoltre, sotto il getto dell'acqua riesco sempre a riflettere meglio: non bastava quell'antipatico di Gio e tutta la sua compagnia di bambocci, ci voleva anche questa Gue.

L'estate promette di essere luuuunghissima!

CAPITOLO 13

«Ragazze! È pronta la colazione!»

Mi sveglio stordita, con i capelli incollati al viso.

E questo è il risultato delle chiacchiere notturne: Lara è stravaccata come un ippopotamo ai piedi del mio letto, ormai tutto disfatto, e io mi sento come una cacca d'uccello.

Obbligo le mie gambe a tirarmi giù dal letto e mi trascino fino all'armadio per cambiarmi.

«Lara, alzati, è tardi» borbotto lanciandole addosso un cuscino.

Lo so, non sono proprio l'incarnazione della delicatezza.

«Mmh» mugola mia cugina ritirandomelo.

Io ci ho provato a svegliarla, quindi posso tranquillamente scendere a far colazione.

Sei stata persuasiva e convincente.

Cosa dovrei fare, portarla in spalla in salotto?

Ci rinuncio.

Ecco, brava, rinuncia, che sto già sentendo un profumino di brioche fresche e caffè.

«Cloe, tesoro, buongiorno. Hai dormito bene?» mi accoglie calorosamente zia Anna, apparecchiando la tavola con caffè, latte caldo e dolci squisiti.

«Sì, zia, grazie...»

Più o meno.

«Lara è ancora su?»

Be', se non la vedi...

Non essere maleducata!

«Sì, zia Anna, stava dormendo così bene che non ho voluto svegliarla.»

Sei pessima.

Ti voglio bene anche io, Lucy.

«Quella ragazza dorme sempre! Dovrebbe prendere esempio da te e non stare a ronfare ogni mattina.»

«Be', ma ieri sera siamo tornate molto tardi...» mi lascio sfuggire, addentando una brioche.

«Ah, quindi sei rimasta con i ragazzi ieri sera!» Zia Anna ha un sorriso inquietante.

Mi pento seduta stante della mia uscita: dannata me e la mia linguaccia che non si sta mai zitta.

«Sì, si è messo a diluviare e poi alla fine sono tornata con Lara.»

«E dimmi un po', racconta alla zia, come ti sono sembrati gli amici di Lara?» mi ammicca zia Anna, appoggiando i gomiti sul tavolo come una bimba in cerca di favole.

«Anna! Non torturare nostra nipote con i tuoi pettegolezzi» esordisce zio Tom facendo il suo ingresso in salotto.

Grande Pisco, sempre sul pezzo.

«Tom, hai già finito di potare la siepe?» ribatte la zia, distraendosi all'istante dall'interrogatorio.

«Buongiorno a tutti» dice Lara scendendo in sala e stropicciandosi gli occhi, rischiando di finire lunga distesa sul pavimento.

Zia Anna e Pisco non la guardano nemmeno, intenti a battibeccare su quanti centimetri di siepe dovessero essere tagliati.

Lara mi fa un cenno interrogativo rivolto a quei due e io le faccio segno di lasciar perdere.

Il mio stomaco è pieno e le mie orecchie sono state torturate abbastanza per cui decido di tornare in camera, seguita da Lara.

«Cloe, mi avevi promesso che saresti venuta!» mi dice Lara per la terza volta consecutiva, non appena saliamo di sopra.

«Sì, okay, ma non pensavo che volessi fare la lucertola e stare in spiaggia tutto il giorno!»

«Dai, non fare la noiosa. Vedrai che ci divertiamo, gli altri ci stanno già aspettando.»

Sarà un grande spasso, me lo sento.

«D'accordo, vengo, però non aspettarti che mi metta a giocare a pallavolo o pallamano o qualsiasi altro gioco che preveda una palla.»

«Ma cosa farai mentre giochiamo?» mi guarda incredula Lara.

«Tengo i punti» rispondo sarcastica chiudendo la porta della mia camera.

Sento la risata di Lara dal corridoio. Probabilmente penserà che io sia una mezza pappa molle a cui piace solo giocare a carte o, nel peggiore dei casi, crede che sia totalmente pazza.

Be', in fondo non avrebbe tutti i torti.

Mi sto infilando il costume, quando all'improvviso mi squilla il cellulare: che tempismo!

Ovviamente è mia madre.

«Pronto, ma'» rispondo mettendo il vivavoce e buttando il telefono sul letto.

«Cloe, tesoro, come stai?»

«Sono ancora viva, tu?»

«Vedo che non hai perso il tuo umorismo… Mi fa piacere che tu stia bene, per il resto noi ce la caviamo, anche se ci manchi davvero moltissimo.»

Mia madre: una carriera da attrice drammatica mai consumata.

«Mamma, non sono neanche tre giorni che sono via…»

«A me sembra un'eternità, tesoro» risponde lei con la voce incrinata.

Mi dispiace sentirla così, lei ne soffre veramente e, dopotutto, anche io ho un cuore.

Ah, davvero?

«Dai, mamma, non preoccuparti, qui sto benissimo, zia Anna e Pisc… zio Tom sono fantastici e con Lara va tutto per il meglio. Pensa che abbiamo anche dormito insieme stanotte.»

«Tu hai dormito con Lara? Cloe, sei sicura di sentirti bene?»

Io cerco di fare la carina e lei mi prende in giro. Si è coalizzata con Lucy per caso?

«Cloee, andiamo!! Dai, che è tardi» mi urla Lara.

È "inscollabile" questa ragazza.

«Mamma, Lara mi sta chiamando, andiamo in spiaggia, ti scrivo non appena ho un minuto, okay?»

«D'accordo, tesoro, non preoccuparti, vai pure.»

Finisco in fretta di cambiarmi, indosso un copricostume bianco e sciolgo i capelli.

Lara nel frattempo si è catapultata in camera mia, senza alcun permesso aggiungerei, per darmi direttive su come vestirmi, o meglio svestirmi.

Scendiamo di sotto, il salotto è deserto. Uno sguardo di intesa e usciamo furtive per evitare i saluti chilometrici e le raccomandazioni di zia Anna.

Prendiamo le bici sul retro e percorriamo la stessa strada di ieri: mi sembra già tutto più familiare.

Raggiungiamo la pineta ad angolo e poi il solito vicolo stretto, sbucando di fronte allo stabilimento balneare più schifoso del paese – cito Lara testualmente.

Leghiamo le bici nella rastrelliera arrugginita e risaliamo la passerella malmessa.

«Ecco gli altri!!» urla Lara entusiasta, non appena varchiamo l'ingresso.

Sollevo gli occhi verso il campo da basket alla nostra sinistra, seguendo lo sguardo di mia cugina.

Quattro di loro stanno giocando, gli altri sono sulle panchine ai lati del campo. Il sole batte a picco su quel fazzoletto di terra, non c'è l'ombra di una foglia. L'unico rumore è quello della palla che rimbalza sul cemento.

E c'è Gio che fa canestro da fondo campo.

Mi blocco di scatto e resto ferma, imbambolata, senza riuscire a staccargli gli occhi di dosso.

Gli altri fanno quasi da sfondo, in quel campo c'è solo lui: torace scolpito, messo in risalto dalle linee di sudore grondanti, movimenti scattanti, agile e veloce.

Scarta, senza fatica, i suoi due avversari e raggiunge il canestro con una rapidità impressionante.

Salta aggrappandosi all'anello metallico del canestro, buttandoci dentro la palla.

Fa un altro punto.
«Ehi, buongiorno, è tutto okay?» Lara mi sventola la mano davanti alla faccia.
«Sì... tutto okay» dico debolmente, senza staccare gli occhi da quel campo.
I ragazzi finiscono la partita e si complimentano a vicenda con i loro strani modi di stringersi la mano.
Mia cugina si avvicina attraversando la piccola piazzola di prato e io la seguo senza fiatare.
«Siamo arrivate!» annuncia Lara con entusiasmo.
Vorrei dirle di star zitta, ma ho la salivazione completamente azzerata.
Spero solo non mi facciano domande o richieste di nessun tipo, perché non so se riuscirò a mettere insieme una frase di senso compiuto, al momento.
Gio punta lo sguardo su di me, incrociando quasi per caso i miei occhi.
«Ehi, come butta?» dice Lollo seguito dai saluti degli altri.
Solo Gio non dice una parola.
«Bene, anzi benissimo. Oggi abbiamo deciso di rimanere in spiaggia tutto il giorno, voi che fate? Rimanete a pranzo con noi? Anche perché dopo...» Lara comincia a sciorinare come una macchinetta il programma della giornata.
Alzo gli occhi al cielo: questa ragazza è proprio senza rimedio, quando attacca a parlare non la smette più. Decido di staccarmi dal gruppo e attraversare il campo per posare la borsa con gli asciugamani. Con questo caldo, questo peso sulle spalle è una tortura.
Ma poi che cosa diamine lo portiamo a fare questo borsone se non stiamo neppure mezzo secondo a prendere il sole!
Mi avvio decisa alla panchina dell'altro lato del campo, ma d'improvviso qualcuno mi blocca alle spalle.
E ci risiamo.
«Ti sei svegliata bene oggi?» mi chiede Gio, dopo alcuni istanti di silenzio imbarazzato.
Un brivido mi corre veloce lungo la schiena al suo tocco.
Resto ferma qualche secondo, guardando la mano di Gio che stringe il mio braccio.
Che faccio, mi giro? Se me ne andassi via senza rispondere

penserebbe sicuramente che sono una bambina capricciosa e antipatica, ma del resto se mi girassi verso di lui, il rischio di restare a bocca aperta come un'idiota sarebbe altissimo.

Scelta uno o scelta due? Dai, aiutatemi almeno voi!

...

«Sì» rispondo alla fine secca, senza girarmi neanche. La via di mezzo funziona sempre.

Strizzo gli occhi sperando che molli la presa e finisca questa tortura: sono molto agitata, e neppure so il perché!

Faccio un respiro profondo.

Gio fa scivolare lentamente la mano lungo il mio braccio.

Meno male che dovevo calmarmi! Non so nemmeno come faccio a restare in piedi sulle mie gambe!

Le mie ginocchia sono molli, come omogenizzati!

La sua mano scende sempre più piano, fino alla mia, stringendola.

«Quindi mi assicuri che oggi nessuna psicopatica mi lancerà succhi alla pesca addosso?» dice quasi sottovoce.

Deglutisco faticosamente.

«Credo di no» rispondo piano, quasi in un sussurro.

Credi di no? Ma che razza di risposta è mai questa! Ti ha appena dato della psicopatica?!

Hai ragione, Lucy, devo essere totalmente impazzita.

«Allora sai essere anche educata, interessante...» continua lui con un velo di ironia nella voce.

«Io sono sempre educata.»

Ma per favore! Che fesseria.

Non ha alcun senso ciò che siamo dicendo. In realtà, non so neppure bene di cosa stiamo effettivamente parlando.

Ma questo parlare del nulla stranamente mi piace, mi intriga. Non mi annoia.

CAPITOLO 14

«Ehi, ragazzi, voi venite?» grida Lara dall'altra parte del campo.

Gio stacca la presa dalla mia mano in un decimo di secondo e io mi volto di scatto imbarazzata.

Tutti ci stanno fissando con aria interrogativa, presumibilmente perché si aspettano una risposta alla domanda di Lara o forse, cosa decisamente più probabile, perché si stanno chiedendo cosa stessimo facendo qui da soli al centro del campo.

E, in effetti, me lo sto chiedendo anche io.

«Sì, arriviamo» dice finalmente Gio dopo un istante che sembra non finire mai.

Vorrei scomparire.

Tiro su l'inutile borsone che avevo lasciato cadere a terra e mi allontano da lui senza dire una parola, tornando verso gli altri.

Adesso Lara comincerà con le sue solite domande. Come diavolo faccio? Non ho il tempo materiale per inventarmi delle risposte plausibili.

Cerco di evitare in tutti i modi lo sguardo di mia cugina, agganciando Elvis sottobraccio non appena iniziamo ad avviarci tutti chissà dove.

«Di preciso dove stiamo andando?» chiedo ai ragazzi davanti.

«A fare un brunch, ti va?» mi risponde Fra.

Brunch?

«È tipo una colazione gigante che si fa sul tardi, per saltare il pranzo» mi spiega il mio compagno di camminata, vedendomi interdetta.

Dovrei dire a mia madre di farmi un brunch ogni tanto. Rido già, immaginandomi la sua faccia schifata.

Percorriamo tutta la passerella verso il bar del bagno, Elvis mi sta parlando ininterrottamente di muffin alla crema e delle possibili varianti al pistacchio, ma io non lo sto minimamente ascoltando; mi giro ogni secondo per vedere dove sia Lara e, okay, lo ammetto, anche per vedere Gio.

Ho la testa piena di domande.

Perché mi ha preso per mano prima? Perché parlava a bassa voce e con un tono quasi... imbarazzato?

Forse sono solo mie impressioni e mi sto facendo inutili film mentali, magari fa così con tutte...

Sarà di sicuro il solito donnaiolo della situazione che cambia le ragazze come le camicie e appena arriva una nuova ci prova.

Non devo mai più permettergli di avvicinarsi a me, anzi dovrà mantenersi ad almeno un metro di distanza, altrimenti finirà male.

Guarda... Sicuramente tu incuti una paura micidiale.

Sarò anche uno scricciolo, mia cara Lucy, ma so farmi valere, non preoccuparti.

Il caldo è insopportabile e la spiaggia è affollatissima.

Raggiungiamo i tavoli nella veranda di fronte al bar della spiaggia.

Ci sediamo attorno un tavolo tondo, su una piazzola sopraelevata, sotto un ombrellone gigante di paglia.

Mi piacciono gli ombrelloni di paglia, sanno di hawaiano.

Mi siedo accanto a Elvis e a Lara, che ha rubato all'ultimo il posto a Fra, con la scusa di essere mia cugina e di aver diritto di stare di fianco a me.

La verità è che è una grandissima impicciona: ora inizierà di sicuro l'interrogatorio.

Comincio silenziosamente a pregare che qualcuno venga a salvarmi!

Cerco di tergiversare rigirandomi tra le mani un blocco di tovagliolini di carta, facendo finta di trovarli estremamente interessanti.

Tra l'altro sono davvero carini, credo che ne ruberò uno.

Tu stai proprio male.

Dillo che mi ami alla follia, Lucy del mio cuor.

Lara mi toglie bruscamente i tovagliolini dalle mani, costringendomi a voltarmi verso di lei.

Quanta fretta, e che maniere brusche…

Mi volto verso quella matta di mia cugina e dalla sua faccia posso già immaginarmi la sfilza di domande che affollano la sua diabolica mente.

«Ragazzi, cosa vi porto?» chiede squillante la cameriera stoppando la curiosità di Lara sul nascere.

Sento di amarla!

«Potresti portarci dei pancake, tortini e pizzette varie per un brunch?» chiede Fra per tutti.

«Sì, certamente, vi porto quattro vassoi. Poi, se ne volete ancora, mi chiamate, okay?»

«Perfetto, grazie» risponde di nuovo Fra.

«Da bere cosa vi porto?»

«Per me una Coca» inizia Lollo.

«Io un tè al limone» continua Marco.

«Io una birra» ordina Gio. E figurati se non si doveva distinguere.

«Anche io, fai due birre» si aggiunge Tommi.

«Per me un'aranciata» dice Lara.

…

Be', quindi, perché si sono fermati?

Tutti, compresa la cameriera, mi stanno guardando… A quanto pare tocca a me.

Mi rigiro il volantino dei drink tra le mani, non so cosa prendere!

Sono un'eterna indecisa quando si tratta di prendere da bere o scegliere la pizza: non ne conosco la ragione, ma in questi due casi mi si blocca il cervello e non riesco a pensare.

Di solito risolvo ordinando dell'acqua, ma in questo caso non mi va. Che figura ci farei?

Forse potrei prendere dell'acqua frizzante.

Audace!

Fa più chic! Lucy, sei indietro, dovresti aggiornarti.

«Per lei un succo alla pesca.»

Chi ha parlato?

Alzo la testa dal menu.

La cameriera sta scrivendo l'ordine. Ordine che tra l'altro non ho fatto io, ma dettagli, tranquilla, scrivi pure!

Tutti gli altri si sono girati a fissare Gio.

Cosa gli salta in mente adesso?

Lo guardo basita, ma a lui sembra importargliene poco: si accende una sigaretta e senza curarsi del fatto che tutti lo stiano osservando, fa un tiro, appoggiandosi allo schienale della sedia.

Quanto è…

«So benissimamente fare i miei ordini da sola, grazie tante!» Scatto in piedi, al culmine dell'irritazione.

Gio alza lo sguardo su di me. Sembra quasi che stiano trattenendo tutti il fiato, un po' perplessi davanti a quello sbotto imprevisto.

«A quanto pare no» risponde lui mantenendo il mio sguardo.

Che cosa?

Qualcuno mi fermi perché potrei strozzarlo con le mie stesse mani.

«Ma come ti permetti? Stavo semplicemente scegliendo cosa prendere.»

«E nel frattempo stavamo diventando vecchi» risponde lui con sufficienza.

Odio le persone che ti parlano con tono di superiorità! Ma chi si crede di essere questo tizio?

«A quanto pare tu sei l'unico che si sta lamentando» rispondo innervosita, allargando le braccia.

Credo che ormai la mia faccia sia diventata completamente paonazza, tra poco comincerò a sputare fuoco.

«Quanto sei pesante! Alla fine ti ho solo ordinato un succo alla pesca. Non credo ti faccia così schifo.»

«E se mi andava qualcos'altro??»

«Ma sì, tranquilla, in quel caso me lo puoi sempre rovesciare addosso, no?» risponde lui con un sorrisetto.

Si crede spiritoso? Si crede veramente spiritoso?

Mi risiedo furiosa, non ho intenzione di continuare a discutere con questo sfacciato, insolente, presuntuoso e… E tutto il resto!

Non ho nemmeno più voglia di elencare tutti i suoi difetti!

La mia pazienza ha un limite. E questo tizio l'ha ampiamente superato.

Alzo lo sguardo e scopro che tutti ci stanno guardando sbigottiti.

Ero talmente impegnata a discutere con quell'imbecille, che non mi sono neanche resa conto che stavamo dando spettacolo.

I ragazzi alternano lo sguardo increduli da me a Gio. Lara invece tiene fissi i suoi occhi su di me, guardandomi allibita, come se avesse appena visto una gorgone.

Anche la cameriera è rimasta attonita, immobile al suo posto, ma probabilmente il suo problema maggiore è se cancellare o meno quello stupido succo dall'ordine.

Il mio problema, invece, è ben diverso.

Al contrario mio, Gio sembra infischiarsene altamente degli sguardi altrui.

È così insopportabilmente insopportabile.

«Bene, raga, che ne dite di un po' d'acqua per tutti per raffreddare i bollenti spiriti?» spezza il silenzio Fra, un po' esitante.

La cameriera cancella tutti gli ordini e si annota due bottiglie d'acqua da un litro, scomparendo poi alla velocità della luce.

Probabilmente penserà che siamo una gabbia di matti. O meglio: che sono una gabbia di matti.

Io mi ci sono trovata semplicemente in mezzo.

Ah, sì, lei non c'entra mai.

Per una volta, Lucy, non c'entro davvero nulla! È quell'idiota che se n'è uscito con questo teatrino. E adesso fa pure l'indifferente. Dio, quanto è ridicolo!

In tutto ciò, Lara non ha smesso di fissarmi.

Ecco, ora bisogna risolvere il "problema Lara": se prima voleva farmi l'interrogatorio stile zia Anna, ora mi farà direttamente il terzo grado.

«Questa me la devi assolutamente spiegare» mi dice lei sottovoce inarcando le sopracciglia.

Ecco, per l'appunto.

Non credo che mia cugina mollerà tanto facilmente.

Se sapessi cosa spiegarle poi, lo farei anche volentieri.

L'unica cosa che forse so in più di lei è che il suo amico è un emerito deficiente.

Ma dai, quanto sei permalosa! Non ha fatto nulla di male in fondo.

Ah, io sono permalosa?! Stai a vedere che adesso è tutta colpa mia.

Mi giro per sbaglio nella direzione di Gio e vedo che mi sta guardando. Anzi mi sta fissando.

Ma non ha nient'altro da fare?

Mi rigiro velocemente dall'altra parte, per evitare di incrociare di nuovo i suoi occhi.

Perché mi fissa in continuazione? Perché non si limita a fare l'arrogante della situazione?

Mi manda in crisi, maledizione.

Quel tizio è in grado di bloccarmi il respiro, e il secondo dopo di farmi infuriare come una biscia.

È questo che non capisco di Gio.

È il ragazzo che mi presta la sua felpa e mi prende per mano? Oppure è quello che mi dà della psicopatica e mi tratta con sufficienza?

Chi sei davvero, Gio?

CAPITOLO 15

Finiamo di far colazione o pranzo o qualunque cosa sia, nel silenzio più assoluto.

I ragazzi hanno parlottato tutto il tempo tra loro, come se non volessero disturbare, e nessuno ha osato tirare di nuovo fuori la questione "succo alla pesca" che aveva scatenato tutta quella confusione.

Lara ha finito di mangiare prima di tutti, sicuramente ansiosa di ottenere i suoi pettegolezzi battendo addirittura anche Elvis, che ha finito giusto un pelo dopo di lei, spazzolandosi praticamente tutto quello che avevamo avanzato.

Io invece sono rimasta zitta tutto il tempo, mangiando un pezzo di pizza e delle focaccine mollicce, scervellandomi sulla discussione di prima.

Perché diavolo ha dovuto ordinare al mio posto?

Per darmi fastidio? Certamente.

Ma non poteva stare semplicemente zitto?

No, certo, perché non sarebbe stato lui se non si fosse messo in mezzo.

Egocentrico del cazzo.

«Raga, partitella?» spezza il silenzio Tommi.

Gesù… Mancava giusto la pallavolo per completare le sfighe di questa giornata.

«Avete degli scarpini in più?» chiede Paolo dall'altra parte del tavolo.

Scarpe? Da quando si usano le scarpe per giocare a beach volley?!

«Bene, dato che voi giocate a calcetto, io e Cloe andiamo a prendere il sole. Vero, cuginetta?» dice Lara alzandosi.

Ahhhh, calcio. Ora è tutto più chiaro.

No, fermi tutti! Devo andare a prendere il sole con Lara?

Forse preferivo giocare.

Addirittura stare in porta!

Mi sfinirà di domande, lo so.

«Sicuri che non vi serva un giocatore in più? Non sono tanto brava, ma imparo in fretta» intervengo a caso, giungendo le mani in segno di preghiera.

Gli altri non sanno cosa dire, forse non hanno nemmeno capito se stia parlando sul serio o sia solo una battuta.

L'unico che ridacchia e scuote la testa è Gio.

Chissà che cosa gli frulla nella mente.

«No! Noi andiamo a PRENDERE IL SOLE» ribadisce Lara, afferrandomi e cercando di trascinarmi verso la passerella.

«Siete proprio sicuri di non voler neanche qualcuno in panchina che faccia il tifo?» grido agli altri, mentre Lara mi sta letteralmente tirando verso la spiaggia.

«E in tribuna? Niente, eh?»

Sono spacciata!

Camminiamo tra gli ombrelloni e i giocattoli dei bimbi sparsi sulla sabbia. Con tutte le fisse di zia Anna mi stupisco che abbiano preso un ombrellone incastrato in mezzo agli altri. Mi aspettavo un full-optional riservato con la spiaggetta privata intorno.

E invece ombrellone 451: in piena ombra.

«Lara, mi spieghi come facciamo a prendere il sole qui?» dico allargando le braccia, per farle notare che il nostro ombrellone è più ombroso della selva oscura di Dante.

Lo so, devo smetterla con queste citazioni da secchiona, ma è tutta colpa della maturità. Tempo qualche mese e mi disintossico, vedrete!

«E tu mi spieghi da quando hai tutta questa confidenza con Giodago?» parte subito all'attacco mia cugina.

Gio, che? Sarebbe il cognome quello?

«Non ho nessuna confidenza con Mister Simpatia» rispondo scocciata, sistemando l'asciugamano sul lettino.

«No, certo… È del tutto normale che vi mettete da soli a parlare al centro del campo da basket…»

«Ma…» provo a rispondere.

«E che discutete in quel modo, come se vi conosceste da una vita!» mi interrompe Lara.

«È inutile che fai quella vocina allusiva. Sei completamente fuori strada.»

«Non credo proprio, cuginetta, e più ti guardo, più me ne convinco.»

«Ti convinci di cosa, scusa?» chiedo perplessa, incrociando le braccia.

«Che ti piace, Cloe! È palese che ti piaccia.»

«Che?! Tu stai male, Lara, Tommi ti ha dato alla testa, stammi a sentire.»

«Cloe, smettila, su, da come discutevate sembravate una coppia di sposini.»

«Infatti, guardami, sono tutta un fremito di gioia!»

«Cloe, fai la seria» mi minaccia puntandomi addosso la crema solare.

«E tu smettila di dire queste cavolate... Ma come ti salta in mente poi?!»

«E allora, come me li spieghi i continui sguardi?»

«Ma quali sguardi e sguardi, se proprio lo vuoi sapere non lo sopporto affatto! Mi dà l'orticaria.»

«Come immaginavo!» dice lei battendo le mani come una bambina euforica.

Non ho speranze.

«Lara, non ha davvero alcun senso ciò che stai dicendo, te ne rendi conto?»

Ma lei non sembra darmi minimamente ascolto, continua a battere le mani e a saltare come una foca, senza starmi a sentire. D'un tratto si ferma di colpo.

«Perché non me lo hai detto subito che ti piaceva Gio?»

È un caso perso.

«Lara, se stai facendo di tutto per farmi incazzare, dimmelo subito.»

«Dai, Cloe, perché non ti fidi? A me puoi dirlo!!!»

«Lara, non c'è niente da dire. È questo il punto! Sono seria, non mi piace! Te lo avrei detto altrimenti, perché non mi credi?»

«Perché so quello che ho visto, Cloe, e i miei occhi non sbagliano mai.»

«E mi sa che questa volta hai bisogno degli occhiali!»

«Okay, come vuoi. Ma, se è così come dici, stasera non dovresti avere problemi a venire da Gio, giusto?»

Ho già detto di avere la cugina più stronza del mondo?

No? Be', lo dico ora. Lara è ufficialmente la cugina più stronza del mondo.

Mi ha praticamente appena incastrato: se decidessi di non andare, confermerei la sua stupida teoria. Se, invece, dovessi andarci, mi toccherà subire di nuovo il festino noioso di ieri sera. E vedere Gio, ovvio.

E io che avevo già programmato una serata speciale con il mio letto…

«Nessun problema» dico risoluta abbassandomi gli occhiali da sole.

Mi viene da piangere dalla disperazione.

Che melodrammatica.

«Perfetto allora, stasera ci si sballa!» esulta saltando.

«Che poi stasera dovrebbero esserci anche Bea e Manu, partivano questo pomeriggio!» aggiunge Lara entusiasta.

«E chi sarebbero?»

«Manu è un altro della compagnia, te ne ho parlato ieri notte, mi sembra.»

Ah, be', certo, secondo lei ieri notte ero così attiva da memorizzare tutte queste informazioni inutili.

«E Bea è la sua ragazza.»

Toh, si chiama come il cane del mio portinaio…

Non essere maleducata!!!

Ma è la verità… Il cane del portinaio è simpatico, tra l'altro!

«Non vedo l'ora di conoscerla!» rispondo usando una delle frasi di circostanza di mamma.

«Bea è molto carina… a differenza di Gue» continua Lara, ignorando volutamente il mio sarcasmo.

«Quando hai detto che arriva Gue?»

«Dopodomani.»

«Sei preoccupata per il tuo barbuto?»

«Cloe! Si chiama Tommi!!» mi riprende diventando improvvisamente color pomodoro.

«Tommi, detto il barbuto!» ribatto ridendo.

Lara fa una smorfia contrariata.

«Comunque sì, sono preoccupata. E molto. Ora le cose con lui vanno bene e sono certa che... Be', quando Gue sarà qui, cambierà tutto» continua lei facendosi seria.

«Non è detto, magari lui non vuole più avere a che fare con lei...» replico io.

Lara sembra pensarci su... Posso vedere le sue rotelle strambe girarle nella testa.

«O magari quest'anno Gue proverà una passione smodata per Elvis» continuo seria.

Lara sembra pensare ancora...

«Cloe, la vuoi smettere di fare battute inappropriate?!» mi risponde non appena si rende conto di ciò che ho detto.

Poi si rimette a pensare.

«Cloe, sei sicura che sarà così?» chiede subito dopo.

«Cosa, che al barbuto non interesserà più Gue? O che Gue starà con Elvis?»

«Cloe, basta! Non ti sopporto più!» Lara si alza di scatto dal lettino.

E poi si sdraia di nuovo, sbuffando.

Caspita è proprio in crisi per quel barbuto.

Non capisco come le ragazze si buttino tanto giù per un ragazzo: è pieno il mondo di questi esseri sciocchi e pelosi. Perché prendersela tanto?

Infatti tu non te la prendi affatto con Gio!

Ma cosa c'entra!

Questo non c'entra nulla... Non fa assolutamente testo.

Azzittisco Lucy, rispalmandomi la crema solare. Le mie braccia si stanno già arrossando.

Odio la mia pelle. Ogni estate è sempre la stessa storia: mi riempio di crema solare, fino a diventare bianca come un pupazzo di neve in piena estate, per poi spellarmi lo stesso come un gambo di sedano.

Un vero strazio, credetemi.

«Presa!» grida qualcuno d'improvviso.

Ci metto qualche secondo a capire di essere stata sollevata come un sacco di patate sulle spalle di qualcuno e avere i piedi a penzoloni per aria.

E ora, cosa diavolo sta succedendo?

CAPITOLO 16

Mi sento come se stessi attraversando il deserto in groppa a un cammello pazzo.

Non vi preoccupate, non avete sbagliato libro, purtroppo siamo sempre io e la mia vita disagiata. Tranquilli.

Fra dal nulla mi ha preso di peso sulle spalle e, da quello che riesco a vedere al contrario, anche Lara è stata caricata da Tommi.

Direzione: mare.

Sapete, credo che questi due non torneranno vivi a casa stasera.

«Francesco, mettimi giù immediatamente!» grido, ma lui continua a correre come un pazzo tra gli ombrelloni, sballottandomi di qua e di là.

Avrò ripetuto questa frase almeno un centinaio di volte, ma credo che non riesca neanche a sentirmi dato il vociare generale e il fatto che sto praticamente urlando al suo sedere.

Giuro che lo strozzo.

Sento l'inconfondibile risata cristallina di Lara.

Che avrà mai da ridere poi! Ah, be', certo: sarà tutta eccitata ed emozionata perché il suo barbuto la sta tenendo sulle spalle.

Ma su, divertiti un po'! Non essere sempre così rigida.

Divertirmi per cosa esattamente? Per il fatto che ero comodamente sdraiata sul mio lettino e ora sto per essere…

D'improvviso sento un grande *splash* e vengo completamente sommersa dall'acqua.

Ecco. Appunto.

Risalgo come furia in superficie, tossendo convulsamente.

Mi giro tutt'intorno come un'indemoniata alla ricerca di Fra: me la pagherà, giuro!

Lui è lì sulla riva che se la ride di gusto con Tommi. Lara sorride come un'ebete quasi a dire: "Il mio bel barbuto può lanciarmi in acqua quando vuole!".

Prendo la ricorsa come un bulldozer, puntando verso Fra. La prossima volta ci penserà un miliardo di volte prima di buttarmi in acqua.

Mi aggrappo a lui come un koala e lo spingo sott'acqua senza lasciargli nemmeno il tempo di reagire.

Lui risale in superficie boccheggiando e mi afferra subito per la vita, sollevandomi come fossi una piuma e ributtandomi in acqua.

Cosa?

Lo inseguo, saltandogli sulla schiena e spingendolo in avanti, ma lui mi afferra le gambe e inizia a correre veloce verso l'acqua più bassa, riempiendomi completamente il costume di sabbia.

Inizio a ridere anche io, sfinita da quella lotta.

Non ho più forze e non riesco a far altro che ridere come una scema.

Fra mi posa a terra non appena raggiungiamo la riva.

«Lo sai vero che non è finita qui?» gli dico con il fiatone, puntandogli il dito contro.

«D'accordo, piccola peste» mi prende in giro toccandomi la punta del naso.

Questo tipo non sa ancora con chi ha a che fare.

Ma dopotutto è simpatico.

«Ohi, raga, siete riusciti a buttarle in acqua?» Quel tonto di Paolo viene verso la riva, seguito da tutti gli altri.

«No, mi sono buttata da sola un paio di volte, perché volevo diventare così, impanata di sabbia» gli rispondo sarcastica, indicandomi.

Fra scoppia a ridere e lo stesso fanno gli altri, che ormai ci hanno raggiunti.

L'unico serio è Gio.

Mi tiene fissi gli occhi addosso, come se volesse bruciarmi con lo sguardo.

Questa volta la sua espressione sembra anche più scura del solito, se possibile.
I suoi occhi nerissimi puntanti su di me mi provocano una strana sensazione alla pelle, come una reazione allergica.

Accurata descrizione di un sentimento.

«Queste due stavano prendendo il sole come lucertole e le abbiamo rinfrescate un po'» dice il barbuto cingendo i fianchi di Lara.
Gli occhi di Lara sembrano emanare cuoricini rosa ininterrottamente. Che cosa patetica…
«L'unica cosa che non avevamo calcolato erano le tendenze omicide di Cloe» continua Fra guardandomi.
Tutti ridono di nuovo, divertiti dalla situazione.
Anche io non posso fare a meno di ridere.
Devo dire che in fondo, tralasciando ovviamente QUALCUNO, questi ragazzi sono simpatici.
Gio continua a stonare con l'atmosfera generale.
Mi verrebbe voglia di scuoterlo come un ramoscello e dirgli: «Ehilà, non siamo a un funerale! Potresti per lo meno fingere un sorriso da commesso di fast food».
Sembra quasi… irritato?
E continua a fissarmi mettendomi in perenne imbarazzo.
Devo parlarci: altrimenti continuerò senza sosta ad assillare la mia mente di domande senza senso.
«Raga, ma se andassimo a fare uno spuntino?» esordisce il barbuto interrompendo i miei pensieri.
Spuntino? Ma se abbiamo mangiato due ore fa!
Io mangio in maniera spropositata, ma questo mi sembra eccessivo.
«Per me ci sta» risponde subito Elvis.
E figurarti se per lui non ci stava. Si tratta di cibo!
«Anche per me ci sta» squittisce Lara.
E figurati se per lei non ci stava. L'ha proposto Tommi!
Sospiro scuotendo la testa.
«Elvo, ma al Corallo non davano i cornetti gratis, oggi?» chiede Lollo.
«Sì, fino a stasera» precisa lui.
È sempre sul pezzo il mitico Elvis.

«Vabbè, raga, io direi di andar lì, prendiamo un tavolo e poi giochiamo a beach nei campi dietro.»

Ma perché sono tutti così continuamente fissati con la pallavolo? Un bel burraco no?

«Lollo ha ragione, andiamo a giocare a beach lì» interviene Gio guardandomi con aria di sfida.

Che fastidioso che è. Sa benissimo che mi fa schifo giocare a pallavolo.

«Quindi, tutti d'accordo? Corallo?» chiede alla fine Fra, per cercare il consenso generale.

Non ho la più pallida idea di cosa e dove sia questo Corallo e credo che me ne andrò a casa.

Sto per annunciare la mia dipartita, ma Lara mi strattona non appena cerco di aprir bocca.

E ora cosa vuole…

Tutti gli altri assentono e inizia la marcia in riva al mare.

«Che c'è?» chiedo a Lara, confusa.

«Quella era la faccia da: Cloe che si sta per incazzare. O peggio: Cloe che vuole abbandonare la truppa e stare da sola. Invece io ti ho evitato un'altra discussione inutile… Dovresti ringraziarmi.»

«Oh, grazie tante!!»

«Hai visto che carini prima Fra e Tommi?» cambia discorso lei.

«Ti riferisci al fatto che ci hanno scaraventato brutalmente in acqua? Davvero carini!»

«So che avresti voluto che fosse Gio a prenderti sulle spalle…» dice facendo gli occhi dolci e sbattendo le palpebre.

«Non riuscirò a farti cambiare idea neanche volendo, non è vero?»

«No! Perché tanto lo so che ti piace!»

«Chi è che ti piace???» si intromette Lollo infilandosi tra me e Lara e stringendo le braccia sulle nostre spalle.

Che è tutta questa confidenza? Mi scanso all'istante. Sto morendo di caldo e mi basta il mio di sudore.

Sembri una vecchia bisbetica che si lamenta della pensione.

E tu sembri un disco rotto. Quindi zitta!

«Le piace…» comincia Lara.

Che si è impazzita?

«Mi piace... Ecco, mi piace, come si chiama? Il cornetto al pistacchio» sputo fuori interrompendo in fretta quella babbea di Lara.

Lancio un'occhiataccia a mia cugina, mentre Lollo attacca un pippone sul fatto che secondo lui ci saranno solo coni alla crema e al cioccolato e che il pistacchio sarà difficile da trovare. Sinceramente non mi interessa un fico secco dei gelati, ma lo sto a sentire, solo per evitare che Lara torni sul discorso.

Raggiungiamo una spiaggia, con gli ombrelloni a righe bianche e azzurre e saliamo lungo la passerella, fino ad arrivare in un piccolo bar con l'insegna "Bagno Corallo".

Ah... quindi il Corallo è semplicemente un altro stabilimento balneare. Ora è tutto più chiaro.

Entriamo nel bar e ci sediamo in uno dei tavoli sul retro, vicino al campo di bocce.

«Raga, qui è perfetto! La bionda ha detto che i gelati arrivano tra poco, quindi siamo a posto!» dice Tommi risoluto.

«La bionda era una gran figa» aggiunge Lollo, con lo sguardo sognante.

«Io rinuncerei al gelato» risponde Paolo di rimando. Tutti ridono.

Io rinuncerei a sentire questi discorsi, invece...

Mi alzo, mentre gli altri continuano a discutere su chi debba invitare la ragazza bionda a uscire e mi dirigo verso l'entrata del bar con la scusa di andare in bagno.

Possibile che i ragazzi perdano completamente qualsiasi dignità davanti a un paio di tette?

La bionda di cui parlavano i ragazzi mi indica gentilmente il bagno.

Tornando indietro ripercorro il corridoio azzurrino di prima.

Il bar si è riempito di gente e il vociare mi assale, non appena raggiungo la veranda.

Entro nell'atrio del bar, ma non appena arrivo al bancone, qualcuno mi blocca la strada.

Alzo lo sguardo e non vorrei averlo mai fatto: i miei occhi entrano nei suoi in un secondo e siamo così vicini che riesco a sentirmi addosso il suo profumo.

Gio mi sta guardando dall'alto.

Vorrei distogliere subito lo sguardo, ma non ci riesco.

I miei occhi sono come incollati ai suoi.

Oh!!!! Ma quanto siamo poetici, potrei emozionarmi…

La cretinaggine di Lucy mi risveglia dallo stato di trance.

Scuoto la testa.

Che diavolo ci fa qui? Mi ha seguita forse?

Bene, per lo meno posso parlargli una buona volta, per mettere fine a qualsiasi…

«A quanto pare è un vizio trovarti sempre tra i piedi» comincia lui, interrompendo i miei discorsi mentali.

Oh, questa è bella!!

«Trovarmi tra i piedi?! Sarà più facile il contrario, bello mio! Mi sono alzata prima io, per andare in bagno, e tu mi hai seguita!» lo accuso furiosa.

Lui ride sommessamente.

Ma perché ride sempre?

In tutto questo non si è ancora spostato e il suo volto è a cinque centimetri dal mio.

Forse crede che mi sposterò io, per imbarazzo o vergogna. In tal caso, si sbaglia di grosso, non gli darò mai questa soddisfazione.

«Io non ti sto affatto seguendo, non sei ancora l'amore della mia vita, ragazzina» dice sarcastico, in tono di sfida.

«Non sarebbe la prima volta che mi segui» gli faccio notare con un fil di voce. Ho la salivazione completamente azzerata.

«Pure casualità» ribatte avvicinandosi ancora un po' a me.

E ora che fa? Non vorrà mica baciarmi, spero!

Il cuore mi salta in gola alla sola idea.

Deglutisco faticosamente per cercare di calmarmi.

Mi sento una cretina completa.

«Ed erano casuali anche gli sguardi e le battutine di prima, immagino…»

Non so neppure dove io abbia trovato la voce.

Resta in silenzio per alcuni secondi.

Il silenzio più lungo della mia esistenza.

«Ti piace Fra?» mi chiede alla fine, allontanandosi di scatto.

«Eh?!»

«Ti piace Fra? Rispondi.»
E ora questo cosa c'entra?
Lo guardo sconcertata.
Lo capisco sempre meno questo ragazzo.
E voi?

CAPITOLO 17

«E ora questo cosa c'entra? Ti ho chiesto un'altra cosa!» sbotto.

Non è che può cambiare argomento così, come pare e piace a lui.

«Perché non rispondi?»

«Non si risponde a una domanda con un'altra domanda. Non te l'hanno mai insegnato?»

«D'accordo, maestrina, allora facciamo che tu rispondi alla mia domanda.»

Giuro che non lo sopporto. Alla fine, la frittata la gira sempre come vuole lui.

«No che non mi piace! Come ti è venuto in mente?» rispondo infastidita.

«Ne sei sicura?»

«Ma certo che ne sono sicura! Sei impazzito forse?» Gesticolo, in preda al nervosismo.

«E poi, anche se fosse, a te cosa importa?» aggiungo.

Lui rimane in silenzio a fissarmi.

È… geloso?

Chiaro come il sole.

«Volevo solo sapere, devo sopportarti ancora per molto. Sai, se tu diventassi la ragazza del mio migliore amico… Be', ragazzina, per me sarebbe un problema!» risponde lui sghignazzando.

Non riesco a capire se mi stia prendendo in giro.

«Se anche fosse, di sicuro non verrei a dirlo a te. Saresti l'ultima persona sulla faccia della terra a saperlo, stanne certo» ribatto innervosita.

Parlare con questo ragazzo è come andare sulle montagne russe, prima sembra tutto calmo e tranquillo, poi, di colpo, ti ritrovi a discutere come una forsennata.

«Ragazzi, scusate, potreste discutere fuori? State intralciando l'ingresso» dice cortesemente la biondina del bar.

«Non preoccuparti, Jessy, la ragazzina se ne stava andando» le risponde Gio.

Lo guardo allibita, completamente esterrefatta, alternando lo sguardo dalla sua faccia da schiaffi, all'espressione cortese della cameriera, che a quanto pare lui conosce. E immagino la conosca anche troppo bene...

Potrei vomitare.

«Non ci senti forse?» ribatte lui di nuovo.

Mi fischiano le orecchie, credo che tra un po' andrò a fuoco.

Cerco di mantenere la calma, nonostante abbia una voglia smodata di prenderlo a sberle.

Qualcuno mi fermi.

«La "ragazzina", per la cronaca, se ne va e anche di corsa. Ma d'ora in poi cerca di stare almeno a un chilometro di distanza da me, dato che quando siamo troppo vicini mi incazzo e basta» gli sputo fuori sarcastica.

Mi dirigo furibonda verso l'uscita del bar, senza smettere di guardarlo.

«Divertiti, amore mio» aggiungo passandogli di fianco.

Pagherei per vedere la sua espressione.

La prossima volta, ci pensa due volte a parlarmi così.

Ma quale prossima volta?!

Per quanto mi riguarda, Gio può andare a vivere a Bogotà e aprire un'attività di allevamento di formiche domani stesso.

Da oggi per me non esiste. Punto.

Durerai al massimo un'ora.

Ti sbagli di grosso, Lucy.

Va bene, allora durerai fino a stasera. Dopo cena però.

Che succede dopo cena?

Quando mangi sei più felice, di solito.

Ah, ah, ah, devo ridere?

Raggiungo i tavoli sul retro del bar. Gli altri sono ancora seduti a chiacchierare.

Non appena mi siedo, tutti si voltano verso di me.
Be', e quindi? Sono finita sotto dei riflettori, per caso?
«Cloe, dov'eri finita?» mi chiede Lara, comodamente appollaiata sulle gambe di Tommi.
«In bagno, perché?» chiedo incerta.
«Ci hai messo parecchio» risponde il barbuto al posto di mia cugina.
Cos'è? Adesso questi due si sono messi d'accordo per farmi il terzo grado?
E poi saranno pure cavoli miei il tempo che passo al bagno, o no?!
«Non si può più fare la cacca?» rispondo alterata.
Perdonate i miei "francesismi", ma a volte è necessario rispondere di merda a domande di merda. Letteralmente, direi.
Tutti ridono. Ci vuole poco a farli divertire questi tizi...
Lollo si sta soffocando con il fumo della sigaretta. Quel ragazzo è la personificazione dell'esagerazione.
«E Gio dov'è?» insiste Lara scambiandosi uno sguardo con Tommi.
So benissimo dove vogliono arrivare.
Giuro che quando torneremo a casa, chiuderò Lara in cantina a tempo indeterminato.
Mi stropiccio il volto: sono visibilmente irritata.
«Per caso ho scritto in fronte "babysitter di Gio"?» rispondo scocciata.
I ragazzi ricominciano a ridere.
Sembrano dei bambini: basta che dici cacca e scoppiano tutti a ridere come se fossimo a *Zelig*.
Mi viene quasi voglia di salire in piedi sul tavolo ripetendo cacca all'infinito... giusto per vedere la reazione.

Pensieri perversi.

«Che c'è tanto da ridere?» dice Gio ritornando al tavolo, facendo calare immediatamente il silenzio.
È strano, ma ho come l'impressione che siano tutti molto servili con lui.
«La cugina di Lara è un vero spasso!» risponde Marco. Gentile lui.

Gio rivolge lo sguardo verso di me e per un secondo mi è sembrato che si stesse trattenendo dal ridere.

Questo ragazzo ha bisogno di uno psicoterapeuta competente.

«Cloe, stasera ci sei per un Birra Pong da Gio?» mi distrae Fra.

L'ultima mia esperienza con il Birra Pong è stata al terzo anno di liceo: avevo vinto contro un ragazzo che aveva perennemente le dita nel naso. Esperienza edificante.

«Sì, dovrei esserci» rispondo titubante.

Ho praticamente dato la mia parola a Lara, ma non sapete quanto mi stia costando dire apertamente davanti a tutti di voler andare a casa di quel deficiente.

Sicuramente Gio starà ridendo di me, oppure starà studiando una delle sue uscite del tipo "E chi ti ha invitato?", con la sua classica voce da spocchioso.

E invece se ne sta zitto a farsi i fatti suoi.

Ogni tanto mi guarda.

Lo so perché sento il suo sguardo addosso. Non oso però girarmi verso di lui, non posso dargliela vinta.

«Raga, i gelati» annuncia euforico Elvis.

È impressionante il fatto che il novanta per cento delle frasi di questo ragazzo abbia come soggetto principale il cibo.

Alcuni ragazzi con degli scatoloni giganti stanno risalendo la passerella, verso il bar del bagno.

Se sarà la solita corsa a chi prende prima il gelato, io rimango qui seduta, vi avverto.

Elvis invece non si fa tanti problemi e corre verso l'interno del bar.

Gli altri lo seguono a ruota e anche Lara fa lo stesso, lasciando a malincuore la sua comoda seduta sulle gambe di Tommi.

Il tavolo si svuota in un baleno e rimango sola sentendomi francamente un po' fuori luogo. Okay, andiamo a prendere il gelato!

Entro nel bar e come immaginavo la gente è tutta ammassata al bancone, dove stanno distribuendo i cornetti.

Le persone quando sentono la parola "gratis" abbinata a "cibo" vanno fuori di testa.

Sto per girare i tacchi e andarmene, quando qualcuno mi tira leggermente per un braccio.

Mi giro indispettita.

È Fra.

«Ehi» dice lui.
«Ehi» rispondo di rimando.
Sembra imbarazzato.
E se fosse per caso venuto a sapere della discussione di prima con Gio? Dio, che vergogna.
Ma no, è impossibile: era al tavolo con gli altri.
E se Gio glielo avesse detto?
Prima che la mia mente inizi a navigare nell'iperuranio delle possibili circostanze, tutto si risolve: Fra mi porge un gelato.
«Ecco, ho pensato che magari ne volessi uno anche tu» mi confida visibilmente paonazzo in volto.
«Oh, sì, grazie, sei gentile» rispondo prendendo in fretta il gelato.
Cibo vieni a me.

Che sfacciata che sei.
Ma cosa ho fatto ora?
È stato davvero dolce a portarti un gelato e tu lo liquidi con un semplice grazie?
E cosa dovrei fare?

D'un tratto vedo Gio avvicinarsi verso di noi.
«Ti ringrazio molto, è stato davvero un bel gesto» dico a Fra, sentendo gli occhi di Gio puntati addosso.
Mi avvicino e gli scocco un bacio sulla guancia.
So benissimo che Gio mi sta guardando.
Lo so maledettamente bene.
Ed è proprio per questo lo sto facendo.
Mi giro di scatto e mi allontano verso l'uscita con il mio gelato in mano.
Sorrido quasi involontariamente, consapevole di avere ben due sguardi puntati addosso: quello di Fra, sicuramente dolce e gentile, e quello di Gio che mi sta letteralmente bruciando la schiena.

«Zia, siamo a casa» urlo non appena io e Lara entriamo in salotto.
Il nulla.
Chissà dove si sono cacciati quei due. Ogni tanto spariscono.
Io e Lara siamo tornate a casa subito dopo aver finito il nostro

gelato; i ragazzi invece sono tornati al Long Beach per giocare a biliardo.

Ho dovuto praticamente scollare mia cugina da Tommi e portarla di forza a casa. Non sapete che fatica, ma se avessi dovuto assistere anche a una partita di biliardo, penso che sarei implosa accartocciandomi su me stessa.

Ma la cosa peggiore di tutte è che la giornata non è ancora finita, dato che stasera Lara mi ha praticamente obbligata ad andare con lei a quello stupido ritrovo al cortile di Gio.

«Ragazze, siete tornate?» urla zia Anna spalancano la porta.

Lei e Pisco compaiono sul ciglio della porta entrambi vestiti come due alberi.

«Hanno fatto giardinaggio» mi spiega Lara sottovoce vedendo probabilmente la mia faccia perplessa.

Zia Anna ha i capelli raccolti in uno chignon tutto arruffato, mentre zio Tom continua a tirarsi su gli occhiali cercando di pulire il grembiule gigante che indossa dalla terra incrostata.

Sta sporcando tutto lo zerbino; se lo vedesse zia Anna lo lincerebbe, ma ora lei è troppo occupata con noi.

«Avete fame? Tra un po' preparo la cena. Datemi un minuto che mi do una sistemata. Siete stanche? Sicuramente vi sarete divertite un sacco in spiaggia, vero?»

Zia Anna parte con le domande a raffica senza riprendere neanche fiato. E la cosa fantastica è che si risponde anche da sola.

«Mamma non iniziare con duecentomila domande! Siamo state in spiaggia, come sempre» risponde Lara schiva, salendo le scale.

«E tu, Cloe? È tutto a posto? Hai chiamato tua madre?» Zia Anna punta su di me, dato che la figlia non le ha dato la minima soddisfazione.

«Sì, sì, certo. Tutto bene. Grazie, zia, di avermelo ricordato, ora le mando un messaggio!»

«D'accordo, tesori miei, andate pure di sopra, vi chiamo appena è pronto!» si arrende, iniziando a togliersi gli stivaloni verdi saltellando sul posto.

È davvero buffa. Sembra una specie di girella.

Seguo Lara su per le scale ridendo.

Mi piace stare qui.

CAPITOLO 18

Ed eccomi qui, davanti al cortile di Gio, ad aspettare Lara che è andata a prendersi le sigarette al bar.

«Tranquilla, Cloe, di sicuro sono già tutti in cortile. Vai avanti, ti raggiungo tra un attimo!» mi ha detto convintissima, lasciandomi in mezzo alla strada come un cetriolo.

Vedo! Qui è talmente affollato che non so più chi salutare!

Spero solo sia il cortile giusto, Lara mi ha detto di entrare in una specie di stretto passaggio tra le villette e di girare poi subito a sinistra, il terzo cortiletto in fila dovrebbe essere quello di Gio.

Peccato che qui non ci sia nessuno e che le luci della casa di fronte siano tutte spente.

In tutto questo, tra l'altro, ho lasciato il telefono a casa.

Fantastico, davvero fantastico!

Mi siedo su un muretto in pietra di fronte alle case.

Prima o poi qualcuno dovrà pur passare di qui.

Se solo mia cugina si sbrigasse… Quanto ci vorrà mai a comprare un pacchetto di sigarette?!

Mi slaccio il bottone dei pantaloncini di jeans: sto soffocando! Tutta colpa della cena di zia Anna. Ma che dico? Quello sembrava più il cenone di Capodanno con tanto di tris di dolci.

Lo sapevo che dovevo restare in tuta: quella rompiscatole di Lara ha insistito così tanto per farmi cambiare, che per togliermela dalle scatole ho messo le prime cose che ho pescato nell'armadio.

Mi mordicchio le unghie senza sapere bene cosa fare.

E se me ne andassi? Con Lara posso sempre millantare una dissenteria fulminante e fine della storia. Che tra l'altro, non sarebbe poi così fuori luogo per tutto quello che zia Anna ci ha fatto ingurgitare.

Un gatto salta sul muretto dove mi sono seduta.

Il primo essere vivente che si è fatto vivo fino a ora, facciamo progressi.

«Ma che carino che sei! Non è che per caso hai visto un essere umano passare da queste parti?»

Fantastico, ora si mette anche a parlare con i gatti!

A volte è molto meglio parlare con un gatto, che con certe persone!

E poi è così bellino, ha anche il pelo dello stesso colore dei capelli di zia Anna, ora che ci faccio caso...

«Vedo che è diventata un'abitudine fermarti sotto casa mia.»

Mi volto verso il cortile. Gio sta dritto di fronte al cancelletto.

Ogni volta questo ragazzo mi spaventa. Spunta sempre fuori come un fungo, quando meno te lo aspetti.

Ha una camicia blu leggermente sbottonata e le mani nelle tasche dei pantaloni corti beige che indossa.

Resto a fissarlo, senza sapere bene che cosa dire.

Facendo una breve analisi dei costi e dei benefici, mi rendo conto che qualunque cosa io dica sarebbe a suo favore.

Quindi sparo a caso.

«Non sapevo quale fosse il tuo cortile, quindi sono rimasta qui ad aspettare Lara» dico titubante.

In questo caso lui potrebbe rispondermi un bel "chissenefrega". E in effetti ci starebbe, non ha alcun senso che io sia davanti a casa sua dopo avergli detto di starmi lontano anni luce.

Resto a fissarlo, dato che lui non risponde. Anche il gatto lo sta fissando. Per lo meno ho trovato un alleato!

Gio fa scattare la maniglia del cancelletto, aprendolo.

Nel linguaggio dei segni significa che mi sta invitando a entrare?

O forse sta invitando il gatto.

Salto giù dal muretto e attraverso la stradina esitando un attimo di troppo nei pressi del cancelletto.

«Cos'è? Hai cambiato idea?» mi dice con voce roca, girato di spalle intento a sistemare delle birre sul tavolo.

«Riguardo a cosa?»
Anche se so benissimo cosa mi sta per dire.
«Non avevi detto che mi saresti stata alla larga?» dice voltandosi.
Ecco, ora diventa tutto più complicato. Ma non poteva continuare a darmi le spalle?
«In realtà avevo detto che *tu* avresti dovuto starmi alla larga.»
«Be', la vedo difficile se ti presenti ogni giorno sotto casa mia.»
Colpita e affondata.
«È stata colpa di Lara... Comunque se vuoi me ne vado, non c'è problema» dico in fretta strofinandomi le mani sudate sui pantaloncini di jeans.
Maledizione ai suoi occhi.
«Non ti ho detto di andartene» dice con un'alzata di spalle.
Il suo sguardo è tornato dolce, come quello dell'altra sera.
«Secondo me abbiamo iniziato con il piede sbagliato» dico accennando un passo verso di lui.
Gio ride leggermente.
«Decisamente sbagliato, mi hai fatto la doccia con il tuo succo alla pesca. Ricordi?»
«Ancora con questa storia del succo? Quante volte pensi ancora di rinfacciarmelo?» sorrido incrociando le braccia.
«Fino a quando non riceverò delle scuse, mi sembra ovvio.»
«Non ti...»
«Sì, lo so già, non lo faresti neppure se stessi per morire in questo istante.»
«Vedo che stai imparando a conoscermi, Giodago» gli dico sfacciata.
Gio scoppia a ridere.
«E questa dove l'hai sentita?!» mi dice lui sorpreso.
Solo ora mi rendo conto di quello che ho detto. Mi copro la bocca con le mani.
Stupida. Stupida. Stupida.
«Be', ecco, l'ho sentito dire a Lara una volta... In realtà non so nemmeno bene cosa voglia dire. Cioè, probabilmente Dago sarà il tuo cognome o forse...» sto parlando a vanvera, me ne rendo conto.
Qualcuno porti un estintore. La mia faccia sta prendendo fuoco.

«Okay, frena, frena» mi interrompe ridendo ancora più forte.
La sua risata è davvero contagiosa.
«Che ne dici di ricominciare tutto dal principio?» continua lui porgendomi la mano, senza smettere di sorridere.
La afferro.
Alzo lo sguardo immediatamente come se avessi preso la scossa dal contatto con la sua pelle.
Lui fa lo stesso.
È stato un attimo ma è come se...
Gio tossisce leggermente, distogliendo i miei pensieri.
«Giorgio Dagosti, ma puoi chiamarmi Giodago se ti piace tanto» dice lui ridendo e facendo su e giù con le nostre mani ancora legate.
Io resto a fissarlo imbambolata.

Terra chiama Cloe!!

Scuoto la testa risvegliandomi.
«Ehm... Cloe. Cloe Monteri» rispondo ricambiando il sorriso.
«Raga, abbiamo preso del vino alla Conad a 99 centesimi, quindi dovevamo per forza...» urla Lara entrando nel cortiletto di Gio, seguita da Tommi.
Si ammutolisce di colpo.
Io e Gio stacchiamo in fretta le mani, non appena lo sguardo di Lara cade su di noi.
«Ops, ho interrotto qualcosa?» esclama lei debolmente, posando le casse di vino a terra.
Gio apre la bocca per parlare, ma io lo batto sul tempo.
«No, no, affatto!» dico in fretta, lanciando un'occhiataccia a mia cugina.
Tra l'altro la stronzetta me la dovrà pagare, altro che sigarette: si è comprata anche il vino e il barbuto nel frattempo, ecco perché ci ha messo tanto!
«Amici!» urla qualcuno dal vialetto.
«Bea!» corre Lara, piazzando l'altra cassa di vino nelle mani di Tommi.
Mentre le due si abbracciano con affetto nel cortiletto entra anche un ragazzo piuttosto basso col nasone: «Bella raga!».
E questo chi è?

«Bella Manu!» dicono Tommi e Gio, andandogli incontro.

«Abbiamo preso rifornimenti per stasera, per festeggiare!» dice Tommi entusiasta indicando le casse di vino.

Ah, sai che meraviglia festeggiare con del vino bollente! Ne parlano come se fosse champagne, quando in realtà credo che il vino rosso in piena estate lo beva solo Pisco, e forse il prete del paese.

«Sai benissimo, Tommi, che questo non mi basterà mai per sbronzarmi» continua Manu infilandosi tra le labbra una sigaretta.

«Ma se dopo due bicchieri sei morto» gli dice Gio lanciandogli un accendino.

Manu si accende la sigaretta e sbuffa fuori un po' di fumo «Attento, Gio, che qualcuno qui rischia di brutto!»

Gli altri ridono come se avesse fatto una battuta degna di *Zelig*.

L'unica scema sono io, che oltre a non capire nulla, mi sto mimetizzando con il palo della luce, visto che nessuno bada a me.

«E lei chi sarebbe?»

Appunto.

«È la cugina di Lara» si affretta a dire Gio, come se volesse chiudere l'argomento all'istante.

«Piacere, Manuel» dice il ragazzo, tirando via dalle labbra la sigaretta con una mano e porgendomi l'altra.

«Cloe, piacere mio.»

Wow, quindi sai anche essere educata e gentile? Sorprendente.

Lucy, fai ridere solo il sedere dei polli, sappilo.

«Cloe? Nome americano?» dice il tizio, riportandosi la sigaretta alla bocca.

Americano?! Spero stia scherzando.

«È greco» rispondo secca.

Vedo Gio tossire per contenere una risata.

«Ah, fico!»

Questo tizio o è stupido o mi sta prendendo in giro. Opto per la prima ipotesi.

«Bea, ti presento Cloe, mia cugina!!» strilla Lara euforica, trascinando di corsa quella povera ragazza davanti a me.

«Piacere, Beatrice, ma chiamami pure Bea» mi dice allegra.

Dovrei dirle che mi fa strano chiamarla come il cane del mio portinaio o mi sto zitta?

Zitta, per piacere!

«Wow, bellissimo nome! Il tuo ragazzo sa da dove viene? O pensa sia un nome cinese? Comunque piacere mio!» gli dico porgendole la mano sorridente.

Gio e Tommi scoppiano a ridere, mentre Beatrice e Lara mi guardano confuse.

«Bene, raga, io direi di iniziare, Elvo sta arrivando, mentre Fra e Lollo stasera ci balzano» annuncia Tommi sedendosi in una delle sedie a poltrona.

«Seratona?» chiede Gio, entrando in casa.

«Già» aggiunge Tommi con un risolino.

Seratona? In che senso? Questa non andava bene?

«Bella raga» dice Paolo entrando in cortile insieme a Marco, che si limita invece a un saluto educato con la mano.

È proprio gentile Marco. Assomiglia un po' a un biscottino, a dire la verità.

Tutti si siedono attorno al tavolo, al centro del cortiletto. I ragazzi fanno a gara per prendersi le sedie a poltrona, ma ne lasciano stranamente una libera sul fondo a capotavola.

Tanto meglio per me. Mi dirigo verso la poltrona libera e mi ci accomodo sospirando.

Non appena alzo lo sguardo, noto che tutti mi stanno fissando confusi.

«Quella è di Gio» dice Paolo riferendosi alla sedia.

Cosa significa "quella è di Gio"? C'è per caso il suo nome sopra?!

«Cloe, siediti qui, lì si siede Gio, di solito» interviene Lara, indicando uno sgabello accanto a lei.

Per quale ragione dovrei sedermi su uno scomodissimo sgabello?

Tuttavia, decido di alzarmi: non ho nessuna voglia di mettermi a discutere per una stupida sedia.

«Resta pure» dice Gio, uscendo da casa sua con altre bottiglie di birra.

Prende un'altra sedia e si piazza accanto a me.

Gli altri lo guardano sbigottiti.

«Gio, ma...» accenna Tommi.

«Allora iniziamo?» dice Gio interrompendolo e aprendo la prima bottiglia di birra.

Ognuno prende la sua bottiglia di birra; solo Lara è rimasta a fissarmi come fossi un extraterrestre.

«Dopo parliamo!» mi sussurra.

Alzo gli occhi al cielo: mia cugina è pesante come un sasso!

Prendo anche io una birra, ne ho bisogno. Provo a fregarmene del fatto che sia calda e faccia decisamente schifo.

La stappo con il bordo del tavolo e sorseggio direttamente dalla bottiglia come tutti gli altri.

«Una vera camionista, la ragazza!» esclama Manu, riferendosi a me.

«Be', sì, Cloe è un mezzo maschiaccio in effetti» aggiunge mia cugina, come se si volesse discolpare del mio atteggiamento.

«Chi ti ha insegnato ad aprire le bottiglie a quel modo?» mi chiede Gio.

«Mio padre...» rispondo vaga.

Non mi va parlare di me e la mia famiglia.

«Di che anno sei, Cloe?» mi chiede Bea.

È iniziato ufficialmente l'interrogatorio alla nuova arrivata?

Prendo un altro sorso di birra.

«2003» rispondo dopo un po'.

«Wella, abbiamo un'altra over 2000!» esclama Paolo alzando il bicchiere in segno di festa.

«Altra? Perché chi altro?» chiedo confusa.

«Gue ovviamente» risponde Paolo distratto.

Vedo Lara puntare gli occhi infuocati su Tommi e irrigidirsi. Le basta sentire quel nome per farle rizzare i capelli.

Mi viene da ridere.

«Domani dobbiamo andare a prenderla al Porto a proposito» dice Tommi.

«A che ora arriva?» gli chiede Gio, finendo in un sorso la sua birra.

Caspita, è stato velocissimo!

«Alle dieci, domattina» risponde il barbuto.

Mi sembra un po' troppo informato e infatti Lara sta diventando verde.

«Andiamo con la tua macchina? C'è anche Bea, ovviamente.»
«Sì, certo» risponde Gio.
«Ma perché dovete andare a prenderla? E perché deve venire anche Bea?» si intromette Lara stizzita.
Oh, finalmente mia cugina sta imparando a non stare sempre zitta.
«Perché Gue ha detto al suo ragazzo, che l'accompagna fino al Porto, che va a stare da Bea. Ma Bea non guida, così noi, che siamo suoi amici, ci siamo offerti di accompagnare le donzelle» risponde Tommi come se fosse la cosa più naturale del mondo.
«Sì, però dovete spiegarmi cosa dire altrimenti mi faccio scoprire subito!» ribatte Bea.
Ah, quindi è un piano organizzato. Davvero sorprendente.
«Ma amore, non devi dire nulla. L'importante è che il ragazzo di Gue non venga a sapere che lei sta da Gio» la rassicura Manu.
«Sì, lo so, ma sicuramente qualcosa andrà storto!»
«Cloe, tu vieni con me domani, vero?» mi chiede Lara ansiosa.
«Dove?»
«A Porto Fuori, a prendere Gue. Ovviamente.»
«E perché mai dovremmo andare anche noi? Non bastano loro?»
Gio mi dà un pizzico sulla gamba.
«Ahia!»
Mi giro verso di lui.
«Che c'è?» gli chiedo a bassa voce.
I suoi occhi incontrano i miei.
È la settima volta che incrocio il suo sguardo e mi sembra quasi di conoscerlo da sempre.
Vi starete chiedendo se sto contando tutte le volte che ci guardiamo, presumo. Ebbene sì, lo sto facendo, perché ogni volta è sconvolgente.
Mi manca la terra sotto i piedi.
E...
Il mio cuore sprofonda nel buio.
Il respiro si blocca per cinque secondi.
O forse di più.
E poi torna regolare.
Sempre così. Sempre la solita storia.
All'inizio pensavo addirittura di avere dei problemi cardiaci.

Peccato, sembravi quasi romantica.

Hai ragione, Lucy, sto notevolmente peggiorando!

«Sei strana, Cloe Monteri» mi sussurra Gio a bassa voce, risvegliandomi dai miei pensieri.

«Sei uno stronzo, Giodago» gli rispondo allo stesso modo.

Lui sorride.

Sorrido anch'io.

Poi mi scuoto.

«Per quale ragione Gue deve venire a stare da te?» Un velo di molteplici allusioni nella domanda.

Gio non sembra accorgersene.

«Perché io sono l'unico ad avere una casa abbastanza grande per ospitarla» risponde serenamente. «E poi sono anche l'unico che ha casa libera, Fra e Tommi sono qui con i genitori, mentre Lollo, Paolo e Marco sono dai nonni» precisa.

Effettivamente questa è una spiegazione sensata, ma non sufficiente.

«Ho notato che ci sono un sacco di alberghi lungo il viale verso la spiaggia.»

Gio sorride alla mia puntualizzazione.

«Non fare la gelosa, io e Gue siamo solamente amici» sorride, poi mi versa dell'acqua in un bicchiere di plastica.

«Non sono gelosa» ribadisco, seguendo intanto quello che sta facendo.

«Non devi bere quella roba, sei troppo piccola.» Chiude la bottiglia d'acqua e mi piazza il bicchiere davanti al naso.

«E non sono neanche piccola!»

CAPITOLO 19

Vi sembra normale che mia cugina mi disturbi di prima mattina, dopo che ieri sera l'ho praticamente portata a casa in braccio?

Un po' di riconoscenza mi pare il minimo!

Sta saltando sul mio letto come una scimmia indemoniata da circa mezz'ora, mentre io sono ancora parte integrante del materasso.

Non mi fa bene andare a letto tardi, alla mattina non riesco più a svegliarmi presto e addio buoni propositi per la corsa mattutina.

«Cloe, ti prego, non posso andare senza di te!!» piagnucola Lara cercando di svolgere le lenzuola in cui sono arrotolata.

«Mmh...»

Ma non vede che sto dormendo?

Sonno, ignora questa pazza e torna a me, ti prego!

«Ma Cloe, non capisci, se io non ci vado...»

«Lascerai Gue sola con Tommi! È l'ottava volta che lo ripeti, Lara, basta!» la interrompo innervosita, aprendo a fatica un occhio e nascondendomi subito dopo la faccia nel cuscino.

Ieri sera alla fine ha bevuto come una spugna, dopo il discorso di Tommi riguardo a Gue.

Bisogna ammettere che il barbuto ha un po' esagerato nel difenderla, ma sbronzarsi per questo mi sembra eccessivo.

Fatto sta che ho dovuto sorreggerla fino a casa.

Gio e gli altri mi hanno chiesto se volessi una mano, ma l'idea di farmi accompagnare da qualcuno con Lara che biascicava sciocchezze mi sembrava alquanto rischioso, avrebbe potuto dire cose decisamente sconvenienti, visto che solitamente le dice anche da sobria.

L'ho dunque trascinata fino a casa e su per le scale, fino al suo letto.

Anche se, a pensarci bene avrei fatto meglio a lasciarla in giardino e chiuderla fuori.

Dopo tutto questo sapete cosa sta facendo Lara? Sta ancora parlando.

Ebbene sì, e la cosa peggiore è che sembra intenzionata a smettere.

«D'accordo!» urlo esausta alzandomi di scatto dal letto.

«Ora ti dico come la penso.» Mi alzo in ginocchio sul letto e continuo: «La cosa migliore da fare questi casi è...». Mi stropiccio gli occhi.

Ho un sonno bestiale.

«... Non fare nulla» dico infine.

Lara mi guarda perplessa.

«Nulla?» ripete perplessa.

«Esattamente, la cosa che tutti si aspettano, compreso il tuo barbuto, è che farai la guardiana gelosa per tutto il tempo.»

«E non sarà così?»

«No, Lara, scordatelo. Stiamo a casa e non facciamo niente.»

«A casa?!» Da come lo dice sembra che le abbia proposto un comodo giaciglio di chiodi.

«Sì, Lara, a casa. Aspettiamo che siano loro a chiamarci, a supplicarci di andare in quel lerciume di cortile. Noi siamo superiori.» Mi alzo arrotolandomi il lenzuolo intorno alle spalle a mo' di mantello. «Noi siamo eroine, noi siamo donne! Non dobbiamo farci condizionare! Loro vogliono andare a prendere quell'antipatica di Gue? Bene, che ci vadano!»

«Sì, ma poi...»

«Poi nulla, Lara. Noi non asseconderemo le loro decisioni stupide. 'Fanculo gli uomini, oggi facciamo una giornata tra donne.»

Lara sembra pensarci su, e piano piano la vedo sorridere di nuovo.

«Sì, 'fanculo» esordisce poi, come se fosse avesse improvvisamente avuto un'illuminazione.

«'Fanculo» ribadisco io.

Sorrido per la scena comica in cui si incastra questo momento.

«Perfetto, mi hai convinta! Hai ragione! Grazie, cuginetta!» aggiunge a bassa voce alzandosi dal mio letto e andando verso la porta.

Mi manda un bacio volante ed esce chiudendo piano la porta.

Io mi lascio cadere a peso morto sul letto.

Mi sembra di essere in debito di almeno diciannove ore di sonno.

«Buongiorno, Cloe! Ma come siamo belle stamattina!!» mi accoglie calorosamente zia Anna non appena scendo in salotto.

«Grazie, zia, anche tu!» Zia Anna sembra pronta per la balera: gonna a pieghe e camicetta con bottoni luccicanti.

«Buongiorno, ragazze!» entra in salotto Pisco che sfoggia un improbabile look floreale che lo fa assomigliare a un enorme criceto hippie.

«Buongiorno, papà.»

«Buongiorno, zio Tom.»

Lui sorride e inizia a salire le scale a chiocciola. Gli zii sembrano avere programmi interessanti per la giornata.

«Ah, quasi mi stavo dimenticando... Davanti a casa ci sono due ragazzi fermi in macchina da una ventina di minuti, per caso sono amici vostri?» dice Pisco fermandosi confuso a metà scala.

«Che ore sono?» dice Lara allarmata.

«Le nove e diciassette» le risponde zio Tom controllando l'orologio da polso.

«Oh, cazzo, sono venuti a prenderci» strilla Lara in preda al panico.

«Lascia fare a me» rassicuro Lara, afferrando una brioche e dirigendomi verso la porta di ingresso.

«Cloe, no!» mi urla Lara dalla cucina.

In tutto questo Pisco è rimasto immobile sul suo scalino cercando, probabilmente, di capirci qualcosa. È dolce quando è così confuso, mi viene quasi voglia di abbracciarlo.

Sbircio dalla finestra scostando le tendine in pizzo di zia Anna.

Gio e Tommi ci stanno effettivamente aspettando.

Gio è appoggiato al cofano della sua macchina, ha una T-shirt smanicata che mette in evidenza i suoi bicipiti e dei pantaloncini neri da calcio.

Tommi gli sta di fronte a braccia conserte, con il bacino in avanti e le gambe semiaperte.

Ora che lo guardo meglio, sembra un po' Shaggy, il tizio vestito di verde di *Scooby-Doo*.

Gio, invece, ha un non so che di... bello.

Mi fermo a guardarlo con il naso schiacciato contro il vetro.
Lui d'improvviso si gira proprio verso di me.
Cazzo.
Chiudo la tendina alla velocità della luce e mi metto con le spalle al muro di fianco alla finestra per non farmi vedere.
Cazzo. Cazzo. Cazzo.
Spero non mi abbia visto.
Stringo gli occhi e mi mordicchio le labbra.
Ci manca solo che mi dia della guardona.

E da quando in qua ti importa di ciò che pensa?
Lucy, silenzio, non è affatto il momento per i tuoi sermoni.

Apro gli occhi respirando a fondo e noto che Pisco mi sta guardando smarrito.
«Cloe, forza andiamo!» urla Lara, lanciandomi una borsa.
«Mamma, noi usciamo un attimo!» grida di nuovo mia cugina verso la cucina.
Zia Anna spunta fuori di corsa in salotto.
«Ragazze, ma non volete neanche un biscotto? Sono quasi pronti!» chiede lei pulendosi le mani sporche di farina sul grembiulone che indossa.
«No, mamma, torniamo tra cinque minuti» ribatte Lara girando come una trottola in soggiorno per cercare le chiavi.
«Ma non volete nemmeno portare dei biscotti a quei bei ragazzi là fuori?» continua imperterrita zia Anna.
«Mamma, dai non rompere!»
Lara trova finalmente le sue chiavi e si dirige come un razzo verso la porta.
«D'accordo, d'accordo, a dopo, tesori miei» dice zia Anna rassegnata.
Alzo le spalle in segno di scuse. Dopotutto, ci tenevo ai biscotti...
«Cloe! Ti vuoi muovere?!» mi grida Lara ormai dal giardino.
Quanto è irritante.
L'aria è afosa e il sole a picco di certo non aiuta.
Lara sta già chiacchierando con Gio e Tommi di chissà che cosa.
Mia cugina parla decisamente troppo.

Attraverso il vialetto e raggiungo il marciapiede opposto.
«Ciao» dico non appena li raggiungo.
«Ciao!» mi risponde Tommi.
«Alla buon'ora» aggiunge serio Gio.
Sto quasi per iniziare a ribattere, quando lui mi sorride facendomi l'occhiolino.
"Che cretino" penso. Ma non posso evitare di sorridergli a mia volta.
«Allora, ci muoviamo?!» dice Tommi andando verso la portiera della macchina.
«Noi non veniamo» mi affretto a dire.
«Cosa? Non se ne parla proprio!» mi risponde Tommi.
Al che Lara inizia a spiegare le ragioni per cui non saremo andate con loro a prendere Gue, mentre i due ragazzi la guardano come se stesse dicendo assurdità senza senso. E infatti un po' è così.
«Insomma, vogliamo passare una giornata tra donne» conclude Lara, cercando con lo sguardo un mio assenso.
«Tra donne?» Il barbuto alza un sopracciglio peloso.
«A fare cerette» ribadisco io, giusto per aggiungere una cavolata in più alla precedente lista di Lara.
«Ne ho proprio bisogno» aggiunge Lara peggiorando quel discorso ridicolo.
«Okay... d'accordo.» Gio ci guarda come se fossimo uscite di testa.
«Dai, ci vediamo stasera» conclude Lara, scoccando un bacio sulla barba di Tommi.
Un attimo, questo è ancora tutto da vedere...
«Lara, dai su, finisci dopo questa... cosa» dico tossendo per attirare la sua attenzione, nel tentativo di staccarla da Tommi.
Lei, chiaramente, non mi calcola affatto.
Gio ride.
La mia faccia deve essere schifata.
«Stasera vieni» mi chiede Gio d'un tratto.
Un mal di pancia improvviso, bollicine nello stomaco. Ansia, imbarazzo? Cos'è che provo?
«No, non credo... Cioè, non so se...»
«Non era una domanda» mi blocca lui all'istante.
Rimango interdetta per qualche secondo, non riuscendo a decifrare la sua espressione.

«Voglio che vieni» dice dopo qualche secondo.

Lui continua a guardarmi negli occhi. Non credo di poter sostenere il suo sguardo ancora per molto e non credo tantomeno di riuscire a rispondergli.

«Cloe, torniamo a casa?» urla euforica Lara. Sembra ubriaca.

«Gio, andiamo che Gue sarà già arrivata» aggiunge Tommi.

Gio distoglie lo sguardo da me, aprendo lo sportello della macchina.

Incredibile il tempismo di Lara e Tommi: si fanno i cavoli loro finché vogliono e poi non si preoccupano minimamente di interrompere le conversazioni altrui…

Gio chiude la portiera della macchina, poi si gira a guardarmi.

Accenno un sorriso e mi allontano verso il cancello di casa.

Capitolo 20

Il resto della giornata è trascorso tra pacchetti di patatine, film strappalacrime e vaneggiamenti di Lara.

Fuori è piovuto tutto il tempo: secondo Lara questo sarebbe stato il primo segnale delle imminenti sventure portate da Gue.

La stavo a sentire mentre sproloquiava sui presunti tradimenti del barbuto come se fosse una musichetta stonata che ronzava nelle orecchie.

«Cloe, è gravissimo che non mi abbia nemmeno scritto un messaggio da stamattina.»

Dopo cena le paranoie di Lara si sono intensificate.

«E se stanno facendo il bagno insieme?»

«Lara, sta piovendo a dirotto e sono le nove di sera!» le faccio notare rivolgendo lo sguardo alla finestra gocciolante.

«E quindi? Tanti considerano romantico fare il bagno di notte.»

«Non penso sia romantico, con i lampi e i tuoni in sottofondo» le rispondo sarcastica.

Lara sta ufficialmente impazzendo.

«E se gli scrivessi io un messaggio?» mi chiede con un tono decisamente petulante.

«Non provarci nemmeno!» le dico puntandole un dito contro. «Non c'è cosa più sbagliata che elemosinare l'attenzione di un uomo.»

«Ma io ho bisogno di lui, di sapere cosa fa, con chi è…»

Ed ecco a voi un esemplare di Lara in piena crisi amorosa.

«Appunto, è qui che sbagli! Non devi concentrarti su di lui, ma su te stessa: fai come se tutto fosse tranquillo, goditi questo momento di serenità senza barba!» sentenzio affondando la mano nel sacchetto di patatine. Questi discorsi mi fanno venire ancora più fame.

«E poi» aggiungo, «se mai dovesse tradirti, vorrà dire che doveva andare così, che lui è un emerito pezzo di cacca e non ci sarebbe stato alcun modo per evitarlo. Dunque, non fasciarti la testa prima del tempo, le cose vanno come devono andare.»

Questa botta di saggezza dovrà sicuramente derivare dagli ioni negativi della pioggia.

Lara ascolta attentamente, passeggia per un po' come un leone in gabbia e infine, sconsolata, si siede abbracciando un cuscino.

«Dici?» domanda infine.

«Dico» confermo e poi spengo la TV.

«Ora però basta piangersi addosso, andiamo a prepararci per uscire?» le propongo. Non so minimamente da dove mi arrivi tutto questo spirito di iniziativa.

«Sicura di non avere la febbre o qualche malattia strana?» mi scruta mia cugina, totalmente stupita dalla mia proposta.

«Dai su, almeno non facciamo di fretta come al solito. E poi devo venire a controllare che stasera non ti incolli al barbuto come una guardiana di ovini.»

«Ovini? Ma in che senso?» Mia cugina è sempre più confusa.

«Dai, alzati!» Ridendo la trascino dal divano al salotto e poi fin sopra le scale.

Truccarmi non è decisamente il mio forte e così, dopo numerosi tentativi, decido di lavarmi il viso e gettare la spugna.

Scendo in salotto, con un pantalone a vita alta e un top stretto. Lara è ancora di sopra: ho sentito il fon acceso tutto il tempo, starà facendo la piega più lunga della storia.

«Cloe, tesoro, già pronta?» Zia Anna entra in salotto, posando il solito cesto di frutta a centro tavolo.

«Sì, zia, che ne dici?» Faccio una giravolta su me stessa.

Oggi sono decisamente di buon umore.

«Sei molto carina» conferma zia Anna con un occhiolino d'intesa.

Lara scende in salotto, pettinata e truccata alla perfezione. Splendida.

«Tesoro, anche tu stai davvero bene» si complimenta zia Anna.

«Concordo!» aggiungo io sorridente.

Hai cenato a pane e gentilezza?
Non con te, Lucy!

Il percorso verso il cortile lo definirei fastidiosamente bagnato: ha smesso di diluviare ma l'erba è bagnata e io ho decisamente sbagliato a mettere dei sandali. In aggiunta a ciò, Lara è sempre più isterica all'idea di incontrare Gue.

Il tavolo al centro del cortiletto è diventato la tavola rotonda e Gio, nei panni di Re Artù, sta a capotavola, con tutti gli altri in piedi intorno.

Stanno discutendo delle possibili mete su dove trascorrere la serata.

«Oh, eccovi finalmente.» È Tommi ad accorgersi della nostra presenza. Apriamo il cancelletto arrugginito.

«Non so, a questo punto potremmo dividerci» suggerisce Fra.

«Dividerci, ma se sono appena arrivata!» Una ragazza mora, abbronzatissima esce dalla porta di casa, scendendo gli scalini del cortiletto.

Oh, no. Fermi tutti.

Ditemi che non è vero.

Vi prego ditemi che è un miraggio.

«Oh, eccola» dice Tommi entusiasta, guardando nella mia stessa direzione.

Oh, sì, eccola la mitica e insuperabile Guendalina.

Sculetta come un pavone ubriaco. Impossibile non riconoscerla.

Guendalina non è altro che la matta del treno.

Credo che la mia vita abbia deciso ufficialmente di prendermi per il culo.

«Non voglio certo abbandonarvi ora che sono arrivata» dice abbracciando contemporaneamente Tommi e Fra.

Poi si accorge di noi.

Per quanto mi riguarda sto valutando due opzioni: correre a nascondermi da qualche parte finché non mi daranno per dispersa, oppure affrontare la situazione da persona matura e responsabile.

Persona matura e responsabile = ossimoro di Cloe Monteri.
Certo, Lucy, che mi sei sempre di grande aiuto in questo genere di situazioni.

Decido di rimanere.

Posso farcela.

Una volta ho anche combattuto un grillotalpa… e questo non può essere peggio.

E poi posso sempre fare finta di niente? O no?

No, non è vero.

Assolutamente no!

Sarà un disastro.

«Ciao, baby» strilla Gue, rivolgendosi alla povera Lara.

«Ciao, Gue» risponde mia cugina con una voce simile a quella di un paziente ricoverato per epatite acuta.

«Non mi sei mancata affatto! E io, ti sono mancata?» cantilena Gue, con un odioso sorrisetto tra le labbra.

Saggiamente Lara decide di non darle corda e si accomoda al tavolo.

«E lei chi sarebbe???» chiede Gue notandomi.

Mi guarda con aria supponente, tutta impettita.

«Oh, lei è Cloe, la cugina di Lara» le spiega Gio, come se si fosse sentito in dovere di fare le presentazioni.

Sbaglio o la sua voce è… imbarazzata?

In ogni caso, quella testa vuota di Gue ancora non mi ha riconosciuto.

«Ah…» risponde lei assorta.

Dai su, che ce la puoi fare.

«Be', piacere, Cloe, io sono Guendalina, ma puoi chiamarmi benissimo Gue!»

Forse in questi giorni ha preso una botta in testa che le ha fatto perdere la memoria. O forse finge di non ricordarsi del treno…

«Oh, ciao, Gue, il piacere è tutto mio» rispondo con l'entusiasmo tipico di Mercoledì Addams, tenendo le braccia ostinatamente conserte.

Lei ritira in fretta la mano stizzita.

Ci divertiremo cara Guendalina.

«Possiamo andare all'Altromondo» propone Manu.

«Rimini è troppo lontana, dovevamo metterci in marcia prima» gli risponde Tommi.

«Sei mai stata a Riccione?» interviene Gio, guardandomi.

Dice a me?

«No» scuoto il capo.

«Vuoi andarci?» mi chiede di rimando.

Lara alza la testa curiosa verso di me.

«Per me va bene» mi limito a dire, facendo cenno a Lara di tacere.

«Allora è deciso, io e Cloe andiamo a Riccione» annuncia Gio. «Fra, tu vieni con noi?» aggiunge subito dopo.

«Boh, sì, va bene» risponde allegro come un condannato al patibolo.

«Io voglio andare a Rimini» strilla Gue, saltellando sul posto.

«Allora tu, Gue, vai con Manu e Bea.» Il barbuto sta accuratamente organizzando i gruppi.

«Io vengo con te, amore mio» dice Lollo abbracciando Gue con fare teatrale.

«Perfetto, allora io, Lara, Marco e Paolo andiamo a MiMa» conclude Tommi.

«MiMa?» chiedo sottovoce a Lara.

«Milano Marittima» mi spiega Lara. «Ti piacerebbe tanto, sicura di non voler venire con noi?» La voce allusiva di Lara mi preoccupa.

«No, grazie» le rispondo con lo stesso tono.

«Dai allora, noi muoviamoci, che Riccione non è dietro l'angolo» spiega Gio a me e a Fra.

«Usiamo la mia?» gli chiede Fra.

«No, ho già le chiavi» risponde Gio, avviandosi a grandi passi verso l'auto parcheggiata fuori al cortile.

«Divertiteeevi.» La voce acuta e fastidiosa di Guendalina ci insegue mentre ci dirigiamo alla macchina.

«Anche tu, papera strillanteee» sussurro imitandola.

Fra ridacchia rischiando di soffocare e chiede a Gio se mi ha sentita.

«Sì, l'ho sentita» risponde lui divertito.

«C'è davvero poco da ridere, ragazzi, spiegatemi come farò a sopportare quell'oca per tutta la vacanza…»

«Ma dai… Gue è simpatica alla fine.» Fra continua a ridere soffocandosi.

Certo, come no?

Fra mi cede il posto davanti, spaparanzandosi sui sedili posteriori, Gio accende la macchina e voliamo verso Riccione.

Il viaggio è un cocktail di musica trap, fumo e risate.

«Aspetta che scendo a prendere le sigarette» chiede Fra, davanti alla solita gelateria.

«Okay, però sbrigati.» Gio accosta l'auto. Fra scende.

Improvvisamente dalla radio escono i ricordi del 2013 e di quella canzone che passava di continuo, *Brivido*.

Di una hit, di una suite a Copacabana.

«Di un DJ, più di un rave in mezzo alla savana» canticchia Gio.

«Più del successo, più di fare sesso ad alta quota» continuo io.

Lui mi guarda.

«Ah, allora la sai» dice Gio con tono stupito.

Non gli rispondo e vado avanti a cantare.

Più dei gioielli e orologi, anelli che ho alle dita.

Più di questa libertà, più della stessa vita.

«Ho trovato solo le sigarette da signorina» annuncia Fra rientrando in macchina.

Gio ridacchia, io riprendo a cantare e Fra mi segue a ruota.

Quarantasei minuti dopo siamo a Riccione.

Attraversiamo in macchina il vialone principale senza trovare parcheggio.

Costeggiamo il litorale su una strada parallela. E infine troviamo un posto in fondo a una stradina senza uscita.

«Siamo lontani?» chiedo io.

Fra interroga il navigatore. «No, in dieci minuti siamo al Samsara» ci informa.

«Tu ci sei? Hai preso tutto?» mi chiede Gio.

«Sì, possiamo andare.»

Percorriamo il viale più grande di Riccione: ci sono lucine ovunque. Alberi costeggiano la via. Macchine passano con il volume delle casse al massimo.

«Lì cosa c'è?» chiedo, indicando un posto illuminato da cui viene della techno a volume altissimo.

«Ci andiamo?» mi risponde Gio. «Possiamo fare tutti i bagni, oppure andare in una discoteca.»

«C'è anche la Villa stasera» ci informa Fra.

«Per me è uguale» dico io. Ed è uguale davvero, perché tanto è tutta una novità.

«Allora possiamo fare i bagni se preferisci, già che siamo qui. A te, Fra, va bene?» chiede Gio all'amico.

«Sì, anche perché forse è un po' tardi per la Villa.»

Andiamo verso il bagno illuminato.

La musica mi entra nelle orecchie e mi batte nel petto.

Gio mi prende la mano per non perdermi e io prendo la mano a Fra dietro di me.

C'è gente ovunque e la sabbia fredda mi entra nei sandali.

Raggiungiamo le casse, al centro della console.

«Ti piace?» mi chiede Gio all'orecchio.

«Molto» gli urlo di rimando.

Mi lascio andare e inizio a ballare assaporando un incredibile senso di libertà, per la prima volta dopo molto tempo.

«Okay, ora andiamo al Mojito!» Gio ci fa strada verso l'uscita.

Usciamo ridendo, ancora tutti e tre per mano.

«Vuoi da bere?» mi chiede poi Gio.

«Sì, dell'acqua naturale, grazie.»

Fra ride di gusto.

«Intendevo un cocktail» ribatte Gio ridendo a sua volta.

«Lo so, ma io voglio dell'acqua» puntualizzo, incrociando le braccia.

«Qui non venderanno acqua» spiega Fra girandosi intorno.

«Forse laggiù» dice Gio avviandosi verso un bar pizzeria. Io e Fra lo seguiamo.

«Ti aspettiamo qui» mi dicono i ragazzi fermandosi sulla soglia.

Io arrivo al bancone e chiedo una bottiglietta d'acqua.

«Fredda?» mi chiede la cameriera.

No, calda, con 37 gradi. Perfetta per fare un bel tè.

«Sì» le rispondo cercando di evitare battutacce.

«Sono un euro e settanta» mi chiede lei.

Ah, però, e poi ci si lamenta dei prezzi di Milano...

Il Mojito Beach di Riccione ha una piazza enorme, un bar bianco gigantesco al centro e un palco sulla sinistra, con una console e decine di persone al di sopra.

«Prendiamo da bere?» Fra si avvicina al bancone e chiede dei drink.

«Tu non vuoi nulla?» chiede poi a me.

«No, no, tranquillo» strillo per farmi sentire sopra la musica.

Prendiamo i drink, poi Gio mi circonda la vita e mi fa strada tra il muro di persone.

Il suo anello nero freddo a contatto con la mia pelle mi distrae da tutto il resto.

Balliamo, tra gente ubriaca e bolle di sapone.

Poi, come per magia, mi trovo sospesa a mezz'aria.

È stato Gio a sollevarmi per farmi vedere dall'alto e devo ammettere che da qui sopra tutto è più scintillante.

Fra sta baciando una ragazza vestita da bagnina. Un corteo di ragazzi in camicia floreale mi saluta dal basso. Il vocalist prende una bottiglia di champagne e la spruzza sulla platea.

«Bellissimo» mi esce spontaneo quando Gio mi rimette a terra.

Lui scosta dal viso i capelli bagnati di champagne.

«Anche tu» sussurra prima di abbracciarmi. Continuiamo a ballare, un po' più vicini.

Ricordo l'odore di champagne mischiato al fumo, il profumo di Gio nei miei capelli, le guance morbide di Fra da stringere tra le mani come se fosse un pesce, i miei poveri piedi calpestati un miliardo di volte, il bracciale di un locale verde fluo, una ragazza con un vestito sfavillante anni Sessanta, le urla dei ragazzi trascinati dal divertimento, "*put your hands up!*" ripetuto centinaia di volte.

«Okay, basta, sono esausta» ridacchio, sbandando a destra e a sinistra lungo il marciapiede. Sono stanca e ubriaca: accoppiata perfetta.

«Con questo sono otto locali fatti.» Fra sta tenendo il conto dei locali da non perdere.

«Sei stanca, torniamo?» mi chiede Gio, prendendomi sotto braccio.

«Credo che stanca sia un aggettivo non adatto alla serata, anche se devo dire che tutto questo luccicare comincia a essere troppo sfavillante per i miei occhi affaticati» mi accorgo che sto parlando del tutto a vanvera.

«Okay, sei stanca» ride Gio. «Vado a prendere la macchina, restate qui ad aspettarmi» ci dice, facendomi scivolare una bottiglietta d'acqua tra le mani.

Io e Fra ci sediamo su un muretto in pietra.

Mi appoggio a lui, socchiudendo gli occhi.

«Non sei stanchissimo?» gli chiedo.

«Un po'. Non di certo come te» ride.

«Ehi, io non ho mai detto che sono stanca.» Lo spintono leggermente, effettivamente troppo sfinita per spintonarlo davvero.

«Facciamo una foto.» Sono la regina delle idee brillanti.

Scatto all'impazzata per qualche minuto e poi riguardo i miei capolavori.

Fra sembra un carciofo e io ho lo sguardo sveglio come un bradipo addormentato.

Chiacchieriamo e ridiamo aspettando Gio che sembra non arrivare mai.

Poi, d'un tratto una macchina si accosta.

Fra mi aiuta a tirarmi su dal muretto.

«Vuoi stare ancora dietro?» gli chiedo.

«Sì, così dormo» mi fa una linguaccia. Io lo imito e salgo in macchina.

Dopo quasi un'ora di luci accecanti sull'altra corsia e di un furioso mal di testa, alle 4.56 raggiungiamo finalmente la casa di Lara.

«L'accompagno» dice a Fra, slacciandosi la cintura.

Io e Gio attraversiamo il cortile, camminando piano, come se la strada da percorrere fosse lunghissima e non ci fosse alcuna fretta.

Parliamo della serata, del fatto che il giorno dopo saremo stati al mare tutto il giorno.

Mi stringo nelle spalle, incrociando le braccia per il vento freddo.

Arriviamo sotto gli scalini della veranda.

«Allora a domani» gli dico dandogli un bacio sulla guancia.

Lui mi trattiene per un braccio. Non dice nulla, rimane immobile a guardarmi.

Poi si avvicina un po' di più, come se stesse per… baciarmi.

«Non posso» sussurro spostando leggermente la testa all'indietro e scrollando i capelli.

«Lo so» mi sussurra sulle labbra.

Lo sa, ma non gli importa. In quel momento basta respirare la stessa aria, far scivolare le mani le une nelle altre.

Mi stacco da lui.

Gli sorrido e corro, divorando gli scalini d'ingresso.

CAPITOLO 21

Siamo rimasti tutto il pomeriggio in spiaggia.

«Dai, andiamo vicino alla spiaggia che lì ci si abbronza meglio!» ha frignato Gue finché tutti, stremati, abbiamo preso i nostri teli e ci siamo spostati.

Lara non ha fatto altro che parlare tutta la mattina della serata passata con Tommi.

Io, invece, neanche un accenno a Riccione e di come si sia conclusa la serata.

Gio, Fra ed Elvis ci hanno raggiunti poco dopo, portando piadine al prosciutto per tutti.

Be', non proprio per tutti, dato che Elvis si è mangiato "per sbaglio" anche quella di Bea.

«Raga, bagno!!» urla improvvisamente Tommi, levandosi la maglietta e correndo verso l'acqua.

In effetti non ha tutti i torti, ci sono 80 gradi all'ombra.

Gio lo segue a ruota assieme a Gue.

«Non ci pensare Cloe, hai appena mangiato!» mi ammonisce Lara capendo al volo le mie intenzioni.

Sbuffo sonoramente.

«Ma dai, Lara, l'acqua è caldissima e poi si muore!» cerca di convincerla Bea.

«Eh, okay... Però io non entro, vi avverto!»

Io e Bea ci guardiamo per qualche istante, scambiandoci un sorriso complice.

Solleviamo Lara di peso e corriamo verso l'acqua.

«Daiii, ragazze!» urla lei cercando di svincolarsi.

Io e Bea ci lanciamo in acqua tirandoci Lara dietro.

Lei risale in superficie furibonda.
«Vi odio!» ci urla arrabbiata.
«Dai su, facci un sorriso, Laretta» dice Bea fingendo una smorfia triste.
Io comincio a schizzarla con l'acqua, finché non scoppia a ridere anche lei e inizia a fare lo stesso contro me e Bea.
Dopo una lunga lotta ci lasciamo cadere in mare, sfinite da tutte quelle risate.
«Questa me la pagherete!» dice Lara distrutta.
Ha i capelli ritti in testa, sembra la versione marina di Marge dei *Simpson*.
D'un tratto vedo Tommi raggiungere Lara alle spalle, facendoci segno di stare in silenzio.
Bea si copre le labbra per non ridere.
«Che c'è ora?» chiede mia cugina ignara.
A quel punto Tommi la prende di peso in braccio e la lancia dritta in acqua.
Io e Bea scoppiamo a ridere come delle matte.
Povera Lara, oggi non è giornata.
Sento qualcuno afferrarmi d'improvviso da dietro e senza sapere bene come mi ritrovo anche io sollevata di peso, con le gambe per aria, pronta per essere lanciata.
«Gio, se lo fai giuro che...» grido a squarciagola, dimenando le gambe come una pazza.
Non faccio in tempo a finire la frase che mi ritrovo ad annaspare in acqua.
Riaffioro subito, tossendo tutto il mare che mi sono bevuta e mi stropiccio gli occhi che mi bruciano da impazzire.
Sento qualcuno stringermi dolcemente la vita da dietro.
So benissimo chi è... E gli darei volentieri un calcio nelle palle, se non fosse che sono completamente pietrificata dal suo abbraccio.
«Cos'è che volevi fare tu?» mi sussurra Gio all'orecchio, facendomi trasalire.
«Ti odio» gli rispondo secca.
«Ah, sì, mi odi?» continua lui sempre a bassa voce.
«Sì, tantissimo.»
«A me non sembra che mi odi così tanto come dici...»
«E tu che ne sai? Sentiamo...» ribatto curiosa.

«Perché ieri sera mi stavi per baciare.» Il suo sussurro tra i miei capelli mi sta facendo venire la pelle d'oca nonostante i 40 gradi.

Vorrei affogarmi, sparire e ricomparire dall'altra parte del globo.

E poi... perché cambia sempre argomento e non risponde mai alle mie domande?

«Ti sbagli, non volevo affatto baciarti.»

Un refolo di aria fresca mi scuote i capelli bagnati, ma io so benissimo che i brividi che mi stanno percorrendo il corpo sono causati dalle sue braccia legate ancora attorno alla mia vita.

Per un attimo mi dimentico di tutto e tutti e la smetto di inventare scuse.

«Forse...» rispondo, portando le mani sulle sue braccia che mi tengono stretta.

«Forse cosa?» sussurra Gio quasi sfiorando la pelle della mia schiena con le labbra. Vuole sentirselo dire.

«Forse e basta» rispondo piano, chiudendo gli occhi.

«Quanto sei abbronzata, cuginetta!» Io e Lara ci stiamo dirigendo a casa e a me comincia a girare un po' la testa: troppo sole decisamente.

Troppo Gio.

Smettila, Lucy. È solo colpa del sole.

Sì, sì...

«Sei quasi rossa come la tua tutina» continua lei ridendo.

«Davvero molto, molto divertente, Lara!» ribatto scocciata.

Che poi è tutta colpa sua se ora sembro un peperone: mi ha costretta ad arrostire sotto il sole tutto il pomeriggio a osservare i ragazzi che giocavano sulla riva. Avremmo potuto unirci a loro, ma mia cugina ha deciso improvvisamente di fare la signorina perbene ed evitare di correre come una forsennata sul bagnasciuga, cosa che sarebbe stata decisamente più divertente che stare inutilmente sdraiate su un asciugamano, per giunta bagnato.

«Mamma, siamo tornate!» urla Lara non appena entriamo in casa.

Zia Anna comprare in salotto in un decimo di secondo.

Non l'ho nemmeno vista arrivare, secondo me era nascosta sotto il divano.

«Tesori miei, ma che avete fatto? Siete tutte bruciate!»
«Io sono abbronzata, Cloe è bruciata!» precisa Lara.
Corro allo specchio della sala ed effettivamente sono tutta rossa sulle spalle e ho le guance più rosse di Heidi.
«Cloe, hai bisogno di una crema doposole?»
«No, ti ringrazio, zia, ho la mia... Anzi vado subito a mettermela!» annuncio salendo di corsa le scale per svignarmela al più presto.
«Tra mezz'ora è pronta la cena» mi urla zia Anna da sotto quando ormai ho raggiunto la camera.
«D'accordo, zia» urlo di rimando.
Mi chiudo finalmente in camera.
Sono sfinita.
Mi appoggio alla porta, massaggiandomi le tempie.
Mi infilo il pigiama: non credo che andrò al cortile stasera.
Non voglio vederlo. Non riesco a essere lucida in sua presenza, anzi sono completamente vulnerabile e non posso...
Il telefono squilla, interrompendo i miei pensieri.
Rispondo senza neanche vedere chi è.
«Pronto?» dico lanciandomi sul letto.
«Finalmente!» tuona... Riccardo!!
Stacco il telefono dall'orecchio per controllare che sia proprio lui.
Cazzo.
Ho perso tutte le sue chiamate da quando sono arrivata e mi sono scordata ogni volta di richiamarlo.
Ma del resto non è colpa mia, mi telefonava sempre al momento sbagliato!
«Scusa, è che...»
«No, mia cara, è troppo facile ora chiedere scusa e aspettarsi che si risolva tutto. Ma le cose non funzionano così!»
Qualcuno mi dia le forze per iniziare a litigare.
«Mmh, mmh» mugugno in segno di resa sperando che smetta.
Ma ovviamente non molla il colpo così facilmente.
«Cloe! Mi stai ascoltando?»
«Sì...» rispondo debolmente.
«Ecco, allora sentimi bene. Ho dovuto chiamare tua madre perché non mi rispondevi e...»
«Cosa hai fatto?!» mi scuoto improvvisamente dal mio torpore.

«Ho chiamato tua madre. Credo di aver diritto a delle spiegazioni se tu sparisci da un giorno all'altro senza farti sentire, né...»

«Ma sei impazzito?» lo interrompo bruscamente.

Io non ho parole! Ci rendiamo conto? Ha chiamato mia madre!

«L'ho chiamata stamattina, volevo sapere come stavi e volevo informarla che eri sparita!»

«Ma sei impazzito forse? Come diavolo ti viene in mente di chiamare mia madre! Sai com'è fatta, cazzo! Si preoccupa anche se vado in bagno da sola!»

«Sì, lo so benissimo, ma tutto questo non sarebbe successo se tu mi avessi risposto.»

«Oh, ma vai al diavolo!» ribatto esausta, chiudendo la chiamata.

Mi arrotolo sul letto nervosa: non doveva farlo. Non doveva assolutamente farlo!

Riprendo il telefono in mano e scrivo un messaggio a mia madre, per dirle che sto bene e che non si deve preoccupare.

Certo, ammetto che io non mi sono comportata benissimo con Riccardo e che avrei dovuto almeno ricordarmi di telefonargli, ma lui ha fatto proprio la cosa più sbagliata di tutte. Eppure lo sa che mia madre è iperapprensiva, soprattutto da quando...

«Cloe, posso entrare?» bussa Lara alla porta.

«Entra» dico senza neanche alzarmi dal letto.

Lei apre piano la porta sbucando dallo stipite.

«Tutto bene?» chiede lei rimanendo sull'uscio.

«Perché rimani lì? Cos'è? Quando ti dico di entrare rimani fuori e quando dovresti star fuori entri?» rispondo più secca di quanto vorrei alzando solo la testa dal materasso.

Lei entra, chiudendo piano la porta.

«Che succede?» mi chiede sedendosi sul letto.

«Nulla di importante.»

«Non mi sembrava così poco importante da come urlavi!»

«Senti, Lara, vuoi che litighi anche con te? Dillo subito.»

«Ehi, Cloe, calmati, voglio solo che mi spieghi, se ti va.»

«Sì, hai ragione, scusami. Comunque è per Riccardo.»

«Il tuo ragazzo?»

No, il filippino delle pulizie.

Cloe, smettila di fare la maleducata.

Ma io…

Ma io un corno, tua cugina sta solo cercando di essere gentile.

«Sì» rispondo imbronciata.

«Che ha fatto?»

«È andato a spiattellare a mia madre il fatto che evitavo le sue chiamate e non rispondevo ai suoi messaggi.»

«Ed è vero?»

«Sì che è vero! Ma cosa c'entra… Poteva evitare di dirlo a mia madre e farla preoccupare.»

«Be', in effetti…»

«Che poi non è che non volessi sentirlo, ma in questi giorni eravamo sempre in giro a far qualcosa. Non avrei neanche avuto il tempo materiale di chiacchierare con lui!»

«E forse non volevi nemmeno farlo, no? Dato che eri impegnata con qualcun altro…» allude Lara con un sorrisetto.

Sorrido anche io involontariamente.

«Ma sta' zitta!» le dico lanciandole un cuscino per nascondere il sorriso che mi è nato involontariamente sulle labbra.

«Vabbè, ma ora cosa pensi di fare? Vuoi restar qui a piangerti addosso?»

«Sì, penso proprio che starò qui a struggermi per tutta la notte» le dico nascondendomi sotto le coperte del letto ancora sfatto.

«Ma smettila, su! Ti dico io cosa facciamo ora: per prima cosa ti cambi, poi scendi a cena, e dopo andiamo a divertirci a casa del tuo Gio.»

Mi alzo di scatto sul letto.

Ora la picchio.

«Tuo?» dico puntandole il dito contro.

«Okay, okay! Facciamo che se scendi e vieni stasera, sarò buona e non dirò a Gio che sei completamente pazza di lui» risponde lei ridendo.

«Lara, se provi a farlo, giuro che non esci viva da questa stanza!»

«E allora vieni!» ribatte lei.

«Ma com'è questa storia che mi devi sempre ricattare?»

«Be', questo sembra essere l'unico modo per convincere Miss Cloe Monteri.»

«Sei una stronza» le dico ridendo.

«Sì, io sono una stronza e tu invece sarai una figa da paura vestita così stasera» dice lei tirando fuori dal mio armadio un completo top e pantaloncino nero.

«Te lo puoi scordare!» rifiuto categoricamente.

«Vabbè, vorrà dire che stasera dovrò dire a Gio che...»

«Uff... dammi quei vestiti, muoviti!» la interrompo sbuffando.

«Brava, ci siamo capite.»

«Ti odio» le ribatto andando in bagno a cambiarmi.

«Anch'io ti adoro, cuginetta!»

Zia Anna ci ha messo un po' a riconoscermi quando sono scesa con Lara a cena.

Anche Pisco ha sbarrato gli occhi incredulo.

Mi sembra di avere i riflettori puntati in faccia, per quel poco di trucco che mi sono messa!

Sì, avete capito bene mi sono truccata.

O meglio: quella perfida di mia cugina mi ha truccato.

Che poi con questo caldo il trucco è un abominio, ma Lara è più cocciuta di un mulo quando ci si mette e, dopo una strenua battaglia, ho dovuto cedere.

Dopo un tempo che sembra infinito, finalmente Gio si degna di venirci ad aprire.

«Oh, finalmente» dice Lara andando spedita verso il cortile.

Io la seguo con la testa bassa.

Ti prego ti prego ti prego, non guardarmi!

Devo passare inosservata. Sì, passare inosservata.

«Alla fine sei venuta» dice Gio chiudendo il cancelletto.

Come non detto.

Lara entra di fretta in casa e mi lascia da sola in cortile con lui. Grazie mille.

«Eh, già. Visto?» rispondo girandomi verso di lui, ridendo nervosamente.

«Sei bella stasera» dice lui sorridendo.

«Grazie, anche tu» rispondo subito io.

Anche tu?

Ma cosa sto dicendo.

Vorrei prendermi a schiaffi.

Gio ride.

«Ehilà, vedo che c'è anche il moscerino» grida Tommi uscendo dalla porta con Lara che lo segue a un palmo di distanza.

Sta parlando di me per caso?

«Vedo che tu, invece, sei sempre in vena di dire cazzate» rispondo secca.

«Ehi, ehi, ehi, attenzione!» dice Lollo sedendosi su una delle sedie a poltrona e poggiando sul tavolo due o tre buste di tabacco.

«Qualcuno ti sta tenendo testa, Tommi!!» ribatte Fra, dandomi un bacio sulla guancia per salutarmi.

Subito sposto lo sguardo verso Gio.

Ma poi perché lo guardo... Non devo dargli spiegazioni.

«Raga, qui servono altre sedie» dice Manu uscendo in cortile, seguito da Bea.

«Io non vado» dice subito Elvis, sedendosi comodamente.

Strano, sarebbe stato un evento mondiale da festeggiare se si fosse scomodato.

«Io no.»

«Io no.»

«Io no» aggiungo io.

L'unico a non aver aperto bocca è Paolo.

«D'accordo, vado io... Lollo, mi dai le chiavi?» dice Paolo rassegnato.

«Eccomi, ragazzi, ce l'ho fatta» strilla Gue uscendo in cortile.

Ah, già, c'è anche lei.

Ha i capelli bagnati e un vestitino bianco quasi trasparente che mette tutto in bella mostra.

«Raga, io direi di fare un "Quanto te la rischi?"» propone Lollo, finendo di arrotolarsi la sigaretta.

«Annunciamo ufficialmente il grande ritorno?» continua Fra.

«Dai, ragazzi, per me va bene, almeno movimentiamo la serata» dice Gue aprendo un ventaglio rosa confetto e iniziando a scuoterlo teatralmente.

«Aspettiamo Paolo» dice Tommi.

«Okay, io intanto prendo da bere» si alza di scatto Manu.

«Cloe, tu sai giocare?» mi chiede Marco.

Ecco, finalmente uno gentile che si preoccupa del mio "non capirci mai niente di niente".

«Giocare?» rispondo confusa.

Gue ride di gusto.

Cloe, conta fino a dieci.
Magari fosse sufficiente…

«Raga, ne ho prese tre» dice Paolo entrando in cortile.
«Va bene, Paolo. Vorrà dire che Lara resta in braccio a me» dice Tommi, facendole un occhiolino.
Mia cugina è decisamente, completamente, irrimediabilmente persa.
Manu torna in cortile con una cassa di birre.
«Iniziamo, raga?» dice lui sedendosi di fianco a me.
Gio si siede dall'altro lato, mandandomi subito in palla.
«Che cosa?» chiede Paolo confuso.
«Giochiamo al "Quanto te la rischi?"» gli risponde Bea.
«Ah, perfetto raga» ribatte entusiasta, sfregandosi le mani.
«Qualcuno può spiegarmi cos'è?» chiedo io sventolando in aria il braccio.
«Vai, Lollo, compito tuo» dice Manu aprendosi una birra.
«Allora…» inizia Lollo spegnendo la sigaretta e buttando in alto l'ultima tirata di fumo. «Per esempio, uno dice a un altro: "Quanto te la rischi a pisciare sul tavolo di Gio?".»
«Ti ammazzo, Lollo» interviene Gio.
Lollo lo ignora e continua: «E l'altro risponde, per esempio, da uno a dieci… Si fa il conto alla rovescia e alla fine entrambi devono dire un numero. Se chi ha proposto il Quanto te la rischi azzecca il numero, l'altro deve pisciare sul tavolo di Gio».
«E poi io lo ammazzo» aggiunge di nuovo Gio.
Tutti ridono.
Ma siamo all'asilo per caso?
«Dai, giochiamo! Non vedo l'ora» interviene Manu.
Non vede l'ora? Di cosa? Di giocare a questo stupido gioco?
«Comincio io» dice Lollo.
«Gue, quanto te la rischi a mettere i piedi su quella brace?» continua lui.
Ma sono pazzi?
«Da uno a duecentocinquantamila miliardi» risponde lei ridendo come una gallina pazza.
«Tre, due, uno!» urla Manu.
«Quattro», «Quattro» dicono entrambi all'unisono.
Restano tutti in silenzio per qualche secondo.

Poi d'un tratto Lollo si alza.

Esce dal cortile, aprendo le braccia e inizia a urlare come un matto.

Esibizionismo allo stato puro.

«Non ci credo!!!» urla Paolo.

«Gue, mi sa che ti tocca la brace!» dice Gio ridendo.

Mi metto a ridere anche io.

Dopotutto se questo gioco fa mettere i piedi sulla brace a Guendalina, non è poi tanto male.

«Non pensateci nemmeno, raga. Io non lo faccio» dice lei continuando a sventolarsi i capelli come una diva.

«Gue, guarda che perdi l'onore!» le intima Fra.

«Ma come faccio? Siete impazziti?» dice Gue alzandosi e andando verso la brace.

Rido già.

Lollo intanto continua a saltare per il cortile gonfiandosi come un pavone.

«Raga, sono un mago. Sono un mago» continua a urlare con gli occhi sbarrati, un po' per l'euforia e un po' per le troppe sigarette.

«No, io non lo faccio» torna a sedersi Gue.

«Allora sei fuori dal gioco» le dice Elvis.

Oh, che celestiali parole.

«Elvo ha ragione» aggiunge Gio, continuando a fumare.

Gli vorrei chiedere di tenere la sigaretta dall'altro lato perché mi sta letteralmente intossicando, ma l'idea di iniziare a conversare con lui mi fa tremare le ginocchia.

Qualcuno deve essersi impossessato di te. Non ci sono altre spiegazioni.

Coscienza, zitta.

«Allora lo faccio con le ciabatte!» esulta d'improvviso Gue, alzandosi di scatto.

«No! Cazzo, non vale» dice Lollo subito.

«Oh, sì che vale! Non hai specificato, amore mio» ribatte Gue alzandosi e mettendo un piede sopra la brace.

«Seh, vabbè, raga! Questo è barare!» si lamenta Lollo risedendosi deluso.

«Dai, Lollo, andrà meglio la prossima!» dice Fra.

Gue torna saltellando al suo posto, riprendendo a sventagliarsi con aria di superiorità.

«Manu, quanto te la rischi a metterti il rossetto di Bea e a tenerlo tutta la sera?» dice Lollo rinvigorito.

Tutti ridono e Bea tira fuori il rossetto dalla borsetta porgendoglielo con aria di sfida.

«Me la rischio da uno a cinque.»

«Tre, due, uno!» urla Tommi.

«Tre», «Due» dicono insieme.

«Cazzo!» dice Lollo ridendo.

«Vai, tocca a me» dice Manu.

«Elvo, quanto te la rischi a bere questo?» continua lui indicando un bicchiere di plastica con dentro tutti mozziconi di sigarette spenti nell'acqua.

Potrei vomitare.

«Da uno a cento!» risponde Elvis ridendo sommessamente.

«Tre due uno!!» urla Lara.

«Sessantatré», «Dodici» dicono insieme.

«Peccato, Elvo, se ci beccavo era la fine» dice Manu.

«Qualcuno ha da accendere» dice Elvis mettendosi una sigaretta in bocca.

«Vai, Elvo, tocca a te!» gli risponde Gio tirandogli l'accendino.

«Tommi, quanto te la rischi a non vedere Roma-Juve sabato?»

«No, Elvo, questa è brutta!» risponde Tommi strofinandosi le mani sulla barba.

Elvis ride ancora in quel suo modo assurdo: mi ricorda un enorme marshmallow.

«Da uno a mille» dice infine Tommi assottigliando gli occhi.

«Tre due uno!!» urla Fra.

«Quindici», «Sedici» dicono all'unisono.

«Oh, merda, per uno!!» esclama Paolo.

«Raga, mi sa che in quel caso perdevo l'onore. La Juve si guarda per forza» dice Tommi.

In tutto questo Lara è ancora sulle sue gambe, con gli occhi a cuoricino e un sorriso ebete perenne.

All'improvviso mi suona il telefono.

Mi alzo, allontanandomi un po' da tutto quel casino.

«Pronto, mamma?» rispondo.

Perché diamine mi chiama a quest'ora?!

«Cloe, amore, tutto a posto?»
«Sì, mamma, ma perché mi chiami così tardi?»
«Cloe? Pronto, Cloe? Cos'è tutto questo chiasso?»
«Ma nulla, mamma, sono...»
«Cloe, cosa sta succedendo???» strilla talmente forte da farmi allontanare il telefono.
«Mamma, sono...»
Mi si spegne il telefono.
Cazzo.
Ho dimenticato di caricarlo stasera.
E ora che faccio?
Se non richiamo subito mia madre, me la ritrovo qui in men che non si dica.
Torno al tavolo.
«Lara, hai per caso un caricatore? Mi è morto il telefono!»
«No, Cloe, mi spiace» mi risponde lei.
«Cazzo» dico io provando a riaccenderlo inutilmente.
«Se vuoi sopra in camera mia c'è il mio, attaccato già alla presa» interviene Gio indicando il piano di sopra con un cenno del capo.
«Okay...» gli rispondo incerta.
E quindi devo andare di sopra da sola?
Che ne so io di dov'è camera sua!
«Vai pure, tranquilla» mi dice lui sorridendomi.
Mi allontano in fretta senza fare tante storie, un po' perché non voglio che lui mi accompagni e soprattutto per evitare che mia madre chiami l'esercito.
Arranco nel buio, cercando un interruttore.
Finalmente lo trovo.
Salgo le scale a chiocciola, che avevo già fatto l'altra sera.
Arrivo sul pianerottolo. Destra o sinistra?
Destra.
Mi avvio accendendo un'altra luce e cercando la prima camera aperta.
Nulla. Sono tutte chiuse.
Torno indietro, aprendo questa volta tutte le porte. Le camere sembrano tutte vuote e ordinate.
Ci sto mettendo troppo tempo.
Apro un'altra porta a caso, cerco di accendere la luce, ma non funziona. Perfetto!

Fortunatamente la luce del lampione della strada di fronte permette di vedere l'interno della stanza: vestiti sparsi ovunque.

Di sicuro questa è la camera di Gio.

Ma ora come lo trovo il caricatore al buio?!

Cerco a tastoni una presa sulle pareti.

Nulla.

«Ehi, ce l'hai fatta?» mi chiede una voce dalla porta della camera.

Sussulto.

Mi giro di scatto.

È Gio.

«Sei pazzo? Mi hai spaventato a morte!» gli dico continuando a cercare la presa.

«No, è più giù» dice lui indicando la parete.

Finalmente la trovo.

Attacco il telefono.

Perfetto: ora ci vorranno solo tre secoli prima che si accenda.

Nel frattempo, che faccio?

«Fatto?» mi chiede lui rimanendo sempre sulla porta.

«Sì» rispondo rialzandomi da terra e voltandomi.

Restiamo in silenzio a guardarci.

Mi addosso alla parete, stringendo forte tra le mani sudate la tenda alle mie spalle.

Ci stiamo semplicemente guardando.

Se non inizia a parlare, penso che potrei mettermi a urlare.

Non può starsene zitto.

Dai, ti prego, Gio, di' qualcosa!

«Quanto te la rischi a darmi un bacio?» mi chiede d'improvviso lui, come se mi avesse letto nel pensiero.

Oh, per fortuna ha parlato.

No, fermi tutti! Cosa?

Qualcuno può ripetere?

CAPITOLO 22

Gio continua a guardarmi con quei suoi occhi neri che si confondono col buio, aspettandosi una risposta.

Dargli un bacio?

Al solo pensiero mi tremano le gambe e mi sento cedere le ginocchia.

Stringo la tenda alle mie spalle ancora più forte.

Non riesco a decifrare la sua espressione.

E se stesse scherzando?

«Quindi, quanto te la rischi?» mi incalza, accennando un sorrisetto.

Deglutisco rumorosamente.

«Non me la rischio» dico, cercando di mostrarmi orgogliosa. Rimango di ghiaccio, senza spostarmi di un millimetro. La verità è che la mia bocca dice una cosa, ma la mia mente e il mio cuore stanno pensando tutto il contrario.

Cerco di concentrarmi su qualsiasi altra cosa che non siano le sue maledette labbra sulle mie, che ho praticamente appena rifiutato.

Ti prenderei a schiaffi.

Mi schiaffeggerei da sola, Lucy. Credimi. Mi sento come se avessi appena rinunciato a qualcosa di vitale, per esempio l'ossigeno.

«Non puoi. Devi rischiartela sempre, è il gioco. Anche a un miliardo, ma lo devi fare» dice serio mettendosi le mani in tasca.

Sembra così razionale e tranquillo. Sembra che stiamo scegliendo che tipo di pasta cucinare: fusilli o spaghetti?

Nel frattempo anche lui resta fermo: lì appoggiato allo stipite della porta. La luce che proviene dalla finestra alle mie spalle mi permette di vederlo abbastanza bene.

Il suo profumo è ovunque nella stanza, impregnato nelle lenzuola e nei vestiti sparsi, sembra avvolgermi completamente.

«Dieci» rispondo d'un tratto.

Sì, stai ufficialmente impazzendo.

Credo che la mia bocca abbia parlato senza prima collegarsi al cervello.

Dieci?!

Penserà che non aspettassi altro che baciarlo!

Vorrei si aprisse un varco sotto i miei piedi e mi facesse sprofondare nell'inferno della mia stupidità.

«Tre… due… uno» dice lui lentamente.

Tutto questo è una tortura.

«Sei», «Nove» diciamo entrambi.

Perfetto.

Amici come prima.

La mia vita d'altronde non è fatta per queste scene da film. Avrei dovuto saperlo.

Addio sogno infranto di baciare il ragazzo più stronzo e più bello che abbia mai visto.

Sembri una vecchia zitella.

Mollo la presa dalla tenda. Ora sarà sicuramente tutta stropicciata.

Gli chiederei anche di poterla stirare, se lui non mi avesse appena chiesto un bacio.

Credo che non sia proprio il caso di parlare di tende, ora.

Accenno un passo verso di lui.

Ne faccio un altro, intenzionata a uscire.

Gio non si muove.

Quindi? Che intenzioni ha?

D'un tratto si avvicina a me e senza sapere neanche come, ritrovo il suo volto a dieci centimetri dal mio.

Il suo profumo mi inebria.

«Rifacciamolo» sussurra, spostandomi i capelli sparsi sul volto.

A quel lieve contatto alzo piano lo sguardo.

«Tre... due... uno» dice lentamente esattamente come prima, ma questa volta a un passo dalle mie labbra.

«Nove», «Due» diciamo all'unisono.

«Sapevo che l'avresti ridetto...» dice lui, accennando un sorriso.

I suoi lineamenti sono perfetti.

I suoi capelli sono nerissimi. Anche i suoi occhi lo sono.

Le sue mani mi sfiorano le braccia nude, scendendo fino alle mie e stringendomele.

Il mio cuore batte ancora più forte.

Ho paura che riesca a sentirlo anche lui.

«Tre... due... uno» sussurra ancora.

Non so perché, ma ho bisogno disperatamente che questo stupido gioco continui. Ancora e ancora.

«Tre», «Tre» diciamo entrambi.

Sono ancora troppo imbambolata e inchiodata al suo sguardo, per rendermi conto di aver detto il suo stesso numero.

«Ops...» dice lui sorridendo.

Finalmente realizzo.

Questo significa che...

Gio si sporge ancora di più verso di me, stringendomi la vita con le sue mani forti e tirandomi vicino al suo corpo.

Le mie guance sono bollenti ma nello stesso tempo sono rigida come un blocco di ghiaccio.

Lui si avvicina ancora.

Io mi ritraggo appena, esitando.

Siamo vicinissimi.

Ma non mi bacia.

Come se mi stesse chiedendo il permesso.

Come se stesse aspettando che lo voglia anche io.

Probabilmente sto per fare una pazzia: non c'è logica, non lo conosco, sono fidanzata, mi attrae, ma non riesco a capirlo, perché ancora non ho inquadrato chi sia realmente.

Però non posso tirarmi indietro ora.

Dentro di me l'emotività contro la razionalità vince dieci a zero.

Chiudo gli occhi e lo bacio.

Una strana sensazione allo stomaco mi pervade. Non so cosa sia e non so spiegarla.

Rimaniamo fermi entrambi per qualche istante, come se quel contatto tra le nostre labbra ci avesse immobilizzato di colpo.

D'un tratto Gio schiude le labbra, baciandomi più intensamente.

La strana sensazione si fa ancora più forte.

Le sue mani scivolano tra i miei capelli e la sua lingua cerca la mia con foga.

Mi spinge fino all'armadio, facendomi appoggiare dolcemente contro.

Il suo respiro si mischia al mio.

Le nostre labbra si cercano frenetiche.

Si vogliono.

Poi… apro gli occhi.

Gio si è allontanato di scatto.

Resto impietrita, ferma, addossata all'armadio. Ci metto qualche secondo a risvegliarmi e a realizzare di averlo appena baciato.

Lui mi ha baciata.

Appena ricompongo tutto quanto, la mia mente si riempie con un interminabile elenco di domande…

"Perché diamine l'ho baciato?"

"E perché si è staccato?"

"Non gli è piaciuto?"

"Cosa sta pensando?"

"E io cosa penso?"

"Volevo davvero baciarlo?"

"Perché ora è lì a fissarmi?"

"Perché non dice niente?"

Ti prego, di' qualcosa. Qualunque cosa.

«È tardi, sarà meglio che tu vada» dice Gio dopo un minuto intero di silenzio assordante.

Me ne devo andare?

Spero stia scherzando!

Ma la sua espressione è seria, i suoi lineamenti duri.

Non sta affatto scherzando.

Non mi muovo di un millimetro.
Non so se sono più sconvolta per averlo baciato o per il fatto che mi abbia appena chiesto di andarmene.
Forse entrambe le cose.
«Cloe??? Sei qui?» urla improvvisamente Lara dal corridoio.
Non rispondo. Non riesco a far uscire un fiato dalla mia gola.
«Cloe! Che ci fai...» Lara spalanca la porta della camera, bloccandosi di colpo non appena si accorge che non sono sola.
Mi guarda esterrefatta, scrutando alternativamente me e Gio.
«Cloe stava scendendo, ha messo in carica il telefono adesso. Non trovava la mia camera» le spiega Gio al posto mio.
«Ah... Capisco» risponde Lara poco convinta, guardando verso di me.
Io invece continuo a guardare Gio, che sta evitando in tutti i modi di incrociare i miei occhi.
Con che coraggio mi ha chiesto di andarmene?
«Sì, è vero, stavo scendendo» dico con la voce tirata.
Mi stacco da quell'armadio e vado verso la presa dove avevo attaccato il telefono.
Ho la gola che si sta riempiendo di lacrime.
Stacco il cellulare e attraverso la stanza di corsa, dirigendomi verso la porta.
Passo indifferente prima davanti a Gio e poi davanti a Lara, che mi guarda ancora sbigottita ed esco in corridoio.
Scendo di corsa le scale, ricacciando indietro le lacrime.
Perché diamine mi viene da piangere? Mi insulterei da sola.
Mi aspettavo altro, forse?
Esco in cortile e senza salutare nessuno vado verso il cancelletto, tra gli occhi basiti di tutti.
Non mi va di parlare. Non mi va di vedere nessuno. Nemmeno Lara.
Attraverso il solito piccolo vicolo tra le case ed esco sulla strada.
Voglio solo tornarmene a casa.
Accendo il telefono.
Venti per cento.
Trentacinque chiamate perse da mia madre negli ultimi quindici minuti.
Solo lei è in grado di fare più di due chiamate al minuto.

«Pronto, ma'...»

«Cloe!! Mi spieghi perché avevi la segreteria? Ti ho chiamato un centinaio di volte e...»

Intanto cammino spedita lungo il viale.

«In realtà mi hai chiamato solo trentacinque volte in un quarto d'ora.»

«Cloe, non fare la spiritosa! Mi stavo preoccupando. Mi spieghi cos'è successo?»

«Mamma, non è il momento, mi si era solo scaricato il telefono. Sono a casa ora, comunque.»

«Ecco, lo sapevo che ti eri scordata di caricarlo. Sei sempre la solita!»

«Dai, mamma, non rompere per favore, ho già la testa che mi scoppia.»

«Perché, tesoro? Stai male? Hai bisogno di una aspirina? Se chiedi a zia Anna lei sicuramente...»

«No, mamma. Sono solo molto stanca» la interrompo subito, tagliando corto. «Dai, vado a dormire. Ci sentiamo domani» aggiungo appoggiandomi al davanzale della veranda.

«Va bene, Cloe. Domani chiamami però. Buonanotte, amore mio» risponde lei.

«'Notte, mamma» chiudo la chiamata.

E ora?

Non ho neanche le chiavi.

Suono il campanello, sperando di non svegliare nessuno.

«Cloe, tesoro, che ci fai qui?» mi apre zia Anna in vestaglia e bigodini.

Sembra uscita da una telenovela degli anni Ottanta.

«Ciao, zia. Nulla, sono solo molto stanca e sono tornata prima. Solo che ho dimenticato di chiedere le chiavi a Lara» le spiego, inventando la prima cosa che mi passava per la testa.

«Capisco. Capisco!» dice zia Anna annuendo a ripetizione.

Be', quindi? Mi lascia entrare o ha intenzione di tenermi sulla porta?

Finalmente zia Anna si sposta.

Entro in casa.

«Cloe, tesoro, fai piano che altrimenti si sveglia zio Tom» sussurra zia Anna chiudendo piano la porta.

Secondo me è assolutamente impossibile che Pisco si svegli,

ma sono troppo stanca per affrontare questo discorso, per cui annuisco in silenzio e mi tolgo le scarpe, lasciandole davanti al portaombrelli.

Finalmente salgo le scale verso camera mia.

Passo dal bagno e afferro le salviette struccanti.

Entro dunque in camera, chiudendo la porta, mentre mi tolgo i chili di cipria che Lara mi ha spalmato in faccia.

Mi slaccio il top nero e mi libero dei pantaloncini lasciando tutto a terra.

Mi butto sul letto.

Ho solo voglia di dormire, tanto.

Quasi involontariamente mi passo un dito sulle labbra.

Mi ha baciata.

E se n'è pentito un secondo dopo.

Forse ha visto che ero troppo coinvolta, mentre lui voleva solo divertirsi.

Ho la testa piena di pensieri e non riesco a smettere di arrovellarmi sul fatto di essermi così tanto sbagliata sul suo conto.

Inizialmente mi è sembrato semplice da capire, un ragazzo come un altro, a tratti lo avrei anche definito superficiale. Poi, a un certo punto, l'ho visto sotto una luce nuova, credevo che quello fosse solo il suo modo di mostrarsi al mondo: un cliché cucito addosso, una compagnia di amici scriteriati e una compilation di banali frasette da playboy.

Sul suo volto, però, mi era parso di scorgere tutt'altro: ci avevo visto dolcezza, intuito, furbizia, a volte. I suoi occhi sembrava mi prestassero attenzione, sapessero leggermi e comprendermi.

Pensavo ci fosse molto di più di quello che mostrava.

E invece mi sbagliavo. Lui *è* il cliché che ha sempre mostrato. Sotto non c'è nulla.

È il solito bello e dannato, che si atteggia in un certo modo per piacere, facendo intendere ci sia dell'altro, ma che, in fondo, è solo un bel packaging vuoto privo di originalità.

Probabilmente mi sono immaginata tutto. O, forse, avrei voluto ci fosse dell'altro.

Mi sento presa in giro, umiliata e tristemente depressa.

Qualcuno ha un'aspirina per questi sintomi?

Mi verrebbe voglia di dirgliene quattro. Anzi, avrei dovuto farlo.

Se non fosse intervenuta Lara e il mio stato emotivo non fosse improvvisamente crollato sotto zero, l'avrei fatto.

Sarebbe in realtà tutto più semplice se non mi sentissi così vulnerabile in sua presenza.

Non capisco perché, nonostante tutto, io continui ad avvertire questa strana sensazione allo stomaco.

Nonostante razionalmente io sappia, e ne ho avuto la prova provata stasera, che lui sia un semplice donnaiolo in cerca di attenzioni, cedo comunque di fronte a lui.

Non riesco a non provare ciò che sento.

Il mio pensiero non annulla la mia emozione.

CAPITOLO 23

Mi sveglio come se avessi fatto bungee jumping con Elvis tutta la notte. Credo di averlo anche sognato.

Sogni psicopatici.
Non ti ci mettere anche tu, Lucy.

Ho le ossa rotte, i capelli sembrano il parrucchino del bidello della mia scuola e ops, benvenuto ciclo.
Voglio solo rimettermi a dormire.
Mi sollevo quanto basta per vedere la sveglietta che zia Anna mi ha messo sul comodino.
Stringo gli occhi per mettere a fuoco. Non vedo niente.
Sono le 9.48.
Grandioso! Addio corsa mattutina anche oggi.
Apro le tende. Il sole è già alto e i vetri delle finestre scottano.
Mi cambio, infilandomi il primo costume che trovo. Zia Anna me li mette sempre tutti in ordine per colore nel cassetto, dopo averli lavati e io, puntualmente, li rimescolo. Un po' mi dispiace, ma non credo che riuscirò mai a piegarmi alla disposizione cromatica dei costumi!
La porta di Lara è ancora chiusa, vuol dire che sta ancora dormendo.
Scendo di sotto cercando di non fare troppo rumore per non svegliarla. Attraverso la sala e mi dirigo in cucina.
Non c'è nessuno.
Zia Anna e Pisco sono scomparsi del tutto, a meno che non si siano nascosti nei vasetti della marmellata.

Ne apro una alle ciliegie e prendo del pane dalla dispensa.

Adoro pane, burro e marmellata. Mangerei così ogni mattina, se mia mamma non si fosse fissata con quelle tremende cose integrali, che sanno di zerbino.

Mi appoggio al bancone mentre mi gusto la mia colazione, vagando con la mente.

Credo andrò in spiaggia, voglio mettermi sotto l'ombrellone e ascoltare in pace un po' di musica. Stare sola. Ecco di cosa ho bisogno in questo momento: restare completamente da sola.

Finisco il mio panino ultramarmellatoso in un boccone e prendo in frigo un bicchiere di tè freddo al limone.

Ignoro volutamente quello alla pesca che non capisco perché zia Anna si ostini a comprare dato che sa di saponetta.

Esco in veranda, prendendo le chiavi e la borsa da mare di Lara: a lei non servirà dato che dormirà fino alle quattro del pomeriggio.

Vado sul retro per prendere la bici, attraversando il giardino.

Di zia Anna e Pisco neanche l'ombra.

Mi avvio verso la spiaggia.

L'aria è calda, ma si sente odore di mare.

Mi fanno male le gambe, senza motivo, e ho un principio di cervicale. Tutta colpa del top scollato di ieri sera.

Ma se c'erano 2000 gradi!

C'era vento.

Non si muoveva una foglia.

Be', in ogni caso sono un vero straccio.

Chiamasi mal d'amore!

Chiamasi: devi farti i cazzi tuoi, Lucy!

Raggiungo il solito vialetto stretto, tra le case e il residence e sbuco davanti alla spiaggia.

Lego la bici alle rastrelliere arrugginite e mi incammino sulla passerella verso il bar.

Pago uno sproposito per un pacchetto di patatine e degli orsetti gommosi ma non ci bado più di tanto: ho bisogno di schifezze, con tanti grassi saturi.

Pago tutto a una vecchietta che indossa un maglione di lana nonostante i 30 gradi e mi avvio verso l'ombrellone.

Appoggio tutto sulla sdraio e mi levo il copricostume per prendere un po' di sole.

Mi stendo e apro le patatine.

Finalmente un po' di pace.

Ho lasciato volutamente il telefono a casa: ci manca solo una chiamata di mia madre o, peggio, di Riccardo.

Due bambini giocano a fare castelli di sabbia due ombrelloni più avanti. Forse sono fratelli.

Mi perdo nel guardarli.

La loro mamma li sta aiutando riempiendo i secchielli di sabbia bagnata.

Mi ricorda tanto...

«Buongiorno a tutti! Sono Monica! Vi aspetto tutti in acqua per la ginnastica mattutina. Mi raccomando: vi voglio carichi! A tra poco!» Una voce sgradevole esce dagli altoparlanti posizionati lungo la passerella.

Dio mio, mi scoppia la testa.

Alzo il parasole del lettino tirandomi su.

Non mi sono nemmeno accorta di aver finito l'intero pacchetto di patatine. L'immagine di una me trentenne, in sovrappeso, con delle pantofole pelose in una casa piena di gatti, mi si stampa nitida nella mente.

Mi alzo, buttando nel cestino il sacchetto e vado verso il bar per sciacquarmi le mani.

La passerella scotta. Dovevo portarmi le ciabatte.

Raggiungo la fontanella sul retro del bar.

Devo tenere premuto il pulsante per far scendere l'acqua. Ma non sarebbe stato più semplice fare un rubinetto? In più una folla di vecchiette inferocite mi mette fretta con il risultato che torno indietro con ancora le mani mezze unte di patatine. Che nervi! «Dai cazzo, Gio! Dicci!» sento dire da qualcuno seduto ai tavoli.

Mi giro di scatto al solo sentire quel nome.

I ragazzi sono tutti seduti sotto l'ombrellone di paglia.

Lollo sta fumando come sempre. Elvis gli ruba il tabacco dalle mani.

Manu sta palleggiando da seduto.

Lara non c'è. Neanche Bea e nemmeno quell'odiosa di Gue.

Chissà dove saranno finite tutte.

«Oh, allora?! Te la sei scopata o no?» dice Lollo. Sembra sempre mezzo ubriaco quel ragazzo, non capisco perché.

Mi appoggio alla veranda del bar, nascondendomi per ascoltare per bene.

Non succede nulla se origlio per un po'... Giusto?

Sei sempre la solita ficcanaso.

Non è affatto vero! Di solito mi faccio sempre gli affari miei, solo che questa volta voglio capire... Anche perché ho il sospetto che in un certo senso siano proprio fatti miei!

«Ma va', raga, non è successo nulla» risponde Gio ridendo, interrompendo la mia conversazione con Lucy.

«Non ci credo che in tutto quel tempo non è successo nulla» ribatte Paolo convinto.

«Raga, ancora?! Ma saranno stati dieci minuti» dice Gio.

Continuo a non capire. Cosa dovrebbe essere successo?

«Certo, tu vuoi farmi credere che eravate in camera soli, al buio e non è successo nulla? Non mi starai forse perdendo colpi, eh, Gio?» commenta Tommi con le sue solite infinite argomentazioni.

Stanno parlando di ieri sera.

«Okay, okay! Me la sono fatta, contenti?» lo interrompe Gio.

Tutto nella mia mente diventa improvvisamente chiaro come il sole.

Come faceva Tommi a sapere tutte quelle cose? Significa che allora anche Lara lo sa...

«E com'è stato?» insiste Tommi.

«Dai, sputa! Bacia bene la ragazzina?» dice Manu.

Ragazzina a me... Ha parlato il nano da giardino.

«Ma sì, raga, nulla di che» risponde Gio.

Ah, sì? Nulla di che?

«È stato solo un bacio...» continua lui.

«Tutto qui?» dice Lollo.

«E ora cosa pensi di fare?» gli chiede Tommi.

«Ma la smettete di starmi così addosso? È stato solo un bacio. Quante storie per un bacetto. Da quando vi preoccupate tanto per una che mi faccio?»

E chissà quante se ne fa...

Lucy mi dà l'ultimo schiaffo morale. E forse ne avevo bisogno.
«Ma noi credevamo che...» comincia Paolo.
«Che cosa?» ribatte Gio.
«Che fossi preso stavolta» continua Tommi.
«In realtà pensavamo ti fossi proprio innamorato» precisa Manu.
Il cuore mi inizia a battere veloce.
«Se penso alla storia della sedia, ho ancora i brividi! Le hai ceduto la sedia, Gio! Pensavamo che ti fossi bevuto il cervello» urla Lollo.
Ancora con questa storia della sedia?
È così importante?
«Stupidaggini» chiude Gio alzandosi di scatto.
Mi giro per non farmi notare, appoggiandomi alla parete del bar.
Respiro agitata.
Sento il cuore in gola e la testa che mi gira vertiginosamente.
"Solo un bacio... Un bacetto... Che vuoi che sia..."
Quelle parole mi rimbombano nella testa.
E mi fanno male.

CAPITOLO 24

Devo andarmene da qui.

Non voglio sentire una sola parola di più.

Ho afferrato benissimo il concetto.

Il suo era tutto un gioco. Lo è stato sin dall'inizio, solo per portarmi a letto e vantarsene con quel branco di amici che si ritrova.

Come ho fatto a non capirlo?

Che stupida sono stata.

Ci sono cascata in pieno.

Come una cretina.

Ma non mi lascerò fregare un'altra volta.

Oh, no, certo che no.

Con me Gio ha chiuso.

Definitivamente.

Attraverso velocemente il bar, correndo verso la mia sdraio con gli occhi che mi bruciano. Non so neppure perché, ancora una volta, mi viene da piangere. Mi prenderei a schiaffi per averci creduto anche un solo istante.

Ancora una volta mi pare evidente che sono lontana anni luce dall'essere la protagonista di una bella commedia romantica!

«Cloe, che ci fai qui?» grida Lara, sbracciandosi.

Mi rendo conto solo adesso di aver fatto la passerella avanti e indietro un paio di volte, troppo concentrata ad autocommiserarmi.

Raggiungo Lara. Solo ora noto che ci sono anche Gue e Bea.

Tra l'altro Gue è sulla mia sdraio!

In questo momento sono talmente sconvolta che potrei strozzare qualcuno per molto meno.

«Quindi da quanto sei qui?» mi incalza Lara, mentre guardo irritata quella fastidiosa gatta morta stesa sul mio asciugamano.

«Veramente quando sono uscita tu eri ancora nel mondo dei sogni» ribatto nervosa.

«Noi siamo arrivate ora, abbiamo comprato tutto il necessario per la grande festa di stasera, sai?»

Quale festa?

Oh, in realtà non me ne frega niente e non ho neanche voglia di fare domande in merito.

«Grandioso» rispondo scocciata, riponendo le mie cose nella borsa da mare.

Credo proprio che me ne tornerò a casa.

«Tu vieni?» mi chiede Bea, tirandosi su dalla sdraio.

«Certo che viene, che doman...» risponde al posto mio Lara.

«Penso proprio di no» la interrompo fredda, senza smettere di riordinare la borsa.

«Siamo nervosette oggi, eh?» sogghigna Gue.

Mi blocco di scatto girandomi verso di lei.

Aiutatemi a contare fino a duecentomila miliardi.

«Se levassi il tuo sedere dal mio asciugamano di sicuro la mia giornata migliorerebbe.»

Non so contare, mi dispiace. In matematica ho sempre fatto schifo.

Gue fa una smorfia indispettita, sistemandosi meglio sulla mia sdraio. Che nervi.

«Perché non dovresti venire stasera?» mi dice Lara, ignorando il mio battibecco con Gue.

«Perché non ne ho voglia» rispondo incrociando le braccia.

«Ahi ahi, qui gatta ci... Come si dice, Bea?» strilla Gue con quella sua voce terribilmente odiosa.

«Sicura di sentirti bene, Cloe? È successo qualcosa?» continua Lara preoccupata, ignorando ancora una volta quella gallina di Gue.

«Non è successo nulla. Sono solo stanca» rispondo schiva.

Prendo l'asciugamano da un lato, tirandolo per far alzare Gue.

«Ehi! Piano, piano... mi sposto!» dice lei alzandosi e tirando su il misero bikini che indossa.

Piego alla rinfusa anche l'asciugamano a fiori, mi sistemo la borsa sulla spalla e faccio un cenno di saluto a tutte.

«Aspetta, Cloe, ti accompagno!» si intromette subito Lara seguendomi.

Che seccatura. Ma perché deve accompagnarmi?

«Allora mi vuoi spiegare cos'hai?» continua lei imperterrita camminandomi dietro, appiccicata come un francobollo.

«E tu mi vuoi spiegare perché mi stai tanto addosso?» rispondo esasperata girandomi di scatto verso di lei.

«Forse perché so che quando fai così, in realtà avresti solo bisogno di qualcuno.»

«Bisogno di qualcuno? Bisogno di qualcuno?!» urlo girandomi, continuando a camminare.

«Sì, Cloe, e lo sai benissimo anche tu che è che così.»

«Io non ho bisogno di nessuno, Lara. Sono sola e sono felice di esserlo.»

«Non si può essere felici di essere soli.»

Non posso credere che mi stia facendo la morale, mentre camminiamo tra la folla di gente nel bel mezzo della spiaggia. Di solito queste cose le dice il sacerdote a messa.

«E io invece sono felicissima di essere sola. Lo sono sempre stata, del resto, e me la so cavare benissimo.» Mi rigiro di nuovo, urlandole contro.

«Non sei sola!»

«Ah, no? Allora dimmi, dai, sono curiosa! Fammi il nome di una persona che sia rimasta nella mia vita senza andarsene.» Ormai ho gli occhi lucidi.

Lara sa benissimo a cosa mi riferisco. Abbassa la testa dispiaciuta, forse pentendosi di aver tirato troppo la corda.

«Ragazze!» urla Paolo dal campo da basket.

Non mi sono nemmeno resa conto di aver raggiunto la strada.

I ragazzi sono tutti al campo da basket.

Stanno giocando. O almeno stavano, se quel beota di Paolo non avesse attirato l'attenzione di tutti.

Mi strofino gli occhi umidi con il dorso del braccio.

Non voglio farmi vedere così: non mostro mai le mie lacrime a nessuno.

«Ragazzi! Vi stavamo cercando!» urla Lara, sfoggiando il suo classico sorriso da selfie.

Vi stavamo cercando? Vorrei alzare la mano e dire che io non c'entro, ma lascio perdere.

Mi giro finalmente verso il gruppo dei ragazzi, degnandoli di un sorriso tirato come saluto.

Gio è al centro del campo. Pantaloncini neri al ginocchio, maglia Bulls rossa con il numero 21 e la palla da basket, che continua a far rimbalzare.

Spero gli si schianti in faccia. Sento i suoi occhi scrutarmi, ma impongo a me stessa di non guardarlo.

Non voglio cedere, non voglio incontrare il suo sguardo, potrei affogarci dentro un'altra volta.

«Venite con noi al Corallo?» chiede Lollo, sistemandosi i pantaloncini da basket e venendo verso di noi con la sua solita andatura da papera.

«Perché no?» dice Lara disinvolta, guardandomi subito e pregandomi con lo sguardo di andare con lei.

«Io non vengo, stavo andando a casa» dico secca, distogliendo lo sguardo da mia cugina.

«Come non vieni! Io arrivo e tu te ne vai?» dice Fra spuntando dall'ingresso del bagno e salutandomi come al solito con un bacio sulla guancia.

Sento gli occhi di Gio bruciarmi addosso.

Farei la stupida con Fra solo per dargli fastidio, se fossi dell'umore giusto.

«Mi dispiace, Fra, ma non mi sento molto bene.»

«Dai, Cloe, non sei mica moribonda! Perché non resti?» insiste ancora Lara.

Questa ragazza è talvolta assillante.

«Lara, ho detto che vado a casa!» ribatto scandendo parola per parola.

Lei mi guarda con aria preoccupata, come se avessi detto chissà che cosa.

Ora non posso più nemmeno tornare a casa quando voglio?

«D'accordo, non insisto allora» continua Fra sorridendomi dolcemente.

«Ciao a tutti» dico di fretta, girando i tacchi.

«Ci vediamo a casa» mi urla Lara, quando ormai ho già raggiunto le rastrelliere delle bici.

Apro il lucchetto e alla velocità di un razzo mi allontano.

Ho un bisogno essenziale di raccogliermi, rimettere insieme i pezzi e i pensieri. E per farlo devo stare sola.

Come sei diventata saggia.
Che barba, Lucy, io sono sempre stata saggia!

Arrogante, supponente, irrispettoso. Si è permesso di rivolgermi lo sguardo, dopo che la sua bocca aveva vomitato cattiverie.

In ogni caso non importa, può stare a guardarmi quanto gli pare. Divento il vetro e lui la pioggia: il suo sguardo scivolerà via nel nulla.

Raggiungo casa di Lara.

Poso la bici sul retro e salgo gli scalini della veranda.

«Ciao, piccola Cleo!!» mi accoglie garrula zia Anna, non appena entro in casa.

«Sono Cloe, zia» dico rassegnata.

«Stamattina non abbiamo voluto svegliarti. Dormivi così bene, sai?» continua lei, ignorando completamente il mio commento.

Annuisco con la testa.

«Siamo andati con Lara a fare la spesa» mi dice poi. «Doveva comprare alcune cose per la festa di stasera del vostro amico! Anche tu ci andrai, non è vero?» continua lei imperterrita, seguendomi come un segugio su per le scale.

«Forse» rispondo noncurante, per tagliare il discorso.

«Hai incontrato Lara in spiaggia?» ribatte di nuovo lei.

È sorprendente come mia zia riesca a cambiare argomento in continuazione. È quasi impossibile starle dietro.

«Sì, zia.»

«E perché sei tornata?»

«Non sto molto bene.»

Continuo a rispondere a monosillabi, ma lei continua a non capire che deve smetterla di fare domande.

«Cos'hai, tesoro?» mi chiede tutta preoccupata.

«Nulla, ho solo il ciclo.»

Ormai ho raggiunto la porta della mia camera.

«D'accordo, allora ti lascio riposare» dice abbassando la voce.

Oh, sia ringraziato il cielo!

«D'accordo, grazie, zia» rispondo di fretta, entrando nella mia stanza e chiudendo subito la porta.

Sei un insensibile.
Insensibile? A cosa? Ai gossip di zia Anna? Ma per favore.

Mi butto sul letto distrutta.

Non ho voglia nemmeno di togliermi il costume.

Questo materasso è morbido.

Sento il corpo pesante.

Le palpebre si chiudono.

«Ma no, Anna, ti dico che sono in Sudafrica!»

Mi riscuoto di colpo stropicciandomi gli occhi.

«No! Non si chiama così! È l'isola di quel principe d'Inghilterra... Non c'entra nulla!»

Pisco sta urlando cose senza senso dal salotto.

Magari è impazzito e zia Anna sta chiamando la neuro.

Già mi immagino la scena.

Mi alzo dal letto rotolando fino al bordo.

Il mal di schiena mi è passato.

Anche la testa mi fa meno male.

Mi sciolgo l'elastico che mi raccoglie alla rinfusa i capelli, e mi faccio una coda più ordinata.

Le lentiggini sul volto sono sempre più evidenti. Sempre la solita storia: d'estate il mio viso diventa maculato come il sedere di una giraffa.

Prendo il telefono e scendo in salotto.

Caspita, sono già le sei di sera. Ma quanto ho dormito?

Scrivo un messaggio a mia mamma, dicendole che esisto ancora e scendo le scale a chiocciola, cercando di capire le stupidaggini che sta dicendo mio zio.

«Anna! Questa è l'isola dove sono andati Fausta e Rocco» continua Pisco entusiasta.

Ma di chc diavolo sta parlando?

«Cloe, tesoro, hai dormito bene?» mi blocca subito mia zia sulle scale, lasciando perdere le fesserie di suo marito.

«Sì, benissimo, zia, non pensavo di aver dormito tanto!»

«Non abbiamo voluto svegliarti, devi essere affamata... Hai saltato il pranzo!» continua lei apprensiva.

«Sì, un pochino» dico sorridendo.

Dopotutto è carina quando è così preoccupata.

«Sto preparando i tortellini, ti vanno?»

«Ottimi!»

«Cloe, vieni a vedere se tu ne capisci qualcosa» si intromette zio Tom.

Zia Anna mi fa segno di lasciar perdere ridendo e se la svigna in cucina.

Dopo circa mezz'ora di un intenso e approfondito documentario sulle isole africane di ogni specie, finalmente quella buona donna di zia Anna porta in tavola la cena.

Tranquilli! Pisco non vuole diventare un nuovo animale della savana, anche se ne avrebbe tutte le potenzialità. Ha deciso di fare un viaggio con zia Anna in una di queste isole per i venticinque anni di matrimonio. E in effetti il minimo che possa fare è regalare a sua moglie un bel viaggetto in mezzo a quei bei fisicacci: dopo venticinque anni con un Pisco, seppur affascinante e pieno di risorse, zia Anna credo se lo meriti.

Mi siedo al mio posto.

Lara non è che ancora tornata.

Questo significa solo una cosa: doppia porzione di tortellini.

Sei ingestibile.

«Eccomi! Sono a casa» urla Lara dall'ingresso.

Come non detto...

«Amore mio, tutto a posto?»

«Sì, mamma!» risponde lei contenta.

«Cloe, stai meglio?» mi chiede lei lanciando la borsa e le ciabatte per aria e venendo a sedersi a tavola.

«Sì, decisamente meglio» dico continuando a mangiare.

Caspita se sono buoni questi tortellini.

«Grandioso! Quindi stasera puoi venire!» dice lei risoluta, riempiendosi il piatto.

Quasi mi strozzo.

Ma perché non sto mai zitta?

«No, be', ecco, stasera... io... no, insomma... volevo aiutare Pis... volevo dire, zio Tom con la storia del viaggio» dico titubante sperando che Pisco non mi deluda.

Pisco, ti prego non deludermi!

Vedo mio zio aggrottare le sopracciglia confuso. Poi distenderle. E poi aggrottarle di nuovo. Fino a scoppiare in una fragorosa risata.

«Oh, no, certo che no, tesoro, vai pure con i tuoi amici, possiamo rimandare la questione del viaggio a un altro giorno!»

Io giuro che lo chiudo in un pacco per Kampala.
Gli occhi di Lara sono puntati su di me come due fari.

Dillo che non vedi l'ora di andarci.
Ho la pelle d'oca alta un centimetro, Lucy.
E soprattutto non vedi l'ora di vedere lui.
Credo che nella mia lista infinita di cose da fare, quella di vedere quel coglione sia nella bibliografia.

Se solo penso che dovrò passarci la serata insieme, mi sento male.
Ci pensa già la mia testa a ricordarmelo ogni secondo. E il mio cuore a battere in continuazione non appena sento il suo nome. L'ultima cosa che mi serve in questo momento è passare la serata a casa sua!
Qualcuno mi salvi.
Io ripropongo: se qualche buona anima avesse intenzione di ospitarmi a casa sua, accetto qualsiasi offerta.
Ah, e sono sempre in grado di cucinare torte squisite!

CAPITOLO 25

Musica alta.

Puzza di alcol.

Caldo insopportabile.

Non so per quale insensato motivo io sia ancora davanti al cancello di questo maledetto cortile.

«Cloe, ti vuoi muovere? Gli altri sono già tutti dentro!» mi esorta Lara spazientita.

Meraviglioso, non aspettavo altro!

Mi ero messa la tuta.

Chiaramente, con la scusa che fosse il compleanno di quello sfigato di Lollo, Lara mi ha costretto a indossare questa salopette scomodissima.

Vorrei disperatamente il mio pigiama.

Seguo mia cugina con un'aria a metà tra il rassegnato e l'afflitto.

Non appena varco l'ingresso, inizio senza sosta a recitare in mente tutte le preghiere che conosco, sperando che quel bipolare, stronzo, testa di cetriolo di Gio non mi rivolga la parola per tutta la sera.

Ho già le mani sudate al solo pensiero.

Devo smetterla di pensarci: liberare la mente.

Ecco cosa devo fare: liberare la mente.

La puzza di alcol mista al fumo mi invade le narici non appena entriamo.

Percorriamo il piccolo corridoio accanto alla cucina e saliamo in terrazza.

Mi sto ancora chiedendo per quale assurdo motivo io sia qui, quando potevo benissimo spassarmela con Pisco e le sue isole.

Il parquet della terrazza scricchiola e i ragazzi sono tutti stravaccati sull'enorme divano.

In ordine da sinistra: Paolo, Manu con in braccio Bea, Fra, Lollo, Marco ed Elvis.

Tommi invece è in console, se si può definire console due casse e un computer poggiati su un comodino.

Gue gli sta appiccicata.

Vedo Lara fremere picchiettando le dita sulla borsetta, nervosa.

Guarda con occhi infuocati il sedere di Gue che si agita davanti al naso del suo barbuto.

Distolgo lo sguardo da quella scenetta, ripercorrendo in fretta i volti di tutti i ragazzi sul divano.

Lui non c'è.

«Oh, finalmente ce l'avete fatta!» dice qualcuno alle nostre spalle.

Il mio cuore perde un battito.

Mi volto di scatto.

Capelli umidi di doccia, camicia sbottonata e faccia da schiaffi.

O meglio, che dovrebbe essere presa a schiaffi.

Mi punta addosso i suoi occhi neri con fare divertito.

Qui non servono le preghiere, serve direttamente un miracolo per salvarmi.

Possiamo cominciare a prenotare un pellegrinaggio per Lourdes, se vuoi!

Oh, smettila, Lucy, ti sembra il momento?

«Ciao, Gio! Quelle sono le ultime bottiglie?» chiede Lara, riferendosi alle due bottiglie di vodka che ha in mano.

«Sì, giù sono finite» le risponde distratto, senza distogliere i suoi occhi dai miei.

Cerco con tutta me stessa di guardare altrove.

Non ci riesco.

I suoi occhi mi incatenano senza rimedio, trascinandomi nelle tenebre, nella dispersione di me stessa.

Non me ne capacito, dovrei disprezzarlo, sputargli in faccia tutta la mia rabbia per avermi presa in giro in quel modo, avermi usata solo per aumentare il suo ego smisurato e, invece, l'unica cosa che riesco a fare è guardarlo imbambolata, senza un minimo di rancore, come se avessi di colpo cancellato tutto.

«Oh, raga, finalmente!» grida Lollo dal divano.

Mi risveglio da quello stato di trance e mi giro in fretta verso gli altri, recuperando un filo di lucidità.

Lara corre verso di loro, supera i tavolini in vetro di fronte al divano e salta letteralmente addosso a Lollo.

«Auguri, marmocchio!!!» esulta, facendogli festa.

Mia cugina è decisamente imbarazzante.

«Ma come, marmocchio? Ho già diciassette anni!» ribatte lui offeso.

«Hai ragione, ora sei davvero un ragazzotto!» continua mia cugina.

Ma poi come diamine parla?! Sembra la copia giovane di zia Anna.

«Raga, ho messo la Hot List Italia» annuncia Tommi entusiasta, raggiungendoci ai tavoli.

Credo che il barbuto si sia messo troppo dopobarba. Dovrei dirglielo?

Tra l'altro questo odore misto a quello del gin è nauseante. Vorrei buttare Tommi in lavatrice e far partire una bella centrifuga.

Perversioni strane.

«Ma no, Tommi, tira via 'sta merda!» strilla Fra andando verso la console, passandomi intanto davanti per salutarmi con il solito bacio sulla guancia, ma questa volta poggiandomi anche le mani sui fianchi.

«Tanti auguri» dico educatamente a Lollo, dandogli in fretta due baci sulle guance.

«Grazie, bambolina» biascica lui, rimettendosi a sedere.

Gli vorrei dire di non provare mai più a chiamarmi in quel modo, ma lascio perdere.

Per questa volta passa, dato il suo stato di ebbrezza imbarazzante. La prossima però gli raso tutti quei capelli ossigenati che si ritrova, vi avverto. A pensarci bene, forse gli farei anche un favore.

Mi siedo velocemente accanto a Lara, salutando con un cenno tutti gli altri.

Bea si avvicina a noi come un razzo, non appena ci vede, iniziando a parlare a raffica di un certo concorso per bagnini, che a suo dire è estremamente importante da fare per i crediti universitari... e bla, bla, bla.

Lara la ascolta attenta, ma sinceramente in questo momento non mi interessa affatto far parte del cast di *Baywatch*, dato che sto pensando a tutt'altro. Cerco di assumere un'espressione quanto meno che possa simulare un minimo di curiosità: in fondo sono una persona gentile.

Ah, sì? E da quando?

Sempre simpatica, Lucy, vero? Quasi quanto Gio, oserei dire.

Maledizione. Perché non riesco a non pensare ad altro se non a quello stronzo?!

È come se tutti i miei pensieri girassero sempre attorno a lui.

E in più, è come sentissi un bisogno estremo di avere il suo sguardo addosso, come se volessi attrarre in qualche modo la sua attenzione.

Devo essere diventata completamente pazza.

Dopo tutto quello che ha fatto, dovrei considerarlo al pari della polvere sotto le ciabatte di zia Anna.

Che cosa mi sta succedendo?

Basta non riesco più a ignorarlo.

Strofino le mani sudate sulle ginocchia e mentre faccio finta di conversare, stando a sentire gli inutili discorsi di Bea, mi giro verso il resto della sala, per spiarlo di sottecchi.

Mi sento una quindicenne che stalkera il ragazzo più carino della scuola dalle fessure dell'armadietto.

Gio sta posando le bottiglie sull'ultimo tavolino di fronte al divano, sistemando le cassette ancora a terra. I muscoli delle braccia, mentre sollevano le casse, guizzano sotto la camicia bianca.

Il colletto non è ben piegato. Le maniche, arrotolate sicuramente di fretta, sono in disordine.

Basta!

Mi alzo nervosa, con la scusa di prepararmi un drink. Scavalco i tavolini di vetro e vado verso il tavolo in fondo alla sala.

Prendo la prima bottiglia che vedo e, senza neppure leggere

cosa sia, verso quel liquido trasparente in un bicchiere di plastica, mischiandolo con un qualcosa alla fragola.

«Wow, quindi sei anche una barista!» mi dice Fra, affiancandosi a me e appoggiandosi di spalle al tavolo.

La musica ora è cupa e assordante.

Forse preferivo la Hot List del barbuto.

«No, li faccio a caso di solito!» gli urlo ridendo, avvicinandomi per farmi sentire.

Lui prende un bicchierino e me lo porge.

«Correrò il rischio» mi dice all'orecchio per sovrastare la musica.

Mi sta chiedendo di fargli un drink?

No, di farci pipì dentro.

Afferro una bottiglia a caso in mezzo alle altre.

Riempio il bicchiere fino all'orlo, aggiungendo della Coca-Cola.

«Sicuro di volerlo bere?» gli chiedo indecisa.

«Se mi dici che ci sarai tu ad assistermi in ospedale, lo bevo doppio» risponde, facendomi l'occhiolino.

Distolgo lo sguardo imbarazzata, prendo il mio bicchiere e butto giù in fretta tutto il contenuto.

Sento l'alcol bruciarmi e scorrermi piano al centro del petto. Tossisco leggermente.

Fra ride.

«Devo dire che non era poi così male» dice posando a sua volta il bicchiere sul tavolo.

«Saresti un'ottima barista!» aggiunge lui ridendo.

Rido anch'io.

Non mi ci vedo proprio come barista, tra l'altro l'alcol mi fa schifo.

Mi ci vedrei di più a cantare cori pasquali con delle suore, a questo punto.

Tu che canti cori pasquali? Pagherei per vedere la scena.

Perché? Non so cantare bene forse?

Ti prenderebbero a calci, per farti uscire dalla chiesa.

Che esagerazione. Ma se sono un angelo!

Sì, un angelo di Satana!

«Voi due giocate?» urla Gio dall'altro capo della stanza.
Riconosco distintamente il tono incazzato della sua voce.
Io e Fra ci voltiamo di scatto.
Ci stanno fissando tutti e io mi sento come se mi avessero appena scoperta a rubare le caramelle.
Lara mi guarda con il suo solito sorrisetto malizioso da "ho capito tutto". Avrei voglia di tirarle una secchiata d'acqua in testa quando fa così.
«Sì, bro, arriviamo» dice tranquillamente Fra, prendendo un paio di bottiglie dal tavolo.
«Giochiamo con la tequila, stasera?» aggiunge, avvicinandosi agli altri.
Giochiamo?
No, vi prego! Ma ancora?!
Se si tratta di nuovo dello stupido gioco dell'altra sera, io mi dissocio già da ora.
«Tu, Cloe, non giochi?» mi chiede Fra girandosi verso di me.
Ecco, appunto.
Tra l'altro mi rendo conto solo adesso di essere rimasta impalata di fronte al tavolo come uno stoccafisso.
Secondo me ho un inizio di paralisi da situazioni imbarazzanti.
Annuisco titubante, perché non so minimamente quale stravagante gioco abbiano in mente questa volta e mi avvicino agli altri, raggiungendo il divano.
Mi siedo accanto a Lara.
Vicino a me, d'altro lato, si siede Lollo.
Subito dopo di lui è seduto Gio.
È abbastanza lontano da me, ma riesco comunque a sentire il suo profumo inebriante.

Profumo inebriante? Ma ti stai sentendo?

Involontariamente la mente ritorna a quel bacio.
Le sue labbra sulle mie. Il suo respiro che sapeva del suo profumo. Le sue mani sui miei fianchi.
Sento il cuore accelerare di colpo.
Mi pizzico le guance per ritornare alla realtà.
Questa situazione mi farà diventare pazza, lo so.

«Giochiamo a Ventuno allora?» chiede d'un tratto Tommi, interrompendo i miei pensieri e il vociare generale.

«Vai, raga, riempite bene i bicchieri, che stasera offro io» scherza Lollo.

«Sì, certo! Infatti, queste bottiglie le abbiamo comprate noi stamattina!» precisa Bea.

«Uff... Dettagli!» ribatte lui, finendo alla goccia una birra. Se continua così, tempo un paio di bicchieri e potrebbe baciare Elvis scambiandolo per Gue, nonostante lei stia facendo di tutto per attirare l'attenzione, ballando come una tarantolata in giro per tutta la stanza.

«Uno» urla Tommi dal nulla.

«Due» segue Paolo, come se fosse scontato.

«Tre» continua Manu.

Tocca a Bea.

Fammi indovinare, quattro?

«Quattro» dice appunto lei.

Molto bene, sapete tutti contare... Fantastico!

«Cinque» continua Fra.

Qualcuno mi spiega perché siamo tornati all'asilo e non me ne sono accorta?

«Sei» dice allegra Lara.

All'improvviso, la conta finisce, forse perché si aspettano tutti che io continui, dato che a questo punto toccherebbe a me.

«Sette, forse?» chiedo ironica.

Tutti ridono per la mia battuta, ignorando che non volevo assolutamente risultare divertente.

Mi giro di scatto verso Gio, quasi istintivamente. Ogni volta è come se sentissi la necessità di sapere cosa pensa di me, come reagisce a quello che dico e sì... Mi sento tremendamente stupida per questo.

Lui non sta ridendo.

Guarda fisso davanti a sé, facendo scorrere pensieroso le dita sul bordo del bicchiere di plastica.

La sua mente mi affascina, vorrei sapere cosa pensa in ogni singolo istante.

Mi sento affamata delle sue reazioni.

«Cloe, ma tu sai giocare a Ventuno?» mi chiede Fra alzandosi dal divano e andando a prendere un'altra tequila al tavolo.

«Certo! Ovviamente! Non si vede? Sono capace di contare!» rispondo sarcastica.

Tutti ridono ancora.

Tutti tranne lui.

Ma il suo invece è l'unico sorriso che vorrei vedere.

CAPITOLO 26

Controllo l'ora sul cellulare: le undici e un quarto.
Tira aria stasera.
Le palme ai lati della strada si agitano senza sosta.
Tra qualche ora farà sicuramente più fresco e questo telo da bagno, che mi ritrovo come vestito, non mi aiuterà di certo.
Stiamo camminando lungo il viale principale, verso la spiaggia.
Normale andare in spiaggia con questo vento, giusto?

Sei la solita vecchia.
Sono previdente.
Ovvero: diversamente vecchia.

E la cosa peggiore è che non posso nemmeno tornarmene a casa, perché mia cugina ha le chiavi e non me le darà mai dato che vuole che vada con loro in spiaggia. A fare cosa, poi, non si sa, forse dei pupazzi di sabbia.
È davvero incredibile come la mia vita sia scandita da queste stronzate immani!
Tra l'altro è tutta colpa di qualcuno a caso, Paolo nello specifico. Coincidenze? Io non credo.
Stavamo giocando a Ventuno, che già di per sé era penoso e ovviamente, per peggiorare la serata, quel disadattato doveva inventarsi di andare in spiaggia.
Tutti hanno acconsentito con gioia, come se fosse stata una delle più brillanti idee del secolo.
E quindi eccomi qui, che trascino i piedi, verso l'ambita spiaggia, con Fra di fianco a me a chiudere la fila.

Non mi dispiace come ragazzo in realtà, sembra un tipo a posto. Forse un po' eccentrico nel vestire, cappellino girato al contrario e pantaloni troppo bassi in vita, ma nulla di così grave.

Mi sta raccontando del suo ultimo viaggio a Praga. Non mi interessa molto devo dire, ma è sempre meglio che sentire i discorsi melensi di Lara o peggio quelli sui muffin di Elvis.

Davanti a noi, Lara e Tommi stanno discutendo animatamente, spero solo che mia cugina resti appiccicata al suo barbuto ancora per molto e che lui la tenga abbastanza occupata, altrimenti dovrò sorbirmi le sue petulanti domande su cosa ho intenzione di fare con Fra. "Niente" sarebbe la risposta corretta, ma a lei non basterebbe!

Sapete come è fatta. Stessi geni di zia Anna, purtroppo.

Se sapesse del bacio con Gio credo che potrebbe esplodere.

Gio.

Ogni volta che ci penso o il suo nome aleggia nell'aria, il cuore salta un battito, sembra che per un secondo mi manchi il respiro.

Dovrò farmi vedere da un buon cardiologo quando torno a Milano.

Credo di essere davvero malata.

Tra l'altro, a dispetto di ogni previsione, mi ha completamente ignorata per tutta la sera.

Tutte le volte che mi giravo verso di lui, guardava volutamente altrove.

Che andasse affanculo.

In realtà dovrei essere contenta: le mie preghiere sono state esaudite e non mi ha rivolto la parola per tutta la sera.

Giusto?

Raggiungiamo la piazza principale.

Scavalchiamo un basso muretto in pietra, a ridosso della spiaggia, ritrovandoci direttamente sulla passerella principale di questo bagno.

Ci sono ancora le impronte dei piedi bagnati stampate sopra.

«Aspetta» dico a Fra, fermandomi sulla passerella.

Mi sollevo sul muretto per togliermi le All Star bianche.

Le ho appena comprate nuove, se diventano nere mia mamma mi manderà direttamente ai lavori forzati.

«Mi piace sentire la sabbia fresca sotto i piedi» mento per

evitare di dirgli la storia delle scarpe e sembrare una povera sfigata.

E poi di solito le ragazze dicono queste cose, no?

Fra non mi risponde. Resta qualche secondo a guardarmi e mi raggiunge subito dopo sul muretto, iniziando a slacciarsi anche lui le scarpe.

«Che fai?» gli chiedo perplessa.

«Mi tolgo le scarpe» risponde tranquillamente.

«Perché?» gli chiedo allibita.

«Una ragazza mi ha detto che è bello sentire la sabbia fresca sotto i piedi» risponde lui, facendomi l'occhiolino e scendendo dal muretto.

Oh… Ma che amore!!!

Lucy, smettila. Subito!

Distolgo lo sguardo imbarazzata. Le smancerie non fanno proprio per me, ma allo stesso tempo devo ammettere che la sua è una dolcezza delicata, mai invadente o fastidiosa. Per lo più Fra è un ragazzo silenzioso, più da gesti che da parole. Se solo quello stronzo del suo amico avesse imparato un po' da lui.

Lo seguo sulla passerella, facendo dondolare le All Star tenendole per i lacci.

Il vento fortissimo mi scombina i capelli.

Il mare è nero.

Raggiungiamo gli altri, seguendo la musica che viene dalle casse di Lollo.

Sono tutti seduti sulle sdraio, attorno a un ombrellone chiuso.

Fra ne apre una e scolla via la sabbia.

Ci sediamo sopra entrambi.

È tutto buio.

Se non fosse per la luce del bar alle nostre spalle, non riuscirei a distinguere nemmeno Elvis da Lara.

La musica assordante fa da sottofondo al chiacchiericcio dei ragazzi e alle continue risatine isteriche di Gue. Che avrà sempre da ridere quella papera non si sa.

Mi appoggio allo schienale della sdraio, portandomi le gambe al petto.

Ho freddissimo.

Al diavolo Paolo e le sue idee del cavolo.
«Vuoi la mia felpa?» mi chiede Fra d'un tratto.
Alzo lo sguardo verso di lui.
«No, grazie, non preoccuparti» gli rispondo educata.
«Ma se stai congelando!» insiste lui, avvicinandosi a me.
Senza alcun preavviso mi ritrovo la sua felpa sulle mie spalle e le sue mani mi strofinano le braccia per riscaldarle.
Un profumo di ammorbidente delicato mi invade le narici. La felpa di Fra sa di pulito, di buono.
I suoi occhi sono dolci, verdi, leggermente piegati all'ingiù.
«Ora va meglio, grazie» gli rispondo, scostandomi leggermente.
Non sono fatta per le cose carine e coccolose. Non posso farci niente.
Lui al contrario mi sorride dolcemente e ritorna a sedersi dov'era prima, lasciandomi la sua felpa sulle spalle e rimanendo in maniche corte.
Un po' mi dispiace essere stata così fredda, avrei potuto essere più carina con lui, dato che ora starà morendo di freddo a causa mia.
Sono sempre la solita.
Mi raggomitolo dentro quella felpa gigante, chiudendomela con le mani sul davanti.
Ora va decisamente meglio.
Mi giro per cercare Lara.
Ho la gola secca, di solito lei porta sempre la bottiglietta d'acqua in borsa.
Nulla, sparita.
Fra sta parlando con Lollo che è mezzo stecchito su una sdraio.
Alla sua destra sono seduti Manu con in braccio Bea e accanto a loro Elvis con in braccio un pezzo di pizza.
Basta, non vedo più nulla. Di Lara neanche l'ombra.
Sento solo Gue ridere in continuazione.
Mi giro verso il mare agitato, si infrange violento sulla riva.
Le nubi nascondono il chiarore lunare, che si riflette opaco nel nero del mare.
Nero.
D'improvviso scorgo due tizi seduti in riva al mare, avvinghiati come polipi.

La gente non sa nemmeno più dove andare a limonare.

A casa, no? No, meglio in riva al mare con un vento che porta via!

D'un tratto noto una borsetta rossa accanto a quei due.

È di Lara.

Oh, grandioso!

Poteva anche avvertirmi, così almeno avrei preso la bottiglietta dalla sua borsa preventivamente.

Apro la mia borsetta, cercando un euro in qualche angolino della stoffa interna.

Tiro fuori circa un numero non precisato di monetine da pochi centesimi.

Se li metto tutti insieme, forse a un euro ci arriverò.

«Vado a comprare dell'acqua» avverto Fra, alzandomi dalla sdraio, chiudendomi le spalle nella sua felpa.

«Vuoi che vada io?» mi chiede lui gentilmente.

«No, tranquillo, mi faccio una passeggiata, tu pensa pure a lui» gli sorrido, accennando a Lollo mezzo collassato sul bordo sdraio.

Fra ride, facendomi un cenno d'assenso.

Raggiungo la passerella in fretta. La sabbia è fredda e ho i piedi congelati.

Starnutisco non appena entro nel piazzale di fronte al bar.

Perfetto, mi sarò presa una bella influenza in pieno luglio. Proprio quello che ci mancava.

Dentro al bar è tutto pulito e i miei piedi sono completamente insabbiati: forse dovrei rimettermi le scarpe.

Raggiungo il bancone.

La commessa mi guarda male.

«Salve, vorrei una bottiglietta d'acqua naturale a temperatura ambiente» le dico posando tutte le monetine sul marmo del bancone.

Lei le guarda sbigottita, per poi riportare lo sguardo su di me.

Credo che mi fulminerebbe seduta stante, sia per i piedi pieni di sabbia sia per le monetine.

La guardo divertita.

«L'abbiamo solo fredda» mi dice lei scocciata, masticando a bocca aperta la gomma.

Abominevole.

«Non l'avete neanche in magazzino?» insisto.

Mica sono un paio di scarpe 38!

Boh, magari... E poi che razza di bar non ha l'acqua a temperatura ambiente?

«No» mi risponde secca continuando a masticare sbattendo la bocca, smangiandosi tutto il rossetto dalle labbra.

«Me la dia fredda allora» l'assecondo scocciata.

Lei mi guarda per qualche secondo, per poi alzarsi con una svogliatezza inaudita. Percorre lentamente tutto il bancone e prende dal mini frigo una bottiglietta d'acqua.

«Ecco. Vuoi lo scontrino?» mi chiede, come se farlo fosse l'impegno più gravoso della sua esistenza.

«No, lasci perdere, altrimenti fra dieci anni sono ancora qui!» le rispondo, prendendo la bottiglietta ghiacciata e filandomela verso l'uscita.

Ma solo a me capita di incontrare persone maleducate e stordite? Non capisco.

Esco dall'altro ingresso del bar. Non mi va di tornare subito su quella sdraio a congelare.

Svolto sulla sinistra.

"Bagno Azzurra" dice l'insegna sopra l'ingresso del bagno.

È molto più curato come stabilimento, rispetto al nostro.

Le siepi ai lati della passerella sono ben tagliate. I giochi per i bambini sono nuovi. Le sedie a dondolo, nel giardino sotto i ciliegi sono ben verniciate.

Cammino lungo la passerella che circonda il bar davanti al giardino.

Una folata di vento violenta mi colpisce alle spalle, alzando la sabbia.

Mi nascondo istintivamente nella felpa di Fra, chiudendo gli occhi.

È un attimo.

Mi ritrovo con la schiena addossata al muro e le mani bloccate sopra la testa.

La bottiglietta d'acqua mi cade a terra.

Apro gli occhi spaventata.

Gio mi sta di fronte, imprigionandomi completamente con il suo corpo.

Il respiro mi si blocca.

I suoi occhi neri si riversano nei miei, severi. Il suo sguardo è duro, tempestoso come il mare.

Mi scruta, senza allentare la presa sui miei polsi che tiene addossati al muro che sembra ghiacciato.

Sento il corpo prendermi fuoco in un baleno, nonostante il vento gelido.

Sono confusa e credo che lui lo sappia dannatamente bene. Per questo non molla la presa.

«A che gioco stai giocando?» dice d'un tratto a denti stretti, pericolosamente vicino al mio viso.

Il suo respiro sa di tabacco, questa volta.

Non riesco a decifrare la sua espressione. È sempre così difficile farlo, ora più che mai.

«Non so di cosa tu stia parlando» gli rispondo avvicinandomi ancora di più al suo volto.

Sento il cuore battermi forte nel petto e le guance pulsarmi dall'imbarazzo.

Voglio cercare di mostrarmi indifferente, ma è praticamente impossibile di fronte ai suoi occhi e completamente schiacciata dal suo corpo.

«Ah, no?» risponde lui, toccandomi leggermente la spalla, con la mano che teneva appoggiata al muro a lato della mia testa.

La felpa di Fra mi scivola a terra.

«Dove vuoi arrivare?» gli chiedo confusa, guardandolo con aria di sfida.

«Ti piace Fra?» mi soffia sul viso, avvicinandosi vertiginosamente alle mie labbra.

I suoi occhi non si staccano dai miei, la sua mano stringe appena più forte i miei polsi.

Non me li sta stringendo con forza, non mi fa male, potrei liberarmi in qualsiasi momento io voglia. Nel suo sguardo ora non leggo rabbia, ma solo desiderio, passione.

Distolgo gli occhi dai suoi, perché non riesco a pensare lucidamente.

Vuole fare quello geloso, ora?

Mi viene quasi da ridere.

«E anche se fosse, quale sarebbe il tuo problema?» gli rispondo acida.

Come qualche giorno fa: stessa domanda, stessa risposta.

Sento le sue braccia irrigidirsi di colpo e la sua mano allentare subito dopo la presa sui miei polsi, fino a lasciarli.

Si stacca da me piano. Il suo sguardo è ora freddo, distante.

Il vento gelido rimarca ancora di più il vuoto lasciato dal suo corpo.

Sarò pazza, ma vorrei non aver mai pronunciato quelle parole.

«Nessuno» risponde lui, distante ormai anni luce da me, indietreggiando sempre di più.

Ci guardiamo per una frazione di secondo.

Si mette le mani in tasca, assumendo il suo solito atteggiamento indifferente.

Quelle maledette mani. Le rivorrei di nuovo sui miei polsi.

Sento un vuoto immenso nel petto, quando Gio si gira di spalle e si allontana di qualche passo sulla passerella.

Se ne sta andando.

Non voglio che vada via. Non ora.

«E sentiamo: tu, invece, a che gioco stai giocando?» gli urlo quasi isterica, stringendo forte i pugni fino a conficcarmi le unghie nei palmi.

Lui si ferma di colpo, senza girarsi.

La rabbia prende il sopravvento. Sento la faccia pulsare e il cuore uscirmi dal petto.

«È solo un bacio... un bacetto, cosa vuoi che sia un bacio! Non è vero, Gio?! O forse dovrei aggiungere: "Ma su, ragazzi, quante storie per una che mi sono fatto!"» gli grido con tutto il rancore che provo per quelle sue parole che ancora mi feriscono il cuore.

Respiro affannosamente. Sento le mani sudate e i brividi corrermi su ogni centimetro di pelle.

Vorrei schiaffeggiarmi da sola per avergliela detto.

Mi sento stupida. Tremendamente stupida.

CAPITOLO 27

Lui non si muove. Resta lì, fermo, senza reagire in nessun modo.

Io invece sono arrabbiata. Furiosa.

Se solo potessi, lo schiaffeggerei. Ripetere quelle parole è stato come risentirle: una pugnalata al petto, fredda e decisa.

Gli occhi mi pizzicano, le ginocchia mi tremano e la cosa peggiore è che non so per quale motivo io mi senta così.

È normale che sia arrabbiata: mi ha praticamente umiliato davanti a tutti, trattandomi come una delle sue tante conquiste.

Ma allora perché non voglio che vada via? Perché mi viene da piangere?

È solo il mio orgoglio ferito?

Spingo le mani sugli occhi, impedendo alle lacrime di prendere il sopravvento.

Di solito non piango davanti agli altri. Preferisco farlo da sola.

Cerco di controllare il respiro, distogliendo la mente da quelle dannate parole che mi tormentano senza sosta.

Mi sento invasa, come se lui avesse distrutto il mio equilibrio, dandomi uno spintone verso il precipizio.

Muro freddo sulla schiena.

Il suo calore su di me.

Senza alcun preavviso mi ritrovo di nuovo bloccata da lui, con il suo viso a un soffio dal mio e le sue mani ai lati della mia testa.

Lo prenderei volentieri a calci nelle palle se il mio corpo non fosse completamente immobilizzato, inchiodato dai suoi occhi. Il suo sguardo mi rende ogni volta incapace di reagire, mandando a farsi friggere ogni mio proposito razionale.

È come se la mia testa lo volesse morto.

E il mio cuore invece non aspettasse altro che morire per lui.
Odio l'effetto che ha su di me.
«Chi te lo ha detto?» Le parole gli escono quasi come un ringhio ed è visibilmente agitato.
I suoi occhi cercano disperatamente di incrociare i miei.
Ma io non voglio guardarlo.
In silenzio mi ostino a fissare i miei piedi nudi completamente sporchi di sabbia tra le sue All Star perfettamente bianche.
Mi viene quasi da sorridere. Siamo così diversi, le mie scarpe da ginnastica sono sempre tutte sporche.
Cerco di svincolarmi e staccarmi da quel muro, per andarmene una volta per tutte.
Gio al contrario non sembra volersi muovere di un millimetro: le sue braccia forti restano tese ai lati della mia testa, il suo corpo sovrasta completamente il mio.
Mi afferra il volto, costringendomi a guardarlo.
«Non te ne vai da qui finché non mi dici chi cazzo te l'ha detto» dice avvicinandosi pericolosamente alle mie labbra.
Entro costretta nel turbine inquieto dei suoi occhi, che si muovono frenetici nei miei.
Si preoccupa davvero di scoprire chi possa avermi riferito le sue parole? Per questo è tanto arrabbiato?
Povero ravanello.

Ravanello?
Era per citare la verdura più cattiva del mondo, Lucy!
Tu sei strana... E poi i ravanelli fanno bene!
Faranno anche bene ma sono pessimi, come Gio.

Se solo sapesse che è stato lui stesso a sbattermi in faccia la realtà, forse non sarebbe così furibondo.
«Perché? Cosa cambia sapere chi me lo ha detto? Le parole forse sarebbero diverse?» sussurro a denti stretti, scostando nervosamente la sua mano che tratteneva il mio mento.
Il suo sguardo cambia di colpo.
«Non hai capito il senso di quelle parole!» risponde d'un tratto spiazzandomi totalmente.
Cosa diamine significa?
Esistono altri sensi al "è solo una che mi sono fatto"?

«Illuminami allora!» gli strillo in faccia, allargando le braccia.

Questa situazione mi sta facendo esasperare.

Lui mi guarda sconcertato, come se non capisse la mia reazione.

Per lui deve essere assolutamente folle che una stupida ragazzina gli rinfacci un bacio, lui che è abituato probabilmente ad avere tutte ai suoi piedi tanto da dare a un bacio il peso del nulla.

Forse le ragazze che ha incontrato finora volevano giocare e divertirsi esattamente come lui e nessuna lo ha mai messo alle strette.

«Tu non capisci!» dice d'un tratto, dando una manata al muro a lato della mia testa.

Ho come la sensazione che sia combattuto, come se non potesse dirmi quello che pensa realmente.

Dai, Gio, sputa il rospo!

Si stacca improvvisamente da me, voltandosi di scatto e allontanandosi di qualche passo.

Rimango addossata al muro, completamente stordita e confusa dal suo comportamento senza senso.

Che cosa diavolo dovrei capire?

Che lui voleva semplicemente divertirsi con me? Che ero solo un passatempo estivo di cui vantarsi con quei cretini dei suoi amici?

Be', non ho la minima intenzione di essere il suo giocattolo del momento.

«Che cosa non capisco? Avanti, sentiamo! Non era forse solo un bacio? Una cosa da nulla?» gli ributto addosso le sue stesse parole, quasi sibilando.

Non ho nemmeno più voglia di urlargli contro, tanto non ha più senso continuare questa farsa.

«Che cosa dovrei capire, Gio? So benissimo che fai così con tutte, non ho bisogno dei sottotitoli. Ho capito tutto alla perfezione, altro che...» continuo lentamente, quasi sottovoce questa volta, come se lo volessi ripetere più a me stessa che a lui, forse per convincermi.

Sono semplicemente esausta. Ho solamente voglia di tornare a casa. Sto davvero per andarmene, visto che Gio si è chiuso in un silenzio tombale, ma proprio in quel momento lui si gira verso di me.

Ride, scuotendo leggermente il capo.
Sta... ridendo?
Sono sconcertata.
Io gli urlo contro come una banshee e lui... ride?
Credo che non riuscirò mai a capire questo ragazzo. La sua testa è il peggiore dei labirinti.
D'un tratto alza lo sguardo, fissandomi come se i miei occhi fossero l'ultima ancora di salvezza nell'oceano buio in cui navigano i suoi pensieri.
Mi perdo totalmente. Non vorrei fosse così, ma il suo sguardo mi attira come un barattolo maxi di cioccolata.

Che romanticismo.
La cioccolata è romantica!

Si avvicina a me.
Lentamente questa volta. Il tempo sembra dilatarsi all'infinito.
A ogni suo movimento, il mio cuore sembra fermarsi per un istante per poi rimbombare nel petto più forte di prima.
Cerco di controllarmi, ma non ne sono in grado.
Il suo profumo mi invade completamente non appena la sua mano sfiora la mia guancia che avvampa all'istante.
Si avvicina lentamente al mio viso fino a far sfiorare i nostri nasi.
«È proprio questo che non capisci... Il problema è che tu non sei come tutte le altre» mi soffia sulle labbra, facendo scorrere le mani lungo i miei fianchi.
L'odore di tabacco e il suo profumo si mescolano diventando improvvisamente ossigeno.
"Tu non sei come le altre" ripete la mia testa, facendo eco al mio cuore che si aspettava letteralmente quelle parole. Le sperava, le ambiva come la più potente droga.
Sento le ginocchia cedermi e tutte le mie convinzioni crollare improvvisamente quando le sue labbra si posano sul mio collo, trascinandosi schiuse verso il mio volto.
Brividi risalgono la mia schiena, come lente scosse elettriche e non riesco a pensare ad altro se non alla tremenda voglia che ho di baciarlo.
E me ne vergogno, come la peggiore delle ladre.

Mi vergogno tremendamente di essere così debole al suo tocco, alle sue labbra, al suo corpo, nonostante mi abbia ferita. Nonostante lo consideri uno stronzo.

La sua bocca risale fino al mio mento, lasciandomi umidi baci sulla pelle.

Aspiro alle sue labbra.

Ne ho bisogno.

Le voglio sulle mie.

Ora.

«Ehm… D-disturbo?» dice qualcuno alla nostra destra, schiarendosi la voce e tossendo leggermente.

Sussulto.

Gio si stacca da me all'istante, indietreggiando di qualche passo, come se fosse stato improvvisamente riportato alla realtà.

Una realtà in cui, probabilmente, lui non si sarebbe mai avvicinato così tanto alle mie labbra.

Una realtà in cui io e lui siamo due mondi paralleli.

La realtà in cui le mie scarpe sono sporche e le sue pulite.

Mi ricompongo subito anch'io.

«No, Fra, vi stavamo raggiungendo» dice Gio tranquillamente.

Come fa ad avere sempre questa faccia tosta? Come fa a non essere mai a disagio?

Io sono un fascio di nervi! Diamine, ci ha quasi beccati a baciarci!

Fra fa un cenno col capo a Gio, girando subito dopo lo sguardo su di me e poi sul pavimento.

La sua felpa è a terra. Insieme a quella schifosissima bottiglietta d'acqua che avrei decisamente dovuto fare a meno di comprare.

Mi sento terribilmente in imbarazzo.

Tu in imbarazzo? Sicura di essere ancora Cloe Monteri?

Sì, Lucy, è un continuo susseguirsi di situazioni imbarazzanti da quando conosco questo idiota.

Guardo verso Gio, cercando un aiuto, un gesto d'intesa, un qualsiasi segnale di vita. Niente.

Non mi degna di uno sguardo.

Tira fuori dalla tasca posteriore dei jeans un pacchetto di sigarette, ne sfila una e la accende, aspirando profondamente.

Il tutto come se nulla fosse. Come se stesse per i cavoli suoi e io non esistessi affatto.

Ritorno a guardare Fra. Raccolgo la sua felpa in fretta, sentendomi terribilmente in colpa per non avergliela ridata subito, con questo freddo.

«Scusami, mi è caduta... Mi è servita molto, ma mi dispiace che... ecco, che tu sia rimasto senza...» balbetto imbarazzata, rigirandomi in continuazione la sua felpa tra le mani.

Ma cosa sto dicendo?

Gio mi lancia uno sguardo divertito.

Fantastico! Invece di aiutarmi, lui ride!

«Tranquilla, non preoccuparti, te l'ho data con piacere, puoi ridarmela pure domattina» mi dice gentilmente Fra, spiazzandomi totalmente.

Gli sorrido riconoscente.

È stato così dolce e io così ingiusta.

«Dobbiamo aspettare ancora molto o possiamo tornare dagli altri?» ci interrompe Gio.

Il suo tono sembra indifferente, ma i suoi occhi lasciano trasparire una profonda irritazione.

Evidentemente gli dà enormemente fastidio che io stia parlando con Fra.

«Sì, certo, andiamo» dice Fra tranquillamente, girandosi e iniziando a camminare verso la spiaggia.

Io mi volto verso Gio.

Lo vedo intento ad arrotolarsi una cartina.

Ma quanto fuma?

Questa me la sono persa, da quando ti preoccupi per qualcuno?

Fumare fa male.

A quanto vedo anche Gio ti fa male, dato che ti manda in pappa il cervello!

A me non mi manda in pappa proprio nessuno!!

Oh, sì, certo.

«Quindi? Hai deciso di restare lì impalata, per caso?» mi risveglia Gio.

Scuoto la testa, per scrollarmi la voce di Lucy dalla testa.

Gio è già sulla passerella che porta alla spiaggia.

Ha un passo deciso e leggermente caracollante.
Dio mio, quanto è bello. Se solo non fosse tanto stronzo.
"Tu non sei come le altre." Chissà cosa intendeva dire con quella frase.
So solo di essere confusa, duecento volte più di prima.
Le sue parole hanno spazzato via l'unica certezza che avevo, ossia che Gio era solo un soggetto che dovevo tenere lontano anni luce e scordare il più in fretta possibile.
Ma ora? Oscillo da una convinzione all'altra, la mia mente gira come se fosse sulle montagne russe.
Cos'era quella luce nel nero dei suoi occhi? E quei baci pieni di dolcezza? Cosa significa per lui il fatto che io non sia come le altre?
Non lo so. E non so se lo saprò mai.
Forse rimarrò col dubbio.
Perché lui è un vero enigma.
Lui è Gio.

CAPITOLO 28

Tuttuturu Tururu Turuttu.

Tuttuturu Tururu Turuttu.

Zitta.

Tuttuturu Tururu Turuttu.

Porcaccia...

Cerco a tentoni di spegnere quella molesta sveglia.

Ma poi perché accidenti mi sta suonando la sveglia?

Io non l'ho certo puntata, ieri sera!

Mi stropiccio gli occhi, che si rifiutano di aprirsi, e mi alzo, sporgendomi verso il comodino di fianco al letto.

17 luglio 2017.

Lunedì.

Be', mi fa piacere che il telefono mi tenga aggiornata sul calendario alle sette e un quarto del mattino, quando poteva benissimo tacere e farsi gli affari propri!

Mi sdraio di nuovo, esausta.

Ieri sera ho di nuovo portato Lara a casa. E questa volta nessuno si è offerto di accompagnarmi, dato che erano tutti messi peggio di lei.

Addirittura Marco, astemio, era brillo...

Elvis forse era l'unico sano, anche se dopo quel triplo kebab il suo alito probabilmente era molto simile allo sterco di capra. Piuttosto che farmi riaccompagnare a casa da lui, avrei fatto dieci volte la stessa strada con Lara sulle spalle.

Mica dovevi baciartelo.

Ah, Lucy, ci manca solo Elvis ora.

Vorrete sapere di Gio immagino. Be', eccovi accontentati: quell'inetto non ha fatto altro che bere.

Si è finito un paio di casse di birra insieme a Tommi, che dopo aver pomiciato con Lara sulla spiaggia, ha bevuto come una spugna.

Del resto, beve per dimenticare.

Lo capisco benissimo.

Anche io berrei se dovessi pomiciare con Lara.

Tu sei fuori di testa.

No, sono solo oggettiva.

Fra invece non ha smesso un secondo di fissarmi e devo ammettere che tutta questa situazione comincia davvero a stressarmi.

Forse avrei fatto meglio a portarmi Riccardo in vacanza, così almeno nessuno ci avrebbe provato.

Riccardo.

17 luglio 2017.

Cazzo.

Prendo il telefono, componendo il suo numero a memoria, non ho tempo di cercarlo in rubrica.

Faccio schifo a ricordarmi le cose, ma il suo numero l'ho dovuto imparare a memoria per forza a causa di mia madre.

La storia ve la risparmio per un altro momento.

«Pronto?» mi risponde lui mezzo assonnato.

«Ehi!» dico piano.

Silenzio.

Dall'ultima litigata non ci siamo più sentiti.

«Ma lo sai che cazzo di ore sono, Cloe?» ribatte confuso.

«Sì, le sette e diciassette di lunedì diciassette. Un sacco di sette insomma. Per fortuna che non è venerdì diciassette, ora che ci penso. Sarebbe stata una sfiga micidiale.»

«Sicura di sentirti bene?» mugola lui assonnato.

«Benissimo. E tu?»

«Ah, beata te… Io non me la passo tanto bene invece» risponde stanco.

«Perché?»

«Ho un esame tra tre ore e ho studiato tutta la notte.»

Mi dispiace che sia sempre così impegnato con gli esami.

Purtroppo ha scelto l'università di Economia più difficile di tutta Torino.

Colpa dei suoi genitori: due mummie incellofanate.

Pensate che sua mamma una volta mi ha preparato per cena gli gnocchi agli asparagi spacciandoli per una ricetta tipica tahitiana.

Secondo me è una stupidaggine: penso che i cinesi non sappiano nemmeno cosa siano gli gnocchi.

Tahiti è un'isola della Polinesia, cosa caspita c'entrano i cinesi?

Dettagli, Lucy, in ogni caso facevano ribrezzo.

«E poi, tu eri sparita come al solito…» continua lui.

Lo sento alzarsi e aprire l'armadio che cigola come un vecchio cancello arrugginito.

È di sicuro al campus dell'università, solo quell'armadio fa questo rumore assurdo.

«Lo so e mi dispiace di non essermi fatta sentire» rispondo con un fil di voce.

«Anche a me dispiace, Cloe» dice lui deluso.

È tutto così complicato.

Stiamo insieme da più di due anni.

Provo tantissimo affetto per Riccardo, ci conosciamo da tanto. Le nostre famiglie si frequentano da tempo. Adoro anche il suo cane, ma…

«Ti trovi bene lì?» mi chiede, distraendomi d'un tratto.

Subito la mia mente si collega a Gio e il mio cuore inizia a palpitare impazzito.

«N-no, cioè sì… Tutto normale» dico in fretta con le mani sudate.

So benissimo che dovrei parlargli, soprattutto dopo il bacio dell'altra sera, ma non saprei proprio dove trovare il coraggio.

Lui c'è sempre stato. Anche nei momenti peggiori. Lui c'era.

E non so se sono pronta a cambiare drasticamente la mia vita, solo perché un tizio che conosco appena mi fa battere il cuore all'impazzata.

Lo so, sono tremendamente egoista in questo. E ciò che sto facendo a Riccardo non è giusto. Non se lo merita affatto.

Insultatemi pure.

Insensibile, cinica, stronza… Tutto quello che di orribile state pensando, ditelo pure.

Ma volete che vi racconti la storia vera o la favoletta a lieto fine?

La verità è che la vita non è perfetta purtroppo e io sono l'imperfezione assoluta.

«Senti, Cloe, per l'altra sera…» continua Riccardo al telefono.

«Non importa» mi affretto a dire, interrompendolo.

Ci manca solo che si senta in colpa. Quando qui l'unica a doversi sentire in colpa sono io.

«Non volevo discutere con te, anche perché siamo lontani…»

«Non importa» ribatto, interrompendolo di nuovo.

Lui resta in silenzio. Sento solo il suo respiro e questo mi basta per capire quanto stia soffrendo per la nostra lontananza.

Oggi facciamo due anni e mezzo.

Per quello c'era la sveglia. Lo so, sono poco romantica, non posso farci niente.

Vorrei dirglielo.

Apro la bocca per parlare. Ma le parole mi muoiono in gola.

Come posso fargli gli auguri dopo aver baciato un altro?

«Riki, devo andare» dico a tono basso.

«Sì, anche io. Ho l'esame tra poco e devo ripassare le ultime cose» dice risoluto.

È sempre così organizzato, così perfetto.

Non sbaglia mai un colpo.

Lo ammiro tanto, davvero.

«D'accordo, buona fortuna per l'esame, allora.»

«Ciao, Cloe.»

Silenzio.

«Ciao, Riccardo.»

Chiudo la chiamata, lasciandomi cadere il telefono sul petto, come un grosso macigno sul cuore.

Non siamo mai stati tanto distanti come ora.

Mi viene da piangere.

Non so il motivo, ma ho solo voglia di piangere.
Da sola.
«Oh, ma buongiorno, dormiglione!» Zia Anna ci accoglie al piano inferiore con delle frittelle di spinaci tra le mani.
Pisco è seduto già a tavola.
Ho incontrato Lara mezza rimbambita in corridoio, che usciva dalla sua camera.
Si era appena svegliata, dopo ben dieci ore di dormita post sbornia.
«Mamma, ti prego, non gridare» dice Lara sedendosi a tavola, massaggiandosi le tempie.
Mi siedo anch'io accanto a lei, prendendo dalla cesta una frittella e addentandola.
«Cosa c'è, tesoro mio? Non ti senti bene?» si preoccupa all'istante zia Anna, iniziando a scrutare Lara come se fosse una specie in via d'estinzione.
«No, mamma, mi sono solo appena svegliata!» dice stizzita.
Dopo una bella sbronza, aggiungerei.
«Vuoi un'aspirina per caso?» le chiede già all'armadietto delle medicine.
Sembra mia madre, non fa in tempo a chiederti una cosa che inizia già a fare di testa sua.
Lara non le risponde. È stravaccata sulla sedia e sta guardando con senso di nausea le frittelle al centro del tavolo.
Avrà ancora la vodka che le gira nello stomaco.
Pisco la guarda scocciato. Lara sta causando un ritardo al suo pranzo e la cosa è assolutamente imperdonabile.
Zia Anna ritorna correndo in salotto, con in mano la magica bustina di aspirina e finalmente iniziamo a mangiare per la felicità mia e di Pisco.
«Allora, bambine mie, cosa combinate oggi pomeriggio di bello?» chiede zia Anna.
Tua figlia innanzitutto si riprenderà dal post sbornia.
Io penso che farò come al solito i fatti miei in spiaggia.
«C'è il torneo di beach volley» annuncia Lara improvvisamente.
Ma perché Lara si risveglia sempre al momento sbagliato? Non poteva semplicemente rimanere distrutta in silenzio?
«Oh, ma che bello!» esclama zia Anna euforica.
Eh, già, una meraviglia! Non vedevo l'ora di tenere i punti.

«Voi giocate?» chiede d'un tratto Pisco.
«Sì, ovvio», «Ovvio che no» rispondiamo insieme io e Lara.
La fulmino per un secondo con lo sguardo.
Se prova a farmi giocare anche questa volta la spalmo sul pane come la marmellata.
«Cloe, siamo giusto in sei con te, non puoi tirarti indietro ora» biascica lei.
«Ricordami un attimo: quando esattamente avrei accettato di giocare?»
Non sapevo neppure che esistesse un torneo di beach volley, figuriamoci!
«Ma sì, formalità...» mi liquida lei, tagliandosi una fetta di pane.
Formalità un tubo!
«Alla finale io e tuo padre veniamo a vedervi!» continua zia Anna, imperterrita nel suo entusiasmo.
«Sì, mamma, tanto la finale sarà al Corallo... Però non so se ci qualificheremo!»
Ho brutti ricordi in quel posto.
«Io non gioco» annuncio d'un tratto, spezzando l'euforia generale.
Mi dispiace essere la guastafeste, ma la prima cosa che odio sono le mutande a fiori di Pisco, la seconda è la pallavolo.
Quindi stop alle discussioni: io non gioco per alcun motivo al mondo.

Che tra l'altro la questione delle mutande di tuo zio l'hai inventata tu!
Non è affatto vero! Le mutande a fiori di Pisco sono leggendarie.

«Cloe, ma come facciamo senza di te?» si sveglia Lara d'un tratto, intuendo che sto dicendo seriamente.
«So che sono indispensabile, ma sopravvivrete anche senza di me» rispondo sogghignando.
«E chi ti sostituisce?» ribatte lei nervosa.
Manco fossimo alla finale della nazionale...
«Ma io che ne so. Fai giocare Elvis al posto mio!» rispondo ridendo.

D'un tratto mi immagino Elvis mentre lancia pizze al posto della palla.

«Dai, Cloe, sai benissimo che Elvo non sa giocare!»

«Ah, perché io invece sono una campionessa!»

«Meglio di Elvis sicuramente» dice risoluta, alzandosi da tavola sorridente.

Non mi piace quell'espressione. Mi sa tanto di "adesso ci penso io".

«Forse mi toccherà informare "qualcuno" che l'altra sera ti ho trovata con...» dice lentamente Lara, salendo le scale a chiocciola.

«... con il fattorino delle pizze» mi affretto a dire, interrompendo quella malefica di mia cugina.

Zia Anna mi guarda stralunata.

«Sì, zia... Ecco, io... Io ho una passione sfrenata per i fattorini delle pizze. Finalmente posso confessarlo! Tutti vestiti di rosso, sai, sono proprio carini...» blatero, nella disperazione più totale.

Zia Anna mi guarda ancora più smarrita di prima.

«Quindi, Cloe, oggi cosa devi fare?»

Prima o poi strozzerò mia cugina!

«Va bene! Giochiamo questa penosa partita!» dico alzandomi da tavola e gettando furibonda il tovagliolo sul tavolo.

Questa me la pagherà cara, lo giuro.

L'aria è afosa, ci sono vespe dappertutto e io sono davvero furiosa!

Abbiamo appena lasciato le bici nelle solite rastrelliere e stiamo camminando lungo la passerella del Long Beach dirette a quello *schifo* di campo per giocare quello *schifo* di partita.

Zia Anna mi ha rifilato un'intera cesta di frutta, dicendomi che per vincere avevamo bisogno di energie.

Oltre al fatto che sembro Cappuccetto Rosso con in mano questo coso, la vera domanda è: chi ha mai detto di voler vincere?

Anzi, io spero vivamente di perdere questa partita, così non sarò mai più costretta a giocare. Lara è una strega travestita da orsacchiotto!

La seguo lungo la passerella di cemento a testa bassa. Non voglio vedere nessuno e spero che a Gio sia venuta la dissenteria cronica e che sia a casa.

Ma smettila che fremi dalla voglia di vederlo!

Lucy, per favore, non è proprio aria!

Alzo lo sguardo verso i campi che ormai abbiamo quasi raggiunto.

Cerco di mettere a fuoco, strizzando gli occhi.

Maglia rossa Bulls 21.

Eccolo.

Voglio andarmene.

«Ciao, ragazzi!» strilla Lara non appena raggiungiamo la rete dell'ultimo campo.

Si è ripresa bene dalla sbronza. Ma le mie maledizioni saranno ben più tremende.

Tutti si voltano verso di noi.

Tommi è il primo a raggiungerci: poverino, è proprio cotto come un arrosto.

Io saluto tutti con un cenno della mano, ma i miei occhi saettano subito su di lui.

Io, sul serio, cerco di essere indifferente, facendo appello alla mia forza di volontà, ma ogni cavolo di volta è come se una calamita mi attirasse verso di lui.

La maglia rossa gli arriva fino a metà dei pantaloncini neri da basket.

I capelli neri, spettinati, gli danno un'aria da ragazzino.

Si volta verso di me.

Sembra sorridere ma poi, improvvisamente, cambia espressione, mostrando il suo solito ghigno che prenderei a schiaffi per cancellare, ma che bacerei senza riserve.

Ma ti stai sentendo?

Afferra entrambi i lembi ai lati della maglia, sfilandosela subito dopo.

I pettorali sudati risaltano alla luce del sole cocente.

Sono completamente imbambolata dalla sua bellezza.

Lui sorride divertito, colpito evidentemente dalla mia espressione sveglia e intelligente.

Lo sa maledettamente bene che effetto ha su di me e ci gioca.

Il problema è che ci sa giocare dannatamente bene.

CAPITOLO 29

Mi bruciano le spalle per il sole cocente.

E mi brucia il cuore, per i suoi occhi invadenti su di me.

È uno stronzo.

Ma accipicchia se è bello.

Accipicchia?

Sembrerà strano, Lucy, ma sono una signorina perbene!

Ma se hai appena definito Gio uno stronzo!

Be', quella è la verità...

Si tira indietro i capelli neri e mi punta addosso quello sguardo magnetico.

Vorrei prenderlo a pugni per il potere che ha su di me.

Anzi vorrei prendermi a schiaffi da sola, perché come una scema non riesco a resistergli.

Chissà quante ragazze pendono dalle sue labbra, pronte a fare tutto ciò che vuole.

Ma io non posso. Non posso rimbambirmi come tutte le altre per un soggetto del genere.

Ci sarà una medicina per evitare queste cose, no?

Ora inventano di tutto.

Se hanno inventato l'antizanzare, le aziende farmaceutiche riusciranno anche a scovare la formula antistronzo. Farebbe sicuramente più mercato.

Arrossisco inevitabilmente quando si incammina verso di me.

La vuoi smettere di guardarmi?

Altrimenti questa mi muore qui.

Non sei simpatica, sai?

«Ehi, pidocchietto, guarda che ho altri impegni che star qui ad aspettare il tuo schifo di partita» si lamenta qualcuno a inizio campo.

Tutti si girano, dato che chi sta parlando sta palesemente gridando.

Un ragazzo sta litigando con l'arbitro.

«Non me ne frega niente dei tuoi tempi» grida ancora in faccia a quel povero ometto in divisa.

Il tipo lo sovrasta totalmente con la sua altezza.

Classico belloccio da spiaggia biondo, bello e abbronzato. E che se la tira come fosse il nuovo Leonardo DiCaprio.

In una parola: nauseante.

L'arbitro gli sta di fronte con gli occhi strabuzzati, balbettando risposte senza senso.

Non capisco perché certe persone debbano fare i gradassi e prendersela sempre con i più deboli.

Faccio per andare verso di loro e l'arbitro malcapitato, ma qualcuno mi afferra per un braccio, bloccandomi.

La sua mano grande stringe il mio polso esile.

Sento il suo profumo invadermi. Lo riconoscerei tra mille.

«Lasciami subito» gli ordino, scrollando il polso dalla sua mano, contro ogni cellula del mio corpo che vorrebbe invece mantenere il contatto con la sua pelle.

«Scordatelo» mi dice mantenendo la presa stretta, facendo cenno di lasciar perdere verso il ragazzo che continua a litigare con quel poveretto.

Che prepotente del cazzo: se non mi lascia subito giuro che…

«Gio, ti avviso: finisce male!» dico incazzata, fissandolo con prepotenza.

Lui mi guarda serio per qualche secondo.

Mi fissa attentamente dall'alto in basso come per dimostrarmi che se volesse riuscirebbe a spostarmi con un dito sulla fronte.

Poi scoppia a ridere.

«E sentiamo, cosa vorresti farmi?» risponde senza smettere di sghignazzare.

Spogliarti. Ecco cosa vorrebbe farti.

Lucy: sei ufficialmente morta.

«Ah, però! Se mi avessi detto subito che c'erano queste belle chiappe avrei aspettato anche tutto il pomeriggio!» urla di nuovo il ragazzo alle nostre spalle, questa volta verso di noi.

Mi volto.

Il biondino ha gli occhi puntati dritti sul mio sedere.

Lo fisso, guardandolo male.

Sta parlando per caso di me, questo essere inutile?

In tal caso, fra meno di cinque minuti si pentirà amaramente di aver aperto bocca.

D'istinto mi avvio verso di lui per staccargli quella scopa di saggina che si ritrova in testa e regalarla a zia Anna per spazzare il cortile.

Ma qualcosa mi trattiene.

Gio mi impedisce di muovermi, rafforzando la presa sul mio polso.

Mi volto di scatto furiosa.

Deve mollarmi subito.

Lui mi guarda severo, per poi spostare gli occhi sul biondino alle mie spalle.

Lo fissa come se volesse strappargli gli occhi soltanto per evitare che mi guardino.

«Che cazzo vuoi?» dice Gio, stringendo ancora più forte il mio polso, come se volesse farlo diventare un tutt'uno con la sua pelle.

Mi volto di nuovo verso quel ragazzo, pronta a rispondergli a tono ed evitare che Gio si intrometta.

Non mi servono avvocati difensori, so benissimo cavarmela da sola.

Lui osserva divertito alternativamente me e Gio.

Dietro di lui altri due ragazzi gli si affiancano, seguiti da tre ragazze che farebbero concorrenza a Gue per il titolo di "Miss Oca dell'Estate".

«Ehi, amico! Calma, non puoi mica pretendere che siano tutte tue!» dice spocchioso, accennando a me.

Tutte tue?

Chi ha mai detto che sono sua?

Devo essermi persa qualche passaggio.

Sto per aprire bocca, ma…

«Levati di torno, Didoli» risponde Gio, anticipandomi sul tempo.

Lo conosce?

Il biondino scuote la testa ridendo.

Gli altri due ragazzi alle sue spalle fanno lo stesso.

«Gio, dovresti accontentarti di quelle che hai e lasciare a me questo bel culetto» risponde il tizio, fissandomi di nuovo apertamente il fondoschiena e firmando in questo modo la sua condanna a morte.

Mi scrollo con forza dalla presa di Gio, facendogli mollare il mio polso, e mi dirigo dritta verso quel cretino, che già volevo asfaltare per come aveva trattato quel povero arbitro, sotto gli occhi attenti e sconcertati di tutti.

«Sai, sei proprio il mio ideale di ragazzo» comincio con voce suadente, sbattendo le palpebre come fa di solito Gue.

Il biondino cambia espressione, guardandomi sorpreso e spalancando gli occhi dallo stupore.

Lo stesso fanno i suoi due scagnozzi.

Sento lo sguardo di Gio bruciarmi la schiena.

Percepisco la sua rabbia da qui.

«Sì, proprio il mio ideale di ragazzo… A cui di solito stacco le palle e le rivendo al mercato cinese. Lo sai che si fanno un sacco di soldi? Anche se, a pensarci bene, con le tue non credo che ci guadagnerei molto» gli dico, trattenendomi a stento dal ridergli in faccia per la sua espressione sconcertata.

Sento gli altri scoppiare in una fragorosa risata.

Anche i suoi due "amici" si stanno a stento trattenendo dal ridere.

Ti metterai nei guai!

È proprio quello che spero.

«Bene, bene, bene, Gio! Questa volta vedo che oltre al bel culetto ti sei preso anche una bella linguaccia… Non come quella biondina, te la ricordi, vero? Anche se devo dire che ci sapeva davvero fare…» ribatte il biondino guardandomi con aria di sfida.

Mi fischiano le orecchie dalla rabbia.

Mi giro d'istinto verso Gio.

È immobile. Ma ha la mascella contratta e i suoi occhi neri sputano fuoco.

Lo vedo stringere i pugni ai lati del corpo.

Sembra una bomba a orologeria pronta a scoppiare da un momento all'altro e a distruggere qualsiasi cosa si trovi alla sua portata.

Non l'ho mai visto così.

Sto per ribattere, per mettere fine a questa pagliacciata ed evitare inutili litigi, ma...

«Smettila, Luca! Che sei venuto a fare?» gli urla Fra.

Possibile che io non riesca mai a parlare senza che qualcuno mi interrompa?

Mi giro verso Fra.

Non posso fare a meno di notare Lara al suo fianco con il telefono in mano che riprende tutto.

Ma a che diavolo pensa mia cugina?

Fra si avvicina a me, affiancandomi e rassicurandomi con lo sguardo.

È incazzato.

Ma non quanto Gio. È, come dire, pacatamente incazzato.

Lo ringrazio con gli occhi: se non fosse intervenuto lui, credo che Gio avrebbe già ucciso questo Tizio Biondo con le sue stesse mani.

Nel frattempo cerco di far capire a mia cugina che non è proprio il caso di filmare questa scenata da spiaggia ma lei, ovviamente, non capisce.

Confermato: mia cugina ha le noccioline americane al posto del cervello!

«Ehi, ehi: attenzione! Abbiamo una contesa per il bel culetto... Lo sapevo che sarebbe stata una conquista ardua!» scherza quel babbeo con i suoi amici.

È un attimo.

Un secondo.

Senza neppure rendermi conto di come è successo, vedo il biondino attaccato al palo della rete del campo e il pugno di Gio sollevato in aria, pronto a colpirlo.

«Ehi, amico! Ma io scherzavo!» biascica quel cretino con la sua voce odiosa.

Gio stringe la presa della sua maglia.

«Ehi, ragazzi! Ragazzi, basta!» fischia l'arbitro dell'altro campo, correndo verso di noi.

Il nostro, invece, è sparito non appena ha visto che le cose si stavano mettendo male.

Gio al fischio dell'arbitro molla subito la presa dalla maglia del biondino, come se fosse stato riportato di colpo alla realtà.

«Se non volete essere squalificati tutti quanti dal torneo, vi consiglio di smetterla immediatamente!» urla l'arbitro, raggiungendoci e separando quei due.

«Siete impazziti, per caso?» urla di nuovo a entrambi, iniziando una lunga paternale sul regolamento del torneo.

Non lo ascolto minimamente.

Per me c'è un silenzio assordante, riempito solo dai respiri ancora affannati di Gio, che fanno alzare e abbassare ritmicamente il suo petto.

Sento la rabbia che prova dritta nelle mie ossa.

E il cuore inizia a battermi sordo nel petto quando i suoi occhi neri incontrano i miei.

Perché se l'è presa tanto con quel tipo? Perché tanta smania a difendermi?

Non capisco.

E soprattutto, chi sarebbe quel biondino?

Nella testa mi frullano un milione di domande e i miei occhi confusi che guardano i suoi lo dimostrano.

Vorrei avere delle spiegazioni e, soprattutto, chiedergli perché prova tanta rabbia verso quel ragazzo, ma ogni mia speranza svanisce nel momento in cui Gio abbassa lo sguardo e cammina verso l'uscita del campo.

Resto lì, ferma, delusa, affondando i piedi nella sabbia cocente.

Ogni parte del mio corpo vorrebbe corrergli dietro.

Se ne sta andando sul serio e l'unica cosa che riesco a fare è affondare sempre di più nella sabbia e nel mio stupido orgoglio.

«La partita è rimandata a domani pomeriggio! Ma se vedo ancora situazioni di questo tipo, entrambe le squadre sono squalificate» dice severo l'arbitro.

Il biondino si ricompone, aggiustandosi la maglia sgualcita dalla presa di Gio e guardandomi con fare provocatorio.

«Dai, andiamocene» mi dice Fra prendendomi per un braccio, indicandomi l'uscita.

Annuisco debolmente, ancora scossa da tutto quello che è successo.

Sono certa che la rabbia di Gio non fosse legata solo a questo episodio: era più profonda, era più forte.

Non può essere stata semplicemente dettata da delle battutine fuori luogo.

C'è dell'altro, ne sono sicura.

Seguo Fra sulla passerella verso il bar e tutti gli altri ci seguono a ruota.

Sento Gue parlottare in continuazione con qualcuno, spettegolando su quello che è appena accaduto: è incredibile come non riesca a stare per un secondo zitta e che non capisca che non è affatto il momento di fare del gossip.

Tengo lo sguardo basso, lasciando vagare liberi i miei pensieri.

«Tutto a posto?» mi chiede Fra d'un tratto girando il volto verso di me, senza smettere di camminare.

«Sì, sì, tutto bene» rispondo, accennando un sorriso.

La conversazione potrebbe tranquillamente finire qui, ma ho una domanda che mi frulla nella testa.

«Chi erano quei tipi?» chiedo a Fra.

«Loro sono la "Gang del Bosco"» dice sorridendo.

Lo guardo confusa.

«Sono anche loro del Long da anni, esattamente come noi. Hanno sempre cercato di unire il loro gruppo al nostro, ma senza mai riuscirci. Sono sempre rimasti in disparte e, appena ne hanno l'occasione, attaccano briga, giusto per il gusto di farlo. Sono un po' dei tamarri, non hanno niente a che fare con noi» mi spiega, rassicurandomi.

«E quella cosa che il biondino ha detto sul conto di Gio è vera?» gli chiedo di getto, maledicendomi un secondo dopo e arrossendo di colpo.

Che stupida che sono: ho implicitamente ammesso che mi interessa sapere quante ragazze corrono dietro a Gio e quindi che mi interessa Gio!

E non è forse così?

Non è il caso di rigirare il forcone nella piaga, Lucy!

«La storia delle ragazze?» mi chiede lui sorridendo, notando il mio imbarazzo.

Annuisco in fretta. Mi vergogno troppo, anche solo per avergli fatto quella domanda.

«Ma va'... Gio non è sicuramente un santo, intendiamoci, ma Luca dice quelle cose solo per provocarlo. C'è sempre stata una sorta di rivalità tra loro due, mettiamola così» continua Fra, alludendo a chissà che cosa.

Più so e più mi sento di non sapere nulla. In questo momento ho la curiosità alle stelle. Sfrego le mani imbarazzata, non riesco proprio a rimanere zitta, ora.

«E quella bionda di cui parlava quel Luca, chi sarebbe?» chiedo a Fra con un filo di voce, controllando attentamente che gli altri dietro siamo ben distanti.

Se Lara mi sentisse sarebbe la fine.

Fra indugia a rispondere e la mia curiosità cresce ancora di più. Perché tanto mistero?

«Credo di non dover rispondere io a questa domanda» dice imbarazzato, grattandosi la nuca.

Avvampo improvvisamente, rendendomi conto solo ora di quanto sia stata invadente.

Penserà che sia una ficcanaso, per di più con una cotta colossale per Gio che cerca di raccattare informazioni dai suoi amici.

Sto per ribattere per giustificarmi in qualche modo, quando Lara mi piomba davanti all'improvviso.

«Cloe, Cloe, devi assolutamente sentire questa!! Stasera si va al Touchè a Marina! Ho convinto tutti gli altri, non è fantastico??» urla lei isterica.

Mi tappo le orecchie e la guardo sbigottita.

Crede veramente che a me interessi una stronzata del genere, soprattutto ora che sto pensando a tutt'altro?

E poi dovrebbe già sapere che le discoteche mi fanno orrore! Per quale ragione continua a rompermi le scatole invitandomi a queste serate inutili, dove saranno tutti ubriachi fradici?

«Fantastico! Grande Lara» risponde Fra.

«Sapevo di poter contare su di te, cognatino» strilla mia cugina.

Cognatino?

Ho un conato istantaneo.

«Tu vieni, Cloe?» mi chiede subito Fra voltandosi verso di me.

Chiaramente, se dico di no, sembrerà che io voglia passare la serata a struggermi per quello che è appena successo. Già ho fatto una figura pietosa con Fra a chiedergli tutte quelle informazioni, se rifiutassi non farei altro che confermare il mio interesse per Gio.

Diamine, che palle!

«D'accordo» dico rassegnata, alzando gli occhi al cielo.

«Fra, ci stai per una partitella?» ci interrompe Lollo, urlando dal giardino con in mano una palla da basket.

«Arrivo!» grida Fra di rimando, facendo un occhiolino a me e a Lara e correndo poi verso il campo.

Non appena si allontana, mi avvio decisa verso le docce del bagno.

Ho bisogno di rinfrescarmi. Subito.

Lara mi segue senza emettere un fiato, aspettando che io le rivolga la parola per prima.

Mi fa terribilmente irritare quando fa così!

«Lara, che vuoi?» le chiedo acida, girandomi di scatto.

Lei mi sorride sorniona, facendomi incazzare ancora di più.

«Hai visto come ti ha difeso Gio? Stava addirittura facendo a botte con Luca! Ti rendi conto? E poi quando ti ha fermata prendendoti per il polso? Sembrava la scena di un film» dice lei con gli occhi sognanti, fantasticando.

«Lara, la vuoi smettere con questa storia?» rispondo scocciata.

«Be', non ho forse ragione? Dimmi la verità, Cloe, su!»

«Ma quale verità? Finiscila!» le dico aprendo l'acqua ghiacciata della doccia.

«Dimmi solo se ti piace almeno un pochettino...» mi supplica Lara.

Mi infilo sotto la doccia, lasciando che l'acqua fredda mi scorra sul volto.

Qualcuno mi aiuti a sopportare questa pazza!

«Non ti dirò proprio niente!» ribatto, questa volta lasciandomi sfuggire una risatina.

Non lo avessi mai fatto.

«Lo sapevo! Dai, ti prego, prometto di non spifferare niente a nessuno. Se me lo dici ti rifarò il letto tutte le mattine. Non ti farò più giocare a pallavolo. Non ti costringerò mai più a venire alle feste senza il tuo consenso. Non...» Lara è inarrestabile e mi sta elencando una serie di stupidaggini che dovrebbero convincermi per qualche assurdo motivo a raccontarle i fatti miei.

«E va bene: un po' mi piace! Okay? Basta adesso» le rispondo esausta, per togliermela di torno.

Chiudo il rubinetto della doccia, strizzandomi i capelli dall'acqua.

«Chi è che ti piace? Sentiamo...» chiede qualcuno alle nostre spalle.

Io e Lara ci giriamo di scatto.

Non posso crederci.

Ecco, in questo momento vorrei solo finire insieme all'acqua nel tombino delle fogne.

Qualcuno mi faccia sparire all'istante.

CAPITOLO 30

«Ciao, mamma» dico con un fil di voce.

Sono totalmente… disorientata.

Ma che cavolo ci fa qui?

Mi guardo intorno per accertarmi di essere ancora in spiaggia e cerco di non pensare alla notevole figuraccia appena fatta.

Mia madre mi guarda come fossi un extraterrestre.

Rimango immobile, esterrefatta e stordita, esattamente come Lara.

Ci metto qualche secondo a elaborare razionalmente di avere di fronte a me mia madre!

Lei al contrario non sembra essere minimamente a disagio e continua a muovere nevroticamente le sopracciglia: chiaro segno di un attacco d'ira in arrivo.

Mi mordicchio nervosamente il labbro, pregando che almeno non abbia sentito il resto della conversazione e mi soffermo a guardare la rete da pesca che ha indosso come vestito.

La mette sempre quando andiamo al mare, è semplicemente orripilante e lei fa ancora più paura del normale.

In tutto questo, Lara accanto a me si agita come un'anguilla, calpestando con i piedi l'acquetta sul fondo della doccia.

È incredibilmente fastidiosa.

Le vorrei urlare di smetterla, perché con questo ticchettio non riesco a pensare a una plausibile scusa da rifilare a mia madre.

Credo di essere davvero nei guai, questa volta.

«Mi spieghi, Cloe, cosa ci fai a quest'ora ancora in spiaggia?» sputa fuori mamma, cambiando totalmente argomento.

Tiro un sospiro di sollievo.

«Perché, che ore sono?» rispondo confusa.

«Quasi le otto!» sbraita lei.

E quindi? Le vorrei rispondere così, ma non mi sembra il caso di tirare la corda proprio adesso.

«Non ci siamo rese conto dell'orario, ma stavamo per tornare a casa» rispondo con lo sguardo complice di mia cugina.

«E vi sembra l'ora di tornare a casa?» risponde indignata, come se avessimo appena compiuto un crimine spaventoso.

Ma perché è così fissata con gli orari? In fondo siamo in estate, sono *solo* le otto, è ancora chiaro e fa un caldo terribile!

Se solo sapesse che siamo andate in spiaggia l'altra notte, credo che potrebbe decidere di rinchiudermi in camera a vita.

«Ma zia, ci sono ancora dei bambini in spiaggia!» si intromette Lara indicando la riva affollata.

«Tu farai i conti con tua madre più tardi, signorina! E ora su, muovetevi a cambiarvi che torniamo a casa!» sentenzia mia madre, allontanandosi di gran carriera lungo la passerella, senza darci neppure la possibilità di replicare.

Io e mia cugina ci guardiamo allibite.

Mia madre è completamente fuori di testa. Piomba qui dal nulla e si mette a sbraitare senza motivo.

Mi strizzo di nuovo i capelli e prendo dalla borsa il primo asciugamano che trovo.

«Ma tu lo sapevi che veniva?» chiede mia cugina ancora incredula.

«Ho per caso la faccia di una che sapeva di trovarsi davanti sua madre?» le dico ironica, asciugandomi il volto.

«In effetti… Soprattutto mentre stavi per spiattellare al mondo la tua passione irrefrenabile per Gio!» dice lei guardandomi con occhi sognanti.

Lara deve aver bevuto, non c'è altra spiegazione.

«Chissà perché, invece, quando c'è lui di mezzo ci sono solo guai!» rispondo scocciata.

«Ma non puoi negare che sia bellissimo, però!» continua lei con la sua nauseante scenetta.

Bisogna ammettere che Gio è davvero bello.

E quindi, Lucy? Ci sono tanti ragazzi belli al mondo. E tra tutti di sicuro lui vincerebbe il premio del più stronzo.

Però un bello stronzo!

«È un cretino» rispondo schifata, allontanandomi lungo la passerella verso l'uscita del bagno.

«Sì, ma un cretino che ti piace!» urla Lara, correndomi dietro.

Ma certo, urliamolo per bene ai quattro venti, così oltre a mia madre lo viene a sapere la spiaggia intera!

Io strozzo mia cugina prima o poi.

Anzi, facciamo un annuncio formale: cercasi killer professionista per cugine rompipalle, con disturbi isterici.

«Mi spieghi per quale motivo ti sei vestita da Ape Maia?»

Mia cugina si fionda in camera mia come un tornado, presentandosi con un vestito giallo e nero, decisamente poco sobrio.

Mi guarda accigliata.

«Sei impazzita, Cloe? Questo è di uno stilista famoso!» risponde lei indignata, iniziando a muoversi freneticamente nella stanza, tenendo sott'occhio l'orologio.

«Sarà anche firmato dallo stilista Filofalù, ma è orrendo» le dico incrociando le braccia e trattenendomi a stento dal ridere.

Lei prende un cuscino dalla poltroncina accanto alla porta, me lo tira addosso.

«Oh, zitta, tu, che non capisci niente di moda. Ora ci penso io al tuo look. Forza che è tardissimo!» dice risoluta, aprendo il mio armadio.

È la fine.

«Hai forse intenzione di vestirmi da cavalletta?» le chiedo, lanciandomi sul letto.

Sono davvero stanchissima.

Non so proprio come farò a tirare fino alle tre, stanotte.

Mi immagino già sdraiata sui divanetti della discoteca a ronfare.

Stupida discoteca.

E stupida madre.

Chi si poteva mai immaginare che mi avrebbe lasciato andare a ballare con la combriccola di Lara? Testuali parole.

Io no di certo, dato che mia madre, se potesse, mi custodirebbe in una gabbia di cristallo.

Ero praticamente certa di essermela cavata stavolta, ma invece mia zia l'ha dissuasa: l'ha convinta a darmi il benestare per la serata in una folle discoteca ed è venuta ad annunciarmi la notizia tutta entusiasta, come se mi avesse fatto un favore.

L'avrei presa a padellate.

A proposito di padelle, credo di stare per scoppiare.

Zia Anna ha dato il meglio di sé come sempre: dato che c'erano anche i miei genitori a cena, ha praticamente cucinato per un esercito e, nonostante il consistente contributo di Pisco, le porzioni erano ugualmente eccessive e, con il tiramisù finale, credo di avere le riserve giuste per andare in letargo per i prossimi cinque anni.

In realtà durante la cena ero piuttosto distratta perché non mi è ancora del tutto chiara la ragione per cui i miei siano piombati qui da un momento all'altro, soprattutto vista la difficoltà con cui mia madre solitamente si schioda da casa.

Da quello che sono riuscita a capire resteranno solo due giorni, dato che hanno lasciato Vera dai nonni.

Una delle ragioni potrebbe essere il bisogno spasmodico di mia madre di controllare di persona come stiano procedendo le cose. Questo significa che non devo far corbellerie per le prossime ventiquattro ore, se voglio continuare la mia vacanza e non essere rinchiusa ad Alcatraz entro il fine settimana.

«Io direi che questo è perfetto» esulta mia cugina tirando fuori dall'armadio un vestito che mi aveva regalato lei stessa qualche anno fa.

«Per pulire a terra, forse!» le dico guardando il vestitino che Lara mi sventola davanti.

Sarà poco più grande di uno strofinaccio. E non sto esagerando.

«Cloe, sono le dieci e un quarto! Se non ti sbrighi gli altri andranno senza di noi.»

«Davvero potrebbe succedere?» Mi tiro su dal letto, drizzando le orecchie.

«Sì. E c'è anche la possibilità che io dica a tua madre chi è l'affascinante ragazzo che ti piace! Allora come la mettiamo?» dice Lara con il suo sorrisetto malefico.

«Lara, sai cosa penso? Saresti una criminale perfetta» dico alzandomi e strappando dalle mani di mia cugina quello straccetto che lei si ostina a chiamare vestito.

«Sbrigati! Tommi arriva tra venti minuti» dice lei esultando.

È pazza. Pazza!

Esco dalla camera e vado dritta al bagno.

Con una mano mi lavo i denti, e con l'altra mi pettino. Non sono stramba, tranquilli, semplicemente quando sei una ritardataria cronica, capita di sviluppare dei superpoteri.

Sono le dieci e venticinque.

In teoria tra cinque minuti ci vengono a prendere.

Anche se non so esattamente chi stiamo aspettando.

Mi sembra che Lara abbia nominato Tommi.

Spero tanto che non ci sia anche Gio. Non credo di riuscire a restare indifferente, standogli accanto per l'intero viaggio.

Tanto lo vedrai comunque in discoteca!

È questo il guaio più grande. E se lo ignorassi come fa lui di solito? Dopotutto perché mai dovrei parlarci?

Non morivi dalla curiosità di sapere chi fosse la ragazza bionda?

Sì, ma mica vado da lui a dirgli: «Ciao, mi potresti per caso dire chi è la bionda che ha nominato quel biondino squilibrato oggi?».

Non gli dirò assolutamente niente! Gio mi deve scivolare dalla mente.

«Cloe, ti muovi? Sono arrivati!» urla Lara al di là della porta.

«Arrivo!» le rispondo scocciata, usando tutte le mie forze per infilarmi in quel maledetto e minuscolo vestito.

Mi sciolgo i capelli e le ciocche mi si riversano sul petto disordinate, incorniciandomi il viso completamente struccato.

Attingo dalla trousse di Lara.

Per fortuna ho gli occhi grandi e basta un filo di matita e un po' di mascara a evidenziarli.

Mi pettino i capelli con le dita, mi piace il mio effetto mosso naturale e, del resto, non avrei tempo di fare altro.

«Cloe! Se ne vanno se non scendiamo ora!» urla per la milionesima volta Lara dalla porta.

Mi guardo per l'ultima volta allo specchio.

In fondo non sto così male!

«Cavolo, Cloe, ma...» si interrompe Lara rimanendo a bocca aperta come una carpa gigante, non appena apro la porta.

«"Ma" cosa? Si è rotto questo straccetto per asciugare i piatti che mi hai costretta a indossare?» le chiedo cercando di scovare la potenziale scucitura...

«Sei bellissima... E ti sei anche truccata!» dice lei sgranando gli occhi e venendomi a osservare da vicino come se fossi una cavia da laboratorio.

«Non dovevamo sbrigarci?» le dico scostandomi.

«Oh, sì, giusto! Dai, muoviamoci» si riscuote Lara, girando un paio di volte su se stessa e riuscendo poi a prendere la direzione giusta delle scale.

Mi viene da ridere. È proprio buffa quando va di fretta.

Prendo la borsetta di Chanel che mi ha prestato Lara e la seguo di sotto.

«Mamma, zia, noi andiamo!» urla Lara, precipitandosi alla porta.

Mia madre corre in salotto, seguita da zia Anna.

Pisco e mio padre osservano la scena dal divano, giusto in caso dovessero intervenire a sedare una discussione.

«A che ora tornate?» parte subito all'attacco mia madre.

«Tra un paio di giorni, mamma» le rispondo io, ironica.

«Per le tre, zia» risponde educata Lara.

«Non fare la spiritosa, Cloe! Altrimenti non esci proprio, chiaro?» sentenzia gelida mia madre.

«Oh, per me va benis...»

«Cloe stava scherzando! Non è vero, Cloe?» mi interrompe Lara.

Annuisco rassegnata.

«Tranquilla, Luisa, sono bravissime, sono sempre tornate a casa rispettando l'orario prestabilito e senza aver minimamente bevuto» la rassicura zia Anna.

Inizio a tossire convulsamente: mi sono quasi strozzata per trattenermi dal ridere.

Senza aver minimamente bevuto? Ma se Lara l'altra sera era una enorme bottiglia di tequila semovente!

«Mamma, zia, ora dobbiamo proprio andare!» taglia corto Lara, guardandomi male.

Che vuole da me ora? Mica è colpa mia se sua mamma pensa che beva solo acqua effervescente, evidentemente avendo una percezione distorta della realtà.

«Fate attenzione, ragazze!» urla zia Anna, non appena usciamo in veranda.

«Lara, dai un occhio a Cloe» urla mia madre.

Acuta, mamma, hai scelto proprio la persona giusta: credo che Lara non si ricorderà nemmeno il suo nome a fine serata!

«Certo!» risponde Lara entusiasta, tirandomi per un braccio.

Stiamo scherzando, spero.

«Mollami» le dico scocciata.

Povera me. Ma dove sono capitata.

Una cabrio è parcheggiata davanti a casa nostra con le quattro frecce.

«Ciao, Tommino» saluta mia cugina, aprendo la portiera davanti e piazzandosi accanto al barbuto.

Tiro un sospiro di sollievo quando vedo Elvis nel sedile posteriore.

Per un attimo ho temuto ci fosse Gio.

Salgo dietro, salutando tutti.

«Alla buon'ora» dice il barbuto mettendo in moto.

«Lo so, Tommi, scusaci è solo che...» inizia a giustificarsi Lara.

Non la sto nemmeno a sentire. Non la sopporto.

Cerco di mettermi comoda: il vento mi scombina i capelli, mi vanno ovunque sul volto.

Elvis parte a parlarmi di sangria e cose del genere. Strano, avrei giurato che mi parlasse di banchetti e frittelle dolci e invece con mia grande sorpresa il mitico Elvo è anche un esperto di alcol.

«Quanto ci si mette?» chiedo al barbuto dopo un po', interrompendo il monologo di Elvis.

«Dieci minuti e ci siamo» dice Tommi, accelerando.

Vedo Lara guardarlo come io solitamente guardo un cono gelato gigante al pistacchio.

È proprio stracotta, poverina!

«Sei mai stata al Touchè?» mi chiede d'un tratto Elvis.

«No, è il primo anno che vengo qui, non conosco questi locali» rispondo educatamente, anche se la risposta era abbastanza scontata.

D'improvviso ci fermiamo e Tommi parcheggia su un marciapiede, lungo una lunga fila di macchine posteggiate a caso lungo il vialone.

Saranno un centinaio e la nostra è la centunesima, ovvero l'ultima.

Questo significa solo una cosa: abbiamo parcheggiato praticamente in Puglia e la strada da fare è lunga, malmessa e costellata di aghi di pino che si infilano ovunque! Sento già i piedi pulsarmi dal dolore e il retro della caviglia bruciarmi per i sandaletti nuovi.

Sto rimpiangendo fortemente le infradito.

Mi aggrappo al braccio di Elvis che si consola mangiando orsetti gommosi.

«Gli altri ci stanno aspettando lì davanti» dice Lara leggendo un messaggio dal telefono.

«Prima ho sentito Manu, mi ha detto che lui e Bea arrivano più tardi» continua Tommi, rivolgendosi a Lara.

Quei due si perdono a calcolare i tempi del viaggio degli altri e a me non resta altro da fare che provare a conversare con Elvis.

«Mi daresti un orsetto rosso?» gli dico indicando le caramelle.

«Proprio quelli rossi?» mi chiede implorante.

«Be', va bene anche giallo!»

«Proprio quelli gialli?» ribatte lui di nuovo.

«Va bene, Elvis, non darmi niente, non importa!» concludo spazientita.

Chiedere da mangiare a Elvis è come chiedere i soldi a mia nonna: impossibile trarne qualcosa.

«Ehi, ciao, bella gente» urla Lollo, venendoci incontro con la sua solita andatura da papero.

Alzo lo sguardo.

Probabilmente ci troviamo nel viale principale del paese, è affollatissimo.

Sulla destra ci sono gli stabilimenti balneari, sulla sinistra dei locali dalla luce soffusa e musica lenta.

Poco dopo ci troviamo di fronte al Touchè e ci avviciniamo agli altri che stanno bevendo una birra, seduti su un muretto davanti alla discoteca.

Gio sta in mezzo a tutti, ha a terra davanti a sé tre birre vuote, la quarta in mano.

«Dove avete parcheggiato?» chiede Fra.

Mentre Tommi dà le coordinate dell'auto, Lara comincia a parlare con Lollo. Elvis invece… be', lui continua semplicemente a mangiare.

Io non posso fare a meno di guardare Gio. Perso tra quelle bottiglie di birra e probabilmente solo come non mai.

Continua a sorseggiare la sua birra, indifferente a noi. Indifferente a tutto, a dire il vero.

I suoi occhi vuoti lo trascinano dentro chissà quali ricordi e pensieri, facendo trasparire un lieve turbamento.

Cosa nasconde dietro quello sguardo?

Non credo lo saprò mai. Nonostante tutto, non riesco a smettere di guardarlo, come un gatto affascinato dalla luna. Troppo lontana da raggiungere, ma allo stesso tempo così vicina da sembrare di poterla toccare.

Gio è esattamente questo: così diverso e lontano da me.

Un pianeta opposto.

Un'altra galassia.

Ma così vicino da poter toccare il suo turbamento, sentire la sua pelle bruciare, il suo respiro affannato.

CAPITOLO 31

Lui non mi guarda.

È orgoglioso. Proprio come me.

Il mio problema, però, è che da quando lo conosco il mio orgoglio ha deciso di prendere ferie.

Adesso, per esempio, lo sto praticamente implorando con gli occhi di guardarmi.

Mi faccio pena da sola.

Mi giro di scatto dall'altra parte, per impedire a me stessa di umiliarmi ulteriormente.

«Ragazzi, entriamo?» dice Tommi, posando a terra la sua birra vuota.

«Direi di sì» risponde Fra, scendendo dal muretto.

Si avvicina a noi, facendomi l'occhiolino.

«Cosa fai qui impalata?» mi dice lui, dandomi un pizzicotto sulla pancia.

È gradevole il suo modo parlare, quella solita cadenza lenta e dolce.

Ha una camicia bianca, sbottonata, lo sguardo timido e assonnato. Le palpebre cadenti ai lati gli danno sempre un'aria assonnata, così come il suo modo di camminare, quasi svogliato.

«Nulla» rispondo ridendo, scostando la sua mano.

Faccio un passo indietro.

«Dai raga, andiamo, altrimenti ci tocca fare la fila!» dice Paolo d'un tratto. Lui ha sempre un fare un po' teatrale, la sua voce spesso sembra quella di paperino, Lara mi ha detto che fa la scuola di doppiaggio.

Tira poi fuori qualcosa dal portafoglio, dandolo a Gio.

Tutti aprono il portafoglio.
Anche Lara cerca il suo nella borsa.
«Che sta succedendo?» chiedo sottovoce a Fra.
Non sono esperta in queste cose, ogni volta non capisco bene cosa si debba fare.
«Dai il documento a Gio, ci fa entrare gratis» mi dice Fra sorridendo.
Annuisco in fretta.
Sicuramente starà pensando che sono una imbranata.
Apro la borsetta di Lara per prendere il portafoglio.
Borsetta di Lara.
Grandioso.
Ho il portafoglio nell'altra borsa!
Questo significa solo una cosa: non ho nessun documento.

Sei un danno.
Sono un danno.

«Fra, ho lasciato il portafoglio a casa» dico mordendomi le labbra, senza smettere di cercare nella borsetta di Lara, come se la carta d'identità potesse materializzarsi da un momento all'altro.
«Ma tanto entriamo gratis, tranquilla» risponde lui noncurante, avvicinandosi a Gio per dargli il suo documento.
«No, Fra, non hai capito. Il problema non sono i soldi... Il fatto è che non ho nessun documento!»
«Ma in che senso?» dice lui voltandosi di scatto verso di me.
«È un problema?» gli chiedo ansiosa.
Ci manca solo che debba rimanere qui fuori, da sola.
«Cloe, senza documento non ti fanno entrare...» mi risponde preoccupato.
Come, non mi fanno entrare? Dai, ho diciannove anni, non sedici. Si vede!
«Non ci credo» dico esasperata, maledicendo il momento in cui ho accettato di prendere la borsetta di Lara al posto della mia.
Fra sembra pensarci su, per poi girarsi verso Gio.
«C'è un problema» gli dice, facendogli alzare lo sguardo.
Gio guarda Fra e poi me alle sue spalle.
«Cosa?» gli chiede, sistemando con calma i documenti di tutti gli altri.

«Cloe non ha il documento. Riesci a farla entrare lo stesso?» continua Fra, accennando verso di me.

Farla entrare? Perché lui cosa c'entra con la discoteca?

«Non hai nemmeno la patente?» mi chiede Gio, spostando lo sguardo su di me alle spalle di Fra.

È la prima volta che mi rivolge la parola da questo pomeriggio.

Faccio di no con la testa: non riesco a emettere un suono davanti a quegli occhi che mi scrutano severi.

«Non ti assicuro niente» dice dunque lui, mettendosi nel portafoglio i documenti degli altri e avviandosi verso la discoteca.

Lo seguiamo tutti a ruota e ci fermiamo a un metro dall'ingresso, dove Gio inizia a parlare con il buttafuori.

I ragazzi in fila per entrare ci guardano malissimo. Ci saranno almeno centro persone in coda e noi entreremo saltandole tutte? Non ci credo neanche se lo vedo.

Be', tu non credo proprio che entrerai!

Oh, ma grazie, Lucy, sempre molto confortante.

Gio parlotta con il tizio all'ingresso, scuotendo più volte la testa.

Non sembra che stia proprio andando tutto liscio...

«Appena arriva Alberto ci parli, io non posso» continua a ripetere il buttafuori.

Non riesco a sentire nient'altro, la musica all'interno è talmente alta che rimbomba ovunque.

Dopo qualche minuto Gio torna da noi e inizia a consegnare a tutti dei gettoni verdi.

Allungo la mano per prenderlo a mia volta.

«No, tu non puoi entrare per adesso» dice lui con un tono al limite della maleducazione.

«Noi aspettiamo fuori, appena arriva il proprietario entriamo» continua, dandomi una veloce occhiata, per poi sorpassarmi e finire di distribuire i pass.

Cioè, io dovrei rimanere qui fuori insieme a Gio?!

«Se vuoi posso rimanere io con lei fuori» propone Fra, rivolgendosi a Gio.

«Lascia stare, resto io...»

«Posso rimanere anche da sola!» mi intrometto io.

Se per lui è uno sforzo così immenso, può benissimo entrare!

«Rimanere da sola? Dove? Perché?» si intromette Lara.

«Ho lasciato i documenti a casa e non mi fanno entrare» ripeto per l'ennesima volta.

Vedete, è destino: dovevo rimanere a casa.

«Che cosa? Cloe! Come hai fatto a dimenticarli?» sbraita lei, come se l'avessi fatto apposta.

E che succederà mai? Al massimo salterò una serata in discoteca.

E non credo che mi perderò nulla di che, anzi…

«Resto fuori con te, allora» dice Lara risoluta.

E certo, come no? Deve tenermi d'occhio, lo ha promesso a mia madre!

Mi viene da ridere solo all'idea.

«Ma no, Lara. Tu entra, posso rimanere io fuori» ripete nuovamente Fra convinto.

'Sta' a vedere che adesso nessuno vuole entrare e fanno a gara per chi deve rimanere fuori con me.

«Resto io con lei, fine della storia. Appena arriva Alberto vi raggiungiamo dentro» sentenzia Gio, mettendo fine alla discussione.

«Okay, ma tienila d'occhio. Ho io la responsabilità di riportarla a casa tutta intera» dice Lara con voce da chioccia.

«Senti bellina, io non ho bisogno proprio di nessuno. Ho diciannove anni, so cavarmela da sola!» le rispondo a tono, incrociando le braccia.

Mi volto scocciata, sbuffando sonoramente.

«A dopo» dice Fra guardando prima me e poi Gio, per poi voltarsi e avviarsi con gli altri verso l'entrata.

«Fai la brava!» mi saluta Lara ridendo come una scema e facendomi strani gesti alle spalle del suo barbuto.

Vorrei gettarla in mare!

Tutti si dirigono ammassati verso l'entrata. Gli ultimi sono Gue ed Elvis.

Lui vedendo la microgonna di Gue è impazzito: ha mollato le caramelle in un lampo e ha iniziato a tramortirla con i suoi discorsi culinari, sperando di fare colpo.

Vedo Gio allontanarsi improvvisamente verso l'altro lato della strada.

Poteva anche dirmelo che andava a sedersi!

Ma ovviamente non sarebbe stato il solito Gio se mi avesse invitato cortesemente a sedermi con lui sul muretto.

Che maleducato!

E io ora cosa faccio qui impalata? Dovrei seguirlo?

«Vuoi restare lì tutta la sera?» mi dice d'un tratto lui fermandosi a metà strada e voltandosi verso di me.

«Sì» rispondo orgogliosa, incrociando le braccia.

Anche se stessi per soffocare credo che rifiuterei il suo aiuto, pur di non dargliela vinta.

Sorride spontaneamente scuotendo la testa.

Un attimo fa stava trucidando tutti con lo sguardo e ora sta sorridendo?

«Come ti pare» dice lui, voltandosi e continuando a camminare verso il muretto.

Lo guardo con la coda dell'occhio per poi ritornare a fissare indifferente la gente che passa per strada.

Non gliela darò vita, questa volta.

Rimarrò qui ferma ad aspettare!

Picchietto le dita sul cellulare. Sono le undici e mezza.

Chissà quando arriverà quel tizio!

A pensarci bene però, non so se preferisco che arrivi presto e quindi passare tutta la serata a trapanarmi le orecchie lì dentro oppure restare qui ferma imbalsamata con quel cretino di Gio dall'altra parte della strada.

È una dura lotta.

Mi siedo scocciata sul gradino del marciapiede ai piedi di questo schifo di discoteca.

Mi sto già annoiando.

Guardo di sbieco Gio.

Se ne sta comodamente seduto sul muretto in pietra, trafficando col cellulare.

Fantastico, il mio futuro prevede la noia assoluta oltre che a un mal di piedi da competizione.

Tutta colpa di mia madre: se solo avesse detto di no a mia zia, a quest'ora sarei sdraiata nel mio letto a guardarmi gli alluci.

Tra l'altro ho una sete allucinante.

Ho la gola secca e una tosse assurda.

Guardo il bar di fronte alla discoteca.

Lì venderanno una bottiglietta d'acqua, no?

Mi alzo, scrollandomi il pietrisco dal vestito.
Faccio qualche passo verso il locale.
Mi fermo.
Dovrei avvisarlo?
Se non mi vede penserà che io sia scappata in Indonesia e chiamerà Lara che a sua volta chiamerà mia madre, il che significa solo una cosa: allertare nel giro di poco la guardia nazionale, i pompieri e tutte le forze dell'ordine esistenti.
Che palle.
Cambio rotta, dirigendomi in fretta verso quello scorbutico di Gio.
Mi piazzo davanti a lui con le mani sui fianchi, aspettando che si degni di alzare lo sguardo verso di me.
«Vedo che non sai proprio stare senza di me» dice lui ironico, senza staccare gli occhi dal telefono.
Starà giocando al Fantacalcio sicuramente, visto il grado di concentrazione. Di solito è quello il massimo sforzo che fanno i ragazzi.
Ignoro totalmente la sua battuta da quattro soldi.
«Ti volevo solo informare che vado a prendermi dell'acqua!» dico prima di dirigermi decisa verso quel locale.
«Ferma!»
Il suono della sua voce mi rimbomba nelle orecchie e mi paralizza all'istante.
«Non ci vai da sola lì dentro» dice serio alzandosi dal muretto.
Ma che problemi ha?
«Invece credo proprio che andrò da sola! Non ho bisogno della scorta, grazie tante!» ribatto acida, incamminandomi di nuovo.
«Ho detto che da sola non ci vai» ribadisce, afferrandomi per un braccio.
Che cosa?
Istintivamente guardo la sua mano che mi stringe il braccio.
La sua pelle arrossata dal sole e i suoi anelli neri di metallo risaltano sulla mia pelle chiara.
Alzo poi lo sguardo sul suo volto.
I miei occhi incrociano il nero dei suoi.
Improvvisamente molla la presa.
E io indietreggio di qualche passo.

Come se ci fossimo bruciati, scottati entrambi dai nostri stessi sguardi.

«C'è troppa gente stasera e quel locale è pieno di ubriachi» mi spiega lui con più calma.

Il mare tempestoso dei suoi occhi si è trasformato dal nulla in una quieta bassa marea.

Mi scruta attentamente, contaminando ogni centimetro della mia pelle.

Mi mordo istintivamente le labbra dall'imbarazzo.

«E poi in quel locale non sapranno neanche cosa sia l'acqua» mi dice accennando un sorriso.

Scoppio a ridere improvvisamente, senza neppure rendermene conto, forse per l'imbarazzo, forse perché ha ragione, forse per tutto.

Lui si infila le mani in tasca ridendo a sua volta.

«Dai, vieni, andiamo a cercare dell'acqua» dice improvvisamente passandomi accanto, avvolgendomi con il suo profumo.

Ecco, magari è tutta colpa del suo profumo.

Sarò allergica. Sicuramente.

Questo, a pensarci bene, spiegherebbe tutto.

«Dove?» gli chiedo seguendolo, stando attenta a non avvicinarmi troppo.

«Dove non confondono l'acqua con la vodka» risponde ironico, senza voltarsi.

Sorrido involontariamente alla sua battuta consapevole che non può vedermi e continuo a camminargli dietro.

Ci dirigiamo lungo quella strada, tra la folla di gente alla ricerca del locale perfetto.

In realtà questi posti sono tutti uguali. Musica, alcol e troppa gente.

Seguo Gio silenziosamente dentro quel chiacchiericcio generale.

Non so bene se parlargli.

Magari non ha voglia di conversare. E sicuramente lo annoierei se iniziassi a parlare a vanvera come al mio solito.

Che faccio?

Mentre mi faccio mille problemi su come avviare un discorso sensato, raggiungiamo la fine del viale.

Lui svolta a destra, come se sapesse perfettamente dove andare, ed entra subito dopo in un piccolo bar cinese.

«Una bottiglietta d'acqua» dice al bimbetto che sta alla cassa.
Il bambino non se lo fa ripetere due volte, sale deciso su un cassone di legno e apre il frigorifero alla parete.
«*Natulale?*» dice impettito.
«Sì» gli risponde Gio, sorridendo per l'accento del bambino.
Sorrido anche io, non so se per il cinese o per il fatto che è già la seconda volta che Gio sta ridendo in mia presenza.
Il ragazzino posa l'acqua sul bancone.
Gio fa per aprire il portafoglio.
Solo allora mi rendo conto che in realtà l'acqua è per me.
«No, no, aspetta. Faccio io» mi affretto a dire, aprendo la borsetta di Lara.
Ci sarà almeno un euro disperso da qualche parte, spero!
Gio non mi sta minimamente a sentire e infatti fa in tempo a pagare e a prendere il resto prima che io riesca a recuperare uno stupido euro.
«Dai, andiamo» dice lui guardando divertito la moneta che stringo tra le dita, per poi posarmi un braccio sulle spalle e trascinarmi fuori.
Non appena usciamo dal locale mi lascia cadere tra le mani la bottiglietta d'acqua che ha appena preso.
«Non c'era bisogno» dico allontanandomi dalla sua presa attorno al collo. In realtà non avevo per niente voglia di staccarmi da lui, anche solo per continuare a sentire il suo profumo.
Mi guarda senza rispondermi.
I suoi occhi si fondono con i miei.
Di colpo, senza alcuna apparente ragione, mi torna alla mente quella sera in cui mi ha baciata.
Immagini di me addossata al suo armadio, con le sue labbra posate sulle mie, mi invadono i pensieri.
Ho il cuore in gola.
Abbasso lo sguardo, imbarazzata.
Perché diamine sto pensando a questo, ora?
Proprio di fronte a lui, poi!
Apro l'acqua per spezzare la tensione e bevo avidamente.
L'acqua ghiacciata scorre nel mio petto bruciante.
Sono paonazza: come i peperoni che cucina spesso zia Anna.
Cerco di concentrarmi su particolari inutili, per resettare la mente: in questo caso, le stringhe delle All Star di Gio.

Alzo di nuovo lo sguardo su di lui.

Solo adesso mi rendo conto che in realtà non sta più guardando me, ma un punto a caso davanti a lui.

Lo vedo concentrato, perso nei suoi pensieri.

D'improvviso, forse accorgendosi del mio sguardo, torna a fissarmi prima di chinare la testa da un lato e farmi cenno di seguirlo.

Chiudo la bottiglietta d'acqua e mi muovo senza fiatare.

Stiamo andando esattamente dalla parte opposta rispetto a dove siamo venuti.

Qui c'è molta meno gente ed è tutto meno illuminato.

Cammino piano dietro di lui.

Silenzio tombale.

Il tempo scorre, scandito solo dai nostri passi sull'asfalto.

D'improvviso si ferma di colpo.

Siamo in una specie di piazzetta, davanti a una fontana illuminata da dei lampioni al neon.

Non c'è nessuno, se non una coppietta su una panchina cento metri più avanti.

Non è che vuole davvero uccidermi questa volta?

Ancora con questa storia? Ma che idee ti vengono?

Meglio prevenire. Non lo conosco, in verità, potrebbe tranquillamente essere un serial killer o un rapinatore. Questo spiegherebbe il batticuore che ho quando gli sto vicino.

Credo che il batticuore sia per ben altro!

Oh, Lucy, non mi aiuti proprio mai! Certo, se fosse un serial killer potrei commissionargli un paio di lavoretti, a partire da mia cugina e da te, mia cara coscienza impicciona.

Davvero simpatica!

«Non ti siedi?» spezza il silenzio Gio, interrompendo la mia assurda conversazione interiore.

Solo adesso mi rendo conto che si è appena seduto su un muretto.

Annuisco e mi siedo accanto a lui.

Lui si accende una sigaretta e io lo guardo incantata. Sono sempre affascinata quando vedo le persone fumare, dato che io non ci sono mai riuscita. Non ho neanche mai provato a dire il vero, solo una volta forse... Mi ricordo di aver fumato la pipa di mio nonno e di aver vomitato subito dopo.

Trauma infantile. Da allora non ho più fumato nulla.

Distolgo lo sguardo da Gio.

Il silenzio che c'è tra noi, interrotto solo da qualche cicala, è imbarazzante.

Eccessivamente imbarazzante.

Stringo l'acqua ghiacciata tra le mani, facendomi diventare le nocche bianche.

Comincio a parlare, anche se non so perché lo sto facendo.

Ma le mie labbra si muovono da sole, senza dare minimamente ascolto al cervello.

«Cosa ti è preso oggi?» me ne esco, spezzando quel silenzio assordante.

Non sento più nulla, le orecchie mi fischiano come dei treni impazziti.

Le guance avvampano.

Mi sto vergognando tremendamente per averglielo chiesto davvero.

Mi vorrei mordere, anzi mangiarmi, la lingua.

Perché non sto mai zitta?

Perché?

CAPITOLO 32

Gio continua a guardare davanti a sé, con il suo solito modo di fare indifferente.

Non sembra minimamente turbato dalla mia domanda.

«Luca è un coglione» dice improvvisamente tenendo lo sguardo fisso di fronte a sé, perso tra pensieri che vorrei tanto saper decifrare.

«Lo conosci?» gli chiedo, facendo finta di non sapere niente.

Fra mi ha detto chiaramente che lo conoscono e mi ha lasciato anche intendere che tra quel Luca e Gio non corre buon sangue, ma non voglio che pensi che sono una impicciona.

Lo sta già pensando, tranquilla!

«Didoli non si è mai fatto i cazzi suoi… Credo che abbia anche qualche complesso di inferiorità nei miei confronti, ma è solo uno spaccone» risponde facendo uscire lentamente il fumo dalla bocca.

«Didoli?» chiedo confusa.

«Sì, quello di oggi» borbotta.

Mi prudono le mani dalla curiosità. Vorrei così tanto sapere qualcosa di più.

«E la ragazza che ha nominato oggi chi era?» dico d'improvviso, strizzando gli occhi per l'imbarazzo.

Ho di sicuro le guance bordeaux, le sento scottare.

Per fortuna è tutto buio.

Lui non risponde.

La sua figura accanto a me risalta sull'asfalto, per il chiarore lunare alle nostre spalle. La sua ombra è dieci volte più grande della mia.

Vorrei tanto rimangiarmi tutto. Sicuramente la mia curiosità non avrà soddisfazione e alla mia domanda Gio non risponderà affatto.

«La mia ex» dice, invece.

«E cosa c'entra la tua ex con lui?» chiedo, ormai totalmente in balia della mia stessa curiosità.

«È una lunga storia...» dice continuando ad aspirare nervosamente dalla sigaretta.

«Be', io non ho nulla da fare» gli rivolgo uno sguardo sincero.

Ci guardiamo intensamente nonostante il buio.

Gio butta la sigaretta a terra, e la guarda spegnersi.

Torna di nuovo a osservarmi, ma stavolta i suoi occhi sono spenti e neri come la pece.

«Sono stato con lei due anni» inizia, distogliendo subito dopo lo sguardo da me. «I due anni più belli della mia vita» continua con un sorriso amaro sulle labbra.

«Ci siamo conosciuti al liceo. Lei era così bella che me ne sono innamorato subito, ero totalmente pazzo di lei. Non fraintendermi: non era solo bella fisicamente, era come se potessi percepire la sua bellezza, era qualcosa di più. Io sentivo il suo "essere bella". Non so se mi segui. E più la conoscevo, più assaporavo il suo modo di essere. L'amavo, anche nelle banalità. Come se la sua bellezza si propagasse ovunque e io non potessi fare altro che nutrirmene. Ero così innamorato che dopo solo qualche mese l'ho portata qui al mare, quell'estate fu splendida, io l'amavo e lei amava me. Tutto perfetto, no?»

Io lo ascolto in silenzio, lasciandomi trascinare dalle sue parole, immaginandomi una ragazza bionda, esile, dolce nei modi, bella nella sua interezza.

Per la prima volta riesco a vedere i pensieri di Gio prendere forma, come se si animassero e si palesassero a me, come se ne scoprissi per la prima volta l'essenza.

E ne sono attratta, famelica di scoprire ciò che pensa, avida di avere risposte alle mie innumerevoli domande.

Percepisco il suo nervosismo e resto in silenzio, sospesa tra l'imbarazzo e il desiderio di non bloccare quel flusso di parole.

«La scorsa estate l'ho nuovamente invitata qui da me, ma fu terribile. A lei non andava mai bene nulla di ciò che facevamo, litigavamo in continuazione, anche per cazzate, sembrava che si fosse trasformata in un'altra persona, non riuscivo più a trovarla bella in nessuna cosa. Ma, nonostante questo, l'amavo. Profondamente.»

Gio continua a parlare e io, a poco a poco, mi rendo conto che le parole di amore di Gio per quella misteriosa ragazza bionda sono molto vicine a ciò che provo per lui. Gio aspirava a lei come io aspiro a lui.

Strofina le mani sulle ginocchia.

«Fino a che, un bel giorno, non si fece Didoli.»

«Che cosa? Ha baciato quel pidocchio ossigenato?» lo interrompo basita.

Lui accenna un sorriso per la mia battuta.

Tra l'altro sempre inopportuna.

E cosa ci posso fare, Lucy, è la mia natura!

Gio continua a parlare.

«Lo scoprii solo a fine vacanza. In realtà lo sapevano tutti, compreso Fra, ma nessuno aveva il coraggio di dirmelo...»

Stringe i pugni sulle ginocchia.

Riesco a sentire la sua rabbia: mi arriva dritta al petto, spezzandomi il fiato.

«Nel momento in cui lo venni a sapere, crollai. Ero consapevole che le cose tra noi fossero semplici, ma nonostante questo io non riuscivo ad accettare che potesse finire. L'amavo follemente e non volevo vedere in faccia la realtà. Ci ha pensato Didoli a mostrarmela.»

«Gio, perdonami, io non sapevo nulla. Non volevo farti star male tirando fuori...» lo interrompo, parlando velocemente.

«Tu non c'entri nulla e ormai non mi tocca neanche più la cosa.» Scrolla le spalle, cercando di assumere il suo solito atteggiamento indifferente. Ma questa volta fallisce miseramente.

«Non mi sembra proprio che la cosa non ti tocchi. Lo vedo dai tuoi occhi.»

«Cloe, tra me e lei è finita... Ma, nonostante tutto, io continuo a volerle bene. Non provo più amore, ma l'affetto rimane. Penso che rimarrà sempre» dice deciso, guardandomi.

Ho la pelle d'oca.
Non sembra il solito Gio, che spara battute e stronzate a raffica.
Sta parlando seriamente questa volta: è diverso, ha una voce diversa, sembra che le parole gli vengano dal cuore.
E lo sta facendo con me.
«Quindi non provi più nulla parlando di lei?» chiedo, senza distogliere il mio sguardo dal suo.
Cosa mi salta in mente?
Davvero gli ho chiesto seriamente una cosa del genere?
«Mentirei se dicessi il contrario. Parlare di lei mi tocca, ma non perché sono ancora innamorato o incazzato per come sono andate le cose, semplicemente perché rispetto il ricordo di noi.»
Il suo pronunciare la parola "amore" mi blocca il respiro ogni volta, facendomi accelerare il cuore.
«Non hai più avuto nessuna storia dopo?» gli chiedo a bassa voce.
Aspetta qualche secondo a rispondere.
«Tante storie, forse troppe... Ma nessuna vera» dice.
«Quindi non ti sei più innamorato di nessun'altra?»

Mi sono persa qualcosa? Da quando parli d'amore come se leggessi romanzi rosa da una vita?
Lucy, puoi stare zitta per una volta?

«No, di nessuna» dice trattenendo a stento una risatina.
Probabilmente anche lui, oltre a Lucy, sarà stupito dei miei discorsi sdolcinati e delle mie domande inopportune.
Devo ammettere, fatti da me effettivamente suonano piuttosto strani.
«Posso farti un'altra domanda?» gli chiedo imbarazzata.
Lui mi fa cenno di sì con la testa, con un leggero sorriso sulle labbra.
«Vorrei sapere... ecco, sì, insomma... cioè... Qual è...» balbetto imbarazzata come una bambina.
«Qual è, cosa...?» ribatte lui confuso.
«Qual è il ricordo più bello che hai di lei?» dico tutto d'un fiato sottovoce, forse sperando che non mi abbia sentita.
Gio resta immobile.

Guarda a terra come se stesse pensando.

E io sprofondo ancora in quella dolce angoscia di conoscere ciò che pensa, cerco di immaginarmi le sue possibili risposte, senza avere le coordinate: il suo racconto mi ha totalmente spiazzata. Il contorno sbiadito del suo essere si è improvvisamente delineato, ma questo non ha fatto altro che distruggere tutte le certezze che avevo elaborato sul suo conto e mi ha lanciata nell'oblio.

Gio si alza e mi porge la mano.

Io resto ferma seduta sul muretto a guardarlo, non capendo bene cosa voglia fare.

«Vieni» mi dice, porgendomi di nuovo la mano.

Lo guardo. I suoi occhi neri cercano i miei.

Afferro la sua mano senza esitazione.

Sento di nuovo il freddo dei suoi anelli sul mio palmo.

Gio mi tira a sé, facendomi girare prima su me stessa, per poi ritrovarmi abbracciata a lui, a un centimetro dal suo viso.

Il cuore inizia a correre sfrenato, non appena mi rendo conto di essere addossata al suo petto.

«Questo è il ricordo più bello che ho di lei. La facevo girare su se stessa e quando si voltava a guardarmi le sorridevano gli occhi, esattamente come i tuoi ora» mi sussurra, solleticandomi il naso con il suo profumo.

«Nel suo sguardo vedevo l'amore, solo lei era capace di guardarmi in quel modo. Non ho più trovato nessuno che avesse quella luce negli occhi» continua soffiandomi quelle parole nell'orecchio.

Schiude le labbra, avvicinando il suo viso al mio.

Ci metto qualche secondo a elaborare ciò che ha appena detto.

Le sue parole mi confondono, i suoi occhi mi imbarazzano, le sue labbra... Dio, le sue labbra... Le bacerei fino a impazzire.

Sento un vortice profondo sconvolgermi dentro.

Mi gira la testa e le gambe mi cedono.

Mi stacco improvvisamente, liberandomi dalle sue braccia.

Mi allontano di qualche passo.

Non so cosa mi succede. Sono spaventata. Non da lui, ma da me stessa.

Quello che provo quando gli sto vicino mi destabilizza, annienta ogni mia capacità razionale senza rimedio. E ho terribilmente paura di non avere più il controllo di me stessa. Ho decisamente bisogno di elaborare il tutto e di conoscerlo ancora un po' di più, prima di potermi fidare.

«Si è fatto tardi» dico fredda, accendendo lo schermo del telefono.

È quasi l'una.

Gio si ricompone all'istante, ritornando al solito atteggiamento distaccato e menefreghista.

Lo stesso atteggiamento che ho anch'io, del resto.

Mi rispecchio nella sua freddezza. Nei suoi occhi glaciali. I miei sono uguali.

Forse siamo entrambi troppi freddi per avvicinarci troppo.

Due poli opposti, eccessivamente simili.

Sembra tutto così paradossale.

«Ti riaccompagno a casa» dice lui d'un tratto.

A casa? Non dovevamo entrare in quello schifo di discoteca?

Non capisco.

Resto in silenzio, senza chiedergli nessuna spiegazione, forse perché non riuscirei a dirgli nulla, dopo quello che è successo. O meglio, che non è successo.

Che confusione...

Lui si avvia e io inizio a camminargli dietro.

Ripercorriamo il viale affollato di ragazzi che continuano a vagare alla ricerca del locale giusto.

Passiamo davanti al Touchè.

Gio si ferma un secondo, prende il cellulare, scrive qualcosa e poi continua a camminare.

In tutto questo io sono improvvisamente diventata trasparente ai suoi occhi.

Non se la sarà presa, spero!

Cosa si aspettava? Che gli dessi un altro bacio?!

Ho una confusione tremenda in testa: chi è Gio, davvero? Uno stronzo che bacia chiunque solo per divertirsi e fare lo spocchioso o un romantico che parla d'amore meglio di Michael Bublé?

Per lo meno ora so da dove viene una parte del dolore che gli leggevo negli occhi.

Ci teneva davvero a quella ragazza, si vede da come ne parla.

Non ho mai sentito nessuno parlare in questo modo di un'altra persona: io stessa non riuscirei.

Forse perché non sono mai stata innamorata, o per lo meno non ho mai percepito quello che lui ha cercato di raccontarmi.

«Perché stiamo tornando a casa?» dico a un certo punto, non riuscendo più a trattenermi.

«Il proprietario del Touchè non verrà prima delle tre e...»

«E...» lo incalzo.

«... Non ti facevo il tipo da discoteca» dice ridacchiando.

Be', che c'è da ridere?

Cosa ne sa che non sono un tipo da discoteca?

Tu sei l'antidiscoteca personificata!

Io amo le discoteche.

Ma non dire stupidaggini! Se volevi addirittura stare a casa stasera pur di non venirci.

Secondo me tu hai capito male, Lucy!

«Odio le persone che decidono per me, ti avviso» gli dico incrociando le braccia.

Non sono arrabbiata, effettivamente non sono il tipo da discoteca e sono solo contenta di ritornare a casa, però voglio fargliela un po' pesare.

Così, giusto per divertirmi un po'!

«Quindi mi odi» risponde lui senza smettere di ridere.

«Non sai quanto...» dico alzando gli occhi al cielo.

Lui scoppia a ridere. E io dietro a lui.

È davvero incredibile come io riesca a cambiare umore da un momento all'altro quando sto con lui.

Raggiungiamo in fretta la macchina.

Gio la apre da lontano.

Ci siamo solo noi e l'unico rumore è dato dai nostri passi che vanno veloci sul pietrisco.

Apro la portiera davanti.

Salgo e metto la cintura.

Gio mette in moto la macchina e subito si accendono le casse collegate all'auto facendo partire una musica decisamente troppo alta.

«Forse facevo meglio ad andare in discoteca!!» urlo tappandomi le orecchie.

Gio ride e abbassa il volume dall'impianto stereo.

«Sei sempre così acida?» dice senza smettere di ridere.
«Sì, con quelli come te, sì!» ribatto facendomi scappare un sorriso.
Lui scuote la testa, fa manovra e si avvia verso la tangenziale.
Il suo profumo misto al tabacco aleggia nell'auto.
Mi perdo a guardare il paesaggio notturno.
La campagna ai lati della strada è deserta, la luna è più bassa e illumina quei pochi girasoli, sparsi qua e là.
Mi volto verso Gio.
Lui guida guardando fisso la strada.
Ogni tanto ai semafori prende il telefono dalla tasca e controlla i messaggi, o forse l'ora, non so.
«Come va con il tuo ragazzo?» sputa fuori dal nulla, abbassando il volume delle casse.
E ora cosa c'entra Riccardo?
«Tutto bene, grazie» rispondo secca.
Come ho già detto, non mi piace quando le persone mi fanno domande.
Mi sento sempre sotto giudizio.
«Sei innamorata di lui?» mi chiede con apparente noncuranza.
Il mio cuore accelera i battiti.
Be', è una domanda facile, no?
Devo semplicemente rispondere fredda come prima e fargli capire che deve smetterla di farsi i fatti miei.
Allora perché sono tanto agitata?
Forse perché non è così ovvia la risposta...
Forse perché non so se sono innamorata di Riccardo.
Quell'amore di cui ha parlato prima Gio di sicuro non l'ho mai provato, ma magari il rapporto che ho con Riccardo è solo... diverso?
Ma poi chi si crede di essere per farmi domande così personali?
Può pure aspettare la mia risposta per un triliardo di anni!
«Quindi?» mi incalza lui.
Gli lancio un'occhiataccia.
«Sei innamorata di lui o no?» mi chiede di nuovo incurvando leggermente un lato della bocca, accennando un sorriso.
È così spontaneo, sicuro di sé in ciò che dice, che mi lascia sempre senza parole.

«È bella la luna stasera, non è vero?» gli chiedo ironica, guardandolo male.

«Va bene, va bene, ho capito che non vuoi rispondermi» mi dice ridendo.

Sorrido anche io.

Dopo una ventina di minuti a parlare della luna e dello sbarco di Armstrong come se fossimo a un convegno di ingegneria spaziale, Gio si ferma sotto casa di Lara.

«Bene, grande scienziato, la ringrazio del passaggio e delle preziose informazioni sul materiale lunare. Le terrò in considerazione per i prossimi allunaggi» gli dico ridendo.

«Non c'è di che, piccola scienziata pazza! Aspetto con ansia i suoi aggiornamenti» dice lui con una voce decisamente ridicola.

Scoppio a ridere. Lui mi segue.

«Credo di non aver mai parlato così tanto con una ragazza di queste cose...» dice d'un tratto scuotendo la testa e continuando a ridere.

«Be', c'è sempre una prima volta!» Gli faccio l'occhiolino.

«Sei proprio strana, sai?» ribatte lui, voltandosi verso di me.

«Sì, me lo dicono in tanti» rispondo facendo una smorfia.

Ci guardiamo per qualche istante nel buio della macchina, attenuato solo dalla spia rossa delle quattro frecce.

Mi schiarisco la voce.

«Allora vado...» gli dico slacciandomi la cintura.

Lui non risponde.

Prendo la borsa ai piedi del sedile e me la metto in spalla, infilandoci dentro il telefono.

Mi giro verso di lui.

Non ha smesso di guardarmi un secondo.

Che imbarazzo.

Cosa si fa in questi casi?

Vorrei teletrasportarmi direttamente nel mio letto ed evitare questa situazione scomoda.

Mi avvicino a lui lentamente.

Il suo profumo mi penetra velocemente nelle narici.

Credo che potrei impazzire da un momento all'altro.

Gli scocco velocemente un bacio sulla guancia e mi allontano subito dopo.

«Buonanotte» gli dico a bassa voce afferrando la maniglia della portiera.

Faccio per scendere, quando sento afferrarmi il braccio.

Senza rendermene conto mi ritrovo le sue labbra sulle mie.

Il suo profumo mi invade totalmente.

La sua bocca sulla mia mi manda fuori di testa.

Sento le farfalle nello stomaco, le famose farfalle raccontate da tutti e che non avevo mai avvertito prima, e iniziano a tremarmi le mani non appena lui si stacca, rimanendo a un millimetro da me.

«Buonanotte» mi soffia sulle labbra dolcemente.

Accenno un sorriso imbarazzato e mi svincolo dalla sua presa in fretta.

Scendo alla velocità della luce dall'auto, chiudendomi subito dopo la portiera alle spalle.

Sento la macchina rimettersi in moto e sfrecciare via, mentre io rimango ferma davanti al cancelletto ancora totalmente stordita.

Cerco di regolare il respiro e di non far cedere le gambe ormai più molli di una foglia di palma bagnata.

Ops...

Questo sì che è un problema.

Un vero problema.

CAPITOLO 33

«Buongiorno.» Scendo gli ultimi gradini delle scale a chiocciola, arrivando in salotto.

Ho le gambe stanche e i capelli appiccicati al collo.

Passo di fronte allo specchio appeso alla parete principale.

Mio Dio, sembro uno spaventapasseri.

Mi aggiusto in qualche modo il nido di capelli che mi ritrovo in testa.

«Oh, ma buongiorno, signorina. O forse dovrei dire "buon appetito"?» Spunta mia mamma con le mani sui fianchi e un'espressione non precisamente amichevole.

Mi giro di scatto, alzando lo sguardo sull'orologio a pendolo che c'è in salotto.

12.20.

Cazzo.

Non pensavo di aver dormito così tanto!

E soprattutto, cosa ancora più grave, avevo totalmente scordato che mia mamma fosse ancora qui.

«Dai, Luisa, ti ricordi i tempi in cui facevamo mattina?» dice mio padre, rientrando dal giardino, seguito da Pisco.

Non ce la vedo mia madre mezza ubriaca su un lettino in spiaggia insieme a papà, aspettando l'alba.

Proprio no.

«È pronto!» grida zia Anna piombando in salotto con una teglia di lasagne tra le mani.

Alt. Fermi tutti.

Lasagne? A luglio?

Appena sveglia?

Potrei vomitare.

«Cloe, per piacere, andresti a svegliare tua cugina, che sta ancora ronfando?» mi chiede gentilmente zia Anna.

Assolutamente *no*.

Devo inventare una scusa.

Guardo mia zia, le lasagne e poi mia madre, che mi guarda severa come la signorina Rottermeier.

«Okay... vado» dico sbuffando, facendo dietro front verso le scale.

Salgo i primi tre scalini, ma per fortuna vedo Lara arrancare verso il piano inferiore.

«Sta scendendo» cantileno ritornando in salotto, indicando le scale.

«Buongiorno» spunta Lara assonnata trascinandosi verso la tavola.

Tutti ci sediamo davanti alle lasagne fumanti.

Ho voglia di lasagne più o meno come Pisco solitamente ha voglia di andare a correre.

«Allora è stato bello ieri sera, ragazze?» comincia mia mamma insospettita.

"Modalità segugio" attivata.

«Sì, sì, bellissimo!!» anticipo Lara, lanciandole un'occhiata per farla tacere.

Se mia mamma sapesse che ho passato la sera con un ragazzo, credo che potrei già fare le valigie e salutare le mie vacanze fino al compimento dei trent'anni.

«Sì, zia, è stato carino ieri sera» aggiunge Lara lanciandomi un sorrisetto, che non mi piace affatto e servendosi una porzione di lasagne degna di un lottatore di sumo.

Ma come fa a mangiarla appena sveglia?

Sicuramente è ancora ubriaca. Chissà quanta sambuca si è scolata insieme a quel disperato del suo barbuto.

E ora che ti ha fatto quel poveretto?

Nulla, ma non lo sopporto. E non sopporto la sua barba.

«Dopo pranzo io e tua madre partiamo» mi annuncia mio padre, sedendosi a tavola accanto a Pisco.

«Esattamente tra un'ora e cinquantaquattro minuti!» precisa mia mamma.

«Sicura? Non cinquantacinque?» la prendo in giro, iniziando a tagliare controvoglia le lasagne.

«Non prendere in giro tua madre, Cloe!» mi ammonisce lei minacciandomi con una forchettata di lasagne.

Alzo le mani ironica.

«Speriamo che non ci sia traffico» subentra zia Anna.

«Spero di no, Anna, altrimenti salta tutta la tabella di marcia» risponde preoccupata mia mamma.

Tabella di marcia?

Mia madre avrebbe fatto una brillante carriera nell'esercito, ne sono certa!

Inizio ad assaggiare la mia porzione di lasagne, affondando la forchetta e prendendone un boccone.

Di questo passo, prima della fine dell'estate, sarà difficile distinguermi da un ippopotamo.

Ma... gli ippopotami mangiano le lasagne?

Dubbi esistenziali. Eh, Lucy?

«Che è successo ieri sera?» mi sussurra Lara, mentre i nostri genitori continuano a chiacchierare sull'orario di partenza, come se fosse una questione di importanza vitale.

«Nulla» le dico stizzita a denti stretti.

«Be', sì, certo! Sei stata tutta la notte con Gio e non è successo nulla. Ma sì, ovvio!» mi risponde ironica.

«Shhhhhh!» la zittisco prima che qualcuno possa sentire.

«Ci sei andata a letto?» prorompe improvvisamente sottovoce.

Quasi mi strozzo.

«Vuoi cucirti quella bocca?» tossisco, riempiendomi il bicchiere d'acqua fino all'orlo. «Dici solo fandonie!»

«Intanto non mi hai risposto!» continua imperterrita.

«Lara, ti affogo nelle lasagne se non la smetti subito!»

Dopo circa un'ora finiamo di pranzare.

Per fortuna, aggiungerei.

Lara mi ha guardato indispettita per un po', sperando di scucirmi qualche parola in più su ieri sera, ma ovviamente non le ho detto nulla.

Dio mio, è un'impicciona clamorosa!

Zia Anna invece non ha fatto altro che farmi domande su domande e rimpinzarmi di cibo.

Mi ha poi costretto a mangiare una pesca come dolce.

«Mamma, zia, noi andiamo in spiaggia» dice Lara verso gli altri.

Sono le quasi le tre ed è da due ore che Lara si lamenta che vuole andare in spiaggia.

Cosa ci sarà mai in spiaggia, a quest'ora poi?

Ah, be', il barbuto. Ovvio.

Uff... Ma è eticamente accettabile che io debba ingozzarmi di cibo e infilarmi in fretta e furia un costume per andare a prendere caldo inutile invece di fare un meritato e gradevole pisolino postprandiale?

No. Ve lo dico io: non lo è!

Salutiamo tutti alla svelta e io spero per una volta di riuscire a schivare le mille raccomandazioni di mia madre, ma purtroppo la sua vena melodrammatica colpisce ancora.

«Cloe, fai la brava con zia Anna e chiama tutte le sere. E non bere alcolici, neppure una goccia, intesi? Non fumare, non drogarti e non...»

«Sì, mamma, seguirò i dieci comandamenti alla perfezione, non preoccuparti. E non finirò in un centro di riabilitazione per tossici, te lo prometto!» la interrompo incrociando le braccia.

Lara scoppia a ridere seguita da Pisco e mio padre.

Mia mamma, invece, annuisce seria alla mia battuta per un paio di minuti, per poi cambiare totalmente espressione, come al suo solito.

«Mi mancherai, piccolo tesorino mio» dice d'un tratto senza preavviso, abbracciandomi come una piovra.

I suoi soliti cambi d'umore improvvisi.

Sarà la menopausa.

«Sì, anche tu, mamma, però staccati ora, mi stai soffocando...» cerco di divincolarmi dalla sua presa.

«Ciao, zia Luisa» si intromette per fortuna Lara, andando a salutare mia madre.

In fin dei conti il fatto che Lara sia di fretta per incontrare quel deficiente di Tommi mi è utile, in questo caso.

«Fai la brava, ragnetto!» mi dice papà, distraendomi dai miei pensieri.

Mi chiama ragnetto da quando ero piccola, per i miei occhi

scuri e la struttura minuta credo. Ci sono così abituata che non ci faccio nemmeno più caso.

Adoro mio padre. È sempre molto discreto e delicato, nulla a che vedere con l'irruenza di mamma, che incredibilmente sta facendo raccomandazioni anche a Lara.

Dio mio, è talmente tragica che potrebbero prenderla come prima attrice per le tragedie di Eschilo.

«Tranquillo, daddy.» Gli faccio l'occhiolino ridendo. Lui ride a sua volta.

Per fortuna c'è papà.

Finalmente siamo fuori casa: non mi sembra vero.

Tiro un sospiro, mi lego i capelli e seguo Lara che è già corsa sul retro per prendere la bici.

«Vedo che hai fretta, cuginetta!» La raggiungo, saltando sulla bici.

«Chi? Io? Ma va'!» Fa la finta disinvolta, ma inizia subito dopo a mordicchiarsi nervosamente le unghie.

«Ah, no? Come ho solo potuto pensare che non vedi l'ora di vedere il tuo barb... ehm, Tommi...»

«Ma cosa c'entra Tommi? È che... be', che ho voglia di abbronzarmi... e il sole delle cinque non è certo quello delle tre!»

«Sì, va bene, cuginetta! Tranquilla, più tardi ti prenoto un corso accelerato con mia sorella per imparare a dire bugie!» le dico superandola in bici lungo il viale.

La sento lamentarsi ancora, ma non le do più retta.

La mia testa è da un'altra parte ora.

Siamo lungo la via che porta al cortile di Gio.

Batticuore.

Ripenso a ieri sera. A dire il vero, ci ho pensato tutta la notte a quel bacio.

Mi ha baciato senza alcun preavviso.

Dal nulla mi ha dato un bacio: così, senza nessuna logica.

Ma del resto, cosa di lui ha senso?

Lui è totalmente illogico!

Non so cosa pensare.

Perché lo ha fatto poi? Se solo sapessi cosa gli passa per la testa, sarebbe tutto più semplice.

Magari vuole solo divertirsi... Ancora.

E io sono la scema che ci casca. Sempre.

Come mi devo comportare ora che lo vedo?
Dio mio, che imbarazzo.
Raggiungo la fine del viale, per poi girare a sinistra verso la spiaggia.
La mia testa dice di tornarmene a casa e non mettermi nei guai, ma il problema è che le gambe invece continuano a pedalare spedite ascoltando solo il mio cuore pazzo.
Appoggiamo le bici e risaliamo lungo la passerella.
Il profumo di fiori di ciliegio mi distrae da tutti i pensieri che continuano a frullarmi in testa.
L'aria è tiepida, oggi.
Il sole semicoperto da nuvole soffici.
Anche se cerco di negare a me stessa l'evidenza e a distrarmi con la mente, il mio cuore non mi dà tregua. Al solo pensiero di rivederlo inizia a far capriole e salti mortali su e giù nel petto.
Non si può andare avanti così.
Credo di avere bisogno di un buon cardiologo!
«Ehi, ragazzi, già tutti in spiaggia?» grida improvvisamente Lara.
È davvero fastidiosa quando fa così.
Alzo di colpo lo sguardo.
Abbiamo raggiunto gli altri al bar del Long Beach.
«Giochiamo a Dito, vi unite?» chiede subito Fra spostando la sedia per farci posto.
«Ciao anche a voi» dice Lara avvicinandosi al tavolo.
La seguo a ruota, tenendo sempre lo sguardo fisso sulle mie unghie dei piedi.
Dovrei metterci lo smalto ora che ci penso.
Tanto mamma non lo verrà mai a sapere: dice che i coloranti distruggono la cheratina.
Che poi non so nemmeno cosa sia la cheratina.

La smetti di inventare le più stupide cavolate pur di non alzare lo sguardo?
Dovrei alzarlo?
Sì, dovresti! Ti stanno fissando tutti.
Sì, dovrei… Come dovrei mettermi lo smalto, magari posso andare a casa a metterlo e poi torno. Sono davvero brutti i miei piedi così, non credi?

Cloe!!!!

Okay. Okay.

Alzo lentamente lo sguardo.

Molto lentamente.

Unghie dei piedi. Pavimento. Piedi del tavolo. Tavolo. Vedo delle birre sul tavolo.

Birre alle tre del pomeriggio?

Vabbè, andiamo avanti.

Palla da basket.

Il primo che vedo è Tommi.

Poi c'è Fra che sta giochicchiando con lo stecchino di legno del ghiacciolo.

Alla sua destra Lollo. Poi il posacenere di Lollo.

Un panino. Al suo fianco, Elvis. Avevate dubbi?

Vicino a lui c'è Gue. Si sta facendo gli affari suoi chattando con chissà chi.

Manu e Bea sono invece in fondo al tavolo. Stanno litigando su chi avesse finito i tovaglioli.

E poi lo vedo.

Il cuore martella come un tamburo brasiliano, quando i suoi occhi incrociano i miei per un istante.

Un solo attimo.

Poi si gira dall'altra parte per scrollare la cenere dalla sigaretta.

Ma come?

Improvvisamente tutto ciò che mi ero immaginata fino a questo momento sul primo sguardo dopo il bacio di ieri notte crolla come un castello di sabbia.

Lo guardo confusa mentre aspira l'ultimo tiro dal mozzicone che ha tra le mani.

I suoi capelli sono perfettamente pettinati, neri come al solito.

La maglia grigia smanicata mostra le sue spalle larghe, un po' arrossate dal sole.

«Ehiiii! Ci sei?» mi scimmiotta Lara, passandomi la mano davanti agli occhi.

Scuoto la testa e annuisco di fretta, deglutendo a fatica e cercando di tenere a freno la corsa pazza del mio cuore.

«Quindi, giocate o no?» chiede Gue scocciata, strizzando il top che indossa, per far uscire l'acqua in eccesso.

I ragazzi si girano tutti a guardarla come fosse un'apparizione divina, mentre a me danno meno nausea le lasagne al forno di zia Anna appena sveglia.

Decido di non dire una parola, sto pensando ad altro ora e sinceramente non ho tempo di rispondere alle domande di quella Miss Mondo da quattro soldi.

«Certo!» le risponde Lara stizzita, sedendosi accanto a Tommi.

Faccio lo stesso, prendendo una sedia dal tavolo a fianco e posizionandola accanto a quella di mia cugina.

«Sapete giocare?» chiede Paolo.

«Ovvio che sì» risponde Lara, accavallando le gambe con fare civettuolo.

Non la sopporto quando fa così.

Paolo rivolge poi lo sguardo verso di me, in attesa di una risposta.

Mi volto, ripercorrendo velocemente gli altri.

Gli occhi di tutti sono puntati su di me.

Tutti, tranne quelli di Gio.

Guarda in basso, rigirandosi in continuazione tra le mani il solito accendino giallo.

Ma che problemi ha!

Per quale assurdo motivo mi ignora?

«Quindi? Tu, Cloe, sai giocare?» mi incalza Paolo.

«No… ma imparo in fretta» rispondo atona, senza smettere di guardare il cretino che mi sta di fronte.

Avrei voglia di prendergli quell'accendino dalle mani e bruciargli tutti i peli del naso.

«Sai che si gioca a bere, vero?» continua Lollo rivolto verso di me.

Bere?

Giochi alcolici alle tre del pomeriggio?

Ah, ecco. Ora si spiega il motivo per cui questo tavolo è tappezzato di bottiglie di birra.

«No, io non bevo» sentenzio, spostando il bicchiere di plastica che mi avevano già posizionato davanti.

Per nessuna ragione al mondo berrei a questa ora.

«Anche perché altrimenti muori» ridacchia quella faccia tosta di Gio di punto in bianco.

Ruoto lentamente la testa verso di lui, puntando dritta gli occhi nei suoi.

Ma è la stessa persona di ieri?

Il Mister Hyde di Stevenson esiste davvero, dunque.

«L'alcol lo so reggere benissimo, ma non bevo a colazione, grazie!» ribatto ironica toccandomi il polso per indicare l'ora.

Gli altri ridono. Gio si accende impassibile un'altra sigaretta. Ritornando al suo mutismo selettivo.

«Gue mi passeresti una di quelle?» le chiede Fra rivolgendo lo sguardo a una cassa di birra accanto alla sua sedia.

«Ovvio, vita mia» dice lei, abbassandosi teatralmente per afferrare la bottiglia.

Io non la reggo.

Non reggo nessuno, oggi.

Gue si muove come una spogliarellista da bar di periferia e mette in bella mostra tutte le sue grazie a beneficio di Gio che si gode lo spettacolo senza ritegno alcuno.

Mi verrebbe voglia di prenderlo a schiaffi.

«Oh, scusa, gioia! Ti ho messo le tette in faccia senza volerlo» gli dice quell'oca patentata facendo la finta tonta e accarezzandogli i capelli, ma senza spostarsi di un millimetro.

Incommentabile.

«Per me puoi anche restare qui tutta la vita» dice il cretino sogghignando.

Ah, ah, ah: da sbellicarsi dalle risate!

«Confermo» aggiunge quell'imbecille di Lollo al suo fianco.

«Che sciocchini che siete» dice Gue, con quella sua inconfondibile risata da clacson stonato.

Gio non le stacca gli occhi di dosso.

Non lo sopporto.

Io lo ammazzo.

Giuro che lo faccio.

Al momento avrei solo voglia di infilargli la testa nella bottiglia di birra.

Anzi, peggio.

Che rabbia!!!

Ho già detto che non lo sopporto?

Almeno duecento volte!

Bene, lo ridico: non lo sopporto. E tu, Lucy, taci che ne ho anche per te oggi.

Mamma mia, che permalosa…

CAPITOLO 34

«Per me... Sono due!» grida Fra alzando di scatto l'indice.

Tutti lo seguono a ruota.

Solo Elvis rimane col dito sul tavolo.

«Cazzo, Elvo, non potevi alzarlo? C'avevo preso!» si lamenta Fra, rimettendo la mano in posizione.

Elvis sghignazza, dando un altro morso al suo panino.

Figurati se Elvis si sforza di alzare l'indice quando già sta usando l'altra mano per mangiare: sarebbe stato uno spreco eccessivo di energie.

Volete sapere cosa sta succedendo?

Eccovi accontentati: i ragazzi stanno giocando a un gioco di nome "Dito".

E se ve lo state chiedendo, sì, è un gioco stupido.

A turno ciascuno dice quante dita si aspetta che rimangano sul tavolo: se indovina esce dal gioco ed è salvo, altrimenti deve continuare a giocare.

Chi perde beve, ergo: gioco da alcolizzati cronici per molluschi senza cervello.

Lo so, sono acida come il latte di soia scaduto oggi. Non posso farci niente.

«Per me sono... quattro!» dice Tommi lentissimo.

Tutti alzano il dito tranne Elvis, ovviamente.

«Prova a farlo ancora più lentamente, Elvo. Vediamo se ci riesci!» lo provoca Lollo ridendo.

«Per me sono... cinque!» urla Lara alzando il suo dito.

Dovrò comprarmi dei tappi per orecchie: tra lei e zia Anna non so chi urla di più.

Nessuno alza il dito e lei lo rimette in posizione, sconfitta.
Dopo Lara ci sono io.
Tocca a me.
Mi sento tremendamente stupida per ciò che sto per fare.
Ma dopotutto, in mezzo a un branco di rape...
«Per me sono due» dico monotono, superveloce.
Tutti alzano il dito.
Tutti tranne me ed Elvis ovviamente.
Elvo sempre fedele.
Tutto calcolato!
Mi lascio cadere all'indietro sullo schienale della sedia, senza poter evitare di sorridere beffardamente.
Non so come gli altri non ci siano arrivati: Elvo tiene sempre il dito sul tavolo, era ovvio!
«Come ho detto, imparo in fretta» dico serena, versandomi del tè nel bicchierino di plastica.
«Cazzo, Cloe. Brava!» esulta mia cugina fissandomi sbalordita.
Gli altri mi guardano allo stesso modo.
Anche Gio stavolta non può fare a meno di girarsi nella mia direzione.
«Che c'è? Non ho mica risolto la congettura di Gilbreath!» rispondo tranquillamente.
«La congettura di chi?» risponde Paolo smarrito.
Mi sto divertendo troppo, giuro.
«Lascia perdere!» gli risponde Manu ridendo.
«Cloe, d'ora in poi sei la vincitrice indiscussa!» sentenzia Fra, facendomi l'occhiolino.
Gli sorrido divertita.
«Quindi? Continuiamo?» subentra Gio acido.
Mi sa che anche a lui è scaduto il latte di soia oggi!
«Sì, ma sta' sereno, frate» gli risponde Lollo.
«A chi tocca?» chiede Manu.
«Sta a me!» esulta Guendalina con un acuto da soprano.
Tutti riposizionano le dita sulla tavola.
E ricomincia il gioco.
Lollo sorseggia tè alla pesca dal bicchierino di plastica come fosse cognac mentre aspetta il suo turno.
Fra, invece, continua a versarsi birra nel bicchiere: suo fratello

ne ha lasciata una incustodita sul tavolo, troppo impegnato a pomiciare con Lara per mettersi a bere.

Anche Gio ha finito la sua, e pensate un po'... sta bevendo quella di Elvis, troppo intento a mangiarsi il suo ennesimo panino.

Mi alzo dal tavolo.

Un leggero senso di nausea mi sale fino in gola.

Effettivamente l'odore di birra alle quattro del pomeriggio è abbastanza disgustoso. Se si aggiunge anche la presenza di quel minchiotauro di Gio, la cosa è al limite dello sbocco.

Mi dirigo verso il bar, lasciando gli altri a giocare a quella specie di gioco.

Entro nella veranda pavimentata in legno, fino a raggiungere l'ingresso principale del bar.

Raggiungo la toilette che è, come sempre, un vero schifo.

Un po' come la mia vita, insomma.

Mi lavo le mani nel piccolo lavandino in fondo a questo buco di bagno che puzza di stalla.

È tutto sporco di sabbia e persino lo specchio ha decisamente visto giorni migliori.

Mi do una sistemata ai capelli arruffati.

Se solo potessi sistemarmi anche la testa sarebbe tutto più semplice.

Non riesco a togliermi dalla mente l'immagine di quel mezzo bacio di ieri sera. Sembra che me lo abbiano stampato nel cervello e non ci sia modo di cancellarlo.

Ma dov'è finito il mio solito buon senso...

Mi direbbe di sicuro di lasciar perdere quel deficiente, di non perdere tempo in storie impossibili, di pensare a me stessa e, infine, di godermi questa fantastica vacanza.

Sbuffo sonoramente davanti a quello specchio lercio.

Non devo più pensarci.

Mi volto verso l'uscita del bagno.

Me l'ero ripromessa: niente coinvolgimenti, solo cose tranquille e ordinarie!

Come Riccardo, appunto.

Nessun dramma uguale nessuna delusione.

Non posso cascarci, perché non posso soffrire.

Non più, per lo meno.

«Ce la posso fare...» ripeto a me stessa aprendo la porta del bagno.

«Ignorarlo... Devo *solo* ignorarlo. Devo *assolutamente* ignorarlo» mi ripeto convinta, attraversano la passerella verso il bar.

«Chi devi ignorare, bellezza?!»

Le sue parole mi arrivano dritte alle orecchie, ancora prima che il suo corpo mi intralci la strada, piazzandomisi di fronte.

Passo con lo sguardo lentamente dalle infradito firmate, tipiche da fighetto, ai polpacci depilati, al costume blu a fiori bianchi stampati.

Fino alla scopa di saggina.

«Non ti riguarda, lasciami passare» gli rispondo secca, passando alla sua destra per superarlo.

Lui fa un passo di lato anticipandomi e bloccandomi di nuovo.

«Non ci senti forse?» ribadisco stizzita alzando la voce.

Lui mi guarda con un ripugnante ghigno sulle labbra.

«Ma Cloe, a me puoi dirle certe cose. Sai, ho un animo sensibile e mi stanno particolarmente a cuore i tuoi problemi» risponde sarcastico poggiandomi le mani sulle spalle.

Indietreggio automaticamente, scostandomi da quelle mani viscide.

Cloe? Sa il mio nome?

«Per caso ci conosciamo? Deve essermi sfuggito il momento in cui mi sono presentata!» gli dico incrociando le braccia sul petto.

Ma possibile che capitino tutti a me i deficienti?

Proprio oggi poi, che a malapena sopporto me stessa.

Oh, finalmente riconosci che sei insopportabile!

Mai quanto te, Lucy. E mai quanto questo cretino che ho di fronte.

«No, bellezza, ma se vuoi possiamo iniziare a conoscerci sin da subito» dice ammiccante, avvicinandosi al mio viso.

«Levati subito di torno, pervertito!»

Gli do uno spintone, ricominciando a camminare per la mia strada.

«Non mi arrendo tanto facilmente, sai?» mi grida lui alle spalle.

Mi fermo di colpo.

«Stammi lontano, Didoli» gli dico schietta.

«Ah... Vedo che anche tu mi conosci già!» ride spocchioso.

Cazzo.

Il cognome. Ovviamente la mia lingua parla prima della mia testa.

Avrei voglia di usare quella scopa di saggina per pulire tutta la passerella.

Okay, se non me ne vado subito penso che le mie tendenze violente possano prendere il sopravvento.

Mi giro di nuovo e continuo a camminare svelta verso il bar, lasciandomi alle spalle quel Didoli e la sua vomitevole risata.

Ritorno davanti all'entrata e ripercorro la solita veranda.

Vedo che gli altri sono ancora tutti al tavolo, ma non stanno più giocando.

Alcuni bevono, altri ridono. Elvis ha in mano un gelato gigante.

Mi avvicino al tavolo, spostando rumorosamente la mia sedia.

«Oh, sei qui! Ma dov'eri finita?» mi chiede Lara accigliata.

«Ero in...»

«Mia mamma ha detto che dobbiamo tornare subito a casa per darle una mano!» continua senza neppure aspettare la mia risposta.

Che diavolo mi chiede a fare le cose, se poi non mi dà ascolto?

«Per fare che?» le rispondo scocciata, riempiendo di birra un bicchierino di plastica.

Che c'è?

Ho bisogno di un po' di alcol, so che è ancora pomeriggio, ma ascoltare mia cugina e sopportare questo branco di molluschi comporta delle conseguenze.

Gio mi dà uno sguardo veloce, alzando il sopracciglio e incurvando le labbra in un lieve sorrisetto, non appena si accorge che mi sto riempiendo il bicchiere.

Lo guardo al suo stesso modo.

Ma non faccio in tempo ad aprir bocca che subito si rimette a scrivere al telefono.

L'anello che ha al pollice picchietta sullo schermo.

Chissà con chi sta parlando...

«Per montare il gazebo in giardino!!» mi stritola freneticamente Lara per un braccio.

Mi distolgo da Gio, rivolgendole uno sguardo omicida.
È odiosa.
«Stasera che facciamo?» chiede Gue accavallando le gambe.
«Boh, c'è la Baia stasera?» dice Fra rivolto a Gio.
Lui si stacca finalmente da quel maledetto telefono.
Sta per parlare, ma Lara lo precede.
«Be', qualsiasi cosa facciate, avvisateci! Io e Cloe dobbiamo scappare» dice euforica, come se fossimo in procinto di andare al matrimonio di Lady Gaga.
Che poi lei deve scappare: io cosa c'entro con zia Anna, lei e questo benedetto gazebo?
«Ti avviso io, non preoccuparti» le dice il barbuto, dandole un altro bacio.
E basta, santo cielo!
Mi riempio un altro bicchiere, ma Lara non mi dà neppure il tempo di berlo che mi tira verso la passerella.
«Stavo bevendo!» le dico strattonando il braccio dalla sua presa, mentre guardo gli altri ridere al tavolo.
«E io ti ho detto che dobbiamo andare!» risponde lei sistemando la borsa e camminando alla svelta verso l'uscita.
«Ecco, è proprio questo il punto: dobbiamo? Devi!» le grido dietro, mantenendo il suo passo svelto.
Ma guarda tu se devo sopportare i capricci di questa adolescente troppo cresciuta: prima bisogna correre al mare perché altrimenti il suo povero barbuto non poteva sopravvivere senza i suoi baci e ora si deve tornare in fretta a casa per uno stupido gazebo.
Qualche ora dopo, il gazebo è finito.
E i toast alla mortadella che ha preparato zia Anna anche.
Mi distendo sulla sdraio blu accanto a Pisco, che sta contemplando l'albero di pesche.
Lara è salita di sopra con la scusa di una chiamata urgentissima da fare. Starà di sicuro parlando con Tommi.
E io qui, ignorata anche da Pisco.
Se penso che in questo momento avrei dovuto essere in vacanza con Riccardo… So quanto ci tenesse che partissimo insieme ed è stato imperdonabile da parte mia mandare tutto a monte.
Il fatto è che non so bene cosa fare con lui.

Il problema è che mi sto accorgendo sempre di più di quanto lui sia innamorato di me e di quanto io invece non lo sia di lui.

Fino a qualche tempo fa ero convinta che nemmeno a lui importasse più di tanto di me.

Eravamo fidanzati, è vero, ma solo per convenienza. Forse troppo cinici per rimanere soli. E probabilmente troppo pigri per lasciarci. Usavamo l'uno la compagnia dell'altra per dire convenzionalmente al mondo "di essere fidanzati con qualcuno".

Poi qualcosa è cambiato e con la consapevolezza dei suoi sentimenti per me, ormai evidenti, non posso continuare a prenderlo in giro.

Devo chiuderla, se non voglio farlo soffrire.

Ma dopo tanto tempo non è affatto facile.

Gli voglio molto bene.

Ma non lo amo.

Amare.

Non so neppure cosa significhi questa parola.

E in ogni caso non intendo scoprirlo. Non mi innamorerò mai di nessuno, se poi alla fine tanto si sta male. Non succederà.

Ho già sofferto abbastanza, non mi serve un tizio che mi gironzoli attorno con mazzetti di margherite e cuoricini e il giorno dopo mi molli per un'altra.

Sto benissimo anche da sola.

Mi alzo di scatto dalla sdraio, forse per allontanarmi più dai miei pensieri che dal giardino.

Raggiungo la veranda di fronte al cortile, attraversando lo stretto corridoio di piante.

Mi appoggio al davanzale laccato di bianco.

Tiro fuori il telefonino dai jeans e mi perdo nel nero dello schermo.

Nero. Tutto ciò che è nero mi fa venire in mente i suoi occhi. La differenza sta nel fatto che il suo sguardo mi permette di leggere insieme un miliardo di colori.

Sono ossessionata, è assodato.

Sblocco lo schermo del telefono e cerco la chat di Riccardo.

Esito un secondo.

Ultimo accesso ieri mattina.

Blocco il telefono sospirando.

Non ci riesco.

«Oh, Cloe, sei qui!» grida Lara uscendo di corsa in veranda.
«Ehi...» le dico soprappensiero, rimettendo il cellulare in tasca.
«Che stavi facendo?» mi dice sospettosa, vedendomi assorta.
«Ehm... no, niente di che...»
«Mmh, okay... Be', senti, vai a prepararti che tra dieci minuti usciamo. Gli altri ci stanno aspettando da Gio!» dice euforica saltellando sul posto come un coniglietto pasquale.
«Okay» le dico in fretta, dirigendomi verso il portone di casa.
Lei si ferma di colpo strabuzzando gli occhi.
«Okay? Soltanto okay?» mi incalza incredula.
«Sì... okay...» le ripeto.
Ridacchio per l'espressione che ha fatto mia cugina.
Pagherei per rivederla.
Forse anche voi starete pensando che io sia impazzita tutt'un tratto.
Ma voglio davvero andarci al cortile questa volta.
Voglio vedere Gio. E voglio essergli totalmente indifferente.
Riesco sempre a fare ciò che voglio e ci riuscirò anche questa volta. Riuscirò a togliermelo dalla testa una volta per tutte.
«Cloe, aspetta!» mi ferma improvvisamente Lara sulle scale.
Mi giro verso di lei.
«Scusa per oggi, non volevo trattarti male» mi dice piano, guardandomi pensierosa.
«Tranquilla, non importa» le rispondo accennando un sorriso, per poi continuare a salire.
La sento ridere non appena arrivo in cima alle scale.
So che non era sua intenzione comportarsi in quel modo: Lara è estremamente impulsiva, un po' come sua madre, ma in fondo non c'è cattiveria nelle sue azioni.
Ma sia ben chiaro, questo non toglie che sia una immensa rompiscatole!
Entro in camera ridendo ancora per la faccia che ha fatto mia cugina. Avrei dovuto scattarle una foto. Era epica.
Mi chiudo la porta alle spalle e mi levo la maglietta lanciandola sulla poltroncina accanto al letto.
Dovrei riordinarla questa stanza, ora che ci faccio caso.

Oh, wow, sono sorpresa. Finalmente te ne sei accorta di dormire in una stalla!

Ma dai, in fondo non è così sporca la mia stanza.
Solo un tantino disordinata...
Un tantino? Ogni volta che ti cambi lasci i reperti dei tuoi vestiti lerci in giro e tu dici un tantino?
Okay, sì, lo ammetto, c'è uno schifo qui dentro.
Domani riordino, promesso!
Sì, certo!

Riprendo pentita la maglietta dalla poltroncina e mi metto a piegarla per bene sul letto.
È possibile che la mia coscienza mi faccia venire questi sensi di colpa solo per un po' di disordine?
Sembra mia madre!
Apro il secondo cassetto e ci infilo dentro la T-shirt piegata.
Perfetto! Ora va già meglio, no?
Mi siedo sul letto assorta, contemplando i miei vestiti un po' come Pisco contemplava prima le pesche.
Bene, e ora?
Che cosa mi metto stasera?

CAPITOLO 35

La luce soffusa del cortile di Gio si fa largo tra il buio del giardino circostante.

Seguo Lara assorta, nel mio vestito color pesca e i sandali neri che scricchiolano a ogni passo.

Passo le dita sotto la linea di eye-liner intorno agli occhi, per sistemarla almeno un po'.

Lara mi ha letteralmente trascinata fuori casa.

Neanche il tempo di finire di truccarmi e fare pipì…

«Cloe, hai preso le chiavi?» sussulta quella sbadata di mia cugina, fermandosi di colpo.

Alzo gli occhi al cielo.

«Se per qualche assurdo e aberrante motivo stai prendendo in considerazione la possibilità di tornare indietro, be', ti dico già che non opporrò alcuna resistenza!» dico ironica portandomi una mano al petto.

«Non succederà!» Mi punta l'indice con fare autoritario.

È abbastanza ridicola quando fa così la saccente dispotica, pur essendo alta un metro e un lecca-lecca.

«Vado a prendere io le chiavi, tu raggiungi pure gli altri!» dice di colpo, come se avesse appena avuto l'idea del millennio.

Spero stia scherzando.

«Non ci pensare proprio, io non…» cerco di ribattere.

«Nessuna obiezione! A dopo cuginetta!!» dice scomparendo alla velocità della luce lungo il vialetto buio.

Rimango come uno stoccafisso in mezzo al viale.

Non ci posso credere che lo abbia fatto ancora!

Non ci posso credere che devo ancora presentarmi in quello stupido cortile da sola.

Che nervi!

Giro controvoglia i tacchi, anche se in questo momento scapperei in Texas. Cerco di fissarmi sul pietrisco che scricchiola a ogni passo per evitare di pensare a quanto io sia agitata e a cosa io debba dire nel momento in cui mi troverò davanti a tutti.

Davanti a Gio, soprattutto.

Ho la pelle d'oca anche se ci sono 40 gradi.

Non so cosa mi stia accadendo, ma di certo questa vacanza mi sta facendo male.

Come minimo devo aver preso una di quelle strane malattie croniche dai nomi irripetibili, di cui si sente tanto parlare.

«Ciao!» dico con un entusiasmo pari a quello di una secchiona a un rave party.

Tutti si voltano verso di me. Fantastico. Questa situazione è esattamente quella che disperatamente cerco ogni volta di evitare.

«Ehi, Cloe, entra!» mi dice Fra.

Apro il cancelletto in ferro, facendo girare la maniglia arrugginita.

Lo richiudo alle mie spalle.

Rimango immobile davanti al tavolo.

Tutti mi stanno fissando, come aspettandosi qualcosa da me.

Non so perché la gente si aspetta sempre che qualcuno faccia qualcosa. È necessario sempre fare qualcosa? Uno può anche non fare nulla, no?

Interpretazioni filosofiche in momenti decisamente imbarazzanti.

«Prendi la sedia sotto quella cassa, dovrebbe essere pulita.»

La voce roca e aspra di Gio mi arriva dritta alle orecchie.

Non lo guardo. Non gli rispondo.

Mi dirigo semplicemente come un automa verso la sedia in questione e metto a terra la cassa di birra che c'era sopra.

Mi accomodo tra Gue ed Elvo.

«Il gatto ti ha mangiato la lingua, per caso?» cantilena Gue con la sua risatina da gallina.

«No, è stato uno scoiattolo» le rispondo serenamente, incrociando le gambe.

«In che senso, scusa?» ribatte lei stranita.
«Uno scoiattolo mi ha mangiato la lingua» continuo a prenderla in giro.
Gue si mette a ridere improvvisamente. Deve essere proprio scema questa qui...
«Be', raga, continuiamo?» dice Lollo, facendo ruotare con l'indice la bottiglia vuota al centro del tavolo.
Non ditemi che è "Obbligo o Verità", perché altrimenti giro i tacchi all'istante e me ne vado a casa.
«Ma Lara dov'è?» mi chiede Tommi, interrompendo Lollo.
Sembra un pulcino smarrito senza mia cugina.
«Aveva dimenticato le chiavi. Torna subito» gli rispondo, appoggiando il telefono sul tavolo e riempiendomi un bicchiere di plastica di aranciata.
«Eccomi qui!» urla Lara da dietro il cancelletto, sbucando dal nulla.
Lara entra in cortile. È paonazza: deve aver corso come una forsennata.
Ovviamente non poteva assentarsi troppo dal suo barbuto e rischiare di perderlo di vista.
«Quindi ora che ci siamo tutti, possiamo continuare?» chiede Lollo scocciato.
«Continuare cosa?» chiedo pregando mentalmente che non sia ciò che temo che sia.
Vi avverto, se si tratta realmente di "Obbligo o Verità", vado a giocare a briscola con i vecchietti del cortile di fronte!
«Giochiamo a Spik» mi spiega Fra, guardandomi come per capire se avessi una vaga idea di quello che sta dicendo.
Eh, certo, ci gioco tutti i giorni effettivamente! Ma come ho fatto a non pensarci prima?
«La persona che viene indicata dalla bottiglia deve fare una domanda a un altro e via così» dice Manu in fretta addentando subito dopo un bombolone appena pucciato nel latte.
Caspita, fa già colazione? È in largo anticipo, direi...
Annuisco, fingendo di aver capito tutto alla perfezione.
Lara si accomoda in braccio a Tommi e Lollo fa di nuovo girare la bottiglia in mezzo al tavolo.
Il rumore del vetro sul legno attira l'attenzione di tutti. Persino Elvo ha smesso di mangiare.

La bottiglia continua a girare su se stessa, poi rallenta e si ferma quasi davanti me…

No, no, no. Dai, gira ancora un po', ti prego!

Incrocio le dita sotto il tavolo, stringendole così tanto che mi diventano le nocche bianche. La bottiglia, con un ultimo, incommensurabile sforzo, si ferma di fronte a Gue che esulta come una cornacchia impazzita.

Non riesco a capire perché ami tanto stare al centro dell'attenzione. Io, al contrario suo, faccio di tutto pur di non farmi notare!

Si mette impettita sulla sedia, schiarendosi la voce.

«Bene, bene, bene…» inizia guardandosi intorno, circospetta e perfida.

Già mi dà la nausea.

Mi lancia uno sguardo di sottecchi, nascondendo un mezzo sorriso tra le sue unghie lunghissime, affilate e superfluorescenti.

«Fra!» dice d'un tratto, senza smettere di guardarmi.

Okay, sto iniziando a preoccuparmi sul serio di cosa quel cervello in salamoia stia elaborando.

«Ti piace Cloe?» sputa d'un tratto, ridacchiando come una iena.

Strabuzzo gli occhi verso di lei e quasi mi strozzo con la birra che ho appena rubato a Elvo.

«Verità!» lo incalza senza pudore, tra lo stupore generale.

Faccio scorrere velocemente lo sguardo su Fra, imbarazzato e rosso come un peperone.

«Non credo sia il caso di fare questo genere di domande» interviene Gio.

Mi giro a guardarlo di scatto.

Il suo sguardo è incazzato, ancora più nero del solito.

Ma non sta guardando Gue, sta guardando me.

«Non ho problemi a rispondere» ribatte Fra, rivolgendo a Gio uno sguardo di sfida.

Okay, adesso conto fino a tre e mi nascondo sotto la sedia di Elvis.

«Visto, Gio… Fra non ha alcun problema a rispondere!» ridacchia Gue, col suo solito fare da stronza.

Gio stringe i pugni sul tavolo, visibilmente agitato.

Fra invece non sembra per nulla turbato e si riempie di nuovo il bicchiere.

Prende un lungo sorso, guardando fisso la bottiglia ferma al centro del tavolo.
Tutti si aspettano una sua risposta.
Io invece lo imploro silenziosamente di non rispondere.
Per favore, Fra. Stai zitto.
Zitto, cazzo. Non rispondere.
«Sì, mi piace» dice d'un tratto spavaldo.
Io non so dove guardare. Non so *chi* guardare.
Fra invece sta guardando me.
Rettifico, tutti mi stanno guardando.
Alzo lo sguardo verso Fra e lo supplico con gli occhi di rimangiarsi all'istante ciò che ha detto.
So che non lo farà, ma ci provo lo stesso.
Tutto questo mi mette terribilmente a disagio.
Gli piaccio sul serio?
Forse avevo notato qualcosa, ma non credevo addirittura di piacergli.
E ora cosa penseranno tutti gli altri di me?
E di Fra?
E Gio, cosa starà pensando?
Crede davvero che ci sia qualcosa tra noi?
Dio mio. Spero di no.

E perché? Cosa cambierebbe se Gio lo pensasse?
Senti, Lucy, non ti ci mettere anche tu che adesso ho ben altro a cui pensare.

Per esempio, devo trovare il modo di uscire da questa situazione imbarazzante oltre ogni immaginazione.
«Perché non dovrebbe piacermi? Cloe piace a tutti, giusto?» dice Fra, facendomi l'occhiolino.
Tiro finalmente un sospiro di sollievo.
«Be', ma così non vale, raga! Dai, abbiate un po' le palle...» si lamenta quell'oca di Gue.
Ora le tiro il collo, giuro.
«Finiscila» la ammonisce d'un tratto Gio, severamente.
«Scusami? Ma cosa stai dicendo?» dice lei, visibilmente sconvolta.
«Ho detto di piantarla! Altrimenti, te ne vai» ribatte lui serio.

«Per la miseria, raga, quanto siete suscettibili. Vado a prendermi un po' di vodka, almeno mi diverto!» ribatte Gue alzandosi di scatto e salendo sculettando i tre scalini che portano alla cucina della casa.

«Dai, continuiamo!» incalza Lollo.

«Tocca a me!» dice Fra sporgendosi verso la bottiglia al centro del tavolo.

Tocca a Lara questa volta rispondere.

«Sei mai andata a letto con mio fratello?» chiede Fra, facendo diventare mia cugina più rossa di una ciliegia matura.

«Ehm io... Cioè, noi... Ecco...» balbetta imbarazzata mia cugina.

La aiuterei anche a uscire da questa situazione, se non fosse che sono estremamente curiosa di saperlo anche io!

«Sì...?» la incalza Fra continuando a sorseggiare.

Tutti sono in attesa trepidante della risposta di Lara.

«Sì, ecco... Be', sì...» risponde imbarazzatissima, nascondendosi subito dopo tra le braccia del barbuto che ride insieme agli altri.

Gue torna in cortile, posando sul tavolo bottiglie di ogni tipo.

«Mi sono persa qualcosa?» dice guardandosi intorno, tra le risate generali.

«Mmh, no, niente a parte che Tommi si bomba Lara» grida Lollo senza smettere di ridere e fumare.

«Eh, be'? Che c'è di strano? Tommi si è bombato anche me, ma non avete fatto tutto questo casino!» dice lei sedendosi di fianco a me.

La cosa preoccupante è che dice queste cose come se fossero un motivo di orgoglio!

«Be', forse perché ci stupirebbe di più se ci fosse qualcuno in questo tavolo che tu non ti sia fatta!» ribatto io, non riuscendo più a trattenermi.

Non mi piacciono certi commenti e quello di prima poteva anche evitarselo!

Tutti scoppiano a ridere alla mia battuta.

Gio, invece, mi lancia un'occhiataccia.

Chissà perché poi ce l'ha tanto con me adesso... Quel ragazzo è snervantemente incomprensibile!

«Dai, continuiamo!» dice Manu prendendo l'ultimo bombolone dal sacchetto, fregandolo a Elvis da sotto il naso.

Lara si ricompone all'istante, mettendosi composta e ignorando con freddezza i commenti di tutti. È proprio come sua madre.
Si sporge e gira la bottiglia.
Gira, gira, gira e questa volta il tappo si ferma proprio davanti a Lollo.
«Oh, raga, attenzione! Tocca a me» dice avvicinando rumorosamente la sedia al tavolo.
È proprio fuori di testa questo ragazzo.
«Lollino, dunque, quando hai fumato la tua prima sigaretta?» chiede Lara.
«Cioè, vuoi sapere quando sono nato?» dice Lollo, ridendo sguaiatamente della sua stessa battuta.
È proprio un caso perso, confermo.
«Dai, stupido!» risponde Lara ridacchiando.
«Okay, okay! Vi dirò la verità» continua Lollo a bassa voce, come per creare una certa suspense alla sua risposta, di cui in realtà credo non freghi niente a nessuno.
Si accende comodamente un'altra sigaretta, giusto per intossicarci ancora un po' e fa uscire il fumo dalle narici: repellente.
«A quattro anni» dice dopo tutto questo inutile show.
Resto immobile per qualche secondo e mentre io cerco di spiegarmi la sua profonda stupidità, Gue improvvisamente esordisce dicendo: «Ma sul serio, Lollo?».
Non so se sono più stupita dalla stupidità di Lollo o da quella di Gue.
Nel dubbio, mi stranisco per entrambe.
Gli altri ridono, mentre Gio asseconda quella cretina di Gue raccontandogli una storia inventata al momento su come Lollo fosse finito su un giornale per aver fumato la sua prima sigaretta a quattro anni.
Credo di aver sentito abbastanza.
Ho bisogno di acqua.
Faccio un segno a Gio per chiedergli se posso entrare in casa.
Lui non mi calcola di striscio.
Be', chi tace acconsente.
Mi dirigo verso la cucina, cercando a tastoni l'interruttore sul muro freddo accanto alla porta.
Nulla.
Ma è possibile che la luce in questa casa sia introvabile?

Apro il frigorifero per farmi luce e cerco nel mobiletto di legno sopra la cucina un bicchiere pulito.

Il lavandino è stracolmo di piatti, pentole e bicchieri che giacciono lì, sporchi, da chissà quanti giorni.

«Cloe, dove sei??» grida d'un tratto mia cugina dal cortile.

«Arrivo!» urlo di rimando.

Prendo in fretta l'unica tazzina da caffè rimasta sulla rastrelliera del mobile.

Neanche un bicchiere pulito. Incredibile.

Tengo con un piede il frigorifero aperto e con l'altra cerco di versarmi dell'aranciata nella tazzina. Nemmeno l'acqua sono riuscita a trovare.

«Cloe, noi stiamo andando!» urla ancora mia cugina.

Andando? Ma in che senso?

«Non possiamo più aspettare, altrimenti perdiamo la navetta!» la sento gridare già lontana.

Cazzo.

Chiudo in fretta il frigorifero, rimettendo dentro la bottiglia di aranciata.

Mi giro e…

Ed ecco la tazzina a terra in mille pezzi. E insieme a lei tutta l'aranciata che conteneva.

Cazzo, cazzo, cazzo.

Giro disorientata su me stessa, cercando nel buio qualsiasi cosa mi possa aiutare a sistemare questo disastro.

A mio avviso prima bisognerebbe sistemare te, dato che sei una catastrofe vivente!

Davvero molto simpatica e opportuna come sempre, mia cara Lucy!

«Cloe, sei in cucina?»

La voce di Gio mi arriva dritta alle orecchie e, un secondo dopo, al cuore.

Sussulto.

Prendo il primo straccio che trovo a tastoni e mi accovaccio a terra, cercando di raccogliere tutti i pezzetti della tazzina sparsi sul pavimento.

Ed ecco che… *clac!* La luce si accende di colpo.

Oh, no!
Alzo la testa imbarazzata, come una bambina che è appena stata scoperta a rubare le caramelle.
Gio mi fissa allibito, non capendo bene cosa io stia facendo di preciso, inginocchiata a terra, sul pavimento della sua cucina.
Mi alzo in fretta, nascondendo lo straccio dietro la schiena.
Dio, quanto sono infantile!

Be', per lo meno lo riconosci...
Zitta, Lucy! Non è proprio il momento di scherzare!

«Mi spieghi cosa stai facendo?» prorompe Gio confuso.
Ecco, appunto.
Cosa sto facendo?
«Be', ecco... ecco, io... Ah, be'... dunque...»
Ma che bel discorso intelligente e articolato, Cloe. Brava!
«E cosa diavolo nascondi dietro la schiena?» dice, questa volta preoccupato.
Non penserà certo che... lo stia derubando, vero?
Sbuffo sonoramente e vuoto il sacco come una scema, mostrandogli lo straccio pieno di pezzetti di ceramica.
Lui lo guarda confuso, poi indeciso e poi assume un'espressione che... Be', che non saprei proprio decifrare.
E di colpo si mette a ridere di gusto, come se fossi improvvisamente diventata un pagliaccio da circo.
Mi tocco il naso, controllando che non mi sia spuntato davvero il naso rosso da clown.

Ma sei stupida?
Oh, insomma. Sono molto confusa, Lucy, dammi tregua!

«Mi spiace per la tazzina...» gli dico sinceramente contrita.
Ma lui non la smette di ridere.
«Anche se, a quanto vedo, l'hai presa piuttosto bene» continuo a bassa voce, ancora più confusa di prima.
«Tu mi stavi nascondendo uno straccio? Per non farmi vedere che avevi appena rotto una tazzina da caffè? Ma davvero?» continua a ridere lui smodatamente.
Esattamente!

E non capisco proprio cosa ci sia da ridere.

«Tu sei davvero tutta matta!» dice trattenendo le risate.

Lo prendo come un complimento.

Gli faccio la linguaccia e mi volto di scatto dirigendomi verso il bagno per evitare che mi veda anche arrossire.

Prendo una spugna umida dal bagno, ritorno poi in cucina e inizio a sistemare tutto, mentre Gio mi aiuta a raccogliere i pezzi della tazzina da terra.

«Dove sono andati tutti?» gli chiedo, per allontanare un po' quel palese imbarazzo che aleggia nell'aria.

«A Marina, la corriera passa alle 22.40» mi risponde come se fosse una cosa scontata, che avrei dovuto sapere.

«Lara non mi ha detto niente» dico strizzando per l'ultima volta la spugna umida.

«Ah, davvero? Be', se ne sarà dimenticata. Mi sa che ha la testa altrove...»

«In effetti, può essere» faccio finta di niente alzando le spalle.

Stavolta Lara mi sentirà, ah, se mi sentirà!

Se ne è andata come nulla fosse, lasciandomi qui da sola. Anzi qui insieme a Gio!

Ma un attimo...

Perché Gio è rimasto?

«E tu perché sei qui?» gli chiedo d'impulso.

«Mah, tu che dici? Potevo lasciare la casa aperta e per di più con una pazza dentro?» mi dice serio.

Lo guardo confusa. Poi elaboro ciò che mi ha appena detto.

«Io non sono pazza» gli dico ridendo e spingendolo fuori in cortile.

Lui ride con me.

«Allora la prossima volta ti chiudo dentro!»

«Ma la smetti?» dico sedendomi su una delle solite sedie attorno al tavolo.

La mia borsa è dove l'avevo lasciata. Il mio telefono sul tavolo continua a illuminarsi. Forse è Lara che mi sta chiamando travolta dai sensi di colpa.

Che si arrangi!

Gio si siede sulla sua solita poltrona a capotavola e si rigira tra le mani il solito accendino giallo.

«E adesso? Che facciamo?» lascio cadere quella domanda con

noncuranza anche se il cuore mi sta esplodendo. Poi di colpo mi rendo conto che potrebbe dare adito a mille interpretazioni ambigue e arrossisco come una bimbetta ingenua.

Lui mi guarda, sorridendo leggermente.

«Tranquilla, non ho voglia di fare sesso, se è quello che stai pensando» dice prendendo la bottiglia al centro del tavolo.

Fare sesso?

Ma per chi mi ha presa?

Ma come si permette?

Eh, certo, non sia mai che tu faccia dei pensieri impuri, vero, Cloe?

Ovvio che no!

Ti ricordo che sono dentro la tua testa.

E allora non spiarmi!

Gio prende la bottiglia di vetro e la fa girare improvvisamente sul tavolo in legno, esattamente come facevamo prima per quello stupido gioco.

La bottiglia gira forte su se stessa.

Alterno lo sguardo dal tavolo a Gio, non capendo ancora cosa abbia intenzione di fare.

La bottiglia rallenta, sempre di più, fino a che si ferma proprio davanti a Gio.

E ora?

«Dai, fammi una domanda» dice lui come se fosse scontato.

Intanto prende una cartina dal sacchetto sul tavolo e inizia a riempirla di tabacco.

Una domanda?

E che domanda devo fargli?

«Dai su... Sto aspettando...» dice facendomi una smorfia.

Mi mordicchio nervosamente le unghie.

Sono in difficoltà.

Lui mi mette in difficoltà.

Sempre, in ogni circostanza.

Non so cosa dirgli.

Non so che domanda fargli.

Una banale? No, perché poi risulto noiosa.

Una complicata? No, assolutamente no, crederà che voglia fare la saccente.

D'improvviso mi viene in mente una cosa.

Una cosa che veramente vorrei sapere.

«Cosa ti piace di me?» glielo chiedo con un tono un po' sfrontato, che non mi appartiene ma mi aiuta a sentirmi più sicura. In realtà sono solo curiosa.

Gio mi guarda, come se volesse scrutarmi l'anima. Si tiene la sigaretta tra l'indice e il medio della mano sinistra non badando al fatto che si sta consumando da sola.

Seguono secondi interminabili, che fanno da eco a quella strana atmosfera che si è creata tra noi.

Si stropiccia i capelli neri, incurvando le labbra in un sorriso nervoso.

«Le tue gambe.»

Le mie cosa?

«Hai delle belle gambe e anche delle belle labbra.» Tiene gli occhi su di me, per controllare la mia reazione.

Arrossisco, stupita dalla risposta e mi chiedo se sia tutto qui ciò che pensa di me.

Mi chiedo se a parlare sia il ragazzo di ieri sera oppure lo stronzetto di sempre.

Perché non può essere sempre "ieri sera"?

Quel ragazzo che si nutriva della bellezza della sua ex ragazza, perché non si nutre anche della mia?

Perché non mi "sente bella"?

Improvvisamente si alza ed entra in casa.

Io rimango inchiodata alla sedia, con le mani bloccate sotto le ginocchia.

Lo vedo trafficare tra gli scaffali della sala, per poi uscire di nuovo.

Alza un braccio e fa scivolare sul tavolo un libro impolverato.

«Lo conosci?»

«Certo» rispondo afferrando il libro e girandomelo tra le mani.

Se lo riprende, lo apre e lo sfoglia. Le pagine sottili e consumate fanno un rumore strano, come se stessero per sgretolarsi da un momento all'altro.

D'un tratto si ferma, lascia scorrere il dito lungo la pagina e poi mi riporge il libro.

Seguo con gli occhi il punto indicatomi da lui.

Leggo qualche parola delle frasi precedenti e poi arrivo al punto.

Capitano a volte incontri con persone a noi assolutamente estranee, per le quali proviamo interesse fin dal primo sguardo, all'improvviso, in maniera inaspettata, prima che una sola parola venga pronunciata.

Leggo.

Rileggo.

Come se non avessi mai letto quella frase, come se non avessi mai letto quel libro.

Ma quella frase c'era, c'è sempre stata, ma io non me ne ero curata.

La rileggo di nuovo.

«Ecco che interesse ho per te» dice Gio, la voce più bassa del solito.

«Non c'è una cosa singola che mi piace di te. Mi piaci perché sei tu» si ferma.

Trattengo il respiro per non sporcare quel silenzio così dolce che le sue parole hanno appena creato.

«Hai capito ora?» mi chiede, i suoi occhi nei miei.

Lo guardo, come una bambina incantata davanti alle luci delle giostre.

Poi, chiudo Dostoevskij.

CAPITOLO 36

"Mi piaci perché sei tu."

"Hai capito ora?"

"Hai capito?"

Mi sveglio di colpo, in apnea, quasi strozzandomi.

Mi guardo intorno ansimando e con sollievo mi accorgo di essere davvero nel mio letto.

Tiro un sospiro e lascio ricadere la testa sul cuscino.

Il sogno sembrava così vero. Credevo sul serio di essere ancora in quel cortile.

Quel cortile! Mi farà diventare matta.

Ieri sera, dopo le parole di Gio, ho finto un tremendo mal di testa e sono letteralmente scappata a casa.

Dovevo andarmene o avrei fatto qualcosa di assolutamente stupido e di cui mi sarei pentita un decimo di secondo dopo. Per esempio, saltargli addosso.

Mi vergogno dei miei stessi pensieri!

Dalle veneziane alle finestre entrano furtivi dei sottili raggi di sole che inondano l'intera stanza.

Solo ora mi rendo conto di essere andata a dormire completamente vestita.

Sono un danno irreparabile.

Mi alzo e mi vesto con le prime cose che trovo sparse per la stanza. Forse non sono nemmeno pulite, ma non mi importa.

Scendo le scale. Sono le 9.20, dovrebbero già essere tutti in salotto. Sento la voce stridula di zia Anna rimbombarmi nelle orecchie.

Mi massaggio le tempie: di prima mattina è un vero attentato.

«Io lo appenderei qui!»

«Lì?»

«O forse qua. O forse lassù? Oh, ecco, ho trovato! Qui è perfetto, non trovi?»

«Non so, Anna...» Vedo Pisco rassegnato e distrutto sulla poltrona, costretto ad ascoltare zia Anna che...

«Dai su, Tom, un po' di collaborazione, caspiterina!» gracchia zia Anna.

Mi fermo di colpo sull'ultimo scalino, annichilita dalla scena che mi si para davanti.

«Oh, Cloe, tesoro! Non ti avevo vista arrivare!» mi accoglie con un sorriso smagliante.

Ma io vorrei solo morire.

«Dove li hai presi quelli?» le dico fredda, indicando i quadri che ha in mano.

«Oh, questi... Ecco, li ho trovati in alcuni vecchi scatoloni... Non so se ti ricordi che tua madre tempo fa me li aveva dati da tenere perché... Be', lo sai perché... E oggi, neanche a farlo apposta, abbiamo rispolverato la cantina e, *puff!*, ho ritrovato queste meraviglie!» dice entusiasta, con occhi brillanti.

Non posso credere che stia parlando sul serio.

«Pensavo che potessimo appenderli qui. O forse là in fondo, non pensi che...» continua, gironzolando come una trottola per il salotto, indicandomi i possibili punti in cui appendere quei quadri.

«No, non penso proprio!» urlo, facendola fermare di colpo in mezzo al salotto.

«Come ti sei permessa di prendere quei quadri?» continuo furiosa.

Mio zio si alza di scatto e zia Anna apre e chiude la bocca basita, probabilmente sorpresa dalla mia reazione.

«Ma tesoro, io pensavo che ti facesse piacere rivedere i quadri di tua...» dice mia zia dopo interminabili secondi di silenzio.

«Be', pensavi male!» la interrompo bruscamente, lasciandomi sfuggire una lacrima.

Come ha potuto tirarli fuori?

No!

«Ma si può sapere cosa sono tutte queste urla?» Mia cugina scende velocemente le scale, fermandosi giusto qualche gradino sopra di me.

E poi li vede.
Si ammutolisce di colpo, esterrefatta anche lei, per poi far ricadere il suo sguardo pieno di compassione su di me.
Tutti mi stanno guardando allo stesso modo.
E io vorrei solo urlare loro di smetterla: non voglio compassione, non voglio questi maledetti quadri, non voglio piangere davanti a nessuno!
Mi ricompongo all'istante, asciugandomi in fretta la lacrima e assumendo un'espressione fredda e vuota. Vuota come mi sento io ora.
Chiunque mi vedesse da fuori in questo istante penserebbe che non sia successo nulla e che io stia semplicemente… bene.
Sto bene infatti, sono apparentemente calma e tranquilla. Del resto, lo sono, o meglio lo sembro, ogni giorno.
Ma se qualcuno potesse avvertire il mio respiro ansante, direbbe che io stia per avere un attacco di panico. Se qualcuno potesse ascoltare i pensieri che mi riempiono la testa, direbbe che sono urla.
Se qualcuno potesse sentire il mio cuore, direbbe sicuramente che sto morendo.
E, infatti, io sto morendo dentro.
Sto morendo perché sto pensando alla sua risata.
Sto morendo perché odio me stessa.
Odio tutti.
Odio questa vita.
Mi giro di scatto, camminando in fretta verso la porta in preda al panico e correndo in giardino.
Le nuvole basse fanno ombra sull'intero cortile, forse preannunciando quella tempesta che già si sta scatenando dentro di me.
Corro senza meta, le gambe vanno da sole.
Non riesco a respirare.
Riesco solo a piangere.
E a correre come una disperata in mezzo a questo paese deserto.
Sento i tuoni violenti preannunciare un acquazzone.
Non mi importa della pioggia. Vado verso la spiaggia, mentre tutti stanno correndo dalla parte opposta, per chiudersi al riparo nelle loro case.
E io invece corro senza sosta verso il mare in tempesta. Mi

lascio avvolgere dalla pioggia, che ora si sta abbattendo violenta sull'asfalto.

Non ho paura.

Ho smesso di averla da un pezzo.

Tutti i bagni stanno serrando i cancelli e i bagnini chiudono in fretta gli ombrelloni.

Scavalco il muretto di uno stabilimento balneare, e supero la chiusura a corde della spiaggia libera.

Cammino nella sabbia bagnata, senza fiato, senza respiro, con gli occhi colmi di lacrime.

Il mare si infrange sulla riva rabbioso, provocando la solita spuma biancastra.

Un rumore assordante, ormai un tutt'uno con quello della pioggia, che continua a scrosciare ininterrotta, si ripete.

Raggiungo la riva ansante, bloccandomi all'istante non appena l'acqua gelata mi bagna i piedi.

Un brivido mi corre per la schiena e le tempie iniziano a pulsare. Vorrei costringere i miei occhi a non piangere più.

Mi asciugo le lacrime, passandomi velocemente le dita sotto le palpebre.

Mi sento una ragazzina debole e stupida. Mi maledico per aver pianto davanti a tutti, pensavo di essere più forte.

La verità è che pensavo di averlo superato. O forse mi illudevo e basta.

Cerco di scacciare via i pensieri e chiudere dentro di me le lacrime che mi fanno bruciare gli occhi.

Perché è tutto così difficile?

Mi guardo intorno e mi rendo conto di essere completamente sola.

La spiaggia è deserta e le folate di vento ricoprono di sabbia i lettini colorati, facendo diventare tutto del medesimo triste colore.

È tutto così buio. Tutto così grigio.

Raccolgo le infradito da terra e cammino lentamente lungo la banchina verso la postazione di vedetta del bagnino.

La sabbia e il vento freddo mi trascinano senza troppa fatica.

Evito di guardarmi attorno e fisso semplicemente i miei piedi nudi che camminano nella sabbia.

La pioggia mi batte incessante sulla schiena.

Ho freddo.

Raggiungo la postazione più vicina e sollevo lo sguardo per assicurarmi che non abbiano tolto la scaletta.

E…

Diamine, non c'è solo la scaletta.

Stropiccio gli occhi per assicurarmi di non essere diventata pazza.

Conto fino a tre e li riapro.

Un brivido mi assale non appena realizzo che in cima a quella scaletta c'è Gio.

Se ne sta seduto tranquillo sull'ultimo gradino, con una felpa grigia dei Lakers e i capelli neri scompigliati sotto il cappuccio.

Guarda il mare di fronte a sé.

Il suo viso perfetto non sembra turbato dalla tempesta che ha intorno. I suoi occhi, invece, sono più neri del solito.

Non sembra disturbato dalla mia presenza.

Al dire il vero sembra che non se ne sia nemmeno accorto, tanto è assorto nel contemplare il mare.

E se non fossi sull'orlo di una crisi isterica, continuerei anche io ad ammirare lui.

Questa considerazione mi risveglia di colpo dallo stato di trance in cui ero caduta e mi giro per andarmene prima che si accorga di me. Mi muovo lentamente, timorosa di fare rumore nonostante sia consapevole che lo sciabordio del mare, mischiato alla pioggia che cade, rende altamente improbabile il fatto che mi possa sentire.

Faccio qualche passo indietro e mi dirigo spedita verso la postazione del bagnino opposta. L'ho scampata per un pelo!

Ci manca solo Gio, in questo momento.

E ci manca che mi veda in questo stato!

Preferirei buttarmi a mare…

«Te ne vai di già?»

Il mio cuore inizia a battere forte come un tamburo non appena la sua voce supera il rumore della natura e mi si pianta nel cervello.

Stringo gli occhi.

Cazzo, no!

Mi concentro a pensare a una soluzione.

Devo assolutamente filarmela in qualche modo… In qualsiasi modo!

Non dovevi lanciarti a mo' di delfino in acqua?
Era chiaramente una battuta! L'acqua sarà gelata e potrei morire assiderata. Non mi sembra il caso, Lucy!

«Sì» rispondo, senza nemmeno voltarmi.
Risposta secca, che non lascia spazio a ulteriori chiacchiere. Me ne sto andando, fine. Non c'è niente da aggiungere.
Gio resta in silenzio.
E vorrei tanto sapere che cosa stia pensando in questo momento.
Ho una voglia matta di girarmi e vedere se è sceso dalla scaletta. Ma non posso.

Cloe, rimani ferma. Non ti muovere di un centimetro, hai capito?
Ehi, e questa voce adesso da dove viene? Guarda che la tua coscienza sono io!
Zitta, Lucy!

«Non ti conviene.» La sua voce roca mi arriva dritta e chiara.
Cosa significa che non mi conviene?
Forse dovrei chiederglielo.
Ma va', Cloe, sei pazza forse? Devi andartene al più presto, non cominciare a chiacchierare!
Giusto, andarmene! Sì, proprio così, devo andarmene.

Mi sembra inopportuno che tu mi abbia sostituito con questa impostora, senza darmi alcun preavviso di ferie!
Lucy, se non stai zitta non ti darò nemmeno il preavviso del tuo funerale!

«I bagnini avranno già chiuso tutti i bagni, compresa la spiaggia libera… L'unico passaggio è dagli scogli» continua Gio, sovrastando il rumore generale con la sua voce.
Questo non l'avevo considerato.
Come è possibile che abbiano chiuso i bagni?
E se uno per sbaglio rimane chiuso dentro?
«E per arrivare agli scogli è un quarto d'ora di camminata sotto la pioggia e al freddo a partire da… ora» conclude con una soddisfazione malcelata nella voce.

Fa pure il simpatico!

Mamma mia quanto mi urta i nervi!

Ottimo: incazzarmi con lui evita di farmi pensare a quanto sia triste e infelice la mia esistenza.

Per lo meno non ho più voglia di piangere.

Per lo meno non penso più a lei…

«Perché sei qui?» gli chiedo d'istinto, continuando a dargli le spalle per evitare che veda i miei occhi arrossati.

«Potrei farti la stessa domanda.»

La sua risposta mi spiazza.

Ogni cosa che mi dice mi spiazza, a dire il vero.

Perché per lui è sempre così difficile rispondere a una domanda?

Perché deve essere sempre così vago?

Così insopportabilmente sfuggente.

E poi perché anche lui è qui sotto la pioggia, nel bel mezzo di una tormenta?

E perché i suoi occhi erano così neri prima? A cosa stava pensando?

Ma la cosa più urgente ora è: cosa diamine gli dico?

I minuti passano inesorabili, mentre il mio cervello frulla un miliardo di pensieri al secondo. Lui resta in silenzio e questo mi destabilizza.

Non so cosa stai facendo, Gio, non so dove sei e, soprattutto, non so cosa stai pensando di me.

«Cosa ti tormenta, Cloe Monteri?» Sento il suo respiro scaldarmi il collo.

Le gambe mi cedono e il cuore mi balza nel petto. Non so neanche io come faccio a rimanere in piedi.

I brividi salgono e scendono lungo ogni centimetro del mio corpo, partendo esattamente dal collo, o meglio dal punto in cui le sue labbra sono così vicine alla mia pelle.

«Perché sei qui, Cloe Monteri?» mi sussurra all'orecchio con voce roca.

Già, perché sono qui?

D'un tratto la mia mente è invasa da ogni tipo di pensiero: i quadri, gli sguardi, le lacrime, il mare, il freddo, lei.

Il mio cuore corre veloce, togliendomi il respiro ancora una volta.

Mi sento soffocare. Gli occhi si riempiono di lacrime. Mi si stringe lo stomaco.

Mi giro di scatto, con gli occhi lucidi e arrossati dal pianto. Le guance rigate. Le labbra rosse e strette così forte nel vano tentativo di frenare le lacrime.

Gio è a qualche centimetro da me.

Mi fissa.

Mi guarda.

Non c'è pietà nei suoi occhi. Non mi guarda come fanno tutti gli altri.

Lui mi *vede*.

Senza alcun giudizio, senza emettere nessuna sentenza.

D'un tratto vedo una strana luce nel nero dei suoi occhi e lui fa l'ultima cosa che mi sarei aspettata.

Mi afferra la vita con entrambe le mani e mi abbraccia.

Gio mi sta abbracciando.

Mi afferro d'istinto le braccia al suo collo, appoggiandomi completamente al suo petto e mi lascio andare.

Non penso più a nulla, non c'è nessun problema che mi agita la mente, nessun ricordo che mi tormenta il cuore.

Ci siamo solo io e lui.

Abbracciati.

Sotto la pioggia.

CAPITOLO 37

Le sue braccia forti mi stringono, mentre le ginocchia tremano.

Nascondo il viso sul suo petto, lasciandomi andare a un pianto silenzioso.

Non voglio pensare a lei, non voglio pensare a quanto sia triste la mia esistenza senza mia sorella.

Ho solo voglia di piangere.

Erano anni che non piangevo in questo modo, o meglio che obbligavo me stessa a non farlo.

O forse non c'era nessuno in grado di stringermi tra le braccia.

Ed è davvero strano che da quando mia sorella è morta, nessuno sia mai riuscito a leggere nei miei occhi quanto ancora ne stessi soffrendo.

Nessuno si è mai occupato e preoccupato di andare oltre la maschera finta e sorridente che ogni giorno indossavo, diventando una miserabile attrice della mia stessa vita.

Chi ha mai aperto le braccia per stringermi e alleviare il tormento che ho nel cuore?

Gio mi sta abbracciando, senza sapere nulla di me, del mio passato, di chi io sia.

Lo sta facendo e basta.

Senza chiedere nulla in cambio.

E non capisco che cosa sia questo ragazzo, non capisco come diamine faccia a sollevarmi il cuore.

Stringo tra le mani la sua maglia, che nonostante sia completamente fradicia sa ancora del suo profumo.

Questo profumo è così… suo che sento di non poterne più farne a meno.

Sono qui, ancorata a lui, da un tempo interminabilmente bello.
Alla fine, decido di scostarmi, tornare affrancata a terra.
Il mio istinto di sopravvivenza dal dolore mi impedisce di restare vulnerabile di fronte a lui. Perché non so cosa pensa, né cosa prova.
«Scusami, non so cosa mi sia preso» balbetto in fretta, sciogliendomi dall'abbraccio e arretrando di un passo.
Sento il vuoto.
Non oso alzare lo sguardo sul suo volto. Ho paura di incrociare i suoi occhi e leggerci disappunto, imbarazzo o, peggio ancora, freddezza.
Ho paura della sua reazione, dei suoi pensieri, ho paradossalmente timore che ciò che sto pensando di lui, non corrisponda ancora una volta alla realtà.
Ovviamente si aspetterà delle spiegazioni...
Dovrò dargliele, immagino.
La mia mente è invasa da domande confuse. E non so cosa sia peggio: io che non saprei da dove cominciare o lui che...
... lui che si sta tirando giù la zip della felpa.
Cosa diavolo sta facendo?
Alzo lo sguardo, sorpresa dal suo gesto.
I suoi occhi sono scuri come il cielo.
Le sue guance arrossate dal vento.
Mi continua a guardare, senza dire una parola.
Il suo sguardo, come speravo, è lo stesso di prima. Senza giudizio, senza traccia di compassione.
Mi guarda come se avesse capito tutto di me e avesse bisogno solo di guardare nei miei occhi per avere ogni risposta.
Il mio cuore perde un battito quando con un gesto rapido si toglie la felpa, appoggiandola delicatamente sulle mie spalle nude.
Le sue dita sfiorano la mia pelle.
Ed è pazzesco come il mio corpo reagisca a ogni suo tocco.
«Lo so, è fradicia, ma è meglio di nulla» dice con voce roca.
Gli vorrei dire che non ho bisogno della felpa per scaldarmi, che mi basterebbero ancora le sue mani sulla pelle per andare letteralmente a fuoco.
Mi mordo le labbra e resto in silenzio, annuendo leggermente.
Gio si guarda attorno come per cercare qualcosa.
E solo ora mi rendo conto di ciò che ci circonda: la tempesta è

finita e il mare è diventato una tavola piatta e scura, riflettendo un cielo ancora terribilmente nero.

Gio sospira profondamente, passandosi una mano tra i capelli neri fradici e osserva il resto della spiaggia, completamente devastata dalla pioggia.

Poi torna su di me, questa volta con uno strano luccichio negli occhi.

«Ti va di andare in un posto?» mi chiede d'un tratto, come se gli fosse appena venuta un'idea.

«Sì» rispondo debolmente.

Mi schiarisco la voce subito dopo, imbarazzata dal mio "sì" tremante e poco convinto, ma Gio fortunatamente non sembra essersene accorto.

Lo seguo.

Camminiamo in silenzio assoluto, ci sono solo i nostri respiri e i passi sulla sabbia bagnata.

C'è qualche tuono che di tanto in tanto interrompe questa calma tra noi e ogni santa volta sussulto, spaventandomi come una bambina.

Mi maledico sottovoce, rivolgendo a me stessa tutte le parolacce che conosco!

Diamine, Cloe, finiscila di spaventarti come una poppante!

E cosa posso farci, Lucy? Dai, non sgridarmi anche tu.

«Ti fanno paura i tuoni?» mi chiede, accennando mezzo sorriso.

Ti pareva che non facevo una delle mie solite figure...

«Non molto» cerco di mostrarmi il più possibile tranquilla e indifferente alla cosa.

La pantomima dura circa mezzo minuto e poi... un altro tuono.

Sussulto ancora. Questa volta anche più di prima.

Gio scoppia a ridere.

La sua risata è leggera, il suo sorriso mi contagia.

«Okay... forse un po'» rido anch'io, chiudendomi tra le spalle nella sua felpa.

Ricala il silenzio e continuiamo a camminare verso chissà dove.

Devo ammettere che la spiaggia deserta è piuttosto inquietante.

Io e lui da soli.

Circondati da una natura inquieta e tormentata.
Sembra quasi uno scenario post apocalittico.
Non è che ha deciso di uccidermi davvero questa volta?

Ma le pensi queste stronzate prima di dirle? O ti vengono naturali?
Sono solo... previdente.
Sei solo da internare.

Lascio perdere Lucy e mi perdo a guardare i gabbiani che volano alto, fino a posarsi sui pali delle bandierine del bagnino.

Sono così bianchi rispetto allo sfondo cupo del cielo che sembrano disegnati.

All'improvviso una folata d'aria gelida mi colpisce in pieno, appiccicandomi la felpa fradicia alla pelle nuda.

Rabbrividisco.

«Hai freddo?» Faccio segno di no con il capo, ma Gio non sembra credermi e circonda le mie spalle con un braccio, stringendomi a sé.

Il suo profumo si fa sentire più forte di prima e mi ritrovo a cercare di imprimere questo momento nella mente.

Ma quando sei diventata così sdolcinata?
Certo, Lucy, che non sei mai contenta.
È solo che qui dentro, nella tua testa, non c'è più tanto spazio, sai? Stai accumulando un po' troppi momenti felici!
Vorrà dire che bisognerà fare spazio sfrattando qualcosa?
Stai parlando di me, forse?
Chi lo sa?! Di te... o dei momenti tristi.

So che ora mi sta stringendo a sé solo per non farmi sentire freddo, ma mi sento felice e confusa al tempo stesso.

Merda.

Forse mi piace Gio, più di quanto pensassi.

Raggiungiamo dopo poco una piccola spiaggetta a forma di mezzaluna, nascosta dietro dei grandi massi.

Sarebbero questi gli scogli di cui parlava prima e che non sarei mai riuscita a raggiungere?

Decido di non chiedere niente, e lo seguo sulla stradina che dà direttamente sul mare.

Scendiamo poi sull'altra sponda e ci troviamo di fronte a delle palafitte di legno malmesse, collegate tra loro da un sistema di pali per reti da pesca.

È un villaggio di pescatori! Almeno credo lo sia, non me ne intendo tanto di pesca, a dire la verità. E ancora meno di villaggi di pescatori.

Gio mi fa cenno di seguirlo.

Il vento ora si è calmato, quasi del tutto, e il cielo inizia ad aprirsi con fatica.

Raggiungiamo una delle tante palafitte in legno e Gio si china di fronte a una… porta?

Credo stia cercando di aprirla.

Lo guardo esterrefatta.

Ma questa non è violazione di proprietà privata?!

«Sei sicuro che possiamo entrare?» chiedo parlando con voce bassa, come se qualcuno da un momento all'altro potesse sorprenderci in pieno reato.

«Credo di sì» risponde Gio ridacchiando.

Crede?!

Mi guardo velocemente alle spalle e rabbrividisco incrociando le braccia sul petto.

Ringrazio tutte le divinità quando finalmente la porta si apre.

«Prego, signorina» dice in tono scherzoso, aprendo per farmi passare.

Entro nella palafitta in legno, mi guardo velocemente attorno e spalanco la bocca nel notare che è praticamente… vuota!

Che razza di pescatore ha comprato una palafitta qui per poi lasciarla vuota?

«È mia» dice d'un tratto Gio, probabilmente constatando la mia faccia sorpresa.

Sua?

Gio ha una palafitta?

O forse…

Gio è un pescatore?

«In che senso è tua?» chiedo sconcertata.

«Nel senso che è mia» ripete entrando e chiudendo la porticina.

«Mia mamma l'ha comprata quando ero piccolo e quando

i miei si sono separati, l'ha intestata a me...» dice d'un fiato, andando ad accendere una piccola stufetta in fondo alla stanza.

«Oh...» non so davvero cosa dire.

Conosco Gio da tre settimane, ma negli ultimi due minuti ho scoperto più cose di lui che in tutti questi giorni.

«Mi spiace per i tuoi» dico dopo qualche secondo di silenzio.

«Non importa, è passato molto tempo ormai» dice, accennandomi un sorriso.

Ricambio incurvando le labbra dolcemente.

Jekyll è tornato, sono contenta che l'orrendo Mister Hyde sia nuovamente sparito.

Sono quasi sconvolta dall'abbondanza di sorrisi.

«E perché è completamente vuota?» gli chiedo istintivamente.

Gio alza le spalle.

«Non ci vengo mai per pescare. La uso ogni tanto come...» si ferma, come per cercare la parola giusta.

Come?

«Come pensatoio» dice infine abbastanza convinto della cosa.

Pensatoio?

«O come posto dove portare le ragazze, ovvio» dice strizzandomi l'occhio.

Be', sì, ovvio, chi non usa una palafitta da pescatore per far colpo sulle ragazze?

«Quindi mi hai portato qui per impressionarmi?»

Rido alla sola idea.

No, aspettate. Ma ho parlato ad alta voce?!

Merda!

Ma sono scema?

Mi giro di scatto, totalmente in imbarazzo.

Qualcuno scavi per me un buco nel pavimento di questa palafitta e mi faccia rispuntare dall'altra parte del pianeta.

Gio ha un sorrisetto divertito sulle labbra.

Si passa distrattamente una mano tra i capelli neri continuando a fissarmi.

Ma come fa a essere così bello?

«Be', se vuoi posso iniziare» dice levandosi di scatto la maglia.

Iniziare?

Iniziare cosa?

Non appena realizzo che si sta spogliando, mi copro istintivamente gli occhi con le mani.

Ma cosa diamine gli salta in mente?

Allargo quasi involontariamente le dita delle mani, per sbirciare un po' dalle fessure.

I suoi addominali scolpiti e i suoi pettorali iniziano a farmi girare velocemente la testa.

«Puoi anche guardare senza far finta di coprirti gli occhi» dice lui con tono sempre più divertito.

Si crede simpatico, forse?

Sto andando in autocombustione. Credo che ormai mi stia uscendo il fumo dalle orecchie!

Mi giro di scatto, dandogli le spalle.

«Non stavo guardando!» ribatto come una bambina che cerca disperatamente di discolparsi da un'accusa assolutamente e palesemente fondata.

Ma chi vuoi prendere in giro?

Zitta, Lucy, o ti faccio sparire!

«E sappi che io non sono una delle tue conquiste!» continuo indignata.

Gio ride di gusto.

«Stavo scherzando, Cloe» parla d'un tratto lui, lentamente.

Lo sento avvicinarsi a me, i suoi passi sul pavimento in legno si fanno sempre più vicini.

«E non stavo cercando di impressionarti, tranquilla» continua sempre più divertito.

Sento che è alle mie spalle.

Sussulto al suo tocco, come se mi fossi appena scottata.

Lui non ci fa caso e lascia scorrere lentamente la sua felpa lungo le mie spalle fino a togliermela del tutto.

«Ma dobbiamo toglierci questa roba fradicia di dosso, se vogliamo asciugarci» dice, per poi tornare sui suoi passi verso la piccola stufa.

Mi giro lentamente verso di lui.

Incrocio le braccia e strofino le mani sulla pelle per riscaldarmi.

Ha sistemato la sua maglia e la felpa sulle grate in legno della stufa per farle asciugare.

Mi stropiccio il viso tra le mani.

Ora sì che mi sento davvero in imbarazzo: Gio è a torso nudo davanti a me. Le sue spalle larghe e il suo fondoschiena, illuminati dalla debole luce della stufetta, sono uno spettacolo decisamente afrodisiaco.

Pisco, ti prego. Ti invoco.

Dammi la forza di pensare alle tue mutande a fiorellini rossi, per togliermi dalla mente tutti i pensieri impuri del mondo!

CAPITOLO 38

«Ne vuoi metà?»

Gio ha tirato fuori da uno zainetto una baguette al prosciutto miracolosamente asciutta.

Non faccio in tempo a rispondere che il mio stomaco decide di fare di testa sua borbottando vivacemente.

Mi copro istintivamente la pancia con le mani.

Gio mi guarda divertito.

«Presumo di sì» ride.

Si siede accanto a me, sul pavimento in legno.

Di fronte a noi una grande vetrata dà sul mare.

Di fronte a me Gio a torso nudo.

Spezza il panino e me ne porge metà.

«Grazie» dico, prendendo il mio pezzo.

«Puoi mangiarlo, non l'ho avvelenato, tranquilla.»

Avvelenato?

Perché avrebbe dovuto avvelenarlo?

Excusatio non petita, accusatio manifesta, diceva qualcuno.

«Avvelenato?» dico strabuzzando gli occhi.

«Ti ricordo che l'altra sera pensavi che volessi ucciderti sulle scale di casa mia» dice ridendo e addentando la sua parte di panino.

Non c'è niente da ridere, comunque.

Tiro un sospiro e do un morso anche io.

«Non è colpa mia se hai un po' l'aria da… serial killer.»

Gio mi guarda perplesso per qualche istante.

Poi ride di nuovo.

Probabilmente penserà che sono da internare.

E non sarebbe l'unico a pensarlo.
Lo so, me l'hai ripetuto più volte!

«Serial killer? Addirittura?»
Gio continua a ridere senza smettere un secondo.
Ha una bellissima risata.
Annuisco con la bocca piena.
«Certo! Pensa che se dovessi fare un film ti sceglierei per la parte dell'assassino o del rapinatore!» continuo io, ora ridendo assieme a lui.
«Sai che sei piuttosto inquietante?» aggiunge, continuando a mangiare.
Ah, io sarei inquietante? Meglio se cambiamo discorso…
«Come mai avevi questo panino nello zaino?» gli chiedo senza smettere di mangiare.
Mi sto rimpinzando di cibo per evitare di focalizzarmi sul suo corpo seminudo che mi manda in catalessi.
«Per mangiarlo» dice con noncuranza, appoggiandosi alla parete dietro di lui.
Esaustivo.
«Mangi spesso fuori?» gli chiedo ancora, per fargli capire il senso della mia domanda di prima.
Lui annuisce e basta.
Che risposte articolate e dense di contenuto…
Forse faccio prima a parlare con quel che resta del panino.
«Hai anche da bere, per caso?» chiedo ancora, finendo l'ultimo boccone del panino.
Gio si gira verso il fondo della stanza, facendo un cenno col capo verso delle casse di birra impilate.
Lo guardo di sbieco, facendo una smorfia.
«Dell'acqua?»
Gio si lascia sfuggire un sorrisetto, passando una mano tra i capelli neri quasi asciutti.
«Lì dentro» dice poi accennando al suo zaino.
Afferro lo zainetto e lo apro, cercando la bottiglietta. Dentro c'è un asciugamano umido piegato alla rinfusa. Dell'acqua, neanche l'ombra.
Gio continua a guardarmi con quei suoi occhi scurissimi.
Svuoto delicatamente lo zaino di Gio, sotto il suo sguardo at-

tento e sussulto quando sul pavimento, tra le altre cose, cade anche un coltellino svizzero.

Okay, ora posso seriamente iniziare a preoccuparmi…

Fisso per qualche istante quell'arma caduta a terra.

Non è un mitra! È solo un coltellino!

Be', sì, è davvero normale andare in giro con un coltellino nello zaino.

Alzo di scatto lo sguardo su Gio.

Lui mi guarda divertito.

Probabilmente sta macchinando come uccidermi lentamente.

Tu fai decisamente viaggiare troppo la fantasia.

Prevenire è meglio che curare, Lucy!

Sto per alzarmi da terra e correre via a gambe levate, quando Gio interrompe ogni mio pensiero con la sua voce roca.

«Non lo uso per uccidere, Cloe… Per lo meno, non ancora» sorride diabolico.

Credo di avere una espressione da pesce lesso.

Gio mi fissa per qualche istante e poi ricomincia a ridere senza sosta.

«Non ho mai ucciso nessuno, Cloe! E tantomeno con quel coso!» continua lui tra una risata e l'altra.

Io non so se essere più scioccata dal fatto di aver appurato le mie certezze sulla sua personalità sospetta o per il fatto che lui stia continuando a ridere da un'ora a questa parte.

«Lo uso per tagliare la frutta» dice infine, accartocciando la carta del suo panino.

Mi sfugge una risata isterica.

Eh, certo, e io sono la fata delle mele mature!

«Dico sul serio, Cloe» ribatte, constatando la mia faccia perplessa.

«Per tagliare la frutta, eh…»

«Può sembrare assurdo, ma giuro su questa palafitta che è così!» dice portandosi una mano al petto.

Mi guardo un attimo intorno.

La palafitta è vuota. E sporca da far schifo.

«Effettivamente se fossi in te, me ne vorrei disfare anche io.»

«Dai, smettila, scema» dice ridendo. «Sono molto legato a questo posto, sai?» continua dopo qualche istante, puntando i suoi occhi neri nel mare scuro di fronte a noi.

Miliardi di pensieri gli frullano nella testa, lo leggo dal suo volto e dalla fronte corrucciata.

Prendo la bottiglietta d'acqua da terra e faccio un sorso.

«Ci vieni spesso?» continuo io.

«Sì, qualche volta...»

«Per pensare e per fare colpo sulle ragazze» gli dico ridendo, ripetendo le sue stesse parole.

Lui mi lancia una veloce occhiata, sorridendo leggermente.

Poi torna a rivolgersi al mare, come se i suoi occhi ormai fossero parte di quella gigantesca distesa scura tempestosa.

«Avevo sette anni quando i miei hanno divorziato.»

La sua voce è seria, come se stesse rivivendo quell'esatto momento.

«Odiavo i tribunali, gli avvocati con le loro cravatte strette. Appena potevo, fuggivo da tutte quelle situazioni e venivo qui, in questa casetta malmessa... Era il mio porto sicuro, il mio posto nel mondo» dice posando i suoi occhi su di me.

Rimango ad ascoltarlo.

Sorpresa e rattristata dalle sue parole.

Immagino un piccolo Gio da solo in questa vecchia palafitta.

Avvocati con cravatte orrende.

Le liti dei suoi genitori.

«Non deve essere stato facile per te... Lo capisco» dico a bassa voce.

Gio annuisce distrattamente, cercando freneticamente nelle tasche dei jeans il pacchetto di sigarette.

Ti capisco sul serio, Gio.

Capisco cosa significhi rimanere soli a combattere contro le ingiustizie della vita.

«E il tuo, Cloe?» mi chiede, sputando il fumo dalle labbra.

«Il mio cosa?»

«Qual è il tuo posto nel mondo?»

Rabbrividisco.

Per un attimo la mia vita mi passa davanti come un vecchio album di fotografie confuse.

Cerco di focalizzarmi su quella più bella, che meglio descriva il mio posto nel mondo, ma nessuna sembra all'altezza.

Non c'è il mio posto nel mondo.

Non ho nessun ricordo di un luogo in cui davvero potessi sentirmi protetta e felice.

«Non ce l'ho» biascico, prendendo ancora la bottiglietta di Gio tra le mani e buttando giù un sorso.

«Non può essere, tutti hanno un posto nel mondo. Concentrati, Cloe, ci deve essere per forza.»

Mi guarda sconvolto, come se gli avessi appena dato una notizia orrenda.

Che gli prende ora?

«Non ce l'ho, credimi» gli rispondo distratta.

Gio si passa una mano tra i capelli.

I suoi occhi riflettono dolore e tristezza.

Perché reagisce in questo modo?

A lui cosa importa che io abbia o meno un posto nel mondo?

«Allora dimmi il tuo ricordo più felice.»

Sembra un bambino che continua a chiedere il perché delle cose, non accontentandosi mai della risposta.

«Ne ho tanti...» rispondo vaga, cercando di cambiare argomento al più presto.

«Dimmene uno.»

La sua voce e i suoi occhi mi inchiodano a lui, impedendomi in alcun modo di mentire o tergiversare.

Un ricordo felice...

Be', ne ho tanti davvero, giuro.

Per esempio...

O quella volta, quando...

Forse...

Al diavolo, non mi viene in mente niente ora.

«Non lo so» rispondo piccata.

Mi sta facendo innervosire con tutte queste domande.

Gio annuisce debolmente, come se si aspettasse questa risposta.

Non capisco dove voglia arrivare.

«Sai cosa penso? Che quello che ho visto prima, in spiaggia, nei tuoi occhi...» continua lui con voce roca.

Non andare avanti, Gio fermati.

«Quel dolore...»
Ti prego, non continuare!
I miei occhi si annebbiano all'istante.
E la mia testa ritorna a quel momento.
Alla notte in cui mia sorella è morta.
Sento la testa scoppiare. Il mio cuore sbriciolarsi come un vetro fragile e sottile.
Perché non riesco a superarlo?
Perché il tuo ricordo mi tormenta ancora così tanto, Amy?
«Credo che quella tristezza ti impedisca di considerare qualsiasi altro ricordo come felice. Tutto è annebbiato da quel dolore e lo sarà sempre se non provi a...»
«Basta.» Il mio è un sussurro.
Sono sfinita dalla verità contenuta nelle sue parole.
Mi chiedo come faccia a sapere tutte queste cose.
È così evidente la mia tristezza? Qualcuno gli ha raccontato qualcosa?
La cosa di cui sono certa è di non voler guardare in faccia la realtà e Gio sta continuando a spiattellarmela davanti, impedendomi ogni via di fuga.
«Mia sorella è morta.» Alzo lo sguardo su di lui, con gli occhi ormai affogati di lacrime.
Lui continua a guardarmi, non ha smesso un secondo.
La mascella contratta, le labbra serrate.
Non continua. Non dice più nulla.
Resta in silenzio, questa volta.
Mi guarda, però.
Continua a guardarmi con i suoi pozzi neri, con quegli occhi che sembrano vivere costantemente nel buio, nel dolore, nella sofferenza.
Non so quale sia la tua storia, Gio, ma dai tuoi occhi leggo che nemmeno la tua vita deve essere stata così facile.
E nonostante l'angoscia che ti porti dentro, i tuoi occhi cercano comunque di salvare un po' i miei.
Lo ringrazio con lo sguardo per non aver fatto altre domande.
Lui non è mai stato mosso dalla curiosità, i suoi occhi mai giudicanti.
D'un tratto sentiamo un rumore dal fondo della stanza.
Entrambi ci giriamo.

La stufetta si è spenta e la stanza è piombata di colpo nel buio.

«Oh, non farci caso. Succede sempre» dice Gio, scrollando le spalle.

Lo vedo poco adesso. Lo illumina solo la debole luce che viene da fuori.

Il cielo è nuvoloso e il mare è tetro.

Si alza in fretta andando verso il fondo stanza per sistemare la stufa.

Io lo seguo con lo sguardo.

Mi passo le dita sotto gli occhi, ricacciando indietro le lacrime, e stringo le gambe al petto, accovacciandomi accanto alla parete.

Grazie, Gio.

«Ma quindi com'è finita?»

Rido a crepapelle nel silenzio assoluto che aleggia in quella strada.

Non appena le maglie si sono asciugate e iniziava a farsi buio, Gio si è proposto di accompagnarmi a casa.

Anzi, mi ha obbligata a farmi accompagnare a casa da lui.

«In nessun modo, siamo rimasti lì ubriachi marci tutta la notte, io sul tavolo del cortile e Fra sul muretto di fronte.»

Non ci posso credere.

«Dunque, ricapitolando un attimo, siete andati a far serata, avete bevuto come spugne e non contenti della vostra ubriachezza, vi siete scolati anche una sambuca a casa e poi, dopo aver vomitato in giro come gatti, vi siete addormentati in quello schifo di cortile?»

Non riesco a trattenermi dal ridere pensando a loro due ubriachi marci.

«Tutto esatto tranne l'ultima cosa.» Mi punta l'indice a un centimetro dal naso.

Lo guardo confusa.

«Il cortile è sacro» mi spiega lui, in maniera solenne.

Scoppio a ridere nel silenzio di questa via e lui mi segue a ruota.

Ormai sono praticamente davanti a casa di Lara, mi sto divertendo così tanto nel sentire tutte le storie che Gio sta raccontando, che avrei tanto voluto dover camminare un altro po'.

«Siamo arrivati» dico girando su me stessa e chiudendomi nella felpa di Gio.

«Quella puoi tenerla, me la dai domani» dice accennando alla felpa che ho sulle spalle.

Sorrido involontariamente.

«Grazie» gli dico in un soffio.

Okay, ora la situazione si fa imbarazzante.

E i tuoi occhi stanno diventando sempre più a cuoricino.

Ma finiscila, non ho nessun occhio a cuoricino!

No, infatti, stai solo sbavando come una lumaca.

«Be', allora ciao…»

Mi avvicino a lui, stampandogli un bacio sulla guancia.

Lui fa altrettanto, ricambiando il bacio per poi spostarsi verso l'altra guancia.

Una frazione di secondo e i nostri nasi si scontrano.

Chiudo gli occhi istintivamente, assaporando il suo respiro sulle mie labbra.

E il bacio sull'altra guancia non arriva.

Rimaniamo fermi, l'uno di fronte all'altra.

Il suo volto legato al mio. I nostri respiri irregolari si scontrano e incontrano in continuazione.

È come se volessimo entrambi fermarci a quel momento di mezzo, quell'istante che si crea quando due persone si salutano, tra un bacio su una guancia e l'altro.

È come se avessimo fermato il tempo, come se avessimo messo in pausa per un secondo la nostra vita, troppo veloce e forse troppo difficile per entrambi.

E il bacio sull'altra guancia non arriva.

Perché forse nessuno dei due vuole che arrivi. Gio mi chiude la vita tra le braccia, facendo incastrare le mie gambe tra le sue, sorridendo leggermente quando nota le mie guance arrossire.

E io bacerei quel sorriso.

Lo bacerei, ora, domani, semp…

Il suo cellulare comincia a squillare, spezzando il silenzio che ci circonda.

Lui prova a ignorarlo. Mantiene i suoi occhi fissi nei miei, ma dopo qualche secondo rilascia le braccia e si stacca da me, deglutendo faticosamente.

«Scusa» mormora. «Potrebbe essere importante.»

Quindi tira fuori dalla tasca il telefono e si corregge quando legge il nome sul display.

«O potrebbe solo essere una rottura di palle.»

È di nuovo arrabbiato, si vede subito. Irrigidisce la mascella prima di portare il cellulare all'orecchio e cominciare a parlare velocemente, quasi sibilando.

«L'ho portata dove mi hai chiesto!» dice camminando avanti e indietro lungo la strada.

Nel frattempo, io cerco di darmi una sbollita, mi sistemo i capelli in maniera quasi maniacale e mi tiro giù l'orlo della sua felpa, coprendomi per quanto posso le gambe nude.

Rialzo lo sguardo, lanciando una veloce occhiata a Gio e deglutisco rumorosamente quando trovo i suoi occhi scuri fissi su di me.

La verità è che ho paura di quello che sarebbe potuto succede, se quel dannato telefono non avesse squillato.

So che non sarei riuscita a controllarmi.

E non so se spingermi oltre con lui sia un bene o un...

«Ti ho appena detto che non c'entro un cazzo io in quella storia! Non posso fare nient'altro.»

La voce di Gio mi fa sussultare.

Lui si gira di nuovo, dandomi le spalle e continua a litigare al telefono.

Mi giro verso il cortile davanti a casa di Lara.

Le luci della sala sono tutte accese.

Vorrei davvero trovare le parole giuste da pronunciare quando rientrerò in casa e avrò gli occhi di tutti puntati addosso.

Ho una paura tremenda di dire la cosa sbagliata.

Ma del resto io sono quasi sempre fuori luogo, quindi credo proprio che improvviserò.

A un tratto mi rendo conto che non sto più sentendo la voce di Gio.

Mi giro a guardarlo e lui sospira rumorosamente, passandosi una mano tra i capelli scompigliati.

«Ho del lavoro da fare» mormora, infilando le mani nelle tasche.

Lavoro?

Fermi tutti. Ma Gio che lavoro fa?!

Non faccio in tempo a ribattere che lui riprende a parlare.

«Scusami» dice avvicinandosi velocemente a me, «ma ora devo proprio andare» conclude dandomi distrattamente un bacio sulla guancia.

Ed ecco finalmente il bacio sull'altra guancia, che prima aveva esitato ad arrivare.

Eccolo il bacio sulla guancia che mi ha riportato di nuovo con i piedi a terra, facendomi capire ancora una volta che le favole non sono fatte per me.

Sorrido amaramente, sfiorandomi la guancia e guardando Gio di spalle allontanarsi lungo il viale.

CAPITOLO 39

«Ti prego, promettimelo, Cloe.»

Le lacrime scendono sulle sue guance pallide, correndo lungo il collo fino al petto.

Vorrei solo piangere e gridarle di non dire più una parola.

E invece me ne sto muta, impassibile di fronte a lei, disarmata dal suo pianto.

«Promettimi che vivrai. Che vivrai davvero. Devi farlo per me.» La sua voce ora è flebile e le parole escono a stento dalle sue labbra.

«Sorridi per me ogni giorno, tocca per me la neve a mani nude, sai che mi piace tanto. Stai vicino a mamma e a Vera, proteggila e insegnale tu a truccarsi, okay?»

Una debole risata.

Le sue labbra si incurvano in un sorriso rassicurante, come per dirmi che in ogni modo lei ci sarà, sempre.

E vorrei tanto crederle. Vorrei disperatamente crederle.

«Sei tu quella brava con i trucchi» ricambio il suo sorriso amaramente.

Gli occhi mi si gonfiano.

Lei ride silenziosa, piegando la testa da un lato, facendo cadere le lacrime sulla stoffa del cuscino.

«Non voglio vederti triste.»

Non posso essere felice, Amy. Non posso esserlo se tu non ci sei.

«Devi ridere sempre. Voglio vederti il tuo primo giorno al liceo. Voglio che ti innamori perdutamente. Voglio esserci quando riceverai la prima delusione. Sarò con te, te lo ricorderai?»

Non provo nemmeno più a trattenere le lacrime che ora scorrono veloci sulle mie guance.

«Voglio vedere i tuoi diciotto anni e la tua laurea. Sarò con te all'altare quando ti sposerai e sarò lì a stringerti la mano quando...»

Le manca il fiato.

Il suo respiro è troppo debole per parlare e piangere insieme.

Mi avvicino di più.

E poi lo faccio.

Mi sdraio accanto a lei. Distendendo le gambe lungo il letto.

Nascondo il viso nell'incavo del suo collo, continuando a piangere sommessamente.

«Voglio che tu viva per me, Cloe. Questo è il mio unico desiderio» mi sussurra all'orecchio, circondandomi con il suo braccio esile.

«Non dire così» singhiozzo, alzandomi di scatto dal letto.

«Io voglio che tu resti qui. Io voglio che tu viva con me!» Ormai le parole mi escono come urla strozzate dal pianto.

Sento il cuore pulsarmi violento nel petto.

Tremo per i brividi che stanno scuotendo il mio corpo.

«Ma Cloe, io ci sarò sempre. Ricordi la mezzaluna?» mi chiede afferrando la mia mano con tutta la forza che le rimane, costringendomi a guardarla negli occhi.

Annuisco in silenzio.

«Ho bisogno che tu mi faccia quella promessa, Cloe, ti prego.»

I suoi occhi cercano disperati di cogliere un briciolo di speranza nei miei.

Come posso prometterle che sarò felice anche senza di lei?

Come posso dirle che vivrò ogni cosa che mi ha chiesto al posto suo?

Non posso.

Amy, non posso vivere senza di te.

Non posso!

Amy, resta qui con me.

Ti prego.

Amy...

Amy!

Mi sveglio di colpo tremando, con la fronte imperlata di sudore e il respiro affannato.

Le mani tremano sulle lenzuola.

La poca luce che proviene dalle veneziane mi fa capire che è già mattino.

Mi guardo nello specchio di fronte.

Gli occhi sono pesanti.

Le guance bagnate di lacrime.

«Era solo un sogno» ripeto a voce alta per regolare il respiro.

«Solo un sogno» annuisco allo specchio.

Mi alzo dal letto in fretta, con ancora le ginocchia tremanti e le tempie pulsanti.

Sono tornati…

Erano anni che non avevo più incubi.

Non so cosa mi sia preso. Pensavo di averlo superato ormai: tredici psicoterapeuti, musico-terapia e yoga credevo fossero stati sufficienti.

Apro la porta, dirigendomi verso il bagno.

Apro il cassetto delle medicine, rovistando tra le varie scatolette di farmaci impilate.

Tachipirina.

Tiro fuori una scatoletta azzurrina.

Sarà questa?

Imodium.

Faccio una smorfia, non ho mica la diarrea!

Trovo la scatoletta di paracetamolo solo in fondo al cassetto.

Ultima pastiglia, fantastico.

La butto giù con un po' di acqua e le tempie smettono di pulsare quasi immediatamente.

Mi guardo allo specchio: ho un aspetto da fare invidia alla sposa cadavere.

«Forza, Cloe, non devi più pensarci. Va tutto bene, Cloe. Tutto bene» ripeto lentamente alla mia immagine riflessa.

Lo faccio da sempre.

Mi dico da sola che tutto andrà bene, forse perché spero che dicendolo si avveri e sarà davvero così.

Apro il rubinetto, facendo scorrere l'acqua ghiacciata.

Mi sciacquo il volto, dandomi una rinfrescata.

Mi sistemo poi i capelli, ordinandoli in una veloce coda alta.

«Tutto bene, okay?» ripeto allo specchio, annuendo convinta.

Esco dunque dal bagno e vado diretta in cucina, per addentare qualsiasi cosa di commestibile e zuccherato ci sia.

«Oh, zia.» Mi blocco all'istante sulla soglia, accorgendomi di zia Anna che è già ai fornelli.

«Oh, Cloe, tesoro! Come mai già sveglia a questa ora? Lara dorme ancora e zio Tom, be', lui ronfa almeno fino alle undici, anche se a pensarci bene forse dovrei svegliarlo, c'è da sistemare la lavanda in giardino, sai...»

Zia Anna inizia a parlare ininterrottamente, come al suo solito, e non c'è modo di fermarla.

Ormai la conosco, purtroppo non esiste un interruttore accendi-spegni quando si tratta di lei.

Ieri sera, quando sono tornata a casa erano tutti molto preoccupati della mia lunga assenza, in primis zia Anna, che non appena mi ha visto entrare, mi ha abbracciata per almeno un quarto d'ora e poi ha avvertito mia madre, che stava già contrattando con l'esercito le misure più idonee da adottare per mettere in moto la mia ricerca.

Non mi hanno fatto nessuna domanda riguardo alla questione... Amy.

I quadri sono spariti.

E tutto è tornato in fretta alla normalità.

«Ma che sciocca! Sto qui a parlare di lavanda, quando tu sarai superaffamata!» esordisce d'improvviso mia zia, interrompendo il suo discorso botanico.

Solo adesso mi sto rendendo conto che il mio stomaco sta brontolando come una ciminiera e che in realtà non tocco cibo da più di dodici ore.

Quando ieri sera sono tornata a casa, ho preferito saltare la cena e andare subito a letto.

Non ero molto in forma, avevo bisogno di riposare e stare un po' sola.

«Siediti, tesoro, che ti porto subito dei bei croissant appena sfornati.» Zia Anna mi trascina per un braccio, facendomi sedere sul piccolo sgabello in legno, davanti al tavolino della cucina addossato alla parete.

Annuisco, divertita dal comportamento buffo di mia zia.

È proprio strana mia zia Anna. Davvero strana.

«Buongiorno.» Pisco piomba in cucina.

«Buongiorno, tesoro mio, dormito bene?» lo accoglie zia Anna, porgendo le labbra rosate verso un Pisco ancora assonnato.

«Sì, mia cara, ma ci sono anche per me?» dice mio zio accennando ai croissant che zia Anna mi ha piazzato davanti.

«Ma certo, maritino mio» dice lei radiosa.

Maritino?

Scuoto la testa divertita e addento il mio croissant.

Due cartoni animati. Ecco cosa sono i miei zii!

«Punto!!» grida Gue dall'altra parte del campo, pavoneggiandosi in un microscopico bikini giallo.

Sbuffo sonoramente.

Mi hanno incastrato un'altra volta: mia cugina, per non so quale strano caso del destino, ha deciso di svegliarsi presto stamattina, organizzando una stupida partita di beach volley con tutti gli altri.

O quasi tutti: Fra e Gio non si sono ancora fatti vivi.

L'assenza di Gio mi preoccupa in particolar modo, dopo la strana chiamata di ieri sera.

Chissà con chi era così arrabbiato: stava decisamente urlando al telefono e...

«Cloe, ti andrebbe di impegnarti almeno un minimo?» mi dice Tommi da fondo campo.

Solo adesso noto la palla rotolare di fronte a me sulla sabbia.

Alzo le spalle ridendo.

Che ci posso fare? L'avevo detto che non sapevo giocare a pallavolo.

Raccolgo la palla e la rilancio dall'altra parte del campo.

«Dai, Tommi, non rompere, sono convinta che la tua particolare bravura ci farà vincere lo stesso» dico girandomi verso di lui, strizzandogli l'occhio.

La partita ricomincia e io cerco come al solito di scansarmi ogni volta che la palla arriva nella mia direzione, sperando che qualche anima pia la prenda al posto mio.

«Bella raga!» urla qualcuno da fondo campo, interrompendo improvvisamente la partita.

Mi giro di scatto sperando che sia...

Fra alza la mano in segno di saluto, girandosi il cappellino al contrario.

«Bella Fra, dai entra al posto mio» dice Elvis dall'altro campo sgattaiolando via lungo la rete.

Sì, avete letto bene: anche il povero Elvo è stato costretto a giocare.

Lara gli ha promesso un hamburger a fine partita, ovviamente.

Fra si toglie la maglia e prende il posto di Elvis sotto rete.

Esattamente davanti a me.

«Ehi, chi si vede» dice dandomi un buffetto sulla pancia da sotto la rete.

Gli sorrido leggermente, ricambiando il suo sguardo.

«Fra, dov'è Gio?» gli chiede poi Lollo.

«Non lo so, pensavo fosse qui, a dire il vero!» risponde, alzando le spalle e cercando Gio con lo sguardo nel campo, come per accertarsi della sua assenza.

Come non lo sa?

«Ma noi pensavamo fosse da te. Siamo passati dal cortile prima ed è tutto chiuso» continua Paolo.

«No, raga, non era con me. Starà sicuramente facendo... le sue cose, sapete com'è fatto...» risponde tranquillamente Fra.

Ah, loro sanno com'è fatto?

Bene, allora che qualcuno me lo spieghi. Perché io invece non ci capisco un bel niente di quel ragazzo!

«Ieri mattina è uscito presto di casa, ma non è più rientrato» dice Gue sbadigliando.

Tutti si girano verso di lei.

«Noi pensavamo che fosse con te ieri!» dice Tommi avvicinandosi alla rete.

Veramente ieri era con me...

Ma meglio che io stia zitta; ci manca solo che questi pensino che l'abbia ucciso e sepolto nel giardino di Lara.

«Non l'ho visto tutto il giorno, ero impegnata a farmi unghie e capelli» continua Gue facendo spallucce.

«Poi stanotte sono stata da una mia vecchia fiamma, sono tornata tardi, quindi non saprei se sia rientrato o meno... ma penso di no» dice lei sbattendo le palpebre come una civetta.

È semplicemente odiosa.

«È davvero strano...» dice Tommi grattandosi la barba.

«Non sarebbe meglio andare a cercarlo?» subentra Marco.

Finalmente qualcuno dice una cosa sensata.

Siamo tutti d'accordo e nel giro di qualche minuto siamo diretti verso il bar.

Fra cammina davanti a tutti, facendo rimbalzare la palla sul cemento cocente e io lo raggiungo poco dopo.

«Dove pensi che sia andato?» gli chiedo.

«Non ne ho idea, Cloe, ma non penso ci sia da preoccuparsi... A volte Gio fa... dei giri, diciamo.»

«Giri? Quali giri?»

«Be', a volte fa dei lavori in giro, spesso aiuta suo padre... non so. Solo che di solito ci raggiunge in spiaggia...» continua lui.

Ormai siamo arrivati al bar e camminiamo in direzione dell'uscita del bagno.

«Però è davvero strano che ieri non si sia fatto vivo tutto il giorno.»

Mi mordo l'interno della guancia.

Forse dovrei dirgli che in realtà ieri Gio è stato con me fino a sera.

E forse dovrei dirgli anche di quella strana telefonata.

Magari si è cacciato in qualche guaio serio! Non posso di certo starmene zitta.

«Be', ecco... Ieri in realtà Gio era...» inizio titubante.

«Alla sala giochi» conclude la frase qualcuno al posto mio.

Alzo di scatto gli occhi.

Gio ci sta di fronte.

Fra lo guarda confuso.

«Ieri sono stato tutto il tempo da Charlotte a giocare a biliardo... Lei è passata lì davanti e ci siamo incrociati. Fine della storia» taglia corto.

Biliardo? Quale biliardo?

«Cloe, perché non ci hai detto nulla?» Fra ora mi guarda confuso.

Io mi giro verso Gio, in cerca di un aiuto, ma lui sembra assolutamente disinteressato alla questione.

Grazie tante, Gio!

Quello che non capisco è la sua reticenza nel dire che abbiamo semplicemente passato la giornata insieme.

Alzo le spalle, incapace di spiccicare una parola sensata.

«E ieri sera, invece, dove sei stato?» Fra rivolge il suo sguardo indagatore nuovamente su Gio.

Lui sembra tranquillissimo, per niente toccato dal fatto che tutti si fossero preoccupati per la sua assenza.
Si apre il pacchetto di sigarette e si prende l'ultima rimasta.
«Hai da accendere?» chiede a Lollo.
Ma sì, fuma tranquillamente la tua sigaretta, tanto noi possiamo stare qui ad aspettare quanto vuoi che tu ti degni di risponderci!
Vuoi per caso anche una brioche?
Un cappuccino?
Anzi, magari un succo alla pesca!
Così te lo rovescio direttamente in testa questa volta, razza di scemo!
«Quindi?» insiste Fra.
Gio lo guarda con sufficienza.
«Da quando ti interessa tanto sapere cosa faccio?» dice, iniziando a essere infastidito dalle troppe domande.
«Da quando sparisci senza dire nulla!» lo incalza Fra, avvicinandosi a lui.
«Ma su, lascialo stare, sarà stato a letto con qualcun'altra stanotte e non ha voglia di dirtelo...!» dice Tommi ghignando e rubando la palla dalle mani di Fra.
A letto con qualcun'altra?!
Altra?
Perché, con quante va a letto?!
Assumo un'espressione decisamente schifata.
Spero tanto che quel barbuto mononcuronico stia scherzando.

In ogni caso, quale sarebbe il tuo problema?
Problema?
Nessun problema, Lucy! Può pure andare a letto con tutta la popolazione femminile dell'Emilia-Romagna, per quel che mi riguarda.
Sì, certo. Si vede proprio che non ti riguarda...

Mi allontano scocciata da quella scena pietosa e vado verso il campo da basket sedendomi sulla panchina in legno davanti al campo.
Fra lascia perdere in fretta la discussione con Gio e inizia a fare le squadre per una partita di basket.

Intanto ripenso a quello che ha detto Tommi: che sciocchezza!

Non può essere andato a letto con nessuna ieri sera, ne sono sicura.

Me lo ripeto in testa una decina di volte, scuotendo il capo.

Nel frattempo, gli altri sono pronti per la partita e Lara ed Elvis si accomodano sulla panchina di fronte alla mia.

Vicino a me invece…

Indovinate un po'?

Mister Simpatia Raccontapalle.

Il suo profumo annuncia la sua presenza, ancora prima che io mi giri a guardarlo.

Gli lancio una veloce occhiata, fulminandolo con lo sguardo, ma lui sembra totalmente indifferente alla cosa.

«Sei proprio poco sveglia, ragazzina» dice d'un tratto, sputando il fumo dalle labbra.

«Ma come ti permetti» gli dico voltandomi verso di lui con le guance in fiamme per la rabbia.

«Dovevi reggermi il gioco e non hai detto una parola» continua lui, guardando sempre dritto davanti a sé.

«Oh, scusami tanto se non so che bugie ti inventi al momento per infinocchiare i tuoi amichetti!»

Sono furibonda: ci deve solo provare a provocarmi che lo spiaccico a terra e lo spalmo come un formaggino.

Lui tossisce per mascherare un leggero sorriso, comparso stranamente sulle sue labbra.

Sono arrivata alla conclusione che il suo schema comportamentale è sempre uguale.

Prima è dolce e carino.

Poi inizia a fare l'indifferente.

E, infine, si comporta di merda.

Poi, come se nulla fosse successo, ricomincia a fare il dolce e carino.

E il ciclo ricomincia.

Credo abbia bisogno di un buono psicologo.

«Ti sei svegliata male?»

«No, sei tu che mi fai incazzare!» rispondo a tono.

«Be', ieri non sembravi tanto incazzata…» sorride malizioso, spegnendo la sigaretta sul bordo della panchina.

La sua sfacciataggine mi fa andare fuori di testa.

«Ieri quando? Al biliardo, forse?» gli rispondo, guardandolo con aria di sfida.

Vuoi giocare, Gio?

Okay, allora giochiamo.

CAPITOLO 40

Le luci delle bancarelle mi accecano.

Il vociare a mezz'aria mi fa fischiare le orecchie.

Vorrei essere a casa e invece Lara mi ha trascinata ancora fuori.

Per fortuna niente discoteche o cortili vari, questa volta un semplice giro a una fiera in un paesino vicino.

Nonostante questo, il mal di testa che mi trascino dietro da stamattina mi fa sentire come un pesce in un sacchetto di plastica.

Cammino lentamente, stando ad ascoltare in disparte e in silenzio le stupidaggini che sta sparando da un'ora a questa parte quell'oca di Gue e allo stesso tempo mi impegno per sembrare un minimo interessata alle bancarelle, che tutti guardano con estrema attenzione.

Oggettivamente: chi si comprerebbe mai un appendi calze rosa?

Anzi la vera domanda è: chi si comprerebbe mai un appendi calze?

Di colpo ci fermiamo davanti a un baracchino delle piadine.

Fra e Gio si girano nella mia direzione, parlando con Manu di chissà che cosa. Gli altri invece continuano a camminare lungo il viale.

Mi fermo anche io.

Ho paura di quello che quei tre cervelli vuoti stanno elaborando.

Continuano a fissarmi, chiacchierando tra loro.

Annuiscono tutti e tre, ridendo e guardando sempre nella mia direzione.

Qualcosa mi dice che le cose non si stanno mettendo bene.

Dopo qualche secondo, Gio si avvicina.
Okay, le cose non si mettono affatto bene.
Lo guardo confusa cercando di capire cosa diamine gli passi per la testa questa volta.
Mi prende il volto tra le mani, avvicinando il mio viso al suo.
Sento il suo respiro solleticarmi il naso. Sento il suo anello di acciaio gelido sulla mia guancia bollente per l'imbarazzo.
Sono incapace di reagire.
Ma cosa diamine sta facendo?!
Si avvicina ancora un po'.
Mi sento un peperone. Ma cosa dico: un albero di peperoni.

Ti vuoi dare una svegliata? E poi non esistono gli alberi di peperoni. Semmai, le piante.
È la stessa cosa, Lucy!
No che non lo è! Ma cosa vi insegnano oggi a scuola?
In ogni caso: ti sembra il momento per una lezione di orticoltura?

Lucy però ha ragione. Dovrei indietreggiare. Anche se a pensarci bene l'ideale sarebbe tirargli un pugno dritto sul naso, così capirebbe definitivamente che deve smetterla di fare questi giochetti con me.
Sto per reagire ma, inaspettatamente, lui si avvicina al mio orecchio sussurrando: «Quanto te la rischi a comprare una piadina per tutti?».
Ci metto qualche secondo a elaborare ciò che mi ha chiesto.
Fermi tutti: ha appena fatto tutto questo show per dirmi una stupidaggine del genere?!
Divento ancora più rossa, ma questa volta per la rabbia.
Boccheggio, aprendo e chiudendo la bocca come un pesce rimbambito.
D'un tratto molla la presa, allontanandosi di qualche passo ma conservando un sorrisetto divertito sulle labbra come se godesse nel vedere la mia espressione sconvolta. E non dubito che sia proprio così!
«Allora, quanto te la rischi?» grida Fra, avvicinandosi insieme a Manu.
Mi guardo intorno spaesata, cercando di dare una calmata al

mio respiro e al mio cuore che ha appena deciso di iniziare un corso di samba.

«Non me la rischio!» dico poi, cercando di sembrare il più indifferente possibile.

Come diavolo era la respirazione che ho imparato al corso di yoga? Mai una volta che me la ricordi quando serve!

«Non puoi, devi sempre rischiartela» dice Gio.

«Trenta!» dico scocciata, obbedendo alla vecchia massima "via il dente, via il dolore".

Fra ridacchia, Gio anche.

«Tre, due, uno...» comincia Manu.

«Tre.»

«Tre» esclama Gio all'unisono con me.

Ma com'è che ci prende sempre?

Questo ragazzo sa leggere la mente, non c'è altra spiegazione.

Il che confermerebbe anche la mia teoria: è un serial killer.

Tutto combacia, l'avevo detto che...

«Sapevo l'avresti ridetto» dice d'un tratto Gio strizzandomi l'occhio.

Sposto lo sguardo su di lui, il suo sorrisetto è ancora lì sulle sue labbra.

D'un tratto mi torna in mente la scena di quel bacio in camera sua.

Mi aveva chiesto di rischiarmela per dargli un bacio.

Avevamo detto entrambi "tre" quella volta!

Wow, non pensavo fossi tanto sveglia, mi sorprendi!

"Sapevo l'avresti ridetto" ripeto nella mia testa, completamente imbambolata.

Sta alludendo a quel bacio?

«Be', quindi ti tocca comprare una piadina per tutti!» dice Manu, risvegliandomi di colpo.

Tutti e tre mi stanno guardando. Manu e Fra bramano la piadina, Gio decisamente sembra aspirare ad altro.

Apro la borsa sbuffando.

«Questa me la pagherete!» dico camminando verso il baracchino delle piadine, col portafoglio in mano.

Sento le loro risate da dietro.

Quei tre hanno letteralmente polverizzato una disumana piabab (per chi lo volesse sapere è una piadina-kebab) ripiena con tutto ciò che è vagamente commestibile e condita con una orrida salsa verde.

Credo sia umanamente vietato mangiare una cosa del genere all'una di notte.

Ha parlato quella che si mangia tonno in scatola a qualsiasi ora!

Cosa c'entra! Il tonno è diverso: depura dall'alcol ed è ricco di omega3.

Se fosse per te, dovrebbero distribuire scatolette di tonno fuori dai locali.

Be', sì, non sarebbe niente male in effetti!

Ero ironica, ovviamente.

«Disturbo?» mi chiede Gio avvicinandosi.

Stiamo ancora camminando lungo questo infinito viale di bancarelle insulse. Fra ha detto che dobbiamo assolutamente raggiungere gli altri, altrimenti perderemo la navetta delle due e mezza.

«No, affatto» gli rispondo dandogli un'occhiata veloce.

«Sicura?» mi dice toccandomi con l'indice la guancia sinistra.

Sussulto al suo tocco.

Sì, in effetti, a pensarci bene, mi stai disturbando.

«No, per nulla» gli ribadisco invece, stampandomi un sorriso falso come una moneta da tre euro.

Lui annuisce.

Continuiamo poi a camminare in silenzio.

«Ti piacciono?» mi dice d'un tratto, muovendo il capo verso delle stupide calamite colorate di una bancarella che ci sta di fronte.

«No, per nulla» rispondo, oltrepassandola.

«Sai dire qualcos'altro a parte "no, per nulla"?» dice lui, divertito.

Mi fermo e lo guardo per qualche secondo.

Gli sorrido.

«No, per nulla» ripeto ancora, riprendendo a camminare.

«Sei una ragazza simpatica» dice ricominciando a camminare anche lui.

«Sicuramente più di te» gli rispondo tranquillissima, raccogliendomi i capelli verso l'alto.

Questo caldo mi sta distruggendo.
«Dici che sono antipatico?» continua, senza smettere di sorridere.
«Estremamente» gli rispondo.
«Come il Conte Vronskij?»
Sta veramente cercando di fare conversazione con me?
Mi porge una copia di *Anna Karenina*, prendendola da una bancarella di libri usati.
«Molto di più» confermo.
«Impossibile» afferma Gio rimettendo il libro al suo posto. Poi continua: «Non ti ho mai fatta innamorare perdutamente». Accenna lo sguardo verso di me.
Alzo gli occhi al cielo. Lui sorride.
«Né ti ho poi lasciato, portandoti alla pazzia» aggiunge.
«Per quello, credimi, siamo sulla strada giusta» affermo convinta.
Poi ci rifletto su.
«Il tuo commento è sbagliato in ogni caso, dovresti rileggere quel libro» dico rubando una caramellina gommosa da uno stand colorato. «Anna ha creato da sé la sua distruzione, il conte era realmente innamorato, ma lei ha reputato che lui non lo fosse, costruendosi un'idea sbagliata sul suo conto e portando così Vronskij a comportarsi esattamente come lei lo considerava.»
«Sbagli.» Gio mi tira un pizzicotto per avvisarmi di una macchina. Ci fermiamo davanti alle strisce pedonali.
«Sentiamo. Quale sarebbe la tua interpretazione?» lo incito, ricambiando il pizzicotto di prima per esortarlo ad attraversare.
«Lei aveva solo bisogno di conferme, di sentirsi dire di essere amata. La sua rabbia e la sua ostilità erano solo un grido d'aiuto, una manifestazione della paura di perderlo.»
Lo guardo assorta. Non mi convince molto la sua teoria.
«Lei era pazza. Punto. Si inventava cose che non esistevano.»
«Chi non lo è, in fondo? Siamo tutti dei bambini egoisti a volte» dice, ergendosi in tutta la sua altezza.
Vorrei sapere quante volte anche lui è stato come Vronskij.
«Non ti piaccio proprio, vero?» mi dice dopo un po'.
Il repentino cambio di discorso mi fa alzare lo sguardo sul suo viso.

Non poteva essere più basso? Mi sta facendo venire il torcicollo a forza di alzare e abbassare la testa!
«Esattamente» ammetto.
Saputello, la verità è che mi piaci anche troppo!
Ma io non posso diventare pazza d'amore come Anna Karenina.
Lui sembra pensarci su. E resta in silenzio.
Le bancarelle stanno quasi finendo.
«Cosa vuoi sapere?»
«Cioè?» gli chiedo confusa.
«Chiedimi quello che vuoi, su avanti...» dice tirando fuori il pacchetto di sigarette dalla tasca anteriore dei jeans.
Fuma, quindi è nervoso. Ormai inizio a conoscerlo.
Ma non capisco dove voglia arrivare...
«Quindi?» mi incalza lui, sputando il fumo fuori dalle labbra.
«Perché vuoi che ti faccia delle domande?»
Mi confonde. Questo ragazzo mi spiazza in continuazione.
«Perché voglio capire cosa non ti piace di me» dice portandosi il filtro alla bocca, facendo un altro tiro.
Avvampo improvvisamente.
Be', ci sono molte cose che non mi piacciono di lui.
E tantissime domande che vorrei fargli.
Eppure non so se voglio davvero sapere, perché nonostante tutto, *lui* mi piace.
E se scoprissi qualcosa di davvero brutto?
«Perché mi hai respinta quella volta che ci siamo baciati?» sputo fuori d'un tratto, restando io stessa a bocca aperta per ciò che mi è appena sfuggito dalle labbra.

Eh, no, cara Cloe, non dovevi essere così diretta.
Lucy, la prossima volta magari dimmelo prima!

Mi mangiucchio d'istinto le unghie, aspettando ansiosa una sua reazione.
Ma Gio non sembra minimamente turbato dalla mia domanda inaspettata e assolutamente imbarazzante.
«Mi sembra che avessimo già parlato di questo...» dice.
Vero, ne abbiamo parlato, ma da quella conversazione non ho tratto alcuna spiegazione: non mi hai mai detto, caro Gio, il

motivo per cui ti sei spostato, lasciandomi come un pesce lesso attaccata all'armadio!

Sto per ribattere, quando lui spezza di nuovo il silenzio.

«Per prima cosa, non ti ho rifiutata.»

Il fumo della sua sigaretta mi arriva dritto in faccia a causa del vento.

Tossisco leggermente. Il fumo mi intossica, le sue parole anche.

«Seconda cosa, ti ho già detto perché non ho continuato a baciarti: non sei come le altre e non posso farlo...» conclude, spostando la sigaretta nell'altra mano.

E in pratica non mi sta dicendo nulla.

«Cosa significa che non sono come le altre? E cos'è che non puoi fare?» insisto, girandomi verso di lui.

Gio si ferma di colpo. Mi guarda per un istante. Poi riprende a camminare.

«Questo non posso dirtelo» risponde poi, buttando definitivamente la sigaretta a terra.

Oh, be', grazie tante, è stato utile parlare con te, Giodago!

Mi salgono i nervi a fior di pelle.

È così insopportabile!

Cosa gli costa rispondere a una semplice domanda?

Ma poi, non è stato proprio lui a insistere perché gli facessi questo interrogatorio?

Tra noi intanto cala il silenzio, interrotto solo a tratti dal vociare della gente intorno.

«Mi vuoi chiedere altro?» dice d'un tratto, prendendo il telefono in mano forse per vedere l'ora.

Sta scherzando, spero.

«Che senso avrebbe? Tanto non rispondi.» Apro le braccia, sconcertata.

Lui non sembra darmi retta e continua ad armeggiare col telefono controllando l'ora di tanto in tanto.

D'improvviso si ferma, vicino a un muretto bianco, di fronte al Touchè.

Dio mio, ancora questa maledetta discoteca?

Questo posto mi fa salire l'ansia di aver dimenticato la carta d'identità. È una associazione spontanea ormai. Si chiama condizionamento pavloviano e infatti apro il portafoglio per controllare di avere un documento, non si sa mai.

«Che fai?» dice Gio guardandomi.
«Non posso rispondere, mi dispiace!» rispondo, altezzosa.
Lui ride.
Incrocio le braccia indispettita, guardandolo con aria di sfida.
«Puoi chiedermi quello che vuoi, Cloe, davvero... Ma alla domanda di prima non posso proprio darti una risposta. Mi dispiace, non volevo deluderti o farti arrabbiare.»
Mi guarda intensamente. I suoi occhi sono sinceri.
Il suo sguardo mi rassicura sempre.
Scrollo le spalle.
Non mi va di litigare anche stasera.
«Okay, ma prima una domanda di servizio: gli altri dove sono?» gli chiedo incurvando le labbra in un leggero sorriso.
Lui fa altrettanto.
«Non ne ho idea. Stavo appunto chiamando Fra, ma non risponde.»
Nel camminare abbiamo completamente perso di vista tutti.
E sono quasi le due e trenta.
La navetta dovrebbe passare tra poco.
«Siamo lontani dalla fermata?» gli chiedo, controllando sul telefono che non ci siano chiamate di Lara.
«No, è lì avanti, aspettiamo gli altri ancora un po'. Se non dovessero arrivare, prenderemo la navetta da soli, okay?» dice, sedendosi sul muretto bianco alle nostre spalle.
«Okay» gli rispondo, girandomi di fronte a lui.
Seduto lì sopra è alla mia stessa altezza: per lo meno evito il torcicollo nel guardarlo.
Anche se è talmente bello che me lo farei venire volentieri il torcicollo per qualche sbirciatina.
Se poi si togliesse quella camicia...

Ma ti stai sentendo!
Eh, santo cielo, Lucy, gli occhi sono fatti per guardare!

«Allora queste domande?» ricomincia Gio, osservandomi attentamente.
Domande.
«Sei sempre stato così lunatico?» gli chiedo di getto, guardandolo di sbieco.

«Non sono lunatico» dice aggrottando le sopracciglia e ridendo allo stesso tempo.

Eccome se lo sei!

«Un giorno ti comporti in un modo, quello dopo in maniera completamente opposta. A casa mia si dice essere lunatici!» ribatto incrociando le braccia.

Lui scoppia a ridere, sistemandosi meglio sul muretto in granito bianco.

Lui ride e io non capisco perché, come sempre: ormai è così che funziona.

Poi avvicina l'indice alla mia fronte.

«Non dovresti arrabbiarti così spesso, altrimenti ti si vedono di più le rughe d'espressione» dice spocchioso toccandomi la fronte.

«Io non ho nessuna ruga d'espressione!» ribatto indignata.

Lui scoppia a ridere di nuovo.

«Ecco, anche adesso!» dice indicandomi, senza smettere di ridere.

Bisogna davvero impegnarsi per essere così insopportabili, non credete?

D'un tratto gli squilla il telefono.

«Fra dove siete?» risponde subito lui, alzandosi dal muretto.

Cammina nervosamente avanti e indietro costeggiando il marciapiede.

Io mi volto, appoggiandomi di schiena al muretto.

Lo guardo con attenzione: le All Star perfettamente bianche, i pantaloni beige appena abbassati sulla vita, la camicia azzurra.

La sua spavalderia, il suo sguardo serio che diventa improvvisamente luminoso, i capelli neri pettinati alla perfezione.

Così enigmatico ma, allo stesso tempo, così sincero.

Così preciso, ma anche così vago e inaspettato.

Non penso risponderà a nessuna delle mie domande.

«Ha detto che fra dieci minuti sono qui, hanno trovato Gue ubriaca con un tipo e la stanno trascinando via» mi spiega, avvicinandosi nuovamente a me.

«Ma che strano!» dico ridendo.

«Non la sopporti proprio, non è vero?»

«Diciamo che non è il mio tipo.»

«E chi è il tuo tipo, Cloe Monteri?» ribatte lui, rimettendosi sul muretto.

«Non lo so» rispondo vaga, allontanandomi di qualche passo.

Invece lo sai eccome!

Zitta, Lucy, zitta. O vuoi farmi perdere quel briciolo di dignità che mi è rimasta?

«Con la navetta come facciamo?» gli chiedo, cercando di cambiare argomento, per evitare di arrossire come un ferro di cavallo incandescente.

Gio tira fuori il cellulare, accendendo il display.

«Sono le due e quaranta, ormai l'abbiamo persa.»

Grandioso!

Questa sì che è una notizia fantastica.

«Prenderemo la prossima» continua lui, come se fosse una cosa scontata.

Ma sì, perdiamo navette nel bel mezzo della notte per colpa di quella gallina avvinazzata di Gue! Che problema c'è? Tanto io non sto affatto morendo di sonno!

«Meraviglioso...» Faccio leva sulle braccia, sedendomi sul muretto accanto a lui.

Lui ride leggermente, probabilmente per la mia espressione seccata e assonnata insieme.

E anche se ho sonno, ho bisogno di una doccia e vorrei strozzare Guendalina con le mie stesse mani, ho lo stomaco pieno zeppo di elefanti che saltano e fanno capriole.

Altro che farfalle.

Santo Giove, ti prego, dammi la forza di rimanere lucida e non saltargli addosso da un momento all'altro.

Arrossisco inevitabilmente e lui continua a osservarmi, rendendomi sempre più difficile la concentrazione.

Okay, rispolveriamo qualche nozione rudimentale di meditazione yoga!

Ommmmmm, non immaginare i suoi addominali.

Ommmmmm, pensa alle mutande a fiori di Pisco.

Ommmmmm, invoca la navetta, che arrivi subito!

CAPITOLO 41

«Cosa credi? Che mi facevo abbindolare così facilmente da quel tipo? Mi serviva solo per entrare» biascica Gue sdraiandosi sui sedili della navetta.

Navetta che è arrivata con un ritardo di mezz'ora.

Ed esattamente per mezz'ora Gue ha ripetuto la stessa frase.

Non voleva portarsi a casa nessuno, stava solo facendo "marketing" per entrare gratis in un locale.

«Sì, ma, Gue, non lo conoscevi neanche! Poteva essere un maniaco» ribatte Fra sedendosi vicino a Manu.

Rimangono solo due posti: uno per me e uno per Gio.

La solita fortunata, eh?

Mi giro verso Gio alle mie spalle. Gli sorrido imbarazzata, come una ragazzina sciocca.

Lui non sembra farci caso e prende posto in uno dei due sedili a lato.

«Impossibile! Aveva la barba!» urla Gue, alzando un indice verso Fra in segno ammonitore.

«E cosa c'entra?!» le chiede Manu confuso.

E io mi chiedo ancora perché continuino a farle domande. Già solitamente dice stupidaggini, figuriamoci ora.

«I maniaci non hanno la barba» dice sollevandosi a mezzo busto per poi ripiombare sui sedili.

Scoppio a ridere.

Ma certo, i maniaci sono estremamente famosi per le loro barbe rasate!

Manu e Fra ridono con me, iniziando una sequela di battutacce sull'argomento.

Mi distraggo da loro e mi volto verso Gio che non sembra particolarmente interessato alla conversazione.

Anzi non ha ascoltato neanche una parola. Guarda il buio fuori dal finestrino.

A cosa stai pensando, Gio?

Riesci a vedere il buio che scorre anche se hai il buio negli occhi?

Vorrei chiederglielo.

Avrei una voglia matta di sapere. Di capire.

Ma resto in silenzio, come al solito, incapace di pronunciare una sola parola, immobilizzata dalla freddezza di lui, dal ghiaccio del suo sguardo.

«Non sono ubriaca!» strilla di colpo Gue.

«Ma assolutamente no. Anzi, supereresti l'alcol test a occhi chiusi» le dico, ridendo.

Lei si alza dai sedili e mi fissa.

Il mascara le è colato fin sugli zigomi, il rossetto è tutto sbavato.

«Mi stai prendendo in giro, marmocchia?» mi dice d'un tratto, alzando un sopracciglio.

Spalanco improvvisamente la bocca.

Questo sì che è un evento.

Gue che capisce qualcosa. E per giunta da ubriaca.

Sono genuinamente sorpresa.

«Per niente! Pensa che secondo me stai pure meglio del solito...» aggiungo continuando a ridere.

Lei diventa viola in viso.

«A pensarci bene, sei più simpatica da ubriaca che da sobria» concludo diventando improvvisamente seria, osservandola come fosse una cavia da laboratorio.

Lei boccheggia, rossa come un semaforo.

«Mi sa che tu, signorina so-tutto-io, dopo qualche bicchierino, sei messa peggio di me!» sputa stizzita, guardandomi in cagnesco.

«Ehi, attenzione! Questa è una sfida» dice Fra ridendo.

Manu ha già tirato fuori il portafoglio per scommettere.

«Rimettilo a posto, non berrò una sola goccia di alcol per dimostrare che so reggere più di lei» ribatto, già nervosa.

«Cos'è? Hai forse paura di non farcela, stupida poppante?» ribatte Gue, con la sua risatina isterica.

Porca paletta, quanto è insopportabile.

«Come immaginavo: un bicchierino di vodka e scommetto che dobbiamo metterti a letto con il pigiamino caldo» continua imperterrita.

I ragazzi continuano a ridere divertiti.

Io invece vorrei solo incastrarle la testa nel finestrino della navetta.

«Dai, vediamo allora!» Sono schifosamente orgogliosa. È questo il mio problema.

«Ha accettato. Quanto punti?» dice subito Manu a Fra, riaprendo in fretta il portafoglio.

Ma perché mi caccio sempre in questi pasticci?

«Bene, marmocchia, vediamo allora!» mi sfida Gue con lo sguardo.

«Facciamo domani sera, ormai è tardi!» dico sbuffando, per poi incrociare le braccia sul petto.

«Possiamo sempre fare ora da me» si volta d'un tratto Gio, con un sorriso diabolico sulle labbra.

Mi volto verso di lui indignata.

Non ha detto niente tutta la sera e doveva uscirsene proprio ora con questa splendida trovata?

«Mi sembra perfetto, non puoi tirarti indietro, marmocchia.»

«Concordo!» aggiunge Fra, ridendo.

Pure lui ci si mette: ma da che parte state tutti?

Mi porto le mani al volto, stropicciandomi la faccia. Al diavolo il trucco.

Ora mi tocca anche ubriacarmi come una spugna. Qualcos'altro?

Giove, colpiscimi con un fulmine all'istante se puoi.

Sono le 3.10 di notte e stiamo camminando verso il cortile di Gio.

Mi porto le braccia al petto.

Lara sarà già a casa da un pezzo.

Quanto vorrei essere anche io nel mio letto in questo momento.

E invece... no!

Mi tocca camminare dietro questo gruppo di disperati verso un cortile di disperati, accompagnata dalle urla soavi di un'oca da strapazzo.

Esiste una cosa peggiore, forse?

«Gio, cos'hai in frigo?» chiede Fra, alzando la voce per sovrastare Gue, che sta cercando di imitare Whitney Houston con scarsi risultati.

«Ho l'amaro e mi sembra che ci siano anche un paio di bottiglie di tequila sul retro» gli risponde lui.

Mi cammina a fianco da quando siamo scesi dalla navetta, ma non mi ha rivolto una sola parola.

Non ha fatto altro che ridere delle battute indecenti di Gue e parlare ogni tanto con Fra di Fantacalcio e altre cavolate di quel tipo.

Avrei una voglia matta di prenderlo e stritolarlo come un pezzo di plastica.

È davvero odioso quando fa così. Tanto.

Raggiungiamo poco dopo il solito piccolo sentiero che conduce al cortile di Gio.

Lo percorriamo in silenzio, tra qualche risatina soffocata di Gue e le zanzare fastidiose.

L'aria è sempre più fredda e io ho sempre più voglia di tornare a casa.

Entriamo tutti nel piccolo cortile, illuminato dalla luce fioca della lampadina a parete.

Mi siedo vicino al caminetto per essere un po' più riparata dal vento.

Userei anche la vestaglia a fiori viola di zia Anna in questo momento, pur di coprirmi un po'.

Guendalina "passione-alcol" si accomoda di fronte a me.

Fra a capotavola, opposto al trono riservato a quel deficiente di Gio.

«Raga, io vado che c'è Bea che mi sta aspettando...» dice Manu d'un tratto dal fondo del cortile.

Eh, bravo, prima scommetti sulla mia perdita e ora te la svigni!

Che nervoso, mamma mia.

Mi appoggio al cuscino morbido della sedia.

Devo darmi una calmata.

«Fra, poi però aggiornami su come finisce» aggiunge Manu prima di tagliare la corda.

Ti aggiorno io sulla tua fine se non ti levi subito dalla mia vista!

«Ho trovato solo questo» dice Gio, apparendo all'improvviso.

Mette in fila sul tavolo una serie di bottiglie scure. E tre bottiglie trasparenti davanti al mio naso.

"38 gradi", leggo sull'etichetta sbiadita appiccicata al vetro della bottiglia che mi sta di fronte.

Io non bevo questa candeggina!

«Da cosa cominciamo?» urla stridula Gue, raddrizzandosi sulla sedia.

«Io partirei con questo» dice Fra, svitando il tappo di una bottiglia scura.

Gue attende ansiosa che Fra le versi il suo bicchierino.

Poi versa il mio.

«Alla goccia!» strilla Gue, ammonendomi con lo sguardo, non appena porto al naso quella schifezza.

«Bevo come e quanto voglio!» ribatto poggiando il bicchiere di plastica sul tavolo.

«Alla goccia! Altrimenti hai perso» cantilena quella scema di Guendalina.

«Alla goccia anch'io» dice Gio, sfidandomi con lo sguardo.

Ma lo sta facendo apposta?

Ha deciso di farmi incazzare?

Lo schiaffeggerei.

«Dai Cloe, è buono, fidati» dice Fra incoraggiandomi.

Riporto il bicchiere vicino al naso. L'odore fa schifo.

Non ho scelta. Devo far capire a quell'oca chi comanda. A ogni costo.

Faccio un bel respiro e butto giù in un sorso quel liquido amaro.

Mi sbagliavo: non fa schifo, fa *molto* schifo!

«Sei veloce» mi dice Fra per poi bersi il suo.

Gio ride scuotendo la testa e fa lo stesso, buttando tutto giù in mezzo secondo.

«Secondo giro!» strilla Gue.

Fra non ci pensa due volte e riempie di nuovo tutti i bicchieri dello stesso liquido.

Altro giro.

Mi tappo il naso e butto giù.

Gue è sempre più euforica, Fra e Gio invece sono impassibili, come se avessero appena bevuto acqua di sorgente.

«Io passerei alla tequila» dice Gio, svitando il tappo di una delle bottiglie trasparenti.

Tequila. Altri 38 gradi.

«Tequila bum bum!» urla Gue picchiettando le mani sulle tette come fossero due tamburelli africani.

«Gue, abbassa la voce» le dice Gio riempiendole il bicchiere.

Abbassa la voce?

Io le strapperei direttamente le corde vocali, così magari la smetterebbe di dire boiate.

Mi stropiccio gli occhi. Mi sento stanca.

Gio intanto versa gli altri bicchierini di tequila. Compreso il mio.

Annuso anche quello.

L'alcol mi entra nelle narici.

È disinfettante! Altro che tequila...

«Uno, due e tre!» strilla Gue, buttando giù tutto.

Gli altri due la seguono a ruota.

Mi tappo il naso e faccio lo stesso.

Qualcuno mi può ricordare perché mi sto giocando il fegato, per piacere?

Ah, giusto: per vincere una stupida scommessa!

Mi prenderei a schiaffi da sola.

Gio riempie di nuovo tutti i bicchierini.

E di nuovo, per altri due giri.

Sento l'alcol bruciarmi lungo il petto e arrivare dritto allo stomaco ogni volta che mando giù un sorso.

Un improvviso senso di nausea mi assale non appena finisco l'ultimo bicchierino.

Siamo a cinque bicchierini di tequila e due di un liquido amaro come la vita.

Mi inizia a girare la testa.

Mi appoggio allo schienale della sedia, sentendo le voci confuse degli altri che stanno versando l'ennesima tequila.

Mi viene d'un tratto in mente l'immagine di mia nonna che si prende a padellate in testa nel vedermi bere così tanto.

E a dirla tutta mi prenderei io stessa a padellate in testa per quanto sono cretina.

Arriva un altro bicchierino di tequila. Ancora?

Gue beve il suo in un sorso. I ragazzi fanno lo stesso.

Presa da un disperato e insensato senso di rivalsa, li imito, buttando giù quello schifo.

Dopo altri due giri Gue sta per fare uno spogliarello davanti a tutti, con tanto di canzoncina canticchiata da lei come sottofondo.

Io, invece, potrei vomitare. Non so se per lei o per l'alcol: probabilmente un mix letale delle due cose.

Fra si alza in piedi ridendo con Gio.

«La porto su che è meglio» dice afferrando Gue per un braccio e trascinandola verso la porta a vetri della casa di Gio e cercando nel contempo di impedirle di togliersi i vestiti di dosso.

Non appena i due entrano in casa, il cortile piomba in un silenzio assoluto, interrotto solo da qualche risatina lontana di Gue e le imprecazioni attutite di Fra che cerca di trascinarla a letto di forza.

Chiudo gli occhi, terribilmente frastornata da tutto.

La testa mi gira un po' e sento un fastidioso fischio costante nelle orecchie.

«Quindi, hai vinto tu» mi dice d'un tratto Gio.

Apro un occhio, per poi richiuderlo subito dopo.

Inizia a girarmi sul serio la testa.

Sto per rispondere che non me ne frega nulla di quella sfida dato che ero già assolutamente certa di vincere contro quella stupida di Guendalina.

Vorrei dirgli anche che la tequila fa schifo.

E che vorrei una felpa e andarmene a letto.

Ma non dico nulla di tutto questo.

Dico: «Mi scappa la pipì». Ed è vero.

Mi scappa una pipì allucinante, a tal punto che non riesco a pensare ad altro.

Che vergogna.

Gio ride appena, fissandomi con uno sguardo infuocato.

Perché, anche se dico una cosa imbarazzante e stupida, deve sempre guardarmi con quegli occhi che sembrano volermi spogliare?

«Il bagno è sulla destra, subito dopo la cucina.»

Mi alzo di scatto, biascicando un grazie e andando in fretta verso l'ingresso.

Dentro c'è odore di cannella e mobili in legno.

Cucina. Destra.

Raggiungo il bagno in fretta, slacciandomi velocemente i pantaloncini di jeans e fiondandomi sul WC.

Mi stava letteralmente scoppiando la vescica.
Faccio per rialzarmi, quando un improvviso giramento di testa mi fa subito risedere sulla tazza.
Mi rialzo piano, appoggiandomi alla parete.
Mi tiro dunque su i pantaloncini di jeans e cerco di allacciarli con una fatica immonda.
L'avevo detto che erano troppo stretti.

O forse tu sei troppo ubriaca, dipende dai punti di vista!
Non soooono ubriaca!

Faccio scattare la chiave della porta del bagno ed esco, chiamando a raccolta tutte le forze (poche) che mi sono rimaste.
Ho bevuto troppo, cazzo.
Mi appoggio al muro di fronte alla cucina perché intorno a me sta girando tutto.
Scivolo lungo la parete, accovacciandomi a terra.
Prendo la testa tra le mani massaggiandomi piano le tempie.
Tequila del cazzo.
Non reggo nulla, mi sarei dovuta fermare al terzo shottino.
«Ehi.» Sento Gio che entra nella stanza.
Mi si piazza davanti.
Vedo solo le sue scarpe.
Anzi ne vedo tre.
Mi stropiccio gli occhi, tirando un sospiro. Odio non avere la situazione sotto controllo.
«Dai, vieni» mi dice afferrandomi per le braccia e tirandomi verso di sé.
Il suo profumo mi invade.
Mi aggrappo a lui cercando di alzarmi da terra.
Alla fine riesco a mettermi in piedi.
Le mie mani sono ancora strette a lui.
Sento le ginocchia molli.
Mi appoggio sul suo petto, nascondendo il viso sulla sua spalla.
Odio ciò che sto facendo. Non devo avere bisogno di nessuno.
Ma non posso fare altrimenti al momento: potrei cadere come una pera cotta se solo tentassi di muovere un passo.
«Gio, mi gira tutto» sussurro nell'incavo del suo collo.

Il suo profumo sembra mitigare l'alcol che mi impregna le narici e la gola.

Non mi risponde.

Sento le sue braccia salire lungo la mia schiena fino a circondarmi totalmente.

Mi stringe forte a sé.

E io mi perdo, ubriaca, nelle sue braccia forti. Completamente ubriaca di lui.

Non sento il tempo scorrere.

Sento solo il suo respiro profondo e il mio accelerato, completamente scoordinati.

Lo so perfettamente che siamo come due pezzi di un puzzle impossibile da incastrare.

Rallento il respiro per farlo diventare simile al suo.

Voglio farli andare allo stesso ritmo.

Sono troppo ubriaca.

Ma che cosa cazzo sto facendo?

Tiro la testa indietro, scrollando i capelli via dalle sue braccia.

Perché non mi hai fermata?

Perché non mi tieni abbracciata a te?

Perché ti sei spostato?

Torna qui.

Dai.

Non so se lo sto solo pensando o lo sto dicendo.

Mi gira la testa.

Barcollo da ferma, appoggiandomi ancora al muro freddo alle mie spalle.

«Devi sdraiarti» dice d'un tratto Gio, prendendomi i polsi.

Non ribatto. Non avrei neppure la forza per farlo.

Mi lascio guidare dalle sue mani.

Totalmente in balia di lui, disinibita a causa di quella merda che ho bevuto.

All'improvviso sento qualcosa di morbido sotto di me.

Non ci penso due volte e mi sdraio completamente.

La testa mi pulsa come non mi è mai successo prima.

I miei capelli sono sparsi sul divano alla rinfusa.

«Vado un attimo a vedere se Gue dorme. Fra è andato via, rimani qui.» Sento la sua voce in lontananza.

Annuisco, mugolando debolmente.

O almeno, credo di averlo fatto.
Ma dove pensa che potrei andare?
Non riuscirei ad alzarmi dal divano neanche se si verificasse un miracolo.
Dovevo fermarmi al terzo shottino.
Tutta colpa di quell'oca di Guendalina.
Dovevo rimanere a casa con Lara, lo sapevo.
Lara.
Devo avvisarla.
Cerco a tentoni il telefono nelle tasche dei pantaloncini.
Non c'è.
Merda.
Provo ad alzarmi.
Zia Anna mi ucciderà se non avviso che sono ancora viva.
Riesco ad alzarmi leggermente sui gomiti.
«Ehi, che cosa credi di fare? Resta sdraiata» dice Gio.
Lo sento scendere velocemente le scale.
Viene verso di me.
«Il telefono... devo avvisare...» biascico con quel poco di voce che mi è rimasta in gola.
«Sta' giù ora, non ti preoccupare del telefono. Ce l'ho io.»
È vicino a me, il suo fiato mi solletica la pelle.
«Più tardi ti riaccompagno io a casa, stai tranquilla» aggiunge, sedendosi sul divano accanto a me.
A quelle parole mi volto verso lo schienale del divano, sdraiandomi completamente.
La testa mi gira terribilmente.
Devo per forza riprendermi. E in fretta anche!
Trattengo il fiato non appena sento la sua mano scorrermi piano lungo il braccio.
Il suo anello di metallo sulla mia pelle mi fa rabbrividire.
La sua mano incontra la mia.
Fa scivolare le dita tra le mie, incrociando le nostre mani.
Lo sento sdraiarsi accanto a me.
La mia schiena si appoggia al suo petto.
I miei capelli si muovono con il suo respiro.
Le mie dita sono incastrate nelle sue.
Due pezzi di un vaso rotto che non c'entrano nulla l'uno con l'altro.

Due anime diverse, completamente incompatibili, che si cercano disperatamente.

Sento il cuore iniziare la sua folle corsa per raggiungere il suo.

Non ho mai sentito tanta agitazione in corpo.

Vorrei restare qui, ubriaca. Ma con lui accanto, per sempre.

Le nostre mani unite, sempre.

Rimaniamo così, abbracciati, per un tempo indefinito.

Mi sento cullata dalle sue braccia, ma i brividi e il cuore che batte sfrenato mi impediscono di addormentarmi.

Stringo le labbra e tossisco leggermente.

La sua mano si stacca dalla mia.

Forse pensava che stessi dormendo.

Stringo gli occhi. Non voglio che si allontani da me, non ora.

La sua mano si stringe di colpo sul mio fianco, facendo pressione per farmi voltare.

Apro gli occhi.

La stanza intorno a me gira meno di prima.

Mi volto piano verso di lui.

Mi ritrovo addossata al suo petto con il suo viso poco distante dal mio.

Le mie guance prendono fuoco.

Lui mi guarda e non dice nulla.

Forse perché le parole non servono.

La sua mano scorre sul mio volto, sollevandolo con inaspettata dolcezza.

Apro gli occhi, ritrovandomi i suoi occhi neri sul mio volto e le sue labbra a un soffio dalle mie.

«Non so perché è successo, okay? E non so rispondere alle tue solite incasinate domande e non so cosa accadrà dopo. So solo di avere un disperato bisogno di baciarti» dice d'un tratto, spiazzandomi completamente.

Non sa rispondere alle mie domande.

E forse non risponderà mai.

Ma lo voglio davvero?

Voglio un ragazzo che non saprà mai spiegarsi?

Uno che un giorno è dolce e attento e il giorno dopo si comporta come se non esistessi. E quello dopo ancora vuole solo baciarmi.

Davvero lo voglio?

Voglio davvero lanciarmi totalmente nel vuoto?

Mi ribello a ogni cellula del mio corpo e al mio stesso cuore, non appena lui si avvicina alle mie labbra.

Mi scosto appoggiandomi sulla sua spalla.

Ho una confusione terribile in testa e l'alcol che ho in corpo è il minore dei problemi, al momento.

Mi sfiora il viso, sollevandomelo di nuovo.

I suoi occhi urlano la sua disperata voglia di baciarmi.

Sento il suo sguardo che brama avidamente le mie labbra.

E io so di avere il suo medesimo sguardo perché anche io, nonostante la mente incasinata dai pensieri più cupi, ho una disperata voglia di baciarlo.

«Solo un bacio. Te lo prometto» sussurra a fior delle mie labbra.

Tabacco e profumo si mescolano.

Solo un bacio.

La mia mente lo ripete, come se le sue parole facessero eco nella mia testa.

Solo un bacio.

Al diavolo se non mi dà risposte su nulla.

Al diavolo il fatto che è obiettivamente uno stronzo. È uno stronzo che mi piace.

È solo un bacio.

Al diavolo tutto.

Voglio assaggiare le sue labbra, sentirle sulle mie.

Voglio che mi baci disperatamente, sentire il suo profumo dentro di me, fino a farlo diventare parte di me.

Non mi importa se sono piena d'alcol in corpo.

Non mi importa se lui non sa perché ha voglia di baciarmi.

Non mi importa se non dovrei baciarlo.

Non mi importa di niente perché lo voglio come non ho mai voluto nient'altro.

Avvicino il mio viso al suo.

I nostri respiri si mescolano.

Le nostre labbra schiuse si aspettano, ansiose.

È uno stronzo, lo so, ma in questo momento i suoi occhi sono così sinceri da disarmarmi.

Gio si avvicina quel soffio che manca per far incontrare le nostre labbra.

E poi rimaniamo immobili per qualche secondo.

Esattamente come la prima volta che l'ho baciato.
I brividi mi entrano fin sotto pelle.
Le sue labbra si muovono piano sulle mie, con una dolcezza sconcertante.
Mi sporgo verso di lui di scatto, incastrandoci perfettamente.
Gio mi afferra i fianchi, facendomi avvicinare ancora di più a lui e mi bacia come se le mie labbra fossero appena diventate la sua unica fonte d'ossigeno.
Le nostre labbra si cercano, si vogliono senza riserva.
Mi lascio andare totalmente, spegnendo la testa e lasciando fare solo al cuore.

CAPITOLO 42

Il suo profumo mi solletica il naso.

Le sue labbra mi solleticano il cuore.

In questo momento il mio cuore è un tamburo impazzito.

Continuiamo a baciarci, per un tempo che sembra infinito.

Ci baciamo e poi ci guardiamo come se volessimo entrambi essere veramente certi di ciò che sta succedendo.

La sua lingua scivola nella mia bocca.

Le sue mani sono strette sui miei fianchi.

Il suo respiro è corto.

E la mia ansia sale.

«Dovrei andare» gli dico tra un bacio e l'altro.

Mi schiarisco la voce che è bassa e roca come quella di Pisco appena sveglio.

«Mmh, mmh» dice, senza smettere di baciarmi.

Ogni volta che le sue labbra catturano le mie, sento il cuore perdere un battito e il respiro andare in vacanza.

Questo ragazzo mi vuole morta. Non c'è altra spiegazione.

La sua mano risale lungo la mia coscia, sfiorandomi appena, per poi arrivare al mio fondoschiena, stringendomelo con forza.

Sussulto involontariamente e mi stacco da lui, come se qualcuno mi avesse appena trascinata a terra dall'iperuranio in cui mi trovavo.

Sono molto agitata. Anzi sto letteralmente tremando.

Vorrei solo baciarlo, ma non riesco a smettere di pensare a una cosa sola.

"Vuole portarti a letto."

O meglio vuole solo portarmi a letto.

Ed è assurdo probabilmente, perché non c'è niente in questo momento che mi faccia pensare che mi stia prendendo in giro e che, in parole povere, voglia solo quello.

Assolutamente nulla.

Eppure la mia testa non smette di pensarci.

I suoi occhi guardano i miei incerti, come se non riuscissero a capire qualcosa.

Ma allo stesso tempo mi osservano con estrema dolcezza.

Avrei voglia di baciarli, quegli occhi.

Mi alzo piano, mettendomi a sedere.

"Vuole portarti a letto."

La mia mente ha deciso di non darmi tregua, ho capito.

Mi massaggio lentamente le tempie ripensando a quello che è appena successo.

Dio, non posso credere che mi abbia baciata sul serio.

E non una volta.

Mi ha baciata più e più volte.

Non è che me lo sono solo immaginato, vero? Ubriaca come sono…

Guardo Gio, esattamente sdraiato come prima.

Mi osserva.

I suoi occhi neri si incastrano nei miei.

No, non l'ho solo immaginato.

«Va meglio?» mi chiede d'un tratto, spezzando il silenzio.

Faccio fatica a capire la domanda, troppo concentrata sui suoi occhi.

Poi mi riscuoto di colpo.

Mi ha davvero chiesto se va meglio?

Sto per avere un infarto seduta stante e lui mi chiede se va meglio?

«Decisamente» ridacchio nervosa.

Cerco di oltrepassare le gambe di Gio distese sul divano, facendo molta attenzione a non sfiorarlo nemmeno per sbaglio.

Questa vicinanza era… troppa.

Mi alzo in fretta, facendo qualche passo nella stanza e cerco di sistemarmi nervosamente i capelli.

Ripenso al bacio e sento le ginocchia molli.

Non mi sento affatto bene, forse dovremmo chiamare un'ambulanza!

«In realtà io stavo parlando della sbronza.»

Mi fermo come un'allocca di fronte al divano e divento improvvisamente paonazza.

Ah, non stava parlando del bacio? Ottimo, Cloe: altra figura di palta da aggiungere alla collezione.

Mi mordo l'interno della guancia e comincio a tormentarmi i capelli.

Gio mi guarda con un ghigno divertito.

Sembra che ci goda a vedermi in imbarazzo!

Costringo la mia mente a focalizzarsi sulle lezioni di yoga di zia Ester.

Mi concentro a ripensare a quelle dannatissime tecniche che continuava a ripetermi su esplicito ordine di mia madre, convinta che fossi agitata per l'esame di maturità.

Pff, che cavolata!

In questo momento rifarei l'esame di maturità tre volte, pur di non trovarmi in questa situazione.

Zia Ester, ti prego, infondi lo yoga nella mia anima.

Ommmmm!

«A cosa stai pensando?» La voce profonda di Gio mi fa sussultare e quasi mi strozzo con la mia stessa saliva.

«A zia Ester» ribatto, senza pensarci troppo.

Mi tappo immediatamente la bocca, nel momento in cui mi rendo conto di ciò che ho appena detto.

Credo che in quella tequila ci fosse dell'amfetamina, altrimenti non si spiega perché i miei neuroni si siano bruciati tutti così di botto.

Ah, perché prima li avevi?

Mi sei quasi mancata, Lucy.

Non credo proprio, mi sembravi piuttosto occupata!

Certo che sei una bella pettegola…

Gio inarca un sopracciglio. È comprensibilmente confuso!

«Zia Ester eh…» riprende il sorrisetto divertito di prima.

«Ehm, sì, zia Ester. Sai, è il suo… compleanno domani, cioè oggi dato che è mattina, ecco…»

In questo momento zia Ester mi retrocederebbe al livello principianti del corso di yoga.

Gio si passa una mano tra i capelli scuri e annuisce senza dire una parola.

E io mi sento più a disagio di prima.

Mi schiarisco la voce, cercando di racimolare quel poco autocontrollo che mi è rimasto, quindi mi stampo un sorriso finto e indietreggio verso la cucina.

«Be', si è fatto tardi. O presto, dipende dai punti di vista» dico ridendo istericamente.

«Grazie per la serata, la bevuta, il divano e…»

Mamma mia, quanto sei scema.

Lui continua a guardarmi, le labbra arricciate mi fanno capire che sta cercando di trattenere una risata.

«Fa' gli auguri a zia Ester da parte mia» mi dice.

Rido nervosamente e sollevo i pollici.

E con la dignità sotto i piedi, mi giro di spalle e mi avvio a grandi passi verso l'uscita.

«Cloe.»

«Sì?»

«Torna qui, ti accompagno a casa.»

Non me lo faccio ripetere una seconda volta.

«Il tostapane non funziona!» Lara grida dalla cucina per l'ennesima volta.

La mia fetta biscottata crolla nella tazza di latte, inzuppandosi completamente.

La potenza delle corde vocali è ereditaria, non c'è dubbio.

«Mamma, il tostapane!!!!» urla di nuovo.

Prendo la mia tazza e altre due fette biscottate dal sacchetto e me ne vado in camera mia.

Questa mattina ho assolutamente bisogno di fare colazione in totale silenzio!

Già non ho chiuso occhio tutta la notte…

Chissà mai perché…

Smettila, Lucy, di insinuare sempre cose.

Cose come il bacio di ieri?

Lasciamo stare.

Se solo ci ripenso mi viene voglia di immergermi insieme alla mia fetta biscottata.

«Dove stai andando con quella tazza, tesoro?» mi chiede zia Anna piazzandomisi davanti improvvisamente.

Ma da dove diavolo è spuntata?

«In camera» accenno alla mia porta.

Zia Anna guarda la mia stanza e poi me.

«Tesoro, non puoi entrare in camera ora, ho appena lavato il pavimento. Dai, vai a fare colazione in cucina, da brava» ribatte lei, dandomi un buffetto sulla guancia.

Da brava?

Cos'ho? Due anni?

E ora dove vado a far colazione?

In bagno per caso?

«Mammaaa» grida ancora Lara da sotto.

Santo Giove, aiutami a non uccidere mia cugina!

Sbuffo e scendo di sotto.

Dopo circa venticinque minuti buoni, Lara esce dalla cucina portando in mano trionfante un piattino a fiori con il suo tanto atteso toast alla marmellata.

«Vedo che ce l'hai fatta!» le dico sospirando, non appena si siede di fronte a me.

Lei addenta il panino.

È particolarmente nervosa. Non fa altro che sbattere gli occhi in maniera compulsiva.

«E io vedo che ce l'hai fatta a tornare ieri sera!» risponde, acida.

«Eri forse preoccupata per me, cuginetta?» ribatto, ironica.

Lei mi guarda male per qualche istante, per poi riprendere la sua colazione.

Mi sembra più nervosa del dovuto.

Avrà litigato con il barbuto. Sicuramente.

«Sei pronta per uscire o devo aspettare come al solito mezza mattinata?» mi chiede dopo un po'.

«Ma per caso ti stai mangiando pane e simpatia? No, perché nel caso chiedo a zia Anna di preparare un toast anche per me!» le rispondo con lo stesso tono.

Quando ci si mette è davvero insopportabile.

Lei si alza, senza dire una parola, ma facendo tutto il rumore possibile con la sedia per esprimere chiaramente il suo disappunto.

«Ti aspetto fuori» mi dice non appena arriva davanti alla porta.

Sissignore, agli ordini!

È sul serio intollerabile quando fa così, avrei voglia di appenderla al lampadario.

Finisco la mia colazione in fretta e schivo zia Anna per un pelo, evitando così la solita raffica di domande.

Salgo di corsa le scale e mi chiudo in camera.

Apro il cassetto: costume a due pezzi nero e tutina nera.

Mi vesto in fretta e cerco di sistemare la stanza alla bell'e meglio: ieri sera ero così stanca che ho lasciato tutto in giro per la camera.

A dire il vero è già un miracolo che io sia sveglia a quest'ora, credevo avrei dormito almeno per tre giorni senza interruzione.

Involontariamente porto la camicetta che indossavo ieri sera al volto.

Il profumo di Gio mi invade le narici.

Il cuore inizia a battermi più forte e avverto uno strano formicolio allo stomaco.

È come se quel profumo facesse respirare il mio cuore.

«Cloe, sei pronta?» urla mia cugina.

Sussulto.

Piego in fretta la camicia e la ripongo in fondo all'armadio.

Questa mi sa che per ora non la lavo.

Sorrido involontariamente.

Afferro la borsa ed esco.

L'idea che tra pochi minuti vedrò di nuovo Gio, dopo ieri sera, mi manda il cervello in pappa.

Sono estremamente confusa su quello che provo, su cosa pensa di me, su ciò che è successo ieri e anche su quello che non è successo.

Esatto, quello che non è successo: ieri sera quando Gio mi ha accompagnata a casa, non ha spiccicato parola durante il tragitto in macchina. Io sono rimasta a fissare tutto il tempo fuori dal finestrino e mi sono morsa la lingua un paio di volte pur di non dire nulla.

Non volevo essere io a iniziare il discorso, mi aspettavo che dicesse qualcosa, mi aspettavo che quello che era successo tra noi avesse cambiato le cose.

E invece nulla.
Niente di niente.
Nemmeno una parola.
Quindi sono rimasta in silenzio anche io, finché non si è fermato di fronte a casa di Lara.
Automaticamente ho slacciato la cintura e mi sono girata verso di lui.
Gio guardava di fronte a sé, tenendo le mani fisse sul volante.
Non diceva nulla, non mi guardava.
Cos'era cambiato? Perché d'improvviso si era rabbuiato in quel modo?
Non capivo. Non capisco.
«Sono pronta» dico a Lara scendendo in salotto.
«Era ora!» dice lei aprendo la porta.
E sì, mi sa che anche a lei le cose non vanno poi così bene.
Dovrei dirle qualcosa?
Forse.
Ma prima di tutto devo risolvere i miei problemi.
Prendiamo le bici sul retro e ci avviamo verso la spiaggia.
Non appena usciamo dal cortiletto, mi viene di nuovo in mente la scena di ieri sera: Gio che guarda fisso il volante e io che lo fisso confusa.
È tutta la notte che rivivo con la mente ogni secondo di ieri sera.
E più ci penso, più mi convinco che non ha davvero alcun senso.
Lui non ha senso.
Perché mi ha baciata?
Anche questa volta solo per divertirsi?
Perché mi ha voluto accompagnare per forza a casa, allora?
Un altro dei misteri di Gio...
E vogliamo parlare di quando, dal nulla, mentre lui fissava il vuoto e io fissavo lui, se ne è uscito con "Buonanotte, Cloe"?
Buonanotte, Cloe?
Buonanotte, Cloe???
In che senso "Buonanotte, Cloe?".
Credo che in quel momento gli avrei potuto urlare contro con tutto il fiato che avevo in corpo e gli avrei scaricato tutta la mia frustrazione addosso come fosse un bancale di letame.

Sì, credo proprio che avrei fatto questo, se solo fossi stata in me.

Invece mi sono limitata a sorridere come una cretina e a ricambiare la buonanotte, uscendo da quella macchina silenziosamente.

Arriviamo di fronte alla spiaggia, sistemiamo le bici nelle rastrelliere e risaliamo come d'abitudine la passerella del bagno.

A ogni passo il mio cuore batte sempre più forte. E la cosa assurda è che non so nemmeno se Gio ci sarà.

Questa storia mi sta letteralmente mandando fuori di senno.

Sospiro pesantemente.

Raggiungiamo il solito bar.

Lara mi dice che deve prendere una bottiglietta d'acqua e io la aspetto fuori.

Mi perdo a osservare la spiaggia e i bambini che corrono lungo la passerella, gocciolando ovunque con i loro costumi bagnati.

Quanto sarebbe bello essere ancora piccola e non avere nessun pensiero per la testa.

Avere la mente libera.

Correre in giro per la spiaggia, fregandomene di tutto e di tutti.

Da piccola mia madre mi obbligava a mettere uno stupido costume azzurro con disegnate delle fragole bruttissime.

Lo odiavo. Quindi ogni volta me lo levavo e lo nascondevo nella speranza che mia mamma non lo trovasse.

Quante risate.

Mi viene da sorridere.

«Hai un bel sorriso.»

Sussulto, girandomi di scatto.

Mi guarda con quei suoi occhi di cenere, appoggiato a uno dei tavolini del bar.

Le guance mi prendono fuoco e il cuore mi salta in gola all'istante.

Lui rimane immobile a guardarmi, con le labbra serrate e le braccia incrociate sul petto, senza dire nulla.

Apparentemente mi sta solo guardando, ma è come se percepissi che non è tutto lì.

Perché, anche se a parole non mi sta dicendo nulla, con gli occhi mi sta parlando.

CAPITOLO 43

"Hai un bel sorriso..."

Ma è davvero la stessa persona di ieri sera quella che ho di fronte? Fatico a crederlo.

Distolgo lo sguardo dal suo e ritorno a fissare la spiaggia al di là della recinzione in legno del bar.

Mi ha detto una semplice e banalissima frase, eppure mi sto sciogliendo come un gelato al sole di agosto.

Mi sono presa una cotta.

Una stupida cotta per un ragazzo che, alla fine, non mi ha mai fatto capire in alcun modo che tra me e lui ci potesse essere qualcosa.

Guardiamo in faccia la realtà: mi ha sempre allontanata, non mi ha mai dato certezze o comunque ha sempre fatto il giochetto del "tira e molla", classico di chi non ha intenzioni serie.

La mia mente gira come un frullatore fuori controllo, credo di aver minimo duecento pensieri al secondo.

Pensare mi aiuta sempre.

In questo caso, poi, è assolutamente necessario: se uso la testa, per lo meno il cuore riesco a tenerlo a bada.

«Vedo che siamo in vena di complimenti stamattina» rispondo.

«Vedo che siamo sempre acide, come al solito.» La sua voce è roca.

«Per lo meno io sono sempre la stessa!» ribatto, assottigliando gli occhi e guardandolo con aria di sfida.

In questo modo non riuscirà a leggere nulla dai miei occhi: neanche uno spiraglio di luce.

Gio si morde il labbro cercando il pacchetto di sigarette e l'accendino dalle tasche.

Un classico: per uscire dalle situazioni imbarazzanti, lui deve fumare.

«Sì, dai, cerca come al solito una sigaretta. Quella forse riesce a capirti, dato che nemmeno tu sai cosa vuoi!» Le parole mi escono dalla bocca come un fiume in piena.

Sono tagliente, lo so. Voglio esserlo.

Lui sgrana gli occhi.

Sorpreso? Arrabbiato?

«Tu non sai proprio un cazzo!» si avvicina pericolosamente a me.

«E per fortuna, direi! Non voglio saperne niente di uno che sta solo giocando con me» sputo fuori, paonazza, soffiando a un centimetro dal suo volto la ciocca di capelli che mi è caduta davanti al viso.

«Giocando? Ma ancora con questa storia? Ma di che diavolo parli?» La sua espressione è un misto tra confusa e divertita.

«E in più mi ridi in faccia! Cosa ridi?» Mi fa davvero innervosire oltre ogni limite.

«Io credo che questo non sia il momento giusto per parlarne» ribatte lui sorridendo ancora di più.

Lo prenderei a padellate. Fino a farlo diventare una padella.

«Non è il momento... Ora non si può... Ne parliamo dopo, domani o forse mai! Altre scuse che mi sono persa?»

Lui ora sta decisamente ridendo e alterna lo sguardo tra me e qualcosa alle mie spalle.

Mi giro spazientita.

Lara mi sta di fronte: tiene tra le mani una bottiglietta ghiacciata e ha l'espressione di chi ha appena fatto una scoperta incredibile.

È sconvolta, direi.

Okay, sono finita.

Sposto il peso da una gamba all'altra, ondeggiando come la ballerina del carillon di zia Anna, che giace tutto impolverato nella vetrinetta della sala.

Lara mi fissa allibita e Gio continua a ridacchiare fastidiosamente.

«Ho interrotto qualcosa?» chiede Lara, quasi in punta di piedi.

La sua voce è più alta di un'ottava, segno evidente che sta morendo di curiosità.

Sbuffo sonoramente.

Tanto ormai a cosa serve nascondere ciò che è praticamente palese?

«Ecco, Lara, il fatto è che...» comincio, cercando le parole giuste da usare per rendere la notizia meno "bomba" di quanto non lo sia già. «Che è successa una cosa...» continuo sospirando.

Ma poi cosa le voglio dire esattamente?

Non posso di certo confessarle davanti a Gio che ho letteralmente perso la testa per lui!

«È successo che...» continuo indecisa.

Forse se sapesse cosa sta succedendo tra me e Gio, sarebbe un bene. Almeno la smetterebbe di fare stupide insinuazioni continuamente!

Sto per parlare, quando mi blocco all'istante.

La mano di Gio si posa sulla mia schiena.

Sento il calore delle sue dita bruciarmi la pelle.

Mi sento totalmente paralizzata.

Non so cosa dire. Non so cosa fare.

«È successo che gli altri hanno iniziato la partita senza di noi» continua Gio in tutta tranquillità, al posto mio.

Sapeva cosa stavo per dire... e lo ha evitato.

Lara sembra disorientata.

Io lo sono anche più di lei.

Gio inizia a disegnare dei leggeri cerchi sulla mia pelle, ormai in fiamme, scendendo piano verso il mio fondoschiena.

Divento paonazza, ma per fortuna Lara non si sta accorgendo di nulla.

Gio sorride di tanto in tanto, lanciandomi dei furtivi sguardi maliziosi.

Per tutte le mutande di Pisco, sto per sentirmi male.

Deglutisco rumorosamente.

«Quindi direi di andare!» sentenzia Lara.

Gio stacca d'improvviso la mano dalla mia schiena.

«Guardate che era dentro!!» urla un tizio da fondo campo.

Sono piazzata al centro del campo da pallavolo, costretta, come da abitudine, ormai, a giocare a questo stupido gioco.

Gio sta davanti a me sotto rete.
E devo dire che la visuale non è niente male…

Sei imbarazzante…
Lo so, non serve ribadirlo ogni volta!

Ai miei lati ci sono Bea e Fra.
Mentre dietro di me due new entry da urlo: due amici di Fra e Tommi, giunti direttamente da Torino e pronti per giocare favolose partite di pallavolo e bere come spugne.
"Viviano" e "Ferra", per lo meno così li chiamano tutti: sono due ragazzi sulla ventina, con una spiccata inclinazione alle battute sceme ed esteticamente piuttosto carenti.

Disse Naomi Campbell!
Dico solo la verità, Lucy! Uno sembra un cacciavite, l'altro un casco di banane. E per giunta se la tirano più di Gue. Il che è tutto dire.

«Dai, tira di nuovo, Ferra» esorta il barbuto, dall'altra parte del campo.
Per fortuna nell'altra squadra non ci sono grandi atleti, basti vedere il centro campo occupato da Elvis e la battuta affidata alle mani di Guendalina.
La palla supera la rete e cade a terra.
Punto.
Almeno così non devo neppure far finta di giocare.
Una cosa in meno a cui pensare. Già ho troppi casini per la testa.
E uno di questi mi sta di fronte.
Gio.
«Cloe!!!» strilla Lara facendomi sobbalzare.
La palla è a terra, tra me e Bea.
Tutti mi guardano come se fossi colpevole di un qualche assurdo reato.
Gio sghignazza di fronte a me.
«Eh, allora? Dove sta scritto che dovevo prenderla io?» dico semplicemente alzando le spalle.
La partita per fortuna finisce dopo poco.
I ragazzi si ritirano tutti a bordo campo e io faccio lo stesso,

aprendo un minuscolo asciugamano rosa che zia Anna ci ha infilato nello zaino.

Ogni volta ci rifila teli più grandi dell'intera spiaggia e ora un misero asciugamano da bidè, da dividere in due tra l'altro.

Mi posiziono all'ombra tra Lara e Fra, che dopo poco si stende accanto a me, poggiando la testa sulle mie gambe.

E tutta questa libertà da quando?

Dai, che in fondo ti lusinga...

Non dire scemenze, Lucy!

Istintivamente cerco Gio con lo sguardo.

Non si è accorto di nulla: sta giocando con Tommi a calcio.

Non riesco proprio a capire come mai ogni volta mi preoccupi così tanto che Gio possa vedere, ed eventualmente incazzarsi.

Dopotutto lui non è nulla per me.

Non appena la mia mente finisce di formulare questo pensiero, i suoi occhi si incatenano ai miei.

Mi scruta come se fossi un bignè ripieno di crema al cioccolato, soffermandosi qualche secondo di troppo sulla testa di Fra appoggiata alle mie gambe.

In quel momento qualcosa dentro di me mi spinge a fare ciò che non avrei mai pensato di fare.

Poso una mano sulla testa di Fra e inizio ad accarezzargli lentamente i capelli.

Senza mai smettere di guardarlo.

Voglio farlo ingelosire, è chiaro.

Sento i brividi salirmi lungo le braccia, quando vedo le sue pupille dilatarsi mentre guarda la mia mano.

Così forse capirà cosa vuol dire sentirsi presi in giro.

Ma porca porchetta, lo sto facendo davvero?

Davvero voglio farlo ingelosire?

Fra si alza improvvisamente, girandosi verso di me, probabilmente sorpreso dal mio gesto totalmente inaspettato. E mi sorride.

Il suo sguardo è sincero, pulito e i suoi lineamenti dolci. È contagioso.

Gli sorrido involontariamente, senza però smettere di tenere d'occhio furtivamente Gio dall'altra parte del campo.

Gli occhi di Fra sono verdi, gentili e rassicuranti. Esattamente il contrario di quelli di Gio, infuocati e sempre pronti a scatenare una tempesta agghiacciante.

Mi alzo, scrollandomi la sabbia di dosso.

Ho bisogno di darmi una rinfrescata.

Dico velocemente a Lara che torno subito e mi avvio verso la passerella.

Decido di dirigermi verso le Vele, lo stabilimento accanto al nostro: le docce sono più vicine e l'acqua è più fresca.

Sto per mettere piede sulla passerella bollente, quando di punto in bianco sento la voce di Gio da fondo campo.

«Dove stai andando?» Sta chiedendo a me?

Mi blocco di scatto.

La sua voce è roca come al solito, il suo tono è interrogatorio.

Come se fosse… confuso?

«A fare una doccia… Poi torno» rispondo facendo un veloce gesto con la mano.

Non ho visto la sua reazione.

Mi sono girata subito.

Forse perché non la volevo vedere.

Ma poi a lui cosa importa se resto o me ne vado?

Questi suoi comportamenti mi lasciano perplessa, perché alimentano quella sottile e inutile speranza che forse per un qualche strano motivo gli interesso.

Stringo gli occhi, stropicciandomi il viso per non far viaggiare troppo la mente.

Doccia fredda, ghiacciata. Assolutamente necessaria.

«E quelli?»

L'indice di mia cugina è puntato sui miei capelli completamente bagnati.

«E quelli si asciugano al vento, dato che sei stata tre ore in doccia e non ho avuto uno straccio di tempo!»

«Sei poco fine con quei capelli fradici» dice altezzosa, sventolando i suoi boccoli perfetti all'aria.

Mi sta salendo l'odio.

«E da quando bisogna essere "fini" per una stupidata grigliata?!» la imito, usando il suo stesso tono di voce.

«Bisogna essere sempre fini, mia cara.» Sembra mia madre, quando parla così.

«Guarda, ti conviene finirla, se non vuoi finirci tu nella griglia, stasera» le dico sorpassandola e iniziando a camminare a passo svelto davanti a lei, verso il solito stupido cortile.

Stasera hanno deciso di fare una supergrigliata da Gio, per quella stupida festa di cui parlava Pisco qualche giorno fa: notte da conigli rosa o qualcosa del genere...

Si chiama notte rosa!

Sì, Lucy, come ti pare...

«Mi vuoi aspettare?» grida Lara dietro di me, non riuscendo a tenere il passo.

«Assolutamente no. Prima arriveremo, prima finirà questa serata ridicola!»

Lara ridacchia leggermente.

«Non penso che finirà così presto, gli altri hanno deciso di andare a ballare dopo aver mangiato!»

Ballare.

Ballare?!?!

Sì, certo, se pensano che dopo la recente sbronza io vada pure a ballare facendo di nuovo mattina, be', possono scordarselo allegramente. Io stasera ballo nel mio letto!

CAPITOLO 44

Una nuvola di nebbia.
Ecco cos'è diventato questo cortile.
Tra le sigarette e il fumo della griglia, sembra di essere in Val Padana in una sera d'inverno.
Io e Lara entriamo dal cancelletto scricchiolante.
Al centro del cortile ci sono due tavoli di plastica, con una decina di sedie attorno.
Manu è alla griglia, insieme a Tommi.
Spero solo che quella barba gli resti attaccata. Non mi va di mangiare carne condita con dei peli.
Fra, Gio e Lollo sono già seduti a fumare e bere.
Ci sono anche i due ragazzi nuovi: cacciavite e casco di banane.
«Ferra, mi passi veloce la pinza?» grida Tommi, rivolgendosi a casco di banane.
Lui non gli dà nemmeno ascolto, così intento a conversare con gli altri seduti al tavolo.
Sposto lo sguardo verso il centro dell'attenzione generale.
Due ragazze sui vent'anni sono sedute tra Gio e Fra, rigorosamente con una sigaretta in mano da un lato e un bicchiere di vino nell'altra.
I ragazzi sono tutti concentrati su di loro, come leoni affamati.
Lara si schiarisce la voce e si avvicina al tavolo per farsi notare, ma nessuno la degna di uno sguardo.
«Oh, amore, eccoti, mi passeresti la pinza, per piacere?»
Per lo meno Tommi si è accorto di lei.
Poso la borsa su una delle sedie e mi scrollo i capelli all'indietro.

Mi porto una ciocca al naso.
Che schifo, puzzano già di fumo.
«Cloe, che fai lì impalata?»
Abbasso lo sguardo, Fra mi fa cenno verso la sedia che ho di fronte.
Gli sorrido.
«Guardavo come fanno i polli a impollinare» rispondo, sedendomi davanti al gruppetto.
Fra mi guarda confuso.
Sì, battuta orrenda, lo ammetto.
Gio fa un ghigno sommesso.
Io sbuffo sonoramente e mi siedo.
«Non ci presentate la vostra amichetta?» chiede la bionda, seduta accanto a Fra.
Le sue labbra sono sproporzionate rispetto al viso e gli occhi a palla la rendono molto simile a una papera.
La guardo, sorridendo leggermente.
Prendo una patatina dalla ciotola al centro del tavolo.
«Ma è sorda?» continua lei ridendo, guardando i ragazzi.
«Lei è Cloe» mi indica Fra, «Cloe, lei è Fabiana» dice rivolgendosi a me.
«Piacere» dice lei, porgendomi la mano.
Mi ciuccio le dita sporche di sale.
Lei ritira di scatto la mano, stizzita e schifata.

Sempre affabile e cordiale.
Sempre, Lucy. Sempre.

Ridacchio leggermente e mi siedo sulla sedia alle mie spalle, spostando la borsa.
Gio sta palesemente ridendo.
Le due ragazze si guardano nervose.
Classiche ragazze insulse, tutte labbra e cose stupide da dire.
Avvicino tutta la ciotola di patatine, ci sarà da divertirsi stasera!
«Piacere, io sono Sara!» si alza di punto in bianco l'altra, porgendomi la mano.
Alzo lo sguardo su di lei.
Mi guarda con aria di sfida.

Le ricambio in fretta la stretta senza neanche alzarmi.

Lei sembra diversa dalla sua amica: vestito a mezze maniche, scollo non troppo pronunciato, capelli biondo scuro legati in una coda bassa.

La classica finta santa.

Ma se nemmeno la conosci!

Svegliati, Lucy, si vede lontano un miglio.

Io e te dobbiamo fare un bel discorsetto sul non giudicare dalle apparenze!

Sì, sì. Un'altra volta, okay?

Si risiede con fare soddisfatto e prende la birra di Gio, buttando giù un sorso.

Non mi piace per niente. Proprio per niente.

«Raga, passatemi i piatti che è pronto!» dice Tommi, saltellando da una parte all'altra con la pinza in mano e la faccia paonazza per il troppo caldo.

Fra si alza, passando al fratello dei piatti di plastica.

Fabiana "la papera" si alza in contemporanea. «Ti do una mano se vuoi!» dice sbattendo le sue orrende ciglia finte, con fare civettuolo.

Una mano per far cosa? Passare dei piattini di plastica?

Per la miseria, questa sembra addirittura più stupida di Gue.

Un momento.

Ma dov'è Gue?

Mi giro verso destra.

C'è Lara con il barbuto ed Elvis, seduto poco distante da me, pronto a addentare qualsiasi cosa gli capiti a tiro, commestibile o meno e nel frattempo si consola con una canna.

Di Guendalina neanche l'ombra, quasi mi manca.

Alzo le spalle, sospirando.

Gli altri continuano a ridacchiare con le nuove arrivate. Gio in particolare.

Chissà da dove diavolo spuntano queste due.

Mi volto schifata dall'altra parte.

L'unico a farsi gli affari suoi è Elvis.

«Elvo, tu sai per caso chi sono quelle due?»

Elvis apre le palpebre rese pesanti dal fumo, sembra pensarci un po' su, piega la testa da un lato, per poi ricacciare il capo all'indietro. Chiude infine le palpebre, tornando nel suo mondo.

Lo prendo per un no.

Racimolo un'altra decina di patatine e inizio a sgranocchiarle nervosa.

Quella Sara si è appena seduta in braccio a Gio e lui non sembra affatto dispiaciuto.

Non penso di reggere questa situazione ancora per molto: lo sta palesemente facendo apposta quel carciofo, magari per vendicarsi di oggi pomeriggio!

'Fanculo alle mie stupide idee di farlo ingelosire.

Sospiro pesantemente.

Apro una bottiglia d'acqua e provo a concentrarmi sul fatto che lo sta facendo apposta.

Devo solo rimanere indifferente alle sue provocazioni e la serata volerà in un baleno.

Mi arriva un piattino di plastica con un paio di costine. Ne addento una in fretta, il cibo è un buon modo per distrarsi.

«Sorellina, allora ti piace?» dice il casco di banana, sedendosi vicino a Gio e rivolgendosi a quella Sara.

«Sì, Andre, ma lo so che tu sai grigliare come nessun altro» dice lei addentando un altro po' di carne.

«Be', sì, è vero, ma è anche merito di Tommi e Manu questa volta!» dice, lanciando una birra al barbuto.

Tommi è seduto vicino a Lara, di fronte a me e a Elvis.

Fantastico! Sembra diviso a metà il tavolo: "sfigati", ovvero noi, e i "fighetti della situa".

Sei solo gelosa di Sara.

Dovresti solo stare zitta.

«Raga, ditemi se devo ripassare qualche pezzo sulla griglia» precisa Tommi prima di fiondarsi anche lui a mangiare.

Nessuno gli dà ascolto, e tutti continuano a parlare tra loro. Quella Sara continua a ridere fastidiosamente come quell'ochetta della sua amica, quasi completamente sdraiata su Fra.

Ma queste conoscono la regola del non lanciarsi sul primo che passa?

«Raga, ma Gue dov'è?» chiede Lara alzando la voce di un tono, per farsi sentire.

Ovviamente nessuno la calcola.

«È con sua mamma, è venuta qui per un paio di giorni e sta con lei finché non riparte» le spiega Bea.

Lei e Manu si sono seduti dalla nostra stessa parte di tavolo, quella degli "sfigati" per intenderci.

«Ah, okay!» ribatte mia cugina, con una semplice alzata di spalle.

Probabilmente anche lei è spiazzata da questa insolita situazione: siamo tutti allo stesso tavolo, ma ognuno parla nel suo gruppetto, senza considerare minimamente gli altri.

«Raga, ci sono altre birre dentro?» chiede Manu alzandosi.

Mi volto verso gli altri.

La risposta si sta facendo attendere troppo a lungo.

Continuano a chiacchierare divertiti. Lollo fuma come sempre, Fra e Viviano parlano di calcio e Gio...

Gio sta... sta pulendo le labbra di Sara con un tovagliolo.

Mi alzo di scatto, presa da una irrefrenabile e improvvisa irritazione.

La sedia striscia sul cemento del cortile con un rumore sordo.

Tutti si girano a guardarmi, compreso Gio.

Lo cerco con lo sguardo, voglio capire se i suoi occhi sono gli stessi di ieri sera. Voglio solo capire quali sono le sue intenzioni. Cosa gli sta passando per la testa.

Ma lo sguardo che ricevo è di semplice disappunto.

Totale distacco, i suoi occhi sono freddi. Sono buio.

Vorrei davvero sparire.

Sento un dolore al centro del petto e la terra sembra cedermi sotto i piedi.

Deglutisco rumorosamente non appena i suoi occhi si staccano dai miei e iniziano a guardare distratti ciò che c'è intorno.

Piego leggermente la testa, ricacciando indietro le lacrime.

Mi accorgo che gli altri non hanno smesso di osservarmi.

Ma non mi importa se mi guardano tutti.

In questo momento mi importa solo che l'unico a non guardarmi sia lui.

«Vado io a prenderle» biascico rivolgendomi a Manu e per uscire al più presto da quella situazione.

«Ah, okay» risponde lui, rimettendosi a sedere.

«Ti accompagno!» sento Fra alzarsi subito dopo e corrermi dietro.

Salgo i tre scalini, spingendo la porta a vetro che dà sulla cucina.

Mi dirigo verso la sala a passi svelti.

Guardo l'altro cortile che dà sulla strada.

Mi torna in mente la prima volta che sono stata qui. Fradicia per la pioggia. I miei vestiti lasciati a terra in questo salotto. La vergogna di spogliarmi davanti a lui. La sua felpa addosso.

Basta.

Gli stronzi di questo tipo vanno dimenticati per forza.

E io che credevo di essere immune a questo genere di esseri.

E invece sono una ragazzina stupida come tutte le altre, che si fa infinocchiare dal primo belloccio che passa.

«Cloe?» È Fra.

Non ho voglia di parlare.

«Tutto bene?»

Come non detto.

Mi volto titubante, strofinandomi le mani sui fianchi.

«Sì, a meraviglia» dico isterica, allargando le labbra in un sorriso spropositato.

Sta per parlare, ma lo interrompo.

«Dove avete messo quelle birre?» chiedo, iniziando a girare per il salotto come una trottola, nel vano tentativo di distogliere la sua attenzione da qualunque cosa mi stesse per dire.

«Devi starci lontana» mi dice d'un tratto.

Mi blocco in mezzo la sala, con fiato bloccato a mezz'aria.

Stringo i pugni lungo i fianchi. Queste situazioni stile "confessioni" mi rendono nervosa.

«Lui… ecco, lui…»

«Non dire nulla… non voglio sentire neanche una parola che lo riguarda, lui non è affar mio» dico girandomi stizzita, mantenendo un'espressione ferma.

In realtà vorrei solo iniziare a piangere, disperata come una bambina, per la consapevolezza che quello che ho appena detto è maledettamente vero.

Fra ride leggermente, spettinandosi i capelli per levarsi dall'imbarazzo.

«Sai, ne ho sentiti di discorsi così, io dicevo esattamente lo stesso quando succedeva qualcosa con una che mi piaceva.» Scuote la testa e si infila le mani in tasca.

«A me non piace proprio nessuno» dico diventando paonazza.

Perché non so mentire bene come mia sorella? Quando insegnavano a dire le bugie, io dov'ero?

«In tal caso forse avrei avuto qualche speranza con te» dice sottovoce sorridendo.

Le sue parole stranamente non mi danno fastidio. Sono come aria fresca in una notte buia di pioggia.

Gli sorrido involontariamente, scuotendo la testa.

Me lo sto chiedendo anche io, Fra.

Perché quel coglione e non tu?

Tu saresti… perfetto.

Sai ascoltarmi, sai capirmi. Non fai battute fuori luogo o senza senso. Non mi ferisci. Non cambi umore all'improvviso.

Ma forse è proprio questo il punto.

Io ce l'ho già un ragazzo perfetto.

Troppo buono, troppo intelligente, troppo tutto… Non merita di essere preso in giro. E forse il destino ha deciso di beffarsi di me proprio per questo.

Vorrei tanto essere perfetta.

Volere le cose che vogliono tutte, essere uguale alle altre ragazze, vorrei essere semplice.

Ecco, sì, semplice…

Ma secondo me sono due le cose: o nasci semplice o nasci come… me.

Ovvero un casino totale.

Sbatto le palpebre non appena Fra fa un passo verso di me. Ero incantata nel vuoto.

«Ascoltami» mi dice avvicinandosi a me. «Meriti di meglio» continua lui.

Non me lo sta semplicemente dicendo. È come se mi stesse chiedendo di crederci.

I suoi occhi verdi sono dolci. Le sue mani sul mio viso mi fanno sentire al sicuro, forse meno sola.

Mi schiarisco la voce, facendo un passo indietro.

«Allora dove sono quelle birre?»

Picchietto le unghie sui manici della sedia.

La carne è già finita da un pezzo e le casse di birra sono quasi vuote.

E devo dire che anche la mia voglia di rimanere in questo posto si sta esaurendo.

Lara, alla quarta birra vuota, è ormai ubriaca e continua a dire cose stupide a raffica.

Nessuno le dà retta, tranne me ovviamente, che pur di distrarmi dalla situazione generale, faccio finta di ridere alle battute orrende di mia cugina.

A dire il vero farei di tutto, pur di non dare la soddisfazione a Gio.

Ho i nervi a fior di pelle.

Le unghie mi si stanno consumando a furia di picchiettarle sulla sedia.

Guardo l'ora quasi ogni due minuti. Per constatare che sono realmente passati solo due minuti.

Non vedo l'ora che finisca questa specie di farsa e io me ne possa tornare a casa.

Oh, sì, avete capito bene: me ne tornerò dritta a casa, non appena gli altri si muoveranno per andare a ballare.

Come ho già detto, io stasera ballo nel mio letto!

Il cuscino sarà il mio nuovo amore.

«Tu non la bevi?» Lollo sta indicando la mia birra con un sorriso sbilenco.

Alzo lo sguardo. La mia birra è piena.

«No, prendila.»

Sembro proprio depressa.

Sospiro. Lui si prende la mia birra, iniziando a berla a grandi sorsi.

Accanto a Lollo, Fra sta ancora con quella papera accanto, mentre Gio fuma con l'altra tipa e gli altri suoi amici, cercando di fare cerchi di fumo con la bocca. Roba da quindicenni.

«C'è ancora il Martini bianco?» chiedo d'un tratto a Lara.

Lei si gira verso di me con la fronte aggrottata, cercando forse di capire da chi provenga la voce.

Okay, sta proprio male.

«Nulla, lascia perdere» dico raccogliendomi i capelli in una coda alta. Questo caldo non aiuta di certo i miei nervi.

«Cerchi questa?» mi dice Elvo alzando una bottiglia ancora sigillata di Martini.

«Elvo, sei un grande.»

Lui mugola qualcosa passandomi la bottiglia.

Faccio per prenderla, ma d'un tratto veniamo interrotti.

«Per aprire una bottiglia nuova come quella, devi fartene una» dice Lollo, indicando la canna che ha in mano.

Lo guardo seria per qualche istante.

Poi rido nervosamente e prendo la bottiglia di scatto.

Sì, certo, lo farò sicuramente!

Apro il tappo fregandomene bellamente di tutte quelle stupidaggini.

«Sono le regole, se non le rispetti devi andartene dal cortile» continua imperterrito Lollo.

Tutti si ammutoliscono di scatto.

«Sai cosa puoi fartene della tua canna schifosa?» gli rispondo, altamente innervosita.

Come se non ne avessi già abbastanza di stare qui!

«Senti, stai calmina, bambola. Se qui non si rispettano le regole, sei fuori. Punto» ribatte Manu.

Ma sono impazziti tutti?

«Ah, guarda, non vedevo l'ora!» dico alzandomi di scatto.

Le orecchie mi fischiano come un treno fuori dalle rotaie.

Ho voglia di prendere qualcuno, metterlo sulla griglia e cucinarlo.

Tutto normale.

Lucy, taci! A meno che non voglia finire anche tu sulla griglia.

«Ah, ovvio! Non ha mai fatto nemmeno un tiro. Se si fa una canna intera, questa muore.»

Mi fermo a metà strada.

Già mi vedevo nel letto.

Dai, Cloe, vattene su!

Mmh.

Cloe! Muoviti!

Non so…

Ecco, sarebbe facile pensarlo e poi farlo.

Ma il mio corpo decide di fare esattamente il contrario di ciò che vorrebbe la mia coscienza.

Nel giro di un secondo mi ritrovo nuovamente davanti al tavolo, con le braccia conserte a fissare quella ragazza, che non sta facendo altro che provarci con Gio da tutta la sera.

«Io mi farei gli affari miei se fossi in te.»

«Ah! E perché? Altrimenti che fai?» risponde quella tizia ridacchiando.

Metto le mani sul tavolo, avvicinandomi col busto in avanti.

Stringo gli occhi a due fessure.

Ma guarda se devo mettermi a litigare con questo scaldabagno.

«Sarebbe meglio che nessuno lo scoprisse» le dico a bassa voce.

Lei apre e chiude la bocca, probabilmente scioccata come tutti gli altri dalla mia serietà.

Anche Lara mi guarda incredula e tutti gli sguardi sono puntati su di me.

Anche Gio mi fissa, chiedendomi con gli occhi di finirla lì.

E perché dovrei smetterla? Mi sto godendo troppo questa situazione!

Mi metto più dritta sulla sedia.

Incrocio le braccia e scoppio a ridere subito dopo come una matta.

Forse ho già ricevuto troppa merda dalla vita per prendermela tanto per queste cavolate.

Lo sguardo degli altri cambia.

Fra ride scuotendo la testa.

Gio sembra tirare un sospiro di sollievo.

Cosa pensava che avrei staccato i capelli di quella gallina a uno a uno?

Non mi sarei mai abbassata a tanto.

Io ho i miei dubbi…

A dire il vero un po' anche io, Lucy. Ma l'importante è che non lo sappia Gio.

«Resta comunque il fatto che ti devi fare una canna ora!» ribatte Lollo, catalizzando di nuovo l'attenzione generale.

«Devi stare attenta, qui le regole si rispettano sempre» dice il barbuto, puntandomi scherzosamente il dito contro.

E tu stai attento che ti stacco la barba, caro boscaiolo.

«Dai su, finitela» dice Fra, prendendo il Martini.

«No, Fra, deve farsela. Ormai l'ha aperta» dice Lollo, finendo di rollare quella che in teoria dovrebbe essere la mia canna.

Io non spiccico una parola, più che altro perché sono sempre più scioccata dalla stupidità di questi ragazzi.

«Lollo ha ragione» dice quella Sara, prendendo dalle mani di Lollo la paglia appena fatta.

«Già, concordo anche io» dice Manu.

«Raga, è sempre stato così, ora deve farsela» ribadisce Lollo.

«Forza, Cloe, è tutta tua!» continua Sara, rigirandosi la canna fra le dita.

È odiosa.

«Mia cugina non ha mai fumato. Non può fumarsi quella roba!» sbotta Lara alzandosi di scatto.

Ma perché tutti si sentono in dovere di diventare i miei avvocati difensori?

«Potrebbe stare male. Svenire...» continua lei, facendo diventare la situazione sempre più imbarazzante.

«Vomitare!» aggiunge ancora dopo qualche secondo.

Cugina, stai zitta! Ti farò svenire io altrimenti, stanne certa!

«Lara, finiscila, è solo una canna...» dice il barbuto.

«Lei non fumerà proprio nulla» sentenzia qualcuno d'un tratto.

Mi giro di scatto.

Gio prende dalle mani di Sara quella canna, infilandosela tra le labbra.

«Gio, non sono queste le regole e lo sai benissimo!» si oppone il barbuto.

Lui non lo ascolta, prende l'accendino dalle tasche e se la accende come se nulla fosse.

«Lo so, me la faccio io al posto suo» dice facendo un tiro.

«Non funziona così. Deve farsela lei!» ribatte Manu.

«Amore, smettila!» interviene Bea, zittendo il suo ragazzo.

«Ho detto che lei non fumerà. Punto!» dice Gio, alzandosi di scatto.

«E perché, lei chi sarebbe?» si intromette Sara, alzandosi a sua volta.

«Non ti immischiare» la zittisce all'istante lui.
Cerco Gio con lo sguardo.
Perché sta facendo tutto questo?
Perché mi vuole "proteggere" in questo modo?
Ha ragione quella ragazza: chi sono io per Gio?
I suoi occhi sono più neri, la sua espressione non lascia trasparire nulla di buono.
«Hai voglia di litigare, amico?» dice Tommi, attraversando il cortile verso Gio nel giro di un secondo.
«Potrei dire la stessa cosa. Le regole nel mio cortile le detto io. Se a qualcuno non stanno bene, può andarsene.»
Tommi e Gio sono praticamente a un centimetro l'uno dall'altro.
«Raga, finitela» si intromette Fra, mettendosi tra i due.
«Bene allora, se è questo che vuoi, me ne vado! Ma non ci torno più qui, sappilo» dice Tommi indietreggiando serio.
Gio lo guarda senza dire una parola.
«Mi dispiace, ma io sono d'accordo con Tommi» dice Manu, alzandosi.
«Tanto non mi pare che siamo i benvenuti qui, dato che avete fatto i cazzi vostri per tutta la sera» aggiunge Tommi.
«Oh, Tommi, ma che cazzo dici?» lo riprende Fra, avvicinandosi.
«Dico quello che penso.»
«Non è affatto così» dice Gio stringendo i pugni.
«Dimostralo allora. Cloe si deve fare quella canna!» risponde Manu serio.
Gio stringe i pugni fino a far diventare le nocche bianche.
Cerco i suoi occhi scuri. Ma lui non mi guarda.
«Ne riparleremo, ma non ora. È tardi e dobbiamo andare» dice spegnendo la canna a terra.
Tommi esce incazzato dal cortile, seguito da Lara.
Ma questi sono tutti fulminati.
Gli altri si alzano in silenzio, preparandosi per uscire e iniziando a raccogliere le bottiglie vuote da terra.
Gio rientra in casa.
Afferro la borsa dalla sedia e vado dentro anche io seguendo la scia quasi inafferrabile del suo profumo.
Salgo le scale a chiocciola, andandogli dietro quasi di corsa.

Lui entra in camera sua.
Faccio lo stesso, chiudendo la porta alle mie spalle.
Si ferma al centro della stanza, non appena sente la porta chiudersi.
Sa benissimo che sono io.
Mi schiarisco la voce.
È strano ma con lui la mia sicurezza vacilla, mi sento in imbarazzo, inadeguata, maledettamente insicura.
«Che cosa vuoi?» mi anticipa lui.
«Voglio sapere che diavolo hai!» lo incalzo, alzando la voce.
Mi sento una stupida ad averlo seguito fino in camera sua per urlargli addosso, ma ormai quello che elabora la mia coscienza non conta più nulla e i miei nervi sono a un passo dal cedere.
«Non credo che tu voglia saperlo» dice, pungente.
«Sì che lo voglio sapere!» ribatto esasperata. «Vorrei sapere ogni cosa e vorrei che la smettessi di decidere per me riguardo a cosa sia giusto o meno dirmi.»
Lui non mi guarda. Mi starà ascoltando?
«Quello che vorrei sapere è cosa cavolo vuoi da me!» urlo ormai isterica, strattonandolo per farlo voltare.
Lui si gira.
La sua espressione è dura. E i suoi occhi tristi.
«Un giorno sei in un modo e dici certe cose, il giorno dopo sei totalmente l'opposto. Ti comporti senza alcun nesso logico... Perché mi hai difeso in quel modo, mettendoti contro i tuoi amici? Perché lo hai fatto se mi hai ignorato per tutta la sera, stando appiccicato a quella ragazza?» parlo a ruota libera, senza fermarmi; le parole mi escono senza che io riesca a controllarle. Ma del resto, che senso avrebbe fare finta di niente?
A questo punto scopriamo le carte e mettiamo in tavola tutto.
Ci guardiamo. Io sul punto di una crisi di nervi per i suoi comportamenti insensati e lui che fa di tutto per sembrare irritato dalla mia sola presenza.
Ma i suoi occhi lo tradiscono.
Più mi allontana con le parole, più i suoi occhi sembrano pregarmi di non andare via.
Potrei impazzire da un momento all'altro.
«Se solo mi dicessi come stanno le cose, sarebbe tutto più sem-

plice» continuo a bassa voce, sperando che il mio buon senso mi dia una mano.

Lui abbassa gli occhi, indietreggiando di qualche passo.

Si irrigidisce all'istante, stringendo i pugni e facendo risaltare il suo anello nero sulle nocche bianche.

«Hai ragione...» dice sospendendo la frase a metà.

Sembra stia facendo una fatica immane.

Sembra stia lottando addirittura contro di sé.

Forse finalmente mi dirà quello che prova e ammetterà a se stesso che quello che c'è tra noi è più di una semplice e banale amicizia.

Dai, Gio, dillo.

Per favore, Gio, dillo.

Mi mordo il labbro inferiore, socchiudendo gli occhi.

«Con te mi sono solo divertito.»

Gelo.

Ecco cosa sento sulla pelle. Brividi mi corrono sulla schiena, il cuore mi pulsa nel petto a una velocità incontrollabile.

So cosa hanno sentito le mie orecchie, ma io non ci voglio credere.

Lo guardo senza lasciar trasparire una sola emozione.

Seria, imperturbabile, impossibile da scalfire.

Anche se dentro sto urlando, non permetto ai miei occhi di tradirmi.

Non ora, non adesso.

«Non mi importa niente di te, ho solo giocato. Volevo divertirmi. Mi dispiace, ma non c'è niente tra noi e mai ci sarà» dice con una voce atona e tenendo lo sguardo basso.

Che razza di codardo. Non riesce neanche a guardarmi negli occhi mentre mi dice queste cose.

«Ah, davvero? Forse dovevi dirmela un po' prima questa cosa. Forse prima di baciarmi. Forse quando ti ho raccontato di me o forse quando mi hai portato nella tua stupida palafitta» dico a bassa voce. Non ho neanche la forza di mettermi a urlare.

I suoi lineamenti si contraggono in una smorfia dura.

«Ti ripeto che mi dispiace, non avrei dovuto spingermi tanto oltre» dice solo questo.

Questa volta mi guarda.

Ma i suoi occhi vacillano.

I miei invece no.

So essere dura, anche più di lui.

«L'ho sempre saputo» rido scuotendo leggermente la testa.

«Volevo credere di avere sbagliato su di te, che c'era qualcosa di meglio di un semplice sbruffone dalla fama risaputa. Ma evidentemente ho fatto un errore.» Alzo le mani in segno di resa, indietreggiando di qualche passo.

Lui non dice una parola e riporta lo sguardo a terra.

Mi stropiccio il bordo della maglia.

Cosa resto a fare ancora qui?

Mi volto in fretta, raggiungendo la porta e facendo scattare la maniglia.

«Dimenticami, Cloe» dice bloccandomi sull'uscio.

«Stanne certo» ribatto, uscendo e sbattendo la porta alle mie spalle.

Per me sei morto.

CAPITOLO 45

«Voglio che tu viva per me, Cloe. Questo è il mio unico desiderio.»

«No, non dire così» singhiozzo, alzandomi di scatto dal letto. «Io voglio che tu resti qui. Non voglio vivere per te, voglio che tu viva con me!»

Sento il cuore pulsarmi violento nel petto.

Tremo per i brividi che stanno scuotendo il mio corpo.

«Ma Cloe, io ci sarò sempre. Ricordi la mezzaluna?» mi chiede afferrando la mia mano con tutta la forza che le rimane, costringendomi a guardarla negli occhi.

Annuisco in silenzio.

«Ho bisogno che tu mi faccia quella promessa, Cloe, ti prego.»

I suoi occhi cercano disperati di cogliere un briciolo di speranza nei miei.

Mi alzo di scatto dal letto. Sto singhiozzando, il viso bagnato dalle lacrime e la gola secca.

Questo sogno è sempre lo stesso da anni, ormai.

Tutto si ripete in modo identico, mi ricordo ogni singola parola, ogni singolo gesto, ogni singola lacrima.

Come se rivivessi ogni volta quel momento.

La testa mi scoppia.

Mi alzo dal letto esausta.

Non gliel'ho mai promesso che vivrò per lei, che sarò felice anche senza di lei.

È questo il mio più grande rimpianto, non ho esaudito il suo desiderio.

E non lo sto facendo neanche ora.

Non sarò mai felice. Come potrei esserlo? Lei era tutto per me.

Mi cambio velocemente, cercando di scacciare dalla testa quel turbinio confuso di pensieri.

Mi raccolgo i capelli con una bandana.

Amy la usava sempre: ricordo i suoi bellissimi capelli mossi di un biondo unico e incredibile. Le sfumature rosse si abbinavano alle sue lentiggini. Il suo sorriso dolce, quasi materno. Sapeva sempre come prendermi, come farmi ridere.

Si infilava la bandana quando doveva dipingere, era la sua passione.

Scendo di sotto.

Lara è già seduta a tavola a fare colazione. Stanotte non l'ho nemmeno sentita tornare.

Dopo la litigata con quello stronzo, sono scesa di sotto e in cortile non c'era più nessuno, Lara compresa.

Mi sono presa una birra e sono andata dritta verso casa, contemplando quanto triste fosse la mia vita.

«Cloe, dormito bene?»

Lara mi guarda con le sue occhiaie scavate, al di sopra di un panino alla marmellata mezzo mangiato.

«Una meraviglia, guarda» dico sedendomi a tavola, iniziando a massaggiarmi le tempie con movimenti rotatori.

Quel sogno mi tormenta troppo spesso ultimamente, dovrei riprendere le pillole che mi aveva prescritto la terapeuta, per un po' mi hanno fatto dormire tranquilla.

Mi chiedo se mi convenga continuare questa dannata vacanza: non mi sta facendo bene e se sto male la mia mente ricomincia a pensare ossessivamente a tutto ciò che in realtà vorrei solo dimenticare.

«Cloe, amore della zia, non mangi nulla?» Zia Anna mi si è piazzata davanti, di fronte al tavolo, facendo la faccia da finto rammarico.

Riderei per la sua espressione buffa e per il fatto che, finalmente, dopo circa vent'anni della mia esistenza, non sbaglia più il mio nome, ma non sono dell'umore giusto.

«Amorino mio» dice zio Tom entrando in sala con la sua salopette verde, pronto per il giardinaggio.

«Sei proprio un bel bocconcino oggi, cara» continua lui imperterrito.

Io e Lara ci guardiamo, sapendo benissimo entrambe che

quando Pisco fa così, significa che deve chiedere qualcosa a zia Anna.

«Non mi prendere in giro, Tom! So che quando fai così devi chiedermi qualcosa» ribatte mia zia, recuperando il suo ruolo da capo della casa.

«Ma amore, non è affatto vero questo...»

No, Pisco, non è assolutamente vero. Proprio no...

«Eh, sì. Come se non ti conoscessi!»

Vai, zia, siamo tutte con te!

«Il fatto è che stasera, ecco... Gioacchino mi ha chiesto se può cenare qui con noi.»

Dice balbettando e deglutendo faticosamente un paio di volte.

«Stasera...» ribadisce Pisco, toccandosi i suoi capelli nervosamente. Guarda con fare ansioso la moglie.

Io e Lara spostiamo lo sguardo su zia Anna, aspettando impazienti la sua risposta.

Sembra una specie di partita di ping-pong: zia Anna e zio Tom ai lati del tavolo e io e Lara sedute in mezzo a goderci lo spettacolo.

«Sai cosa ti dico, Tom?» Zia Anna sta diventando incandescente da quanto è rossa.

Questo Gioacchino non deve essere nelle sue grazie, da quel che posso capire.

«Che cosa?» risponde Pisco, con uno sguardo speranzoso da pesce lesso.

«*Socc'mel.*»

Zia Anna ha appena vinto tutto.

Pisco apre e chiude la bocca smarrito e deluso.

Io e Lara invece non riusciamo a smettere di ridere.

Zia Anna si sistema il grembiulino lilla, lisciandolo sulla gonna. Assume un'aria tremendamente soddisfatta per la sua ultima uscita e si dirige trionfante verso la cucina.

Zia Anna 1-Pisco 0.

La sabbia scotta. Il laccetto del costume mi riga la schiena.

Fa un caldo micidiale.

Io e Lara raggiungiamo l'ombrellone e posiamo le borse, stravolte entrambe, per la nottata in bianco e per i 40 gradi all'ombra.

Mi appoggio stanca al nostro ombrellone e prendo la bottiglietta d'acqua dalla borsa di zia Anna, che è una sorta di kit di salvataggio: pensate che ci sono anche dei cerotti e delle bustine di tè.

Improvvisamente sento la voce di Fra: «Venite al campo?».

Mi giro verso la passerella dove se ne sta impalato con quei cafoni dei suoi amici seminascosti dietro di lui.

Ovvio, hanno mandato avanti il più gentile per ammansirci…

E poi lo vedo.

L'acqua mi va di traverso e inizio a tossire.

L'attenzione di tutti si riversa su di me.

Faccio segno che è tutto a posto. Mi alzo in fretta e dico confusamente a Lara che devo andare a fare una cosa per allontanarmi il più possibile da quella situazione.

Da lui.

Non voglio vederlo.

Non voglio sentirlo.

Pronunciare il suo nome mi dà l'orticaria.

Attraverso il bar. Non ho neanche preso le ciabatte e le piastrelle in granito mi fanno male alle piante dei piedi.

Raggiungo il giardinetto, dietro il bar.

Attraverso il prato, facendo attenzione agli aghi di pino per terra.

Questo bagno sembra più un campo minato che un semplice stabilimento.

Raggiungo l'altalena più vicina e mi siedo.

Giocherello con il telefono.

E adesso, che cosa faccio?

Sblocco il telefono e vado sulle chat.

Venticinque messaggi non letti.

Dieci da mamma e quindici da Riccardo.

Non gli rispondo più al telefono, né alle chiamate né ai messaggi, da quando…

Be', da quando non so cosa dirgli.

Sono consapevole che lui non si merita tutto questo, ma al momento non riesco a pensare a nessun altro se non a me stessa. Sono schifata dal mio essere tanto cinica ed egoista. Ma è la verità: al momento voglio pensare solo a me.

Riccardo mi odierà. Anzi, forse mi odia già. E la cosa peggiore è che non me ne importa più di tanto.

Sono complicata e anche un po' stronza, lo so.
Passo le mani sul volto, spostandomi indietro i capelli.
Forse sarebbe meglio tornare a Milano o raggiungere i miei in Liguria.
Forse sarebbe stato meglio non essere mai venuta qui.
Sono stata presa in giro ancora una volta. Non ho fatto nulla per evitarlo, anzi: mi sono lanciata a capofitto in un burrone, perfettamente consapevole mi sarei schiantata rovinosamente.
Gio mi ha presa in giro.
E io ci sono cascata.
Nonostante lo sapessi, nonostante me lo aspettassi.
Sapevo esattamente a cosa stavo andando incontro, ma ho agito senza ragionare.
La colpa non è di nessuno, solo mia.
Da quando Amy se n'è andata, ho chiuso a chiave il mio cuore, ho represso tutto ciò che mi avrebbe potuto rendere felice, ho lasciato che di quella Cloe ingenua e buona non rimanesse più nulla.
E ci sono anche riuscita.
Almeno fino a ora.
È frustrante ammetterlo, ma con lui ho provato qualcosa di totalizzante e nuovo.
Non solo ho lasciato che si avvicinasse a me, ma gli ho anche servito il mio cuore su un piatto d'argento come una povera scema.
Non appena l'ho conosciuto, la Cloe cinica, fredda, apatica, che sa sempre come ribattere e attaccare, ha vacillato.
La mia maschera di fronte a lui non ha retto.
Mi sono spogliata di ogni difesa.
E questa è la triste conseguenza: sono rimasta fregata e gli ho permesso di prendersi gioco di me.
E la cosa peggiore è che non so neppure come fare a rimettermi la maschera.
Di colpo non so più fingere, reprimere me stessa e fare la cinica. Non ne sono più capace.
Mi sento allo sbando, vulnerabile.
Ora chiunque potrà vedere quanto sono debole, ogni mia fragilità e tutto il dolore che ho provato in questi anni.
Mi odio terribilmente per questo.

Mi asciugo le lacrime e mi dirigo verso l'ombrellone, attraversando il prato minato e le piastrelle appuntite del bar.

Dopo aver recuperato borsa e ciabatte, vado dritta al campo da pallavolo in fondo allo stabilimento.

Giunta a destinazione, mi mordo nervosamente le labbra, rimanendo immobile per qualche secondo.

Le ginocchia mi tremano, quando riprendo a camminare.

Sembravo così forte e invece eccomi a vacillare, terribilmente fragile di fronte alla vita.

Non appena metto piede nel campo, tutti si voltano verso di me cercando di capire come comportarsi e che cosa ci faccio qui.

Alzo lo sguardo, guardando negli occhi uno per uno, tutti quelli che ieri sera mi stavano costringendo a fumarmi una canna per una stupida regola.

Alla fine arrivo a Gio, i suoi occhi neri mi scrutano, sembra vogliano dirmi tutto quello che le sue labbra non osano dire. Ma io sono davvero stanca di indovinare i suoi pensieri. Sono stanca di lui.

Mi giro verso Lara.

Anche lei mi guarda, ma in maniera diversa. Sembra volermi abbracciare. E credo che al momento non mi darebbe nemmeno fastidio.

«Lara, io vado a casa, prendo le chiavi» le dico mostrando il mazzo in mano.

Lei annuisce, senza dire una parola.

Lascio vagare lo sguardo su tutti, faccio un mezzo sorriso a Lara e giro i tacchi.

«Cloe!»

Mi fermo di scatto.

Non è Lara ad aver appena urlato il mio nome.

È Gio.

Mi giro allibita, con il cuore che sembra volermi uscire dal petto.

Tutti lo stanno fissando, me compresa.

Cerco di restare indifferente, ma dentro di me, lo so, spero ancora… Non so esattamente in cosa, forse anche solo che mi dica qualcosa. Qualunque cosa.

Dio quanto vorrei prendermi a schiaffi per quello che sto pensando.

Lui mi osserva: sembra in difficoltà, ha la mascella contratta, i muscoli delle braccia rigidi.

È a disagio, forse si è pentito di avermi chiamata.

«Ti è caduta la bandana» dice facendo un cenno a terra.

Sbatto le palpebre incredula e forse anche un po' delusa.

Mi tocco i capelli perché in fondo non voglio credere che mi abbia chiamata solo per dirmi questo. E invece è proprio così.

Raccolgo in fretta la bandana da terra, insieme ai pezzetti del mio cuore in frantumi.

«Grazie» dico velocemente, distogliendo immediatamente lo sguardo.

Mi sistemo i capelli dietro le orecchie e mi avvio di nuovo verso la passerella.

E questa volta me ne vado, senza girarmi più indietro.

Le lenzuola sono morbide, il cuscino soffice, ma…

Che diavolo è questa confusione?

Ma che ore sono poi?

Strizzo gli occhi verso la sveglia sul comodino. Sono le 21.30.

Accidempoli, non ho neanche cenato.

Be', sì, questa è davvero una disgrazia, effettivamente.

Lucy, lo sai che se non mangio divento cattiva.

Più del solito, vorrai dire…

Sbuffo sonoramente non appena alzo lo sguardo sullo specchio di fronte.

Indecente. Ecco come mi vedo.

«Cloe? Sei sveglia?» Lara sta bussando alla mia porta.

«Sì, entra pure» le dico.

«Ma come, sei ancora così?» esclama, per poi richiudere la porta alle sue spalle.

«Così come?» dico alzandomi e trascinandomi verso l'armadio per mettermi il pigiama e andarmene definitivamente a letto. «Come una che sta per tornare a dormire? Sì, sono proprio così!» continuo sollevando i pollici in segno di vittoria.

«Oh, andiamo! Non vorrai stare qui a piangerti addosso tutta la sera per Gio!» dice lei incrociando le braccia e sedendosi sul letto.

Credo che ormai sappiano tutti che ieri sera ho litigato con quel demente.

«Stai forse cercando di provocarmi? Be', non sprecare le tue energie. Io non esco.»

«Dai, Cloe, solo stasera, poi giuro che ti lascerò in pace per il resto della vacanza» dice lei, facendo la faccia da cucciolo smarrito.

«L'ho già sentita troppe volte questa frase!» Chiudo l'armadio e poso sul letto il pigiama.

«Okay, allora io scendo e salirà qualcun altro a convincerti» si alza dal letto diretta alla porta.

«Fermati immediatamente!»

Lei si gira, sorridendo compiaciuta.

«Chi è che dovrebbe salire?» le chiedo scioccata.

«Boh, decidi tu, sono tutti di sotto ad aspettarti» dice semplicemente, senza togliersi quel sorriso fastidioso dalle labbra.

La strozzerei.

«Tutti chi? Senti, Lara, se solo provi a...» sono sempre più incavolata.

«Mi dispiace, troppo tardi!» mi interrompe in fretta, prendendo la maniglia e facendola scattare.

«Okay, scendo» dico sconfitta alzando le braccia.

Ci manca solo che anche solo uno di quei cafoni senza cervello salga in camera mia.

«Ti voglio pronta tra cinque minuti. Niente cerchietti e vestiti troppo lunghi: stasera si va in disco!» Non mi lascia neanche il tempo di ribattere e richiude la porta dietro di sé.

Ma come diamine fa a incastrarmi ogni dannata volta?

Eppure non penso di essere così stupida da farmi abbindolare in continuazione.

Sbadiglio.

Mi tocco i capelli.

Sono un disastro.

Racimolo un vestitino dall'armadio e corro in bagno, già in ritardo.

Mi lavo i denti, mentre mi infilo il reggiseno.

Pettino i capelli velocemente.

Mascara.

Rossetto? No, niente rossetto.

Okay, sono a posto.

Prendo la borsetta, un'ultima occhiata allo specchio e... Ehi, fermi tutti, ho dimenticato di fare pipì!

La musica alta sembra seguirmi mentre attraverso la folla.

Il caldo qui dentro è insopportabile. C'è puzza di alcol e sudore.

Seguo gli altri, cercando di evitare di toccare chicchessia.

Odio le discoteche.

Davanti a me c'è Fra e io gli tengo la mano per non perdermi.

Lara è già sparita.

Gio guida la fila, seguito da quelle ochette da strapazzo.

Sì, purtroppo ci sono anche stasera.

Ci fermiamo al bancone principale.

«Cosa vuoi?» mi urla un ragazzo da dietro il banco.

Mi volto di scatto verso di lui, distraendomi dalla folla danzante che stavo osservando.

La sua camicia bianca è sporca di succo d'arancia, il bancone è tutto appiccicoso e come se non bastasse mi accorgo che Gio è accanto a me: sta guardando il barista in cagnesco, probabilmente perché lo ha saltato per servire me.

«Qualcosa di forte, grazie» dico in fretta, fregandomene altamente di Gio e della sua inutile presenza.

«Forte? Allora vuoi me!» dice lui strizzandomi l'occhio, iniziando a fare il mio drink.

Battuta repellente: mi mancava un barista nella compilation degli uomini da evitare.

Vedo Gio osservare attentamente la situazione.

Anche se a pensarci un lato positivo forse c'è...

Ora mi diverto un po'.

Mi posiziono sullo sgabello alla stessa altezza del ragazzo che mi sta preparando il drink.

Mi sistemo il vestito e mi schiarisco la voce.

«Senti, riesci a farmeli due drink, per favore? Sai, c'è una mia amica che sta per arrivare e non vorrei farle rifare tutta la fila...» dico al barista, arricciandomi una ciocca di capelli.

«Certamente, bambola, tutto quello che vuoi!» dice con un sorriso a trentadue denti.

«Grazie» rispondo, sbattendo le ciglia e sorridendo come una civetta navigata.

Porca miseria, è davvero difficile fare la scema.

«Se vuoi dopo ci facciamo un drink insieme, appena stacco...» dice il cameriere piazzandomi davanti il drink e iniziando a preparare l'altro.

«Non credo proprio» dice qualcuno sovrastando la musica e la voce del barista insieme.

Gio.

«Cioè... Volevo dire che devi darti una mossa, sto ancora aspettando il mio drink» si corregge balbettando.

Fregato.

«A che ora stacchi?» gli chiedo, sporgendomi di più sul bancone, ignorando totalmente Gio.

«Alle due, baby» mi risponde il cameriere, quasi incredulo.

«Ci sarò.»

Scordatelo.

Ho già inquadrato il tipo: belloccio, cascamorto, con una ragazza diversa tutte le sere.

Ma lo sguardo di Gio, che sembra volerlo fulminare da un momento all'altro, è impagabile.

Il barista appoggia anche l'altro drink sul bancone.

Tiro fuori il portafoglio per pagare, quando Gio mi anticipa mettendo sul bancone una banconota da cinquanta euro.

«Che diamine fai?» mi rivolgo a lui scocciata.

«Vattene» mi risponde lui, senza neppure guardarmi.

Bene, ora sono totalmente senza parole per la sua sfacciataggine.

Non so se picchiarlo o versargli direttamente i drink in testa.

Ma dubito che ci sia abbastanza ghiaccio per risvegliargli i neuroni!

«Oh, ciao, Cloe» dice improvvisamente quella papera di Sara avvicinandosi a Gio e abbracciandolo da dietro.

Non le rispondo neanche.

Guardo Gio. I suoi occhi sono fissi su di me.

Sembra... preoccupato?

Gli lancio uno sguardo di pietà e giro i tacchi.

Meglio andarsene da queste situazioni nauseanti.

Mi appoggio a un cubo al centro della pista da ballo dove alcune ragazze si stanno dimenando come delle tarantolate.

Butto giù quello schifo di drink superalcolico e superzuccherato.

«Cloe!» Fra cerca di avvicinarsi a me, facendosi largo tra la massa di gente. «Ti avevo persa di vista, tutto bene?» alza la voce per sovrastare la musica incessante.

«A meraviglia» dico scolando del tutto il mio primo drink e passando al secondo.

«Comunque Gio ha appena pagato quel tizio per non provarci con te.» Fra indica il bancone del bar al centro del locale.

«Che cosa?»

«Ho detto che ho visto Gio pagare...» ripete Fra avvicinandosi di più a me, credendo che non avessi sentito.

«No, ho capito benissimo! Quello che non capisco è cosa diamine gliene freghi! Non dovrebbe impicciarsi nella mia vita, cazzo!» dico esasperata, allargando le braccia con i due drink in mano.

«Non pensi di bere un po' troppo?»

Guardo il mio drink e quello appena finito nell'altra mano.

Forse vuole dire troppo poco.

«No» dico secca, scuotendo la testa.

Barcollo da ferma, scoppiando a ridere subito dopo.

Sì, lo ammetto, l'alcol a me fa effetto immediatamente.

«Anche tu vuoi impicciarti nella mia vita, per caso?» dico senza smettere di ridere.

Fra mi regge per le braccia, tirandomi via di mano il bicchiere pieno.

«Ridammelo immediatamente!» esclamo indicando il mio drink, diventando improvvisamente seria.

«Cloe, sei già brilla, non dire cazzate» dice prendendomi un braccio, trascinandomi letteralmente via dalla pista.

«Non ci penso proprio ad andarmene. Proprio ora che iniziavo a divertirmi» ribatto seria, puntando i piedi.

Lui si gira, guardandomi spazientito.

Scoppio a ridere un secondo dopo.

Non passa molto che si mette a ridere anche lui.

Gli prendo il mio drink dalle mani e me lo scolo tutto alla goccia, accartocciando la plastica subito dopo.

Parte poi il ritornello di una canzone supercool e inizio a saltare come una matta, presa da una misteriosa botta di felicità.

Mi sento superfiga a saltare così, ma probabilmente vista da fuori sembro una foca con dei problemi neurologici.

Prendo Fra per un braccio e lo trascino di nuovo al centro della pista.

Lui mi guarda, sbigottito ma allo stesso tempo divertito.

Salgo su uno dei cubi al centro del grande gazebo in pietra e inizio a ballare.

Questa serata sta prendendo una svolta decisamente inaspettata.

«Vai così!» mi urla uno fischiandomi da sotto.

Io continuo a saltare e sculettare come una scimmia su di giri.

Intorno a me c'è una confusione di luci, gente e musica.

Fra mi sta davanti, sorridendo. Penserà che sono una poveretta demoralizzata e frustrata dalla vita che cerca di affogare i suoi dispiaceri nell'alcol.

E non è l'unico a pensarlo...

E sai che ti dico, Lucy? Non me ne frega niente!

Mi sto solo divertendo! Che male c'è?

Un faro mi punta addosso. Qualcuno urla dal microfono.

Io continuo a ballare sulle note di una canzone che non conosco nemmeno.

«Fra, passami il tuo drink!» dico sporgendomi verso il basso.

«Cloe, dai, vieni giù» ribatte lui, cercando di farmi scendere dal cubo.

Lo guardo divertita. Gli sorrido furba.

«Scordatelo» mi rimetto a ballare.

Mentre mi giro noto gli altri poco distanti da noi.

Lollo e Marco e Viviano sono sotto gli scalini del gazebo, mentre Bea e Manu stazionano vicini al bancone.

«Fra, dov'è Gio?» gli urlo, prendendo un drink a caso tra quelli poggiati sul cubo.

«Non ne ho idea, Cloe. Dai, scendi prima che finisca male» dice preoccupato, afferrandomi un braccio.

Mi accovaccio sul cubo.

La testa mi gira. La discoteca intorno a me gira vorticosamente.

Abbasso la testa sulle ginocchia, senza lasciare la mano di Fra. Potrei cadere da questo cubo da un momento all'altro e finire a terra schiacciata come quegli stupidi bicchieri di plastica.

Mi stropiccio gli occhi tutti incollati dal mascara.

Sapevo che avrei fatto meglio a non truccarmi.

Alzo lo sguardo, appoggiando il mento sulle mie ginocchia.

Il faro al centro del soffitto ora sta girando sulla folla informe di persone.

Seguo il fascio di luce con lo sguardo.

Ragazze che bevono, sigarette, baci e sederi che si muovono a ritmo di musica.

E poi lo vedo.

Il faro punta direttamente sul volto di Gio.

I suoi occhi neri risaltano tremendamente e la sua camicia bianca è sbottonata.

Mi rimetto in piedi.

Lui mi guarda.

Io lo guardo.

Le sue labbra d'un tratto si muovono, sembra che stia dicendo qualcosa, ma non capisco che cosa.

Strizzo gli occhi per vederci meglio.

Ma non capisco lo stesso.

Scendo spazientita da quel cubo.

La testa mi gira terribilmente.

Ho voglia di una tisana di zia Anna e di una doccia.

«Ehi, dove vai?» mi dice Fra, bloccandomi con un braccio.

Non gli do ascolto.

Mi allontano seguendo nel buio la luce del faro.

In questo modo arriverò a Gio.

Vorrei camminare veloce, ma le mie gambe sono pesanti, i miei movimenti lenti.

Mi sembra di andare al rallentatore mentre tutto attorno a me corre troppo veloce.

Nulla di diverso da quello che succede ogni singolo giorno della mia vita.

Accidenti, il faro è fermo. Non si muove più.

La musica mi rimbomba nelle orecchie.

Ho la gola secca e mi bruciano gli occhi.

Tengo lo sguardo basso, finché non sento di essere arrivata alla meta.

Alzo lo sguardo lentamente.

Ci sono, Gio. Ce l'ho fatta.

Dai, ripetimi quello che mi stavi dicendo.
Sono qui.
Mi giro attorno e lo cerco con lo sguardo.
E poi lo vedo.
Lui, la sua camicia bianca, appena sbottonata, i suoi occhi neri chiusi e la sua bocca su quella di un'altra ragazza.
Sbatto gli occhi velocemente.
No, non è vero.
Non può essere vero.
Le sue mani circondano la vita di quella Sara.
Gli occhi mi pizzicano. Non faccio in tempo a trattenermi che le lacrime già mi scorrono copiose lungo il volto.
Non ci voglio credere.
Perché mi fa questo?
Non è possibile.
Forse sono nel mio letto, sto dormendo e sto sognando.
Anzi, sto avendo un incubo.
Giro su me stessa, cercando qualche volto conosciuto.
Ma non c'è nessuno.
Sono sola.
Completamente sola.
Inizio a correre a caso tra la folla.
Il cuore in gola e le guance bagnate.
Era questo che volevi, Gio? Volevi farmi male?
Be', ci stai riuscendo.
Ci stai riuscendo benissimo.

CAPITOLO 46

Il suo viso illuminato, mentre i suoi occhi sono ombra.
Neri, nerissimi mi guardano.
Non riesco a schiodarmi dal suo sguardo.
È come magnetico, mi attira a sé nella sua ombra, nonostante io faccia di tutto per aggrapparmi alla luce che ho intorno.
Le sue labbra d'un tratto si muovono, sembrano dirmi qualcosa.
Anche se non capisco che cosa.
Strizzo gli occhi per vederci meglio, ma non capisco lo stesso.
Inizio a correre verso di lui per avvicinarmi il più possibile.
Ma lui sembra allontanarsi sempre di più.
Troppo distante da me.
Continuo a correre, sfinita.
Il respiro è corto, le gambe stanche. Non riesco a raggiungerlo.

Mi sveglio di colpo, alzando di scatto la testa dal cuscino.
La finestra sbatte per il forte vento. È come se avessi la testa immersa in un frullatore.
Sospiro e mi rilascio cadere sul cuscino. Che nottata.
Cerco di ricostruire mentalmente l'intera serata.
Lara in camera mia. Mi sono cambiata e truccata senza rossetto.
Appoggio le dita sulle tempie, come per ricordarmi meglio.
Discoteca. Credo di aver ballato. Sì, ho decisamente ballato.
E poi?
Trattengo il fiato, non appena mi ricordo che cosa è successo ieri sera.
Ci metto un po' a realizzare se è accaduto davvero o se l'ho solo

sognato. Di sicuro ho rivissuto quel momento almeno una decina di volte, questa notte.

Gio ha baciato Sara.

Un conato di vomito mi sale fino in gola.

E penso proprio che non sia per la sbronza di ieri sera.

Mi alzo dal letto.

I miei vestiti sono piegati in ordine sulla sedia accanto alla porta.

Un momento. Non ricordo di essermi svestita ieri sera.

Faccio girare lo sguardo in tutta la camera, terrorizzata dall'idea di trovare... qualcuno.

Poi attraverso in fretta il corridoio, scendendo le scale a chiocciola a due a due.

Il chiacchiericcio si fa sempre più intenso.

Si sente Lara che parla con zia Anna e con...

Piombo in cucina e reprimo a stento un urlo non appena noto Fra, seduto al tavolo con un toast in mano.

Tutti si girano verso di me.

Zia Anna e Lara mi guardano titubanti, probabilmente sorprese per la mia nuova pettinatura stile istrice sudato.

Fra mi sorride.

«Buongiorno» dice lui, addentando il toast alla marmellata di ciliegie.

Cerco di analizzare velocemente tutti i motivi per cui Fra potrebbe essere seduto in questa maledetta cucina.

Ma solo una cosa mi appare evidente e chiara come il sole: sono andata a letto con Fra!

Rabbrividisco imbarazzata.

Le guance mi si colorano di rosso.

«Cloe, che fai lì impalata, siediti e mangia» mi ammonisce zia Anna.

Sedermi? Mangiare?

«Non credo di aver molta fame» dico, continuando a fare lunghi sospiri per non vomitare, qui davanti a tutti.

«E ci credo, tesoro, ieri ti sei presa una bella bresca!» continua zia Anna, spingendomi da dietro, costringendomi a sedermi vicino a Fra.

«Bresca?» Sono confusa.

«Vuol dire che ti sei ubriacata!» mi suggerisce Lara sottovoce.

Ah.

Elaboro in fretta.

Un momento. «Ma tu come lo sai, zia?»

Non ci capisco davvero più nulla.

«Come lo so, bambina mia? Ieri sera per toglierti quei vestiti ci ho messo un'eternità! Non riuscivi neanche a reggerti in piedi» dice, pulendosi le mani sul grembiule.

Togliermi i vestiti... elaboro di nuovo.

Immagini di me stravaccata sul letto con zia Anna a infilarmi il pigiama iniziano a materializzarsi nella mia mente.

Zia, penso di amarti.

«Ma tranquilla, tesoro mio, non dirò nulla a Luisa. Dopotutto, le bevute ce le siamo fatte anche noi da giovani!»

Sorrido sollevata.

«Grazie, zia, non sai quanto io ti adori in questo momento» dico entusiasta, addentando un panino al latte.

«Perché mai?» dice Lara con un sorrisetto malizioso, sedendosi anche lei a tavola.

Sicuramente ha capito il mio fraintendimento.

Faccio finta di non aver sentito e mi rivolgo a Fra che continua a mangiare, guardando divertito la scena.

«E tu cosa ci fai qui?» gli domando, prendendo un altro panino.

«Ero venuto a vedere come stavi» dice facendomi l'occhiolino.

«Ho voluto controllare che stessi bene, dato che ieri sera ti ho portato qui praticamente priva di sensi. Ma poi tua zia mi ha obbligato a fermarmi a colazione e allora...»

«Priva di sensi?» lo blocco, sconvolta.

Come ho fatto a ridurmi così? E soprattutto lui come diamine mi ha portata fino a qui?

«Sì, quando sei scappata dalla discoteca ti ho cercata ovunque, finché non ti ho trovata sul marciapiede che parlavi con un...» Fra si interrompe, trattenendo una risata.

«Con... chi?» lo incalzo, temendo profondamente per la sua risposta.

«Con un grillo» conclude, attaccandosi al bicchiere di succo di frutta e bevendo a gran sorsi probabilmente per non scoppiare a ridermi in faccia.

Cavolo. Ero messa proprio male per parlare con un grillo.

Non che da sana tu faccia di meglio, eh!

Hai ragione, Lucy, parlo anche con te, infatti!

Lara non la finisce di ridacchiare. Penso che questa me la rinfaccerà per tutta la vita.

«E quando precisamente ho perso i sensi? Prima o dopo la conversazione col grillo?» dico, ridendo anche io questa volta.

Be', per lo meno non sono noiosa se anche i grilli mi parlano.

Noiosa no. Psichicamente instabile, forse.

«In macchina, durante il viaggio» dice Fra alzandosi dalla sedia.

Annuisco, leggermente pensierosa.

Cerco in tutti i modi di ricostruire bene ieri sera, ma non ricordo davvero nulla, neanche del grillo. Ho dei buchi giganteschi di memoria. Anzi, che dico, voragini...

«Bene, ragazze, io vado, così vi lascio finire con calma la vostra colazione» annuncia Fra, mettendosi le mani nelle tasche dei pantaloncini.

«Ma no, Fra, resta! Tanto tra un po' noi pensavamo di andare in spiaggia» risponde Lara.

Noi chi? Io e lei?

Non penso proprio.

«Io credo invece che stamattina resterò a casa, per riprendermi dalla nottata di fuoco col grillo» dico alzandomi e prendendo un altro panino al latte. Ho bisogno di riserve di cibo.

Fra soffoca una risata. Mia cugina inizia a lanciarmi occhiate di fuoco.

«Okay, come ti pare...» dice lei indispettita, continuando la sua colazione.

È stato davvero così facile?

Alzo le spalle ed esco dalla cucina. Sento i passi di Fra dietro di me.

«Cloe» mi dice, non appena arriviamo in salotto.

«Sì?» Mi giro, ruotando su me stessa, appoggiandomi alla ringhiera delle scale a chiocciola.

«Posso chiederti una cosa? Cioè, in realtà l'ho già fatto ieri sera ma sicuramente non te ne ricorderai...» balbetta impacciato.

«Certo!» lo interrompo, sorridendogli dolcemente.

Questo ragazzo è in grado di far uscire la parte migliore di me.

«Ieri ti avevo chiesto se... Sì, insomma... se ti andava di venire a cena da me stasera» dice sganciando infine la bomba.

Apro e chiudo la bocca senza saper bene cosa dire.

Non me lo aspettavo di certo.

Fra mi ha appena invitata a cena?

È strano, decisamente.

Lui sembra sempre così impacciato con le ragazze. Impacciato e gentile, ecco com'è Fra.

E apprezzo lo sforzo immane che sta facendo invitandomi a cena, ignorando la possibilità tangibile di un "no" come risposta.

«Ecco, il fatto è che Tommi esce con Lara stasera, i miei non ci sono e mi chiedevo se...» La sua faccia è talmente paonazza che ho paura possa prendere fuoco.

Ha gli occhi socchiusi e giocherella nervosamente con il telefono che ha tra le mani.

«Okay» dico di colpo, senza pensarci troppo.

Lui si blocca all'istante. Sembra sorpreso. Poi sollevato. Poi ancora sorpreso.

Gli sorrido dolcemente.

«Dopotutto, dovrò pur sdebitarmi per quello che hai fatto per me ieri sera!» Gli faccio l'occhiolino e inizio a salire le scale a chiocciola.

Sul suo viso compare un sorriso radioso.

Due fossette gli si formano ai lati delle labbra.

«Passo a prenderti alle otto» dice avviandosi verso la porta, senza smettere di sorridere e guardarmi al tempo stesso.

«Mi pare perfetto!» rispondo sorridendogli di rimando.

Lui apre poi la porta d'ingresso, accennandomi col capo un saluto.

Faccio lo stesso e mi avvio velocemente su per le scale ridendo.

Fra è come aria fresca.

Aria fresca in un caldo soffocante.

Sono le otto da otto minuti.

Ho passato tutto il giorno a dormire... A dormire e a mangiare, ovvio.

Non ho fatto assolutamente nulla per tutto il giorno, se non flirtare con il mio cuscino e questa cosa mi ha decisamente risanato: nessuna domanda da parte di Lara, niente risate isteriche di Gue e nessuna faccia da stronzo incontrata per sbaglio.

Una pacchia insomma.

Sistemo le ultime cose nella piccola borsetta da sera e la chiudo facendo schioccare la clip.

Guardo il telefono, Fra mi ha appena scritto.

Scendo di sotto, facendo i gradini a due a due.

«Io esco!!» urlo, fiondandomi alla porta per evitare ogni inconveniente... tipo zia Anna.

Se dovesse fermarmi sarebbe la fine: mi farebbe domande su domande, fino a farmi diventare vecchia qui sull'uscio della porta.

Ho calcolato di avere più o meno dieci secondi per raggiungere la porta, chiuderla e scomparire nel vialetto, prima che zia Anna possa accorgersene.

Funzionerà?

Faccio scattare la maniglia, esco di soppiatto e richiudo la porta alle mie spalle.

Faccio per girarmi e sussulto sul posto.

Porca miseria, ho perso dieci anni.

Zio Pisco mi è piombato davanti dal nulla.

Indossa la sua solita tuta da giardinaggio e così tutto verde mi è sembrato per un attimo un enorme grillo pronto a mangiarmi.

Sei ossessivamente fissata con i grilli.

Mi fanno schifo i grilli.

«Cloe, come mai non esci con Lara stasera? Non credo sia prudente che tu esca da sola...» Ci mancava Pisco a farmi la predica. Non bastavano mia madre e zia Anna?

Eccola infatti che piomba su di me inanellando una serie infinita di esempi di disgrazie legate alle località marittime. Ecco, ora non ne uscirò più.

Annuisco senza fiatare, un po' come faccio con mamma quando le prendono le sue crisi isteriche di estrema protezione materna.

«Dovresti fidarti di me, piccola Cleo» conclude mia zia, accarezzandomi la testa come si fa con i cuccioli.

«Cloe...» sospiro, correggendo il mio nome per l'ennesima volta.

E dire che mi sembrava l'avesse finalmente imparato.
«Non preoccupatevi. Cloe esce con me.»
Mi giro di scatto.
Fra, il mio salvatore, sta davanti alla veranda di casa.
Una camicia bianca, leggermente sbottonata sul davanti, jeans neri e delle Nike un po' colorate per smorzare il tutto.
Mi piace.
Mi svincolo facilmente dalla presa di zia Anna e supero zio Tom, scendendo gli scalini dalla veranda.
«D'accordo, ragazzo, tienicela d'occhio tu, la nostra piccola Cleo... Cioè, Cloe» sussurra zia Anna, sventolando un fazzoletto. Sembra che io stia andando al fronte, santo cielo!
So già che al mio rientro mi farà il terzo grado.
«Andiamocene in fretta, prima che sia troppo tardi» bisbiglio a Fra, afferrandolo per un braccio.
Lui ridacchia leggermente e poi mi prende per mano, incamminandosi verso l'uscita del cortile a passi svelti.

«Mio Dio, ma hai fatto tutto tu?» Apro la bocca sbalordita di fronte a un tavolo imbandito come in un ristorante stellato.
La casa di Fra e Tommi è piuttosto piccola, al settimo piano di un grosso palazzo arancione.
Il salotto è collegato alla cucina, dall'altro lato un grande balcone si affaccia sulla via principale che conduce alla spiaggia, la stessa dove abita Gio.
«Se avessi cucinato tutto io, avresti dovuto sposarmi seduta stante» mi risponde, indicando le buste di un noto ristorante di pesce della riviera.
«Apprezzo l'onestà!» dico ridendo, sedendomi a tavola.
Lui fa lo stesso, togliendosi portafoglio e chiavi dalle tasche.
«Allora da cosa iniziamo?»
Sul tavolo c'è davvero di tutto, dagli spaghetti allo scoglio a una fantastica torta di mele.
«Io inizio da quella» affermo con convinzione, indicando la torta.
Fra mi guarda di sbieco, alzando un sopracciglio.
«Inizi dal dolce?» Sembra confuso.
«Ovvio, il dolce è la cosa più buona! Perché aspettare che finisca la cena per mangiarlo?» spiego, allungando le mani per afferrare quella deliziosa bontà.

«Sei molto strana» ride Fra.

Mi taglio una fetta di torta.

«L'ho visto fare in un film una volta» spiego.

Poso la mia fetta sul piatto.

«La vuoi anche tu?» Fra mi sorride, accennando un no con la testa.

La cena procede tra risate e battute sul mio strano modo di mangiare gli spaghetti.

Siamo al dolce, o meglio Fra è al dolce, io come dessert credo che mangerò quel delizioso fritto misto che ancora non è stato toccato.

«Sei una buona forchetta» mi dice lui d'un tratto, notando tutti i piatti vuoti che ho davanti.

«È un nuovo modo per dire che dovrei mangiare meno?» dico ridendo.

«È un modo per dire: "Cazzo, sei bella, anche se mangi come un elefante"» risponde sorridendo.

Okay, questo è imbarazzate.

«Lo prenderò come un complimento...» affermo ridendo, addentando un gamberetto.

«Lo è.»

«Grazie.» Alzo le spalle, cercando di evitare il suo sguardo.

Altro argomento?

Lucy, non sei mai utile: quando dovresti essere presente, sparisci!

«Dico sul serio, Cloe, sei bella e... non solo esteriormente. Per questo ti ho detto quella cosa l'altra sera.»

«Quale cosa?» chiedo vaga.

Lui mi guarda.

So esattamente a cosa si riferisce, ma non voglio essere io a ripeterlo.

«Che meriti di meglio» ribadisce lui, serio questa volta.

Non l'ho mai sentito parlare in questo modo.

È sempre così riservato e a volte sembra che faccia apposta lo sciocco, soprattutto con i suoi amici. Ma forse è solo un modo per mascherare la sua timidezza.

Ora però vedo com'è realmente Fra. Lui è sincero, i suoi occhi sono veri.

Il suo volto rassicurante.

L'immagine di Gio che bacia Sara mi torna alla mente in un istante.

«Lo so...» dico semplicemente, sospirando.

«Lui non fa per te.»

La frase mi arriva dritta al cuore, provocandomi un sussulto.

Fa male la verità quando non riesci ad accettarla.

E io non l'ho ancora accettata.

«C'è qualcosa che lo riguarda che non vuoi dirmi, non è vero?»

«Può essere...» il suo viso è serio.

Leggo nei suoi occhi che non può dirmi tutto ciò che sa e decido di non chiedere altro.

Tanto sarebbe tempo perso: meno so di Gio, più facile sarà dimenticarlo e togliermelo definitivamente dalla testa.

La parte difficile, però, sarà farlo andare via dal mio cuore.

Afferro nervosamente un altro gamberetto e me lo infilo in bocca.

«Eccellente questo dessert» dico per sdrammatizzare.

«Comunque non è normale questo tuo modo di mangiare.» Fra sta letteralmente ridendo di me.

«Che c'è di strano?» chiedo brandendo un altro gamberetto e puntandoglielo contro.

Fra alza le mani ridendo.

La sua risata soffocata è davvero unica: penso di volerla come suoneria del telefono, la adoro.

«Dai, assaggia questo» insisto sventolandogli il gamberetto davanti al naso.

«No, Cloe, sto mangiando la torta!»

«Ho detto di assaggiare» ordino perentoria.

«Se vomito, è colpa tua!»

«Mi prenderò ogni responsabilità» rido.

Lui beve un sorso d'acqua e si concentra poi sul mio gamberetto.

Si avvicina alla mia forchetta, schiudendo le labbra rosse e afferrando tra i denti il gambero.

La porta si spalanca.

Sussulto, lasciando cadere a terra la forchetta.

Mi giro di scatto.

«Oddio, cazzo, scusatemi mi ero scordato che ci foste voi a casa!» Tommi è piombato nel bel mezzo del salotto.

E la cosa peggiore è che non è solo.
Dietro di lui Lara.
Subito dopo di lei, sulla porta, ci sono Lollo e Gio.
Gio. Il suo sguardo mi scruta, i suoi occhi scuri sono ridotti a due fessure e ha una strana ruga sulla fronte.
Sospiro lentamente, lasciando cadere lo sguardo a terra e aspettando che Fra dica qualcosa. Qualunque cosa.
Ma nessuno parla.
L'aria è così tesa che nessuno osa fiatare.
Alzo lo sguardo su Fra.
I suoi occhi sono dritti sulla porta. Su Gio, per la precisione.
Il suo sguardo è duro, non lo riconosco.
Il cuore inizia a battermi forte. La testa si affolla di pensieri contrastanti.
Sento di colpo sbattere la porta.
Faccio saettare lo sguardo dall'altra parte della stanza.
Gio se ne è appena andato.
Scatto d'un tratto anch'io verso la porta, presa da una irrefrenabile e totalmente insensata voglia di seguirlo.
Faccio per muovermi, ma qualcuno mi blocca da dietro.
Fra mi tiene saldamente il braccio.
Il suo sguardo è ancora duro, ma questa volta nei miei confronti.
«Lasciami, Fra» gli dico seria, provando a staccarmi da lui.
Lui molla la presa in un istante.
Il suo sguardo torna quello di sempre.
La delusione alberga nei suoi occhi e io non posso fare altro che abbassare lo sguardo.
Scusa, Fra, ma non posso restare, non ora. Devo andare.
E ignorando tutti, mi avvio a grandi passi verso la porta.

CAPITOLO 47

Mi chiudo la porta alle spalle.

Schiaccio il tasto dell'ascensore ripetutamente.

Il cuore mi batte nel petto come un tamburo.

Premo di nuovo il pulsante.

Nulla.

Lascio perdere l'ascensore e prendo le scale, scendendo di corsa.

A ogni gradino le gambe sembrano cedere e il respiro si accorcia.

Raggiungo il portone principale.

Lo apro.

L'aria fresca mi sferza i capelli sciolti.

Faccio ruotare lo sguardo lungo il viale davanti a casa di Fra.

Non c'è.

Rimango ferma, immobile.

Le mani mi tremano ancora lungo i fianchi.

Sospiro, accovacciandomi sul gradino davanti al portone.

Che diamine sto facendo?

Cosa spero di ottenere correndogli dietro?

Risposte?

Quelle che non mi ha mai dato?

Sono confusa e la mia testa è colma di domande.

Torturo le labbra tra i denti.

Il suo sguardo, poco fa, non era indifferente.

Era turbato, sofferente nel constatare ciò che stava accadendo.

Era lo stesso turbamento che ho provato io quando l'ho visto baciarsi con quella ragazza.

Mi alzo nervosa, tirandomi indietro i capelli e iniziando a camminare lungo il viale.

Mi chiudo le braccia attorno al corpo.

Ricaccio indietro le lacrime, chiudendo gli occhi.

Non appena lo faccio, lo sguardo di Gio mi si stampa nella mente, le sue labbra le percepisco sulle mie e mi sembra di sentire il suo profumo.

Riapro gli occhi.

Questa situazione mi sta torturando.

Ricomincio a camminare.

Tengo lo sguardo basso, attraverso la strada e raggiungo la casa di Gio.

È tutto spento e il cancelletto è chiuso.

Non è qui.

D'un tratto, tutto mi appare chiaro: mi torna in mente un posto.

Il suo posto.

Sorrido leggermente. Come ho fatto a non pensarci prima?

La palafitta!

Inizio a correre in mezzo alla strada.

Sono pazza, è chiaro. È del tutto insensato quello che sto facendo e quasi sicuramente questa è la scelta sbagliata. Ma il cuore è tornato a battermi come se avesse appena ripreso ossigeno.

Mi fermo ansante nei pressi dello stabilimento.

Ti prego, Gio, dimmi che sei qui.

Ricomincio a correre, attraverso la passerella e poi mi slaccio le All Star per entrare nella sabbia. Corro verso le palafitte dei pescatori.

Cerco di fare mente locale su cosa dirgli non appena gli starò di fronte. Ma tutto sembra essere vuoto e senza senso.

Sono arrabbiata con lui. Penso di odiarlo per ciò che mi ha fatto.

Ma nonostante questo, quello che provo è qualcosa che non riesco a spiegare.

E odio me stessa per questo.

Raggiungo sfinita il ponticello in legno che conduce alle palafitte.

Sbatto i piedi, scrollandomi dalla sabbia e proseguo poi verso la stradina stretta costeggiata da erbacce e cespugli.

Diamine, queste palafitte sono tutte uguali e la mia memoria da criceto anziano non aiuta.

Mi fermo, indecisa su quale strada prendere.

Mi stropiccio il volto frustrata.

Se solo riuscissi a ricordare…

Di colpo sussulto, sentendo una porta sbattere per il vento.

Mi giro di scatto verso quella direzione.

Una palafitta ha la porta aperta.

Questo significa solo una cosa: quella è la palafitta di Gio.

Sono agitata da impazzire e inizio a mordicchiarmi le labbra nervosamente.

Decido di resettare la mente, basta pensare: andrò a sentimento!

Prendo fiato e inizio a camminare in quella direzione.

I miei passi sono lenti, la palafitta sembra assurdamente lontana.

Raggiungo degli scalini in pietra e poi la porta in legno.

Sfioro leggermente con le dita le venature scure.

La prima volta che sono stata qui, pensavo che stessimo per violare la proprietà di qualcuno. Sorrido al solo ricordo.

Prendo coraggio e spingo la porta.

Il cuore mi balza in gola.

Se ne sta girato di spalle e guarda verso il mare: le mani nelle tasche, impassibile, freddo come sempre.

Anch'io rimango ferma, immobilizzata da lui. Dal suo essere così scostante, glaciale.

«Sapevo che saresti venuta.» La sua voce roca spezza il silenzio assordante.

Non si gira, non si scompone.

«Sapevo di trovarti qui» ribatto.

Il vento soffia più forte, il legno della palafitta è umido.

«La prima volta che ti ho vista ho pensato due cose» mi dice, prendendo un respiro profondo. «La prima è stata: insopportabile, eri così imbranata e hai fatto un disastro con quel succo.»

Grazie, Gio, per i troppi complimenti e per ricordare così bene le mie figuracce.

Accenno un sorriso, ripensando alla sua maglietta zuppa di succo alla pesca. Se lo meritava.

«La seconda…» continua lui, girandosi verso di me.

Rabbrividisco non appena i suoi occhi si incastrano nei miei.
«... la seconda è stata "wow"!»
Lo dice a mezz'aria, la mascella contratta, serissimo e imperturbabile.
Abbasso lo sguardo a terra. Non riesco a sostenerlo.
Io, Cloe Monteri, sto abbassando lo sguardo per l'imbarazzo.
Dio, vorrei prendermi a padellate in testa.
«Guardami, Cloe» spezza di nuovo il silenzio, senza però muoversi da lì.
Rialzo lo sguardo. Ora i suoi occhi sono diversi.
Questo è l'altro Gio: quello che mi bacia con dolcezza, quello che si preoccupa per me, quello che ride per le sciocchezze che faccio...
«Mi hai baciata per gioco la prima volta?» chiedo di getto.
«No.»
«Quando mi hai fatto leggere quella frase l'altra sera e mi hai detto che ti piacevo, dicevi sul serio?»
Mi avvicino, chiudendo lentamente la porta alle mie spalle.
«Dicevo sul serio» risponde schiarendosi la voce e passandosi una mano tra i capelli neri.
«Mi piaci sempre. Anche adesso» continua lui lentamente.
Un brivido mi percorre la schiena.
Le sue parole sincere, spoglie, dirette come non lo sono mai state, mi si conficcano nel petto una dopo l'altra.
Faccio un altro passo verso di lui, facendo scricchiolare le mattonelle in legno.
«E allora, perché?» scatto io d'un tratto. «Perché ti sei sempre comportato come se di me non te ne fregasse nulla? Perché ti allontanavi, per poi cercarmi? Perché ti sei divertito a prendermi in giro e a fare come se...»
«Non mi sono mai divertito» mi interrompe, come se per lui fosse necessario precisarlo.
I suoi occhi lo dimostrano.
«Ah, no? Perché mi hai detto esattamente questo l'altra sera, quando eri troppo impegnato a guardare qualcun'altra!» cerco di essere dura, ma la mia voce che trema mi tradisce.
Lui scuote il capo, sorridendo amaramente.
«Non mi è mai importato nulla di quella ragazza.»
«Certo, hai ragione...» Apro le braccia. «L'hai solo baciata da-

vanti a me, giusto per rendere chiaro il messaggio...» Sono a un passo dall'esasperazione.

«Volevo solo proteggerti.»

Mi avvicino a lui a grandi passi.

«Ma da cosa? Smettila!» gli urlo contro, tappandomi le orecchie. «Sono stanca di sentire tutte queste stupidaggini. Se ti fosse importato qualcosa di me, non mi avresti fatto tanto male, non mi avresti illusa in questo modo.» Le lacrime rigano le guance, correndo incontrollate sul mio viso.

«Non ti ho mai presa in giro. Forse ho preso in giro me stesso» afferma serio. «Da quando ti ho baciata per la prima volta, ho capito cosa provassi davvero per te. Qualcosa che non pensavo nemmeno potessi sentire. Dopo così tanto tempo...» sorride leggermente, lasciando la frase in sospeso.

«E in ogni caso, non credo neanche di poter paragonare quello che provo per te a qualcosa che ho già vissuto. Sono stato innamorato una volta e non era così, per certi versi non provavo quello che sento ora per te.»

Le sue parole mi aleggiano attorno come una musica dolce.

«Ma questo non cambia nulla, non vado bene per te, Cloe» si ridesta d'un tratto.

Prima che me ne possa rendere conto, la mia mano si abbatte sulla sua guancia.

Lo schiaffo rimbomba sordo.

Lui chiude gli occhi per poi riaprirli lentamente.

Il suo sguardo è sereno, come se lo avesse previsto.

Faccio un passo indietro, tenendo il braccio a mezz'aria. Sono più stupita di lui che dal mio gesto.

Ritiro in fretta la mano, asciugandomi velocemente le guance bagnate. Gio non dice nulla. Rimane a guardarmi.

«Hai deciso tu cosa andasse bene per me. E questo mi fa potentemente incazzare» sospiro con calma questa volta.

«Non avrei voluto farlo, credimi.»

«Ma lo hai fatto» rispondo amara.

I suoi occhi sono disperati.

La sua maschera si sta sgretolando sempre di più e la sua sicurezza vacilla.

«Ma non sono neanche riuscito a starti lontano.» Si avvicina a me, posando le mani lentamente sulle mie braccia.

Ora anche le mie certezze iniziano a crollare.

«Non sono riuscito a trattenermi in nessun modo, più ti stavo accanto, più non riuscivo a smettere di farlo e...» La sua fronte si scontra con la mia. «... Anche adesso non riesco a trattenermi.»

Abbasso lo sguardo, le guance avvampano, il cuore sembra volermi uscire dal petto.

«Guardami, Cloe» mi sussurra leggermente sul naso.

Deglutisco rumorosamente, alzando lo sguardo.

Un turbinio di emozioni mi si scatenano dentro quando mi perdo nelle sue pozze nere.

Le gambe mi cedono. Le mani tremano.

Lui si china verso di me un po' di più, facendomi arretrare lentamente. Le nostre labbra sono così vicine. Le sue mani accarezzano le mie braccia.

Potrei svenire.

Il suo respiro sfiora le mie labbra dolcemente. D'istinto risalgo con la mano verso i suoi capelli, tirandolo di più verso di me.

Lui mi asseconda, facendomi arretrare un altro po'.

«Non era solo un bacio?» gli chiedo, sussurrando a fatica sulle sue labbra. Non riesco nemmeno più a respirare.

Lui sorride leggermente, prendendomi il volto fra le mani.

«Shh» soffia sulle mie labbra. «Sta' zitta.»

Il suo ansito irregolare si scontra nel mio.

In un attimo mi ritrovo addossata alla parete, le sue braccia mi sorreggono e la sua bocca si unisce alla mia in un sussulto.

Chiudo gli occhi istintivamente, faccio scorrere le dita tra i suoi capelli morbidi avvicinandolo ancora di più a me.

E so che in realtà dovrei respingerlo, tenerlo lontano da me e dal mio cuore.

Ma non ci riesco, non ho le forze per farlo.

Le sue labbra affondano nelle mie con forza. Trattengo il respiro.

Forse sto sbagliando, forse mi brucerò.

Ma non cambierebbe nulla, perché dentro sto già ardendo per lui.

È un bacio lento e disperato. Aspettato, voluto così profondamente da star male.

Le sue labbra cercano le mie, come i suoi occhi hanno sempre cercato i miei da quando si sono incrociati la prima volta.

Le nostre labbra si scontrano e si torturano, anelando infiniti baci.

Mi aggrappo alle sue spalle per sollevarmi un po' di più, il suo petto si alza e abbassa in continuazione, aderendo perfettamente a me.

I nostri corpi si cercano, scontrandosi senza sosta.

Gio arretra di qualche passo, tenendomi stretta.

Gira su se stesso, per poi abbassarsi lentamente.

Mi ritrovo sdraiata a terra, il legno umido sotto i palmi delle mani, il suo cuore sopra il mio.

Smette di baciarmi.

Mi guarda intensamente per istanti che a me sembrano interminabili: studia ogni particolare del mio volto, come se non mi vedesse da tanto tempo.

Si concentra sui miei occhi, ancora bagnati dal pianto.

E mi si accorcia il fiato quando si avvicina lentamente per baciarmeli con una dolcezza disarmante.

«Mi dispiace» sussurra piano sulle mie palpebre. «Mi dispiace» ripete baciandomi le labbra.

La sua voce si incrina. Le sue labbra tremano sulle mie.

Lo bacio.

Ti perdono.

Lo bacio ancora.

Ti perdono, Gio, ma non farmi più del male. Non potrei sopportarlo.

È questo che gli dico, senza parlare. Non dico una parola, non serve, lascio fare solo al cuore.

La porta continua a sbattere per il vento, facendo stridere i cardini.

L'aria di pioggia aleggia in tutta la palafitta, facendomi pizzicare il naso.

Le assi del soffitto sono tutte allineate perfette in verticale e insieme a quelle laterali formano una specie di intreccio che sembra un labirinto.

«Che fai?» dico sottovoce, senza smettere di guardare il soffitto.

Sono sdraiata a terra, la testa poggiata sul suo petto e Gio mi sfiora con la punta delle dita il volto, disegnandomi dei piccoli cerchi sulla pelle.

«Hai un bel profilo» afferma serio, senza smettere di accarezzarmi il viso.

Arriccio le labbra per il solletico non appena le sue dita mi sfiorano il naso.

«Grazie» sorrido leggermente.

Mi alzo sui gomiti, voltandomi verso di lui.

I capelli scompigliati gli danno un'aria decisamente selvaggia e quelle labbra morbide lastricano la via per la perdizione.

Grande Giove, aiutami a controllarmi!

Ripenso a qualche minuto fa, quando le sue labbra erano sulle mie e il cuore inizia a battermi di nuovo forte nel petto.

Per un secondo mi pento di averlo allontanato.

Sono imperdonabile, ne sono consapevole, ma dovevo necessariamente ricollegare il cervello e ricompormi, per non rischiare di andare troppo oltre.

E, anche se il mio corpo e il mio cuore combattevano a triple armi con la mia insulsa coscienza, sono riuscita a mantenere il controllo.

Gli ho spiegato di aver bisogno di tempo per potermi fidare, senza correre troppo verso una strada senza ritorno.

Lui ha annuito debolmente, come se avesse già previsto le mie parole.

Sa di aver sbagliato e sa di dover recuperare con me, prima che io possa fidarmi davvero di lui.

«A che cosa pensi?» mi chiede d'un tratto, alzando il busto per osservarmi meglio.

A portarti a letto!

Ah, brava, prima fai tanto la pudica e poi...

Zitta, Lucy, già è difficile così!

I suoi occhi scorrono sul mio volto, indugiando avidamente sulle mie labbra.

Potrei impazzire da un momento all'altro.

Distolgo lo sguardo nervosa, osservando il pavimento in legno e facendo finta di trovarlo estremamente interessante.

«Ti metto in imbarazzo?» dice, facendo aleggiare sul volto un sorrisetto compiaciuto.

Mi sento andare a fuoco.

Scuoto la testa con insistenza.
«E allora, perché non mi guardi?» dice, sollevandomi il volto all'altezza del suo.
«Perché non mi va» dico stupidamente, cercando un argomento qualsiasi per cambiare discorso.
Gio si passa velocemente le dita tra i capelli, per poi avvicinare il suo volto pericolosamente al mio.
Lo sta facendo apposta. Lo sta sicuramente facendo apposta.
Sento il bisogno di farmi aria al viso con entrambe le mani, ma rimango immobile come una statua, immersa in un mare di vergogna.
«Non ti va?» mi soffia sul naso, consapevole che non riesco a restare indifferente.
E come potrei?
Sarebbe come chiedere a Elvis di ignorare una pizza!
Le mie labbra si schiudono d'istinto non appena si avvicina e mi protendo verso di lui per baciarlo.
Lui si allontana leggermente, mantenendo quella odiosa distanza tra le nostre labbra.
«Quindi non hai neanche voglia di baciarmi, giusto?» Gli occhi divertiti e un sorriso furbo sulle labbra.
«Sei uno stronzo» gli rispondo ridacchiando.
Soffio un po' d'aria fuori dalle labbra.
Devo darmi una sbollita.
Sento la sua mano risalire lentamente sul mio braccio poggiato a terra.
«Dimmi che non hai voglia di baciarmi, Cloe» ripete con voce roca, sfiorandomi il viso e accarezzandomi leggermente le labbra.
Chiudo le palpebre istantaneamente.
Silenzio. Solo il suo respiro e le onde del mare che sbattono violentemente contro gli scogli dettano il ritmo delle sue mani che si muovono sulla mia pelle.
Lascia scorrere le dita sul mio collo, per poi scendere verso il bordo della mia maglia.
Apro gli occhi di scatto.
«Tranquilla, anche se sto morendo dalla voglia, non ti sfiorerò con un dito» arriccia le labbra divertito. «Te l'ho promesso.»
Annuisco debolmente, deglutendo a fatica.

Mi serve un estintore o una canna d'acqua puntata dritta in faccia per risvegliare i miei neuroni e la mia capacità linguistica.

«Quindi dicevamo che non hai voglia di baciarmi...» riprende lui.

Ha deciso di torturarmi.

«Non ho mai detto questo!» scatto d'un tratto, vergognandomi immediatamente delle mie parole.

Gio ride.

E quel suono mi riempie il cuore. Anche se sta ridendo di me.

«Non ti facevo così intraprendente» dice facendomi l'occhiolino.

Il mare che c'è là fuori non è niente in confronto ai suoi occhi: sono profondi, quasi infiniti e mi guardano come se fossi la loro unica scialuppa di salvataggio.

«Me lo dai un bacio?» La sua voce mi arriva dritta al cuore, facendomi sobbalzare.

Non credo che riuscirò mai ad abituarmi a tutto questo.

Prendo fiato. Okay, basta imbarazzo.

«Hai per caso voglia di baciarmi tu, Giodago?» lo sfido, socchiudendo le palpebre.

Sorride, scuotendo la testa.

Senza che io possa protestare, mi afferra un braccio facendomi avvicinare a lui.

«Sì, ho una dannata voglia di baciarti, Cloe Monteri» soffia sulle mie labbra. «Ho voglia di baciarti in ogni istante da quando ti conosco» respira affannosamente. «Sei una droga, non riesco a starti lontano, non riesco a non pensare alle tue labbra...» Mi accarezza le labbra con la punta del pollice. «Solo un bacio» ripete sottovoce, sorridendo.

So benissimo a cosa sta alludendo.

Non faccio neanche in tempo a formulare una risposta che mi afferra dolcemente i capelli, tirandomi a sé.

Le nostre bocche si incastrano, mi morde leggermente il labbro inferiore per poi cercare avidamente la mia lingua.

La testa mi gira vorticosamente, quando mi sposta per farmi mettere a cavalcioni su di lui.

Mi accarezza dolcemente la schiena, spostando l'orlo della maglietta.

Allaccio le mani dietro la sua nuca, assecondando ogni suo bacio.

Ho lo stomaco aggrovigliato, i brividi sulla schiena.

Dio, quanto mi piace baciarlo.

«Vieni da me stanotte?» mi chiede senza smettere di baciarmi.

Le sue mani si spostano sul mio volto.

Apro gli occhi lentamente.

«Te l'ho detto, Gio... non voglio correre...»

«A dormire» precisa come se fosse scontato. «Ti va di dormire con me?» mi chiede senza smettere di sorridere, probabilmente per la mia testardaggine.

Vedo già l'ologramma di mia mamma che scuote la testa disapprovando totalmente.

Sospiro sorridendo.

Regola numero uno: fare esattamente il contrario di ciò che dice tua madre quando si tratta di queste cose.

«Okay» dico semplicemente.

«Okay?» ripete Gio sorridendo. «Ti ho convinta così facilmente?» corruga la fronte divertito.

Gli tiro un leggero pugno sul petto, alzandomi in piedi a fatica.

«Sì, ma...» Lascio volutamente la frase in sospeso, puntandogli un dito contro.

«Io rispetto sempre le promesse. A meno che tu...» dice tirandosi in piedi e sovrastandomi con la sua altezza, «... non cambi idea all'improvviso» conclude malizioso.

«Non succederà!» dico, incrociando le braccia sul petto.

«Io non ne sarei così convinta.» Mi afferra il volto con una mano, catturandomi le labbra tra le sue.

Ho già detto che non mi abituerò mai a questo, vero?

Sento le ginocchia cedermi.

«Gue potrebbe essere in casa.» Gio mi fa segno di parlare a bassa voce.

La serratura della porta scatta, entriamo silenziosamente.

Gio richiude la porta dietro di sé.

Io sblocco il telefono per fare un po' di luce.

Sono le 2.30.

Apro le chat e mando velocemente un messaggio a Lara: *Dormo fuori, coprimi con la zia, domani ti spiego...*

E una è fatta…

Nel frattempo seguo Gio, su per le scale a chiocciola.

Apro intanto anche i messaggi di mamma. Le scrivo come al solito che sto bene e che sono viva.

Più viva di così… borbotto sorridendo come una stupida e alzando gli occhi su Gio che sta salendo le scale di fronte a me.

Certo che, anche visto da dietro, è un bello spettacolo!

Cloe, smettila. Sei qui per dormire!

Okay, la finisco. Però ha un bel sedere…

In effetti…

LUCY, vergognati!

«Gio, sei tu?» Sobbalzo sul posto, sentendo la voce di Gue assonata provenire dalla cima delle scale.

Gio si blocca su un gradino, girandosi verso di me per farmi segno di stare in silenzio.

«Sì, Gue, sono io. Dormi» dice in fretta.

«Non sei solo, vero?» chiede di nuovo con la sua solita vocina starnazzante.

«Sì, sono solo. Ora vai a dormire!»

Sorrido leggermente.

«Be', era ora che ti portassi qualcuna a casa. Non scopi da una vita!» dice tranquillamente.

Mi copro la bocca con entrambe le mani per non scoppiare a ridere.

Sentiamo Gue chiudere la porta della sua camera e Gio ricomincia a salire le scale.

«Ah, quindi non scopi da una vita?» dico sottovoce dietro di lui per sfotterlo.

Non mi risponde.

«Cavolo, Gio… Il donnaiolo più famoso della riviera che non…» continuo divertita prendendolo palesemente in giro.

«Cloe, se non la smetti subito…» Mi inchioda alla parete, le mani ai lati del muro.

«Cosa mi fai? Sentiamo…» stringo le labbra sorridendo.

Un sorriso compiaciuto gli si piazza sul volto, non appena sussulto al tocco delle sue mani che si posano sui miei fianchi.

«Ci metto un secondo a farti rimangiare tutto quello che hai detto» parla sottovoce, ma l'intensità del suo tono è inequivocabile.

Deglutisco, annaspando non appena le sue mani si spostano più su, alzandomi di poco la maglia, accarezzandomi la pelle nuda.

«Perché vedo come il tuo corpo reagisce alle mie mani, la tua pelle trema» mi sussurra all'orecchio.

Il suo fiato sul collo, le sue mani sulla mia vita… Respiro faticosamente per le sue parole così sfacciate e dirette.

D'un tratto si stacca da me.

Sento l'adrenalina abbandonare tutto il mio corpo.

Gio ha uno sguardo aperto, sfacciato. Sembra stia lottando contro se stesso per mantenere la sua promessa.

Lo seguo senza fiatare lungo il corridoio stretto, con mille pensieri in testa e il cuore in subbuglio.

Raggiungiamo una camera e lui si ferma per farmi entrare.

«Grazie» dico cercando di dissimulare l'imbarazzo.

Mi sorride, entrando e chiudendo la porta alle sue spalle.

Rimaniamo fermi a guardarci alla luce della luna.

E chiunque ora si aspetterebbe che il bel ragazzo focoso baci la timida ragazza con passione, per poi farci l'amore tutta la notte, non rispettando la promessa fatta.

Be', mi dispiace deludervi, ma non è andata così… altrimenti non staremmo parlando di Gio perché di una cosa sono certa: lui rispetta sempre le promesse.

Accende la luce senza smettere di guardarmi.

Stringo gli occhi.

«Dormiamo qui. Camera mia è troppo piccola» dice facendo cenno verso il letto matrimoniale al centro della stanza.

I mobili sono vecchi, in legno. Parquet a terra.

Le pareti tappezzate come il corridoio di un verde scuro.

Le lenzuola a fiori.

«Di chi è questa stanza?» Sfioro le lenzuola morbide.

Lui si tira indietro i capelli, poggiando su un mobiletto le chiavi e il portafoglio.

«Di mia nonna.»

Cosa?

«In che senso di tua nonna?» chiedo, strabuzzando gli occhi.

«Mia nonna dorme qui quando viene al mare» mi spiega, guardandosi attorno come per cercare qualcosa.

«Io non dormo nel letto di tua nonna!» ribatto in fretta.

Lui si ferma, sorridendomi malizioso.

«Come vuoi» dice alzando leggermente le spalle. «Ma non ci sono altri letti e, a meno che tu non voglia dormire per terra...» continua piazzandosi di fronte a me e infilandosi le mani nelle tasche.

Ah, fa anche lo spiritoso?

«Okay» dico tranquillamente, incrociando le braccia sul petto.

«Okay, cosa?» Lui è sempre più divertito.

«Dormo per terra» rispondo, puntando le mani sui miei fianchi.

Lui apre e chiude la bocca un paio di volte sorridendo.

«Non dire scemenze» ribatte, scuotendo la testa e iniziando a sbottonarsi lentamente la camicia.

Mi copro istintivamente gli occhi.

Ma che diamine sta facendo?

«Puoi guardare, eh!» dice ridendo, sfilandosi del tutto la camicia per poi lanciarmela tra le mani.

Il suo profumo mi invade.

Divento paonazza.

Sposto il peso da una gamba all'altra senza dire una parola, con lo sguardo rivolto a terra.

«Puoi indossare quella per stare più comoda... Dormire con i jeans non credo sia il massimo» dice lanciando un'occhiata alle mie gambe.

«No, grazie, sono a posto così!» ribatto imbarazzata, posando la camicia sul letto.

Lui studia ogni mio movimento.

«Fai sempre il contrario di ciò che ti viene detto, non è vero?» Alza un sopracciglio sorridendo.

«Più o meno» sorrido di rimando, mordendomi il labbro.

«D'accordo» sospira, spostando lo sguardo da me al letto.

Afferra il copriletto e i cuscini e li posa a terra.

«Che cavolo fai?» Rimango impietrita a guardarlo, sempre più confusa.

«Hai detto che non dormi su questo letto, giusto?» Tira via anche le lenzuola in un secondo.

«Sì, e allora?» Non capisco cosa diavolo gli sia saltato in mente.

«Allora dormiremo per terra» dice semplicemente, posando i suoi occhi neri roventi su di me.

È pazzo. Non ci sono altre spiegazioni.
Non rispondo. Sorrido e basta.
Mi lascio scorrere la zip della felpa verso il basso.
«Puoi...» inizio la frase, lasciandola in sospeso.
«Mi giro» conclude lui mezzo ridendo.
Mi tiro via la felpa per poi levarmi anche la maglia non appena Gio si gira di spalle.
«Non volevi dormire vestita?» mi chiede, rimanendo girato verso la parete opposta della camera.
Il suo tono è divertito.
«Ho cambiato idea» affermo, slacciandomi i jeans per poi sfilarmeli dalle gambe.
«Sei sempre stata così?» continua lui.
«Così come?» Mi infilo la sua camicia in fretta, abbottonandola per bene.
«... Testarda» conclude iniziando ad armeggiare con la cintura dei suoi pantaloni.
«No» dico senza rifletterci molto su.
Lui rimane in silenzio qualche secondo.
«Cos'è successo a tua sorella?» mi domanda, girandosi verso di me.
Ghiaccio freddo sulla pelle. Ecco cosa sento quando parlo di Amy.
«Era malata» farfuglio, iniziando a piegare maniacalmente le mie cose sul letto.
Parlare di lei mi agita.
Sento che mi osserva.
Non mi chiede altro e dentro di me lo ringrazio di aver deciso di abbandonare l'argomento.
Prende uno dei cuscini sul pavimento e lo sistema su un lato.
Mi avvicino a lui.
Sorrido vedendo come si sta impegnando per creare un giaciglio decente.
Non posso credere che abbia sul serio deciso di dormire sul pavimento.
«Sei capace di fare un letto?» gli chiedo all'improvviso, sorridendo.
Prendo il mio cuscino e lo posiziono accanto al suo.
«Altra domanda?» ribatte ridendo.

«Perché prima hai detto che non vai bene per me?» sgancio la bomba, poggiando la testa sul cuscino morbido.

Serra le labbra, posizionandosi accanto a me.

«Perché non sono il ragazzo che tu immagini.»

«Che ne sai di come ti immagino...»

«Cosa ti immagini di me, Cloe?»

Be', questa è facile.

«Che sei uno stronzo.»

Ride.

«Vero» conferma.

«Poi?» mi chiede, girandosi verso di me.

«Che baci bene.»

Mi copro istintivamente le labbra.

Ma che cazzo dico? I miei neuroni si stanno lanciando dal diciannovesimo piano, non c'è altra spiegazione.

«Uno stronzo che bacia bene, poteva andare peggio.» Non la smette di ridere.

Stringo gli occhi. Dio, che figuraccia.

«Mi piace, tutto sommato» continua, tornando a guardare il soffitto.

«Tu che pensi di me, invece?» gli chiedo d'un tratto, nel disperato tentativo di spostare l'attenzione dalle mie parole.

Lo sento respirare profondamente.

«Troppe cose» risponde dopo un po', come se ci avesse pensato su per tanto tempo.

«Dimmene una» insisto come una bambina, voltandomi verso di lui.

Gio si gira verso di me per guardarmi.

«Che sei bella.» Le sue labbra si muovono spontaneamente.

Arrossisco. Per fortuna è buio.

«Che sei bella sempre... Anche quando ti arrabbi, anche quando piangi o quando reciti la parte di quella a cui non importa niente di nessuno.»

Le sue parole mi disarmano, colpendo dritte nel segno.

Mi schiarisco la voce, slegandomi a fatica dai suoi occhi magnetici.

Tiro su le lenzuola, coprendomi le gambe nude.

«Anche tu reciti la parte di quello a cui non importa niente di nessuno?» gli chiedo di getto, sperando di capire qualcosa di più.

«Forse.»
«Perché lo fai?»
«Per lo stesso motivo per cui lo fai anche tu. Cerco di proteggermi. A volte la vita ti fa male; così male che, per paura di scottarti ancora, cerchi di far finta di essere qualcun altro. Se non ti apri, non puoi soffrire.» La verità di ciò che mi dice mi spiazza.
È come se sapesse anche lui come ci si sente persi in questa vita, senza avere alcuna scialuppa di salvataggio.
È come se capissi il suo dolore, perché entrambi forse ci viviamo immersi da tanto, troppo tempo: siamo entrambi costretti a non essere noi stessi, per paura che la vita si ostini a procurarci altra sofferenza.
Non gli rispondo.
Mi avvicino a lui e lo sento sussultare non appena circondo il suo petto, abbracciandolo.
Esita qualche secondo, per poi stringermi forte a lui.
Lo so, Gio, come ti senti. Mi sento esattamente allo stesso modo anche io.
Ogni giorno. Ogni ora. Ogni secondo.
E resterei qui stretta a te tutto il tempo per farti sentire che non sei solo.
Se me lo permetterai, rimarrò qui, cullata dalle tue braccia forti e dal tuo respiro che mi sposta i capelli.
Resto qui con te.
Dandoti il mio cuore, mentre ascolto i battiti del tuo.

CAPITOLO 48

Morbido.

Sprofondo la testa nel cuscino e mi volto per non essere accecata dalla luce.

Allungo un braccio e cerco Gio a tastoni.

Nulla.

Apro faticosamente gli occhi.

La finestra è spalancata e il sole entra nella stanza, colpendomi in pieno volto.

L'aria profuma d'estate.

Sprofondo di nuovo nel cuscino.

Ma dove diamine è finito…

Mi rotolo nelle lenzuola profumate. Sanno di lui.

Sorrido.

Mi sento stupida. Ma una stupida felice.

D'un tratto un pensiero: che ore sono?

Mi alzo di scatto.

Un foglietto di carta scivola fuori dalle lenzuola, giù fino ai miei piedi.

Sono uscito all'alba, dovevo sbrigare alcune cose.

Ti chiederei di restare, ma so già che farai il contrario di ciò che ti dico.

Ti aspetto in spiaggia.

Ah… sei bella anche quando dormi.

Sospiro, portandomi il foglietto alle labbra.

Abbiamo parlato per ore. Chiudo gli occhi. Sento ancora le

sue dita tra i miei capelli, le sue braccia intorno a me, i suoi baci che sembrano far tremare la terra.

Mi alzo in fretta, facendo scorrere le mani sulla camicia di Gio, per poi toglierla e posarla sul letto.

Se non la smetto di pensare a lui, resterò qui fino a domattina.

Recupero la mia maglietta e mi infilo i jeans di ieri sera.

Metto il biglietto in tasca e mi fiondo verso la porta.

Il mio telefono è talmente scarico che non si accende nemmeno.

Mi dispiace lasciare tutto in disordine ma non ho molte alternative: già così zia Anna mi ucciderà.

Attraverso il corridoio e scendo le scale a chiocciola cercando di fare meno rumore possibile nonostante i gradini scricchiolanti.

Ci manca solo che Gue si svegli...

«Gio!» qualcuno grida dal salotto.

Mi appiccico alla parete.

Ci mancava quello svitato di Lollo.

«Gio, ci sei?» grida ancora.

Vuoi stare zitto, razza di pappagallo?

Al terzo richiamo decido di scendere.

Se continuerà a urlare in questo modo sveglierà quell'oca di Guendalina, il che sarebbe un guaio decisamente peggiore.

«Lollo!» esclamo, scendendo gli ultimi scalini con un sorriso a trentadue denti.

«Che bello vederti!» aggiungo.

«Cloe?» La sua espressione è impagabile; non credevo che un essere umano potesse spalancare così tanto la bocca!

«Sì, sono proprio io! Incredibile, vero?» rispondo con una risatina isterica.

E ora, cosa mi invento?

«Cosa...» inizia lui.

«... ci faccio qui?» concludo io. «Ecco, stavo per farti proprio questa domanda anche io effettivamente» continuo non sapendo bene che pesci pigliare.

Questa casa è un porto di mare, lo sapevo che dovevo prepararmi qualcosa da dire.

«Ah...» Lollo ha perso le parole e continua a non capire il motivo della mia presenza in quella casa.

«Be', io sono qui per... i pancake!» dico sparando una cosa a caso e dirigendomi in cucina.

«Pancake?» ripete lui. Santo cielo, questo ragazzo sembra davvero un pappagallo.

«Sì, vedi, sono venuta per chiedere a Gue la ricetta. Oggi volevo fare una sorpresa a Lara e prepararle degli ottimi...» esito un attimo, incredula del mio stesso discorso.

«Pancake» conclude lui con una espressione totalmente persa.

Una cavolata più stupida non potevo inventarmela: Gue che sa cucinare e io che faccio una sorpresa a Lara.

Se solo Lollo fosse un pochino più presente a se stesso e alla realtà, mi riderebbe in faccia.

«Però Gue sta ancora dormendo... Quindi penso proprio che rimanderò la sorpresa a un'altra volta» concludo con una scrollata di spalle.

Indietreggio verso la cucina, senza smettergli di sorridergli.

Raggiungo il piccolo corridoio, lo saluto con la mano, per poi scomparire alla velocità della luce.

Okay, primo ostacolo superato!

Pronta per il prossimo round.

Resto impalata davanti a casa di Lara.

Le finestre sono aperte, vedo Pisco lavorare in giardino.

Sono già tutti operativi.

Spero tanto che nessuno si sia accorto della mia assenza.

Salgo gli scalini della veranda e faccio scattare la maniglia della porta.

Solitamente è aperta.

Ma ovviamente ora è chiusa.

La fortuna è sempre dalla mia parte, a quanto vedo.

Sbuffo e suono il campanello che è discreto quanto una sirena antincendio.

Dopo dieci secondi netti la porta si spalanca.

Zia Anna mi si para davanti in un tripudio di bigodini e fiorellini.

«Cloe, sei già qui?» mi chiede confusa, facendomi entrare.

In che senso?

Forse voleva dire: è questa l'ora di rientrare?

Dopotutto è risaputa la difficoltà di zia Anna con il linguaggio: ci ha messo vent'anni per imparare il mio nome e ancora ogni tanto si confonde.

Il suo sguardo si posa sulle mie gambe.
Alza le sopracciglia, aggrottandole confusa.
Seguo il suo sguardo sulle mie gambe: devo forse depilarmi?
«Perché hai i jeans?» indica i miei pantaloni, ancora più stranita.
Oddio, sono vietati e non ne sapevo nulla?
Forse oggi è la giornata "no jeans"?
Guardo mia zia più confusa di lei.
«Cloe!» Lara scende nervosa dalle scale, guardandomi di sbieco.
Zia Anna non smette di fissarmi.
Qualcuno può spiegarmi questa assurda situazione?
«Com'è andata la corsa?» chiede Lara, assottigliando gli occhi.
«La corsa?» ripeto io scioccata.
«Sì, la corsa» replica lei scandendo le parole lettera per lettera.
«Oh, una meraviglia!» esclamo d'un tratto, reggendo il suo gioco, qualunque esso sia.
Zia Anna ci osserva entrambe, allibita.
Arriccia le labbra e posa le mani sui fianchi.
«Sicura di essere andata a correre, Cloe?» si insospettisce lei.
Annuisco velocemente, deglutendo nervosamente. Ci manca solo che mia zia scopra tutto.
«E da quando si va a correre con i jeans??» aggrotta la fronte, pronta per l'interrogatorio del secolo.
«Be', da un po'!» dico agitata, muovendomi a scatti sul posto.
«Si tratta di una nuova tendenza: bisogna andare a correre, dormire o anche mangiare con i jeans: uno studio irlandese ha confermato che i jeans hanno un ottimo effetto contenitore... Cioè, aiutano a eliminare la cellulite in eccesso, se usati in ogni tipo di attività durante la giornata» mi invento dal nulla.
«Sì, è verissimo, mamma, infatti dovrei iniziare anche io a usare solo jeans» mi supporta Lara, annuendo con insistenza.
Zia Anna ci guarda sbalordita.
Si pulisce le mani sul grembiulino a fiori.
«E dici che funziona questa cosa?» mi chiede d'un tratto, altamente interessata.
Sorrido leggermente, trattenendomi dallo scoppiare a ridere.
Vedo Lara far finta di starnutire per coprirsi il volto con le mani ed evitare di ridere davanti a zia Anna.

«Sì, zia, assolutamente!» ribatto seria, sperando se la beva.
Mia zia sembra pensarci su.
Aggrotta le sopracciglia, le distende e le aggrotta nuovamente.
Distoglie poi lo sguardo da noi e gira su se stessa, tornando in cucina.
Non fa alcun commento e si chiude la porta alle spalle.
Chissà cosa le è preso!
Non appena la porta si chiude, io e Lara scoppiamo a ridere.
«Scusa, Cloe, l'unico modo per coprirti era dire che eri andata a correre molto presto stamattina. Non mi è venuto in mente altro!» mi dice lei iniziando a salire le scale.
La seguo.
«Grande, Lara, mi hai salvato» ribatto stropicciandomi il viso.
«Ma dov'eri? Ho provato a chiamarti stamattina, quando ho letto il tuo messaggio di ieri sera, ma c'era la segreteria...»
«Sì, ho il telefono morto» le spiego, tirando fuori dalle tasche il cellulare insieme al foglietto di Gio.
Rileggo velocemente ciò che mi ha scritto e il solito sfarfallio si fa sentire all'altezza dello stomaco.
«Lara, andiamo in spiaggia?» le chiedo d'un tratto.
Lei si blocca sulle scale, girandosi esterrefatta verso di me.
«Cosa mi hai appena chiesto?» apre e chiude la bocca sbalordita.
«Di andare in spiaggia» sorrido, facendole l'occhiolino per poi imboccare anche io le scale e superarla.
«Sicura di sentirti bene?» mi chiede mia cugina.
«Direi di sì!» confermo senza smettere di ridere.
«Ahhh, ora mi è chiaro!» esclama lei d'un tratto. «Stanotte te la sei spassata, non è vero?» dice maliziosamente, seguendomi in camera.
«Ma di che diavolo parli?» faccio finta di non capire, iniziando a sistemare il disastro di camera mia.
«Dai su, vuota il sacco!»
«Non c'è nessun sacco, Lara!» ribatto, aprendo le ante dell'armadio.
«Oh, sì che c'è. E anche bello grosso... Tu sei andata a letto con Gio, vero?» mi chiede, sgranando gli occhi euforica.
«Sei fuori strada...» ribatto arrossendo come un'educanda.
Il problema è che al solo sentire il suo nome mi sudano le mani.

Forse dovrei andare da un medico.
«Io invece credo proprio di averci preso!» dice alzandosi dal letto per avvicinarsi a me.
«E come è stato?» mi sussurra all'orecchio, facendomi sobbalzare.
«Lara, la vuoi finire?» dico scocciata, mostrandomi indaffarata nel raccogliere altri vestiti sparsi in giro.
«Mai» dice lei continuando a seguirmi.
Torna a sedersi sul mio letto, incrociando le braccia sul petto.
«Cavolo, sei sul serio andata a letto con Gio...» pensa a voce alta.
Divento rossa per l'imbarazzo.
Diamine, non ci sono nemmeno andata a letto! Perché mi imbarazzo in questo modo?!
Lara rimane in camera mia per una buona mezz'ora, seguendomi come un segugio e torturandomi con le sue domande impertinenti, finché non finisco di sistemare la mia camera.
Per fortuna non è riuscita a estorcermi nulla: anche se in fondo tra me e Gio non è successo niente di trascendentale, preferisco tenermi tutto per me... almeno per ora.
Quando Lara finalmente esce dalla mia camera, mi butto sul letto esausta.
Quella ragazza ha proprio gli stessi geni di zia Anna e di mia madre.
Mia madre!
Mi fiondo verso il comodino a lato del letto. Metto il telefono sotto carica e lo accendo: lo sapevo, ci sono almeno millemila messaggi.
Scorro le chat. Noto le chiamate e i tanti messaggi non letti di Riccardo.
Devo risolvere al più presto questa situazione.
Apro la sua chat e gli mando un messaggio.
Le dita mi corrono sulla tastiera veloci e ancora prima di riflettere.
Premo invio.
E sospiro.
Prendo il primo costume che trovo nell'armadio e corro in bagno a cambiarmi.

Improvvisamente ho voglia di spiaggia.
Ho tanta voglia di spiaggia.

Mi sto sciogliendo come un ghiacciolo: il sole è a picco e la mia ansia pure.

Io e Lara siamo sulla passerella del Long Beach. Direzione campo da pallavolo.

Sento l'agitazione in corpo salire a ogni passo.

L'idea di rivederlo, di sentire i suoi occhi neri su di me, mi manda fuori di testa.

Prendo dalla borsa un paio di occhiali da sole.

Brava, almeno copriti quegli occhi a cuoricino!

Non ho gli occhi a cuoricino! Sono solo… un po' agitata. Ecco.

«Ehi, ragazze, era ora!» grida Tommi, posizionato a fondo campo pronto a battere.

«Ehi, Minù!» starnazza Lara.

Minù? Cos'è? Un gattino?

Trattengo una risata. Un gattino barbuto.

Il sorriso mi si spegne all'istante quando noto Gio sotto rete.

È girato di tre quarti verso di noi.

Occhiali da sole neri come i suoi capelli.

Petto nudo e pantaloncini neri calati sui fianchi.

Mi guarda.

E io sto per svenire.

«Giocate anche voi?» ci chiede Paolo dall'altro campo.

«Sì, ora entriamo!» urla Lara, correndo prima a sbaciucchiare Tommi.

Io non dico una parola, sono troppo imbambolata…

«Vero, Cloe?» mi urla Lara nelle orecchie sventolandomi una mano davanti al viso.

Sbatto le palpebre una decina di volte, prima di riprendermi del tutto.

Gio sta ridendo.

«Sì, sì, ovviamente!» dico in fretta.

Lara si ferma esterrefatta al centro del campo, girandosi verso di me.

Tutti gli altri fanno lo stesso.

Persino Guendalina smette di starnazzare e si volta.

Solo adesso mi rendo conto di aver appena accettato con gioia di giocare.

Entusiasta di giocare a pallavolo: sono scandalizzata da me stessa.

«Che c'è? Oggi ho voglia...» Poso la borsa a terra, sfilandomi il copricostume.

Sento gli occhi di Gio attraversarmi ogni centimetro di pelle.

«Di giocare» preciso.

Mi mordo le labbra nervosa, mettendomi al centro del campo.

«Cloe, tu vai sotto rete con Gio!» mi ordina Lara, posizionandosi dietro di me.

«Non ci penso proprio» rispondo spontaneamente.

Divento istantaneamente rossa quando mi rendo conto di non averlo solo pensato.

Lara mi guarda con un sorrisetto divertito come anche Gio.

«Cioè, volevo dire, non penso che vogliate perdere al primo set» balbetto, sperando di salvarmi in corner.

«Sapete che faccio sempre cadere la palle a terra» concludo nervosa.

Gli altri ridono.

Ma perché ogni cosa che dico viene fraintesa, oggi?

«Quelle che non prendi tu le prendo io, tranquilla.» La voce di Gio.

Mi giro verso di lui.

Sta sotto rete, girato verso di noi.

La sua pelle leggermente abbronzata sta maledettamente bene con il nero che indossa.

«Okay» rispondo visibilmente imbarazzata, avvicinandomi alla rete.

Mi piazzo sulla sinistra di Gio. Sento il suo profumo fino a qui.

La partita inizia.

Tommi batte e la palla raggiunge l'altro campo.

Neanche tre secondi e la palla ripiomba dalla nostra parte.

Lara si abbassa per prenderla e la passa a Gio.

E lui cosa fa?

Al posto di lanciarla dall'altra parte, alzando semplicemente una mano, decide di fare la cosa più sbagliata che esista: passarla a me.

Presa alla sprovvista, mi agito come una gallina dalla testa mozzata e, con dei riflessi da bradipo ubriaco, riesco a rilanciare la palla nella metà campo avversaria.

Non posso credere ai miei occhi quando la palla cade a terra: probabilmente nessuno si sarebbe aspettato che Gio l'avrebbe passata a me, né tantomeno che io sarei riuscita a prenderla e a fare punto.

Tutta la mia squadra mi circonda, facendomi festa.

«Ero convinto non l'avresti presa» dice Gio ridendo.

«Grazie tante per la fiducia» ribatto.

Tutti tornano ai loro posti, dopo avermi acclamata come fossi il nuovo Bernardi della pallavolo. Mi concentro poi sulla palla che vola in aria.

Avrò sicuramente un problema fisiologico con i giochi di squadra.

Mi mancherà qualche senso: carenza assoluta di propriocezione. Direi di sì.

«Invece sei brava, chi l'avrebbe mai detto...» continua Gio, girato di spalle alla rete.

«Io no di certo. E nemmeno la palla, scommetto...» rispondo in fretta, non appena vedo Tommi ricominciare la partita, battendo da fondo campo.

Sento Gio ridere di gusto.

La palla vola in alto e raggiunge il campo opposto.

«Stamattina sei scappata via» continua a parlarmi Gio, mentre osserva i movimenti della palla nell'altro campo.

«Non avevo scelta, mia zia avrebbe chiamato mia madre.»

La palla arriva nel nostro campo.

«E mia madre avrebbe chiamato l'esercito» concludo ironica, lanciando uno sguardo a Gio.

Lui ride ancora.

Giochiamo, ridiamo e parliamo allo stesso tempo.

«Tieniti pronta che ora te la passo» esclama d'un tratto lui, avanzando verso centro campo.

«Mi passi cos...?» Non faccio in tempo a finire la frase che mi ritrovo la palla tra le mani.

Con uno sforzo immane, cerco di lanciarla dall'altra parte, ma la rete fa da scudo e la palla cade rovinosamente nella sabbia.

La guardo sconfitta.

Stupida palla.
Dio mio, ma perché faccio così schifo?

Ma non eri il nuovo Bernardi?
Già. Ero.

«Cloe...» Lara mi guarda delusa.
«Be', due erano davvero troppe. Già è un miracolo che l'abbia presa una volta» dico, cercando di mostrarmi altamente soddisfatta delle mie capacità pallavolistiche.
Gio mi fa rimbalzare la palla sulla testa.
Ehi!
«Sei proprio una schiappa» mi sussurra.
Il suo sorriso mi stranisce.
Il suo respiro sul collo mi ha azzerato il cervello e la salivazione.
Non riesco a elaborare alcuna risposta sensata. Ho solo un sorriso da ebete stampato in faccia.
La partita ricomincia, ma la mia mente vola altrove.
Osservo Gio mentre gioca. I muscoli delle sue braccia definiti. Il suo sguardo da finto duro.
Il sorriso che compare sul suo volto non appena mi guarda.
E un pensiero mi attraversa la mente e il cuore: Gio è lo stesso di ieri sera.
Oggi non è cambiato. È ancora lo stesso, con me.
Niente battute scortesi. Nessun comportamento sgarbato.
Cioè, intendiamoci, è sempre stronzo, con quel suo solito odioso modo di fare. Però oggi è uno stronzo dolce.
E bellissimo, aggiungerei.
Sorrido.
Bravo, Gio: hai finalmente risolto il tuo bipolarismo, e ora potresti aiutarmi a risolvere il problema cardiaco che affligge il mio cuore quando mi guardi?
Temo sia senza rimedio.

CAPITOLO 49

L'acqua ghiacciata mi scorre sui polsi.

Questo caldo, unito alla presenza di Gio, mi sta riducendo a uno straccio.

Mi osservo nello specchietto insabbiato di fronte.

Sembro una rapa, con questi capelli.

Mi rifaccio la coda ed esco dal bagno.

Attraverso il piccolo passaggio ombroso dietro il bar che conduce ai tavoli.

Dopo una decina di partite, gli altri hanno fortunatamente deciso di andare a mangiare qualcosa, dandosi ai giochi da tavolo.

Io me la sono data a gambe per due ragioni principali: non so giocare nemmeno ai giochi da tavolo e non riuscivo più a contenere la voglia di baciare Gio.

Credetemi, a un certo punto ho dovuto abbracciare Elvis per placarmi.

Poi, con la scusa della pipì, mi sono rifugiata in bagno e sono rimasta chiusa dentro quel sudiciume per una buona mezz'ora.

Mi avranno data tutti per dispersa.

Inventerò una dissenteria improvvisa o qualcosa del genere.

E in tutto ciò non ho neppure mangiato.

Dicono che saltare i pasti non faccia…

«Ehi!»

Mi ritrovo addossata alla parete in legno del bar con Gio a un centimetro dal mio viso.

«Trovata» mi soffia sulle labbra, facendomi impazzire il cuore.

Le sue mani sulle mie braccia mi paralizzano e io contemplo

senza dire una parola le sue pupille nere. Sembrano più grandi del solito.

«Stai forse cercando di scappare da me, Cloe?» continua lui.

Assottiglio gli occhi.

Scappare da te? Ti salterebbe addosso come una piovra infoiata!

Utile, Lucy. Grazie.

«Stamattina te ne sei andata da casa mia prima che tornassi. Poco fa hai abbracciato Elvo pur di non avvicinarti a me e ora sei stata mezz'ora in bagno solo per fare pipì.» Un sorriso divertito incurva le sue labbra bellissime. «A casa mia questo significa palesemente scappare» il suo viso è troppo vicino al mio.

Sento caldo.

Si aspetta che io risponda qualcosa, ovviamente.

Ma qualcuno deve cortesemente spiegarmi come posso rispondergli qualcosa di sensato se mi sta così vicino.

«Non ho fatto solo la pipì...»

Evviva: un punto per le figuracce di Cloe!

Qualcuno mi sotterri.

Gio ride.

«Ti infili nelle situazioni imbarazzanti da sola, sei incredibile.»

Incredibile? Direi scema, più che altro.

Grazie, Lucy, per accrescere sempre la mia autostima!

«Sì, ecco, credo che a volte non mi funzioni tanto bene il cervello...» sussurro.

«Tipo ora?» si avvicina di più alle mie labbra.

«Tipo...» confermo.

Gio non ci pensa due volte e cattura le mie labbra tra le sue.

E io non oppongo alcuna resistenza, anche perché non ne sarei capace.

Lascio che mi torturi le labbra e il cuore come meglio crede, dichiarandomi del tutto sconfitta dall'amore.

Mi lascio andare, inseguendo i suoi baci, assecondando le sue mani sul mio corpo: mi sfiora i fianchi, salendo verso la mia vita e mi attira ancora di più a sé.

Mi sciolgo nelle sue braccia.

Non credo di averne mai abbastanza.

«Quanto avevo voglia di baciarti.» Il suo è un gemito sommesso, una frase sussurrata a fior di labbra, che mi fa tremare.

E ci baciamo, famelici l'uno dell'altra, lì nascosti nell'ombra e dal mondo.

Ci nascondiamo, da noi stessi e dagli altri.

E lui sa farlo alla perfezione, solo pochi frammenti raccolti qui e lì sembrano concedermi un riflesso abbastanza chiaro di Gio. Ma se dovessi fare una lista delle cose conosciute e sconosciute di lui, le seconde vincerebbero senza fatica.

Il mistero aleggia sulla sua vita, le sue abitudini, la sua nomea, le sue passioni. Per non parlare del suo passato, l'unica cosa che so è che i suoi hanno divorziato. Ma che scuola fa o ha fatto? Gli piace leggere a quanto ho intuito. Ma cosa? La sua età?

Fermi tutti, quanti anni ha Gio?

Eppure, non riesco a concentrarmi su queste domande. È come stare sulle montagne russe. Ecco come posso descrivere i suoi baci.

Gio è una montagna russa continua.

Salita e discesa. E ora sono decisamente in picchiata.

Sorrido sulle sue labbra.

«Non credo di sentirmi molto bene...» biascico tra un bacio e l'altro.

Sbianco, non appena mi rendo conto di aver pensato ad alta voce.

Lui si stacca leggermente da me, prendendomi il volto tra le mani.

Apro lentamente gli occhi.

La mia vita è una continua fonte di imbarazzo.

«Cos'hai?» mi chiede studiando il mio volto con un'espressione preoccupata.

Mah, nulla, sta solo morendo qui per arresto cardiaco con conseguente assenza di circolazione del flusso sanguigno.

«Nulla, è che...»

Lui non smette di guardarmi.

«I tuoi baci mi fanno un effetto strano, ecco...» confesso ridendo.

Okay, l'ho detto davvero.

Sprofondo con la testa nell'incavo del suo collo e tumulo per sempre la mia dignità.

Ma perché non posso essere una ragazza normale che dice cose normali e non fa figuracce ogni tre secondi?

Gio scoppia a ridere, circondandomi la vita con entrambe le braccia.

«Ti faccio uno strano effetto, eh?» ripete lui giusto per rendere il tutto ancora più imbarazzante.

Scrollo i capelli all'indietro con le guance arrossate.

«Sì, ma ora non tirartela» ribatto dandogli un pizzicotto all'altezza dell'ombelico.

«Be', chiunque al mio posto se la tirerebbe, no?» mi guarda serio.

Sta scherzando, vero?

Mi schiarisco la voce.

«Sei proprio un presuntuoso!»

«Non è presunzione, Cloe! È realismo» sorride ancora.

«Ah, ecco, scusami. Allora hai ragione» rido.

«Dai, lo sai che scherzo, esagero sempre apposta.» Le sue labbra che si muovono mi fanno girare la testa.

Gio, non smettere mai di starmi così vicino.

«E poi mi piace darti fastidio» mi sussurra sul volto.

«... Deve essere proprio divertente» pronuncio sottovoce.

Chiudo gli occhi e mi avvicino a lui.

Lo bacio io questa volta.

Gio schiude le labbra, sorridendo per il mio gesto inaspettato e mi cattura tra le sue braccia.

Altra discesa in picchiata.

Presa da una strana forza, gli afferro la maglia, trascinandolo nel retro del bar.

La mia testa non sa cosa sta facendo, ha ceduto il libero arbitrio al mio corpo.

Restiamo con le labbra incollate e le braccia avvinghiate mentre mi appoggio al muro in granito interno al bar.

«Ci manca un uomo, raga!» La palla rimbalza sul cemento delle piastrelle cocenti.

Il cuore mi rimbalza nel petto.

Gio si stacca dalle mie labbra, come se si fosse bruciato. Ma resta legato al mio corpo.

Silenzio. Solo i nostri respiri irregolari.

Fra sta attraversando la passerella accanto al bar lungo il passaggio ombroso. Dietro di lui tutti gli altri in un chiacchiericcio generale.

«Sapete dov'è finito Gio?» chiede d'un tratto qualcuno.

La parete a ringhiera al di là del vetro impedisce dall'interno del bar di vedere con chiarezza chi ci sia fuori.

Sembra che sia la voce di Tommi.

«No, in realtà anche Cloe è sparita. Ora provo a chiamarla.» Questa è Lara.

Afferro il telefono dalla tasca dei pantaloncini di jeans e metto prontamente il silenzioso.

«Cazzo, ci è mancato poco» sussurro ridendo.

«Shh.» Gio mi tappa la bocca con un bacio, sorridendo anche lui.

I ragazzi attraversano tutto il recintato ombroso per poi girare sulla destra verso il campo.

Le voci si fanno più lontane, le risatine di Guendalina anche.

«L'abbiamo scampata per un pelo» sospiro, poggiando la fronte sulla sua spalla.

«Se fossero arrivati due minuti fa ci avrebbero sicuramente scoperti» continuo, pensando a cosa sarebbe successo se Lara mi…

«Non vuoi che gli altri lo sappiano?» mi chiede lui staccandosi leggermente da me, facendo scorrere le mani lungo le mie braccia.

Osservo il suo volto, cercando risposte a domande ancora inespresse.

Mi sta dicendo che…

«Cos'è che ti preoccupa tanto?» dice, interrompendo i miei pensieri.

Mi sistema una ciocca dietro l'orecchio, avvicinandosi a me.

Mi sciolgo.

«Non c'è nulla che mi preoccupa, solo che…»

«Che?» studia il mio sguardo.

«Che dovrei dare delle spiegazioni a Lara e quindi a mia zia, di conseguenza a mia madre. E ancor prima di tutti loro, dovrei parlare…» parlo a raffica, aprendo il cassetto dei dubbi della mia mente.

«Con il tuo ragazzo» termina lui.

«Già…» sospiro. L'ansia dilaga in ogni parte del mio corpo.

Mi sento male per Riccardo, è un pensiero fisso ormai.

«Che tipo è?»

Gio indietreggia di qualche passo, appoggiandosi al tavolino alle sue spalle.

Si mette le mani nelle tasche, in attesa.

Il suo sguardo è inchiodato al mio.

«Decisamente diverso da te» sorrido, alzando un sopracciglio.

«Ed è un bene o un male?» chiede incrociando le braccia.

«Boh.» Alzo le spalle ridendo, avvicinandomi a lui.

«Okay, mi hai già risposto» ribatte sogghignando.

«Sei davvero insopportabile, te l'ho mai detto?» gli chiedo con un'espressione particolarmente ebete.

«Più di una volta.» Prende dalla tasca il pacchetto di sigarette.

Ne sfila una mettendosela tra le labbra.

Gli tolgo dalle labbra quella sigaretta, allontanandomi di qualche passo.

«Cloe…» sospira lui, allungando una mano verso di me.

«Devi smetterla di fumare così tanto» gli dico nascondendo la sigaretta dietro la schiena.

Il mio gesto sembra divertirlo.

«Non ci metterei tanto a riprendermela, sai?»

«No, ma se ti chiedessi di non riprendertela?» mi faccio seria.

Silenzio.

Mi guarda.

Sospira. E mi guarda ancora.

«Sei davvero insopportabile, te l'ho già detto?» sbuffa lui, alzandosi.

Sorrido leggermente.

Non posso credere ai miei occhi: Gio mi ha appena dato ascolto.

Mi correggo: Gio ha appena dato ascolto a qualcun altro che non sia lui stesso.

«Andiamo dagli altri prima che mi riprenda quella sigaretta e inizi a spogliarti.»

Arrossisco all'istante.

La sua schiettezza e sfacciataggine mi lasciano ogni volta senza parole.

Apro e chiudo la bocca come un pesce in apnea.

«Il tuo silenzio mi sta dicendo che dovrei iniziare a spogliarti?»

Un sorriso divertito aleggia sul suo volto.

Il mio stomaco è come preso a pugni dalle sue parole così dirette.

«Cos...» Scuoto la testa confusa.

Qualcuno mi tiri un pizzicotto.

«No!» ribatto poi ridendo e arrossendo come un pomodorino siciliano.

Siciliano?

Sono più rossi quelli siciliani. È una questione di sole.

Mi dirigo a grandi passi verso di lui che non la smette di sorridere e lo sorpasso, avviandomi verso la porta.

«Immaginavo» borbotta prima di seguirmi.

Non dico una parola, stringo gli occhi, passandomi più volte le mani sulle guance bollenti e cammino lungo la passerella verso il campo da basket.

Percepisco il suo sorriso anche se sono girata di spalle.

Sospiro.

Credo che non mi abituerò mai a questo. Non mi abituerò mai a lui.

«Mi vuoi spiegare che diamine ci facevi con Gio? E, cortesemente, smettila di inventare cazzate» mi urla Lara da dietro.

Pedalo più veloce per non sentirla.

«E non dire che vi siete incontrati per caso! Possono crederci quei tontoloni ma, di certo, non la dai a bere a me» mi raggiunge lei, affiancandomi.

«Ah, no?» le rispondo indifferente.

«No, Cloe! E poi ho visto come vi guardate tutto il tempo!» ribatte lei, superagitata.

Stai calma, cugina, di questo passo ti verrà un infarto e di problemi cardiaci, qui, bastano già i miei.

«Gio ha giocato malissimo e si girava continuamente verso la panchina. Chissà per cosa? O, anzi, per chi?» mi chiede.

«Per Elvo, di sicuro!» le rispondo ghignando.

«Per te, senza dubbio» dice Lara continuando il suo monologo, come se stesse mettendo insieme i pezzi di un puzzle, senza starmi minimamente a sentire.

Un'imputata senza possibilità di parola, ecco come mi sento.

«E di sicuro non sono l'unica ad averlo notato...» Mi sembra di poter vedere gli ingranaggi del suo cervello girare ad altissima velocità.

«Lalalala» canticchio, tanto non mi sta a sentire.

«Tipo Fra» conclude lei.

Mi ammutolisco di colpo.

Fra? Di cosa si è accorto?

«Mi spieghi cosa diamine stai facendo? Sei fidanzata... Vengo a sapere da Tommi che l'altra sera eri a casa sua con Fra... E ora Gio!»

Lara, sono consapevole che la mia vita sia un disastro, non occorre che tu me lo ribadisca!

Freno la bici, posandola sul retro del giardino.

«Mi vuoi rispondere?» mi incalza, parcheggiando anche lei la bici.

«Appena saprò cosa dirti, lo farò!» ribatto esasperata, allargando le braccia.

Ed è la maledetta verità. Non so neanche io dare una forma e un senso alla mia vita al momento, come posso pretendere di dare spiegazioni a qualcun altro.

Sospiro pesantemente, salendo gli scalini della veranda.

Sono un disastro non è vero, Lucy?

Forse.

Ho bisogno di una doccia.

Sicuramente.

E di un cardiologo.

Prima di ogni cosa. Devi far smettere al mio cuore di battere in questo modo folle.

CAPITOLO 50

Un passo dopo l'altro.

Un battito a ogni passo.

Un vestito color prugna addosso.

E una cugina rompiscatole a fianco.

Io e Lara stiamo andando verso il cortile.

Lei non la smette di blaterare e fare ipotesi sul presunto matrimonio imminente tra me e Gio.

Io invece non la smetto di essere nervosa: mi sento una quindicenne alla prima cotta.

Continuo a stirarmi con le mani questo orrendo vestito che mi ha costretto a indossare zia Anna, ma questa storia ve la risparmio.

Per ora bastano questo caldo, l'ansia di vedere Gio e la voce fastidiosa di Lara nelle orecchie, come punizione divina.

Per la mia incolumità mentale e quella di tutto il genere umano, raggiungiamo in fretta la strada principale e, grazie al cielo, incontriamo Fra e Tommi lungo la via.

«Minù, mi sei mancato» strilla Lara, abbracciandolo come se non lo vedesse da mesi.

Lui ricambia il suo saluto con un bacio.

Mimo un "che schifo" a Fra infilandomi due dita in bocca. Lui ride scuotendo la testa.

Lara e Tommi si avviano verso il cortile, avvinghiati come due lombrichi.

Io li seguo, affiancandomi a Fra.

Il suo profumo di buono mi investe all'istante.

Sospiro.

Dovrei parlargli, per lo meno con lui devo chiarire la situazione.

«Fra, ti va se parliamo un po'?» accenno con un fil di voce, girando la testa verso di lui.

«Ho già capito, Cloe, non c'è bisogno» dice infilando le mani nelle tasche dei pantaloncini.

Mi rivolge un sorriso sincero e triste.

«Io credo invece di doverti delle spiegazioni» affermo convinta.

«Non mi devi alcuna spiegazione, Cloe.» Continuiamo a camminare dietro gli altri lungo il vialetto.

Lo fermo trattenendolo per un braccio.

«Aspetta solo un minuto.» Lui si blocca, girandosi verso di me. I suoi occhi smeraldo piombano nei miei, malinconici come non mai.

«Fra, il fatto è che tu sei così... così puro» e lo penso sul serio.

«Puro?» chiede arricciando le labbra in un sorriso.

«Scemo» sorrido. «Intendo dire che sei vero e sei buono, lo leggo dai tuoi occhi e lo sento nei tuoi modi ed è per questo che non mi va di prenderti in giro» parlo in fretta. «È per questo che sento di doverti dare delle spiegazioni» continuo.

Queste situazioni non riesco mai a gestirle.

«Io non so cosa tu possa pensare di me, ma quella sera, quando mi hai invitata a cena, penso che forse tu volessi farmi capire che da parte tua, ecco, insomma...»

«Te l'ho già detto, Cloe, non c'è bisogno di dirmelo, ho già capito» ribadisce lui, sorridendomi.

E percepisco che quel sorriso non è poi così vero perché stride con il suo sguardo triste.

«Mi dispiace che non abbia funzionato.» Indico me e lui freneticamente, diventando rossa.

Ho già detto che preferirei trafiggermi gli occhi con degli aghi piuttosto che trovarmi in situazioni del genere?

«Cloe, tu hai scelto lui da sempre e io l'ho sempre saputo, cercavo di non badarci a questa cosa, ma è evidente. Lo è sempre stato» conclude lui, infilandosi le mani nelle tasche.

«E da ciò che ho capito, non approvi la mia scelta, giusto?»

Non so perché cerco conferme in lui. Forse perché lui mi ispira fiducia.

«Non credo di essere nella posizione per darti un consiglio in merito a questa questione, in ogni caso, non credo lo accetteresti» respira profondamente.

«Non è così, mi interessa ciò che pensi» lo interrompo.

«Io penso solo che tu debba cercare le tue risposte da sola. Qualsiasi cosa ti verrà detta non sarà mai vera per te.»

Le sue parole mi spiazzano. L'ansia aumenta.

Cos'è che sa e non vuole dirmi?

Sospiro rumorosamente, rimanendo in silenzio e abbassando lo sguardo.

È vero che molte cose di Gio non mi tornano: lui è così imprevedibile, scostante, misterioso e complicato.

Non so molte cose di lui e questo di certo mi spaventa.

«Ehi...» mi dice Fra riscuotendomi dai miei pensieri.

Alzo lo sguardo verso di lui.

«Vieni qui» mi dice afferrandomi per poi farmi affondare nelle sue braccia.

Resto immobile, sorpresa.

Ha braccia forti, il suo profumo sa di buono, quasi di casa.

«L'unica cosa che voglio è che tu stia bene.» Il mio cuore perde un battito a quelle parole.

Mi lascio andare, ricambiando l'abbraccio.

Sento i suoi jeans contro le mie gambe nude.

«Gio è come un fratello, ci conosciamo da una vita.» Fra mi parla con schiettezza, le sue parole dimostrano il bene che lo lega a Gio.

«Ma se farà il coglione dovrà vedersela con me di certo» ride, cullandomi tra le sue braccia.

La sua risata soffocata fa ridere anche me.

Mi sciolgo imbarazzata dal suo abbraccio.

«Grazie» guardo il suo volto buono.

Ed è un "grazie" pulito e sincero che può leggere anche nei miei occhi.

Lui ricambia il mio sguardo.

«Dai, ora andiamo, altrimenti ci tocca andare a piedi a ballare.»

«Ballare?» ribatto sconvolta, guardando il mio vestito color prugna. Non posso di certo andare a ballare con questa tovaglia! Scherziamo?

«Andiamo a Rimini stasera, non ti ha detto nulla Lara? L'ha

chiamata prima Tommi...» Fra ricomincia a camminare e io lo seguo scioccata.

A Rimini? Io e il mio vestito da tovaglia a Rimini?

Lara mi sentirà.

Svoltiamo sulla sinistra e mentre spiego a Fra il mio problema di vestiario, ci dirigiamo verso il cortile.

«Ma dai, non è poi così male!» ride, indicandomi.

Lo guardo strabuzzando gli occhi.

«Scherzi, vero? Se non fosse stato che mia zia ha insistito non avrei indossato questo orrore nemmeno per pulire casa.»

Lui ride più forte, la sua solita risata contagiosa.

E poi silenzio.

Fra si ammutolisce di colpo.

Io mi fermo di scatto, davanti allo sguardo inquisitorio di Gio.

Il cuore prende a battermi frenetico.

Lui se ne sta al centro del cortile.

Appoggiato al tavolo, le gambe incrociate lunghe di fronte a sé e una sigaretta stretta tra le labbra.

«Era ora» esordisce sputando il fumo dalla bocca, gli occhi ridotti a due fessure.

Prevedo guai.

«Ci siamo fermati un secondo a parlare» spiega tranquillamente Fra, sorpassandomi e aprendo il cancelletto in ferro.

«A parlare...» ripete Gio, con un ghigno sul volto.

Vi prego fermate questa scenata di gelosia ridicola.

Fra si blocca, voltandosi di nuovo verso Gio.

«Qual è il tuo problema?» Gli si avvicina velocemente, le spalle alte e lo sguardo serio.

Io in tutto questo sono paralizzata e disorientata: non so se intervenire o defilarmi in silenzio.

Gio gli butta il fumo in faccia.

«Vattene, Fra.» Il suo sguardo non promette nulla di buono.

«Perché, altrimenti che fai?» Fra apre le braccia.

Oh, no.

Gio butta la sigaretta a terra.

La calpesta con rabbia per spegnerla. Si gira dunque verso Fra incenerendolo con lo sguardo.

Mi sblocco di colpo.

Okay, devo mettere fine a questa pagliacciata.

Entro dal cancelletto in fretta.

«Dobbiamo andare, gli altri ci staranno aspettando!» esordisco, piazzandomi in mezzo a quei due.

Entrambi non mi considerano minimamente, continuando a lanciarsi sguardi di fuoco.

«Ehilà!» alzo il tono di voce, muovendo su e giù la mano davanti alle loro facce.

Niente! Sono improvvisamente diventata invisibile e devo dire che ce ne vuole con questo vestito orrendo addosso...

Vuoi fare qualcosa invece di pensare al tuo schifo di vestito?

Fa tanto schifo, vero?

Cloe!!

Okay.

«Fra, per favore puoi lasciarci soli un secondo?» mi rivolgo al più ragionevole, sperando che almeno lui abbia ancora del buon senso.

Fra si volta verso di me.

Mi guarda e un improvviso senso di inquietudine mi pervade. Con gli occhi mi dice tutto quello che forse a parole non può dirmi: avrei tanto voluto che non lo avesse fatto.

«Hai sentito? Devi andartene.» La voce roca di Gio mi riscuote dai miei pensieri.

Mi giro di scatto verso di lui, ammonendolo con lo sguardo.

Ma perché diamine si comporta così?

Fra è un suo amico.

Lui non dice niente. Sposta lo sguardo su Gio e indietreggia lentamente nel cortile, senza schiodare gli occhi da lui. Sembra volergli saltare addosso da un momento all'altro.

Tiro un sospiro, quando esce dal cortile e si avvia verso la strada.

«Cos'è successo con lui?»

Tossisco imbarazzata, senza voltarmi.

Gio sembra accorgersi del mio disagio e lo sento appoggiarsi nuovamente al tavolo: sembra volermi dire "sto aspettando".

Deglutisco rumorosamente.

«Nulla» dico poi faticosamente. Perché mi fa questo maledetto effetto?

Mi liscio il vestito con le mani sudate.

«Mi vuoi guardare?» Mi afferra il braccio, per farmi voltare.

Inciampo, finendogli addosso.

Le guance avvampano, le ginocchia tremano.

«Vi siete abbracciati?» Il suo respiro sa del suo profumo.

Mi ricompongo scostandomi un po' da lui, rimettendomi in piedi.

Sistemo i capelli dietro le orecchie e nel frattempo mi chiedo se Gio nasconda una sfera di cristallo da qualche parte.

Come fa a sapere sempre tutto?

«Cos'è? Sei geloso?» Non so neppure io come mi sia uscita una frase del genere.

Non faccio in tempo a finire le mie paranoie mentali, che mi ritrovo addossata al tavolo: il suo corpo preme sul mio.

«Sì, sono geloso. Allora, vi siete abbracciati o no?» I suoi occhi studiano le mie guance arrossate, per quella sua piccola confessione.

«E anche se fosse quale sarebbe il problema? Del resto, neanche tu ti sei fatto troppi scrupoli a baciare un'altra ragazza davanti a me!» sputo fuori acida, mettendomi sulla difensiva.

Gli occhi di Fra prima parlavano chiaro e nella mia testa sono ricomparsi tutti i dubbi che ho sempre avuto su di lui.

Di colpo, è come se tutte le certezze che ho raccolto in questi ultimi giorni, crollino improvvisamente: mi sento sospesa, in bilico, sul solito sottile filo della sua imprevedibilità.

Mi guarda confuso, come se non si aspettasse da me questa risposta.

«Sai che era diverso... Cloe, non farmi incazzare, cos'è successo con Fra?» La sua voce è bassa, ma è palesemente furibondo. «E perché tiri di nuovo fuori questa cosa adesso? Ti ha detto qualcosa quel coglione?» ribatte ancora, i suoi occhi ora sono persi.

Perché, Gio, cosa avrebbe dovuto dirmi?

«Smettila di chiamarlo in quel modo!» esclamo, alzando la voce.

Mi manca il respiro.

«Ti ricordo che quel coglione è il tuo migliore amico o te ne sei dimenticato? Secondo te il tuo migliore amico potrebbe mai tradirti? Non mi ha sfiorato nemmeno con un dito e non mi ha detto niente, se è di questo che hai paura!» Mi mordo nervosamente le labbra, Gio fa un passo indietro.

È come se si fosse aperta una diga: gli riverso tutti i pensieri che mi frullano in testa addosso, uno dopo l'altro.

«Okay, ti ho voluto credere, ti sto dando una possibilità per recuperare le cazzate che hai fatto finora, ma questo non significa che io riesca a dimenticare tutto in un secondo.» Schiocco le dita, lui rialza lo sguardo su di me.

«So di aver sbagliato con te, Cloe.» Si riavvicina a me, i nostri corpi si incastrano. Le sue mani sul mio viso. «Ma dimmelo se non posso recuperare in nessun modo, dimmi se ormai è troppo tardi per fidarti di me.» Le sue labbra cercano le mie, ansiose.

Mi manca il fiato. Le mie ginocchia cedono insieme alle mie convinzioni.

Non ce la faccio.

«Se mi fai male, ti uccido» sussurro, affondando le mie labbra nelle sue.

E non ci posso far niente.

Gio mi afferra con foga, sollevandomi fino a farmi sedere sul tavolo che scivola sul pavimento stridendo.

Forse non dovrei fidarmi di lui. Perché è uno stronzo, e lo so. Perché mi ha già fatto male. Perché ancora non mi ha dato le risposte che cerco.

Ma come faccio, se il mio cuore urla solo il suo nome?

Spengo la mente, quando le sue mani scorrono sulle mie gambe, sotto il mio orrendo vestito.

Dai, toglitelo. Tanto fa schifo.

Lucy, tu dovresti evitare che io faccia cazzate. E questa è una cazzata gigante!

Scorro le dita tra i suoi capelli, slegandomi dalle sue labbra per riprendere fiato.

Fronte contro fronte, i nostri respiri si mischiano.

Gio.

Lo senti quanto mi batte il cuore? Lo sto mettendo nelle tue mani, abbine cura ti prego.

«Non ti farò più del male, lo prometto.» Le parole gli escono spontaneamente nel ritmo accelerato del suo respiro, come se avesse letto i miei pensieri.

Lo vedo nei suoi occhi: nero, un nero profondo, ma vero.

Lo bacio ancora. Ne ho bisogno.

E ancora.

Lego le gambe attorno al suo bacino, mentre lui mi solleva come se non avessi peso.

Le sue mani sulla schiena mi fanno scorrere brividi incessanti dal collo fino alla parte bassa del ventre.

Gio si ferma di colpo, non appena raggiungiamo il salotto di casa sua.

Solo adesso sento il suono del suo telefono rimbombarmi nelle orecchie.

Riprende a baciarmi non appena smette di squillare.

Riallaccio le braccia al suo collo e…

«Cazzo» pronuncia sulle mie labbra, non appena il telefono ricomincia a suonare.

Mi posa a terra, tirando fuori in fretta il telefono dalla tasca.

«Elvo?» risponde confuso, mordendosi poi le labbra quando risolleva lo sguardo su di me.

Mi guardo velocemente.

Oh, cazzo: il vestito mi è praticamente salito fino all'altezza dell'ombelico e le mutande a fiori che mi ha comprato mamma al mercato sono totalmente in bella vista.

Mi risistemo per quanto possibile, arrossendo sempre di più. Ormai devo aver assunto la tonalità di un pomodoro da salsa.

Gio ride divertito.

«No, Elvo, sono ancora qui, ma perché? Gli altri dove sono?» chiede girando per il salotto.

Ci mancava solo Elvo a rompere. Noi qui ci stavamo proprio divertendo!

Smettila, Lucy, io credo invece di dover regalare un paio di pizze a quell'amore di ragazzo che mi ha appena salvato dalla via della perdizione assoluta.

Disse suor Monteri.

Zitta, sciocca, non sai cosa stai dicendo!

«Dai, ti aspetto davanti al cortile.» Vedo Gio afferrare le chiavi sul ripiano della credenza, per poi tornare verso di me.

«Chi era?» chiedo ostentando un'indifferenza che sono ben lungi dal provare.

«Elvo. Gli altri sono andati e lo hanno lasciato qui» spiega, sorridendomi.

«Ma come?» rido. Povero Elvo.

«Non ridere, Cloe Monteri» mi ammonisce Gio, avvicinandosi di nuovo pericolosamente a me. «Altrimenti Elvo rimarrà tutta la sera ad aspettarci» dice ridendo davanti alla mia espressione sconvolta da tanta sfacciataggine.

Le sue parole allusive mi mandano a fuoco. Lui mi manda a fuoco.

Sono cotta, non c'è dubbio.

Sono cotta come una pizza.

Spero solo di non finire per bruciacchiarmi.

Gio mi sorpassa, infilandosi le chiavi della macchina in tasca.

Le luci accecanti della strada scorrono veloci fuori dal finestrino.

Il profumo di Gio è ovunque.

Il mio mal di pancia ormai è una costante.

Sospiro.

Sento Elvo sgranocchiare qualcosa: avrà delle patatine di riserva per le emergenze nascoste da qualche parte.

Almeno lui si sta godendo il viaggio.

Io invece sono incollata al sedile per la velocità folle a cui stiamo andando e quella del mio cuore che non smette di battermi impazzito nel petto.

Sto sudando.

This is the last time
That I will say these words
I remember the first time
The first of many lies.

Gio alza il volume della radio e mi fissa.

I capelli neri gli incorniciano il viso perfetto: la mascella contratta, gli occhi concentrati sulla strada e la fronte che si aggrotta a ogni curva.

This is the last time
That I will show my face
One last tender lie.

Gio mi guarda ancora su quelle parole.

Cosa vuole dirmi? Che mi sta mentendo?

Rido leggermente per i miei pensieri contorti.

«Da quando ascolti questa musica?» Il mio è quasi un sussurro, ma lui mi sente lo stesso.

«Scherzi? I Keane sono storia» risponde senza staccare gli occhi dalla strada.

«Chi?»

Gio sorride.

«Probabilmente non eri neanche nata quando è uscita questa canzone.»

Ah, fa pure il simpatico.

«Guarda che la conosco...» affermo sicura, incrociando le braccia indignata.

È sicuramente la colonna sonora di qualche film che ho già visto.

«Certo, certo» ribatte con il solito sorriso sulla faccia.

«Che poi... Tu quanti cavolo di anni hai?» chiedo, facendo velocemente due calcoli.

«Troppi.»

Sbuffo sonoramente.

Rendiamoci conto: non vuole farmi sapere neppure l'età!

Molti studi dimostrano che la prima tappa per una carriera da assassino seriale sia proprio nascondere l'età anagrafica.

Altri studi invece dimostrano che l'insorgenza dell'insanità mentale è più frequente in ragazze della tua età. Soprattutto quando indossano vestiti color prugna.

«Ne ho ventitré, comunque» mi risponde poi divertito.

Finalmente!

«Solo tre anni in più di me!» Incrocio le braccia stizzita.

«Appunto» ride ancora.

«Ma appunto cosa?» ribatto piccata.

«Sei piccola» mi dice toccandomi la testa due volte.

«Non penso proprio!» Aggrotto la fronte, guardandolo male.

È davvero irritante.

«Hai la patente?» mi chiede dopo qualche secondo.

«Certo che ce l'ho» ribatto indignata.

Lui annuisce sorridendo.
«Ti ricordo che ho quasi vent'anni... E ribadisco che questa canzone la conosco anche io.»

The last time
You fall on me for anything you like
Your ooone last line.

Canto sopra la canzone trasmessa in radio.
Gio ride. Forse non si aspettava che la sapessi davvero, o forse sta ridendo perché sono stonata come una campana.
«E ti piace?» mi chiede ancora, accelerando di colpo, non appena esce dal casello autostradale.
Mi aggrappo al sedile.
«Sì, è bella» dico cercando di non far trasparire l'agitazione dalla mia voce per la velocità a cui stiamo andando.
«Solo bella?» mi chiede con un ghigno divertito sulle labbra.
«È romantica» aggiungo, arrossendo come un peperone, quando vedo che alza un sopracciglio sorpreso.
«Quindi se ti piacciono le canzoni romantiche, significa che anche tu un po' lo sei» ipotizza, sfiorandomi la mano. «... Non l'avrei mai detto» sorride, girandosi verso di me.
Non ribatto perché l'avrebbe comunque vinta lui: gli basta guardarmi per farmi dire qualsiasi cosa lui voglia, annullando ogni battuta acida che il mio cervello ha iniziato a elaborare.
Intanto la musica continua e le nostre mani si sfiorano.

Something I wasn't sure of
But I was in the middle of
Something I forget now.

Restiamo a giocare con le nostre mani un po'. Ci tocchiamo appena.
Le nostre dita si cercano, rincorrendosi, senza mai agganciarsi del tutto: un po' come facciamo noi.
Un milione di farfalle si divertono a svolazzare nel mio stomaco.
Sono agitata.
Mi agita questa situazione, questa canzone di sottofondo.
Mi agita il suo profumo che sento addosso, il suo sguardo dolce.

Cammino tra la folla, c'è puzza di alcol.

Sotto i miei piedi c'è un mare di bicchieri di plastica.

Le sue mani sui miei fianchi, mi guidano attraverso la discoteca.

Le luci mi accecano. La musica techno tremendamente alta mi impedisce di aprire bocca.

Siamo in un locale superfamoso: Coco, o qualcosa del genere.

La fila fuori era lunghissima ma noi, inspiegabilmente, siamo entrati dopo soli cinque minuti, anche con Elvo e le sue patatine.

A Gio è bastato parlare con il PR. Questa cosa devo ancora capirla: come diamine fa a entrare sempre ovunque, senza pagare e, come se non bastasse, saltando anche la fila! Io è già tanto se riesco a saltare la fila al supermercato per comprare il prosciutto...

Raggiungiamo il bar. Gli altri sono seduti a uno dei tavoli in fondo alla sala.

Mi giro verso Gio, non appena ci avviciniamo a loro. Lui sembra capirmi al volo e toglie le mani dai miei fianchi.

Scuote la testa divertito, per poi spingermi leggermente verso il tavolo sfiorandomi la schiena.

Io, molle come un gelato lasciato al sole, mi sposto in avanti, sbattendo contro un tizio mezzo ubriaco che mi rovescia addosso un cocktail appiccicoso.

Spalanco la bocca non appena il ghiaccio mi scorre sulla pelle nuda.

Bene. Ora il mio vestito, oltre a essere orrendo, saprà di vodka.

«Cazzo, stai attento!» urla Gio avvicinandosi pericolosamente a quel tipo.

«Scusa... scusa, ma io...» Il tipo è troppo ubriaco per argomentare la sua difesa.

«Gio, dai, sono scivolata io» urlo per sovrastare la musica, tirandolo per un braccio.

Gio lo spintona leggermente e mi segue verso gli altri.

«Ce ne avete messo di tempo!» È Tommi a parlare e il suo tono è carico di sottintesi.

Vorrei che soffocasse nella sua stessa barba.

«C'era traffico» mi giustifico, sedendomi sul divanetto accanto a Lara.

«O forse...» si intromette Gue con fare ammiccante.

Gio è totalmente indifferente alle battute su di noi.

Io, invece, non ci riesco proprio.

«Intendi forse quello che fai tu con chiunque?» chiedo velenosa.

«Ma questa ancora ha il coraggio di rispondermi?» ribatte Gue sistemandosi il reggiseno platealmente.

Prendo i tovagliolini al centro del tavolo e mi tampono il vestito zuppo di alcol.

«Ma questa ancora sta parlando?» rispondo al suo stesso modo, rivolgendomi agli altri.

«Dai, smettila di fare la figa» mi sussurra Gio all'orecchio ridendo.

«Lo sono» ribatto facendogli una linguaccia.

Lui ride, scuotendo la testa.

«Andiamo a ballare! C'è una zanzara a questo tavolo che sta dando molto fastidio» dice Gue alzandosi dal divanetto e trascinandosi dietro Paolo e Lollo.

«Sta parlando forse di me?» mi indico ironica spalancando la bocca.

«Gio, andiamo?» Gue tira la camicia di Gio.

Lui si gira serio.

«Mollami» le dice prima di voltarsi verso di me.

«Ma qui sono davvero tutti matti!» urla Gue isterica. Afferra con le unghie di plastica quei due malcapitati di Paolo e Lollo e si allontana verso il centro della pista.

Oh, finalmente un po' di pace.

Elvo continua a mangiare le sue patatine.

Lara si sbaciucchia con il barbuto.

Fra invece si alza e segue gli altri, facendomi un cenno con il capo e squadrando Gio dalla testa ai piedi.

Spero tanto che questa situazione finisca al più presto. Odio questa tensione tra loro.

«Andiamo a ballare?» chiedo improvvisamente a Gio.

Sicura di stare bene?

È effettivamente strano sentire da me una proposta del genere.

Devo essere più ubriaca del mio vestito.

Gio non dice nulla, indietreggia di qualche passo, per poi allungare le mani e farmi alzare dal divanetto.

Mi ritrovo addossata a lui.
Il mio vestito fradicio appiccicato alla sua camicia profumata.
«Mi sorprendi sempre di più» dice lui divertito.
«Te l'ho detto che sono piena di sorprese» gli dico, avvicinandomi al suo orecchio per sovrastare la musica alta.
Lui mi trascina in pista.
La gente intorno balla, presa dall'euforia di una notte che l'alcol fa sembrare eterna.
Io non ho bevuto, ma la presenza di Gio mi fa lo stesso effetto.
Le sue mani sui miei fianchi, che ondeggiano a ritmo di musica.
La sua bocca sul mio collo.
I suoi baci umidi mi stordiscono, mi aggrappo alle sue spalle per reggermi.
Lui blocca le mie gambe tra le sue, spostando i baci sempre più vicino alle mie labbra.
Sto decisamente per alzare bandiera bianca, quando lui decide di allontanarsi da me.
Sorride, vedendo la mia faccia sconvolta.
Solo ora mi rendo conto che la musica è cambiata.
Gio mi afferra la mano, facendomi girare, per poi abbracciarmi da dietro.
Muovo il bacino contro di lui, imitando la quindicenne che ho di fronte.
È arrivato il momento di ribaltare la situazione.
Lo sento ansimare sul mio collo, il suo respiro risale fino al mio orecchio.
«Se non la smetti subito, non risponderò delle mie azioni.» La sua voce roca mi fa sussultare.
Pensieri perversi affollano la mia mente.
Scuoto la testa, girandomi lentamente verso di lui.
«Hai fatto la scelta giusta» mi dice spostandomi i capelli da un lato.
«Tu dici?» Ora gioco anche io.
Mi avvicino, facendo scorrere le mani sul suo petto, per poi scendere, sempre di più… Ancora di più e…
Lui mi blocca il polso immediatamente.
Le sue iridi nere bruciano sul mio corpo.
Mi trascina fuori dalla pista, stringendomi dolcemente le mani tra le sue. Io lo seguo totalmente sorpresa dalla mia audacia.

Mi ritrovo addossata alla porta del bagno della discoteca, che Gio chiude accuratamente a chiave.

No, Cloe, ti prego, in bagno no. Cloe? Mi ascolti?

No.

Gio si abbatte sulle mie labbra.

Cedo completamente e ricambio il bacio: gli mordo le labbra, il suo profumo mi entra nel cervello stordendomi del tutto.

Il suo respiro sa di fumo, le sue labbra sono invece fuoco sulla mia pelle quando scendono sul mio collo.

Posa le mani sulle mie braccia, alzandomele sopra la testa.

Con le labbra mi bacia, con le dita accarezza invece ogni centimetro della mia pelle, scendendo fino all'orlo del mio vestito.

«Gio…» La mia voce è disperata, è quel poco di Lucy rimasto razionale dentro di me che mi ricorda dove ci troviamo: siamo in uno schifoso bagno di una terribile discoteca.

«Cosa…» Gio mi azzittisce con un altro bacio da far perdere la testa.

Ogni mia capacità di resistergli è ormai morta e sepolta.

Mi lascio trasportare da quel vulcano di emozioni che arde dentro di me.

Gli porto le mani dietro la nuca, una silenziosa richiesta di non smettere.

Gio schiude le labbra approfondendo il bacio ancora di più.

Sto per perdermi totalmente in lui, quando una voce familiare ci fa sobbalzare entrambi.

Due colpi forti alla porta.

Arretro, fuggendo spaventata dalle braccia di Gio.

«Gio, cazzo, sei qui?» È Tommi.

La sua voce trema, mette i brividi.

Gio apre di scatto la porta.

Tommi ha le lacrime agli occhi, il suo sguardo spaventato rimbalza da Gio a me velocemente.

«Fra… È Fra…» balbetta lui in preda al panico, cercando qualcosa sul telefono.

Il mio cuore accelera.

«Tommi, parla» urla Gio. «Dimmi cosa cazzo succede» continua scuotendolo per le spalle.

Non appeno sento “sta male” uscire dalla bocca di Tommi, esco da quel bagno a grandi passi.

«Cloe!»

Le urla di Gio mi inseguono.

Corro verso la pista. Le luci dell’ambulanza dalle vetrate della discoteca mi accecano.

La gente mi soffoca.

Mi faccio largo tra le persone, cercando di raggiungere l’uscita.

Non mi rendo neanche conto che le lacrime mi scendono lungo le guance.

Che cazzo è successo? Perché Fra sta male?

La sirena dell’ambulanza accesa mi mette i brividi.

Esco dal locale, l’aria fresca mi colpisce come uno schiaffo sul corpo.

Corro lungo la strada avvicinandomi all’ambulanza.

Vedo Lollo che abbraccia Lara.

Quando vedo Fra sul lettino, scoppio a piangere.

Mi avvicino a lui, prendendogli la mano tra le mie.

«Fra!» urlo, le sue mani sono gelide.

In un attimo c’è Amy.

I brividi mi scuotono il corpo.

Il respiro mi manca.

«Ragazzina, devi spostarti!» mi urla addosso qualcuno, tirandomi via da lì.

Ma io non sento più nulla.

«Amy!» urlo senza senso.

La vista mi si annebbia.

E poi buio.

CAPITOLO 51

L'aria pesante.

Gli occhi inchiodati a terra.

Mi torturo le mani. Le ginocchia non hanno mai smesso di tremare.

«Avrebbero già dovuto farci sapere.» Lollo non riesce a tenere la bocca chiusa un secondo.

Vorrei urlargli di star zitto, ma mi mancano le forze.

Sollevo il ghiaccio, premendolo ancora sulla nuca per alleviare il mal di testa.

Sono svenuta in mezzo alla strada e mi sono ritrovata qui in ospedale, stesa su un lettino, con tutti i ragazzi attorno.

Lara è scoppiata melodrammaticamente a piangere.

La solita esagerata.

Mi sono voluta alzare per chiedere notizie ai medici, nonostante tutti mi avessero detto che non si sapesse ancora niente.

Dunque, eccomi qui, seduta su questa poltroncina verde sbiadita.

Dicono che negli ospedali si usi il verde per l'arredamento perché è un colore che aiuta le persone a calmarsi.

A me fa paura.

Non sto bene, ma non c'entra nulla la caduta di prima e il male alla testa.

Ho un senso di nausea all'altezza dello stomaco per l'ansia, i brividi mi scuotono il corpo incessantemente.

Tutto si ripete, tutto già vissuto. Le medesime sensazioni.

«Devi sdraiarti.» Gio mi sta di fronte, appoggiato alla parete opposta.

«Sto bene» rispondo, cercando di respirare dalla bocca per evitare di vomitare qui davanti a tutti.

«Non te lo stavo chiedendo.» Alzo lo sguardo su di lui. «Forza andiamo.» La sua mano forte stringe il mio polso esile.

«Ho detto che sto bene» ripeto. Ma lui non mi dà ascolto e continua a trascinarmi lungo il corridoio dell'ospedale alla ricerca di una stanza con un letto libero.

«Mollami!» urlo, tirando il polso verso il basso.

La mia voce esce strozzata dal pianto.

Lui si ferma di scatto, mollando la presa.

Si gira.

«Cosa credi che mi importi di stendermi in questo momento, quando l'unica cosa che vorrei fare è stare con Fra!» strillo.

Mi lamento, sono capricciosa, insopportabilmente nervosa.

«Sapere come sta» aggiungo con più calma.

«Credi che a me non freghi nulla?» ribatte lui.

Apro e chiudo la bocca, senza dire una parola.

«Tu pensi sul serio che a me di Fra non importi un cazzo, non è vero?» continua, i suoi occhi lucidi.

«Non l'ho mai pensato» ribatto certa.

Ed è vero, ho sempre percepito la forte amicizia che li lega, al di là di qualsiasi discussione.

«Conosco Fra da... Sono cresciuto con lui. E darei tutto in questo momento per essere al suo posto.» Una lacrima scende dal suo volto.

Un'altra la segue.

Poi un'altra ancora.

Non ce la faccio e mi stringo a lui.

Non piangere, Gio.

Non piangere anche tu, Gio.

Altrimenti non so come faremo a sopravvivere.

Io non so nuotare.

In questo mare affogo se non ci sei tu a sostenermi.

Gio nasconde il viso tra i miei capelli.

Ed eccoci qui, entrambi troppi deboli per rimanere in piedi da soli, entrambi con un cuore troppo rotto per avere speranze, ma tutti e due con una voglia incondizionata di salvarci a vicenda.

«Ce la farà» dico, cercando di stringerlo con tutte le mie forze.

Ti salvo io, Gio.

Lui si stacca leggermente da me e si preme forte le mani sugli occhi.

Sorride leggermente.

«Ce la farà» ripete lui convinto.

E ora è lui che cerca di salvare me.

«Per favore, vieni a sdraiarti? Non vorrei vederti più svenire... Mi hai fatto prendere un colpo prima.» I suoi occhi indagano il mio volto preoccupati.

Si preoccupa del mio stato di salute, nonostante tutto.

«Okay.»

«Hai fatto la scelta giusta!» risponde, tornando il solito Gio di sempre.

«Mi sto già pentendo di averti dato retta» ma lui non mi ascolta: ha già afferrato la mia mano per trascinarmi nella ricerca di una camera.

Dopo aver attraversato un paio di corridoi e chiesto aiuto a un paio di infermieri, troviamo una stanza vuota.

Il letto ha una coperta azzurra, le pareti sono verde chiaro e ci sono dei girasoli in un vaso sul comodino.

«Mi piacciono i girasoli» dico, sedendomi sul letto alto.

«Ti regalerò dei girasoli, allora.»

Un sorriso nasce spontaneo sulle mie labbra.

Sistemo i cuscini sulla testiera e mi sdraio sul letto morbido.

Chiudo leggermente gli occhi.

Sospiro non appena sento Gio sedersi accanto a me e il suo profumo invadermi l'anima.

Lo sento anche rialzarsi e camminare per la stanza, ma sono troppo stanca.

Non so neppure che ore siano, di sicuro sarà notte fonda.

Una notte interminabilmente lunga.

Sento freddo all'altezza della nuca.

Apro gli occhi.

Gio, seduto accanto a me, tiene una busta del ghiaccio in bilico tra la mia testa e il cuscino.

Lo ringrazio con lo sguardo.

«Cerca di dormire un po'» mi risponde lui dolcemente, studiando il mio volto.

Devo avere davvero una brutta cera.

Sto per rifiutare categoricamente quando...

«Se mi arrivano notizie ti sveglio all'istante» risponde prontamente, leggendomi nel pensiero.

Sospiro, annuendo piano.

Vorrei tanto rimanere sveglia, ma ha ragione lui, devo dormire, almeno un po'. Rischio altrimenti di svenire ancora.

Chiudo gli occhi, ma sono molto più tranquilla.

Forse perché so di avere Gio accanto. Forse perché ha promesso di svegliarmi.

Lo sento stendersi accanto a me.

Stringo gli occhi.

Muovo leggermente il collo dolorante, apro le palpebre e mi ritrovo ancora tra le braccia di Gio.

Alzo di scatto lo sguardo sul suo volto.

«Buongiorno» dice dolcemente, incollando i suoi occhi ai miei.

«Ma che ore sono? Fra? Si sa qualcosa?» Mi alzo di scatto a mezzo busto.

«Ehi, ehi, calma. Torna qui» dice, facendomi ripiombare sul suo petto.

«Non si sa ancora nulla di Fra e hai dormito solo un paio d'ore» mi rassicura, stringendomi a sé.

Un senso di ansia mi pervade.

Perché non si sa nulla? Perché non ci fanno sapere almeno se è molto grave? Perché nessuno sembra sapere nulla?

«Smettila di torturarti la mente, non serve a niente.»

Mi volto di scatto verso di lui.

Come fa sempre a sapere ciò che penso?

«Sono preoccupata» sbotto, per cercare di far uscire quella pressione che ho nel petto.

«Lo sono anche io, Cloe» sussurra piano, dicendolo più a se stesso che a me.

«Che ore sono?» gli chiedo a voce bassa.

Il silenzio assoluto che ci circonda ci impedisce di parlare a voce alta.

«Sono le 5.20» dice controllando il telefono. «Tra poco sorgerà il sole» continua indicando il finestrone sulla parete opposta.

Sposto lo sguardo osservando il cielo.

«Non ho mai visto l'alba» sussurro piano.

«Non credo che vederla dalla finestra di un ospedale sia la cosa migliore, ma dato che è la tua prima alba te la regalo comunque» mi parla sul collo a un centimetro dal mio orecchio.

Mi manca il respiro.

«Dimmi che te le studi prima queste frasi, perché non ci credo che ti vengono così dal nulla» rido leggermente.

«Okay, sgamato!»

«Davvero te le studi?» Mi volto verso di lui scioccata.

Lui sorride scuotendo la testa.

«Sei proprio una bimba» dice, picchiettandomi due volte sulla fronte con l'indice.

Riesce sempre a farmela, pazzesco.

Lo sento sdraiarsi sul letto al mio lato.

«E quindi? Non vuoi più vedere l'alba?» gli chiedo.

«Sei tu che devi guardarla, io l'ho vista tante volte...» risponde lui aprendo leggermente le palpebre.

E anche se ho la preoccupazione che mi stringe il petto e un peso enorme sul cuore, quello sguardo è in grado di provocarmi un tale scossone dentro, da alleviare per un secondo tutto il resto.

«Preferisco guardare te, sei più bella di qualsiasi alba» continua senza distogliere gli occhi dai miei.

Ogni sua parola è come una spina in meno nel cuore.

«Anche questa l'avevi scritta. Ammettilo!» cerco di sdrammatizzare, spostando lo sguardo da lui.

Ho le guance in fiamme.

«Ovvio» dice, richiudendo le palpebre.

«Gio, il sole!» dico di colpo osservando il cielo dalla finestra, incantata da un inaspettato mescolio di luci chiare e scure.

«Mmh, mmh» bofonchia lui, assonnato.

«Dai su, svegliati! Guarda che meraviglia.» Mi alzo di scatto, dirigendomi verso la finestra gigante.

L'azzurro del cielo si fa largo nel buio della notte, il sole si staglia pian piano sullo sfondo.

Tutto si illumina lentamente.

I raggi rivelano a poco a poco ogni cosa, dando di nuovo vita al mondo.

Chiudo gli occhi di fronte a quello spettacolo, cercando di imprimere con forza nella mente quell'immagine, forse per portare un po' di sole anche dentro di me.

Sento le braccia di Gio stringermi da dietro e poggio le braccia sulle sue, lasciandomi andare.

"Ti prego, Amy, dammi un po' di sole. Fa' che tutto vada per il meglio. Fa' in modo che Fra si riprenda."

Ripeto questa frase nella mia mente come un mantra.

Ho bisogno di sole. Solo di un po' di sole.

Un telefono suona all'improvviso.

Gio si stacca, prende prontamente il cellulare dalla tasca, rispondendo al primo squillo.

Si volta un attimo verso di me. Lo seguo apprensiva, lui esce dalla stanza iniziando a camminare verso il corridoio a grandi passi.

Mi fa segno di seguirlo e io scorgo un sorriso incurvargli le labbra.

Il mio cuore torna a battere, le mie mani smettono di tremare.

Corriamo a passi svelti lungo il corridoio del reparto.

«Ma possiamo entrare?» chiede Gio al telefono.

Sorrido e corro più veloce per raggiungerlo.

"Grazie, Amy!"

E questo non lo penso e basta, ma lo dico davvero.

Grazie, sorellina, per esserci sempre, grazie per starmi vicina.

Io lo so che ci sei. Lo sento che ci sei.

Gio chiude la chiamata.

«È sveglio!» urla prendendomi tra le braccia.

Mi solleva con poca fatica, facendomi girare in aria.

Piango dalla gioia. Non so cosa dire, non ho neppure un filo di voce per parlare.

«Ragazzi, questo è un ospedale, non un parco giochi!» ci rimprovera un'infermiera puntando minacciosa verso di noi.

«Corri» urla Gio, posandomi a terra per poi afferrare la mia mano.

E corriamo. Veloci. Corriamo come matti verso Fra.

La gente che ci vede passare ride con noi, contagiata dalla nostra euforia.

Eccolo: un momento di pura felicità.

Vorrei fermare questo istante perfetto, perché è così dannatamente bello sentire il cuore battere di vita.

Raggiungiamo la stanza di Fra con il respiro corto, ma ancora il sorriso sul viso.

Gio bussa piano. Non aspetta risposta e gira la maniglia.

Nella stanza ci sono tutti.

Lara piange e sorride, abbracciata a Tommi.

Lollo sta appoggiato al letto con Paolo, Gue ed Elvis.

Gio si fa avanti. Io lo seguo.

E poi lo vedo.

Fra è disteso.

Il volto bianco.

Le braccia collegate a un miliardo di fili, una mascherina lo aiuta a respirare.

Ma i suoi occhi sono aperti.

E sorridono.

Scoppio a piangere e a ridere nello stesso momento.

Mi avvicino ai piedi del letto.

Fra mi guarda, i suoi occhi stanchi si posano su di me. Dolci come sempre.

«Se provi un'altra volta a farci uno scherzo del genere...» dice Gio alle mie spalle, serio come non mai.

Lo sento avvicinarsi.

Mi volto verso di lui quando si siede sul letto, afferrandogli la mano con forza.

Fra guarda quel gesto, per poi sollevare lo sguardo su di lui.

Io faccio lo stesso.

E quello che vedo mi conferma quanto Gio e Fra siano uniti da un legame profondo.

I suoi occhi scuri annegano in un mare di lacrime.

Quegli occhi così neri, ombra e notte insieme, ora stanno affondando, persi nel mare.

Fra lo tira un po' verso di sé e Gio si protende verso di lui, abbracciandolo.

E io non riesco a smettere di piangere.

Tutti gli altri si avvicinano stringendosi in un unico, immenso abbraccio.

Lara si avvicina a me e, senza preavviso, mi abbraccia anche lei.

Senza pensarci la stringo a me.

Forse per la prima volta.

La abbraccio forte, senza aver paura di dimostrare e dare affetto come al mio solito.

Se la vita mi ha insegnato qualcosa è che il cassetto del nostro tempo è troppo piccolo per rinunciare ad amare.

Quindi chiudo gli occhi e abbraccio mia cugina più forte che posso.

La vita aspetta solo noi.

Non viverla davvero è una follia.

CAPITOLO 52

«Ti accompagno io, se vuoi» mi dice Gio. Le mani nelle tasche, la camicia di ieri sera ancora addosso, i suoi capelli spettinati.

Siamo appena usciti dall'ospedale.

Sono le dieci, ormai.

Tommi ha deciso di rimanere ancora un po' per far compagnia a Fra.

Gue e Lollo sono già andati via con la macchina di Paolo.

Zio Tom è venuto a prenderci.

Mi avvicino a Lara.

Gio mi afferra la mano.

Lara sorride sorniona, guardando prima me e poi Gio.

Socchiudo gli occhi, facendole una smorfia.

Poi mi giro verso di lui.

I suoi occhi neri mi attirano come la luna attira il mare.

«Okay» gli dico semplicemente.

Sono arrendevole, ed è strano perché non lo sono mai stata.

Gio prende le chiavi della macchina dalla tasca, sorridendomi di rimando.

«A dopo, cuginetta, fa' pure tardi, tranquilla!» dice Lara alzando la voce per farsi sentire da Gio, che già si sta avviando al parcheggio.

«Lara, smettila» le dico sottovoce, strabuzzando gli occhi.

«Non tornare troppo stanca, mi raccomando!» Si allontana verso la strada.

Rido questa volta, è proprio scema.

Quando la finirà di dire sciocchezze?

Raggiungo Gio, mi affianco a lui e rallento il passo.

Qualche secondo di silenzio interrotto solo dalle sirene delle ambulanze.

Poi lui comincia a parlare.

«Dovresti dare ascolto a tua cugina» un ghigno sul volto.

«Riguardo a cosa?» chiedo, cercando di fare la vaga.

Gio ride.

«Vuoi davvero che te lo dica esplicitamente? A me sembri già abbastanza in imbarazzo...» mi fa notare, indicando il mio viso paonazzo.

Mi copro le guance con entrambe le mani.

«Non è affatto vero!» borbotto, affiancandomi alla macchina.

«Certo...» dice divertito, aprendo la portiera.

Mi accomodo in auto: anche qui tutto è impregnato dal suo profumo.

Automaticamente allaccio la cintura, sistemandomi meglio sul sedile.

Gio accende la macchina.

Poi la spegne.

Che cosa sta facendo?

Si gira verso di me.

I suoi occhi neri fissi nei miei, il sole dietro di lui.

Mi asciugo le mani sudate sulla stoffa del sedile.

«Non andiamo?» dico deglutendo rumorosamente.

I suoi sguardi mi mettono in agitazione.

Cosa devi dirmi, Gio?

«Hai pensato a...» Sembra nervoso.

Fa passare la mano tra i capelli scuri, sposta lo sguardo sul volante.

Poi si gira di nuovo verso di me.

«Hai pensato a tua sorella? Per quello sei svenuta ieri sera?» I suoi occhi dolci, la sua domanda delicata, come la sua mano che afferra la mia.

Annuisco, facendo una smorfia.

Non mi piace parlare di questo argomento. Mai. Vorrei tanto cancellarlo dalla mia mente, con un colpo di spugna. Ma purtroppo non posso farlo e mi sono imposta di superarlo, di provare per lo meno a parlarne.

Parlare, devi parlarne!

Tornano le assillanti richieste degli psicoterapeuti che mi hanno seguito.

Non le ho mai ascoltate.

Gio sospira rumorosamente.

«Hai voglia di raccontarmi di lei?» chiede appoggiando la testa al sedile.

Mi guarda.

Per la prima volta apro la bocca e inizio a parlare di Amy.

Parlo a ruota, evito di fermarmi, altrimenti non so se riuscirei a continuare.

Per la prima volta butto fuori a voce alta tutto ciò che mi ricordo di lei.

Del suo modo di arricciarsi i capelli, della sua passione per il disegno e dei suoi quadri, chiusi in cantina.

Delle nostre gite al mare, dei castelli di sabbia che ci faceva fare nostra madre quando eravamo piccole.

Del gelato alla fragola che adorava, della nostra paura del buio.

Gio resta in silenzio.

Mi ascolta e basta.

«Avevo undici anni quando ho saputo che era malata. Probabilmente lo era da tanto, ma io ero troppo piccola per rendermene conto...» inizio la parte più difficile di questa orribile storia.

Una lacrima sfugge al mio controllo.

Gio accarezza dolcemente il viso.

«Non ho fatto in tempo a metabolizzare il fatto che stesse per morire, che mi sono ritrovata ad andare a trovarla in ospedale ogni giorno dopo la scuola» respiro a fatica, le lacrime ora scorrono libere sul mio volto.

«Se non vuoi...» Gio mi interrompe, prendendomi il volto tra le mani.

Lo zittisco, posandogli delicatamente le dita sulle labbra.

«No, voglio farlo» dico a bassa voce, cercando di riprendere fiato.

Lui annuisce debolmente.

Io riprendo a parlare.

«Un giorno sono andata a trovarla, come facevo sempre. Ma quel pomeriggio c'era qualcosa di diverso... Lei era così pallida, le sue mani così fredde.» I singhiozzi mi impediscono di continuare.

«Shh.» Gio mi abbraccia.

Mi appoggio al suo petto, stringendo la sua maglia tra le dita.

«Abbiamo parlato, mi ha detto che dovevo vivere anche per lei. Ho le sue parole impresse a fuoco nella mia mente, non potrei scordarle neanche volendo… Da quel giorno non ho mai smesso di avere incubi, in cui si ripete sempre la stessa scena.» Gio mi stringe forte.

«Anche adesso mi capita. Ci sono notti in cui sento la sua voce, percepisco le sue braccia attorno al mio corpo.» Mi scosto da Gio, passando le dita sotto gli occhi gonfi dal pianto.

«Da quel pomeriggio non l'ho più vista. Improvvisamente la sua stanza dell'ospedale era vuota, la sua roba sparita da casa, i suoi quadri sono finiti in cantina nel giro di qualche giorno» dico faticosamente.

«Probabilmente i miei genitori hanno cercato di farmi dimenticare di lei, per farmi superare il dolore. Non è colpa loro, ma in questo modo per me è stato solo peggio… Mi sono tenuta tutto dentro fino…» Ci penso su e me ne stupisco.

«… Fino a ora» ammetto a me stessa.

«Mi sono abituata a fidarmi solo di me stessa. Non volevo mai legarmi troppo a qualcuno: appena succedeva fuggivo. Non ho mai voluto amiche, né persone importanti nella mia vita.

Questo forse spiega il mio atteggiamento di merda verso tutti» aggiungo, accennando un mezzo sorriso.

«Hai solo cercato di proteggerti.» Le sue labbra si muovono lentamente.

«Sono stata debole.» Mi pento di non aver vissuto davvero per tutti questi anni. Di essermi nascosta, indossando la maschera della "stronza", solo per evitare di mostrare le mie immense fragilità.

«Non sei debole, affatto. Hai una forza enorme invece… Io non sarei riuscito ad affrontare quello che hai passato tu» prende fiato e poi continua. «Invece tu lo hai fatto, a tuo modo ci sei riuscita, sei riuscita a sorridere ancora e mi hai fatto vedere chi sei veramente.» La sua mano mi accarezza il volto, asciugandomi le ultime lacrime rimaste.

Mi lascio cullare dalle sue carezze.

Le sue mani grandi mi sostengono e mi tirano fuori dal buio assoluto che mi avvolgeva.

Mi ha salvata facendo comparire l'arcobaleno dopo la pioggia incessante della mia vita.

E gli sono immensamente grata per questo.

Sorrido leggermente.

«Non devi dimenticarla, Cloe, tu sei così anche grazie a lei» aggiunge. «E poi... io non ti vorrei diversa da come sei» sorride.

Annuisco. Ha ragione: ho sempre avuto la soluzione al mio dolore davanti ai miei occhi. Dovevo solo accettarlo. È l'unico modo per andare avanti, per non odiarmi.

«Non lo farò. Prometto che non lo farò» ed è vero.

Ora sono pronta ad aprire ancora il mio cuore e a riportare Amy nella mia vita.

Vivere non significa dimenticare.

«Lo sai che io ci sono, vero?» Il suo viso a pochi centimetri dal mio mi fa arrossire di nuovo.

Io annuisco a un soffio dalle sue labbra.

E poi ci baciamo.

Le nostre bocche si incastrano perfettamente, le lacrime sulle mie labbra rendono questo bacio salato, ma allo stesso tempo così dolce da star male.

E mi aggrappo a lui, aprendogli il cuore.

Che batte, forte, per i suoi baci.

«Potresti rallentare un pochino?» dico portandomi una mano al petto mentre Gio sorpassa l'ennesima auto.

Mi farà venire un infarto.

«No» risponde sorridendo e calcando il piede sull'acceleratore.

«Sai, vorrei tornare a casa intera.» Mi copro gli occhi con entrambe le mani, mentre imbocca una curva strettissima.

«Vuoi davvero tornare a casa?» mi guarda di sottecchi.

«Non lo so. Perché?» ribatto afferrando la maniglia della portiera, per mantenermi salda al sedile.

«Dove vuoi andare, dimmi» mi rigira la domanda. «Ti porto dove vuoi.»

Gli sorrido. Questo ragazzo è proprio matto.

«Allora?» ripete, sollecitando una mia risposta.

«Dove vuoi tu» ribatto godendomi la spensieratezza che mi regala.

«A Parigi» dico infine.

«Bella, Parigi» annuisce.

«Ma tu sai viaggiare da solo?»

«Ma certo» ribatte quasi scioccato dalla mia domanda.

«E fai tutto da solo?» Voglio solo capire, perché io non credo che ne sarei in grado.

«Ti prendo io il biglietto. Mi occupo anche del check-in. Non ti devi preoccupare di nulla.»

Fa il simpatico. Gli tiro un pizzicotto sul braccio.

«Piccola che sei» dice tentando di farmi il solletico.

«La finisci?» rido, divincolandomi.

Lui mi guarda, poi si concentra di nuovo sulla guida.

Dopo qualche minuto ricomincia a parlare.

«Così vorresti andare a Parigi» constata, rivolgendomi uno sguardo veloce.

«Non ci sono mai stata.»

«Ti ci porto io.»

Mi giro verso di lui con un sorriso ebete stampato in faccia.

«Giura» gli chiedo, alzo gli occhi verso di lui, le sue braccia forti tese verso il volante.

Aspetta qualche secondo a rispondermi. «Giuro.»

«Voglio andare anche alle Maldive» aggiungo ridendo.

«Ci sei mai stata?»

Scuoto la testa.

«Ma allora non sei mai stata da nessuna parte» ride.

«Direi di no» ammetto, stiracchiandomi sul sedile.

«Così però mi distrai» dice accennando malizioso al mio seno. Solo ora mi rendo conto che la canotta si è abbassata, mostrando un po' troppa pelle.

Mi sistemo all'istante. Paonazza come un peperone arrostito.

«Non che prima fossi così concentrato a guidare» gli faccio notare.

Lui sorride.

«Allora okay, si va alle Maldive» mi dice, guardandomi allegro.

«Ci sei già stato?» gli chiedo.

«Sì.»

«Allora cambiamo meta» dico raggomitolandomi sul sedile. «Con chi ci sei stato?»

«Con i miei genitori.»

«Non è vero: alle Maldive si va con la ragazza.» Gli faccio l'occhiolino.

Serra le labbra in un sorriso.

«Ci sono stato con i miei da piccolo, avevo tipo dieci anni» sembra pensarci su, come per ricordarsi.

Mi immagino un piccolo Gio, con i capelli nerissimi e le guance rosse, correre su spiagge bianche sconfinate.

Dovresti scrivere un libro.

Lo sto facendo, Lucy.

«Un altro posto dove vorresti andare?» Gio continua il suo interrogatorio.

«New York» dico sicura.

«Ho una casa là» ammette.

«Ah» sono sorpresa. «Quindi la conosci molto bene...» lascio la frase in sospeso.

Lui annuisce con il capo.

Rallenta un po' non appena esce dalla tangenziale.

Tiro un sospiro di sollievo.

«Così va meglio?» I suoi occhi mi guardano di sfuggita.

«Decisamente.» Mi rilasso sul sedile allargando la cintura, che per il sudore mi si incolla addosso.

«Puzzo. Ho bisogno di una doccia.»

Gio ride.

Come al solito la mia bocca ha parlato senza fare i conti con il cervello.

«Cioè, volevo dire che è da ieri sera che sono fuori e quindi...»

Sempre peggio.

Eh, Lucy, aiutami!

Perché dovrei? Te la cavi benissimo da sola!

«Anche io avrei proprio bisogno di una doccia» ribatte lui, guardandomi divertito.

Faccio finta di sistemarmi i capelli per nascondere la mia faccia incandescente.

«Ah, sì?»

Perché non posso stare zitta? Perché devo sempre uscirmene con frasi stupide e imbarazzanti?

«Sì. E sarebbe anche meglio se la facessi con te» sputa fuori d'un tratto.

Eccolo. Mi mancavano le sue battutine maliziose.

Tossico leggermente.

Cambio argomento?

Sì, cambio argomento.

«Spero che Fra si rimetta presto...»

Sono un genio: per togliermi dall'imbarazzo, gli ricordo del suo amico in ospedale.

«Lo spero tanto anche io.»

«Ma si sa di preciso cosa gli sia successo?» chiedo, cercando di dimenticare la mia immensa stupidità.

«No, di preciso no. Da quello che mi ha detto Tommi, secondo i medici ha assunto qualche sostanza, probabilmente sciolta nel drink... Al Coco queste cose capitano spesso, gira più droga che in altri posti.» Il suo volto si fa improvvisamente scuro e stringe più forte il volante.

«Capisco...» dico solamente.

Silenzio.

Intreccio i capelli nervosamente tra le dita.

Vorrei chiedergli di più, per esempio vorrei sapere perché ora ha quella faccia incazzata.

Ma decido di mordermi la lingua.

La macchina si ferma davanti al cancelletto del cortile di Lara.

Gio si gira verso di me.

Distende il volto, i suoi occhi fissi nei miei.

«Arrivati.»

«Arrivati...» ripeto io mordendomi il labbro.

«La prossima volta ti porto a Parigi» mi sorride dolcemente.

Silenzio.

«Stasera vieni al cortile?» mi chiede d'un tratto.

«Fate serata senza...»

«No, niente serata. Resistiamo solo al cortile, facciamo qualcosa di tranquillo dato che non c'è Fra» mi spiega.

«Okay, allora» dico, mordendomi nuovamente le labbra.

Lui si avvicina a me, mi afferra il mento con una mano avvicinando il mio viso al suo.

Sento che sto per svenire di nuovo.
«Ciao, allora» sussurra sulle mie labbra.
Mi bacia.
Le mie labbra esultano, perse tra le sue.
Mi stacco a forza dal suo bacio.
Gli sorrido imbarazzata, slaccio la cintura e mi fiondo fuori dalla macchina.
«Cloe» mi richiama lui.
Lo sapevo. Lo sapevo. Lo sapevo.
«Sì?» mi volto verso di lui.
«È difficile non poterti baciare sempre» dice serio.
Il cuore mi balza in gola.
Gli sorrido e mi volto di scatto subito dopo.
Sento il rumore della macchina che si accende.
Inizio a camminare in fretta e torno a respirare solo quando raggiungo la veranda.
Entro in casa.
Faccio fatica a togliermi le scarpe. Ho ancora le ginocchia molli.
«C'è qualcuno?» urlo in casa.
Mi sembra strano che zia Anna non si sia ancora precipitata ad accogliermi con questionario pronto sotto il braccio.
Attraverso il salotto ed entro in cucina.
Prendo uno yogurt dal frigo e lo mangio in salotto accoccolandomi sul bracciolo del divano consumato.
Chiudo gli occhi.
Ripenso a ciò che è successo.
A Fra.
Alla notte in quella stanza di ospedale.
A quello che ho raccontato a Gio di Amy.
È successo tutto così in fretta. Troppe cose insieme.
Prendo un altro po' di yogurt, riportandomi il cucchiaino alle labbra.
Sospiro, ripensando al pianto liberatorio di poco prima.
È come se dentro di me qualcosa si fosse sbloccato all'improvviso.
Sento il mio cuore più leggero.
Mi alzo di scatto, andando verso il corridoio, e prendo le chiavi della cantina appese al muro.

Faccio i gradini a due a due, respiro profondamente prima di aprire la porta.

Le pareti sono coperte da scaffali alti, c'è molta polvere a terra e i quadri di Amy sono appoggiati alla parete di fondo del locale.

Cammino piano e mi inginocchio non appena li raggiungo.

Ne afferro uno tra le mani, voltandolo.

Un pungo allo stomaco.

Ci soffio sopra per togliere un leggero strato di polvere.

Sono così belli.

Accarezzo la tela dipinta, seguo con le dita il tocco del pennello che mia sorella ha tracciato.

Sorrido leggermente e una lacrima corre sul mio viso.

Come ho potuto pensare di cancellarla dalla mia vita?

Lei vive. È qui, in questi quadri.

Amy.

Avrò cura del tuo ricordo.

Tu ci sarai per sempre.

Me lo hai promesso.

Tu che mi capivi sempre, perché eravamo noi.

Tutto ha perso senso senza di te.

Mi manchi da sempre.

Ti amo per sempre.

CAPITOLO 53

Taglio e cucito.

Ecco cosa ho fatto tutto il pomeriggio.

Zia Anna ha costretto Pisco ad accompagnarla in edicola, per comprare un manuale di sartoria per principianti.

Ha invaso la casa di pezzi di stoffa, ago e filo e ha poi costretto me e Lara ad aiutarla.

«Mamma, mi sono rotta! Io e Cloe usciamo!» Lara mi fa un occhiolino complice.

Non penso di aver mai amato così tanto andare in quel cortile come in questo momento.

Zia Anna apre la bocca, ma io e mia cugina non le diamo tempo di dire nemmeno una parola: scappiamo letteralmente fuori, travolgendo Pisco lungo il corridoio.

«Non fate tardi! Che domattina dovete finire di aiutarmi!» strilla zia Anna.

La si sente fin da fuori.

Io e Lara ridiamo come due bambine che hanno appena schivato una punizione.

«Lara, ma non ho neppure preso la borsa!» Solo ora mi rendo conto di essere uscita praticamente in pigiama e con le infradito ai piedi.

Mia cugina mi afferra per un braccio trascinandomi verso la strada.

«Non ti serve la borsa per quello che devi fare stasera» ghigna soddisfatta.

«Eh?»

Scuoto la testa.

«Cosa ti sei inventata stavolta?» la ammonisco divincolandomi dalla sua presa.
«Nulla, dai, stavo scherzando. Muoviti!» dice spingendomi da dietro.
Non mi convince molto la sua faccia da stronzetta.
«Lara, se hai organizzato qualcosa a mia insaputa, sei finita, sappilo.»
«Ma che cavolo dici...»
«FI-NI-TA» scandisco bene.
Camminiamo e bisticciamo per tutta la strada.
Arriviamo in fretta alla stradina che conduce al cortile di Gio.
Gli altri sono seduti come al solito attorno al tavolo in plastica.
Afferro la maniglia fredda del cancelletto e la faccio scattare, entrando seguita da Lara.
Gli occhi di Gio si posano subito su di me.
Un sorriso bellissimo increspa le sue labbra, non appena mi vede.
«Ci sono altre sedie dentro» dice Tommi salutando con un bacio quella vipera di mia cugina.
Faccio per andare a prenderne una, quando Gio mi afferra per un braccio, non appena gli passo accanto.
I miei occhi si inchiodano ai suoi.
E mi ci perdo dentro, come al solito.
«Siediti in braccio a me» dice con tono sornione.
Oh, no, puoi scordartelo.
«No, non c'è prob... Cioè, vado a prendere una sedia» rispondo balbettando.
Gio non dice nulla.
Mi afferra poi di nuovo il braccio, facendomi ricadere sulle sue gambe.
Il suo profumo mi avvolge all'istante.
Cosa non ha capito del fatto che volessi andare a prendere una sedia?
Eppure sembravo convincente.
«Come stai?» Il suo respiro mi sfiora il collo, la sua voce roca e bassa mi manda a fuoco il cervello.
La mia faccia diventa un cestino di arance rosse.
«Bene» mi limito a sussurrare con voce poco convinta.
Intanto tengo gli occhi su Lollo, che nel frattempo sta riem-

pendo i bicchierini di plastica con qualcosa di sicuramente alcolico.

«A parte il fatto che ti imbarazzo e ti si legge in faccia...» Le sue parole mi fanno rimbalzare il cuore come una pallina da ping-pong.

«Non sono in imbarazzo e ti ripeto che sto bene» ribatto incrociando le braccia.

Gio sorride.

Mi afferra la vita, tirandomi più vicina a lui.

«Non metterti sulla difensiva, Cloe Monteri, con me non funziona più ormai» ribatte lui.

La sua voce maledettamente sexy.

Lo sbatterei al muro e lo spoglierei.

Pensieri casti. E dove trovarli.

Eh, Lucy, provaci tu a resistergli!

«Ragazze, lo dico anche a voi, ho appena avvisato i ragazzi, Fra sta molto meglio. L'ho sentito prima e vi saluta tanto.» Tommi sovrasta le voci di tutti, rivolgendosi a me e Lara.

«Ne sono davvero contenta.» Mi si illuminano gli occhi nel saperlo.

«Lo dimetteranno nei prossimi giorni» precisa Tommi. Anche lui sorride felice.

«Domattina pensavo di andare a trovarlo, vieni anche tu, Lara?» chiedo a mia cugina, che nel frattempo sta finendo un'intera bustina di arachidi.

«Sì, certo!» risponde con la bocca piena.

«Ti faranno male tutte quelle arachidi!» la avviso.

Tommi le leva il sacchetto da sotto il naso.

«Hai qualche tendenza iperprotettiva» osserva Gio.

Mi ero scordata per un attimo di essere sulle sue gambe.

Ansia.

«Non vuoi che fumi, non fai mangiare in pace tua cugina...» continua lui.

Sì, nella mia sequenza nucleotidica ci deve essere qualche gene di mamma ereditato.

«Il fumo fa male e le arachidi pure» alzo le sopracciglia con fare saccente.

«Anche guardarti senza poterti baciare fa male. Quindi, secondo il tuo discorso, dovresti baciarmi.» Le sue parole mi solleticano il cuore.

«Sei un idiota» mi scappa un sorriso imbarazzato.

«Che piccola che sei.» Mi stropiccia il viso, stringendomelo tra le mani.

«Gio, Cloe, voi giocate?» La voce allusiva di Lara mi riporta alla realtà in un millesimo di secondo.

Mi stacco immediatamente da Gio.

«Sì, certo» la mia voce è più alta di tre toni.

Gio se ne accorge e ride.

Lo stritolerei.

Dopo due partite a Taboo e una quantità impressionante di arachidi ingurgitate da Lara, tutti si alzano improvvisamente.

«Noi andiamo a casa, raga» dice Manu, circondando la vita di Bea.

«Anche io!» si alza Paolo in fretta.

«Dai, Lollo, muoviti» dice poi, tirando il cugino per la maglia.

Mi alzo anche io: perfetto, per una volta vado a dormire prima dell'alba.

«Ehm, Cloe... Io pensavo di fare un giretto con Tommi» dice frettolosamente Lara, trascinando con forza il barbuto fuori dal cortile.

Ah.

In due minuti il cortile si svuota.

O quasi.

Mi volto verso Gio, ancora seduto tranquillamente sulla sua sedia.

Questa cosa mi puzza parecchio.

Scommetterei quello che volete che è stata Lara a organizzare tutto!

«Tu ne sapevi qualcosa?» gli chiedo, indicando il vuoto intorno a noi.

«Ovvio che no» mi risponde cercando l'accendino nelle tasche.

Il sorriso sulle sue labbra lo tradisce.

Mi soffermo sulla sua bocca.

Una sigaretta è già ferma tra quelle labbra.

Mi avvicino prontamente per farla sparire.

Lui capisce le mie intenzioni e la afferra prima che io possa prendergliela.

«Sai come la penso.» Mi fermo davanti a lui mettendo le mani sui fianchi.

Gio ride scuotendo la testa.

Alza poi lo sguardo su di me.

«Cosa mi dai in cambio?» Le sue labbra si muovono lentamente, il tono deciso e spavaldo.

«In cambio?» Alzo un sopracciglio sorpresa.

«In cambio» ribadisce lui, sistemandosi meglio sulla sedia.

«Non mi piacciono questi ricatti...» chiarisco poggiandomi alla parete.

«Tu non vuoi che io mi fumi questa sigaretta, giusto?» Le sue labbra maliziosamente incurvate sottintendono una proposta indecente.

«Spogliati» dice di colpo, come se fosse la cosa più normale del mondo.

Mi sblocco, come se un meteorite mi fosse appena caduto in testa.

Sbatto più volte le palpebre e assumo un'espressione scioccata, non appena mi rendo realmente conto delle sue parole.

«Che cosa?» Sento di avere gli occhi fuori dalle orbite.

«Tu sei pazzo» ribatto divertita.

«D'accordo» mi interrompe ridendo. Si rimette la sigaretta tra le labbra.

Sta per accenderla, quando qualcosa mi balena d'un tratto in testa.

«Cos'è, Gio, hai bisogno di fare sesso, dato che non vai a letto con qualcuno da mesi?»

Gio sorride per la mia sfacciataggine, riposando l'accendino sul tavolo.

Si alza. La sigaretta ancora tra le labbra.

Viene verso di me.

Mi addosso totalmente alla parete, come se potessi sprofondarci dentro.

«Vedo che non l'hai scordato» ribatte lui, sempre più vicino a me.

Toglie la sigaretta dalle labbra.

«La verità è che non vedi l'ora di venire a letto con me.» Le sue labbra si muovono avvicinandosi sempre di più alle mie.

«Fino a prova contraria sei tu che vuoi spogliarmi» lo sfido con lo sguardo.

Lui si blocca improvvisamente, il suo respiro sul mio viso.

Due secondi e si stacca da me.

Indietreggia, voltandosi verso il tavolo per recuperare l'accendino.

Ma non accende quella stupida sigaretta: se lo rimette in tasca e si volta ancora verso di me.

«Stai giocando col fuoco, ragazzina» risponde accigliato ma divertito al tempo stesso.

«Starò attenta a non bruciarmi.»

E niente, stasera le risposte a effetto mi piovono dal cielo come cacca di piccione, che ci posso fare...

«D'accordo, niente sesso.» Si siede sul tavolo incrociando le braccia sul petto.

Come, niente? Fa' qualcosa, razza di imbecille di una ragazza!

«Tanto sarai tu stessa a pregarmi di farlo.»

Vai, inizia a pregarlo, su!

«Ma non credo proprio» rispondo sia a Gio sia alla mia insensata e incosciente coscienza.

«Staremo a vedere.» Lui inizia a sistemare i bicchieri sul tavolo senza smettere di ridere.

Guardo il tavolo lercio.

Si meriterebbe di pulire tutto da solo: così forse la smetterebbe di fare battute viziose ogni due secondi.

Resto ferma impalata per un po', stando a guardare.

Sbuffo.

Non ce la faccio: è più forte di me.

Mi avvicino a lui.

«Ti do una mano» gli dico, iniziando a impilare i bicchieri sporchi.

«Puoi darmi tutto quello che vuoi» dice prima di farmi l'occhiolino e poi sparire in cucina.

Avrei dovuto lasciarlo ad affrontare da solo la sporcizia!

Dovrebbe imparare a tenere la bocca chiusa ogni tanto.
Lo prenderei a schiaffi.

E a baci.
Smettila, Lucy, sto cercando di mantenere la mia integerrima dignità.
No, ragazza mia, tu stai solo cercando di far esplodere quel poveretto!

Salgo gli scalini, raggiungendo la cucina.
Gio sta posando i bicchieri nel lavandino. La sua figura nella penombra e il suo profumo ovunque mi fanno scordare in un secondo tutti i miei buoni propositi.
Mi avvicino a lui, posando i bicchieri a mia volta nel lavabo.
Le nostre mani si scontrano per sbaglio. Ci fermiamo, alzando entrambi lo sguardo.
I suoi occhi neri brillano nell'ombra.
Mi avvicino istantaneamente a lui.
Le sue labbra a pochissimo dalle mie, il suo respiro mi fa respirare.
«Mi stai per baciare, Cloe?» ribadisce lui per averla vinta, con il suo solito tono arrogante.
«Vuoi un bacio, Giodago?» ribatto sulle sue labbra.
«Sei fastidiosa» sussurra, la voce bassa.
«Sei indecente» dico di rimando col suo stesso tono.
Gio ride.
«Sei una ragazzina saccente, lo sai?» Le mani scivolano sulle mie braccia.
Mi afferra, facendomi indietreggiare verso il corridoio che conduce al salotto.
Mi resta appiccicato.
Le sue labbra sfiorano le mie.
Nel mio stomaco un branco di elefanti balla la Macarena.
Mi trascina verso il divano, sovrastandomi con la sua altezza.
Si ferma, afferra il bordo della mia maglia e prende ad accarezzarmi la pelle nuda.
Scrollo i capelli all'indietro. Sono un groviglio di emozioni: imbarazzata e disinibita allo stesso tempo.
Gio posa i suoi occhi nei miei, come per avere la mia approvazione per ciò che sta per fare.

Non dico nulla, semplicemente perché non ho voce in gola.
Lui alza piano la mia maglia.
«Gio, aspetta...» la voce mi si strozza non appena sento le sue labbra scivolare lungo il mio collo.
«Non ti sfioro con un dito se non vuoi, sta' tranquilla» sussurra lui, baciandomi lentamente la pelle.
Porto le mani attorno al suo collo, afferrandogli i capelli soffici tra le dita.
«Non è che non voglio» gli dico attirandolo di più a me.
Lui lascia scivolare le mani lungo le mie gambe per poi prendermi in braccio e posarmi sul divano dolcemente.
Le sue labbra sfiorano ancora le mie.
Il cuore mi martella forte nel petto.
«È che... vorrei... chiederti delle cose» dico a fatica.
«Sentiamo» acconsente con voce roca.
Si sistema tra le mie gambe, le sue mani sui miei fianchi.
E mentre la mia testa frulla, il cuore sussulta a intermittenza.
Io stesa sul divano. Lui in ginocchio tra le mie gambe appena divaricate. Fa scivolare le dita dal mio bacino fino alle ginocchia. Mi sfiora la pelle, attento a non toccarmi mai del tutto.
Il suo sguardo segue le sue dita.
Io attenta a ogni suo movimento, con il respiro che manca.
Alza gli occhi su di me.
«Cosa vuoi chiedermi?» La sua voce mi stordisce, le sue mani sulle mie gambe non mi consentono di pensare lucidamente.
Non credo di aver mai intavolato un discorso in una situazione del genere.
Ma non so per quale strana ragione, mi piace.
Deglutisco a vuoto.
«Cos'è che mi nascondi, Gio?» La domanda l'avevo formulata in testa almeno un centinaio di volte, in maniera del tutto diversa. Ma le mie labbra si sono mosse spontaneamente pronunciando queste parole sotto il suo sguardo attento.
Gio continua a guardarmi, mentre risale con le dita sulle mie gambe.
È come se si aspettasse questa domanda, come se sapesse perfettamente ciò che mi passa per la testa.
«Cosa vuoi sapere?» Le sue labbra si sollevano appena sui lati, accennando un sorriso.

Sorrido a mia volta per la sua solita leggerezza, ma cerco di essere più seria quando riprendo a parlare.

«Quella notte, quando sono rimasta qui a dormire, mi hai detto che anche tu hai costruito una maschera per evitare di soffrire ancora…» balbetto, la voce flebile, quasi un sussurro.

«Vuoi sapere perché ho sofferto?» mi interrompe lui, intendendo il mio discorso.

Accenno un sì col capo.

Gio si siede sul divano, facendo stendere le mie gambe su di lui.

«Ero un bambino molto bello, ti sarei piaciuto» scherza.

Poi si appoggia meglio allo schienale del divano e continua. «Ero molto solo, non avevo amici, ma i miei genitori erano molto ricchi» si schiarisce la voce per riprendere a parlare.

Mi concentro, preparandomi ad ascoltare, per la prima volta, la storia di Gio.

«Sono cresciuto con tate che cambiavano ogni mese, in una casa elegante ma vuota, con montagne di giocattoli, ma nessuno con cui giocare.»

Mi sollevo sui gomiti, la sua voce monotono mette i brividi.

«Apparentemente avevo una vita felice, ma era solo un'enorme scatola vuota in cui ero letteralmente imprigionato. I miei si sono separati quando ero ancora molto piccolo, ma non credo neanche di aver percepito questo distacco, dato che in casa non c'erano quasi mai. Ricordo però bene i tribunali, gli avvocati, i vestiti eleganti che ero costretto a indossare per andare agli eventi benefici di mio padre.»

Sento le mani tremargli sulle mie gambe.

Mi sollevo alla sua altezza, facendo scorrere le dita tra i suoi capelli nerissimi.

Lui continua a guardare di fronte a sé, un punto nel vuoto, come se cercasse conforto nel nulla.

«Dopo la separazione, sono stato affidato a mia madre, ma solo sulla carta, dato che sono rimasto nella solita casa, ovviamente sempre solo» sorride amaro.

«So che stai pensando, il solito ragazzino ricco, che non sa fare altro che lamentarsi» dice in tono ironico, voltandosi verso di me.

«Non lo sto pensando affatto, invece.» Scuoto la testa.

Gli accarezzo piano il volto: la sua pelle è calda e liscia sotto le mie dita.

«Penso che tu abbia sofferto molto e che questo tuo modo di fare sia dovuto proprio a ciò che hai vissuto. Chi crede che i soldi siano sinonimo di una vita felice è un grandissimo sciocco.» I suoi occhi cambiano, sono meno cupi.

Lui conferma, facendo un cenno col capo.

«Sciocco» ribadisce ridendo, imitando il mio tono.

Poi torna a guardare di fronte a sé, vagando tra i suoi ricordi freddi più del ghiaccio.

E mi sembra di sfogliare un album pieno di foto tristi insieme a lui.

«Questo non giustifica quello che faccio, quello che sono ora...» dice, come risvegliandosi di colpo.

«Non è così, non puoi cambiare ciò che hai vissuto» sospiro. «E poi sono convinta che tu sia molto di più di quello che vuoi mostrare agli altri.» Non posso credere che si colpevolizzi in questo modo.

Non ha avuto nessun affetto intorno, è cresciuto in un mondo asettico, come può colpevolizzarsi senza...

«Ci sono molte cose che non sai.» Il suo sguardo si fissa di nuovo nel mio, triste, interrompendo i miei pensieri.

Serro le labbra.

«Non so cosa tu voglia intendere e so che c'è dell'altro, ma non sono io a doverti giudicare, di qualsiasi cosa si tratti...»

«Non sono propriamente il ragazzo perbene che credi. Non sono quello che tu meriteresti.» I suoi anelli sulle mie gambe ora li sento freddi più che mai.

Apro la bocca per parlare, ma la richiudo subito dopo.

Ora conosco il suo passato, ma il suo presente mi è totalmente ignoto e mentirei se dicessi che le sue parole non mi fanno paura.

«Non serve che tu me lo dica ora» dico convinta.

Appoggia la testa allo schienale del divano, guardandomi di traverso.

Lo sguardo sincero è un po' più leggero, il lieve sorriso sulle sue labbra lo dimostra.

«Sei un piccolo sole» sussurra con dolcezza.

La sua mano passa sul mio mento, alzandomi il viso all'altezza del suo.

«E io sono un coglione di prima categoria» aggiunge.

Sorrido per la sua sincerità.

Ride anche lui.

«Quindi è vera la cosa che sei un dongiovanni?» chiedo alludendo alle voci che girano sul suo conto.

«No, ma le cazzate le faccio. Sinceramente non mi aspettavo di conoscere una ragazza che mi piacesse veramente.» Mi guarda. «Ho sempre fatto il coglione, prima di conoscerti intendo.»

Gli sorrido, involontariamente mi sta dicendo delle cose bellissime.

«Non avevo niente da perdere» aggiunge.

Io continuo ad ascoltarlo, sempre più attenta.

«Ma ora è tutto diverso» mi spiega. La sua mano scorre sulle mie gambe, disegnando dei piccoli cerchi.

«Tutto diverso» ribadisce, come per rendermi chiaro ciò che intende.

«Okay» gli rispondo.

Si stropiccia il volto, tirando indietro i suoi capelli nerissimi.

«E poi?» aggiungo sorridendo.

Vorrei ascoltarlo per ore, sentire cosa ha da dirmi.

«Ti ho detto abbastanza» si rivolge a me, sorride. «Vuoi sapere altro?» La sua voce divertita.

«Mmh» assento, sorridendo.

«Cosa?» mi chiede.

«Qualcos'altro.» Lo guardo divertita.

«Ma tutte le cose che ti ho detto te le ricordi o no?» Mi afferra le gambe, tirandomi verso di lui.

«Sì, per questo voglio sapere altro» rido, gioiosa e imbarazzata al tempo stesso.

«Penso un sacco di cose.» Mi dà un bacio su una guancia, poi un altro. «Non ti basta sapere che prima...» si ferma all'altezza delle mie labbra, «... non stavo bene e invece adesso sì?»

Le nostre labbra vicine fremono.

La sua mano si posa sulla mia guancia bollente.

Il suo respiro affannato detta il ritmo alle sue mani che risalgono verso il mio bacino.

Accorcia le distanze e mi bacia prendendo le mie labbra tra le sue per un secondo, per poi allontanarsi ancora.

Si avvicina di nuovo e ritrovo le mie labbra tra le sue in un attimo.

Il cuore mi esplode nel petto quando posa un braccio sotto le mie gambe e mi ritrovo completamente in braccio a lui.

Le sue mani si muovono ancora sulle mie gambe, fino all'orlo dei pantaloncini e poi ancora giù.

Un formicolio continuo nel basso ventre.

Le mie labbra si confondono tra le sue in continuazione, il suo profumo si imprime nel mio respiro.

Trattengo il fiato quando sento le sue dita slacciare il bottone dei miei jeans.

Tira giù lentamente la cerniera, fino a sfiorarmi l'orlo degli slip.

Sospiro pesantemente sulle sue labbra, inteso immediatamente da Gio come un segnale per continuare.

Mi accarezza il basso ventre con le dita, i suoi anelli sono ghiaccio sulla mia pelle infuocata.

Mi appoggio completamente a lui, mentre scende con le dita verso la parte più intima di me con dei leggeri movimenti rotatori.

Irrigidisco le gambe, rilassandole subito dopo quando sento il piacere diffondersi nel mio corpo.

Mi stacco dalle sue labbra con il respiro corto e le guance completamente arrossate.

Alzo lo sguardo nel suo.

«Non te ne andare mai» sussurro.

Le sue dita si insinuano sotto la stoffa dei miei slip, quel contatto mi fa sussultare e abbassare lo sguardo sotto i suoi occhi.

«Guardami, Cloe. Guardami.» La sua voce roca e decisa non riesce a celare del tutto una punta di imbarazzo.

Faccio come mi dice.

Anche le sue guance sembrano più rosse del solito.

Mi chiedo se anche lui senta questo fuoco vorticare velocemente nel petto al punto da far fatica a respirare.

Lui mi bacia dolcemente le labbra, senza smettere di muovere le dita dentro di me.

Sorrido leggermente.

«Sai che...» dico a fatica, lasciando la frase in sospeso.

Devo essermi impazzita.

«Cosa...» riprende lui, indagando il mio volto, col nero dei suoi occhi.

«No, nulla, lascia perdere» dico ridendo.

«Cosa? Dimmi» insiste, poggiando la fronte contro la mia.

«Sei bravo.» Le parole mi escono spontaneamente dalle labbra, come se d'improvviso io avessi perso ogni freno inibitore, inebriata da lui, da quello che sta facendo e quello che mi fa sentire.

Il sorriso malizioso di Gio a pochi centimetri dal volto mi manda in tilt.

«Lo so» risponde, sfacciato come non mai.

Sorrido per la sua solita insolenza.

E continuo a bruciare sotto il suo tocco.

Perché lui mi piace così, spudorato e dannato.

CAPITOLO 54

Buongiorno, mondo.

Mi stropiccio gli occhi appiccicati dal trucco. Ieri sera mi sono scordata di togliermi il mascara.

Ieri sera.

Un tuffo al cuore.

Sbuffo, sollevandomi sui gomiti.

Richiudo gli occhi e la mia mente si riempie di immagini e ricordi, esattamente come è successo per tutta la notte. Credo di aver dormito circa mezz'ora.

Porto la mano al petto, ho il cuore che sta per scoppiare.

Un sorriso ebete mi compare sul volto.

E mi sento viva.

Per la prima volta non ho provato solo puro e semplice piacere, ma qualcosa di più.

Le sue mani sul mio corpo accendevano i miei sensi e anche il mio cuore.

Non mi era mai successo, con nessuno prima d'ora avevo sentito questo fuoco dentro.

Certo, non ho avuto così tante esperienze, come sicuramente ne avrà avute lui...

Chissà se anche per lui è stato diverso.

E chissà se fossimo andati oltre. Forse...

«Cloe, sei sveglia?» Mia cugina bussa alla porta con la delicatezza di un troll.

«Mi avresti svegliata comunque!» le urlo di rimando, calciando via con forza le lenzuola.

«Buongiorno, cuginetta.» Lara mi compare davanti, già perfettamente vestita e pettinata.

Dove dovrà andare?

«Non mi piace affatto quando mi chiami così, lo sai!» la ammonisco puntandole un dito contro.

Quando mi chiama in questo modo vuole qualcosa o peggio... sapere qualcosa.

«Okay, d'accordo, allora veniamo subito al sodo» ribatte lei, agitando forsennatamente una mano.

Ecco, appunto.

«Nessun uovo sodo, cugina. Non mi piacciono, dovresti saperlo» la prendo in giro, aprendo l'armadio.

«Cos'è successo ieri sera?» mi chiede eccitata, facendo capolino da un'anta del mio armadio.

Lo richiudo con forza, afferrando un vestito a caso.

«Già, vorrei saperlo anche io cosa è successo ieri sera!» ribatto, ricordando la premeditazione di Lara nel far sparire tutti, per lasciarmi da sola con Gio.

«Ce lo chiediamo in due allora!» afferma, sedendosi sul bordo del letto.

«Come ti è saltato in testa di lasciarmi da sola con lui nel bel mezzo della notte?» la rimprovero.

«Spero abbia funzionato, per lo meno» continua quella pazza di mia cugina con lo sguardo carico di curiosità.

«Anche perché ci ho messo un bel po' a convincere tutti...» aggiunge pensierosa.

«Che cosa avresti fatto? Ma sei diventata matta?» Sono sconcertata.

«No, sono solo la tua nuova consulente sentimentale» dice solennemente.

«Consulente di che?»

«In breve: agevolerò il corso degli eventi delle tue vicende personali, fino al coronamento del vostro amore in uno splendido matrimonio» spiega come se stesse leggendo il dépliant di un'agenzia per cuori solitari.

La guardo perplessa.

«Ti sei mai fatta vedere da un bravo medico?» Le tocco la fronte con insistenza, per poi iniziare a camminare nervosamente per la stanza.

«Quindi ho aiutato o no il corso degli eventi ieri notte?» evita la mia domanda, ansiosa di ricevere anche solo un mio cenno affermativo.

Mi dispiace, cuginetta, ma non ti dirò un bel niente.

«Ieri notte ho passato tutta la serata a giocare a Scarabeo con i vicini di Gio» affermo con una sicurezza che lascia senza parole anche me.

«Ma come? E io che credevo di aver favorito la sorte…»

«Senti, Lara, qui l'unica cosa che stai favorendo è il mio nervosismo, quindi esci immediatamente dalla mia stanza!» indico la porta con fare severo.

Ora mi ha davvero stancata.

«Non posso, devo aiutarti a vestirti!» ribatte, ritornando allegra e irritante in un decimo di secondo.

«Be', grazie, ma non ne ho bisogno. So mettermi il costume da sola.» La spingo verso la porta.

«Te ne sei dimenticata!» mi dice lei, guardandomi di sottecchi.

Mi fermo di colpo, guardandola perplessa.

«Dovevamo andare a trovare Fra stamattina, ricordi?» dice, sventolandomi una mano davanti alla faccia.

Il suo profumo ciliegia mi soffoca.

«Te ne sei proprio dimenticata» conferma ribadendo il concetto con fare supponente. «Be', del resto hai troppi pensieri per la testa al momento. E sai a cosa mi riferisco» conclude con tono divertito, alzando e abbassando il sopracciglio in maniera eloquente.

«No, non so proprio a cosa tu ti stia riferendo!» ringhio spingendola definitivamente fuori dalla porta.

Mi appoggio allo stipite, tirando un profondo sospiro.

Me ne ero proprio scordata!

Che diavolo ho nella testa? Cavoletti di Bruxelles, forse?

No, solo un esemplare di Giodago, cara.

Te li faccio ingurgitare crudi, Lucy, se non la pianti!

Odio la mia coscienza, odio mia cugina e odio tutti. O quasi.

Profumo di gelsomino.

La stanza è ordinata, la luce che filtra dalla finestra acceca chiunque entri dalla porta.

Le tende azzurrine sbiadite si addicono perfettamente alle lenzuola e fanno tanto "stanza di ospedale".

Lara si è fiondata su Tommi, seduto sul letto di Fra.

Stanno amoreggiando come al solito, approfittando dell'attesa. L'infermiera ci ha appena informati che Fra sta facendo le ultime analisi di controllo: una decina di minuti e tornerà in stanza.

Il che significa dieci minuti di sbaciucchiamenti: non so se riuscirò a reggerli.

Mi tormento le dita con fare nervoso, passeggiando avanti e indietro per la stanza.

Rivedere Fra mi dà ansia, anche se non so bene il motivo: forse perché mi sono spaventata tanto quando l'ho visto in quello stato o forse perché il suo incidente ha risvegliato in me tutto il dolore che avevo provato per la morte di Amy e che avevo cercato di seppellire.

Qualcosa si è smosso dentro di me quando l'ho visto lì a terra sull'asfalto, freddo come il ghiaccio e mi ha riportato alla mente ogni ricordo che speravo ormai di aver cancellato.

Tutto questo ha permesso al mio cuore di aprirsi: ho per la prima volta parlato di Amy, sono riuscita a elaborare la sua morte: ho accettato il fatto che non è giusto dimenticare, dimenticando il dolore non scompare. Resta lì, immobile, pronto a esplodere da un momento all'altro. L'unica cosa che si può fare è accoglierlo.

La sofferenza mi ha resa negli anni una persona diversa, che non si fidava di nessuno se non di se stessa, ben attenta a non creare legami per paura di stare male… ancora.

«Siete qui.»

Mi giro di scatto verso la porta di ingresso.

Fra sta in piedi di fronte a noi.

Capelli spettinati, il solito viso dolce e un sorriso appena accennato.

«Fra!» Lara corre verso di lui stringendolo in un abbraccio soffocante.

«Non stritolarlo, ci manca solo che devono riportarlo in rianimazione per colpa di una pazza.» Mi avvicino a loro ammonendo mia cugina.

«Ed ecco qui la mia linguaccia preferita» scherza Fra.

Chiude un occhio con fare dolce, non appena sposta lo sguardo su di me.

«Ciao, Cloe» mi dice poi serio, quasi assorto nel guardarmi.

Ricambio il suo sguardo.

I suoi occhi indagano nei miei, facendomi arrossire.

Tossisco leggermente.

«Allora quando esci da questo posto?» chiedo svelta.

«Lo dimetteranno domani» risponde Tommi al posto di Fra.

«Già... domani» conferma lui, senza smettere di guardarmi.

Passiamo il resto della mattinata a parlare con lui e a tenergli compagnia.

Fra ci racconta per filo e per segno la situazione sentimentale di tutte le infermiere al piano e le sue tecniche da rubacuori pronte per essere attuate... Non è poi così diverso da Gio a quanto pare!

Ridiamo tutti attorno al suo letto e io non posso far altro che tirare un sospiro di sollievo: quando le cose vanno bene non le si apprezza mai abbastanza, bisognerebbe ogni tanto fermarsi e riflettere su quanto sia bello ciò che stiamo vivendo. Come questo momento, per esempio.

«Ti ho portato anche i biscotti che ha fatto mia madre. Ti saluta tanto e spera che ti rimetta presto» dice d'un tratto Lara, tirando fuori dalla borsa una vaschetta in plastica piena di cookies.

«Ehi, ma io quelli non li ho visti in cucina stamattina!» Apro gli occhi estasiata.

«Tu hai una dipendenza da biscotti e cioccolato. Farti vedere questi significava vederli sparire nel giro di un secondo!» ghigna mia cugina.

«Ah, ah, ah. Davvero spiritosa. Io non ho nessuna dipendenza, posso smettere quando voglio!» Incrocio le braccia arricciando il naso in una smorfia.

«Ah, sì? Bene allora scommettiamo: niente cioccolata per due giorni e io ti regalo la mia ultima borsa!» Lara assottiglia gli occhi da vera scommettitrice.

«Non mi importa nulla della tua borsa, puoi tenertela!» ribatto, punta sul vivo.

Pensa davvero di comprarmi con una delle sue borsette fighette?

«Okay, allora ti farò restare di nuovo con Gio in casa da sola!» sputa d'un tratto quella perfida di mia cugina.

Trattengo il fiato pietrificata, spostando immediatamente lo sguardo su Fra.

Il suo volto confuso guarda Lara e poi me.

Razza di ragazzina imbecille!

Le faccio segno con la mano di stare zitta e rimangiarsi tutto, ma ovviamente mia cugina non capisce nulla. Non che avessi dubbi...

«Perché mi fai quegli strani gesti? Ti senti bene, Cloe?» dice perplessa.

Mi sembra più stupida di Gue, a volte.

«Cloe sta benissimo. Dai, Lara, noi iniziamo a scendere, ho pagato il parcheggio fino a mezzogiorno ed è quasi l'una» dice Tommi afferrandola per un braccio e trascinandola letteralmente fuori dalla stanza, forse intuendo che non era proprio il caso di continuare quel discorso davanti a Fra.

Incredibilmente, il barbuto è più acuto di quella gallina di mia cugina.

«Ehi, insomma! Ma che modi sono? Io stavo ancora parl...» Lara non fa in tempo a finire la frase che Tommi la spinge fuori dalla porta.

Cugina senza cervello: meritava di finire appesa al posto delle tendine sbiadite.

«Di che stava parlando Lara?» mi chiede Fra confuso, guardandomi di sbieco.

«Oh, nulla...» rido isterica.

E ora che gli dico? Dannazione!

«Lascia perdere i discorsi di Lara, non hanno mai senso. A volte parla persino di mutande a fiori volanti... È un po' matta, poverina» dico, parlando a vanvera.

«Davvero? Credevo fosse abbastanza normale. A parte il fatto che chiacchiera in continuazione» dice Fra divertito.

«Oh, l'apparenza inganna» dico frettolosamente, cercando di sviare il discorso su qualcos'altro. «... Quindi domani ti dimettono» accenno sedendomi accanto a lui.

«Così sembra» dice lui guardandomi con fare dolce.

«Come vanno le cose al Lido senza di me?» mi chiede sollevandosi sui gomiti per appoggiarsi alla testiera del letto.

«Tutto sempre uguale: Lara parla troppo, Gue ha troppe tette ed Elvis mangia troppe pizze» mi tappo la bocca all'istante. Perché devo sempre esagerare?

Fra ride di gusto.

«Gue che ha troppe tette mi mancava davvero» dice non appena si riprende.

«Be', sì, cioè... Non ho nulla contro le taglie abbondanti, non fraintendermi. Voglio dire, a me non piacciono le tette e non mi importa nulla di chi ha tante tette...»

Sempre peggio.

«Ho capito ciò che volevi intendere, tranquilla» continua lui prendendomi in giro per la mia goffaggine.

Lascio andare un risolino isterico.

«Con Gio come sta andando?» mi chiede di botto.

Tossico leggermente più volte, afferrando la bottiglietta che c'è sul comodino.

Bevo a grandi sorsi, picchiando leggermente una mano sul petto.

«Va così male?» chiede lui senza smettere di ridere.

«Va bene» cerco di cavarmela con tre semplici sillabe.

Cosa dovrei dirgli?

Ehi, Fra, ho passato quasi tutta la notte con Gio in preda alla passione più sfrenata, tralasciando la mia regola numero uno e cioè non lasciarmi abbindolare dal classico cattivo ragazzo. Ah, e in tutto questo tu giacevi in un letto d'ospedale.

No, direi proprio di no.

«Non mi interessa sapere cosa sia successo tra voi» dice Fra d'un tratto, con serafica tranquillità.

Io invece a quelle parole ritorno immediatamente a ieri sera e divento rossa pomodoro in preda a una crisi di nervi corticali.

Per fortuna che sono già in ospedale.

«Mi interessa solo sapere se tu stai bene» continua lui prendendomi la mano.

Sospiro, cercando di darmi una calmata.

«Sto bene, Fra. Davvero» lo rassicuro avvicinandomi a lui.

Non è mai facile per me parlare di Gio, soprattutto con Fra, ma apprezzo il fatto che lui non sia stato invadente. Del resto non lo è mai.

«Ma qui l'unico che deve stare bene sei tu!» gli dico sorridendo. «Quindi io ora vado e tu cerca di riposare, d'accordo?» Mi sporgo verso di lui e poso leggermente le labbra sulla sua guancia morbida.

Mi alzo poi di scatto, prendo la borsa e mi dirigo verso la porta.

«Cloe» mi richiama non appena poggio una mano sulla porta semiaperta.

Mi rigiro verso di lui.
La sua espressione serena e i suoi occhi dolci riescono a tranquillizzarmi di colpo.
«Grazie di essere passata.» Le sue labbra si muovono lentamente, i suoi occhi sono sinceri.
Gli sorrido ed esco dalla stanza. Le guance ancora rosse.

CAPITOLO 55

Festival latino.

Da queste due parole potete già capire quanto io sia a mio agio in questa situazione.

Lara ha speso tutto il pomeriggio a convincermi a venire a questa festa terrificante: «Dai, ci siamo tutti, ci saranno tutte le nuove hit e poi è sotto casa!».

Ho accettato per sfinimento. La logorrea di Lara potrebbe essere usata come nuovo metodo di tortura militare, ne sono certa.

E dunque eccomi qui, con Lara al mio fianco, uno Spritz davanti e gente seminuda ovunque.

«Secondo te perché stanno facendo tanto tardi? Tommi sarebbe già dovuto essere qui!!» chiede Lara mangiucchiandosi ansiosamente le unghie.

«Io invece mi sto ancora chiedendo cosa ci faccio qui, addirittura in anticipo» ribatto ironica, bevendo un altro sorso di quello Spritz venuto decisamente male.

La musica si alza, il sole cala sul mare a poco a poco e la brezza inizia a farsi sentire.

«Mi sto pentendo di aver messo questo vestito» dice Lara strofinandosi le braccia nude per il vento.

«E io? Che cosa dovrei dire?» chiedo indicando il vestitino beige corto che mi ha costretto a indossare.

Maledico me stessa per averle dato ancora una volta ascolto.

Mi appoggio al bancone davanti al mio Spritz, potrei essere la protagonista di un quadro di Degas, che immortalerebbe tutta la mia depressione del momento.

«Oh, eccoli!» strilla Lara balzando giù dallo sgabello e andando incontro agli altri.

Mi giro anch'io, ma non ci penso nemmeno a muovermi.

In ordine entrano per primi Tommi e Gio, poi Lollo e Gue dietro, Manu e Bea subito dopo ed Elvis in fondo.

Il barbuto ha una camicia a fiori stile hawaiano, avrà di sicuro confuso "serata latina" con "Carnevale".

Accanto a lui Gio in una camicia blu notte, pantaloni beige chiari e il suo solito modo di fare così... affascinante.

Ma tu non eri depressa?

Mi sta passando, Lucy. Mi sta passando.

Gio viene verso di me e io già mi agito. Prendo alla svelta il mio Spritz, buttandolo giù in un sorso. Mi serve dell'alcol.

«Hai deciso di sbronzarti anche stasera?» Gio mi si piazza davanti e mi investe con tutta la sua bellezza e sfacciataggine.

Tossisco un paio di volte, facendo finta che mi sia andato di traverso lo Spritz.

«Può darsi» gli rispondo facendogli la linguaccia.

«Va bene. Sei bella anche da ubriaca...» dice con un sorriso carico di sottintesi.

«Tranquillo, non sarò mai tanto ubriaca da venire a letto con te» sorrido malefica.

Dai, Gio, fatti sotto, tanto la guerra di parole la vinco sempre io.

«No, infatti... Quando verrai a letto con me sarai perfettamente sobria, te lo assicuro.» Gio afferra lo sgabello da una delle gambe, avvicinandolo al suo.

Mi ritrovo a pochi centimetri da lui.

Sussulto non appena mi posa le mani sui fianchi.

Sei bello almeno quanto sei stronzo. Quindi, tanto.

«Ragazzi, interrompiamo qualcosa?» Lara si intromette, sedendosi al lato opposto del tavolino, seguita da tutti gli altri.

Io mi ricompongo, rimettendo lo sgabello dov'era, sotto lo sguardo divertito di Gio.

«Gio, non ti metti a capotavola come al solito?» chiede Manu accennando a un posto vuoto.

«Scherzi? Non può stare troppo lontano dalla sua preferita» si intromette Gue, facendo cenno verso di me.

In che senso "preferita"? Preferita rispetto a chi?
Mi giro verso Gio aspettando una sua risposta.
«Hai ragione, Gue» dice lui avvicinando di più il mio sgabello al suo.
Sbarro gli occhi: lo ha fatto davvero?
Gli altri ci osservano.
Abbasso lo sguardo imbarazzata, Gio invece guarda tutti sfacciatamente: non gli importa nulla di quello che pensa la gente e degli eventuali pettegolezzi su di noi.
«Gio, devi dirci qualcosa?» chiede Manu divertito.
Gio prende una patatina dal piatto al centro del tavolo, infilandosela in bocca.
«Dovrei?» ribatte lui assolutamente sereno.
Potrei giurare di vedere un mezzo sorrisetto incurvare le sue labbra.
«E tu, Cloe, devi dirci qualcosa?» mi incalza Lara, approfittando della situazione.
Okay, adesso la strozzo davvero!
Va bene il festival latino.
Va bene il microvestitino.
Ma questo è troppo.
Gli occhi di tutti sono puntati su di me.
«Sì, Cloe, devi dirci qualcosa?» Gio si volta verso di me ridendo ormai.
Stronzo, lo ripeto.
Sbarro gli occhi, guardando dritto davanti a me: il drink è finito.
Non ho nemmeno un diversivo decente cui appigliarmi...
Mi guardo velocemente attorno.
Poi un'idea.
«Sì, effettivamente volevo dirvi che avevo una voglia pazzesca di... andare a ballare» rispondo soddisfatta, saltando giù dallo sgabello.
Vedo Lara fare una smorfia.
Gio ride per la mia risposta.
Lo tiro per la manica della camicia.
«Dai, andiamo, su!»
Io che invito gli altri a ballare, ma ci rendiamo conto?
Gio si alza divertito, circondandomi il bacino con le braccia.

«Te la sei cavata, complimenti» mi sussurra all'orecchio trascinandomi verso la pista da ballo.

Vedo gli altri seguirci, devono aver valutato la mia stupida idea di ballare come la migliore trovata del secolo!

«Avevi dubbi?» gli rispondo di rimando, voltandomi verso di lui e continuando a indietreggiare verso la pista.

Gio punta i suoi occhi neri nei miei, mi sfiora delicatamente il viso per poi sistemarmi una ciocca di capelli dietro un orecchio.

«No, ma del resto hai imparato dal migliore» dice con voce roca, facendo scivolare le dita dai miei capelli alla mia bocca.

Mi accarezza dolcemente il labbro inferiore, mentre il ritmo della musica accompagna i nostri passi.

Afferro il suo polso, facendo spostare la sua mano sul mio collo e più in basso, mentre duemila farfalle nel mio stomaco ballano una musica silenziosa e scatenata.

«O forse è il contrario...» dico sottovoce a un soffio dalle sue labbra.

Il suo profumo si mischia al mio.

Lascio la presa sul suo polso e sorrido soddisfatta quando noto i suoi occhi vacillare. Gio è in imbarazzo.

«Se continui in questo modo, non credo di poter mantenere il controllo ancora per molto. Dovresti saperlo ormai.» Gio mi afferra i polsi con entrambe le mani, stringendomeli dietro la sua schiena.

«Hai decisamente qualche mania di protagonismo...» inizio avvicinando il mio viso al suo. «E sei molto presuntuoso.»

«Vero, ma tu sei impertinente» ribatte lui sorridendo.

«Ti piace mettermi in imbarazzo» continuo sfidandolo con lo sguardo.

«Mi piace quando ti imbarazzi» mi soffia sul naso, avvicinando le labbra alla mia pelle. «E ora sei decisamente in imbarazzo» constata guardando le mie guance arrossire.

«Ma da quando hai cominciato a parlare così tanto?» La mia voce è sottile, il suo tocco su di me mi rende fragile.

«Se vuoi smetto subito e inizio a fare altro.»

Alzo gli occhi al cielo.

Improvvisamente sento le sue labbra su di me.

Mi stringe le mani tra le sue e mi basta sentire il suo respiro affannato sulla mia bocca per farmi accendere.

Mi stacco da lui controvoglia.

Sto letteralmente andando a fuoco. E non voglio spegnermi.

«Ci possono vedere» sussurro con quel poco di voce che mi è rimasto.

«E allora?» Le sue mani scorrono sul mio volto, tirandomi indietro i capelli e alzandomi il mento per inchiodare il mio sguardo al suo.

Soggiogata da quel nero e da quel suo profumo deciso, abbandono ogni resistenza e lo bacio.

Mi spingo verso di lui, risalgo lentamente lungo le sue braccia, afferrando il suo volto tra le mani.

Lui mi stringe la vita, attirandomi più forte a sé.

Le ginocchia tremano.

Un pizzicotto dietro la schiena.

Mi stacco all'istante da Gio e mi volto di scatto.

Lara è di fronte a me, con un ghigno malefico.

"Interessante" mima con le labbra, senza smettere di ridacchiare.

«Gli altri sono già al tavolo, stanno portando i cocktail!» dice poi mia cugina ad alta voce questa volta, rivolgendosi anche a Gio.

«Allora io inizio ad andare.» Gio mi afferra il volto con una mano, stampandomi un veloce bacio sulle labbra.

Tutto questo davanti agli occhi attenti di Lara.

Sussulto non appena Lara mi afferra un braccio.

Io ancora intontita per quello che è appena successo e nel vedere Gio che si allontana verso il tavolo.

«Tu. Sei. Morta» scandisco bene ogni parola.

«Oddio, ti ha baciata in un modo… Ma non stai tipo volando?» Lara ha gli occhi a cuoricino, in piena modalità "summer love".

«Tu vedi di tenere la bocca chiusa con zia Anna. Anzi, non deve saperlo nessuno, è chiaro? Sai mantenere un segreto?» le chiedo poco convinta, tirandola verso il tavolo.

«Certo! Io e i segreti siamo una cosa sola» risponde sicura.

«Lara, parlo sul serio, è importante che tu non dica niente… per ora.»

«Per ora? Quindi significa che in un futuro prossimo, o meglio molto prossimo, ne potrò parlare? Oddio, questo significa che ci sarà un futuro tra voi?»

È ufficiale: mia cugina è uscita di testa.

Già mi immagino i volantini per la spiaggia che annunciano il matrimonio tra me e Gio.

«Lara, concentrati! Cosa ti ho chiesto?» L'afferro per le spalle, bloccandola davanti a me.

«Mmh… Cosa mi hai chiesto?» ridacchia lei.

Sembra ubriaca. Eppure non mi pare abbia bevuto…

«Di mantenere il segreto» le dico sconfitta.

«Ah, giusto, il segreto! Certo, certo, puoi stare tranquilla con me.»

Ah, sì, mi sento proprio in una botte di ferro. Dovrò studiare al più presto un piano B.

Raggiungiamo il tavolo.

«Ora zitta però, Cloe, altrimenti tutti scoprono il segreto» dice Lara ad alta voce, facendosi sentire da tutto il locale.

Mi copro gli occhi con entrambe le mani!

Okay, non ci sono speranze.

«Avanza un mojito! Qualcuno lo vuole?» chiede Manu con un drink in mano.

«Io! Grazie!» Mi fiondo verso di lui, afferrando il bicchiere ghiacciato tra le mani.

Risolvi la situazione ubriacandoti?

Shh! Fa parte del piano: ora bevo per dimenticare, penserò alla soluzione domattina.

Non fa una piega.

«Hai sete, piccola Cloe?» mi chiede Gue con la sua voce stridula.

«Sì, e per ascoltare te è necessario avere davvero molto alcol in corpo» ribatto acida.

«Sei davvero una stronzetta impertinente. Ma probabilmente è solo un modo per nascondere quanto in realtà tu sia debole!» sputa fuori perfida per poi bere un sorso del suo drink. «O mi sbaglio, piccola Cloe?»

La sua voce mi irrita.

Lei mi irrita.

Stringo i pugni sul tavolo, cercando in tutti i modi di mantenere la calma.

Le sue parole mi toccano, anzi mi feriscono.

E non dovrebbe essere così, non dovrebbe importarmi nulla delle stupidaggini che escono dalla bocca di Gue.

«Immaginavo di avere fatto centro» dice sogghignando e avvicinandosi a me.

«Cos'è, ora che ho detto la verità non rispondi più? Non fai più l'arrogante con me?» continua.

Chiudo gli occhi e respiro profondamente.

Perché non riesco a reagire? Gue ha ragione?

La mia sfacciataggine è solo un sintomo della mia grande debolezza?

«Ora basta, penso che tu stia esagerando.» La voce incazzata di Gio mi arriva da dietro.

Mi volto verso di lui.

Ma è come se fossi un'altra, come se non riconoscessi me stessa. Sono spaesata, confusa, come se mi guardassi da fuori, inerme.

«Cos'è questa difesa continua nei suoi confronti? Penso che lei sia più che in grado di difendersi da sola» ridacchia Gue.

La sua voce stridula mi fa pulsare le tempie.

«Sbaglio, piccola Cloe? O Forse...» lascia la frase in sospeso, posando con fare teatrale il drink sul tavolo.

La seguo con gli occhi, l'attenzione di tutti si è spostata su di lei.

«... O forse tutti la difendete semplicemente perché avete pietà di lei...» Sgrano gli occhi su di lei.

Mi sento fredda come il drink gelido che stringo convulsamente.

Sento il vociare degli altri e Gio alzarsi improvvisamente dallo sgabello.

E poi, improvvisamente, tutto diventa buio e ovattato intorno a me quando Gue pronuncia la stilettata finale: «Per la morte di sua sorella».

Quelle parole mi spezzano.

Non riesco a respirare.

Alzo lo sguardo terrorizzata e gli occhi degli altri sono tutti puntati su di me, carichi di quella pietà appena invocata da Gue. Leggo sui loro volti tutto ciò che ho sempre odiato. Quello che ho sempre evitato: pena.

Vedo Lara scioccata e preoccupata.

Scorro velocemente gli occhi di tutti e poi mi fermo sui suoi.

Lui.
Collego in fretta le cose.
L'unico che sapeva della morte di Amy era... lui.
È stato lui.
Lui lo ha detto a Gue.
Lui mi ha tradita!

Indietreggio, mantenendo lo sguardo fisso nel suo e gli occhi che mi si riempiono di lacrime quando scorgo la pietà anche sul suo volto.

No. Lui no.

Mi allontano in fretta, le lacrime scorrono incessanti e ogni mio tentativo di fermarle è inutile.

Il dolore e la rabbia che mi pulsano dentro mi impediscono di essere lucida.

Non so nemmeno dove sto andando e in men che non si dica mi ritrovo a correre in una via sconosciuta, gli occhi appannati dal pianto.

Corro senza sosta, l'asfalto fa da attrito alle mie suole consumate.

Sono logore per tutte le volte che sono scappata in questa vita.

Scappo sempre, o dagli altri o da me stessa.

E sono stanca.

Stanca di fuggire, di cadere sempre con la faccia a terra, stanca di provare a credere che ci sia qualcosa di buono in qualcuno.

La mia testa è avvolta dal caos più totale.

Le orecchie rimbombano per un rumore assordante e inesistente: il silenzio mi circonda.

Mi fermo di colpo quando lo sento chiamare il mio nome.

Il sudore ghiacciato nelle mani.

«Ci sei riuscito.» Allargo le braccia, indietreggiando lentamente.

Sfuggo ai suoi occhi neri.

«Ce l'hai fatta, bravo. Sei contento adesso?» Il disprezzo esce dalla mia voce, dal mio corpo, da ogni sguardo indifferente che gli rivolgo.

«Ti stai sbagliando.» La sua calma nel parlare fa a pugni con il mio atteggiamento.

Il suo modo pacato di reagire, impassibile di fronte a me, mi urta i nervi.

«Pensavo fossi diverso.»

«Che banalità, Cloe...» Una smorfia gli attraversa il volto, lo sguardo fisso sull'asfalto.

«Credi davvero che sia stato io a...» mi chiede, stropicciandosi i capelli, quasi con violenza.

Un gesto che non c'entra nulla con la calma, forse apparente, che vuole farmi vedere.

«Ho avuto un abbaglio, l'ennesima fregatura... ma del resto ci sono abituata. Ci si abitua a vivere morendo un po' per volta, sai?» Le lacrime si inseguono sul mio volto.

E mi giro.

Nessuno deve vedermi più piangere.

Nessuno. Soprattutto lui.

Mi allontano, sconvolta, nel freddo di quella sera estiva.

Intanto tremo, il mio cuore batte in sincrono con il caos che mi attraversa.

Poi una stretta alle spalle.

Il suo profumo mi avvolge come al solito. Questa volta, però, fa male.

Dentro ho solo rabbia e delusione.

Mi divincolo cercando di allontanarmi da lui.

«Calmati, cazzo. Cloe, calmati. Prova ad ascoltarmi un attimo. Solo un secondo e poi potrai pensare quello che vuoi.»

La rabbia che ho dentro mi dà la forza di respingerlo, di non farmi abbindolare dalle sue parole e illudermi su false gentilezze.

«Calmati? Dovrei... calmarmi!» urlo, esasperata.

«Tu scappi sempre, non è vero? Del resto è più facile. Hai paura della verità e dubiterai di me a prescindere, qualsiasi cosa io ti dirò» constata, sollevandomi il mento.

Mi costringe a guardarlo e io lo faccio.

Lo guardo fredda, assente e distante.

I miei occhi non piangono più, pietrificati dal dolore, impenetrabili.

«Evidentemente, vista la tua reazione, hai sempre dubitato di me» dice, notando la vacuità del mio sguardo. «... Avrei dovuto capirlo da subito» dice, lasciando la presa sul mio mento.

«No, no, aspetta! Stai davvero cercando di spostare l'attenzione su di te? Qui l'unico ad aver sbagliato sei tu! E forse hai ragione: facevo bene a dubitare di te» gli sputo ogni parola in faccia, carica del dolore che provo dentro.

«Vedo quindi che hai già emesso la sentenza» ribatte.

Vorrei tanto essere come lui, la sua calma mi paralizza. Vorrei non mostrargli le mie emozioni, vorrei che non leggesse la mia tristezza.

Gio alza le mani.

«Indietro non si torna» dice, arretrando.

Non sento nemmeno le sue parole, la rabbia che ho dentro annulla ogni cosa che mi dice. Le mie orecchie non lo vogliono ascoltare.

«Da te non me lo aspettavo.» La mia voce è sottile ora.

Sottile come una lama pronta a ferirlo.

Voglio fargli male, come lui ha appena fatto con me.

«Ciao, Cloe.» I suoi occhi si fissano nei miei per una frazione di secondo.

Poi se ne va, avvolto dal buio di questa strana notte d'estate.

E io resto lì, sul ciglio del marciapiede, con il freddo dentro.

E con il ghiaccio al posto del cuore.

CAPITOLO 56

Profumo di pioggia, aria fresca sul volto.

Ho dormito pochissimo stanotte, mi svegliavo in continuazione con il terrore costante di avere di nuovo il solito incubo, di sognare ancora una volta Amy.

I pensieri mi assediavano la mente, non riuscivo a staccare la spina e smettere di rimuginare su quello che è successo ieri sera.

Mi alzo dal letto e il mio riflesso mostra quanto io assomigli alla sorellina minore di Frankenstein.

Mi serve una dose di caffeina extra.

Scendo le scale a chiocciola, in salotto si sente ancora più forte il rumore della pioggia.

Raggiungo la cucina.

Lara si sta versando del caffè.

Le passo accanto, rubandole la tazza dalle mani.

«Scusa, ma ho bisogno di caffè subito» le dico appoggiandomi al bancone della cucina.

Faccio un sorso di quel caffè bollente e amaro, niente zucchero.

Lara accenna un sorriso.

«Data la tua faccia, ti cedo la mia tazza volentieri» dice lei mettendosi a fare un altro caffè.

«Come stai?» mi chiede poi con voce flebile, il volto preoccupato.

«Sto...» le rispondo buttando giù ancora un sorso di caffè.

Mi brucia la gola ed evita che mi si formi il solito nodo di pianto.

Lara annuisce, dispiaciuta.

La caffettiera fischia.
Lara spegne il fuoco con un gesto veloce.
«Senti, Cloe, io devo dirti...» comincia lei.
«Non devi dirmi nulla Lara, davvero. Ora non mi va di parlarne, ho solo voglia di fare altro. Di pensare ad altro.»
Ed è vero, mi sono torturata la mente tutta la notte, non posso passare tutto il giorno a fare lo stesso.
«Buongiorno, ragazze.» Zia Anna entra in cucina pronta a mettersi ai fornelli per preparare il pranzo.
«Ciao, mamma» dice Lara, tornando a occuparsi del caffè.
«Ciao, zia» sorseggio dalla mia tazza.
Zia Anna ci guarda di sottecchi, incrociando le braccia sotto il suo seno prosperoso.
«Ehi, cosa sono quelle facce lunghe?» chiede lei sospettosa.
Lara si volta a guardarmi, la prego con gli occhi di non dire nulla.
«Nulla, mamma, siamo solo molto stanche. Ieri sera abbiamo fatto tardi» taglia corto Lara, appoggiandosi al bancone di fianco a me.
«Tardi, eh? Voi mi nascondete qualcosa» ci indica, arricciando le labbra.
«Tornate tardi, lasciate le scarpe in giro in salotto, a volte non vi si vede per ore e poi ricomparite all'improvviso. Non me la raccontate affatto giusta» farnetica zia Anna, sistemando i cassetti della cucina.
Lara la ignora del tutto.
«Un modo per distrarti ci sarebbe» mi dice sottovoce all'orecchio per non farsi sentire.
«Quale sarebbe?» ribatto allo stesso modo, continuando a sorseggiare il mio caffè.
«C'è il torneo di pallavolo oggi, la finale, e ci manca un uomo in campo, dato che Fra non potrà sicuramente giocare» spiega frettolosamente mia cugina, sperando in un mio assenso.
«Scordatelo» le dico sorridendole.
Poggio la tazza nel lavandino, dirigendomi verso il salotto.
Sento Lara corrermi dietro.
«So che c'è anche Gio! Ma davvero non ha senso che, per una vostra litigata, tu ti tappi in casa per il resto dell'estate» mi dice seguendomi su per le scale.

«Per prima cosa, non me lo nominare nemmeno. E poi: mi stai seriamente proponendo di giocare a pallavolo per distrarmi?» mi trattengo dallo scoppiare a riderle in faccia.

«Oh, Dio mio, Cloe, smettila di fare così!»

«Così, come?» Alzo le mani, sconcertata.

«Di fare quella offesa. Di fare la bambina che punta i piedi. Sii matura e dimostragli che puoi vivere anche senza di lui.» Le parole di Lara mi colpiscono.

Da quando le escono questi discorsi pieni di buon senso?

«Sono matura e non ho bisogno di dimostrarglielo» ribatto.

«No, non lo sei se fai così» mi punta un dito contro.

Mi fermo in mezzo al corridoio. Lara ha ragione, ma io non ho voglia di vederlo, né tantomeno di giocare a pallavolo.

«A che ora c'è la partita?» Mi giro verso di lei, alzando gli occhi al cielo.

«Ti ho già detto quanto ti adoro, cugina?» Lara mi corre incontro con un sorriso a trentadue denti.

«Ti adorerei anche io, se la smettessi di stritolarmi» le rispondo, ridendo a mia volta.

Lara mi stampa un bacio appiccicoso sulla guancia, per poi mollare la presa.

«Alle tre al campo» dice lei filandosela in camera, per evitare chc io cambi idea.

E devo dire che sono molto tentata: non sono affatto convinta che sia una buona idea rincorrere una palla sotto un sole cocente. Soprattutto dopo uno dei pranzi luculliani di zia Anna.

Ore: 15.03.

La sabbia scotta, l'arbitro sta sistemando la rete del campo come se dovesse svolgersi un campionato nazionale.

Io me ne sto ferma e buona dietro Lara, ovvero in fondo campo.

«Siamo in ritardo?» Tommi urla dalla passerella, accanto a lui… Fra.

Lara gli corre incontro, io la seguo, contenta di rivederlo.

Mi fermo di colpo non appena noto Gio dietro di loro.

Sta fumando come al solito. Ha l'aria strafottente e fredda e cammina deciso.

«Ciao, Cloe.» Fra mi si para davanti all'improvviso.

Lo abbraccio stretto.

«Sono contenta che ci sia anche tu» dico sbirciando alle sue spalle.

Gio mi sta guardando.

«Anche io, ma è strano vederti qui» ribatte Fra, schiacciandomi il naso tra le dita e accennando al campo in allestimento.

«Colpa di Lara, è lei che mi costringe.» Alzo le spalle ridendo.

Fra ride in quel suo modo unico. Mi mancava.

«Be', raga, iniziamo a posizionarci? Gue, Paolo e Manu stanno arrivando» spiega Tommi, interrompendoci.

Lo guardo di sottecchi: ha qualcosa di strano oggi. Forse meno barba.

«Io sto sotto» dice Gio indicando la rete.

«Okay, ricordatevi il solito triangolo, è importante concentrarci sugli avversari sotto rete, dobbiamo impedire loro di schiacciare: muro su tutti, d'accordo?» Tommi sembra un allenatore esperto.

Non lo sto a sentire: mi sento gli occhi di Gio costantemente puntati addosso.

Cosa diavolo vuole ora?

«Dai, Cloe, vieni, sistemiamoci qui.» Lara mi tira per un braccio.

La seguo senza fiatare, tanto non servirebbe a nulla opporsi.

Dopo poco tutti gli altri raggiungono il campo, compresa la squadra avversaria.

Quel Didoli è esattamente sotto rete di fronte a Gio: è il capitano.

È un po' che non lo vedevo in giro, forse perché non partecipavo più a questi stupidi tornei.

La partita inizia, la sabbia si alza e tutti seguono la palla che vola in aria.

«Manu, muoviti!» Tommi gli urla da dietro.

La palla cade a terra davanti a Manu, sconfitto per non averla presa.

La partita va avanti e io prego tutti i santi, conosciuti e no, che la palla non arrivi per alcuna ragione nella mia direzione.

«Attenti a destra!» grida Paolo.

Gue riesce a prendere la palla per un pelo, rilanciandola esattamente nella mia direzione.

Mi lancio a terra, a caso, giusto per dimostrare impegno.

La palla ovviamente cade a terra davanti al mio naso.

Sento gli occhi di tutti puntati addosso e le risate degli avversari nelle orecchie.

Mi alzo strofinandomi le ginocchia, per scrollarmi la sabbia di dosso.

«Tutto okay?» mi chiede Fra da bordo campo.

Annuisco in fretta.

Gio si gira a guardarmi, ma non appena incrocia il mio sguardo, torna a voltarsi verso la rete.

La partita ricomincia.

L'arbitro fischia e una ragazza della squadra avversaria batte.

La palla arriva nel nostro campo, Tommi palleggia a Gio e lui la passa a Manu che schiaccia su Didoli.

La palla cade a terra.

Punto per noi.

«Vuoi una mano?» È Gio a parlare.

Didoli ride, alzandosi da terra.

«Non la tua mano, ma forse la sua sì» risponde lui, facendo segno verso di me.

Faccio una smorfia disgustata.

Potrei vomitare.

Gio alza la rete, invadendo l'altro campo.

L'arbitro inizia a fischiare freneticamente.

«Ti diverte, eh! Ti piace mettere le tue luride mani su ciò che è mio.»

Mi volto di scatto strabuzzando gli occhi.

Cosa ha appena detto?

Sto per ribattere che io non sono di nessuno, ma Didoli mi precede.

«Sei sicuro che qui ci sia qualcosa di tuo?»

Il sorrisetto sul suo volto non mi piace affatto.

Gio gli va incontro minaccioso.

L'arbitro scende dalla torretta velocemente.

«Ragazzi, fermi! Mantenete le posizioni» urla verso di loro. «Annullo la partita. Guardate che annullo la partita!»

Le parole dell'arbitro cadono nel vuoto e Gio va dritto verso la sua preda come un leone in cerca di cibo.

Didoli alza le mani in segno di resa, ma d'un tratto sbarra gli occhi, quasi sollevato, vedendo qualcosa o meglio qualcuno alle spalle di Gio.

«Gio, eccoti qui.» Un uomo alto e muscoloso, accompagnato da dei tizi entra in campo, dirigendosi verso Gio che intanto ha afferrato con forza la maglia di Didoli.

Lui, nel sentire la voce dell'uomo, molla la presa.

Non si gira, mantiene la testa bassa e i pugni stretti lungo i fianchi.

Fra si alza da bordo campo, raggiungendo la metà campo avversaria.

Il suo sguardo preoccupato non mi piace. Non mi piace affatto.

«Sei sparito: non rispondi più alle chiamate e hai del lavoro arretrato e sei qui per...» l'uomo alto continua a parlare, «... delle stupide partite di pallavolo con delle bamboline nuove» sputa fuori minaccioso.

Mi volto in fretta verso Lara.

Che diamine sta succedendo?

Lei ha uno sguardo preoccupato, esattamente come quello di Fra e tutti gli altri e mi fa cenno di non fare nulla.

Gio è ancora girato verso Didoli, che ha sempre quel ghigno malvagio sul viso.

«Innanzitutto penso che sia buona educazione salutare un amico che viene a farci visita. Non credi, Gio?» L'uomo sconosciuto fa segno ai suoi due scagnozzi che in un secondo afferrano Gio per le braccia, costringendolo a voltarsi.

Lo vedo in viso: ha gli occhi scuri, infuocati.

La pelle arrossata dalla rabbia.

Le nocche strette.

Sento il suo respiro accelerato, sento le sue braccia strattonate con forza da quei due tipi, sento la sua ansia dentro di me.

Non faccio in tempo a pensare a cosa fare o dire che quell'uomo afferra Gio e gli sferra un pugno in pieno volto.

Scatto sul posto.

Non so esattamente cosa voglio fare, una rabbia incontrollabile mi spinge verso la parte di campo avversaria.

Gio è accasciato a terra.

L'uomo si avvicina a lui, dicendogli qualcosa all'orecchio. Poi si alza, facendo segno ai suoi compagni di andare via.

Si volta verso di me e la sua faccia è terribile. Una cicatrice gli attraversa il viso ma non è certo questa la cosa più minacciosa: la sua espressione lo è molto di più.

Ha uno sguardo freddo e duro e un sorriso compiaciuto e osceno che gli incurva le labbra.

Lo guardo allontanarsi. Un brivido gelido mi corre lungo la schiena.

Una brutta sensazione dilaga dentro di me.

Le mani tremano e gli occhi bruciano.

CAPITOLO 57

Avanti e indietro.

Cammino senza sosta, come un criceto in piena crisi epilettica.

Due passi verso il salotto e altri due verso la cucina. E poi ancora.

Lara mi ha portata di forza a casa, trascinandomi senza alcuna spiegazione, sotto preciso ordine di Fra.

Quel ragazzo mi sentirà. Oh, sì che mi sentirà.

Ovviamente la partita è stata sospesa, Gio si è allontanato con Fra verso la spiaggia e io sono stata trascinata a casa.

Ancora non ho capito cosa sia successo: chi erano quei tipi?

E perché Lara mi ha voluta portare via con tanta insistenza?

Tutte queste domande senza risposta mi stanno torturando.

Devo sapere.

Ingollo velocemente un bicchiere di acqua gelida e chiudo gli occhi cercando di fare respiri profondi e aumentare il livello del mio autocontrollo.

Lara è sparita e di mia zia e Pisco neanche l'ombra.

Picchietto nervosamente le dita sul bancone della cucina.

Okay: non posso stare qui senza far nulla.

Mi dirigo a grandi passi verso la porta.

Afferro la borsa e il telefono sul mobile.

Noto solo in quel momento le settantotto telefonate di mia mamma.

Non so perché lo faccio, forse solo per il bisogno di sentire una voce familiare: la chiamo.

Sistemo il telefono tra un orecchio e la spalla ed esco in fretta dalla porta.

Il telefono suona libero.

Scendo i tre scalini della veranda.

All'improvviso la voce imperiosa di mia madre mi rimbomba nelle orecchie.

«Cloe, dannazione, perché non rispondevi? Ti avrò chiamata...» tuona lei.

«Settantotto volte, mamma» rispondo scocciata.

Cammino sul pietrisco del cortile, i passi lunghi e svelti.

«Era necessario, dovevo dirti una cosa importante, tesoro!»

«Be', dimmi! Sono qui.»

«Domani ti veniamo a prendere.»

Gelo.

«Cosa? Domani? Ma mancano ancora due settimane alla fine delle vacanze.» Mi fermo di colpo.

Non posso partire domani. Non adesso. Non così.

«Tesoro, so che ti stai trovando bene da zia Anna, ma tuo padre ha avuto un'offerta di lavoro e dobbiamo tornare tutti a Milano...» risponde lei, scandendo bene ogni parola, come se la decisione fosse già stata presa.

«Quale offerta? Cos'è, diventerà direttore e non sapevo nulla?» chiedo sarcastica.

«Non fare la spiritosa, tesoro. Sai quanta fatica facciamo per far studiare te e tua sorella. Non permetterti mai più di mancare di rispetto a tuo padre!»

So che ha ragione, il suo tono duro mi fa capire di non avere tante alternative.

«È importante che stiamo tutti accanto a tuo padre in questa dccisionc, comc una vcra famiglia» continua lei.

Sospiro. È vero, lo so, si tratta della mia famiglia e dovrebbe importarmi più di ogni altra cosa.

Il punto è che in questo momento, in questi giorni, ho la testa concentrata completamente su altro.

«D'accordo, mamma, a domani» dico semplicemente, attaccando subito dopo.

Non ho voglia di discutere: tanto l'avrebbe avuta vinta in ogni caso.

Domani tornerò a Milano.

Vacanza finita: niente più lenzuola che sanno di violetta, niente Lara che mi rompe le scatole e niente cibo sopraffino di zia Anna.

Niente più cortile, niente più serate.

Niente più amici.

Niente più Gio.

Di colpo devo abbandonare tutto questo, senza alcun preavviso.

Sono cambiate tante cose da quando sono arrivata qui. Sono cambiata io.

Ho permesso ancora a qualcuno di entrare nella mia vita e, cosa decisamente più incredibile, ho ritrovato il ricordo di Amy.

I pianti, le risate e le discussioni infinite di questa estate mi mancheranno.

Mi mancheranno la dolcezza di Fra, la barba di Tommi, persino, Elvo e le sue pizze.

Sembravi quasi romantica.

Non è il momento, Lucy.

Mi mancherà anche la voce da gallina di Gue, i giochi alcolici assurdi e l'odore di fumo perenne nei capelli.

E mi mancherà anche lui. Tanto.

È uno stronzo, lo so. Insensibile a tratti, arrogante e presuntuoso, ma ciò che ho vissuto non posso di certo negarlo. Custodirò tutto con amore, manterrò vivo il ricordo del batticuore per la sua sola presenza e di quei baci da far tremare le gambe.

Ricorderò sempre i suoi occhi neri nei miei, i sorrisi che mi hanno provocato e i pianti, con la stessa intensità.

È strano, ma credo di odiarlo così profondamente che non posso fare a meno di amarlo al tempo stesso. Lo so, è paradossale.

Mi ha fatto male e lo odio per questo.

Mi fa male sempre. Come ieri. Come aveva promesso di non fare.

Una linea sottile tra amore e tormento: i litigi spesso rendono più intensa la passione e viceversa l'amore alimenta le discussioni.

Come in un tunnel, infinito e vorticoso.

Senza rendermene neanche conto, nel turbinio delle mie emozioni e pensieri, mi ritrovo davanti al suo cortile.

Il cancelletto è semiaperto.

Il tavolo al centro è pieno di bottiglie vuote.

Respiro profondamente, cercando di darmi una calmata.

Poi entro.

La porta-finestra è spalancata, salgo gli scalini ed entro in cucina.

Il profumo di questa casa è un'altra cosa che non scorderò facilmente.

Cammino nel piccolo corridoio, intravedo il bagno sulla destra.

Ricordo quella volta in cui mi sono trovata proprio qui, ubriaca, tra le sue braccia.

«Che ci fai qui?» La sua voce spezza il silenzio, facendomi sussultare.

Mi volto.

Gio è al centro della sala. Petto nudo, labbro gonfio e mani nelle tasche dei pantaloncini neri.

Mi schiarisco la voce, mantenendo un atteggiamento distaccato. Non devo neppure sforzarmi, al solo vederlo mi torna alla mente la discussione di ieri sera.

«Cosa è successo prima?» dico fredda.

Incrocia le braccia, per poi rivolgermi i suoi occhi pieni di rabbia.

«Che ci fai qui?» ripete la domanda, più duro questa volta.

«Ti sbagli di grosso se hai intenzione di fare il prepotente con me.»

Spunta un mezzo sorriso ironico sulle sue labbra.

Sbuffa, per poi voltarsi.

«Vai via» dice, muovendo la mano verso di me, come se fossi un moscerino fastidioso da scacciare.

Non ci penso proprio.

«Non me ne vado finché non mi dici che diamine è successo oggi! Chi erano quei tizi? Cosa volevano da te? Perché non hai reagito? Si può sapere...» trattengo il fiato.

Mi ritrovo con le spalle al muro, il suo corpo imprigiona il mio, le mani ai lati del mio corpo.

«Tutto questo non ti riguarda» sputa fuori con rabbia.

Chiudo gli occhi spaventata dal suo gesto improvviso e dalle sue parole sprezzanti.

Lui si stacca immediatamente da me.

«Hai paura di me... Perché sei qui allora, se hai paura di me?»

È così... arrabbiato, nei suoi occhi posso leggere tutta la collera che prova.

«Non… non ho paura di te.» Scuoto la testa.

«Sei una pessima bugiarda.» Il suo sorriso vuoto mi mette i brividi.

Perché si comporta in questo modo?

«Ora vattene.» Mi rivolge un ultimo sguardo, per poi dirigersi verso le scale.

Non posso crederci.

Salgo gli scalini a due a due per stargli dietro.

«La vuoi smettere di recitare la parte di quello a cui non importa di niente? Con me non funziona. E sai perché? Usavo lo stesso giochino anche io! O forse non ti ricordi?» urlo nervosa.

«Io sono così» risponde senza voltarsi.

«No! Non sei così! Me l'hai raccontato tu. Me l'hai dimostrato!» mi manca il respiro. «E poi io lo so che non sei così, che non sei davvero quello che vuoi mostrare a tutti e forse anche a te stesso… Perché non vuoi far vedere il bene che c'è in te? Perché devi…» parlo a raffica salendo per le scale.

Mi fermo non appena lui si volta.

«Non voglio che la gente pensi che io sia una persona perbene! Così nessuno avrà aspettative e io non dovrò soddisfarle» sbotta d'un tratto.

Il suo volto ora è scuro.

«Ah, quindi è questo! Sei solo un codardo, Gio. Pensi di vivere tutta la vita così? Mentendo?» rispondo acida.

«La vuoi finire di fare la missionaria? Che cazzo ti importa di come vivo?» Si avvicina a me. «Perché questa smania di salvarmi a tutti i costi?» I suoi occhi indagano sul mio volto.

Potrei giurare di vedere uno spiraglio di luce in quel nero buio.

«Perché tu hai salvato me.» Le lacrime mi scendono sul volto, non appena le parole mi escono di bocca.

Gio abbassa lo sguardo.

Stringe i pugni. Si allontana…

«Non serve nemmeno provarci, Cloe. Non c'è speranza per me» risponde atono.

E poi silenzio.

Un silenzio che sa di addio, di fine, di sconfitta.

«Io credo in te. Io so che, in qualunque cosa tu sia immischiato, puoi uscirne. Anche se ti comporti in questo modo, anche se tutto dovesse remare contro… io continuerò a sperare in te e sai perché?» La mia voce diventa un sussurro. «Perché io ti…»

«Non continuare, ti prego» mi interrompe.

Leggo dolore nei suoi occhi asciutti e asettici. Vedo delusione, rabbia e tristezza profonda, che lo fanno apparire rosso in volto, come fosse febbricitante.

E io mi blocco, incredula per le parole che stavo per pronunciare.

«Devi andare, Cloe» ripete per l'ennesima volta. Il tono, ora, è meno duro, come se mi stesse pregando.

«Io non me ne vado» mi impunto, incrociando le braccia.

«Devi farlo.» Indica le scale col mento.

«Voglio solo aiutarti.»

«E io non voglio il tuo aiuto» si ostina.

Rimango in silenzio, pietrificata dalle sue parole, dal suo atteggiamento incomprensibile.

Non so cosa dire, non so cosa fare e quindi decido per la cosa più irragionevole.

Mi avvicino a lui di scatto, prendendo il suo volto tra le mani.

Ci guardiamo, come facciamo sempre. Come abbiamo fatto dal primo giorno.

I suoi occhi parlano di lui, del vero Gio. Il suo comportamento, i suoi modi, la sua vita disastrosa sono "altro", non c'entrano con lui. Non ora, mentre ci guardiamo.

«Gio, io riesco a vederti davvero» sussurro a voce bassa.

Ora riesco a vederlo, a distinguere ciò che Gio vuole mostrare da ciò che è realmente.

Mi sembrava impossibile capirlo, decifrarlo, i suoi comportamenti mi confondevano in continuazione. Ora invece è tutto così chiaro, quasi banale.

Il cuore mi martella nel petto.

Per un attimo le nostre labbra si avvicinano cercandosi. Ho una voglia incredibile di baciarlo, sentire le sue mani su di me. Lasciarmi andare, senza pensare.

Ma è impossibile.

Gio posa le sue mani sulle mie. Il tocco delle sue dita che scivolano sulle mie braccia mi fa tremare.

«Ora vai, Cloe.» Si allontana da me.

È serio, è quello che vuole davvero.

«Non posso credere che tu ti arrenda in questo modo. Che ti lasci manovrare dagli altri. Che non concedi a te stesso una possibilità.»

«Non è affar tuo tutto questo, te lo ripeto» ribatte spazientito. «E ora se non ti dispiace, avrei da fare» mi dice con tono secco prima di voltarsi e dirigersi lungo il corridoio.

Resto impalata in cima alle scale per qualche secondo, ancora allibita dalla sua freddezza.

Mi ridesto non appena sento la porta della sua camera sbattere.

La raggiungo in fretta, apro la porta.

Lo guardo, lui mi guarda.

Io fuoco, lui ghiaccio.

«Domani parto» sputo fuori a denti stretti.

Gioco l'unica arma che mi è rimasta, l'unica carta da giocare per aprire un varco nel suo cuore.

Ma lui mi guarda imperturbabile, nessuna espressione sul volto che lo possa tradire. Fermo nella sua insormontabile freddezza.

«Okay» si limita a dire dopo istanti di interminabile silenzio.

«Okay?! Non ti importa neanche di questo?» grido, avvicinandomi a lui.

Lo spintono, sperando di scuoterlo, farlo reagire.

Cerco poi di scorgere uno spiraglio di luce nei suoi occhi. Me ne basterebbe pochissima per potermici aggrappare con tutte le mie forze.

Restiamo a guardarci, aggrotto la fronte per cercare di percepire anche il minimo cenno da parte sua.

Chiude piano gli occhi.

«Vai via» dice deciso.

Quelle parole mi si conficcano nel petto. Non c'è niente che mi offra un appiglio. Mi arrendo, non posso fare più nulla finché lui non sarà il primo a volersi tirare fuori dallo schifo in cui è caduto.

Prendo improvvisamente consapevolezza di quanto sia stato ridicolo venire qui a casa sua per cercare di risolvere ogni cosa, di quanto sia stato inutile mostrargli i miei sentimenti, di quanto sia stato sbagliato tutto quanto.

Arretro lentamente. Gli occhi pizzicano, le guance scottano dalla rabbia.

I suoi occhi chiusi mi impediscono di capire ciò che prova e probabilmente questo era proprio il suo intento.

Abbasso la testa e mi dirigo verso la porta.

Mi muovo al rallentatore perché una stupida parte in me spera ancora.

Ma c'è solo silenzio.

Esco e chiudo con forza la porta.

Voglio andarmene. E non guardarmi più indietro.

CAPITOLO 58

Vuoto.
Ecco cosa sento.
Piego in maniera meccanica gli stupidi maglioni che mia madre mi ha costretto a portare. Decine di maglioni in piena estate.
Rido in maniera isterica.
E inizio a piangere subito dopo.
Perché ho riaperto il mio cuore? Per soffrire ancora?
Era meglio prima. Almeno era più semplice.
Nessun affetto, nessun legame.
Io e la mia freddezza come migliore amica.
Invece ora? Che cosa mi è rimasto?
Amici? Amore?
Niente.
Solo un gran vuoto intriso di dolore, delusione e amarezza.
Metto i maglioni nel fondo della valigia con rabbia.
Non era questo che volevo: non volevo stare male di nuovo.
Ma ho un piano: tornerò alla mia vita, cancellerò questa estate e ricomincerò da capo, ricostruendo la mia corazza, allontanando da me chiunque provi ad avvicinarsi.
Si tratta di ricongelare il mio cuore, non farlo sanguinare: le ferite si cicatrizzano, restano, ma non fanno più male.
Mi siedo sul letto, faccio scorrere le mani nei capelli.
Per fare tutto questo però devo prima togliermi Gio dalla testa.
Devo dimenticarlo, allontanarlo dalla mente. Del resto, è quello che vuole anche lui.
Non si è fatto scrupoli a ripetermelo con chiarezza: non merita

un briciolo della mia attenzione, nessuna delle lacrime che sto versando per lui.

Qualcuno bussa alla porta.

«Cloe, sono io, posso entrare?» È Lara.

«No» le rispondo, rialzandomi e ricominciando a piegare la mia roba.

La maniglia della porta scatta e mi trovo davanti mia cugina.

«Forse parliamo due lingue diverse? O forse fai finta di non capire...» le sputo addosso furiosa.

«Mamma mi ha detto tutto, quindi domani parti...» Sembra sinceramente dispiaciuta.

«Sì, e finalmente non dovrò più sopportarti.» So benissimo che mi sto comportando in maniera odiosa.

«Di nuovo questo atteggiamento, Cloe? Sul serio? Non permetterò che tu torni a essere come prima» mi dice Lara, quasi con dolcezza.

Sorrido debolmente.

«E spiegami un po'... Tu che ne sai di com'ero prima?» Le mani mi tremano, ricomincio a piegare le maglie per evitare che se ne accorga.

«Cloe, smettila. Non lo capisci? Questa non sei tu!»

Esattamente ciò che ho detto io a Gio: la mia vita ha deciso di prendermi in giro.

«E tu non capisci che dovresti uscire da quella porta e lasciarmi in pace?»

Sì, lo so, mi sto comportando esattamente come lui.

«Appena ti avrò detto ciò che devo, me ne andrò. Non preoccuparti.» Il suo sguardo è deluso.

Lei è delusa. Da me.

Forse Gio ha ragione, non bisogna creare aspettative negli altri, altrimenti bisogna vivere per soddisfarle.

Comincio a credere di non essere poi così diversa da lui. E forse, in qualche modo, siamo legati per questo: lui ha aperto il suo cuore e l'ho fatto anch'io, lui lo ha chiuso e io sto facendo lo stesso.

«Parla, allora» assumo un atteggiamento distaccato.

«Credo non sia stato Gio a dire a Guendalina di Amy» parla veloce, probabilmente per non pentirsi e fermarsi.

Mi fermo di scatto, smettendo di piegare le cose.

Mi giro verso di lei, confusa.

«Ecco, il fatto è che io avevo raccontato a Tommi della tua storia… e lui mi ha confessato di averlo detto a qualcuno l'altra sera, ma non si ricorda a chi… Sai, aveva bevuto tanto e gli è scappato…»

«Gli è scappato…» ripeto infuriata.

Gli stacco la barba.

«Sì, Cloe, mi dispiace. Io mi sono arrabbiata con lui terribilmente e, credimi, non so cosa darei per tornare indietro e non dirgli nulla.» Una lacrima le attraversa il volto.

Apro e chiudo la bocca senza sapere come ribattere.

«È molto probabile che Gue lo abbia saputo da Tommi e che quindi…»

«Gio non c'entri nulla» concludo la frase, mantenendo lo sguardo fisso su di lei.

Lara annuisce, asciugandosi le lacrime.

Si avvicina a me.

«Davvero, Cloe, non sai quanto mi sia pentita di averglielo detto, non avrei mai dovuto…» si scusa, afferrandomi le mani. Le ritraggo in fretta.

«Non importa, Lara, ormai è fatta.» Scrollo le spalle, trattengo le lacrime e mi rimetto a piegare i vestiti.

«No, Cloe, questa cosa cambia tutto! Non capisci? Non è stato Gio a…»

«No, Lara, questa cosa non cambia nulla.» Mi mordo il labbro con forza. «Io domani parto comunque e Gio, per quanto ne so, non vuole vedermi neanche in fotografia!» E il dolore che sento al centro del petto è indescrivibile.

«Cosa? No, non ci credo, non può essere così!» Lara scuote la testa, come se non riuscisse ad accettare quelle parole.

«E invece sì, Lara, è finita.» Poi ci penso un secondo. «Come se mai fosse iniziato qualcosa tra noi!» rido isterica. «Dai, diciamoci la verità: io una cinica che reprime il suo passato da schifo, lui uno stronzo immischiato in chissà quale merda… quante possibilità avevamo di stare insieme?» Non riesco più a trattenere le lacrime.

«Vieni qui.» Lara mi afferra, stringendomi in un abbraccio. «Io non so in quali guai si sia cacciato Gio, ma sono sicura di una cosa… Tu non sei cinica, hai un cuore grande e bellissimo» mi sussurra, accarezzandomi i capelli. «Hai sofferto tanto, è vero, ma non conosco nessuno che sappia amare come sai fare tu. Certo, a volte sei proprio una frana nel dimostrarlo» ride leggermente, «ma ami tanto.»

Lara mi guarda dritto negli occhi.

Stiamo piangendo entrambe come due sceme.

Scuoto la testa leggermente, come per allontanare le sue parole.

«Lo capisco quando mi tiri su con i tuoi consigli, quando mi stai accanto o quando mi difendi o non mi fai mangiare le arachidi» ride.

Mi nasce un sorriso spontaneo sulle labbra.

«E a volte ti invidio, sai? Sei così sincera, divertente, dolce...» conclude mia cugina, stringendomi un po' di più.

Le sue parole mi colpiscono.

Ho ricevuto tanta superficialità negli anni, circondata da persone che non sapevano andare a fondo in me, non sapevano capirmi. Non si ponevano la domanda fondamentale: perché si comporta così?

Si arroccavano nella presunzione di sapermi descrivere, nelle loro menti saccenti ero la ragazza pazza, stronza, da evitare. Questo legittimava il pregiudizio e le offese che mi rivolgevano.

E io non facevo nulla per contraddirli, anzi alimentavo le dicerie sul mio conto, in un certo modo non deludevo le aspettative.

Proprio come Gio.

Tiro su col naso.

«Grazie» sussurro impercettibilmente.

E grazie non solo per queste parole, ma per essere andata oltre, per avermi capita, accolta, non giudicata.

Questo però non lo dico, lo penso e basta.

Lara sorride, probabilmente è il primo grazie che riceve da parte mia.

«Ho detto solo la verità, cuginetta» ribadisce lei, asciugandomi le lacrime dalle guance.

«Una cosa però» le punto l'indice contro. «Non chiamarmi più cuginetta!»

Scoppiamo a ridere entrambe.

E ridiamo, tra le lacrime, ridiamo.

Mi mancherai, Lara.

Tanto.

Realizzo che sto davvero per partire non appena sistemo per l'ultima volta le lenzuola lilla del mio letto.

Afferro la borsa.

«Mamma?» rispondo al telefono, trascinando la valigia fuori dalla camera.

«Tesoro, siamo imbottigliati nel traffico, credo faremo ritardo, tu sei già pronta?» La voce preoccupata e apprensiva di mia madre mi infastidisce.

«Sì, vi aspetto» le rispondo scocciata, chiudendo la porta della camera che era mia fino a pochi secondi fa.

Accarezzo la maniglia e vengo investita da un'ondata di nostalgia.

Deglutisco con forza.

«Tesoro, mi dispiace, ma non credo saremo lì prima di pranzo.» Allontano il telefono per constatare l'ora.

Sono le 9.10. Grandioso!

«Cloe!» Lara urla dalle scale.

«Scendi per favore, Cloe!» L'urgenza nella sua voce attira la mia attenzione.

«Mamma, non preoccuparti, ci vediamo qui dalla zia, ora devo andare. Ciao» dico tutto d'un fiato, attaccando il telefono.

Mollo la valigia in corridoio e corro giù per le scale.

Raggiungo gli ultimi scalini.

Il vociare mi arriva alle orecchie. Cosa diamine è successo?

Arrivo in salotto con il fiato corto.

Lara è visibilmente preoccupata e Tommi sta seduto di fronte a lei.

Zia Anna al telefono cammina avanti e indietro per il salotto, parlottando con chissà chi. Zio Tom la segue ansioso con lo sguardo.

«Cosa sta succedendo?» mi rivolgo a Lara.

Okay, adesso sono davvero preoccupata.

«Cloe, promettimi di mantenere la calma.» La voce agitata di Lara mi fa venire più ansia.

«Lara, muoviti, parla!» Il cuore accelerato, le mani sudate.

Lara tentenna, spostando il peso da una gamba all'altra.

«Quindi?» Credo che potrei avere una crisi di nervi se qualcuno non si decide a parlare!

«Hanno arrestato Gio.» È Tommi a sputare il rospo.

Lara si volta di scatto verso di lui e io faccio lo stesso.

Che cosa???

«Non dovevi dirglielo così» sussurra Lara a Tommi, sperando che io non la senta e guardandolo con occhi di fuoco.

Tutti iniziano a parlare tra loro: zia Anna consola Lara, Tommi parla al telefono e zio Tom cerca chissà quale soluzione.

Ma io non sento più nulla: prendo dal mobiletto le chiavi della macchina di zio Tom ed esco di casa.

Le gambe camminano da sé, il cuore le guida.

«Cloe, aspetta!» mi rincorre Lara.

«Lara, dimmi dov'è!» Mi volto verso di lei, la prego con lo sguardo.

«Io devo andare da lui» sussurro poi debolmente. Mi tremano le ginocchia.

«Lo so.» Il suo volto cambia, si avvicina a me accarezzandomi piano il viso.

Mi afferra le chiavi dalle mani.

«Ma non puoi guidare in questo stato» constata, osservandomi. «Ci porta Tommi, okay?» dice accennando alla macchina parcheggiata davanti al cortile.

Cerca di rassicurarmi: le mani strofinano le mie braccia, i suoi occhi dolci nei miei.

«Okay» sussurro, sorpassandola. «Ma sbrighiamoci» cammino svelta sul pietrisco.

Mi muovo solo grazie all'adrenalina e all'ansia.

Raggiungo la macchina, seguita da Lara e Tommi, che parla freneticamente al telefono.

«Fra è già lì con Paolo, dice che non glielo fanno vedere.» Tom mi chiude la chiamata e apre l'auto, mettendo in moto subito dopo.

«Devono farmelo vedere! Altrimenti dovranno arrestare anche me.» Metto la cintura con forza, per poi tirarmi indietro i capelli agitata.

«Cloe, sta' calma, faremo il possibile» dice mia cugina cercando di consolarmi in tutti i modi.

«Lara, devi dirmi cosa è successo.» Alzo lo sguardo su di lei.

Devo sapere. Ho bisogno di capire per quale motivo Gio sia… non riesco neanche a dirlo.

«Ti dirò tutto» acconsente lei. «Ma tu cerca di mantenere la calma.»

Annuisco in fretta. E ascolto in silenzio ogni singola parola.

«Gio è in brutti giri, Cloe. E, credimi, non avrei mai pensato che potesse arrivare a tanto... Conosco Gio da quando era piccolo, sapevo che non stava frequentando persone raccomandabili, ma non credevo fino a questo punto» comincia, trattenendo il fiato per un secondo.

Le sue parole mi lasciano atterrita.

Spero ancora di non essermi sbagliata del tutto sul suo conto: è questa la mia più grande paura, che ogni cosa bella che ho visto in lui fosse solo una grandissima illusione.

Ho il terrore di essermi innamorata di qualcuno che in realtà non esiste.

«Sono anni che è nello stesso giro. Fa lavori sporchi per persone molto in alto: rapine, spaccio, effrazioni e chissà cos'altro.» È Tommi a parlare, precedendo Lara.

«Cloe, non ascoltarlo. Non sappiamo di preciso cosa faccia, queste sono solo cose che si dicono in giro...» cerca di rassicurarmi mia cugina.

Nonostante le sue parole, sento il mondo crollarmi addosso, pezzo dopo pezzo.

«Lara, sappiamo cosa fanno quei tizi e, purtroppo, sappiamo anche che Gio è in quel giro» conferma Tommi.

«Ieri sera mi avevi detto di non sapere in che giri fosse Gio...» mi rivolgo a Lara, ferita.

«Cloe, ti ho detto la verità. Non so cosa lui faccia realmente, credimi» si giustifica lei afferrandomi di nuovo la mano.

Tommi continua a guidare, accelerando a ogni semaforo giallo.

«È la verità, Cloe» ribadisce Tommi, cambiando marcia.

Annuisco confusa: non capisco davvero più nulla, non so cosa credere, cosa pensare.

Se è vero ciò che dicono, come ha potuto nascondermelo?

E perché, nonostante tutto, sento questa necessità impellente di vederlo?

«E per cosa è stato... arrestato?» chiedo debolmente, ripercorrendo in fretta il discorso di Lara.

«Per spaccio» dice Tommi con freddezza. Il sangue mi si gela. «Gli hanno trovato della droga in macchina, hanno ricevuto una soffiata e lo hanno beccato» conclude, stringendo il volante con forza.

Sento l'aria mancarmi, il cuore accelera, i brividi mi scuotono.

«E indovina di chi è stata la soffiata...» Lara si morde le labbra con rabbia.

La risposta mi appare d'improvviso ovvia.

«Didoli...» dice in un soffio.

I tasselli di un enorme puzzle si stanno sistemando tutti al loro posto: Gio e il suo passato difficile, tutti i discorsi sul fatto che io fossi più forte di lui si riferivano a questo, lui non è riuscito a superare le sue difficoltà, finendo in un giro non raccomandabile.

«È stato Didoli sicuramente, è entrato in contatto con i piani alti di quella gente» ribadisce Tommi.

«Ma non capisco... Perché Didoli lo avrebbe denunciato?» Qualcosa non mi quadra.

«È da un mese che Gio cerca di uscire dal giro» risponde Lara, rivolgendo lo sguardo verso di me.

Voleva uscirne? Da un mese...

Da quando sono arrivata io!

Sussulto.

«E ovviamente quella gente non ti permette di abbandonare il giro così facilmente, per lo meno non senza pagarne il prezzo» spiega Tommi.

E il prezzo Gio lo sta pagando ora.

Ora è tutto più chiaro: la volontà di Gio di cambiare non era finzione, stava cercando davvero di gettarsi alle spalle il passato e lo stava facendo per... me.

Il mio cuore perde un battito, quando finalmente comprendo perché voleva allontanarmi. Le sue parole dure di ieri erano probabilmente per proteggermi da un qualcosa più grande di noi.

«E quindi Didoli cosa c'entra in tutto questo?» chiedo di nuovo.

«Didoli e Gio si odiano da sempre e il motivo è...»

«Una ragazza» concludo la frase di Tommi, ricordando il racconto di Gio.

«Quella merda di Didoli è in contatto con la gente più potente di quel giro e ha sicuramente collaborato con loro per far finire Gio nei casini...» Tommi prende fiato. «Ieri quei tizi al campo non erano lì per caso, sapevano che Gio si trovava lì: il suo piano era di non farsi più vedere in giro e di allontanarsi del tutto da quella feccia, ma Didoli sapeva che ieri pomeriggio Gio sarebbe venuto al torneo e ha informato da bravo leccapiedi i pezzi grossi.»

«È stato Gio a chiedere a Fra di portarti a casa. Non voleva parlare con te, per lo meno finché non avesse portato a termine l'ultimo incarico» mi spiega Lara decisa.

«L'ultimo incarico?» chiedo, cercando di elaborare il tutto.

«Quello di stanotte: gli avevano detto che sarebbe stato l'ultimo lavoro che avrebbe dovuto fare per loro, doveva portare della droga da un fornitore e invece...» Tommi lascia il discorso in sospeso.

«Era una trappola per farlo finire nei guai» conclude Lara. «Io, Cloe, ti giuro che non sapevo nulla, mi ha raccontato tutto Tommi stamattina, altrimenti te lo avrei detto.»

«E siamo convinti che Didoli sia immischiato anche in questo: la soffiata alla polizia di stanotte era programmata. Quella gente ha usato Didoli per dare a Gio un avvertimento riguardo a cosa sarebbe successo se avesse abbandonato il giro» conclude Tommi, spegnendo l'auto.

Mi guardo intorno spaesata, non appena scendo dalla macchina.

Le parole di Tommi e di Lara si fanno largo nella mia mente confusa: cerco di dare una spiegazione e una giustificazione a ogni cosa, di mettere in ordine e dare un senso a tutto.

Arriviamo alla centrale di polizia.

Seguo Tommi e Lara in silenzio.

Ho bisogno di vederlo, solo in questo modo potrò chiarirmi ogni dubbio: solo i suoi occhi neri potranno fare luce su tutto, loro sanno capirmi, sanno ascoltarmi, sanno proteggermi.

Non sono buio, i suoi occhi sono luce.

Tommi chiede indicazioni a un poliziotto, che ci guida lungo i corridoi stretti.

L'odore di fotocopie e il caldo soffocante mi fanno girare la testa.

Raggiungiamo una fila di sedie blu.

Fra e Paolo ci vengono incontro.

Non me ne rendo neppure conto che mi ritrovo nelle braccia di Fra. La sua maglia che sa di buono mi trasporta per un attimo via da questo posto orrendo.

Vorrei essere ovunque, non qui. Vorrei cambiare le cose, sistemarle.

«Sta' tranquilla, ci sono io con te.» Fra mi stringe forte, le sue braccia mi fanno sentire a casa.

«Ho bisogno di vederlo» dico, sciogliendomi dal suo abbraccio.

«Suo padre è appena entrato, insieme a due avvocati... Gio uscirà di qui entro stasera» constata Paolo.

«Ma... Io non ho tempo fino a stasera, devo vederlo ora!» La mia voce sale fino a diventare isterica.

«Cloe, devi calmarti, suo padre pagherà qualsiasi somma per farlo uscire da qui. Lo vedrai presto» cerca di consolarmi Fra, prendendomi il volto tra le mani.

«Fra, non capisci... Io non ho tempo, io devo vederlo ora, altrimenti... Altrimenti... Che ore sono?» chiedo a Lara, l'angoscia che mi smorza il respiro.

«Sono le dieci» risponde lei alla svelta.

Mi stropiccio il volto.

«Io tra due ore devo partire» dico d'un fiato, iniziando a camminare avanti e indietro per il corridoio soffocante.

«Partire? Dove devi andare?» Fra mi afferra per un braccio.

«Devo tornare a casa.» Non avrei davvero voluto dirglielo così. Il mio piano, codardo, lo ammetto, era sparire senza dire niente a nessuno, lasciando a Lara l'incombenza di spiegare la mia scomparsa.

Fra è spaesato.

«Cosa? Perché?» si affretta a dire. «Non puoi andartene ora.» La voce di Fra fa rinascere di nuovo in me tutta la nostalgia di stamattina.

Mi volto verso di lui, sorpresa dalla sua reazione: i suoi occhi dolci cercano disperati i miei e io cerco di aggrapparmi al suo sguardo rassicurante.

Vorrei che si mettesse a ridere, nel suo solito modo contagioso, per alleviare, solo per un attimo, il magone che ho in gola.

«Fra ha ragione, magari possiamo chiedere a tua mamma di farti restare ancora qualche giorno.» Lara afferra il telefono tra le mani.

La blocco.

«Sai com'è fatta mia mamma, Lara, non accetterebbe mai. Per questa ragione poi... Oggi devo partire, non c'è alternativa» sono sull'orlo di un pianto isterico.

Il vociare in fondo al corridoio si fa più intenso.

Ci giriamo tutti verso quella direzione.

Un uomo alto, vestito di tutto punto con un completo marrone e una cravatta abbinata, si allontana da una stanza, accompagnato da due uomini vestiti di scuro ai suoi lati.

«È il padre di Gio» dice Tommi.

L'uomo si avvicina a noi. Lo sguardo duro, gli occhi neri, *come i suoi.*

«Ragazzi, cosa ci fate qui? Dovreste tornare a casa.» La voce, *come la sua.*

«Daniel, volevamo vedere Gio.» È Fra a parlargli.

«Non credo sia possibile, ragazzi. Ho fatto tutto ciò che era in mio potere, Gio uscirà da qui a breve» dice l'uomo. Le sue parole sono prive di emozione come se stesse parlando di un pacco postale.

Fa un cenno di saluto verso di noi, per poi allontanarsi lungo il corridoio e raggiungere i suoi avvocati.

Non so cosa mi prenda, non so dove io trovi il coraggio per farlo, ma mi ritrovo ad afferrare la manica della giacca del padre di Gio come se fosse la mia unica, ultima e irripetibile occasione.

L'uomo si gira contrariato, per poi cambiare espressione non appena mi vede.

Aggrotta la fronte, mettendo a fuoco su di me.

«Scusi, non volevo disturbarla, ma devo chiederle un favore immenso.» La mia voce spezzata rende l'idea di quanto io sia disperata al momento.

L'uomo mi guarda di sbieco, come se mi stesse studiando, e nel frattempo ascolta la mia richiesta.

«Vorrei chiederle di farmi vedere suo figlio, io… io devo vederlo a tutti i costi. So che uscirà a breve, ma io non posso davvero aspettare. E se non riuscissi a vederlo ora, credo che non lo vedrò mai più» la butto sul tragico, forse troppo.

Ma quello che sento dentro, al momento, è anche peggio.

Dieci minuti.

Sono davanti alla porta della sua cella di restrizione momentanea. Così l'ha definita suo padre.

Ha acconsentito subito alla mia richiesta, lasciandomi di stucco, dato che dal suo sguardo sembrava volesse ridurmi in poltiglia. Tale padre, tale figlio.

Ha parlato con gli agenti: mi hanno detto di aspettare dieci minuti qui davanti.

E dunque sono qui, ad aspettare.

Conto i secondi: arrivo a sessanta e ricomincio da capo. Tengo il conto di quanti minuti siano passati e la cosa frustrante è che secondo il mio stupido calcolo sono già passati ben più di dieci minuti. Ma forse è perché conto i secondi alla velocità della luce.

Sto per ricominciare a contare, quando un rumore sordo fa scattare le porte di fronte a me.

Una voce metallica rimbomba nelle mie orecchie.

«Entra, hai dieci minuti.»

Annuisco, non sapendo nemmeno bene a chi e spingo le porte davanti a me.

Mi fermo di colpo, insieme al mio cuore, non appena lo vedo.

Le mani nelle tasche, cammina lentamente, lo sguardo basso.

«Gio» il mio è un sussurro.

I suoi occhi che si alzano di scatto su di me.

«Cloe?» La sua voce profonda pronuncia il mio nome.

Si avvicina quel poco che può a me, aggrappandosi con forza alle sbarre che ci dividono.

Io faccio lo stesso e ci ritroviamo a pochi centimetri di distanza.

«Serviva la prigione per averti di nuovo così vicino» sorrido leggermente, sento il suo respiro sul volto.

Sorride anche lui, scuotendo leggermente il capo.

«Avrei voluto starti sempre vicino.» Le sue parole mi fanno tremare il cuore.

Il silenzio intorno, i suoi occhi che indagano i miei.

«Come stai?» mi chiede poi d'un tratto cambiando espressione. Il suo sguardo preoccupato.

Scuoto la testa.

«Non dirmi che stai bene... Basta bugie, ne ho già dette io abbastanza» dice, la voce carica di rimorso.

«Io... Io sono confusa, Gio, non so cosa pensare, mi hanno raccontato quello che è successo. Ma io voglio che sia tu a dirmi come sono realmente andate le cose.»

Lui annuisce debolmente.

Fa scorrere le mani lungo le sbarre, fino a incontrare le mie. Quel contatto mi brucia la pelle.

«Ho paura di quello che potrei dire, della tua reazione...» Si tira indietro i capelli.

«Dopo la separazione dei miei» si schiarisce la voce, «mi sono sentito totalmente solo, perso… Non voglio trovare una giustificazione, ma quel periodo mi ha cambiato, dai quindici ai diciassette anni ho vissuto l'inferno» sospira, come se il peso di quel passato gli fosse ripiombato addosso. «Non voglio entrare nei dettagli, perché mi fa schifo… Ho vissuto lontano da casa, in posti che… Non ci voglio nemmeno pensare, credimi.»

«Perché?» gli chiedo di getto.

«Perché ho fatto delle cazzate. Delle cazzate abbastanza gravi e… ho pagato per ognuna di esse. Forse ho pagato anche troppo…»

Serro le labbra, cerco di comprenderlo, di capire la sua situazione, dentro di me provo a non giudicarlo.

«La mia vita era uno sbaglio continuo, uno dopo l'altro. Ero pieno d'odio, l'unica cosa che mi faceva sentire vivo era… trasgredire. E trasgredire per me era fare… lo schifo che faccio anche ora» prende fiato. «Mi procura soldi, sporchi, di cui non ho bisogno e… ora ci sono dentro fino al collo.» I suoi occhi colmi di sofferenza si perdono nei miei.

«Stanotte ho fatto un altro dei soliti lavori. Doveva essere l'ultimo» sorride amaramente scuotendo il capo. «E invece, eccomi qui!» Scuote le sbarre con forza, facendomi arretrare d'istinto.

Poi si calma. Ci guardiamo.

«Mi fa schifo quello che sono diventato, quello che faccio… Sono un coglione, e mi fa schifo leggere timore nei tuoi occhi» continua indagando il mio volto.

«Gio, io non ho paura di te, ne usciremo. Ne sono convinta.» Mi riavvicino a lui.

«No, tu non devi infilarti nemmeno per sbaglio in tutta questa storia. Io so di cosa sono capaci, se scoprissero il mio legame con te sarebbe la fine.»

«Io non ti lascio» ribatto convinta. «Non ti permetterò di allontanarmi ancora. Non ora, non così… Non puoi farlo…» Le mie parole esprimono il mio disperato bisogno di lui.

«Cloe, Cloe, ascoltami.» Mi afferra il volto tra le mani, le sbarre fredde sul volto, le sue labbra a un soffio dalle mie.

«Forse non è questo il nostro momento. Forse ora non c'è una via d'uscita per me» il suo respiro corto. «So quanto hai sofferto e non permetterei mai a nessuno di farti del male. Non potrei mai perdonarmelo.» Le sue dita mi scorrono sul volto, sul collo. «Sei preziosa per me e io… io non posso coinvolgerti in questa merda.»

Chiudo gli occhi sotto il suo tocco, le lacrime mi scendono dalle palpebre chiuse.

«Senti l'effetto che mi fai?» Mi prende la mano attraverso le sbarre, posandomela sul petto.

Sotto il mio palmo il suo cuore batte con forza.

E vorrei gridargli che è lo stesso effetto che mi fa lui, ma le parole mi muoiono in gola.

«Non sono riuscito a evitarlo in nessun modo, ci ho provato credimi, ho cercato di farmela… passare» sorride, arricciando le labbra.

«Volevo tenerti lontana da me solo per proteggerti.» Si avvicina, le sue labbra sfiorano le mie.

Il cuore mi batte forte, quello che provo e che sento è intenso, sfiora la leggera linea tra la gioia pura e il dolore più profondo.

«Ma io ti amo, Cloe.» Il mio cuore smette di battere.

Chiudo gli occhi.

Le mie labbra tra le sue.

Solo un bacio.

Uno solo.

Epilogo

31/08/2017

Caro diario,

ho deciso di scrivere un diario!

Okay, questo inizio fa schifo, ma non ho tempo per i convenevoli, mi capirai.

Mi sento schiacciata, sola, in un tunnel buio senza fine e credo di aver bisogno di te.

Da quando sono tornata a Milano, le giornate passano lente, il silenzio attorno a me è totale mentre il frastuono che ho dentro è assordante.

Mio padre ha ricevuto la promozione lavorativa tanto attesa, tutti in famiglia sono presi dalla questione e io mi limito a partecipare passivamente, accantonando di tanto in tanto i miei mille pensieri.

La mia mente non ha pace, invasa com'è da infiniti problemi, troppi segreti e decisioni che devo prendere.

Ho visto Riccardo: ecco una delle tante scelte da fare. Abbiamo parlato tanto, ma non ho trovato il coraggio di dirgli tutto. Credo che la nostra situazione possa facilmente definirsi "indefinita" e ora non riesco nemmeno a concentrarmi mentalmente per sbloccarla.

Il motivo? Penso a tutt'altro.

Gio.

Non lo vedo da quel giorno in commissariato: l'ho lasciato lì, promettendogli di stargli lontana, almeno finché la situazione non si fosse risolta.

Ma ovviamente non ho rispettato la promessa.

Oggi mi ha scritto.
Credo che anche lui abbia bisogno di sentirmi.
Ogni volta che sento il *bling* delle notifiche del telefono spero sia lui.
Sono a Torino, ma il mio cuore sai dov'è.
Ho riletto la stessa frase una decina di volte.

05/09/2017
Caro diario,
oggi ho chiuso la mia storia con Riccardo.
Sapevo di doverlo fare da tempo, ma le circostanze mi avevano sempre trattenuta dal prendere questa decisione.
Finalmente ho preso consapevolezza dei miei reali sentimenti e gli ho detto come stavano le cose.
Ho capito solo adesso quanto lui in realtà tenesse a me e questa cosa mi ha destabilizzata, a tal punto da non riuscire a dirgli tutta la verità: gli ho nascosto Gio, gli ho nascosto quello che è successo durante l'estate.
Non ce l'ho fatta.
Ho tradito e mentito. E, francamente, mi faccio schifo!

09/09/2017
Caro diario,
il solito *bling* del telefono. Ripetuto due volte.
Gio mi ha mandato una foto: una fontana illuminata e subito sotto il messaggio: *Dove si trova?*
In un attimo sono tornata a quella sera, noi due seduti su una panchina, davanti a quella fontana immensa: avevo dimenticato la carta d'identità a casa e Gio era rimasto fuori dalla discoteca con me.
Ricordo il suo modo di farmi girare su me stessa, i miei occhi nei suoi.
Rispondo al suo messaggio.
Parliamo tanto: mi dice che sta cercando di sistemare le cose e di non preoccuparmi per lui, se la caverà.
E anche se so che ha ragione, che non dovrei preoccuparmi e che dovrei continuare la mia vita, lui per me è un pensiero fisso. Una relazione tra noi è impossibile al momento, lo so, ma non riesco a non pensarlo.

Ho bisogno di pensarlo, di sentirlo vicino.
Anche solo per poco. Anche solo come amica.

27/09/2017
Caro diario,
oggi Lara è venuta a trovarmi. Abbiamo fatto una torta al limone, concentrate più a chiacchierare che altro. E indovina un po' il suo argomento preferito…
Lara e il gossip sono una cosa sola, non deludono mai.
Ah, mi ha portato anche i quadri di Amy: li ho rimessi nella mia camera. Ho sistemato ogni cosa al suo posto: nella mia stanza e nel mio cuore Amy è tornata finalmente a vivere.
Lara mi ha poi annunciato della festa che sta preparando al suo barbuto, in occasione della sua laurea in Lettere: le ho ovviamente detto di non contare su di me!
Ho riso tanto questo pomeriggio.
Mi ha fatto bene rivedere Lara.

05/10/2017
Caro diario,
ho ricevuto un messaggio:
Ciao, Cloe.
È Gio.
Fuori fa freddo e piove. Dentro di me ci sono 268 gradi.
Mi dice che stanotte ha sognato che fosse estate.
Dice che c'ero anche io nel sogno.

09/10/2017
Caro diario,
oggi ho iniziato l'università. Primo giorno del primo anno.
L'aula era affollatissima, il mio quaderno degli appunti pieno di scarabocchi e il mio telefono intasato dai messaggi ansiosi di mia madre.
Devo ancora abituarmi a tutto questo, ma ho la sensazione che ce la farò…
Mi piace stare dove non mi conosce nessuno.

22/12/2017

Caro diario,

oggi mamma mi ha costretto ad andare con lei a comprare le decorazioni di Natale, mia sorella Vera se l'è svignata appena ha potuto!

Ma la giornata e il mio umore hanno preso una nota positiva, non appena ho notato sullo schermo del telefono un messaggio di Gio.

Allora, Miss, come va?

Ho riso al suo messaggio scemo.

Abbiamo parlato un po': mi ha chiesto degli esami, di dove trascorrerò questo Natale.

Lui andrà in Svizzera dai suoi nonni e per un "Quanto te la rischi" fatto con quel cretino di Lollo dovrà saltare un pasto in famiglia... Gli ho confessato che non capirò mai questi giochi scemi.

Lui mi ha risposto che proprio uno di questi giochi ha fatto sì che ci baciassimo la prima volta.

Ha il potere di farmi arrossire anche a distanza!

08/02/2018

Caro diario,

oggi è il mio compleanno!

Non mi piace festeggiare. O almeno non mi piace più festeggiare da quando Amy se n'è andata. Ma credo che le mie amiche, sì, ho delle nuove amiche, stiano organizzando una festa a sorpresa! Non penso dunque di avere molta scelta!

Mi metterò un cappellino in testa e spegnerò le candeline, esprimendo il mio desiderio...

Ma cosa voglio davvero?

15/03/2018

Caro diario,

oggi si è fatto sentire Gio.

Abbiamo parlato del mare, degli altri.

Mi ha chiesto anche se Gue mi stesse simpatica.

La mia risposta? Avrei voluto dirgli che, nella mia testa, le parole Guendalina e simpatia sono come due rette parallele che non si incontreranno mai, ma mi sono contenuta.

Sì, sto decisamente diventando brava a trattenermi.
Ho scoperto di essere anche brava a organizzarmi con gli esami: per ora sono perfettamente in pari con tutti i corsi, seguo tutte le lezioni e studio tantissimo.
Starò diventando una secchiona?
Sempre meglio che diventare "una Gue".

17/04/2018
Caro diario,
oggi ho rivisto Riccardo.
È stato strano: lui dice che gli manco molto e che non riesce a vivere senza di me.
Anche lui mi manca, lo conosco da quando ero piccola: c'è sempre stato, anche quando nessuno c'era per me, quando al liceo venivo presa in giro.
Gli voglio bene, ma questo è tutto.
È come un fratello e vederlo star male, fa star male anche me.
Non so cosa fare, mi sento confusa.

04/05/2018
Caro diario,
la novità della primavera è che mia mamma si è data alla maglia come zia Anna. Ha deciso di iniziare con i calzini e anche se per ora sembrano più dei cappelli per criceti, sono fiduciosa!
Lara è venuta a trovarmi un paio di volte nell'ultimo mese, con la scusa di vedere il barbuto: lui e Fra sono spesso a Milano, dato che studiano qui.
Fra lo sento ogni tanto: in realtà molto poco, non è un ragazzo da messaggi. Qualche volta commenta una mia storia su Instagram oppure mi manda in chat foto di dolci, conoscendo la mia passione smodata per tutto ciò che contiene zucchero…
Penso che ancora non si capaciti del fatto che come antipasto io ordini sempre il dessert!
Gio l'ho sentito poco fa: a breve dovrà fare uno stage qui a Milano, starà qualche giorno lontano dalla sua Torino. Mi ha chiesto di vederci. Al solo pensiero mi viene la tachicardia.
Gli ho detto che gli avrei fatto sapere.
Ti faccio sapere…
Anche il telefono mi ha riso in faccia!

31/05/2018

Caro diario,

oggi Riccardo ha provato a baciarmi.

Ci siamo visti più spesso nell'ultimo mese: ho cercato di ricostruire un rapporto di amicizia con lui. Ci conosciamo da tanto tempo e mi dispiaceva perderlo.

Ma evidentemente non ha funzionato.

L'ho respinto e mi sono sentita morire quando l'ho guardato negli occhi che sono ancora innamorati di me.

18/06/2018

Caro diario,

sono appena tornata da un picnic fantastico, sto praticamente rotolando, data l'eccessiva quantità di dolci che ho ingurgitato.

È incredibile! Ultimamente io e i dolci siamo diventati una cosa sola.

Vabbè, non ti scrivo per parlarti solo dei miei problemi calorici, ma anche per riportarti, come al solito, le mie chat da "oddio, svengo" con Gio.

Gli ho scritto io questa volta, anche perché non sono riuscita più a incontrarlo: mia madre mi ha fissato tutti i check-up medici possibili proprio nei due giorni in cui Gio era qui a Milano per quello stage.

Mia madre e le sue decisioni improvvise! Ma non potevo di certo farglieli spostare... mi avrebbe di sicuro costretta ai lavori forzati e poi fare gli esami clinici è importante, insomma bisogna farli!

Okay, stop, lo ammetto... forse avevo un po' paura di vederlo.

L'idea di trovarmelo lì di fronte, dopo così tanto tempo, mi mandava decisamente in tilt.

Dammi della sciocca, avanti, diario!

Lucy al tuo posto l'avrebbe fatto, ma in questi mesi ha deciso di prendersi una vacanza.

Del resto lo so, sono davvero una sciocca!

Ma la situazione tra me e lui è decisamente, strana: ci sentiamo al telefono periodicamente, siamo amici più o meno, ma fin troppo complici forse...

Per esempio, mi ha appena fatto sapere che è a Praga. Dunque gli ho risposto: *Bellissima Praga!* e lui, con la sua solita irritabile ma adorabile sfacciataggine, mi ha scritto: *Sì, bella, ma non bella quanto te.*

E io sono sempre cotta come un arrosto.

03/07/2018

Caro diario,

sono in piena sessione di esami. Tradotto, uno schifo: libri sparsi ovunque, capelli sporchi e niente luce del sole!

A parte questo mio letargo obbligato e lo studio matto e disperatissimo in stile Leopardi, tutto procede per il meglio.

Mia sorella Vera è in vacanza, mamma e papà sono sempre via per lavoro quindi, per lo meno, niente rotture di palle a casa!

Riccardo è venuto a trovarmi qualche giorno fa, mi ha portato delle brioche ed è stato molto carino con me. Probabilmente sta cercando di ricucire il rapporto che avevamo.

Penserò a cosa fare quando avrò la mente libera da questi stupidi libri!

A proposito, devo ricominciare a studiare!

Per ora augurami in bocca al lupo per gli esami: me ne serve tanta!

Ci aggiorniamo presto.

18/07/2018

Caro diario,

la parola "libertà" è musica per le mie orecchie.

Sono libera!

Esami finiti, torte infinite da cucinare e una gran voglia di passare tutta l'estate a non fare esattamente un…

«Cloe! Cloe, tesoro, sei in camera?» Mia madre bussa con insistenza alla porta.

Sbuffo, sempre nei momenti giusti!

Nascondo in fretta il mio diario sotto il cuscino e vado ad aprire.

Mamma ha un'espressione stranamente elettrizzata: è inquietante.

Tiene il telefono tra l'orecchio e la spalla e batte energicamente le mani.

La guardo confusa.

«Che c'è, mamma?» Odio quando crea questa specie di suspense, prima di dirmi qualcosa.

Mia mamma entra velocemente in camera, porgendomi il telefono euforica.

La guardo stranita di sbieco.

Afferro il telefono tra le mani, portandomelo all'orecchio.

«Cleo, amore, sono la zia!» strilla l'inconfondibile voce stridula di zia Anna.

E anche se sbaglia ancora il mio nome e mi ha appena provocato un danno all'udito, le rispondo gentilmente.

«Zia, ciao! Che sorpresa, come stai?» Sto diventando decisamente buona e comprensiva.

«Benissimo, nipotina del mio cuore. Ma starò ancora meglio quando ti avrò dato la notizia!» risponde più euforica di mia mamma.

«Notizia? Che notizia?»

Okay, ora sono curiosa.

«Tra due giorni Lara passa a prenderti a Milano! Amore di zia, ti va di venire anche quest'anno in vacanza qui da noi?» Spalanco la bocca all'istante.

Non ci posso credere.

Nella mia testa scorrono veloci le immagini della scorsa estate.

Mia madre mi esorta a rispondere, dato che per la sorpresa sono rimasta zitta come un merluzzo surgelato.

«C-certo! Sì, certo! Certo che mi va!» Ed è assolutamente vero: mi va! Mi va, eccome!

Mia madre si riprende di colpo il telefono e ricomincia a parlare con zia Anna a raffica, forse per organizzare ogni minimo dettaglio della mia partenza.

Esce dalla mia stanza in tutta fretta.

Mi siedo sul letto incredula.

Un'altra vacanza da Lara, un'altra estate da sogno.

Riprendo il diario tra le mani.

E mi rimetto a scrivere.

Cancello le ultime frasi e ricomincio.

Caro diario,

sento già il rumore del mare, le chiacchiere di Lara nelle orecchie, il profumo dell'aria fresca della mattina, la sabbia che scotta sotto i piedi.

Caro diario, penso che non ci sentiremo per un po', sto per partire!

Ah, per l'occasione è ricomparsa anche Lucy. Mi mancava…

Torno da Lara per le vacanze e credo sia la notizia più bella degli ultimi mesi!

Quel posto mi ha cambiata, mi ha fatto vivere emozioni mai vissute, mi ha fatto respirare e aprire il mio cuore. Agli amici e… all'amore.

Non vedo l'ora di mangiare i pranzetti di zia Anna, di sentire l'odore di violetta delle lenzuola, di andare al cortile ogni sera, di ubriacarmi con quegli stupidi giochi, di vedere Elvis mangiare senza fine, di discutere con Guendalina, di abbracciare Fra, di prendere in giro il barbuto…

E di rivedere Gio.

Se chiudo gli occhi sono già là.

Quindi ora corro a preparare le valigie e il mio cuore!

A presto, mio caro diario,

Tua, Cloe

P.S. Ma quanto sono diventata sdolcinata?

Devo proprio smettere di cucinare torte!

Finito di stampare nel mese di aprile 2023
presso ELCOGRAF S.p.A.
Stabilimento – Cles (TN)
Mondadori Libri S.p.A.